BASAR

Józef Ignacy Kraszewski

Gräfin Cosel

Ein Frauenschicksal
am Hofe Augusts des Starken

Verlag Neues Leben Berlin

Titel der Originalausgabe: HRABINA COSEL
Übersetzung aus dem Polnischen von H. Sauer-Žur
Diese Ausgabe erscheint mit freundlicher Genehmigung des Greifenverlages, Rudolstadt

Mit Illustrationen von Paul Rosié

ISBN 3-355-00236-4

2. Auflage, 1986
Lizenz Nr. 303 (305/217/86)
LSV 7221
Umschlag: Paul Rosié
Typografie: Walter Leipold
Schrift: 10 p Times
Gesamtherstellung: (140) Druckerei Neues Deutschland, Berlin
Bestell-Nr. 642 613 8
00530

Erster Teil

I

Wie ausgestorben lag das Königsschloß der sächsischen Residenz; es war still, öd und trist. Die Nacht roch herbstlich, aber Ende August gilbt das Laub an den Bäumen kaum irgendwo, und selten erheben sich kühle Winde, die Tage sind meist noch heiter, die Nächte klar und warm.

An diesem Abend jedoch blies es von Norden her, schwarze Wolken, langen Fetzen gleich, schleppten sich eine nach der anderen heran, und sooft am bleiernen Himmelsgrund ein Stern für einen Moment aufblitzte, erlosch er sogleich in dichtem Gewölk.

Am Georgentor, an den Schloßportalen vorbei schritten lautlos Wachposten durch die Palasthöfe. Die Fenster der königlichen Gemächer, aus denen gewöhnlich Licht und ausgelassene Musik drangen, starrten finster und waren geschlossen. Das mutete wahrlich seltsam an zur Herrschaftszeit Augusts, der sich der Starke nannte, weil er zu allem fähig war: Er brach Hufeisen und Menschen, überwand Trauer und Schicksalsschläge, ihn vermochte nichts unterzukriegen. In ganz Deutschland, ja in ganz Europa brillierte sein berühmter Königshof, der alle anderen überschattete. Keiner übertraf ihn an Herrlichkeit, an erlesenem Geschmack und herrschaftlicher Verschwendungssucht, keiner tat es ihm darin auch nur gleich.

In diesem Jahr allerdings erfuhr August eine Niederlage. Der Schwede entrang ihm die polnische Krone. Nahezu entthront, aus dem Königreich Polen vertrieben, kehrte der Monarch in sein kurfürstliches Nest zurück, um seine Verluste zu beweinen, seinen nutzlos vergeudeten Millionen nachzutrauern und mit den Polen ob ihres Undanks zu schmollen. Die Sachsen konnten es nicht fassen, daß man einen so edlen und liebenswerten Herrn nicht vergötterte und sich für ihn nicht zur Schlachtbank führen ließ. Weniger noch als sie verstand es August selbst. Der Vorwurf der Undankbarkeit mischte sich unwillkürlich jeder Erwähnung Polens bei. Schließlich wurde sogar jedes Wort über dieses Land, über Schwedens König und über all die Geschehnisse gemieden, die August der Starke einst zu korrigieren schwor.

Dresden hatte sich nach Augusts Rückkehr sogar schon wieder zu amüsieren begonnen, um seinen Herrn aufzumuntern, nur an diesem Abend hüllte sich das Schloß in solch sonderbares Schweigen. Niemand kannte den Grund. War doch der König in keinen seiner Paläste abgereist, und in Leipzig hatte die Messe noch nicht ihre Pforten geöffnet. Hingegen wurde in der Stadt und am Hofe gemunkelt, August werde dem Schweden zum Trotz Bälle, Reitturniere und Maskeraden anordnen, um ihm zu zeigen, daß er die erlittene Schlappe wohl zu verwinden wisse.

Die wenigen Passanten, die auf den Straßen am Schloß vorübergingen, blickten zu den Fenstern hinauf und wunderten sich, daß zu so früher Stunde Stille und Dunkelheit beim König eingezogen waren. Wer aber das große Tor und den ersten Hof hätte durchschreiten und in den zweiten eindringen können, hätte gemerkt, daß der Palast nur zu einem Teil schlief und in seinem Innern sich noch Leben regte.

Die Posten ließen hier niemand ein. Im ersten Stockwerk standen die Fenster trotz des Sturmes weit offen. Hinter den Vorhängen, die sie nur zur Hälfte abschirmten, gleißte helles Licht hervor, von zahlreichen Spiegeln reflektiert, und zuweilen hallte homerisches Gelächter aus dem Saal, polterte hinab in den Hof, erschreckte die streifende Patrouille, die lauschend den Schritt verhielt, sprang die grauen Mauern an und verebbte allmählich in schwachem Echo. Zu diesen Lachsalven gesellte sich ein anderer Lärm, einmal gedämpft, dann wieder tosend und wachsend, um wieder in Gemurmel und Lautlosigkeit zu zerrinnen. Plötzlich, als sei eine Rede zu Ende gegangen, ertönte Applaus und erdröhnte erneut jene Lachsalve, königlich, schallend, purpurn, das Lachen eines Wesens, das keine Zuhörer scheut und ein zweites, hämisches Gelächter hinterdreinschickt.

Bei jedem Ausbruch blieb die Streife stehen, die mit ihrer Hellebarde unter dem Fenster ihre Runde zog, richtete den Blick empor, seufzte und senkte die Augen zu Boden.

Es war etwas Schreckliches in dem nächtlichen Gelage inmitten des schlafenden Schlosses, bei dem stürmischen Wind und in der schweigenden Stadt.

Da frönte der König seinen Freuden.

Seit der Heimkehr aus Polen fanden solche abendlichen Geselligkeiten, intim, im Kreise einiger Vertrauter, bezeichnen wir sie als Freunde, öfter statt als zuvor. August der Starke, besiegt von dem wunderlichen, als schwachsinnig geltenden Karl XII., genierte sich, vor große Gesellschaften zu treten. Unterhaltung und Zerstreuung aber brauchte er. Dann wurde goldener Ungarwein kredenzt, alljährlich aus Ungarn eingeführt, Becher klirrten, und man trank bis in den frühen Morgen, bis zur Erschöpfung, bis alle von den Sesseln sanken und Hoffmann den lallenden König unter dem Arm faßte und zu Bett brachte.

Zu diesem Kreis auserwählter Bacchusjünger waren ausschließlich Augusts nächste Gefolgsleute und Günstlinge zugelassen. War doch der König bekanntlich all jenen, die er nicht mochte, gefährlich. Er verfügte über herkulische Kräfte, sein Zorn war olympisch, und seine Macht kannte keine Grenzen. Wenn er sich im Alltagstrott einmal ärgerte, verfärbte sich sein Gesicht für Augenblicke blutrot, blitzten seine Augen, zitterten die Lippen, und er wandte sich ab, ohne den, der ihn in Rage gebracht hatte, eines Blickes zu würdigen; aber nach einem Schoppen flog so mancher seiner Widersacher zum Fenster hinaus auf das Hofpflaster und erhob sich nicht mehr.

So ging das Gerücht. Sein Zorn war selten, aber wie ein Gewitter bedrohlich. Wenn alles normal lief, gab es keinen nachsichtigeren, liebenswürdigeren und gnädigeren Herrn. Man meinte sogar, er gönne Leuten, die er weniger leiden konnte, ein um so freundlicheres Lächeln und umarme sie am Vorabend ihrer Verbannung auf den Königstein, wo die Favoriten oft Jahrzehnte zubrachten. So edel war sein Gemüt, daß er darauf bedacht war, den Menschen ihr Schicksal zu erleichtern.

Aber sich amüsieren, das brauchte der Herr unbedingt. Kein Wunder, daß man hin und wieder bei den Gelagen zwei ausgehungerten Bären zusah, ob sie wohl einander fräßen, oder daß man zwei unerbittliche Gegner trunken machte, damit sie sich in die Haare gerieten. Solcherart Abwechslung liebte der Herr am meisten, und wenn sich nach reichlichem Weingenuß die Vitzthum, Friesen oder Hoym zu raufen begannen, hielt er sich vor Lachen den Bauch. Welch harmloses Vergnügen!

Dem König fiel es sehr leicht, sie gegeneinander aufzubringen, da er alles wußte: wer in wen verliebt war, wer wen haßte, wieviel ihm jemand aus der Kasse entwendete, ja selbst, was die einzelnen Höflinge im Schilde führten. Wenn er es nicht wußte, so erriet er es. Wer ihm das einflüsterte, zutrug, verriet, darüber zerbrach man sich vergebens den Kopf. Es kam dazu, daß hier keiner mehr dem anderen traute, daß der Bruder den Bruder fürchtete, der Mann vor seiner Frau auf der Hut war, der Vater den Sohn mied und der König sich über diesen Wirrwarr ergötzte.

Er blickte von oben herab auf die Komödie des Lebens und gefiel sich dabei in den olympischen Rollen Jupiters, Herkules' und Apollos, abends wiederum des Bacchus.

Gerade an diesem Abend fühlte er sich so bedrückt und gelangweilt, daß er beschloß, alle Minister, Günstlinge und Höflinge unter den Tisch zu trinken und ihnen die Beichte abzunehmen, um sich wenigstens ein bißchen aufzuheitern.

Inmitten des erleuchteten Saales, eine Wand nahm das von Silbergeschirr und Pokalen glitzernde Büffet ein, ließen sich die ausgesuchten Gesellen der königlichen Orgien an einer langen Tafel nieder: die eben aus Rom und aus Wien eingetroffenen Grafen Taparel Lagnasco und Wackerbarth, dazu die Einheimischen Watzdorf, den man den Bauern aus Mansfeld nannte, Fürstenberg, Imhoff, Friesen, Vitzthum, Hoym und Friedrich Wilhelm Baron Kyan, der in seinen Späßen unerreichbar, in seinem Witz unerschöpflich war, selber wohl stets herb und ernst blieb und dennoch alle lachen machte.

Der König saß, Rock und Weste über der Brust aufgeknöpft, auf den Ellbogen gestützt, mürrisch da. Sein schönes Gesicht, gewöhnlich heiter, beschattete gleichsam eine Strähne nahenden Kummers. Vor ihm stand der geleerte Becher. Einige entkorkte Flaschen zeugten davon, daß man sich nicht erst jetzt zu unterhalten begonnen hatte; in den Zügen des Königs jedoch war keine Spur des Göttertrunkes zu sehen. Der bernsteinfarbene Wein hatte seine trüben Gedanken nicht erhellt. Die Hofleute trieben ihre Possen untereinander, plänkelten mit Worten, um den Herrn aufzumuntern; es half alles nichts, August saß grübelnd, als hörte er nichts davon.

Am anderen Ende der Tafel saß unansehnlich und trübsinnig Kyan, stützte sich ebenfalls auf den Ellbogen, als wollte er den König nachahmen, streckte die Beine von sich und schaute seufzend zur Decke.

„Hör mal", flüsterte Fürstenberg und stieß mit dem Arm Wackerbarth an; beide waren bereits ziemlich betrunken. „Siehst du Seine Majestät? Es steht schlimm, nichts kann ihn heute fröhlich stimmen. Es ist elf Uhr, zu dieser Stunde müßte er schon in rosiger Laune sein. Unsere Schuld."

„Ich bin hier Gast", antwortete Wackerbarth achselzuckend, „das geht mich nichts an. Ihr hättet euch, da ihr ihn besser kennt, wirksamere Mittel einfallen lassen müssen."

„Die Lubomirska ist ihm zuwider geworden, klare Sache", ergänzte von der Scitc Taparel.

„Nein, ich muß gestehen, auch die Schweden sind schwer zu verdauen", raunte Wackerbarth vor sich hin. „Ich wundere mich über nichts."

„Ach, die Schweden! Die haben wir inzwischen vergessen, die wird für uns jemand anders in die Knie zwingen. Wir kommen nur die Früchte ernten", sagte Fürstenberg. „Nicht die Schweden liegen ihm im Magen; die Lubomirska hat er satt. Wir müssen eine andere für ihn finden."

„Sollte das denn schwerfallen?" fragte Wackerbarth.

„Nun ja, sie hätten in Wien wieder eine Esterle finden sollen", sagte Lagnasco lachend.

Sie senkten die Stimmen, daß kein Wort mehr zu erlauschen war. Der König schien nämlich wie aus tiefem Schlaf aufzuwachen; er tastete mit den Augen seine Kumpane ab, bis sein Blick den jämmerlich anzusehenden Baron Kyan traf, und brach in schallendes Gelächter aus. Es genügte, und der ganze Saal lachte wieder, obwohl die Hälfte der Trinkgenossen überhaupt nicht ahnte, weshalb Seine Majestät zu lachen geruhte. Allein Kyan rührte sich nicht, verzog keine Miene.

„Kyan!" rief der König. „Was ist los mit dir? Hat dich die Liebste betrogen? Oder bist du bankrott? Siehst aus wie Prometheus, dem ein unsichtbarer Geier die Leber zerfetzt!"

Kyan drehte sich herum wie eine Holzpuppe und tat einen Seufzer, gräßlich anzuhören. Der neben ihm stehende sechsarmige Leuchter verlosch davon zur Hälfte, und Kerzenrauch verbreitete sich im Saal.

„Kyan, was hast du?" fragte der König von neuem.

„Majestät", antwortete Kyan, „ich persönlich habe gar nichts. Weder habe ich Hunger, noch bin ich verliebt, noch verschuldet, noch eifersüchtig, nur Verzweiflung sitzt mir im Nacken."

„Was ist geschehen? Sprich!" forderte der König.

„Das mißliche Schicksal unseres über alles geliebten Monarchen macht mich traurig", erwiderte Kyan ernst. „So ist es! Geboren zu Glück, mit göttlichem Antlitz, herkulischer Kraft, mit großzügigem Herzen, unzerbrechlichem Mut, geschaffen, dir die ganze Welt zu Füßen zu legen und dienstbar zu machen, besitzt du nichts."

„Ja, du hast recht", sagte August, die Stirn in Falten.

„Zu fünfzehn sitzen wir hier und sind außerstande, dich zu zerstreuen. Geliebte kommen und gehen, sie altern, der Wein wird sauer, Geld stiehlt man dir, und wenn du am Abend in lustigem Kreis gern aufatmen möchtest, treten deine Treuergebenen mit Grabesmienen vor dich. Wie sollte da mich, der ich dich liebe, nicht Verzweiflung packen!"

August rang sich ein Lächeln ab, ergriff den Becher und stieß ihn gegen die Platte. Hinter der Kredenz schossen zwei Zwerge hervor und stürzten vor den König.

„Hör zu, Tramm", rief August, „laß einen Krug Ambrosia bringen. Kyan ernenne ich zum Mundschenk. Der Wein, den wir getrunken haben, war mit Wasser getauft."

Ambrosia hieß der königliche Ungarwein, den Zichy persönlich aus besten ungekelterten Trauben für den König bereiten ließ. Es war ein Wein ohnegleichen, dickflüssig wie Sirup, heimtückisch süß und mild, imstande, einen Recken zu strecken.

Tramm verschwand mit seinem Kollegen, und bald darauf erschien ein rabenschwarzer Neger in orientalischer Kleidung, brachte auf silbernem Tablett einen mächtigen umflochtenen Glasballon. Alle erhoben sich und begrüßten ihn mit Verbeugung, nur der König sah zu. „Kyan, bewirte uns!" befahl er.

Kyan stand auf. Die beiden Zwerge trugen auf einem anderen Tablett Gläser herbei, die allerdings dem Mundschenk nicht gefallen wollten. Er flüsterte ihnen etwas zu, und trippelnd verschwanden sie hinter das Büffet, um bald mit neuem Geschirr verschiedener Größe wiederzukommen.

Mit dem Ernst eines Beamten, der sich der Bedeutsamkeit seiner Obliegenheiten bewußt ist, begann Kyan die Becher aufzustellen.

In der Mitte stand ein prächtiger schlanker Pokal von angemessener Größe, des Königs würdig; kranzförmig säumten ihn ein wenig kleinere, den Ministern gemäße Becher, und dahinter duckten sich wie zum Ulk, Fingerhüten ähnlich, in großer Zahl lächerliche Gläschen. Aller Augen schauten gespannt.

Kyan hob behutsam den Ballon, um den Bodensatz nicht aufzurühren, und schenkte vorsichtig ein.

Zuerst goß er die winzigen Becher voll. Sie faßten nicht viel, ihre Menge jedoch war so beachtlich, daß der Inhalt des Ballons zusehends abnahm, bis sie alle voll waren. Dann kam die Reihe an die ministeriellen. Unter allgemeinem Schweigen füllte der Mundschenk auch sie gewissenhaft. Der Pegel im Ballon sank und sank, und als es den Königspokal zu füllen galt, war kein Wein mehr da. Kyan schüttete einige Tropfen mit trübem Satz hinein, richtete sich auf und sah August an.

„Oho, Ihr seid mir ein rechter Mundschenk!" Der König lachte. „Für dich bin ich der letzte. Was soll das wieder bedeuten?"

Die Umstehenden lachten.

„Majestät", sprach Kyan, den leeren Glasballon auf den Tisch setzend. „Schließlich ist es nichts Neues, sondern allbekannt und überall üblich: Was ich hier mit dem Wein getan habe, tun deine Minister tagtäglich mit den Staatseinnahmen. Zuerst stopft sich jedes kleine Beamtlein die Taschen voll, dann denken die Vorgesetzten an sich, und wenn der Königspokal an die Reihe kommt, ist lediglich der Bodensatz übriggeblieben."

Der König klatschte in die Hände und blickte scharf in die Runde.

„Kyan, auf dein Wohl! Das Gleichnis ist Äsops würdig. Aber man reiche mir einen zweiten Ballon!"

Schon eilte der Neger mit Ambrosia auf dem Tablett herbei. Alle lachten, weil der König lachte, allerdings leicht säuerlich; man schielte zu Kyan, der das kleinste Glas ergriff und auf die Gesundheit des sächsischen Herkules erhob.

Berauscht fielen alle auf die Knie, Lärm dröhnte, die Becher und Gläser schwangen sich in die Höhe.

Der König trank dem Baron zu.

„Reden wir von etwas anderem!" sagte er.

Fürstenberg sprang auf.

„Majestät", sagte er, „es naht die Stunde, da es sich von nichts anderem zu sprechen ziemt als nur von dem, was über den Tag und die Nacht gebietet – von Frauen."

„Ausgezeichnet", pflichtete der König bei. „Möge jeder seine Geliebte beschreiben. Fürstenberg fängt an!"

Schmunzelnd sprach der König diese Worte. Über Fürstenbergs Gesicht huschte ein seltsames Grinsen.

„Das mir zugestandene Primat“, sprach des Königs junger Freund und Liebling, „zeugt nur davon, daß vor dem Argusauge unseres erlauchtesten Herrn sich nichts verheimlichen läßt. Er kennt mich, belügen kann ich ihn nicht, und Blamage droht mir. Majestät“, fuhr Fürstenberg händeringend fort, „ich bitte, mir die Schilderung meiner Geliebten zu erlassen.“

„Nein, nein!“ schallte es ringsum. „Das Porträt kann anonym bleiben, wenn die Person geheimgehalten werden muß, aber der Befehl des Königs ist heilig und unwiderruflich. Fang an, Fürstenberg.“

Alle wußten einigermaßen, warum der Jüngling das Bild so ungern zeichnen mochte. Es war ein heikles Kapitel in seinem Leben. Gab er doch vor, eine reichlich vierzigjährige Witwe aus der Familie Friesen zu lieben, die dadurch auffiel, daß ihr Gesicht unter lauter Rouge und Puder nicht zu sehen war. Sie war reich, und Fürstenberg brauchte jeden Groschen. Niemand zweifelte, daß er sie nicht heiratete, auf Hof- und Maskenbällen, auf Spazierfahrten aber hing er an ihrer Schleppe.

Als Fürstenberg zögerte, wurde dermaßen gedrängt und mit den Füßen gestampft, daß der König Schweigen gebieten mußte und wiederholte: „Es gibt kein Erbarmen, male deine Geliebte.“

Um Mut zu fassen, setzte der junge Tunichtgut seinen Becher an und leerte ihn bis auf den Grund.

„Meine Geliebte ist die Schönste auf der Welt“, sprach er. „Wer will da etwa widersprechen; wer weiß denn, was sich hinter der Maske verbirgt, die sie vor dem Blick der Sterblichen anlegt! Meine Geliebte zählt zu den göttlichen Wesen; denn ihr allein droht nichts, was alle anderen gefährdet. Ihre Schönheit ist gereift; wie sie ist, so bleibt sie immerdar. Der Zeiten Zahn zermahlt sich an ihrer marmornen Gestalt.“

Gelächter unterbrach ihn.

Neben ihm saß Adolf Hoym, ein wohlgestalter Mann, aber mit unangenehmen Gesichtszügen. Seine kleinen Augen, die listig funkelten, sobald er jemand ansah, kennzeichnete bohrende Schärfe. Sonst blaß und fahl, überzog sich sein Gesicht erst jetzt nach der Ambrosia mit einem Hauch Farbe. Hoym galt als Don Juan, seine Liebschaften jedoch blieben seit einigen Jahren so verborgen, daß man schon annahm, er habe sich gemäßigt. Es wurde gemunkelt, er habe sich verheiratet, seine Frau aber ließ sich nirgends blicken, niemand bekam sie zu Gesicht; angeblich hielt sie sich auf dem Lande auf.

Hoym, an Geist ärmer als die anderen, war, da er seit Tagen dem König bei seinen nächtlichen Gastereien Gesellschaft leistete, bereits müde und offensichtlich volltrunken. Das ließ sich leicht an seinen unbeherrschten Kopfbewegungen erkennen, an seiner

Mühe, die bleiernen Arme zu heben, an seinen verzerrten Lippen, an den fallenden Lidern und an seiner ganzen Haltung, die verriet, daß er die Macht über sich verloren hatte.

Dem König und seinen Zechkumpanen bereitete es höchsten Genuß, den Minister der Akzise in diesem gesegneten Zustand zu ertappen, wo der Verstand nicht mehr die Zunge zu bändigen vermag.

„Jetzt ist Hoym dran", verkündete der König. „Hoym", fuhr er fort, „du kennst mich, es gibt keine Ausflüchte. Wir alle wissen, daß du ein großer Kenner und Anbeter der weiblichen Reize bist, daß du ohne Liebe nicht leben kannst. Aus diesen Wänden dringt nichts hinaus. Beichte!"

Hoym drehte den Kopf nach allen Seiten und spielte mit dem leeren Becher.

„Haha", lachte er.

Unbemerkt schenkte ihm Kyan Wein nach. Die Minister führte den Becher unwillkürlich zum Mund und trank ihn mit ungestümer Gier aus, wie sie Betrunkenen eigen ist.

Über seine Wangen ergoß sich purpurne Röte.

„Haha", begann er stammelnd. „Ihr wollt wissen, wie meine Geliebte aussieht, aber ich, verehrte Herren, besitze und brauche keine, weil ich eine Göttin zur Frau habe."

Im Chor lachten alle auf, nur der König lauschte interessiert und betrachtete ihn prüfend.

„Lacht nur", sprach Hoym, „wer sie nicht gesehen hat, der hat Venus nicht geschaut, und ich meine, daß selbst Venus neben ihr wirken müßte wie eine Vorstadtwaschfrau. Bin ich denn überhaupt imstande, sie zu beschreiben? Jedes ihrer schwarzen Augen birgt so viel Kraft und Charme, daß kein Sterblicher ihm widersteht. Ihre Gestalt würde Praxiteles' Meißel beschämen, für ihr Lächeln gibt es keine Begriffe, aber dieses göttliche Wesen ist streng, und nicht alle Tage erblüht ein solches Lächeln auf ihren Lippen."

Mißtrauisch schüttelten die Anwesenden den Kopf, Hoym wollte enden, der König schlug auf den Tisch.

„Schildere sie nur deutlicher!"

„Wer sollte Vollkommenheit jemals beschreiben", entgegnete Hoym mit erhobenem Blick. „Sie verfügt über alle Herrlichkeit und keinen Makel."

„Ich bin bereit zu glauben, daß sie schön ist", rief Lagnasco, „wenn der unbeständige Hoym sie seit drei Jahren liebt und nicht in fremden Gefilden jagt."

„Er übertreibt, er ist betrunken!" warf Fürstenberg ein.

„Wie denn, sie soll schöner sein als Fürstin Teschen?"

Hoym hob die Schultern, blickte furchtsam zum König hinüber. Der König aber sagte:

„Hier gibt es keine Rücksichten außer der Wahrheit. Ist sie schöner als Lubomirska?"

„Majestät", rief Hoym erregt, „die Fürstin ist eine schöne Frau, meine Gemahlin aber ist eine Göttin! Am Hofe, in der Stadt, in ganz Sachsen, ja in Europa gibt es keine ihresgleichen."

Tobendes Gelächter erschütterte den Saal.

„Wie spaßig der Hoym betrunken ist!"

„Wie besoffen die drollige Akzise sein kann!"

„Welch unschätzbarer Mensch!"

Der König lachte nicht. Offenbar hatte sich Hoym unter dem Einfluß der Ambrosia gehenlassen und vergessen, wo er war und vor wem er die Lippe riskierte.

„Lacht nur!" rief er. „Ihr kennt mich doch, einer wie der andere, und nennt mich einen Don Juan. Ihr gesteht mir zu, daß sich in der weiblichen Schönheit niemand besser auskennt als ich. Weshalb sollte ich denn aufschneiden? Sie ist eine Göttin, keine Frau! Ein Blick von ihr genügt, um im kältesten Herzen ein loderndes Feuer zu entfachen. Ihr Lächeln ..."

Bei diesen Worten richtete er die Augen wie gebannt auf den König. Der Gesichtsausdruck Augusts, der gespannt jeden Ausruf registrierte und jedes Wort erhaschte, schockierte ihn dermaßen, daß er vor Schrecken fast nüchtern wurde. Gern hätte er den Rückzug angetreten, aber Lügen strafen mochte er sich auch nicht, und so stockte er bleich und erstarrt. Vergeblich wollte man ihn zum Weiterreden bewegen. Hoym kam aus Angst zu sich, seine Hand umklammerte mechanisch den Becher, den Blick vergrub er in den Boden, und seltsame Gedanken marterten sein Hirn.

Auf ein Zeichen des Königs schenkte ihm Kyan Wein ein, und man stieß die Gläser an.

„Wir haben auf das Wohl unseres Herkules getrunken", rief Fürstenberg aus. „Jetzt laßt uns auf das Wohl unseres erlauchten Apollo anstoßen!"

Manche tranken kniend, andere stehend. Hoym wankte und mußte sich am Tisch festhalten. Die Wirkung des Weines, für einen Moment von der Furcht verdrängt, kehrte wieder. Im Kopf spürte er Schwindel, aber er trank in einem Zuge aus.

Hinter dem königlichen Sessel stand Fürstenberg, dem der König den Kosenamen „Fürstchen" gab und von dem er sich auf seinen Ausflügen gewöhnlich begleiten ließ. Apollo wandte sich zu ihm um und sagte:

„Fürstchen, die Akzise lügt nicht; er verschließt und verbirgt sich seit einigen Jahren mit seinem Schatz. Man muß ihn zwingen, uns sein Kleinod zu zeigen. Wie du es anstellst, überlasse ich dir; mag es kosten, was es wolle; ich muß sie sehen."

Der Fürst lächelte, das paßte sowohl ihm als auch den anderen ins Konzept. Die bislang herrschende Maîtresse en titre, Fürstin Teschen, hatte alle Freunde des Großkanzlers Beichling gegen sich aufgebracht, den sie gestürzt und dessen Palais an der Pirnaischen Straße sie geerbt hatte. Fürstenberg war bereit, gegen Tod und Teufel August zu Diensten zu sein, obwohl er seinerzeit der Lubomirska zur Seite gestanden hatte gegen andere Damen, die das Herz des Königs zu erobern trachteten. Die Lubomirska war nicht von überragender Schönheit, welkte schon ein wenig, ihr damenhaftes Gehabe begann den König zu langweilen, der resolutere, kühnere, lebhaftere Charaktere als Geliebte vorzog. Fürstenberg erriet das alles aus dem Blick und den Worten des Königs, zog sich zurück, befand sich im Nu, vertraulich auf die Lehne gestützt, bei Hoym und beugte sich zu seinem Ohr hinab.

„Liebe Akzise“, rief er laut, „ich schäme mich für dich, du hast schamlos gelogen, und das in Anwesenheit Seiner Majestät. Verhöhnt hast du uns und ihn. Gern glaube ich, daß die Frau eines solchen Schurken und Weiberhelden wie du keine Vogelscheuche sein kann, sie aber mit Venus und einer Göttin zu vergleichen, ja sogar mit der Fürstin Teschen – das ist ein Witz.“

Hoym machte wieder der Wein zu schaffen.

„Was ich gesagt habe“, erwiderte er wütend, „war die Wahrheit, zum Donnerwetter!“

Man lachte über diesen derben Ausruf, zu solchen familiären Geselligkeiten verzieh der König alles. War er berauscht, durften ihm einfache Sterbliche um den Hals fallen und ihn küssen, ohne befürchten zu müssen, Goliath könnte sie in seinen Umarmungen erdrosseln.

„Ich wette um tausend Gulden“, rief Fürstenberg, „daß deine Frau nicht schöner ist als andere Damen am Hofe.“

Hoym wurde neuer Wein eingeschenkt, die Akzise trank aus Verzweiflung.

„Ich nehme die Wette an!“ preßte er bleich und trunken durch die Zähne. „Ich nehme an.“

„Schiedsrichter – ich werde Schiedsrichter sein. Und das Urteil ist unwiderruflich“, fügte August, den Arm ausstreckend, hinzu. „Hoym soll seine Frau auf der Stelle herbeiholen und zum nächsten Ball der Königin uns vorstellen.“

„Hoym, schreibe. Ein königlicher Kurier bringt den Brief nach Laubegast“, ergänzte jemand.

Und im selben Moment wurde ihm Papier untergeschoben, Fürstenberg drückte ihm mit Gewalt einen Federkiel in die Hand, der König trieb ihn mit Blicken an. Der unglückliche Hoym, in dem sich die Furcht des Gatten und die Erinnerung an die königliche Gefallsucht regten, wußte selber nicht, wie er den ihm diktierten Brief niedergeschrieben hatte, und schon riß man ihm den Brief aus der Hand. Jemand eilte die Treppe hinab auf den Hof, damit der königliche Bote unverzüglich nach Laubegast aufbreche.

„Er ist schon so besoffen, daß ich um sein Leben bange“, sagte Fürstenberg.

„Ich nicht“, meinte der König gelassen. „Könnte denn niemand in der Welt Hoym ersetzen? Und welch prächtiges Begräbnis mit Palmwedeln und Kränzen wir ihm ausrichten würden!“

Das Lächeln des Königs bewirkte, daß sich die Gesellschaft mit erhobenen Gläsern um Hoym drängte. Man animierte ihn, erfand Toaste, goß ihm Ambrosia nach, vermischt mit verschiedenen Flüssigkeiten aus heimlich zugeschobenen Flaschen, und nach einer halben Stunde schlief Hoym blaß wie eine Leiche, mit hängendem Kopf, den Mund widerlich weit aufgerissen, auf dem Tisch ausgestreckt. Königliche Heiducken schafften ihn auf ein Zeichen ins Bett. Jedoch eher aus Vorsicht als aus Sorge um seine Gesundheit legte man ihn, statt ihn in einer Sänfte in das Haus an der Pirnaischen Straße zu tragen, in eines der königlichen Gemächer und gab ihm als Wache den Riesen Cojanus bei mit der Weisung, ihn nicht nach Hause zu lassen, wenn er aufwachte.

Hoym aber dachte an gar nichts mehr, stöhnte nur schwer im Schlaf und lag wie ohnmächtig bis zum Morgengrauen.

Im Saal nahm, nachdem man die Weinleiche hinausgetragen hatte, die Orgie erst ihren richtigen Lauf, bei geschlossenen Türen, in engstem Kreis, dessen Zeugen lediglich die Spiegel des Saales waren.

Der König hatte die allerbeste Laune, und den Glanz seines Antlitzes reflektierten die Gesichter der Hofleute. Es ging schon auf den Morgen zu, als zwei Heiducken endlich den allerletzten Gast und August den Starken wie hilflose Kinder ins Bett schleppten.

Fürstenberg blieb allein auf dem Trümmerfeld, fast völlig nüchtern. Nur die Perücke legte er ab, um den Kopf zu kühlen. Er vergrub sich tief in Gedanken und hielt mit sich Zwiesprache:

Also werden wir eine neue Herrschaft bekommen. Die Lubomirska hat sich auch zu sehr in die Politik eingemischt, sie hatte Macht über den König ... Wozu braucht er eine vernünftige Geliebte? Sie mag ihn nur zerstreuen und lieben! Das ist ihre Berufung. Sehen wir uns die Hoym an...

II

Laubegast liegt dicht am Elbufer, gut eine Stunde von Dresden entfernt. Das kleine Dorf besaß schon damals einige Häuschen, die offenkundig Vermögendere und Höhergestellte der Umgebung erbaut hatten. Sie verschwanden hinter alten Linden und Buchen, schimmerten zwischen den Ästen schwarzer Föhren und Tannen hindurch.

Hoyms kleines Palais, in das er sich hin und wieder aus seinem Stadthaus stahl, um hier die Abende und einen Teil der Tage zu verbringen, ja manchmal in Abwesenheit des Königs ganze Wochen, sah aus wie alle zu damaliger Zeit: Es hatte ein hohes Mansardendach in französischer Art, geschwungenen und geschnörkelten Zierat an den Mauern. Aus der Hauptstadt herbeigeholte Maurer hatten es aufs sorgfältigste ausgeschmückt, soweit es die geringen Ausmaße des Miniaturpalastes gestatteten. Hoyms Sucht, diesen Ort möglichst protzig zu gestalten, war berüchtigt. Den kleinen Hof säumten Eisenzäune zwischen gemauerten Säulen, auf denen sich schmucke Steinvasen erhoben; auf den etwas erhöhten Torpfeilern hielten Putten Laternen. Den Hauseingang mit einer Steingalerie, gespickt mit Vasen und Figürchen, bedeckten herrliche Blumen. Das Haus lugte stattlich hinter Bäumen hervor, allerdings in Trauer gehüllt wie ein Kloster, eine Einsiedelei.

Es gab hier kein Leben, kaum Dienstleute, geschweige denn höfischen Trubel. Zwei alte Kammerdiener, einige Arbeitsleute ließen sich ab und zu um den kleinen Palast blicken; gegen Abend tauchte, zumeist mit einem Buch in der Hand, eine Gestalt auf, deren Tun und Lassen Laubegasts ganze Bevölkerung hinter den Zäunen und Sträuchern mit Furcht und Bewunderung verfolgte. Es war eine seltsame Erscheinung in diesem entlegenen Winkel, ein Wesen, das eigentlich in die Hauptstadt gepaßt hätte.

Niemand hatte hier je Ähnliches geschaut noch von solcher Schönheit zu träumen gewagt. Diese blutjunge Frau von hoher und edler Gestalt, weiß wie Marmor, mit schwarzen leuchtenden und klugen Augen hatte etwas Königliches und Gebieterisches an sich, so daß es einen, wenn man sie in ihrer majestätischen Erhabenheit, Jugendlichkeit und Anmut auf der Straße schreiten sah, unwillkürlich erschauerte.

Dennoch war sie bei allem Adel ihrer Erscheinung abgehärmt wie ein vom Sockel genommener Totenengel. Nie erhellte ein Lächeln ihr Antlitz, ihre Lippen lösten sich kaum, noch blickte sie jemals freudig auf. Oft starrte sie auf die schwarze Erde, schweifte mit dem Blick kurz über das graue Elbwasser, über die Blumen, die sie nicht pflückte, deren Duft sie auch nicht genoß. Sie schien unglücklich, vielleicht auch nur gelangweilt. Es war bekannt, daß sie seit Jahren hier eingesperrt saß und so gut wie niemand zu Gesicht bekam außer Hoyms Schwester, der Vitzthum, aber selbst der gestattete ihr Bruder nur selten, seine Frau zu besuchen.

Frau Hoym litt sehr in ihrer Einöde. Ihre einzige Zerstreuung waren fromme Bücher protestantischer Schwärmer, die sie gierig verschlang, und weite Spaziergänge in Begleitung eines alten Kammerdieners.

Dieses Leben war eintönig und still, die Leidenschaften konnten darin keinen Sturm entfesseln. Hoym, anfangs sehr zärtlich, von Natur ein Leichtfuß und bei Hofe zur Lotterhaftigkeit herabgesunken, wurde seiner Frau bald überdrüssig und vernachlässigte sie. Auf seine Art liebte er sie wohl, war sogar eifersüchtig und verbarg seinen Schatz vor aller Welt. Nur dann, wenn König und Hof nicht in Dresden weilten, durfte Frau Hoym in die Hauptstadt kommen, die jedoch zu solchen Zeiten vor Stumpfsinn gähnte.

Diese langjährige Abgeschiedenheit hatte sie mit Dünkel, Bitternis, Gram, Schwermut, Weltverachtung und merkwürdiger Entsagung erfüllt. Sie betrachtete ihr Leben als abgeschlossen, als ein endgültiges Ausharren, bis der Tod sie aus der Einsamkeit abriefe. Dabei war sie von engelhaftem Liebreiz und hatte noch nicht einmal ihr vierundzwanzigstes Lebensjahr beendet. Ja, wer sie aus der Ferne sah, hätte ihr nach ihrem kindlichen Antlitz keine achtzehn Jahre gegeben, so jung sah sie aus.

Frau Vitzthum, die einem bewegteren Lebenswandel ihre Frische und einen Teil ihrer jugendlichen Schönheit geopfert hatte, ärgerte sich über diese unvergängliche Jugendhaftigkeit ihrer Schwägerin. Auch andere Eigenschaften konnte sie an ihr nicht ausstehen: ihre hochherzige Tugend, ihren Abscheu gegen Verderbtheit, ihre Verachtung aller Intrige und Lüge, ihren königlichen Stolz, mit dem sie von der Höhe ihrer Selbstbeherrschung auf die flatterhafte, girrende, von Falschheit strotzende Schwägerin herabsah. Wäre es nicht ihre Verwandte gewesen, hätte sie ihr sogar Fall und Demütigung gegönnt. Die Abneigung beruhte auf Gegenseitigkeit. Frau Hoym mochte ihre Schwägerin auch nicht und empfand instinktiv Widerwillen gegen sie.

Ihren Mann strafte sie neuerdings mit offener Verachtung. Von Frau Vitzthum persönlich, die manchmal über geheime Skandälchen flüsterte, wußte Anna Hoym, daß der Mann ihr untreu war. Leicht hätte sie ihn mit einem einzigen zärtlichen Augenaufschlag sich zu Füßen zwingen können, sie kannte ihre Macht, aber sie wollte es nicht. Er erschien ihr schon zu gemein, als daß es gelohnt hätte, sich um ihn zu sorgen. Sie pflegte ihn kühl zu empfangen und gleichgültig zu entlassen. Hoym empörte sich nicht darüber, fühlte sich aber, wenn es zu offenem Streit kam, seiner Frau so unterlegen, daß er den Sieg in der Flucht suchte.

So schleppten sich die Tage in Laubegast düster und träge dahin. Manchmal kam Anna der Gedanke, als Strohwitwe nach Holstein zurückzukehren, obwohl ihr die Verwandtschaft nicht sehr zugetan war. Vater und Mutter hatte sie seit langem nicht mehr, und ob die Fürstin von Braunschweig aus dem Hause Holstein-Plön sie wieder an den Hof nähme? Dort erinnerte man sich gewiß noch jenes Auftritts der damals erst sechzehnjährigen Anna, als sie dem Fürsten Ludwig Rudolf, der die außergewöhnliche Schönheit vergötterte und sie küssen wollte, öffentlich eine Ohrfeige versetzte.

Also gab es keinen Flecken Erde, auf den sich Anna hätte retten können.

Trotz der Korruptheit des Hofes und obwohl Dresden so nahe war, wo es schwerfiele, einen solchen Stern erster Größe vor den Leuten zu verhüllen, wußte sich Anna in ihrem Schlupfwinkel sicher. Einige Jahre brachte sie so an den Elbufern wandelnd zu. Königliche Equipagen, Kavaliere, Militärs hoch zu Roß und das ganze müßiggängerische Gesindel, das den Herrscher umgab, zogen an ihr vorbei, und niemand erspähte sie. Außer einem...

Dieser eine war ein junger Pole, der an Augusts Hof eher geduldet als gehalten wurde, der dahin eigentlich gegen seinen Willen geraten war und nun dort lustlos sein karges Dasein fristete.

Als August der Starke zum erstenmal nach Polen reiste, zeigte er den erstaunten Herren, die ihm zum Willkomm entgegengefahren waren, bei einem Gastmahl nach dem Gottesdienst vor dem wundertätigen Heiligenbild in Piekary, wie er mit der Hand silberne Pokale zerdrücken, Taler auseinanderbrechen und Hufeisen verbiegen konnte. Beim Anblick dieser Kraftstücke des Herrschers, die der Zukunft des polnischen Staates Schlimmes prophezeiten, erhob sich unwillig der Bischof von Kujawien und verkündete, er kenne einen Jüngling, der fast das gleiche zu bewerkstelligen wisse. Das verblüffte Königliche Hoheit, und Zorn wallte in ihm auf, aber er ließ es sich nicht anmerken, zumal er ja kaum in Polen eingetroffen war. Er sagte lediglich, er brenne darauf, seinen Rivalen zu sehen, da ihm zeitlebens keiner begegnet sei. Der kujawische Würdenträger versprach, dem König jenen verarmten Schlachtschitzen, einen Nachkommen der großen, einst vermögenden Familie der Zaklikas, vorzustellen, sobald sie nach Krakau kämen und die Krönung vollzogen sei. Die Angelegenheit geriet bei den vielen anderen, wichtigeren in Vergessenheit, und der Bischof hätte sie nicht mehr aufgegriffen, hatte er doch bemerkt, daß er sich mit seinem Vergleich ungebührlich benommen hatte. Aber der König selbst kam darauf zurück und gemahnte ihn, ja verlangte ausdrücklich, ihm jenen Herrn Raimund Zaklika endlich vorzuführen.

Der Junge hatte eben mit Mühe und Not die Schule bei den Jesuiten beendet und bummelte herum, ohne recht zu wissen, was er anstellen sollte. Gern wäre er zur Fahne geeilt, besaß aber keine Mittel, die Rüstung zu kaufen, und anderes kam für einen alten Schlachtschitzen nicht in Frage. Nach langem Suchen in allen Stadtteilen gelang es schließlich, Zaklika irgendwo in einer Kanzlei ausfindig zu machen, wo er sich mit der Feder abplagte. Als es ihn vor Königliche Hoheit zu stellen galt, reichte es nicht einmal an Kleidung, geschweige denn an glitzerndem Gehänge. Er trug weder Säbel noch Gürtel. Wohl oder übel mußte der Bischof den Hofmarschall bitten, ihn von Kopf bis Fuß einzukleiden. Erst als er sich persönlich überzeugt hatte, daß er ihm keine Schande bereiten würde, hielt er ihn in Bereitschaft.

Der König gab seine Kraftproben meistens zu Festlichkeiten, wenn er gute Laune hatte. Und wieder einmal drückte er Krüge platt und ließ sich Hufeisen bringen, die sein Gefolge für dieses Experiment stets zur Verfügung hatte. Der Bischof saß still, bis der König ihn herausforderte:

„Nun, wo ist Euer Held, mein Vater?"

Als er nicht nachgab, rief man Zaklika herbei.

Der Bursche war gewachsen wie eine junge Eiche, schlank und rank, blutvoll und wacker, hielt sich bescheiden, ja schüchtern und machte gar nicht den Eindruck eines Recken. August betrachtete ihn und konnte sich eines mitleidigen Lächelns nicht erwehren. Da der Junge adliger Herkunft war, ließ man ihn dem König die Hand küssen. Anders als in Latein war kein Wort mit ihm zu wechseln, denn damals verstand er weder Deutsch noch Französisch. Zum Glück bedurfte es hier keiner Worte. Zwei völlig gleiche Silberpokale standen vor dem König, August ergriff einen mit seiner breiten Hand, umklammerte ihn mit den Fingern, drückte zu, knickte ihn wie ein Blatt, und aus dem Metallknäuel spritzte Wein hervor, der am Boden des Gefäßes verblieben war. Hämisch lachend schob er den zweiten Pokal Zaklika zu und sagte:

„Versuch es, wenn du ihn zerdrückst, gehört er dir."

Zaghaft näherte sich der Junge dem herrschaftlichen Tische, streckte den Arm und nahm das harte Silber in die Faust. Eine Weile hing gleichsam Ungewißheit in der Luft, was daraus würde, dem Jungen traten die Adern hervor, und der Pokal ging zu Bruch. Im Gesicht des Königs zeichnete sich Staunen, überdeckt noch von Unbehagen, das auch sein Blick zum Bischof beredt bezeugte. Die anwesenden Herren wetteiferten in der Beteuerung, dieser Pokal sei aus dünnerem Metall oder angeschlagen gewesen.

Dann nahm der König Hufeisen und brach sie wie Brezeln auseinander; Zaklika wurde aufgefordert und schaffte es ohne ersichtliche Mühe. August langte nach einem geprägten Taler, klemmte ihn zwischen beide Hände, und schon zerfiel die Münze in zwei Teile. Zaklika bekam ein vielleicht noch stärkeres spanisches Geldstück; der Junge besann sich sekundenlang, holte tief Luft und halbierte den Taler ebenfalls.

Die Stirn des Königs umwölkte sich, und der Hofstaat setzte verdrossene Mienen auf. Wie konnte man nur solche unpassenden Wettkämpfe zulassen! Der König hieß Zaklika belohnen, schenkte ihm beide Pokale und verkündete nach kurzer Überlegung seinen Entschluß, ihn an seinen Hof zu nehmen.

Der Pole erhielt ein niederes Amt, aber schon am nächsten Morgen flüsterte ihm der Hofmarschall ins Ohr, er sollte sich ja nicht mehr unterstehen, seine Kraft beweisen zu wollen oder mit ihr zu prahlen; sonst müsse er allerhand zu gewärtigen haben, denn das sei verpönt.

So landete jener Unglücksrabe von Zaklika am Hofe. Man verschrieb ihm einige hundert Taler Gehalt, steckte ihn in eine herrlich bunte Uniform; zu arbeiten brauchte er nicht, Freizeit hatte er mehr als genug, lediglich dem König folgen mußte er auf Schritt und Tritt. Und da er, wie man zu sagen pflegte, ein lieber Kerl war, ging es ihm gut. Der König sprach zwar nie mit ihm, vergaß ihn aber nicht mehr, erkundigte sich stets nach seinem Los und sorgte dafür, daß es ihm an nichts mangelte.

Muße hatte der Junge zur Genüge, da er aber ständig „mitten in diesem deutschen oder französischen Geschwafel hocken“ mußte, begann er alsbald beide Sprachen zu lernen und beherrschte sie in zwei Jahren schon recht ordentlich. Nun, bei solchem Müßiggang und weil er nicht sonderlich erpicht war, mit den Deutschen zusammen zu sein, erwies er zwar dem König, wie es sich ziemte, alle Ehre, wanderte jedoch ansonsten alle Dörfer und Wälder in der Umgebung Dresdens ab. Die Landschaft war interessant, er kletterte auch in den Bergen jenseits der Elbe herum, die so steil aufragten, daß man von ihnen herabblickend geneigt war, sich in den Abgrund gezogen zu sehen. Er allerdings empfand nicht ein einziges Mal Schwindelgefühl.

Auf einem dieser Ausflüge gelangte Raimund Zaklika nach Laubegast, fand unter einer Linde Schatten und gönnte sich zu seinem Verhängnis eine kurze Rast. Eben da trat Gräfin Anna Hoym zu ihrem einsamen Spaziergang heraus. Als der Junge sie erblickte, erstarrte er vor Bewunderung, daß es ihm den Atem verschlug. Er rieb sich die Augen, in der Annahme, ihm träume und ein solches Wesen könne gar nicht wirklich sein. Bis in die Nacht saß der arme Wicht an der Stelle und guckte und guckte, ohne sich satt zu sehen. Er glaubte, sein Verlangen mit den Augen stillen zu können, je länger er aber schaute, um so mehr begehrte er wahrzunehmen. In seiner Seele nistete sich Sehnsucht oder Wahnsinn ein; nicht genug, daß er nach Laubegast zu pilgern begann, in seinem Kopfe verwirrte sich alles.

Und da er sich niemand anvertraute, gab es niemand, der ihn hätte beraten können, daß gegen solche Krankheit nur ein Kraut gewachsen sei, nämlich, nicht ins Feuer zu gehen, sondern es zu fliehen.

Der Junge verliebte sich dermaßen, daß er ganz abmagerte und verdummte. Die bei Frau Hoym bediensteten Frauen lauerten ihm auf und errieten natürlich, was ihm fehlte; sie machten sich über ihn lustig und berichteten davon auch ihrer Herrin. Selbst sie lachte. Vielleicht tat er ihr sogar leid, trotzdem ließ sie ihn zu sich befehlen, hielt ihm eine Standpauke, gab ihm zu wissen, daß er vergebens hier herumschleiche, und verbot ihm, auch nur einen Schritt in der Nähe ihres Besitztums zu tun.

Weil dieses Gespräch keine Zeugen hatte und die Einfalt dem Jungen Mut einflößte, erwiderte er, Blicke seien schließlich keine Sünde und er verlange von der Dame nichts außer ihrem Anblick. Ja selbst auf die Gefahr hin, gesteinigt zu werden, müsse er wiederkommen, da er sonst verschmachte.

Frau Hoym stampfte ärgerlich mit dem Fuß auf und drohte, sich bei ihrem Gatten über ihn zu beschweren, aber das alles vermochte ihn nicht zu erschüttern.

Danach ließ sich die junge Dame einige Wochen dort, wo er hinsehen konnte, nicht blicken. Sie wählte Wege, die von der Elbe fort führten; bald wurde sie aber gewahr, daß Zaklika, bis an den Hals im Wasser verborgen, trotz der empfindlichen Kälte ihr nachstellte. Darüber erboste sie sich heftig und rief Leute zu Hilfe, so daß Raimund untertauchte und verschwand. Beinahe wäre er damals ertrunken, denn Krämpfe erfaßten ihn, und die Kleidung zog ihn schwer hinab. Er überstand. Scheinbar steckte er's auf, in Wirklichkeit allerdings suchte er sich lediglich ein anderes Versteck und weidete seine Augen ohne Unterlaß am Gift dieser Herrlichkeit. Ob die Gnädige es ahnte oder nicht, wer weiß es, über Zaklika wurde nicht mehr gesprochen. Und da man sich am Hofe wenig um ihn kümmerte und der König sich wahrscheinlich gar gefreut hätte, wäre ihm etwas widerfahren, war der Junge wie von der Erdoberfläche verschwunden. Er schaltete und waltete, wie es ihm beliebte.

Einmal nur wurde er zum Hof beordert. Der König hatte im Jähzorn einem ausgewachsenen Pferd mit einem Hieb den Kopf abgeschlagen, und August der Starke wollte nun beweisen, daß dazu selbst der gerühmte Zaklika nicht imstande war. Eine alte Mähre, von einem Dragoner geritten und hartknochig, wurde herbeigeführt. Zaklika gab man beizeiten den Rat, er solle, falls ihm die Gnade des Herrn lieb sei, den Gaul in Ruhe lassen oder aber nicht gar zu tollen Schwung nehmen. Ihm war jedoch alles gleichgültig, und als er nun schon Blut gerochen hatte, wie man so sagt, war er nicht mehr zu halten. In Anwesenheit der königlichen Herrschaft und vor einer großen Menschenmenge prüfte er kurzerhand das Heft und die Klinge, holte aus und trennte dem Pferd den Kopf vom Rumpf wie mit dem Rasiermesser. Später sagte er, ihm habe danach eine Woche lang die Schulter weh getan, aber was sei denn schon dabei. Der König blieb stumm, zuckte nur die Achseln, und ringsum herrschte betretenes Schweigen. Auf Zaklika wagte niemand mehr einen Blick zu werfen, und die Hofdiener, die ihm freundlicher gesinnt waren, flüsterten ihm zu, er solle sich aus dem Staube machen, denn bei dem geringsten Anlaß winke ihm der Kerker auf Königstein.

Raimund scherte sich nicht darum.

Der König gierte nach einem Sieg und wollte ihn unbedingt noch auf die Probe stellen, wieviel Wein er vertrüge. Zaklika aber trank nur blankes Wasser, hin und wieder ein Glas Bier, einen Becher Wein, sonst nichts. Alles Zureden des Königs, doch zu trinken, war vergebens. Mit Gewalt geradezu nötigte man ihm einen Pokal Ungarwein auf, von dem er sich, als ihn das Bewußtsein verließ, erst nach einer Woche erholte; es fehlte nicht viel, und das Fieber hätte ihn aus dieser Welt gerafft. Dann allerdings kam er wieder zu sich und zu noch größeren Kräften, mit denen sich endgültig niemand mehr zu messen wagte.

Und von neuem ging er auf jene kindliche Augenpirsch am Garten in Laubegast. Die Liebe veränderte ihn. Er wurde viel ernster, sein Lerneifer steigerte sich, selbst äußerlich vollzog sich ein Wandel. Die Gräfin Anna Hoym, die über alles ihrem Gemahl und dessen Schwester zu berichten pflegte, erwähnte ihn nie.

In Laubegast ging der Tag sehr früh zur Neige. Kaum daß es dunkel wurde, schloß und verriegelte man Tore und Türen, wie es damals gang und gäbe war, ließ auf den Höfen die Hunde von der Kette; die Diener gingen mit den Hühnern schlafen, und die Herrin vertrieb sich bei Licht bis in die Nacht die Langeweile über einem Buch, ohne daß es jemand gewahr wurde.

In dieser Nacht, als im Schloß Orgien gefeiert wurden, strich über die Felder der Herbstwind und heulte in Laubegast, Äste von den Bäumen brechend und das Laub aufwirbelnd, so stürmisch, daß an Schlaf nicht zu denken war. Anna zog sich aus und las in der Bibel; denn diese Lektüre liebte sie über alles, vor allem die Apokalypse und die Briefe des heiligen Paulus. Darüber sann und grübelte sie hernach, oft unter Tränen.

Es war schon spät in der Nacht, und die zweite Kerze flackerte in den letzten Zügen, als von der Straße Hufgetrappel heraufdrang und bald darauf jemand an dem Eisentor rüttelte und die Hunde so furchtbar zu bellen anfingen, daß die sonst furchtlose Dame Angst befiel. Zu jener Zeit geschahen bereits nur selten Überfälle auf Höfe, zumal in der Nähe der Hauptstadt, dennoch kamen sie vor. Entlassene Landsknechte, gewaltsam in Dienst gestellte Söldner, die später wieder entwischten und in den Bergen unterschlüpften und hausten, verübten zuweilen Gewalttaten, wenn es sie auch den Kopf kosten mochte, denn auf sie wurden regelrechte Treibjagden veranstaltet.

Also schlug Anna Alarm, und das ganze Personal schreckte auf. Das Tor jedoch hörte nicht auf zu klirren, die Hunde kläfften. Da begaben sich die Leute mit der Waffe in der Hand auf die Straße und stellten fest, daß dort ein Bote des Königshofes tobte und schrie und unmittelbar hinter ihm ein sechsspänniges Gefährt mit Lakaien stand. Die Hunde wurden an die Leine genommen, das Tor geöffnet, und der Bote übergab ein Schreiben.

Als ihr dieser Brief mitten in der Nacht überbracht wurde, schöpfte sie sofort Verdacht, es müsse etwas Schlimmes vorgefallen sein. Sie erblaßte ein wenig. Da erkannte sie auf dem Umschlag die Handschrift ihres Mannes, obgleich ziemlich entstellt, und beruhigte sich. Lediglich das Los des Kanzlers Beichling kam ihr in den Sinn, der vom Gipfel der Gunst über Nacht nach Königstein verschwand und sein gesamtes Hab und Gut einbüßte. Selbst Hoym beichtete ihr manchmal unter dem Siegel der Verschwiegenheit, daß er dem König nicht traue und sich niemals in Sicherheit wiegen dürfe, als bis er Vermögen und Leben über die Grenze geschafft habe.

Es galt als erwiesen, daß der König dann, wenn er sich besonders liebenswürdig zu geben herabließ, am meisten zu fürchten war. Er trachtete sein Opfer einzulullen, bevor er es in den Abgrund stieß, und genoß den Anblick, wie das Schicksal ins Tragische umschlug. Daher argwöhnte Anna, das Los des Kanzlers könnte ihren Gatten getroffen haben, den das ganze Land wegen der Einführung der Akzise haßte und gegen den die Widersacher aus allen Ecken hervor hetzten.

Sie wunderte sich maßlos, als sie auf dem Blatt in der Handschrift ihres Mannes, ebenfalls seltsam flüchtig hingekritzelt, den Befehl las, unverzüglich mit dem ihr entgegengeschickten Wagen zu ihm zu kommen. Es schien ausgeschlossen, sich für immer den Blicken der Menschen zu entziehen; nun, letzten Endes lockte auch die Neugier. Sie hieß die Dienstleute sofort alles für die Fahrt vorbereiten, und es war keine Stunde vergangen, als sie schon in der Chaise saß und das Tor des stillen Anwesens in Laubegast sich für alle Zeiten hinter ihr schloß.

Sonderbare Gedanken schlichen sich unterwegs in ihr Hirn. Sie fühlte sich von Furcht übermannt und von solcher Trauer befallen, daß ihr Tränen in die Augen traten. Ohne zu ahnen, was ihr bevorstand und ob ihr etwas drohte, ängstigte sie sich. Überall wußte man von der Rückkehr des Königs und des Hofstaates nach mehrjähriger Abwesenheit. Mit ihnen zusammen kamen Intrigen und Arglist nach Dresden heim und Rivalitäten um Gunst oder Geltung, dabei wurden keine Mittel und Wege gescheut. Es geschahen Dinge, die nach außen hin harmlos und lustig schienen, in Wirklichkeit aber tragisch endeten.

Während die Opfer ächzend in Kerker und finstere Schluchten stürzten, spielte Ballmusik für die, die triumphierten. So manches Mal war Annas Blick zu jener Königsteiner Kuppe geirrt, die voller Geheimnisse und Martyrien emporragte.

Die Nacht war sehr finster, vor dem Gespann blakten königliche Fackeln. In schnellem Trab ging es dahin, und unversehens hielt die Karosse vor dem Haus an der Pirnaischen Straße. Obwohl der Minister erwartet wurde, hatten sich die Leute ein Schläfchen erlaubt und waren nun nicht so leicht zu wecken. In diesem Haus, dessen erstes Stockwerk Hoym gehörte, besaß Anna nicht einmal ein eigenes Boudoir. Alle Zimmer waren für den Empfang von Klienten bestimmt, ein einziges diente dem Herrn als Schlafstätte und rief in Anna Ekel hervor ... Übrigens barsten die Kanzleien und Büros von Papierhaufen. Das Ministerkabinett grenzte an einen riesigen Saal, der zwar in reichem Schmuck prangte, aber einen düsteren Eindruck machte.

Als sie ihren Mann nicht zu Hause antraf, verwunderte sich Gräfin Anna sehr. Aber die Dienstleute versicherten ihr, daß es eine königliche Nacht gewesen sei, daß der Aufenthalt am Hofe sich bei solchen Geselligkeiten gewöhnlich bis zum Morgengrauen ausdehne und länger, manchmal auch mehrere Tage und Nächte beanspruche. Gezwungen, sich eine Ruhestatt zu suchen, mußte die Gräfin zum erstenmal in diesem Hause ihres Gatten, in dem sie sich eigentlich nie recht heimisch gefühlt hatte, einen Winkel für sich finden. Sie wählte das Kabinett jenseits der Ministerkanzlei, abgelegen von den anderen Zimmern. Hier ließ sie sich ein Feldbett aufstellen und herrichten, verriegelte die Tür und legte sich mit ihrer Zofe zur Ruhe nieder. Der Schlaf jedoch floh sie, und sie schreckte bei dem leisesten Geräusch auf. Es tagte schon, als sie, für kurze Zeit in tiefen Schlaf gesunken, aufwachte. Sie hörte im Kabinett die Tür gehen und Schritte widerhallen. Ihr war, als sei es der Gang ihres Gatten, und schnell ließ sie sich von ihrer Zofe ankleiden.

Selbst ihre nachlässige Morgentoilette vermochte ihre Schönheit nicht zu beeinträchtigen. Die Reisestrapazen, die Unrast, das Fieber steigerten den Charme und den Glanz ihres Liebreizes. Hastig riegelte sie die Tür auf, die sie vom Kabinett trennte.

Ihr gegenüber stand statt des Gatten eine ihr völlig unbekannte Person, deren Gestalt und Gesicht sie sehr beeindruckten. Es war ein Mann im langen schwarzen Rock eines protestantischen Geistlichen, nicht gerade jung, mit kahlem, glänzendem Haupt, um das etwas schütteres Haar gleichsam einen Heiligenschein flocht. Die vergilbte Haut überzog die Stirn so fest, daß die Adern hervorquollen. Tiefliegende graue Augen, ein bitter lächelnder Mund, abgeklärte Weltverachtung, Humor und Ernst verliehen dabei dem Gesicht, das weder schön noch bedeutend schien, etwas derart Erhabenes und Nachdenkliches oder Staunendes, daß es durchaus anziehend wirkte.

Anna sah ihn an, aber auch er verharrte reglos, als sei er von der Erscheinung dieser Frau überrumpelt, und starrte sie mit einem Blick an, in dem unwillkürlich Anbetung eines wundervollen Geschöpfes widerschien. Er stand, die Lippen bebten, und halb aus Überraschung, halb in einer undeutbaren Bewegung erhoben sich seine Hände, die sowohl zu verstoßen als auch zu segnen vermochten.

Diese zwei Wesen, einander völlig fremd, prüften sich eine Weile gegenseitig mit den Augen. Der Geistliche zog sich langsam zurück. Anna schaute sich um, als suche sie ihren Mann. Schon wollte sie hinter die Schwelle des Kabinetts zurücktreten, als der Geistliche mit einem Blick voller Barmherzigkeit fragte:

„Wer bist du?"

III

„Eher hätte ich Euch fragen dürfen, wer Ihr seid und was Ihr hier in meinem Hause tut."

„In Eurem Hause?" wiederholte der Geistliche staunend. „Wieso? Also seid Ihr die Gemahlin des Herrn Ministers?".

Anna bestätigte es mit einer stolzen Kopfbewegung. Der Geistliche sah sie mit Augen an, die offen Mitleid bekundeten, er schaute lange so drein, und zwei Tränen rollten unter den zugekniffenen Lidern hervor. Er faltete die Hände, als sei er verzweifelt und mißtrauisch. Anna betrachtete ihn neugierig. Diese unscheinbare Gestalt, ergraut, niedergebeugt, vom Leben gebrochen, schien sich zu recken, sich zu erhöhen, in einem hehren Gefühl zu wachsen, sie gewann Ansehen und Majestät. Die stolze Dame kam sich ihm gegenüber befangen vor, klein, kindlich, ja demütig geradezu. Der schweigende Greis strahlte eine seltsame innere Leidenschaft aus. Auf einmal besann er sich, blickte sich furchtsam um und trat einen Schritt vor.

„Warum nur streifst du, die der Allmächtige zu seinem Ruhm als prächtiges Gefäß der Tugend erschaffen hat, du Wesen voller Glanz, den Engeln ähnlich, warum nur streifst du nicht den Schmutz von deinen Füßen, die das unreine Babylon besudelt? Warum fliehst du, die weißen Gewänder zerrissen, nicht aus diesem Pfuhl der Verderbnis und der Wollust?“ rief er aus. „Wozu verweilst du in dieser Hölle? Wer hat dich darein gestoßen? Wer ist jener Unwürdige, der ein solch schönes Gotteskind in diese üble Welt geworfen hat? Weshalb fliehst du nicht? Warum stehst du furchtlos da und ahnst vielleicht nichts von Gefahr? Bist du schon lange hier?“

Anna versteinerte, als sie das hörte, aber die Stimme des Greises wirkte auf sie so stark, daß sie sich, wahrscheinlich zum erstenmal in ihrem Leben, geschlagen und eingeschüchtert fühlte. Der Ton des Geistlichen entrüstete sie, aber sie konnte ihm nicht zürnen. Bevor sie die Lippen öffnete, fuhr er fort:

„Weißt du denn, wo du bist? Und weißt du, daß dieser Boden, auf dem du stehst, unter deinen Füßen schwankt? Daß diese Wände sich auf Befehl öffnen, Menschen verschwinden, wenn sie im Wege sind, daß das Menschenleben hier keinen Pfifferling wert ist ... für einen einzigen Wonneschauer?“

„Welch schreckliche Bilder Ihr malt, mein Vater!“ brachte Frau Hoym endlich hervor. „Und warum wollt Ihr mich damit erschrekken?“

„Weil ich aus deiner lauteren Stirn und deinen Augen, mein Kind, schließe“, sagte der Geistliche, „daß du arglos und unschuldig bist und nicht weißt, was dich umgibt. Du bist wohl noch nicht lange hier?“

„Seit einigen Stunden“, antwortete die Hoym lächelnd.

„Und hast nicht hier deine Kindheit und Jugend verlebt, sonst sähest du anders aus, nicht wahr“, ergänzte der Alte mit schmerzverzerrten Lippen.

„Die Kindheit verbrachte ich in Holstein. Seit einigen Jahren bin ich Hoyms Frau, aber er hat mich fernab auf dem Lande gehalten, kaum daß ich den Dresdner Hof von weitem gesehen habe.“

„Und gewiß nichts über die Residenz gehört“, sagte der Greis und erschauerte. „Alles, was du mir erzählst, las ich dir vom Gesicht, aus deinen Blicken. Der Herrgott läßt mich manchmal tief in die menschliche Seele schauen. Mitleid bewegte mich, als ich dich sah, schöne Frau. Es schien mir, als betrachtete ich eine weiße Lilie in einem entlegenen Winkel, bestimmt, von einer Herde wild gewordenen Viehs zertrampelt zu werden. Du solltest blühen, wo du entsprossen bist, und duften für die Einöde und Gott.“

Er sann entrückt. Anna trat bewegt einige Schritte näher zu ihm. In ihren Augen und an ihrer Gestalt war Rührung zu spüren.

„Mein Vater", sagte sie, „wer bist du?"

Der Alte schien es nicht zu hören, so tief war er ins Grübeln versunken. Sie wiederholte ihre Frage.

„Wer ich bin?" sagte er. „Wer ich bin? Ein armer Wicht, sündig und verachtet, dem niemand einen Blick gönnt, den alle verhöhnen. Ich bin die Stimme des Rufers in der Wüste. Ich bin jener, der den Untergang verkündet, die Vernichtung, die Tage der Sühne und des Leids. Wer ich bin? Ein Instrument in Gottes Hand, aus dem zuweilen eine mächtige Stimme vom Himmel erschallt, damit die Menschen sie nicht hören oder sie verlachen. Ich bin jener, dessen schwarzer Kutte Straßenjungen nachlaufen, um sie mit Kot zu bewerfen, jener, dessen Prophezeiungen niemand zur Kenntnis nimmt. Ein Habenichts unter Reichen, aber rechtschaffen und rein vor dem Herrn, besonnen unter Tollen, mit dem Gebet auf den Lippen inmitten von Schande." Und er schwieg, nachdem er die letzten Worte mit erlöschender Stimme ausgesprochen hatte.

„Eine sonderbare Fügung", sagte Anna. „Nach etlichen Jahren dörflicher Ruhe, in denen mich der Lärm der Hauptstadt kaum erreichte, komme ich unversehens, vom Gatten gerufen, hierher und begegne auf der Schwelle Euch wie einer Warnung, einem Zeichen. Ist das nicht ein Fingerzeig Gottes?"

Sie zitterte, ein Schauer durchrieselte ihren ganzen Körper.

„Wirklich sonderbar!" wiederholte sie.

„Vorsehung", sagte der Greis, „und wehe denen, die der mitleidigen göttlichen Warnung nicht achten. Du willst wissen, wer ich bin. Niemand, ein armer Kirchenprediger, der auf der Kanzel etwas falsch gemacht hat und den Rache der irdischen Herren verfolgt. Schramm heiße ich, Graf Hoym hat mich einst gekannt, und ich bin gekommen, ihn zu bitten, er möge sich für mich verwenden. Man droht mir. So bin ich heute hier aufgetaucht. Wer aber hat dich hierhergebracht? Wer hat dir herzukommen erlaubt?"

„Mein Gatte", sagte Anna.

„Bitte ihn, dich zu retten", flüsterte, ängstlich um sich blickend, der Geistliche. „Ich habe die Schönen des Hofes gesehen, man stellt sie hier dem Volke zur Schau wie Puppen. Du bist hundertmal schöner als sie allesamt. Gnade dir Gott, falls du hier bleibst. Sie werden dich in ein Netz von Intrigen hüllen, in giftige Spinnweben locken, in Schlaf wiegen und trunken machen. Mit süßen Melodien werden sie dir den Kopf verdrehen, das Herz mit Geschwätz einlullen, die Augen mit Schamlosigkeit blenden, mit Schmach bedecken, bis du eines Tages verführt, gelangweilt, erniedrigt in den Abgrund stürzen wirst."

Anna runzelte die Stirn.

„Nein!" rief sie aus. „Ich bin nicht so schwach, wie Ihr glaubt, noch in Hinterhalten unerfahren, noch so lebenshungrig. Nein, diese Welt ist mir nicht hold, ich blicke von oben herab auf sie, sie liegt tief unter mir."

„Du hast sie aber nur mit den Augen der Seele und des Gefühls geschaut", widersprach Schramm. „Traue dir nicht, fliehe diese Hölle. Königsstatuen sind in ihr zu Asche verbrannt und haben sie mit Ruß gepflastert. Geh von dannen, geh fort, schade um dich und deine makellose, unschuldige Seele."

Bei diesen Worten streckte er die Arme aus, als wollte er sie vertreiben, ihren Weggang beschleunigen. Anna hingegen stand furchtlos, ein höhnisches und mitleidiges Lächeln zugleich geisterte um ihre Mundwinkel.

„Und wohin wohl sollte ich fliehen?" fragte sie. „Mein Schicksal ist mit dem Schicksal dieses Menschen verknüpft, mich von ihm loszureißen übersteigt meine Kraft. Ich glaube an die Vorbestimmung, es wird geschehen, was mir zugewiesen ist. Schlafend und trunken allerdings werden sie mich nicht überwältigen, auch nicht ermattet und geschlagen, eher werde ich über sie gebieten."

Schramm sah erschrocken auf. Sie stand voller Stolz und selbstbewußt, verächtlich lächelnd und triumphierend da.

In diesem Moment ging die Tür auf, und Graf Adolf Magnus Hoym betrat, verwirrt, zögernd, an der Schwelle noch einhaltend, sein eigenes Kabinett.

An der Tafel in der gestrigen Runde der edlen Gesellschaft hatte er sich schon wenig vorteilhaft ausgenommen; heute, am hellichten Tage, nach nächtlichem Fieber und Erschöpfung sah er noch schlechter aus. Er war ein Mann gewaltiger Größe, breitschultrig, kraftstrotzend und täppisch. Nichts adelte sein Äußeres, das gewöhnliche Gesicht zeichnete sich lediglich durch blitzartigen Wechsel konvulsiv darüberhuschender, äußerst gegensätzlicher Mienen aus. Die grauen Augen verschwanden eben hinter den Lidern, in nächster Sekunde sprangen sie feuersprühend hervor; der Mund grinste und zuckte, die Stirn runzelte und glättete sich, als ob eine geheime Macht in seinem Innern mit Fäden spielte, die seine ganze Gestalt unentwegt zappeln ließen. Und in diesem Augenblick, als er seine Frau erblickte, schien er unter dem Eindruck irgendwelcher höchst widerstreitender Gefühle zu stehen. Er schenkte ihr ein knappes Lächeln, um sofort darauf zu erstarren, als wollte er vor Wut platzen; doch er beherrschte sich und schob sich nach kurzem Zaudern ins Kabinett.

Bei Schramms Anblick hob er die Brauen, und Zorn rötete ihm das Gesicht.

„Wahnsinniger, Fanatiker, häßlicher Komödiant du!" schrie er los, ohne die Gattin zu begrüßen. „Wieder hast du Dummheiten gemacht, und wieder kommst du zu mir, damit ich dich aus dem Schlamassel ziehe? Ha, nicht wahr, so ist es doch? Ich weiß alles,

du wirst deine Kirche verlieren, ins Dorf ziehen, in die Wüste, zum Pöbel, in die Berge."

Und er wies mit der Hand die Richtung.

„Ich denke gar nicht daran, dich in Schutz zu nehmen!" fügte er erregt hinzu. „Danke Gott, wenn dich zwei Dragoner irgendwohin in die Einsiedelei schaffen, denn hier könnte dich noch viel Schlimmeres ereilen. Ach, Ihr denkt wohl", der Minister rückte Schramm so dicht an den Leib, als wollte er ihn gleich am Kragen packen, „Ihr denkt wohl, hier am Hofe sei alles erlaubt und Ihr könntet das, was Ihr als Gotteswort bezeichnet, ungezuckert verteilen, wo die Mäuler an Leckerbissen gewöhnt sind? Daß Ihr hier die Apostel spielen könnt, die Heiden bekehren? Schramm, ich habe dir hundertmal gesagt, ich werde dich nicht retten, du rennst selber in dein Verderben hinein."

Der Geistliche, nicht im geringsten aus dem Gleichgewicht geraten, blieb gefaßt und blickte dem Minister in die Augen.

„Aber ich bin Diener des Herrn", sagte er, „ich habe geschworen, die Wahrheit zu verkünden, und man macht mich zum Märtyrer für sie. Es geschehe denn ..."

„Märtyrer!" Hoym lachte. „Das wäre zuviel des Glücks; in den Hintern werden sie dir treten, dich bespucken und dir heimleuchten."

„Also werde ich gehen!" sprach Schramm „Solange ich aber noch hier bin, werde ich den Mund nicht halten."

„Und wirst Taubstummen predigen!" vollendete der Minister achselzuckend. „Nun, genug, tu, was du willst. Ich kann dir nicht helfen und will es auch nicht. Mag sich jeder selbst der Nächste sein. Ich habe es dir prophezeit, Schramm. Man muß schweigen können, sich anbiedern oder zerstampft verrecken. Was willst du denn, so sind halt die Zeiten: Sodom und Gomorrha ... Gehab dich. wohl, ich habe keine Zeit."

Schweigend verneigte sich Schramm, sah Hoyms Frau mitleidig an, wandte sich zur Tür. Hoym löste den Blick von seiner Frau und richtete ihn auf den Geistlichen.

„Du tust mir leid", brummte er kurz. „Geh jetzt, ich werde tun, was ich kann. Vergrab dich in die Bibel und zähme deine Zunge. Zum letztenmal rate ich es dir."

Schramm hörte kaum hin und verließ die Wohnung.

Die Gatten blieben mit sich allein. Hoym begrüßte Anna nicht einmal; sie waren seit langem einander gram. Offensichtlich wußte er nicht, womit ein Gespräch beginnen. Er stand ratlos und verärgert. Mit beiden Händen griff er nach seiner Perücke und zerrte daran.

„Weshalb haben Herr Graf mich so plötzlich herkommen heißen?" fragte Anna schnippisch und von oben herab.

„Wozu?“ fragte Hoym und begann das Kabinett wie vom Teufel besessen kreuz und quer zu durchmessen. „Wozu? Weil ich verrückt war! Weil mich die Schurken betrunken gemacht haben, weil ich nicht wußte, was ich tat. Weil ich ein Tor bin, weil ich ein Unglücksrabe bin, ein Idiot. Ja, ein Idiot!“ wiederholte er.

„Also darf ich zurückkehren?“ fragte Anna.

„Aus der Hölle gibt es keine Umkehr!“ Hoym lachte auf. „Und Ihr seid durch meine Gnade in der Hölle, Madame. Die wahre Hölle ist das!“

Er riß die Weste über der Brust auf, als ob sie ihn ersticke, und sank in den Sessel.

„Ach ja, man könnte wirklich verrückt werden“, murmelte er, „mit dem König kann man sich aber nicht auf Krieg einlassen.“

„Wie denn? Mit dem König?“

„Ja, der König! Fürstenberg, alle, alle zusammen! Sogar Vitzthum. Wer weiß, vielleicht gar die eigene Schwester ... Alle haben sich gegen mich verschworen. Sie hatten erfahren, daß du schön bist und ich blöd; so erging der Befehl, dich ihnen zu zeigen.“

„Und wer hat ihnen von mir erzählt?“ erkundigte sich in aller Ruhe die Hoym.

Der Minister konnte es vor ihr nicht eingestehen, selbst getan zu haben, wofür ihn nun die Strafe traf. Er knirschte mit den Zähnen, stampfte mit dem Fuß auf und sprang vom Sessel. Der Zorn wich plötzlich einer völlig entgegengesetzten Verfassung; er erblaßte, wurde kaltblütig und höhnisch.

„Schluß damit!“ sagte er halblaut. „Reden wir vernünftig. Was geschehen ist, kann ich nicht mehr ändern. Ich habe Euch hergebeten, weil ich Euch herschaffen mußte. Der König wollte es, und Zeus zerschmettert jeden, der sich ihm zu widersetzen wagt. Seinem Vergnügen muß alles dienen, mit seinen königlichen Füßen tritt er, was anderen heilig ist, in den Dreck und schmeißt es auf den Kehricht. Davor gibt es keine Rettung als den Tod.“

Er dämpfte die Stimme noch mehr und schwieg schließlich, als wollte er lauschen, ob jemand horchte. Und von neuem lief er im Zimmer umher, nur langsamer.

„Ich habe mit Fürstenberg gewettet, daß Ihr schöner seid als alle, die hier berufsmäßig die Rolle der Schönen spielen. Nicht wahr, ich war dumm? Ich gestatte es, daß Ihr mich so schimpft. Unser erlauchtester Herr soll Schiedsrichter unserer Wette sein, und ich gewinne tausend Dukaten.“

Anna verzog das Gesicht und wandte sich mit tiefstem Abscheu von ihm ab.

„Ein Scheusal seid Ihr, Graf! Wie denn? Ihr, Ihr, der mich wie eine Sklavin eingesperrt gehalten hat, der mit Luft und Licht für mich gegeizt hat, Ihr führt mich jetzt als Komödiantin auf die

Bühne, damit ich für Euch mit dem Glanz meiner Augen und dem Lächeln meiner Lippen Wetten gewinne? Das ist die größte Unverschämtheit, die es gibt."

„Spart nicht mit Schmähungen, sagt, was Euch beliebt", rief Hoym jammernd. „Ich habe es nicht anders verdient. Nichts kann mich genug verdammen. Ich habe das herrlichste Geschöpf der Welt besessen, das allein für mich geblüht und gelacht hat, ich war stolz und glücklich. Der leibhaftige Satan hat mich den Verstand in Wein ertränken lassen."

Er rang die Hände. Anna schwieg und starrte vor sich hin.

„Ich fahre nach Hause", sagte sie. „Hier bleibe ich nicht, ich würde mich vor mir selbst schämen. Die Pferde!"

Sie stürzte zur Tür. Hoym lächelte bitter.

„Die Pferde! Den Wagen!" wiederholte er. „Aber meine Dame, Ihr wißt offenbar nicht, wo Ihr Euch befindet und was Euch umgibt. Du bist Sklavin, nicht einen Schritt kannst du tun. Ich möchte mich nicht verbürgen, daß keine Wache vor der Haustür steht. Wenn du dich zu entwischen erkühntest, setzten dir Dragoner nach, fingen dich und brächten dich zurück. Niemand hat den Mut, dich zu fahren, niemand würde es wagen, dich zu retten. Du hast keine Ahnung, wo du bist."

Die Gräfin war verzweifelt. Hoym sah zu ihr auf mit einem Gefühl unaussprechlicher Eifersucht, voller Schmerz, Bitterkeit, Hohn und Unruhe.

„Nein", sagte er und berührte leicht ihre Hand. „Hör zu, vielleicht ist es noch nicht so schlimm, wie ich es schildere, wie ich es ahne. Reden wir gelassen und vernünftig. Hier kommt um, wer umkommen will. Du verstehst auch, nicht schön zu sein, wenn du es darauf anlegst. Abweisend, kalt, grausam kannst du wirken. Also kannst du dich zu meiner und deiner Rettung abstoßend geben."

Er senkte die Stimme.

„Kennst du die Geschichte unseres gnädigsten Gebieters und Königs August?" fragte er unter seltsamem Lachen. „Er ist ein reizender Herr, großzügig, verschwenderisch mit dem Gold, das meine Akzise aus dem schimmligen Brot der Elenden preßt. Es gibt keinen, der sich kostspieliger zu vergnügen wüßte. Er knickt Hufeisen und Frauen und wirft sie weg. Kanzler, die er gestern umarmte, schickt er heute nach Königstein. Ein gutmütiger und gnädiger Herr, er lacht dich bis zur letzten Stunde an, um dir die Richtstätte zu verschönen. Sein Herz ist überaus mitfühlend, nur widersetzen darf man sich ihm nicht."

Er sprach immer leiser, und seine Augen irrten ängstlich umher.

„Du kennst seine Geschichte! Eine sehr interessante Geschichte!" flüsterte er weiter. „Er liebt stets frische Frauen, immer wieder frische, wie jener Drache im Märchen mit den Jungfrauen lebt, die ihm die entsetzten Einwohner in seine Höhle schleppen und die er dann verschlingt. Wer wohl mag seine Opfer zählen? Du hast vielleicht ihre Namen gehört, meine Gnädigste, aber daneben dürften es wohl dreimal soviel Vergessene sein. Der König hat einen ausgefallenen Geschmack und wunderliche Gewohnheiten. Zwei Tage ist er in Atlasgewänder verliebt, und wenn er ihrer überdrüssig ist, hält ihn nichts ab, auf Lumpen zu pirschen. Die Leute wissen von drei Königinnen aus der linken Hand, ich könnte zwanzig aufzählen. Die Königsmarck ist noch hübsch, die Spiegel noch gar nicht alt, die Fürstin Teschen in Gnaden, aber schon haben sie alle ihn gelangweilt. Er lauert, wen er sich schnappen könnte. Ein guter Herr, ein gnädiger Herr!" fuhr er lachend fort. „Er muß sich amüsieren, ist er doch um dessentwillen zur Welt gekommen, daß ihm alles zu Füßen liegt. Schön wie Apollo, stark wie Herkules, geil wie ein Satyr und gefährlich wie Jupiter."

„Weshalb erzählt Ihr mir das alles, Graf?" fragte Anna empört. „Haltet Ihr mich für so durch und durch verkommen, daß ich auf eine Kopfbewegung hin mich vom ehrenhaften Weg verführen ließe? Ihr kennt mich nicht. Das ist eine Beleidigung!"

Hoym sah sie mitleidig an.

„Ich kenne meine Anna", sagte er lächelnd. „Aber ich kenne auch den Hof, den Herrscher, die Leute, die uns umgeben, und die Pracht, von der sie umschmeichelt werden. Wenn du mich lieben würdest, wäre ich beruhigt."

„Ich habe Euch doch geschworen, das genügt", sagte die Frau mit Nachdruck. „Du hast nicht mein Herz erobert, besitzt aber mein Wort. Ein Schwur ist etwas mehr als das Herz, denn das Herz vermag ich nicht zu zügeln, meines Eides jedoch bin ich Herr. Frauen wie ich brechen keine Eide."

„Selbst solche haben sie zum Ruhme der Krone gebrochen", sagte Hoym. „Fürstin Teschen ist eine große und stolze Herrin."

Anna bewegte verächtlich die Schultern.

„Ich kann Frau, ich will nicht Geliebte sein", rief sie. „Das Schandmal an der Stirn zu tragen, vermag ich nicht."

„Ach, die Schande", sagte Hoym, „die brennt nur kurz, die Wunde verheilt und tut nicht weh, wenn das Mal auch in Ewigkeit bleibt."

„Ihr seid abscheulich, Graf!" schmetterte Frau Hoym ihm entgegen. „Da holt Ihr mich her und werft mir solche Drohungen hin."

Die Erregung ließ sie nicht ausreden. Hoym trat reumütig zu ihr.

„Verzeih mir", bat er. „Ich habe den Kopf verloren, ich weiß nicht, was ich tue und rede. Das sind irre Vermutungen und Ängste. Morgen findet ein Hofball statt. Der König hat befohlen, daß du daran teilnimmst, du wirst der Königin vorgestellt werden. Ich glaube", er senkte die Augen, „Ihr könnt, meine Gnädigste, wenn Ihr wollt, auch nicht schön sein. Ich verliere die Wette gern. Es wird dir leichtfallen, dich lächerlich zu machen, dich linkisch zu benehmen. Beim König gelten Eleganz, Witz, Lebhaftigkeit sehr viel. Was wäre einfacher, als nachlässig, plump, wortkarg, zerstreut und stumpf zu erscheinen. Die Gesichtszüge allein bedeuten noch nichts. In Dresden wimmelt es von hübschen Köchinnen. August ist ein ausgezeichneter Kenner, er verlangt mehr. Versteht Ihr mich, Gnädigste?"

Anne wandte sich ab, schwieg angeekelt und ging zum Fenster.

„Du empfiehlst mir also, Komödie zu spielen, um deine Ehre zu retten, nachdem du sie um tausend Dukaten aufs Spiel gesetzt hast!" rief sie ironisch lächelnd aus. „Ich aber dulde keinen Schwindel. Eurer Ehre, mein Herr, droht keine Gefahr. Anna Konstanze Brockdorf gehört nicht zu jenen Frauen, die sich einem Herrn von Gottes Gnaden hingeben und für eine Handvoll Brillanten demütigen lassen. Du brauchst nichts zu befürchten, beruhige dich. Mitleid habe ich mit dir. Ich werde auf diesem Ball nicht sein."

Hoym schwieg und erblaßte.

„Ihr müßt zu dem Ball kommen", sagte er mit gedämpfter Stimme. „Hier geht es nicht mehr um eine belanglose Gefahr, sondern um Kopf und Kragen, um meine Zukunft. Der König hat befohlen."

„Aber ich will nicht!" widersprach Anna.

„Du widersetzt dich ihm?" fragte Hoym.

„Warum denn nicht? Er gebietet über alles, außer Heim und Familie, die Gott gehören. Was kann er mir anhaben?"

„Nein, Euch nicht", sagte der Minister hastig, „dafür behandelt er schöne Frauen zu galant; ich jedoch werde nach Königstein ziehen, das Vermögen beschlagnahmt der Fiskus, rauben die Favoriten ... Elend, Tod!"

Mit beiden Händen bedeckte er die Augen.

„Ihr kennt ihn nicht", sprach er leise; „er lächelt und strahlt wie Apollo, ist aber gefährlich wie der Donnergott. Noch hat er niemand verziehen, wer zu bezweifeln wagte, daß er allmächtig sei. Entweder erscheint Ihr auf dem Ball, oder ich bin verloren."

„Und bildet Ihr Euch ein, Graf", entgegnete Anna, „daß Ihr womöglich untergeht, wäre so schrecklich für mich?"

Sie hob die Schultern und trat wieder zum Fenster.

Hoym folgte ihr bleich.

„Um Gottes willen, man kann sich doch dem Belieben des Königs nicht widersetzen; ich beschwöre Euch."

Es wurde hart an die Tür geklopft, und ein Dienstbote stürzte herein, verhielt an der Schwelle den Schritt. Der Minister krauste die Stirn.

„Die Gräfinnen Reuß und Vitzthum."

Mit zornentstellter Miene eilte Hoym zur Tür. Er wollte den Bedienten mit abschlägiger Botschaft hinausschicken, aber schon erblickte er hinter ihm das anmutige, gutgelaunte Gesicht der Gräfin mit ihren aristokratischen Zügen und daneben die lebhaft spionierenden Augen seiner Schwester. Er hatte angenommen, von dem gestrigen Vorfall und der Ankunft seiner Frau wüßte in der Stadt noch niemand. Der Besuch dieser beiden Damen überzeugte ihn allerdings, daß sein in trunkenem Zustand begangener Fehler, den er sich nicht verzeihen konnte, bereits zum allgemeinen Gespött geworden sein mußte. Sonst hätte die Gräfin Reuß gewiß nicht das Strohwitwerhaus des Ministers betreten.

Verwirrt hieß er den Diener abtreten, und die majestätische Gestalt der Vitzthum, die auf der Schwelle verharrt war, zeigte sich in schwarzem, spitzenbesetztem Gewand. Die Gräfin Reuß, weißgekleidet, frisch, mit roten Wangen, von leicht rundlichen, aber anmutigen Formen, ein feines Lächeln um den kleinen roten Mund, hatte nichts Erschreckendes an sich. Dennoch erblaßte Hoyms ohnehin bleiches Gesicht bei ihrem Anblick noch mehr; er geriet völlig aus der Fassung, als sähe er ein Schwert über sich schweben.

Seine Schwester, Frau Vitzthum, die Gräfin Reuß begleitete, bemerkte es sofort an den Augen ihres Bruders. In beiden Frauengesichtern hingegen blühte ein freundliches Lächeln.

„Hoym, ich hätte wirklich allen Grund, mich über dich zu ärgern", begann mit süßer, melodischer Stimme Gräfin Reuß. „Wie ist es nur möglich? Deine Gemahlin kommt zu uns her in die Hauptstadt, und ich habe keine Ahnung davon, sondern erfahre es erst zufällig von Hülchen."

„Wieso das?" schrie der Minister, außer sich vor Ungeduld. „Auch Hülchen weiß davon?"

„Natürlich", sagte Frau Reuß eintretend. „Auch sie! Alle Welt meint, du hättest endlich Vernunft angenommen und ließest nicht eine arme Frau länger hinter Gittern welken."

Bei diesen Worten glitt sie zu Anna hinüber, prüfte sie mit den Augen so gründlich, wie es Liebhaber schmucker Pferde bei Vorführungen auf dem Markt zu tun pflegen.

„Wie geht es Euch, teure Gräfin?" fragte sie, ihr beide Hände entgegenstreckend. „Wie ich mich freue, Euch hier willkommen heißen zu dürfen, hier, wo Euer eigentlicher Platz ist. Ich komme als erste, aber glaubt mir, nicht Neugier treibt mich hierher, sondern der Drang, Euch zu Diensten zu stehen. Morgen wirst du auf dem Ball der Königin sein, du meine entzückende Einsiedlerin! Heute nun kommst du an, kennst Dresden nicht – befiel nur, dir zu helfen. Ich und Frau Vitzthum haben uns schon lange gesorgt um dich, du armes verschüchtertes Küklein."

Während sie so sprach, stand die Frau, die Gräfin Reuß verschüchtertes Küklein nannte, so stolz und voller Kraft, keineswegs furchtsam, als herrschte sie hier seit undenklichen Zeiten.

„Ich danke Euch schön", sagte sie in ruhigem Ton. „Eben hat mir mein Gatte eröffnet, daß ich zum Ball geladen bin. Ist das wirklich notwendig? Hab ich denn nicht das Recht zu erkranken, und wär's nur, weil ich überwältigt bin von solch außerordentlichem Glück?"

„Ich möchte dir nicht raten, eine solche Ausrede zu benutzen", antwortete Gräfin Reuß, während Hoym sie am Arm aus seinem Kabinett in den düsteren Audienzsaal geleitete. „Niemand wird dir die Krankheit glauben, wenn er dich sieht; du schaust aus wie Juno, strahlend vor Gesundheit und Wohlbefinden; niemand erkennt den Vorwand an, weil du gar nicht schreckhaft bist."

Die Vitzthum faßte Anna unter und nutzte den Umstand, daß ihr Bruder vorausging, ihr ins Ohr zu flüstern:

„Liebe Anna, du brauchst wahrhaftig nichts zu fürchten, noch etwas vorzutäuschen. Entrinnst du doch wenigstens einmal der Haft, um die ich dich immer beweint habe. Du wirst den Hof sehen, den König, unseren Luxus, dem in Europa nichts gleichkommt. Ich möchte dich als erste beglückwünschen dazu. Ich bin überzeugt, daß deiner das allerglücklichste Schicksal harrt."

„Ich habe mich an mein Gefängnis und die Stille dermaßen gewöhnt", sagte Anna leise, „daß ich nichts mehr entbehre."

„Mein Hoym wird aus Eifersucht verschmachten", fügte die Vitzthum hinzu und brach in schallendes Gelächter aus.

Die drei Damen, denen der verwirrte Minister Gesellschaft leistete, standen noch mitten im Saal, als ein Lakai Hoym abrief. Hinter ihm schloß sich die Tür. Gräfin Reuß setzte sich, zog die schöne Hausherrin zu sich nieder und wisperte ihr zu:

„Meine Teuerste, ich bin froh, dich als erste zu begrüßen, wenn du ein neues Leben beginnst. Sei versichert, ich kann mich dir in manchem nützlich erweisen. Hoym hat dir wider Willen eine Stufe untergeschoben, auf der du dich hoch erheben kannst. Wie ein Engel bist du schön."

Anna schwieg eine Weile.

„Wenn du annimmst, ich sei ehrgeizig, irrst du, liebe Gräfin", sagte sie kühl. „Ich habe magere Jahre erlebt, mußte viel grübeln über mich und die Welt in meiner Einsamkeit. Dahin und zu meiner Bibel zurückzukehren, nur danach sehne ich mich."

Die Reuß lachte auf.

„Das alles wird sich ändern", sagte sie und schmiegte sich an die Hausherrin. „Jetzt laß uns an die morgige Toilette denken. Vitzthum, paß auf, wir werden beratschlagen, wie wir sie einkleiden, denn allein wäre sie imstande, diese Frage nicht in ihrem vollen Gewicht zu erkennen. Schließlich mußt du das Ansehen des Hauses deines Bruders wahren."

„Wie auch immer sie sich kleiden möge", erwiderte die Vitzthum, „stets wird sie die Schönste bleiben. Selbst die Teschen kann ihr nicht das Wasser reichen; sie ist welk. Am ganzen Hofe gibt es keine, die neben Anna nicht verblaßt. Mir scheint, das bescheidenste Kleid wird ihr am vorteilhaftesten zu Gesicht stehen. Mögen andere auf Rouge, Puder und Quasten setzen, ihr genügt sogar ein Jungfernröckchen."

Das Gespräch über den Putz verlief lebhaft, sprunghaft, hitzig, polemisch. Die Gräfin mischte sich nicht ein, sie hörte den beiden Freundinnen nur zu, die eifrig darauf bedacht waren, daß ihr Interesse für sie nicht Mißtrauen und Mutmaßungen erweckte. Allmählich jedoch erlag auch sie der magnetischen Versuchung, die Fragen der Garderobe bei Frauen bewirken, warf hie und da ein Wort ein, und der durch Gekicher unterbrochene Streit nahm immer lustigere Formen an.

Die Gräfin Reuß lauschte sehr aufmerksam auf jede Bemerkung von Frau Hoym, beobachtete sie insgeheim, irgendwie sonderbar nervös. Sie stellte scheinbar gleichgültige Fragen, um aus den Antworten mehr herauszuhören, als sie sagen sollten. Anna fand bald aus den Erregungen dieses Morgens zurück in die ihrem Alter gemäße Verfassung, fing zu witzeln und zu lachen an und spielte dabei leicht und geschickt mit Worten, die gleich tausend scharfen Brillanten funkelten. Unbefangen, außerordentlich freimütig erzählte sie von sich, von ihren Gefühlen und Vorahnungen. Frau Reuß zollte ihr Beifall. Wiederholt drängte es sie, Anna an sich zu drücken, so erquickte sie der jugendliche Übermut dieses Wesens, das in der Abgeschiedenheit und Stille seine ganze jungfräuliche Urkraft erhalten hatte.

„Du bist wunderbar, Anna, entzückend, unvergleichlich!" schmeichelte sie. „Morgen abend wird dir der ganze Hof zu Füßen liegen. Hoym sollte sich beizeiten die Pistolen bereitlegen. Die Teschen wird wieder Migräne bekommen und Ohnmachten heucheln, die ihre Reize so schön zur Geltung bringen."

Die Vitzthum lachte. Deshalb erzählte die Reuß der jungen Dame, wie die Fürstin Lubomirska beim Anblick des vom Pferd gestürzten Königs das Bewußtsein verlor und dafür das Herz des Monarchen eroberte. Beide seien damals besinnungslos geworden – der König durch die schwere Beinverletzung – und das Erwachen herrlich: August habe ihr zu Füßen gekniet, als sie die Augen aufschlug.

„Leider", ergänzte die Reuß, „würde der König heute, selbst wenn sie wieder ihre Anfälle bekäme, eher erschrecken als sich an ihnen ergötzen. Dahin ist das erste Feuer. Auf die Leipziger Messe hat unser allergnädigster Gebieter alle Hemmungen abgestreift und um französische Schauspielerinnen gebuhlt. Was noch schlimmer ist, es wird berichtet, er habe sich über beide Ohren in die Fürstin von Anhalt-Dessau verliebt und von ihr nichts als erbarmungslose Hartherzigkeit erfahren. Fürstenberg hat neuerlich gestanden, sein Herz sei frei und willens, sich einer neuen Schönheit darzuopfern."

„Ich hoffe", sagte Anna ein wenig gekränkt, „liebe Gräfin, du verdächtigst mich nicht, ich stellte mich in eine Reihe mit französischen Schauspielerinnen. Das kommt nicht in Frage, selbst wenn am anderen Ende Fürstinnen stehen sollten. Das Herz des Königs ist gar kein so erfreuliches Geschenk, und mein Herz dürfte etwas mehr wert sein als die Reste von Fürstin Teschen."

Die Reuß errötete leicht.

„Still, still, du Ahnungslose", warnte sie, sich umschauend. „Wer sagt denn das? Wir plauschen nur so für uns; es ist ganz gut, wenn du auf alles gefaßt bist. Frau Vitzthum und ich schicken dir unsere Kaufleute und Schneiderinnen. Solltest du deine Brillanten von daheim nicht mitgebracht haben oder sollten dir welche fehlen, leiht dir Meyer bei strengstem Stillschweigen, was du auch immer begehrst und wie es hier am Hofe noch nie gesehen wurde. Er ist dienstbeflissen und zuvorkommend."

Gräfin Reuß und Frau Vitzthum erhoben sich und umarmten Anna, die sie schweigend zur Tür begleitete. Hoym ließ sich nicht mehr blicken, im Kabinett saßen etliche Akzisebeamte. Unten vor der Treppe wartete die Kutsche der Gräfin Reuß, die beiden Damen stiegen ein. Einige Zeit saßen sie wortlos, bis die Vitzthum als erste das Eis brach.

„Was prophezeist du?" flüsterte sie.

„Es ist unabwendbar", antwortete die Gräfin, „es muß sein. Hoym kann sich vom heutigen Tage an für einen Witwer halten. Anna ist stolz, sie wird sich gegen ihr Glück lange sträuben, aber nichts reizt den König mehr als solcher Widerstand, gegen den er ankämpfen muß. Sie ist engelschön, mutig und schlagfertig, eigenartig – alles Eigenschaften, die nicht nur anziehen, sondern auch binden. Wir werden uns, meine Teuerste, mit ihr gut stellen, ehe sie die Macht ergreift. Dann wäre es zu spät. Ich werde dich stützen und du mich, unser Wort darauf. Über sie werden wir den König in der Hand haben, die Minister, alles. Die Teschen hat ausgespielt, was mich unbändig freut. Bei dieser langweiligen, sentimentalen Fürstin konnte ich nie auf den grünen Zweig kommen. Schließlich hat sie ja auch genug; ihr Sohn ist anerkannt, der Fürstentitel ihr verliehen, riesige Besitztümer hat sie zusammengerafft. Zu lange hat sie ihn beherrscht. Sie tritt ab. Der König hat sich gelangweilt, und er braucht gerade jetzt, mehr denn je, da er so unglücklich ist, Aufmunterung und Vergnügen. Fürstenberg, ich und du bewerkstelligen es endlich, daß sie fällt. Bis zum Hals steht diese Ausländerin uns allen. Man muß die ganze Intrige nur vernünftig spinnen, vorsichtig, wahrscheinlich Faden für Faden; denn Anna läßt sich nicht im Sturmangriff erobern, dazu ist sie zu selbstbewußt."

„Armer Hoym!" Die Vitzthum lachte. „Wenn er klug ist ..."

„Er gewinnt daran. Seit langem hat er sie nicht geliebt, dieser Wüstling", unterbrach sie Gräfin Reuß. „Obwohl du seine Schwester bist, darf ich offen zu dir sprechen. Letztlich hat er sich die Suppe selber eingebrockt, an der er sich verschluckt."

„Ich habe Fürstenberg in Verdacht!"

Die Gräfin Reuß maß sie mit einem stechenden raschen Blick, und in ihren Augen blitzte etwas wie ein Funke Hohn auf. Sie zuckte die Achseln.

„Tja, es gibt halt noch Sonntagskinder", sagte sie ironisch. Plötzlich lachte sie laut. „Weißt du", schloß sie, „sie sollte ein orangefarbenes Kleid anziehen und eine Korallenkette anlegen. Sie hat rabenschwarzes Haar, taufrischen Teint, das wird ihr fabelhaft stehen. Hast du bemerkt, welch ein Feuer in ihren Augen lodert?"

„Und wie hochmütig sie ist, leider", ergänzte die Vitzthum.

„Laß sie nur erst den König sehen!" sagte die Gräfin. „Wenn August ihr zu gefallen begehrt, ich garantiere, sie verliert Kopf und Herz."

IV

An der Pirnaischen Straße, damals eine der repräsentativsten im kleinen, von Mauern umgebenen und eingezwängten Dresden, stand das Palais Beichlings, der einst Kanzler und nun Staatsgefangener auf Königstein war. Die Fürstin Lubomirska, geborene Bokun, Tochter eines litauischen Truchsessen, von ihrem Mann geschieden, erklärte Geliebte des Königs August II., wurde zur Fürstin Teschen erhoben, offenbar als Preis dafür, daß sie sich um den Sturz des Kanzlers verdient gemacht hatte, dessen gewaltige Erbschaft die Höflinge fledderten, erhielt das Beichlingspalais geschenkt und richtete sich darin ihre glanzvolle Residenz ein. Wenn sie nicht gerade auf den ihr ebenfalls zugeschanzten Gütern um Hoyerswerda der Ruhe pflegte oder auf den übrigen Besitztümern in der Lausitz weilte, saß sie in ihrem Palais an der Pirnaischen Straße oder beschäftigte sich mit der Anlage von Gärten in der Friedrichstadt. Jene ersten Jahre voll heißer Liebe, als es der König keinen Tag ohne die teure Ursula aushielt, als die reizende Fürstin zum Stelldichein mit dem königlichen Geliebten ritt, in die sächsischen Landesfarben gekleidet und im Glanz ihrer zwanzig Lenze strahlend – jene glücklichen Jahre, in Warschau zugebracht, auf Reisen durch Deutschland genossen, auf herrlichen Bällen durchtanzt, schienen unwiederbringlich dahin.

Eine böse Vorahnung hatte ihr auf einem Karnevalsball in Leipzig die taktlose preußische Königin Sophie bereitet. Um August II., der seine Leidenschaft der Fürstin von Anhalt-Dessau aus ihrem Gefolge antrug, mit seiner Mätressenwirtschaft bloßzustellen, setzte sie ihm und der Fürstin Teschen-Lubomirska damals drei abgelegte Königsliebchen auf einmal vor die Nase – Aurora von Königsmarck, die Fürstin Esterle und Frau von Haugwitz. Seit diesem Ball, der später mit den rührendsten Beteuerungen ewiger Zuneigung endete, spukte der Fürstin Teschen ständig der eine Gedanke im Kopf: daß sie genauso wie andere von dem unsteten August im Stich gelassen werden könnte, ja müßte. Immerhin bewies der König, abgesehen von den Seitensprüngen ohne Zahl, der Fürstin Teschen in Wort und Tat stets aufrichtige Liebe. Ursula verstand ihn mit großem Geschick zu lenken. Innerlich jedoch fühlte sie, daß der König im Begriff war, sich jeden Moment von ihr loszureißen, für alle Zeiten.

Der Spiegel zeigte ihr anmutige Gesichtszüge und auch noch Jugend, die sie sorgsam hegte, aber diese Schönheit und ihr Glanz besaßen für den König schon nicht den Reiz des Neuen. Ihn erquickten die Plauderkunst der Fürstin, ihre Gewandtheit in Hofaffären, ihre mit einem Hauch weiblicher Leichtfertigkeit durchdrungene Politik, ihre parfümierte Perversität und das verwirrende Intrigenspiel, das sie zu ihren Gunsten zu führen verstand. August besuchte sie noch für ein paar Stunden; wenn die Königin sie wie ehedem fragte, wann sie Dresden verlasse, wagte sie allerdings heute nicht mehr unverfroren zu antworten, sie sei mit dem König gekommen und kehre auch nur mit ihm zurück. Ein Schleier der Trauer lag über ihren schönen feuchten Augen, die, voller Melancholie, milden Charakter vorspiegelten, während sie in Wirklichkeit in ihren Entschlüssen und Maßnahmen über Hartnäckigkeit verfügte. Von Tag zu Tag wuchs in ihr die Furcht, ob nicht der Befehl sie ereilte, Dresden zu verlassen und auf ewig vom König Abschied zu nehmen.

Scheinbar hatte sich nichts geändert, sie litt keinen Mangel, man achtete sie noch als Herrin am Hofe, aber in den Augen der Höflinge las sie ihren baldigen Fall. Verschmitztes und verstecktes Lächeln, boshafte Blicke verfolgten sie überall.

Als Ursula August liebte, sehr heiß sogar, glaubte sie, daß sie diesen Leichtfuß für sich zähmen könnte und eines Tages Königin würde. Solche Illusionen waren nun abgeflaut und verflogen. Das Los aller seiner Mätressen sollte und mußte auch sie treffen. Obzwar enttäuscht, ernüchtert, steigerte sie sich noch zu früherer Ausgelassenheit und Koketterie, sooft sie dem König gefallen wollte. Danach, zu Hause allein in ihren Wänden, weinte sie leise, und bald bebte ihr Herz vor Rachsucht. Immer häufiger schrieb sie jetzt Briefe an den Primas Radziejowski. Aber der König sah die Gefahr, sich mit der Nichte des ersten Beamten des Polenreiches zu überwerfen, und übertraf in seinen Liebesschwüren sich selbst. Zur selben Zeit wurde der Fürstin eifrig nachspioniert. Der König fürchtete sie schon, bevor er ihre Vergeltung spürte. Augusts Liebe wandelte sich in leere Galanterie, sie strahlte eisige Kälte aus. Die Fürstin Teschen nahm am Hofe den ersten Platz nach der Königin ein, im Herzen aber stand sie mit der Königin gleich – sie war ihm längst gleichgültig. Die Illusionen verwehten wie Frühlingswolken, gekränkter Stolz nur blieb noch.

Als die Truchsessentochter die heimatliche Erde verließ, träumte sie vom Thron. Der Thron zerfiel zu Staub. Übrig blieben die Scham der Fehlspekulation und die schändliche Lage einer Frau ohne Mann und Heim, abgefunden für eine kurze Zeit der Begierde mit Geschenken aus Titeln, Ländereien und Gold. Der Augenblick des Triumphes war kurz und nichtig, die Schmach blieb.

Die Fürstin Lubomirska konnte nicht nach Polen zurückkehren.

Stündlich mit der Ablösung und dem Urteilsspruch rechnend, der sie von der Höhe hinabschleudern sollte, auf der sie noch schwankte, dachte die Frau nur an sich. Und Langeweile plagte sie. Nur ihr Junge, der anerkannte Königssprößling, den man ihr täglich einigemal brachte, konnte mit Liebkosungen die Tränen trocknen, die seine Mutter dann zurückzuhalten suchte. Die Fürstin Teschen fühlte sich unglücklich, ehe sie Grund hatte, sich über ihr Schicksal zu beklagen. Das Kind hatte eine gesicherte Zukunft, sie nicht.

Das Palais an der Pirnaischen Straße lockte noch gewohnheitsmäßig alle Tage Scharen von Höflingen, schönen Damen und leichtfertigen Kavalieren an. Insbesondere den letzteren schien der König den Zutritt nicht nur nicht zu verwehren, sondern zu ebnen. Vielleicht hätte er sich gefreut, wenn einer von ihnen das ihm durch die allzu tränenselige Zuneigung lästig gewordene Herz in Beschlag nähme. August, der zeitlebens nicht geweint hatte, widerte es an, die Fürstin ständig weinen zu sehen und dort, wo er Entspannung suchte, nichts als Vorwürfe zu hören.

Die Fürstin hatte, scheinbar noch in Gnaden, ehrliche oder auch heuchelnde Freunde und Zuträger. Sie war täglich über jeden Schritt, jedes Lächeln und jedes Wort des Königs auf dem laufenden und bespitzelte ihn eifersüchtig. Von jenem Gelage, auf dem man Hoym das Eingeständnis über seine entzückende Gattin ablistete, erhielt die Fürstin Teschen authentische Berichte. Aufgeregt, fiebergeschüttelt lief sie umher und überlegte, ob sie sich zum Ball der Königin einfinden, in dieses Duell einwilligen oder den verächtlich hingeworfenen Handschuh ignorieren sollte.

Vormittags gegen elf Uhr wurde ihr die Ankunft der Frau Hoym gemeldet. Niemand konnte sie ihr beschreiben, denn niemand hatte sie gesehen, niemand kannte sie. Alle stimmten darin überein, daß sie schön war, man wußte, daß sie, geboren im Jahre 1680, mit der Lubomirska das gleiche Alter hatte. Die Art und die Gefährlichkeit ihrer Schönheit vermochte niemand zu bestimmen.

In der Hauptstadt kursierten die verschiedensten Gerüchte. Kyan sollte schonungslos geäußert haben: „Fragt nicht, ob sie schön sei, Hauptsache, sie ist der letzten nicht ähnlich."

Die Fürstin empfand es ebenso: Es kam nicht auf die Schönheit an, sondern auf den neuen Eindruck.

An diesem Tage war der Zudrang der Gäste bei der Fürstin schwächer als jemals zuvor. Alle hasteten durch die Stadt, um Neuigkeiten zu verbreiten oder ihnen nachzujagen.

Es hieß, der König habe wie gewöhnlich, wenn es sich um ein besonders exquisites Vergnügen handelte, persönlich aufs peinlichste das Ballprogramm aufgestellt und könne den Ausgang der Wette zwischen Fürstenberg und Hoym kaum noch erwarten. Auch wurde getuschelt, Jungfer Hülchen und die Gräfin Reuß intrigierten sorgfältig, um Frau Hoym in ihre Netze zu verstricken und sich ihrer Gunst zu versichern. Die Vitzthum verkündete laut, ihre Schwägerin stelle mit ihrer Schönheit alle anderen in den Schatten.

Die Fürstin sandte Kundschafter in die Stadt aus, nahm Rapporte ihrer Vertrauten entgegen, rang mit Verzweiflung und schluchzte. Dreimal war es ihr gelungen, den König zu halten, als er sich von ihr abwenden wollte, jetzt schien die entscheidende Stunde nahe. Sie zerbrach sich den Kopf, und plötzlich kam ihr ein sonderbarer Gedanke. Sie sah auf die Uhr. Hoyms Haus lag nicht weit von ihrem Palais, sie flüsterte der Zofe etwas zu, warf sich einen dichten schwarzen Schleier über, um die tränengeröteten Augen zu verhüllen, und lief lautlos die Treppe hinunter in die Halle. Hier standen zwei Sänften und Träger bereit. In einer Sänfte nahm sie Platz. Die Leute, von der Zofe informiert, eilten, statt die Straße zu benutzen, hintenherum durch die Gärten. Noch grünten die Zweige an den Bäumen und schirmten den schmalen leeren Pfad ab, der zu Hoyms Gartenpforte führte. Ein Unsichtbarer, wohl ein Gärtner, öffnete sie, die Fürstin sprang aus der Sänfte, schaute sich noch einmal um und huschte hinauf in Hoyms Palais. In der Halle stand ein Diener, der ihr den Weg wies. Verschleiert und darauf bedacht, unerkannt zu bleiben, erreichte die Lubomirska über einen dunklen Korridor die ihr bezeichnete Tür und klopfte an.

Es dauerte lange, bis geöffnet wurde. Offenbar wollte sich die Zofe, die vorsichtig die Tür einen Spalt aufmachte, nur überzeugen, wer gekommen sei, und hätte sie nicht vorgelassen, aber die Fürstin Teschen steckte ihr mit der einen Hand zehn Dukaten zu und schob sie mit der anderen leicht zur Seite, vergewisserte sich, durch welche Tür sie weitergehen sollte, und schwirrte davon.

Anna Hoym lief einsam in dem Zimmer umher, das ihr zugewiesen und hergerichtet worden war, als eine unbekannte verschleierte Gestalt auf der Schwelle erschien. Über diesen unverhofften Besuch verwundert, wich sie stirnrunzelnd zurück.

Die Lubomirska hielt inne und starrte neugierig, ohne ein Wort mit Frau Hoym zu wechseln. Ihre Lippen verengten sich und zitterten, Blässe überzog ihre Wangen. Ängstlich schweiften ihre Augen rundum, als suchten sie eine Stütze, entkräftet sank sie auf das nächste Kanapee.

Anna stürzte herbei. Auch die Zofe kam gelaufen. Beide richteten die Ohnmächtige auf.

Die Schwäche hielt nur kurz an, die Fürstin schreckte auf, und wieder heftete sie ihren Blick auf die Rivalin. Schweigend befahl sie der Zofe, sich zu entfernen.

Diese Szene, die den morgendlichen auf dem Fuße folgte, erfüllte die ohnehin verängstigte Frau Hoym mit noch größerer Unruhe. Nach der langen dörflichen Stille eröffnete sich ihr irgendein fieberhaftes Dasein, in dem sich zurechtzufinden ihr schwerfiel. Die Lubomirska streckte ihr eine bleiche und kalte Hand entgegen.

„Verzeih mir“, sagte sie in schwachem Ton. „Ich wollte dich sehen, dich warnen. Die Stimme der Pflicht, des Gewissens hat mich hergetrieben.“

Anna schwieg, sie angespannt musternd.

„Schau mich an“, fuhr die Fürstin fort, „du beginnst heute jenes Leben, das ich abschließe. Ich war wie du unschuldig, glücklich, ausgeglichen, geachtet, mit Gewissen und Gott einig, besaß den Fürstentitel, einen Gatten und, was noch mehr wiegt, den makellosen Namen des Vaters und der Familie. Dann kam ein gekrönter Mann und raubte mir das alles mit einem Lächeln. Er legte mir Zepter und Krone zu Füßen, schenkte mir sein Herz. Ich folgte ihm. Schau mich an. Heute verfüge ich über nichts. Ein geliehener Name, ein gebrochenes Herz, verwirktes Glück, ein Schandmal auf der Stirn, die Seele findet weder Rast noch Ruh, eine bedrohliche Zukunft und die Sorge um das Schicksal des Kindes, das ist alles, was mir geblieben ist. Es gibt niemand in der Welt für mich. Die Verwandten bekennen sich nicht zu mir. Die um mich scharwenzelt haben, werden mich morgen nicht kennen. Und er? Er wird mich von sich stoßen wie eine Fremde."

Anna errötete.

„Worin, gnädige Frau", rief sie mit gebrochener Stimme, „seht Ihr Gefahr für mich? Ich sehe keine, ich verstehe Euch nicht. Wer seid Ihr?"

„Gestern war ich Königin, was ich heute bin, weiß ich nicht", entgegnete die Teschen.

„Aber ich habe niemals nach der Krone getrachtet, jede Krone sengt die Schläfen", Anna seufzte. „Weshalb sollen diese Gefahren mir drohen?"

„Es sind Warnungen", sagte die Lubomirska. „Entschuldige, deinen Schläfen ziemte eine Krone. Die Leute geben sie dir zu früh, ich wollte dir diesen goldenen Reif enthüllen und innen den Dornenkranz zeigen."

„Ihr irrt, Gnädigste", sagte die Hoym gelassen. „Ich werde nie nach einer Krone greifen, dazu bin ich zu stolz. Entweder müßte ich den Rang mit ins Grab nehmen können, oder ich rühre sie nie und nimmer an. Beruhigt Euch."

Die Teschen fiel aufs Sofa, senkte den Kopf und begann zu schluchzen. Anna war gerührt, näherte sich ihr aus Neugier und Mitleid.

„Alles, was mir seit heute früh widerfährt, ist unverständlich", sprach sie leise. „Am liebsten möchte ich mich von hier losreißen, so schnell wie möglich. Wer seid Ihr denn?"

„Teschen", antwortete die Fürstin zaghaft und hob die Augen. „Du hast von mir gehört; bedenke, weshalb man dich hergeholt hat. Der gelangweilte Herr braucht ein neues Gesicht."

Anna schrie empört:

„Die Verruchten! Sie schachern also mit uns wie mit Sklavinnen ... Und wir?"

„Sind ihre Opfer."

„Nein! Ich werde kein Opfer, ich will es nicht sein!" unterbrach die Hoym. „Beruhigt Euch, ich besitze so viel Ehrgefühl, daß ich lieber Elend auf mich nehme als Demütigungen."

Die Teschen sah sie an und flüsterte:

„Bist du es nicht, wird es eine andere sein. Meine Stunde hat geschlagen; aber mögest du es sein oder eine andere, ich beschwöre dich, falls du die Kraft hast, räche uns alle, stoße sie zurück, schleudere ihnen deine Verachtung entgegen! Alles schreit zum Himmel um Rache."

Sie zog ihren Schleier über die Augen, reichte der Hoym schweigend die Hand.

„Du bist gewarnt, wehre dich!"

Dann eilte sie zur Tür. Frau Hoym aber bewegte sich nicht, sagte kein Wort. Die Erscheinung entschwand.

Auf der Treppe erwartete die Fürstin wieder der Diener, der ihr den Weg gewiesen hatte. Schnell huschte sie zur Sänfte. Als sie den Vorhang am Fenster zuzog, erblickte sie das blasse Gesicht eines jungen Soldaten, der sie irritiert und scheu anstarrte.

Das Gesicht des jungen Offiziers war schön und aristokratisch, voller Männlichkeit und Energie, jetzt aber von leidvollem Entsetzen entstellt, als traute er seinen Augen nicht. Während sich die Träger bückten, um die Sänfte anzuheben, trat er an das Fenster.

„Fürstin Ursula!" rief er bewegt. „Darf ich meinen Augen glauben, ist es denn möglich? Ich sehe, Ihr stehlt Euch heimlich fort, offenbar zu einem Stelldichein; sagt, ich flehe Euch an, sagt mir die ganze Wahrheit, damit ich mich unverzüglich aufs Pferd schwinge und nicht wiederkomme. Fürstin, meine Gnädigste, ich verliere den Verstand vor Liebe zu Euch, und Ihr ..." Er bedeckte die Augen.

„Ihr verliert den Verstand, das stimmt!" fauchte sie zornig. „Ihr seid ein solcher Tor, daß Ihr schon nicht mehr seht, woher ich komme, von Hoym nämlich, in den ich mich wohl doch nicht verliebt haben kann."

Sie faßte ihn an der Hand.

„Komm mit mir, lauf nebenher, ich lasse dich nicht los, bis ich dir alles erklärt habe."

Er lief gehorsam neben der Sänfte her, bis zum Palais; an der Treppe bot er der Fürstin den Arm, und sie begaben sich zusammen hinauf zu den Gemächern. Ermattet, entkräftet faßte sie sich an den Kopf, ließ sich auf das Kanapee fallen und hieß ihren Begleiter sich zu ihr zu setzen.

„Du siehst mich, Fürst, zornig und empört. Ich komme von jener, die meine abscheulichen Widersacher herbeigeschafft haben, um dem König ein neues Spielzeug zu geben, um mich zu verdrängen, um meinen Einfluß zu brechen. Hast du schon von der Hoym gehört?"

„Nein", antwortete der junge Fürst Ludwig von Württemberg. „Außer der Verhöhnung des armen Hoym habe ich nichts erfahren, den man trunken gemacht hat, um ihn zu nötigen, seine Frau zu zeigen."

„Ja, es ist gelungen, Augusts Neugier zu wecken, Intrigen wurden gesponnen", sprach die Fürstin immer lebhafter. „Ich habe sie gesehen, sie ist schön, sie ist gefährlich und kann in zwei Tagen Königin sein."

„Na, um so besser, um so besser!" rief Fürst Ludwig, vom Sofa aufschnellend. „Da werdet Ihr frei sein!"

Die Teschen blickte ihn prüfend an, der Jüngling errötete. Es folgte ein kurzes Schweigen. Sie gab ihm die Hand, er ergriff sie hastig und küßte sie stürmisch. Als er sie noch an die Lippen preßte, kam aus dem anderen Zimmer mit einem trockenen, unangenehmen, boshaften Lachen händeklatschend eine kleine Person, ein wenig der Fürstin ähnlich, obwohl längst nicht so schön.

Das Alter war dem Gesicht schwerlich abzulesen. Es konnte über zwanzig Jahre alt sein, aber ebensogut um zehn Jahre älter. Man sah diesem Gesicht an, daß es nie jung war und daß es vielleicht auch nie altern würde. Es trug Züge, die in der Jugend alt und im Alter gleichsam jung erscheinen. Die kleinen grauen Augen, verschlagen, lauernd, scharf, fanden keine Ruhe. Der weibliche Mund strotzte von Hohn, jedes Fältchen verriet die rastlose, fiebernde Tratschbase und routinierte Intrigantin. Das Gewand, außerordentlich gepflegt und bunt, war so gewählt, daß das einzige Schöne an ihr hervorgekehrt wurde, die wohlgestalte aufrechte Figur, der zierliche Fuß und die schlanke Taille. Behende wandte sie sich zur Fürstin um, klatschte in die Hände, als der Fürst von Württemberg beschämt seine Lippen von der Hand der Fürstin löste.

„Bravo, bravissimo, laßt euch von mir nicht stören", rief die Baronin Glasenapp in schrillem Ton, „Nous sommes en famille, keine falsche Scham! Unser Schwesterchen deckt sehr richtig ihren Rückzug durch militärische Nachhut; denn offenkundig nähern wir uns dem Zeitpunkt, da es gilt, sich aus dem Herzen des Königs und des Hofes zurückzuziehen. Ein guter Befehlshaber sichert sich stets den Weg nach hinten."

Diese kleine flinke Frau, gemieden vom ganzen Hof, den sie durch scharfgezielte Verleumdungen zu entzweien und zerstreiten trachtete, war eine litauische Truchsessentochter, eine geborene Bokun, leibliche Schwester der Lubomirska, jetzt Gattin des Barons Glasenapp, allerdings nur dem Namen nach, denn innigere Gefühle verbanden sie mit dem berühmten Schulenburg. An diesem Hofe durfte man nie nach dem Namen des Gatten fragen, sondern stets nach dem Namen des Liebhabers.

„Sehr lange haben wir uns, geliebte Schwester, nicht mehr gesehen", schnatterte sie. „Zu Zeiten der Gefahr aber tauche ich jedesmal auf, so auch jetzt. Hast du gehört, Teschen", fügte sie boshaft lächelnd hinzu, „man hat die Hoym geholt. Ich habe sie einmal gesehen, vor Rückkehr des Königs, als sie in Dresden weilte, und habe damals vorausgesagt, daß sie wie die trojanische Schöne Helena jemand Unglück bringen würde. Schön wie ein Engel, dunkelhaarig, was für Blondinen wie die Teschen immer gefährlich ist, quicklebendig, geistreich, bösartig, überheblich – und schreitet wie eine Königin. Eure Herrschaft ist zu Ende!"

Sie lachte aus vollem Halse.

„Aber du hast mit Fürstentiteln ein furchtbares Glück", sprach sie weiter, ohne jemand einen Einwurf zu gestatten. „Nun, ich konnte gerade noch einen mageren pommerschen Baron erwischen, du hingegen hattest den Lubomirski, hast den Teschen und bemühst dich schon auf Reserve um den Württemberger."

Der junge Mann stand rot bis unter die Haarwurzeln daneben. Die Teschen senkte den Blick, zischte aber durch die Zähne:

„Und ich fände noch einen vierten, wenn ich es wollte."

„Wenn du willst, sage ich dir seinen Namen ins Ohr", unterbrach die Baronin, sprang auf, lief zu ihrer Schwester und sagte: „Fürst Alexander Sobieski, nicht wahr! Leider wird der nicht heiraten; aber der kleine Ludwig ist bereit, gib dir Mühe, ihm Fesseln anzulegen."

Angeekelt wandte sich die Fürstin Teschen von der Schwester ab, die, sich in den Spiegeln betrachtend, schon wieder durchs Zimmer schlüpfte und die beiden Wesen beäugte, denen sie mit ihrer Boshaftigkeit das Gespräch gestört hatte.

„Wenn die Teschen Vernunft bewahrt", sagte sie, „dann kann sie aus dieser Kraftprobe noch siegreich hervorgehen. Die Hoym, ungehobelt, wie sie ist, wird den König verletzen. Sie gefällt ihm äußerlich, mit ihrem Stolz wird sie ihn abstoßen. Nach ihr wird die Teschen ihm erneut lieb und gut vorkommen. Was soll man tun, den königlichen Phantasien gegenüber muß man Nachsicht üben. Solche Menschen haben übermenschliche Sorgen und übermenschliche Privilegien. Mir tut es nur leid", sprudelte es unaufhörlich, „daß dich schon alle aufs Korn genommen haben, daß die Gräfin Reuß und Hülchen bereits der neuen Gottheit huldigen, daß Fürstenberg, ja selbst das Schwägerlein Vitzthum mithelfen, der Akzise goldene Hörner aufzusetzen. Der arme Hoym! Falls die Frau ihn fallenläßt – wahrhaftig, gäbe es nicht bestimmte Verpflichtungen, ich würde ihm folgen, um ihm die Witwerschaft zu versüßen. Aber der alte Schwerenöter wird weder mich noch eine andere mögen."

An dieser Stelle des lästigen Geplappers empfahl sich Fürst Ludwig; der Händedruck, mit dem ihn die Fürstin Ursula beglückte, entging den wachsamen Augen der Glasenapp nicht, und sie zwinkerte ihm von weitem zu.

Die beiden Schwestern waren allein und schwiegen lange.

„Du solltest es nicht so tragisch nehmen", begann die Glasenapp achselzuckend. „Die Sache war von langer Hand aufs genaueste geplant. Der König hat die Blondine satt. Du besitzt ein Fürstentum, verfügst über Hoyerswerda, hast Millionen, Brillanten, das Palais Beichlings, die Aussteuer für den Sohn, hast deine Schönheit, Reste der Jugend und Fürst Ludwig, der darauf brennt, dich zu heiraten. Ich gestehe, noch tauschte ich mit deinem Schicksal und träte dir überdies Schulenburg ab."

„Aber ich habe ihn geliebt!" sagte, wieder weinend, die Teschen.

„Ach, das hat sich gegeben, ich weiß es“, entgegnete die Baronin Glasenapp. „Ihr habt euch, glaube ich, mindestens ein halbes Jahr geliebt, und mittlerweile hat er dich an die zehnmal betrogen. Und du ihn wievielmal? Ich weiß es nicht; daß du ihn hintergangen hast, dafür gebe ich den Kopf.“

„Schwester!“ schrie die Teschen entrüstet.

„Nun gut, kein einziges Mal! Dennoch, sieh, inmitten dieser Liebe zu ihm brachtest du es fertig, dir den Württemberger auf Vorrat zu halten, und heute, da er wie gerufen kommt, hast du ihn soweit. Offen gestanden, mich bezeichnet man als verrückt und pervers, aber das hätte ich nicht übers Herz gebracht. Ich habe mir erst dann, als der Streit mit Glasenapp bis aufs Messer ging, den Schulenburg geschnappt. Mir gelingt ja auch gar nichts, und niemand kann mich leiden, was ich doppelt und dreifach heimzahle.“

Sie lachte trocken.

„Hör zu, Lubomirska“, sagte sie nach kurzer Pause, „Könige pflegen beim Abschied die geschenkten Diamanten zurückzufordern. Ich empfehle dir daher, deine an einem sicheren Ort zu deponieren.“

Sie sah die Schwester an, die nicht zuzuhören schien.

„Wirst du heute auf dem Ball sein?“

Das Wort durchzuckte die Lubomirska, und sie stand auf.

„Auf dem Ball, ja“, sprach sie gedankenversunken. „Ich muß dort sein. Ich werde ganz in Schwarz hingehen, in Trauerkleidung, ohne Schmuck, in einem groben Gewand. Das wird Aufsehen erregen, aber sag, Theresia, ob Schwarz mir zu Gesicht stehen wird?“

Die Glasenapp lachte.

„Unbedingt, Trauer kleidet alle, aber wenn du meinst, damit August zu rühren und die Hofleute zu bewegen, irrst du gewaltig. Lachen werden sie. Sie mögen keine Tragödien. In Trauerkleidung wirst du also gehen? Sie werden sagen, du seiest reif für den Sarg, und leichten Herzens geben sie dir das letzte Geleit.“

„Mag es kommen, wie's will, ich gehe in Trauer“, wiederholte die Teschen. „Aber ich werde dort sein und vor ihn treten wie eine stumme Erscheinung.“

„Und da die Hoym blühend, ausgelassen und frisch sein wird, verschwindest du unbeachtet wie eine Erscheinung.“

Sie schaute auf die Uhr.

„Ach, schon so spät. Ich verabschiede mich. Auf Wiedersehen zum Ball. Ich werde auch dort sein, aber auf der anderen Seite, als Zuschauerin, die den Schauspielern Beifall klatscht. Bleib gesund!“

V

Paarweise traten die Damen ein, geführt von ihren Gatten oder Verwandten. Der außerordentlichen Prachtfülle waren keinerlei Kriegsniederlagen anzumerken, wie sie das mit Sachsen liierte Land erlitten hatte, noch spürte man im geringsten, daß der Staatssäckel leer war. Der König trug einen brillantenübersäten Anzug mit riesigen diamentenen Knöpfen, einen Degen mit ebenso ausgelegtem Knauf, selbst die Schuhspangen funkelten. Seine majestätische Figur, gleichsam verjüngt, strahlend, hätte eher einem Sieger angestanden als einem, der mit einem verbissenen Feind um die Krone zu ringen gezwungen ist.

An den Gewändern der Damen schillerten gleichfalls Kleinodien, obwohl manche der Schönheiten sie durchaus hätte entbehren können.

Schließlich erschien die Königin, ziemlich bescheiden gekleidet, August eilte ihr galant und ehrerbietig zur Begrüßung entgegen, die Musik intonierte eine Fanfare. Schon begann der großmächtige Gebieter die olympische Stirn zu runzeln und zu Fürstenberg mit jener Miene zu blicken, die der sogleich verstand, als sich vom Eingang her, aller Hochachtung vor der Person des Königs zum Trotz, gedämpftes Raunen erhob. Die Leute traten auseinander, aller Augen wandten sich in diese Richtung. Fürstenberg gab flüsternd bekannt:

„Sie kommen!“

Und bald tauchte das bleiche, gelblich-fahle Gesicht des Grafen Hoym auf, der seine Frau am Arm führte. Noch nie wahrscheinlich war an diesem Hofe, der Schönheit zu schätzen wußte, eine entzückendere Gestalt auf den Plan getreten.

Die Gräfin Hoym schritt zwischen den hohen Damen mit königlicher Anmut hindurch, gleichmütig, würdevoll und so schön, daß sich von den Lippen der Versammelten wie aus einem Munde ein Ruf der Bewunderung löste. Der König heftete unentwegt den Blick auf sie, ohne jedoch ihren Augen zu begegnen. Als sie der Königin vorgestellt werden sollte, ließ sie sich zu ihr geleiten. Dabei schien sie weder vom Glanz dieses Hofes noch von der apollinischen Männlichkeit des Königs berührt, der sichtlich bemüht war, sich der Dame in anmutigster Pose zu präsentieren. Ungeduld flackerte über sein Antlitz.

Hoym wandelte neben seiner Frau einher wie ein zum Tode verurteilter Missetäter. Seine persönlichen und amtlichen Gegner genossen in vollen Zügen seine Qualen, die ungehemmt und offen aus seinen verzerrten und verkrampften Mienen zu lesen waren. Die Königin hob ihre milden Augen zu Frau Hoym, blickte sie einige Sekunden an und lächelte ihr zu, liebevoll und voller Mitleid ob der Zukunft dieser Schönheit. Ein Seufzer sogar entrang sich ihrer Brust.

Sobald die ersten Protokollzeremonien vorbei waren, spielte die Musik zur Polka auf, und der König eröffnete mit seiner Gemahlin den Tanz.

Die Fürstin Teschen war noch nicht da. Von den übrigen Damen fehlte keine, selbst die kränkliche Jungfer Hülchen, Augusts Egeria, hatte ihr Leiden unterdrückt, um die Neugier zu befriedigen.

Eben ging der erste Tanz zu Ende, als neues Gewisper an der Tür Außergewöhnliches verkündete. Der Reigen öffnete sich, der König wandte seine Augen dahin; auf der Schwelle stand, als zauderte sie, ob sie eintreten sollte, die Fürstin Teschen, ganz in schwarze Trauer gehüllt. August wurde sie gewahr und machte sich, ein wenig verstört, auf, sie willkommen zu heißen.

„Wen habt Ihr denn verloren, Fürstin", fragte er höhnend, „daß Ihr in diesem jedem Vergnügen so ungemäßen Gewande kommt?"

„Dich, allergnädigster Herr", antwortete Ursula leise. „Und das nicht erst seit heute."

Die Augen der Neugierigen, eben erst auf die Fürstin gerichtet, schnellten wieder auf die Hoym zurück. Einmütig erkannten selbst die Frauen an, daß Gräfin Anna mit dem Glanz ihrer statuenhaften Anmut alle ausstach; daran wagte niemand zu deuteln. Ihre schwarzen Augen schleuderten gewittergleich Blitze um sich und verliehen dem Ballsaal blendende Helle, während neben ihr alle anderen entrückten wie Sterne bei Sonnenschein.

Augusts Blick hing an der reizenden jungen Frau. Kaum hatte die Gräfin Vitzthum sie ihrem Bruder entführt, trat der König zu Hoym und klopfte ihm vertraulich auf die Schulter. Zugleich gab er Fürstenberg ein Zeichen, sich ihnen anzuschließen.

„Lieber Graf", sagte er zu Hoym, „Eure Sache mit dem Fürsten ist entschieden. Du hast tausend Dukaten gewonnen. Fürstenberg muß sie dir morgen auszahlen. Ich gratuliere dir zum Sieg und zur Frau. Sie ist unbestritten die schönste an unserem Hofe. Die Vox populi wird mein Urteil gewiß bestätigen, Hoym, du Glückspilz."

Bei Hoyms Anblick, der mit hängendem Kopf demütig den Glückwunsch empfing, konnte man schwerlich überzeugt sein, daß Fortuna ihm sehr hold war. Er gab eher das Bild eines getretenen, bedrückten, die eigene Schuld büßenden Menschen ab, der sein Leid nicht hinauszuschreien wagt und es in sich hineinpreßt. Fürstenberg verneigte sich devot und sah scheinheilig zum König.

„Ich sehe ein, Majestät", sagte er fast unhörbar, „daß ich das königliche Urteil und den Tanz für meinen Gebieter bezahlen muß."

August wandte sich ihm zu und reichte ihm die Hand zum Kuß. „Beklage dich nicht, Fürstenberg, zahle den Tausender und hole dir aus dem Staatsschatz zehn dafür, daß du mir empfohlen hast, ein solches Meisterwerk der Natur in Augenschein zu nehmen", erwiderte der König.

Die Fürstin Teschen saß vereinsamt, alle hatten sie schon verlassen. August bemerkte es und begab sich, gewohnt, jedermann den Sturz zu versüßen, oder auch aus verbliebener Zuneigung, zu ihr. Groß war das Staunen aller, die noch die Sitten des Hofes nicht kannten, als sie den erlauchtesten Herrn seine Schritte in diese Richtung lenken sahen. Das erfahrene Auge einer Gräfin Reuß oder einer Jungfer Hülchen wußte, dieses Manöver beobachtend, entsprechende Schlüsse zu ziehen.

„Die Teschen ist gestürzt", sagte die Gräfin leise zu ihrer Freundin. „Der König ist zu ihr gegangen."

Die alten Höflinge begriffen ebenfalls, was diese Regung für die Fürstin Teschen zu bedeuten hatte. August bezeigte ihr mehr Anhänglichkeit und Hochachtung denn je.

„Weißt du, Gnädigste", sagte er, ihr schwarzes Kleid und den Schleier betrachtend, „du bist heute so reizend, trotz dieses Gewandes, daß du mich an jenes Warschauer Turnier erinnerst, da ich dich aus Sorge um mich ohnmächtig sah."

„Aber die Hoym! Die Hoym ist schöner als ich, als das Turnier, als die Erinnerung und die Ohnmacht, nicht wahr?" sagte die Fürstin.

„Die Hoym mag hübsch sein, wie sie nur will, und die Schönste", widersprach August. „Es gibt Dinge, die schöner sind als die Schönheit; das ist der Busen, in dem ein empfindsames Herz schlägt. Geliebte Fürstin, mach hier kein Drama, geh nach Hause, zieh das blaue Kleid an, das dir so gut steht, und warte auf mich mit dem Abendmahl."

Über Fürstin Ursulas Wangen ergoß sich lebhafte Röte.

„Mein König, mein Herr!" rief sie unbeherrscht aus. „Sollte denn das wahr sein? August ist mein geblieben?"

„Ich bitte dich, mißtraue mir nicht", sagte der König ernst. „Weshalb sollte ich dich belügen?"

Der König log diesmal wirklich nicht. Anna Hoyms Schönheit hatte ihn stark beeindruckt, aber zugleich irgendwie erschüttert. Der energische Charakter dieser Frau kam in jeder Bewegung, in ihrem Blick, in ihrer Kopfhaltung zum Vorschein. Er ahnte, daß er einen Teil seiner Macht dieser Omphale zu Füßen legen müßte. Ihr Gesicht offenbarte: Ich muß Königin sein. Ursulas Miene gab kund: Ich habe dich geliebt, Herr, und verschmachte vor Wehmut. Die Hoym kam ihm zu würdig vor, und große Töne konnte der König nicht ausstehen. Aus diesem Grunde beeilte er sich, die Fürstin zu trösten, denn keinesfalls wollte er sie verlieren und sich unter das Joch jener Frau beugen, die überhaupt keine Anstalten machte, ihn zu erobern.

Die Gräfin war sehr geschmackvoll und vornehm gekleidet, trug zwar keinen Schmuck, aber die Haartracht, der Schnitt, die Farbwahl steigerten ihre ungewöhnliche Anmut noch. Zeitgenössische Porträts stellen sie mit überaus edler Physiognomie dar, mit zierlicher Nase, kleinem Mund, großen schwarzen, unbeschreiblich ausdrucksstarken Augen, mit delikaten Gesichtszügen und üppigen schwarzen Zöpfen. Die Hände, die Büste und die Hüfte entsprachen dem Gesicht, in dem Röte und Blässe immerfort wechselten.

Den Blicken einiger hundert Personen ausgesetzt, gab sich Anna Hoym in keiner Weise befangen. Zuerst einsilbig und zurückhaltend, wurde sie inmitten des Hofes und seines Prunkes bald heimisch, sie fand alles alltäglich. Gewiß, der Fürstenhof, an dem sie ihre Jugend zugebracht hatte, kam dem Dresdner in seiner Herrlichkeit nicht gleich, die Bräuche jedoch unterschieden sich nicht voneinander.

Die Fürstin Teschen befolgte den Vorschlag des Königs auf der Stelle; wieder geradezu triumphierend, mit einem sehnsüchtig schmachtenden Blick zu ihm verließ sie den Saal.

Kurz danach verhielt August am Stuhl der Gräfin Hoym. Eine Weile betrachtete er sie schweigend. Als Anna ihn bemerkte, stand sie auf. Er bat sie, sich zu setzen. Um die Untertänigkeit in Grenzen zu halten, tat sie es.

Es gehörte zur Hofsitte, daß die Umstehenden, sobald der König Lust zu einer Unterhaltung unter vier Augen zeigte, sich diskret zurückzogen, um nicht durch Neugier lästig zu werden. Auch diesmal schwirrten sie auseinander, selbst Graf Hoym mußte sich an Vitzthums Arm entfernen, der ausgerechnet diesen Moment abgepaßt hatte, mit ihm etwas Wichtiges zu besprechen.

„Gräfin, Ihr seid zum erstenmal an meinem Hofe“, begann der König, sich galant zu ihr hinabneigend, „aber Euer Erscheinen ist ein wahrhafter Siegeszug für Euch. Ich bin beglückt von dem neuen Stern an meinem Himmel.“

Anna hob hochmütig das Haupt.

„Allergnädigster Herr, mitten in finsterer Nacht scheint das kümmerlichste Irrlicht manchmal wie ein Stern, aber es erlischt sehr bald. Ich weiß die Nachsicht Eurer Königlichen Majestät zu schätzen, nur der Gnade schreibe ich diese Worte zu.“

„Ich wiederhole lediglich, was ich um mich herum höre“, entgegnete August.

„Ach, Majestät“, fügte Anna lachend hinzu, „die Leute sehen auf den ersten Blick gewöhnlich schlecht. Neuheit reizt. Allein das ist tatsächlich schön, was nach vielen Jahren noch so erscheint wie am ersten Tage.“

Der König wähnte, die reizende Dame rede ihm ins Gewissen, ihn an die der Fürstin Teschen erwiesene Artigkeit gemahnend. Er schwieg einen Moment betroffen.

„Ihr seid zu bescheiden, meine Gnädigste“, sagte er dann.

„O nein, mein König“, widersprach Anna lebhaft. „Auf Schönheit lege ich keinen Wert.“

„Aber ein schönes Gesicht verrät auch eine schöne Seele“, sagte August.

Anna senkte den Blick. Der König rührte sich nicht.

„Nach der langen Einsamkeit, in der dieser unwürdige Hoym seinen Schatz verborgen und gemartert hat“, fuhr August nach einer Weile fort, „muß Euch der Hof seltsam anmuten.“

„Keineswegs!“ sagte Anna. „Meine Jugend habe ich an einem zwar kleineren Hof verlebt, der aber ein verkleinertes Bild dessen wiedergab, was jeder Hof darstellt. Sie sind, Majestät, alle ein und dasselbe.“

„Und was?“ fragte der König.

„Eine vortrefflich gespielte Komödie“, antwortete Frau Hoym. „Und welche Rolle spiele ich darin?“

Mit ironischem Lächeln sah sie ihn flüchtig an.

„Vielleicht den Direktor der Truppe, den allesamt hintergehen und berauben.“

August, ein wenig verwundert, fragte:

„Meint Ihr, hier sei alles Heuchelei?“

„Wie könnte es denn anders sein?“ Anna seufzte. „Könige erfahren die Wahrheit nicht.“

„Kann sein“, sprach August, „und suchen deshalb oft Herz und Lippen, die sie in ihrem Lechzen wenigstens mit einem einzigen Tropfen dieses Nektars laben könnten.“

„Und finden vielleicht nur Lippen, die geschickter als andere Gift zu versprühen wissen.“

„Das beweist nur“, sagte der König schmeichelnd, „daß Ihr weder große Höfe noch das Leben an ihnen mögt. Und das betrübt mich sehr, denn ich habe, Euch in unserer Mitte festhaltend, die Hoffnung gehegt, Ihr wolltet mit dem Glanz Eurer Augen ein wenig den düsteren Himmel unserer Tage erhellen.“

„Allergnädigster Herr“, warf Anna ein, „ich brächte nur Mißtöne in dieses Konzert, denn ich vermag nicht zu singen wie andere, meine Stimme bleibt immer dieselbe, und hier herrscht alle Augenblicke ein neuer Ton.“

Um dem Gespräch eine andere Richtung zu geben, streute der König amüsiert Bemerkungen über die Damen und Herren ringsum ein. Anna erkannte daraus, daß August die Charaktere, Neigungen und Lebensgeheimnisse der ihn umgebenden Leute besser durchschaute, als sie annehmen konnte.

„Ihr seht, Madame“, schloß er, „daß diese Hofkomödie für mich wenig Geheimnisse birgt, und vielleicht macht es sie mir nur vergnüglicher, daß die Leute sich einbilden, mich zu betrügen, mich an die Leine zu nehmen, mich blenden zu können.“

„So schauen Götter auf die Erde herab", sagte die Hoym.

Dem König schien der Vergleich mit den Göttern zu schmecken. Zum erstenmal begegneten sich beider Blicke, unverhohlen strahlten Augusts Augen Anbetung und Leidenschaft aus, Annas jedoch nichts als Neugier und Furcht.

Nach dieser kurzen Plauderei empfahl sich der König. Man musterte ihn von weitem, Fürstenberg trat ihm in den Weg.

„Mein Herr und Gebieter, wenn ich mir jetzt die Frage erlauben darf, ob die Schönste auch ..."

„Sie ist die Gewitzteste", vollendete der König. „Hoym muß nahegelegt werden, er solle sich ja nicht unterstehen, seine Frau aus Dresden mitzunehmen. Sie ist überaus nett, noch ein bißchen wild, aber das gibt sich mit der Zeit."

Hoym sah aus der Ferne herüber. Ihm fiel es am schwersten, Annas Gedanken zu enträtseln, der sich nun flugs die Gräfin Reuß, Jungfer Hülchen und die Vitzthum näherten, um sie in Beschlag zu nehmen.

Der König bemerkte die Belagerung. „Schon verneigen sie sich vor dem aufgehenden Stern", flüsterte er Fürstenberg zu. „Ich befürchte allerdings, die Intrigantinnen könnten sich verrechnen."

Das Fürstchen blickte verwundert auf.

„Auch du irrst, und sie alle befinden sich auf dem Holzweg", sagte August gelassen. „Die Hoym ist reizend, ich habe sie vom Fuß bis zum Scheitel geprüft: eine zum Leben erweckte griechische Statue, aber gar zu energisch und scharfsinnig und, gelinde gesagt, herrschsüchtig. Ein angenehmes Verhältnis für einige Tage, das dürfte ausreichen, um nichts mehr geht es mir. Schönheit lockt mich, Charakter widert mich an."

Fürstenberg stand verblüfft, der König entfernte sich. Bei all diesem Geschehen beachtete niemand den blonden Kopf eines jungen Mannes, der an der Tür das dichte Gewimmel überragte. Seine Augen folgten rastlos jedem Schritt Annas, und als der König zu ihr trat, loderte in ihnen gefährliches Feuer, ihre Lider zuckten.

Frau Hoym hatte den Saal wiederholt mit aufmerksamem Blick abgetastet, ohne den Unglücklichen in der Masse zu erspähen. Erst als der König gegangen war, wurde sie ihn, ein wenig freier atmend, gedankenverloren dem Trubel zuschauend, ganz zufällig gewahr. Es war Zaklika. Sie erkannte ihn sofort.

Ihr Blick verfing sich in dem blassen Gesicht, und sie selbst erbleichte leicht. Verwirrt, ungewiß, ob er es wirklich sei, sah sie noch einmal hinüber und fand seine Augen noch immer auf sich gerichtet. Es gab keinen Zweifel, ihr Laubegaster Verehrer war ihr bis hierher gefolgt. In seiner Miene glaubte sie Mitleid zu lesen, Trauer und Bangnis.

Der Unbekannte beunruhigte sie. Immer wieder ertappte sie sich, wie sie nach seinem Gesicht suchte und sich wünschte, es möge verschwinden, während es gleichsam versteinert, wie mit der Wand verwachsen über der turbulenten Menge schwebte. Warum bewegte sie dieser erbärmliche Ausdruck eines Landstreichers stärker als das strahlende Antlitz des Königs, als die markanten Züge der Höflinge? Darauf konnte sie sich keine Antwort geben. Sie hatte ein Gefühl, als ob irgendein dämonisches Knäuel sonderbarer Vorbestimmungen sie über einen unsichtbaren Faden mit diesem Wesen aus einer anderen Welt verband.

War es ein die Stunde der Urteilsverkündung erwartender Henker oder ein des Augenblicks seiner Hinrichtung harrendes Opfer? Anna wußte es nicht, aber eine innere Stimme, unerbittlich, drängend, raunte ihr zu, zwischen diesem Namenlosen und ihr webe die Vorsehung ein Netz künftiger Verstrickungen. Wie eine Drohung, ein Gespenst geisterte dieser Kopf über ihr mit aufblitzenden und erlöschenden Augen, immer furchterregender, immer schrecklicher. Sooft sie dem bohrenden Blick begegnete, liefen kalte Schauer über ihren Rücken.

Sie lachte über sich, aber das Echo aus der Seele antwortete mit Ächzen.

In dieser Verfassung fand Hoym sie wieder, selber vergrämt, fahl, und bot ihr den Arm heimzugehen. Das Schicksal wollte es, daß sie ausgerechnet die Richtung wählten, wo über dem Ausgang und der ausgelassenen Gesellschaft jener widerwärtige Geist spukte. Die Leute traten vor ihnen auseinander. Schon über die Schwelle tretend, wandte Anna den Kopf zur Seite und sah neben sich ihren Laubegaster Unbekannten an der Wand lehnen. Beinahe hätte sie ihn gestreift, so war sie gebannt. Der Jüngling sank, von ihrem Blick getroffen, unwillkürlich auf die Knie. Sie spürte, wie er ihren Rocksaum faßte und an die Lippen drückte. Ehe sie sich's versah, war er verschwunden.

Die Gräfin Reuß hielt sie an und lud das Paar zum Abendessen ein, auf solch freundliche Art, daß der Minister nicht abschlagen konnte. Hinter ihr stand Fürstenberg.

Also fuhren sie direkt vom Ball zur Gräfin, bei der sich gewöhnlich die feinsten Herrschaften auf ein Stündchen in intimem Kreis versammelten. Hier schaltete und waltete jene berüchtigte „Egeria" Hülchen, die der König gern hörte und zu Rate zog. Das war Treffpunkt jener, die sich nach Macht sehnten oder am Ruder bleiben wollten. König August mokierte sich über die Clique, über dunkle Kanäle jedoch beherrschte sie ihn und den Hof.

Die Gräfin Reuß aus dem Hause Friesen zählte zu den Hauptpersonen, die am Hofe Augusts II. wirkten. In ihrem Hause fanden die wichtigsten Beratungen statt, die dem Sturz der einen, dem

Aufstieg der anderen Favoriten des Herrn galten; hier wurde unfehlbar die Gunst vorausgesagt, die schöne Damen zu gewärtigen hatten, und am treffendsten der Zeitpunkt bestimmt, wann der launenhafte König seiner Leidenschaft neue Ziele zu setzen gedachte.

Hoym war sich wohl bewußt, daß die Gräfin Reuß, eine neue Auserwählte witternd, stets vorbaute, um bei ihr Vorzug und Vertrauen zu erwerben. Daher machten ihn die offenkundigen Aufmerksamkeiten der Gräfin stutzig, die darauf schließen ließen, daß sie in Anna die Nachfolgerin der Fürstin Teschen sah. Seinen Zorn zeigen und verraten, daß er das Spiel durchschaut hatte, konnte und wollte er nicht. Frau Reuß hatte über Jungfer Hülchen und ihre eigenen Beziehungen mächtigen Einfluß am Hofe; es mit ihr zu verderben hieße, einen gefährlichen Feind herauszufordern. Also tat Hoym so, als sähe er nichts, stellte sich völlig arglos und begab sich zur Reuß, um zu soupieren.

Die Gesellschaft im kleinen Salon erlegte sich keinen Zwang auf, aber im anliegenden Kabinett, wo die Hausherrin, ihre Freundin, Fürstenberg und andere vertraute Personen ein und aus gingen, wurde über die jüngste Affäre getuschelt. Der größere Kreis schwatzte über Modefragen und hechelte den allen geläufigen Klatsch durch. Nach allgemeiner Ansicht kündigte die königliche Aufmerksamkeit für die Fürstin Teschen den unvermeidlichen Bruch an. Aus vielen Gründen jedoch mußte August sie schonen. Bekannt waren ihre Verbindungen zu den Sobieskis, ihre Verwandtschaft mit Radziejowski und der Einfluß, den sie in Polen besaß, und eben ihn brauchte der König am dringendsten.

Im Kabinett fragte die Reuß ihren Freund Fürstenberg über das Gespräch mit dem König aus, über den Eindruck, den die Hoym auf ihn gemacht habe.

„Ich kenne meinen Gebieter gut", sagte Fürstenberg, „und besonders seine Schwächen Frauen gegenüber. Die Hoym hat sich ihm hochmütig und unnahbar präsentiert. Das hat ihn vorübergehend abgestoßen, aber ihre Schönheit wirkt auf seine Sinne, und die Sinne gewinnen bei ihm früher oder später stets Übergewicht. Er fürchtet sie und wird sie um so leidenschaftlicher begehren, und was er sich in den Kopf setzt, das muß er haben. Frau Hoym scheint in die Rolle einer bequemen Geliebten nicht einzuwilligen. Der König wird seine Kräfte anstrengen müssen, um sie zu erobern; es steht außer Zweifel, daß er die Waffen strecken wird."

„Du meinst also, daß sie drauf und dran ist, das Zepter zu übernehmen?"

„Soweit ich ihn kenne, möchte ich denken, daß ihre Stunde naht. Noch möchte der König seinen Launen frönen und keine dauerhaften Verbindungen eingehen; von ihr wird es abhängen, wie sie ihre Sache meistert."

„Kannst du dir, Fürst, ihren Charakter vorstellen?"

„Man kann ihn nur erahnen", sagte Fürstenberg. „Ich vermute, daß weder der Gatte noch ihre nächste Umgebung sie kennt, ja vielleicht nicht einmal sie selbst weiß, was in ihr steckt, wenn die Umstände sie emporheben. Heute ist sie eine stolze, edelmütige Frau mit sprühendem Verstand und hohen Fähigkeiten."

„Läßt sie sich aber beeinflussen und lenken?" fragte die Reuß.

Der Fürst dachte nach.

„Ich weiß nur", sagte er, „daß ich es lieber mit Vernünftigen zu tun habe als mit solchen, die nicht wissen, was sie tun. Der Weg der einen läßt sich überblicken, die anderen jagen über Stock und Stein, und sie zu suchen, ihnen nachzusetzen ist schwer."

Eine Weile verharrten sie schweigend, dann zwinkerte ihm die Reuß zu, den Raum zu verlassen, ging im Kabinett einigemal auf und ab und kehrte in den Salon zurück. Dort richtete sie es so ein, daß sie neben Anna landete, sie dem Kreis entführte, schließlich ins Kabinett zog und neben sich setzte.

„Liebe Gräfin Anna!" sagte sie ernst und legte ihr beide Hände in den Schoß. „Wenn du Geduld hast und Nachsicht mit einer alten Freundin, dann hör zu und gestatte mir einige offene Worte. Niemand belauscht uns hier, wir sind allein, und ich möchte dir gern mit Rat und Tat zur Seite stehen. Du kennst den Hof, die Zeit und dich selbst zur Genüge, um dir denken zu können, daß man deine Ankunft in Dresden nicht ohne Grund herbeigewünscht hat. Der König hat die Teschen satt und muß sich in jemand anders verlieben, so ist nun einmal seine Natur. Haben wir Verständnis für einen solch großen und guten Herrn, dem die Welt diese Schwäche verzeiht. Ob gut oder schlecht, so ist es halt und kann nicht anders sein. Uns, die wir den König umgeben, bleibt nur eines übrig: aus diesem Unheil soviel wie möglich Nutzen und Vorteil für alle zu ziehen. Du magst beim König die allerglänzendste Position einnehmen, darüber besteht kein Zweifel; jetzt aber gilt es, sich zu sputen und zu wissen, was man tut."

„Liebe Gräfin", sagte Anna, „ich hege keine Ambitionen, Reichtum kann mich nicht reizen, ich habe einen Mann und möchte eine ehrbare Frau bleiben."

„Dagegen hätte ich nichts einzuwenden", sprach lächelnd die Reuß, „aber mit Verlaub gesagt, sehe ich keinen Grund, weshalb du eine Märtyrerin bleiben sollst. Hoym ist unangenehm, verbraucht, ein Leichtfuß, der dir nicht die Treue hält. Ihn zu lieben ist ausgeschlossen, früher oder später wird sich das Herz melden."

„Ich werde seine Stimme ersticken."

„Das erste Mal und das zweite, aber dann werden Jahre der Sehnsucht und des Verdrusses kommen, du wirst dich aus Verzweiflung in irgend jemandes Arme stürzen und unglücklich sein. Ich kenne die Welt, das ist unser gewöhnlicher Weg; der König ist liebenswürdig und stattlich, das Leben mit ihm kann das Paradies auf Erden bedeuten."

„Der König ist aber flatterhaft und unbeständig, und solcherart Verbindungen, solche Liebe auf Abruf begreife ich nicht, verabscheue ich, lehne ich ab! Das ist nichts für mich."

„Ehrenwort, liebe Frau Hoym", sagte die Reuß, „die Verbindungen versprechen stets von Dauer zu sein, die Frauen sind selbst schuld, wenn sie reißen. Vergeblich würdest du ihn zu binden versuchen, nicht einmal durch Schwüre, denn von ihnen befreit ihn das Gewissen oder der erste beste Pfaffe. Das Unterpfand der Dauerhaftigkeit gewähren dir dein eigener Verstand, Taktgefühl und die Reize. Den Gatten oder Geliebten muß man sich zu Füßen zu halten verstehen und an sich ketten, das ist unsere Sache."

Frau Hoym senkte die Schultern.

„Eine erbärmliche Liebe, die man an der Leine und im Zaume halten muß", rief sie aus. „Die mag ich nicht. Ehrlichkeit gegen Ehrlichkeit, liebe Gräfin", sagte sie dann mit gedämpfter Stimme; „mich vermag nichts zu gewinnen als ein Herz. Ich möchte mich nicht verbürgen, obwohl ich Hoym treu bleiben will, aber mit reiner Liebe könnte man mich erobern. In dem Moment, da ich mich verliebe, lasse ich Hoym fallen und stelle mich offen an die Seite des Geliebten, und der mich liebt, muß mein Mann werden."

„Aber er ist König, König!"

„Und wenn er sogar König wäre!" sagte die Hoym mit Nachdruck.

„Du weißt doch, daß der König verheiratet ist, wenn er auch mit seiner Gattin nicht zusammen lebt."

„Er müßte sich in aller Form von ihr lossagen und mir ewige Treue schwören", schloß Anna. „Mit einer solchen Rolle, wie sie die Esterle, die Königsmarck, die Teschen gespielt haben, gebe ich mich nicht zufrieden." Sie erhob sich bei diesen Worten und schritt majestätisch durch das Zimmer. Die Reuß schwieg, es gab nichts mehr zu sagen.

„Tu, was du denkst und was du willst", sprach sie dann, „ich hielt es für meine Pflicht, dich als Freundin zu warnen und dir einen guten Rat zu geben. Bleiben wir also Freundinnen, und reden wir nicht mehr davon. Nur eines möchte ich noch sagen: Die Stellung, die du ablehnst und über die du mit solcher Gleichgültigkeit sprichst, ist nicht so unwürdig und untergeordnet, wie du glaubst. Könige werden sich vor dir verneigen, du kannst das Land regieren und viel Schlimmes verhüten, Menschen retten und glücklich machen. Das ist doch immerhin etwas wert."

„Die Ehre ist mir mehr wert als all das zusammen", sagte die Hoym. „Reden wir nicht davon."

Die Reuß drückte ihr schweigend die Hand, und beide verließen das Kabinett. Die im Saal versammelten Frauen musterten sie, um den Gesichtszügen etwas abzulesen. Anna war puterrot, die Reuß hingegen kreidebleich. Beide lächelten freundlich, als sei das Gewitter vorübergezogen und der Himmel heiter, durch kein Wölkchen getrübt.

Vor den Fenstern leuchteten Fackeln auf, die abends den Wagen des Königs zu begleiten pflegten, Fürstenberg lehnte sich hinaus. Tatsächlich, der König fuhr zur Teschen. Als er seinen Freund im Fenster gewahrte oder eher erahnte, winkte August zum Zeichen der Verzweiflung ab, und die Gefährte verschwanden um die Ecke.

VI

Adolf Magnus Hoym, der damals eine dem heutigen Finanzminister entsprechende Funktion bekleidete, hatte weder bei Hofe noch im Lande Freunde. Besonders wurde er gehaßt, weil er nach den vielen anderen Steuerlasten auch noch die schier unerträgliche Akzise einführte. Die Sachsen wehrten sich dagegen, wie und wo es nur irgend ging, verdammten den König, und der König, dem es für seine unberechenbaren Ausgaben nie reichte, verdeckte schlecht und recht seinen Zorn, den dieser Widerstand in ihm entfachte. Man riet ihm, dem Adel, der sich am schwierigsten unterzuordnen schien, die restlichen Rechte zu nehmen und andere um sich zu scharen, Freunde, die zu diesen Kreisen und zum Land keine Beziehungen hatten.

Teilweise war August II. diesem Rat bereits gefolgt, und die Mehrzahl seiner Minister und Günstlinge stammte aus fernen Ländern. Italiener, Franzosen, Deutsche aus anderen Provinzen spielten dabei die Hauptrolle. Hoym, kühl berechnend, unerbittlich, einfallsreich in der Suche nach immer neuen Einnahmequellen für den König, der Millionen für Polen oder für das Heer, für Gelage oder für seine Mätressen verschwendete, genoß wegen seiner Wendigkeit in der Geldbeschaffung hohes Ansehen bei ihm. Ganz allerdings traute er dem Frieden nicht, denn das Beispiel Beichlings und einiger anderer machte ihn hellhörig. So lauerte er nur auf den Zeitpunkt, so bald als möglich sich mit seinem Hab und Gut, die Taschen vollgestopft, aus dem sächsischen Hoheitsgebiet abzusetzen. Nur wenige kannten Hoym näher, man wußte, daß er jähzornig, gewandt, habgierig, zügellos und durchtrieben war, daß er engere Kontakte geflissentlich mied. Am besten von allen durchschaute ihn vielleicht seine Schwester, die Gräfin Vitzthum, die ihn sehr umsichtig lenkte, aus ihm herausholte, was ihr nützlich war.

Außer Beichling, zur Zeit auf Königstein eingesperrt, besaß Hoym keine Freunde, höchstens Spießgesellen. Weder Marschall Pflug noch andere konnten ihn ausstehen, auch Fürstenberg mochte ihn nicht. Als Hoym gemäß der Wette bedeutet worden war, seine Frau zu holen und am Hofe zu zeigen, erbarmte sich seiner niemand, tat er keinem leid, im Gegenteil, man lachte und riß Possen über ihn.

Am Tage nach dem Ball mußte Hoym beim König zur Berichterstattung erscheinen. Die eingeführte Akzise war auf dem Lande auf Ablehnung gestoßen. Hauptsächlich in der Lausitz opponierte der Adel. Der König duldete keinen Gegendruck. Nach Hoyms Lagebericht sagte August der Starke stirnrunzelnd zum Minister: „Fahr heute noch, auf der Stelle! Laß die Aufsässigen auseinandertreiben, finde heraus, wer an der Spitze steht, und schaff in meinem Namen Ordnung. Du fährst sofort los, ohne Widerrede."

Hoym, der seine persönliche Anwesenheit in der Lausitz weder für notwendig noch gar nützlich hielt, wollte den König anfangs überzeugen, daß er sich von jemand vertreten lassen könne und in Dresden bleiben solle, wo ihn wichtigere Angelegenheiten zurückhielten.

„Es gibt nichts Wichtigeres, als den Widerstand jener eitlen Tröpfe zu brechen, die sich einbilden, ich ließe mich auf Handel ein mit ihnen. Fahrt, Verehrter, ohne Verzug, nehmt Dragoner mit. Sollten sie sich zu Versammlungen erdreisten – die Landstände auflösen! Sag ihnen, sie sollten sich nicht den polnischen Adel zum Vorbild nehmen; ich dulde bei meinen Untertanen so etwas nicht, und auch in Polen werden wir der Adelsmeute bald Herr werden."

Hoym versuchte ihn noch immer umzustimmen, aber August stellte sich taub und wiederholte:

„Fahre sofort! Sofort!" Schließlich sah er auf die Uhr. „In zwei Stunden bist du unterwegs nach Bautzen. So will ich es, und so wird es geschehen!"

Hoym erschien die Reise in die Lausitz unmittelbar nach dem Ball höchst verdächtig. Er kannte den König, den Hof und alles, was hier geschah; man gab ihm den Laufpaß, damit er eine bestimmte Intrige nicht durchkreuzte, dem König nicht ins Gehege käme bei seinen Annäherungsversuchen Anna gegenüber. Was sollte er dagegen tun? Nichts. Die Schwester bitten, ein waches Auge zu haben, hieße den Bock zum Gärtner machen. Einen Vertrauten besaß er nicht; er fühlte, daß sich alle gegen ihn verschworen hatten.

Zu Hause angelangt, warf er die Papiere auf den Tisch, zerrte an seiner Perücke und an den Rockärmeln, riß geräuschvoll die Tür auf und rannte wie von Sinnen zu dem neuen Appartement seiner Frau.

Sie war allein. Neugierig sah er sich im Zimmer um, musterte mit stechendem Blick seine Frau und jedes kleinste Ding auf ihrem Tisch. Wut entstellte sein Gesicht. Anna blieb ruhig, war sie doch ähnliche Szenen gewöhnt.

„Freue dich doch, Gnädigste!" rief er. „Ich war so dämlich und habe dich hergeholt; jetzt macht man mit mir, was man will. Ich bin ihren Intrigen im Wege, der König schickt mich auf Reisen, in einer Stunde muß ich aufbrechen. Du wirst allein sein."

„Und was kann das schon bedeuten?" entgegnete Frau Hoym verächtlich. „Brauch ich denn Eure Bewachung, mein Herr, um meine Ehre zu bewahren?"

„Ich denke schon, daß ich mich hier nützlich erweisen könnte, sei es nur, um sie in ihrer Frechheit und Schamlosigkeit zu hemmen", schrie Hoym, mit der Faust auf den Tisch schlagend. „Sie würden mich nicht abschieben, wenn ich sie nicht störte. In alldem spüre ich die Finger des lieben Fürstenberg, der mir heute hämisch grinsend tausend Dukaten bezahlte; aber ich weiß, daß er vom König zehntausend gekriegt hat für die feine Idee, meine Gnädigste hierherzuschleppen."

„Hoym!" rief Anna aufgebracht, und ihre Augen funkelten. „Genug der Beleidigungen, geh, fahr hin, tu, was dir beliebt, mich laß in Ruhe. Ich weiß mich selbst zu schützen. Ich habe es satt, sage ich dir, ich habe es satt."

In Hoyms Gesicht wich der Zorn einem düsteren, gleichsam traurigen Ausdruck, die Uhr gemahnte ihn an die nahende Stunde der Abreise.

„Ich brauche dich nicht zu warnen, Verehrteste", rief er. „Du weißt, was dir hier zustoßen kann. Ich will dir nur sagen, daß ich Schande nicht ertrage. Mögen Vitzthum und andere Nachsicht üben, mir fehlt ihre Gutmütigkeit."

„Auch bin ich nicht so tief gefallen, Herr von Hoym", unterbrach Anna, „wie jene Damen. Betrügen werde ich nicht, denn damit erniedrige ich mich selbst. Solltest du mir das Leben noch unerträglicher machen, werde ich dich vor aller Welt verlassen."

Hoym schwieg. Schon an der Schwelle, schien er zu zögern, wollte etwas sagen, nestelte wieder an der Perücke, aber es wurde an die Tür geklopft, und ein königlicher Bote erinnerte ihn an die Abfahrt.

Vom Schloß her beobachtete man eine Zeitlang, wann Hoym über die Brücke führe, und sandte ihm Aufpasser nach, damit er nicht heimlich umzukehren wagte.

Nach einem festgelegten Plan sollte die Gräfin Reuß Anna zu sich einladen. Der König konnte unverhofft, inkognito dorthin kommen. Die Vitzthum wurde sofort insgeheim in Marsch gesetzt, diese Mission zu erfüllen, aber Anna lehnte rundweg ab. Vergebens versicherte man ihr, niemand erführe jemals von ihrem Besuch. Sie ahnte im voraus, daß sie sich mit dem König treffen sollte, und sagte es ihrer Schwägerin unverblümt ins Gesicht.

„Du bist gar zu scharfsinnig und vorsichtig“, die Vitzthum lachte, „als daß ich dich zu belügen gedächte. Es könnte schon sein, daß der König, begierig, dich näher kennenzulernen, und über jeden deiner Schritte wohlinformiert, bei der Reuß erschiene. Wenn er aber, um seine Neugier zu stillen, zu dir in das Palais käme, was tust du dann? Die Tür wirst du vor dem König nicht zuschlagen, alle öffnen sich ihm. Ob das wohl anständiger und schöner sein wird, wenn er unter vier Augen einige Stunden mit dir verbringt? Was werden die Leute dazu sagen?“

Anna erblaßte.

„Aber der König kann doch nicht so ...“, sie fand nicht den entsprechenden Ausdruck, „... so aufdringlich sein, er wird Rücksicht nehmen auf meinen Ruf. Das kann nicht sein, das wäre ...“

„Und ich sage dir, alles kann sein. Der König braucht etwas, ist gespannt und wird Widerstand und Ablehnung nicht begreifen. Die Frauen haben ihn mit ihrer Fügsamkeit zum Despoten gemacht. Der König wird hierherkommen, wenn du nicht bei der Reuß sein wirst.“

„Weißt du denn das?“ fragte Anna. „Woher?“

„Ich weiß gar nichts, aber ich kenne meinen Gebieter“, sagte die Vitzthum, verschmitzt lächelnd. „Ich erinnere mich eines Abends ... meines eigenen Lebens.“

„Also muß man hier wie auf einer Landstraße gegen Wegelagerer gewappnet sein? Ich werde Stilett und Pistolen haben, ich scheue weder Eisen noch Pulver.“

In höchstem Maße entrüstet, trachtete die Vitzthum einzulenken und allen Befürchtungen den Wind aus den Segeln zu nehmen. „Du solltest wissen“, sagte sie, „daß August seine Seele noch nie im Leben durch Gewalt an einer Frau befleckt hat. Das widerstrebt seinem Charakter. Zuvorkommend, artig, leidenschaftlich und zu schön, zu liebenswürdig ist er, um zu solchen Mitteln zu greifen.“

Nach langem Gespräch vermochte die Vitzthum sie endlich zu bewegen, zusammen mit ihr zur Gräfin Reuß zu fahren. Mit dieser Siegesbotschaft hastete sie nach Hause und zu ihrer Freundin. Fürstenberg brachte die Kunde ins Schloß.

Der König eröffnete ihm seine Absicht, für eine Weile zur Fürstin Teschen zu fahren, auf der Heimfahrt die Equipagen mitsamt den Fackelträgern ins Schloß zurückzuschicken, selber aber in der Sänfte, die Fürstenberg besorgen sollte, unerkannt zur Gräfin Reuß zu kommen.

Gräfin Anna von Hoym war Waise, allein in der Welt, wenn

nicht gezwungenermaßen, so doch zumindest gegen ihren eigenen Willen verheiratet. Das Zusammenleben mit ihrem Mann wurde beizeiten unerträglich, ihre Jugend war bereits zum Teil in Qualen verronnen. Jede andere hätte in ihrer Lage gern Gebrauch gemacht von der sich geradezu aufdrängenden Freiheit, von der verlockenden, wenn auch nicht beständigen Zukunft, die hernach einen Witwenstand im Überfluß versprach oder gar eine neue und dann den momentanen Irrtum überstrahlende Ehe. Aber Anna war einst nach unbeugsamen Grundsätzen erzogen worden. Sie empörte das leichtsinnige Verhalten jener Frauen, die sich dafür hergaben, einem übersättigten Mann als Spielzeug zu dienen. Die Trennung von Hoym erwog sie zwar und sah sie kommen; ihm gegenüber empfand sie nur Ekel und Haß. Aber sie wollte sie nicht anders als durch die Liebe des Königs und ihre Liebe zu ihm und in ewiger Ehe mit ihm.

Dieser Gedanke hätte, zu wem auch immer geäußert, nichts als Spott geerntet. Einen solchen oberflächlichen Menschen wie August für alle Zeiten in Ketten zu schmieden mußte einfach absurd erscheinen. Anna hielt es, ihn von seiner Frau getrennt wissend, für möglich.

Der König war stattlich und bemüht, sich liebenswürdig zu geben, er könnte ihr nach Hoym durchaus gefallen. Der Glanz der Krone und der Macht erhöhte seine Herrlichkeit; was Wunder, daß Anna Sympathie für ihn faßte, daß ihr Herz sich rührte. Wenngleich sie wähnte, mit ihm glücklich sein zu können, ließ sie keinen Moment den Gedanken aufkeimen, dieses Glück ließe sich anders als durch Treueid und Ehe verwirklichen.

In diesen Stunden seit dem Ball, belagert von dem offensichtlichen konzentrischen Angriff der Intrigen, die sie August näherbringen sollten, überlegte Anna, grübelte, wog ab und sagte sich schließlich: Ich kann ihm gehören, muß aber Königin sein.

Ihr Sträuben vor der Vitzthum dürfte schon eher verstandesmäßig gewesen sein, nicht dem Innern entsprungen. Sie wollte sich absichtlich zieren, um an Einsatzwert zu gewinnen, und beschloß unumstößlich, lieber alles preiszugeben, als Spielball von Intriganten zu sein. Der Spiegel zeigte ihr jugendliche Anmut und Schönheit, sie fühlte sich den anderen überlegen; in den Augen des Königs hatte sie gelesen, welchen Eindruck sie auf ihn machte, sie entschloß sich, ihre Vorzüge zu nutzen.

Nie werde ich die Perlen vor die Säue werfen! ermunterte sie sich. Lieber bleibe ich die unglückliche Hoym als Augusts Geliebte. Entweder werde ich seine Frau oder bleibe ihm fremd.

Hinter alldem barg sich bereits Schicksalsergebenheit, es ging lediglich noch um die Bedingungen. Niemand jedoch hätte damals vermutet, daß die Hoym sich im Geist schon von ihrem Mann losgesagt hatte, man setzte auf die Zukunft.

Die junge Frau baute Luftschlösser, aber Träume sind gefährliche Gesellen in der Einsamkeit. Manchmal mußte sie, vor sich selbst errötend, eingestehen, daß allein der kurze Aufenthalt am Hofe sie verändert und verderbliche Gewalt über sie erlangt hatte. Hochmut und Herrschsucht flackerten in ihr auf und sprangen auf ihre hingabebereite Seele über.

Als der Abend anbrach und die Stunde näher rückte, da sie sich bei der Reuß einfinden sollte, zog sich Anna sorgfältigst an, ganz auf ungekünstelte, geschmackvolle Eleganz. Die zeitgenössische Mode erlaubte ihr, die wohlgestalten Arme bis zur Schulter hinauf zu zeigen, den schwungvollen Nacken und den marmornen Busenansatz. Ihr Teint brauchte weder Puder noch Schminke, sie war jugendfrisch; eben noch durchpulste das Blut sie purpurn, im nächsten Augenblick leuchtete die Haut schneeweiß. Das rabenschwarze Haar, liebevoll geflochten, verstärkte noch den Glanz der durchschimmernden und atlaszarten Haut. Aber alles nahm sich nichtig aus, verglichen mit den feurigen Augen. Wenn sie sich an einem Menschen festsogen, konnten sie ihm die Sinne rauben. Sie sprachen mehr, als Anna selbst manchmal über die Lippen zu bringen vermochte. Ein unbeschreiblicher, geheimnisvoller Liebreiz steckte in ihnen, unerforschlich, werbend, beunruhigend, anziehend wie der Blick des märchenhaften Basilisken, der mit einem Strahl zu töten vermag.

Vor dem Spiegel fand sich Anna selber so schön, daß sie ihrem Abbild zulächelte. Sie war wieder schwarz gekleidet, aber Knospen, kunstvoll aus grellroten Bändern geflochten, belebten das phantasievolle und malerische Gewand. Als die Vitzthum sie abholte und von der Zimmerschwelle aus gewahrte, jauchzte sie vor Bewunderung. So betörend schön stand sie vor ihr, daß es sie nicht überraschen würde, wenn selbst die Krone ihr zu Füßen fiele.

„Und du behauptest", rief sie händeringend, „dich zurückgezogen mit meinem Bruder abquälen zu wollen, während du dich für den König in solche Pracht kleidest!"

„Freiwillig macht sich wohl keine Frau häßlich", erwiderte Anna gelassen.

„Aber du bist eine große Meisterin und brauchst keine Ratschläge, wie du dich kleiden sollst. Nein, hör nicht auf uns!"

Ebensolche Ausrufe und leises Geflüster empfingen sie bei Frau Reuß. Ihr Charme, der schon auf dem Ball Triumphe gefeiert hatte, faszinierte. Alle Damen, die sich auf ihre Reize noch etwas eingebildet hatten, kamen sich alt und welk vor. Anna, von der man wußte, daß sie im vierundzwanzigsten Lebensjahr stand, sah aus wie eine Achtzehnjährige. Sie glich einer antiken Diana in ihrem jungfräulichen Stolz und der Herbheit einer Jagdgöttin, die sich fernab vor den Augen des Pöbels verbirgt.

Niemand freute sich darüber mehr als die Gräfin Reuß, denn ihren Absichten konnte nichts besser entsprechen. Anna wurde umschwärmt, alle ehrten sie im voraus als Königin, begierig, sich bei ihr einzuschmeicheln. Fürstenberg, der kurz vor dem König eintraf, erstarrte, als er die Hoym sah.

„Ich kenne den König", sagte er, „diese Frau wird mit ihm anstellen, was immer sie will, wenn sie sich zu zieren versteht."

Anna verließ sich auf ihren Instinkt und war auf keinerlei Gefühle angewiesen.

Bald öffnete sich diskret die Tür zum Kabinett, und der König trat ein. Bereits an der Schwelle suchte sein Blick den Raum nach ihr ab. Als er sie sah, wurde er abwechselnd rot und blaß, er war verwirrt und begrüßte, die Hausherrin nicht beachtend, Anna zuerst. Nicht eine Spur blieb in seinem Gesicht von den unerquicklichen Abenteuern mit den Schweden, von der polnischen Undankbarkeit, den Millionenverlusten, von Verrat und Enttäuschungen.

Anna verneigte sich sittsam und kühl, allein ihr Gewand sprach für sich. Sie wollte gefallen, das war unverkennbar und verhieß Gutes.

Trotz des überwältigenden Eindrucks war der König bemüht, alle Höflichkeitsformen und Anstandsregeln gegenüber dem schwachen Geschlecht zu wahren. Obwohl er die Gräfin Reuß nicht leiden konnte, nahm er für eine Weile neben ihr Platz, unterhielt sich mit ihr überaus freundlich, ohne jedoch den Blick von Anna zu nehmen. Jungfer Hülchen flüsterte er etwas zu, dann schenkte er der Vitzthum ein Lächeln, bedachte mit charmantem Nicken und galanter Aufmerksamkeit ausnahmslos alle anwesenden Damen rundum.

Während er derart protokollmäßig der Etikette folgte, hatte die Vitzthum Gelegenheit, ihre Schwägerin unterzufassen und unter dem Vorwand einer dringenden interessanten Angelegenheit ins Kabinett zu führen.

Es war ein taktisches Manöver, dem König das süße Tête-à-tête zu erleichtern.

Die Tür blieb zwar offen, und die angehobene Portiere gestattete es den im Salon auf und ab wandelnden Damen, aus der Ferne das Antlitz des allergnädigsten Herrn zu schauen, niemand aber konnte von da aus erlauschen, was sich die beiden erzählten.

August hatte schon die gestrigen Bedenken vergessen und war sichtlich bester Laune.

„Ihr seid, meine Gnädigste, heute noch schöner und ganz anders als gestern. Eine Zauberin seid Ihr", rief er unbekümmert.

Die Hoym verneigte sich.

„Ihr seid, Erlauchtester Herr, so bekannt für Eure Nachsicht und Zuvorkommenheit Damen gegenüber, daß man Euren höchst schmeichelhaften Worten schwerlich glauben darf", entgegnete Anna.

„Verlangt Ihr, daß ich schwöre? Im Namen aller Gottheiten des Olymps zu schwören, bin ich bereit. Solch eine bezaubernde Frau habe ich zeitlebens nicht gesehen und bin erstaunt über die Hartherzigkeit des Schicksals, das einen solchen Engel meiner abscheulichen Akzise in die Hände gespielt hat."

Anna lachte unwillkürlich auf, zum erstenmal zeigte sich unter der roten Oberlippe eine Reihe perlenweißer Zähne. Das verlieh ihrer ganzen Physiognomie einen neuen Ausdruck, sie schien noch hübscher. Zwei winzige Grübchen, wie vom Kuß geprägt, traten auf die geröteten Wangen, um sich gleich wieder zu glätten. Das eben noch karminrot übergossene Gesicht erblaßte allmählich zu einer Farbnuance, als erglühe es von innerem Glanz.

Der König sah auf ihre Hände und konnte sich's, da er schöne Hände gern küßte, nicht versagen, sie an die Lippen zu drücken.

„Wäre ich ein Tyrann", er seufzte, „ich verböte Hoym zurückzukehren, so eifersüchtig bin ich auf diesen Berserker."

„Der Berserker ist auch eifersüchtig", erwiderte Anna.

„Aber die Venus kann ihn doch nicht lieben."

Sie schwieg; der König mußte lange warten.

„Wenn nicht Liebe, so sind es andere Fesseln, die vielleicht fester binden als sie, Ketten der Pflicht und des Eides."

„Schwüre der Liebe?"

„Nein, Allergnädigster Herr, der Ehe."

„Aber es gibt schändliche Ehen", sagte August, „und so sehe ich es an, wenn Schönheit sich mit ekelerregender Häßlichkeit verbindet. In solchen Fällen vergeben die Götter den Eidbruch."

„Aber Selbstachtung erlaubt ihn nicht."

„Ihr seid streng, gnädige Frau."

„Strenger vielleicht, als es Eure Königliche Majestät glauben."

„Ihr erschreckt mich, Gräfin!"

„Euch, Majestät?" sprach Anna lächelnd. „Ich kann mir nicht denken, daß Ihr Euch davon auch nur im geringsten getroffen fühlen könntet. Was kann diese Strenge schon meinen Gebieter interessieren?"

„Mehr vielleicht, als Euch scheint, schöne Dame", griff der König den Faden auf.

„Das verstehe ich nicht", sagte Anna leise.

„Wieso nicht? Ihr wollt also nicht wahrhaben, daß Euer erster Blick gestern mich bezwungen hat?"

„Meine Errungenschaft wird", widersprach Anna, „wohl den morgigen Tag nicht überdauern. Eure Majestät teilen sich mit den Göttern den Ruhm, leicht lieben und vergessen zu können."

„Nein", rief der König, „glaubt mir, meine Gnädigste, das sind

Verleumdungen! Was kann ich denn dafür, daß ich nie einem Herzen begegnet bin, einem Gemüt, einer Schönheit, die mich für immer an sich zu fesseln vermocht hätten? Nicht ich bin treulos – man betrügt mich. Tagtäglich fällt von diesen Gottheiten eine Hülle ab, Tag für Tag erlischt ein Reiz, entpuppt sich ein Wunder als gewöhnlicher Flitter, bricht einem Engel der Flügel ab, und ich entdecke im Herzen statt Liebe Gefallsucht und Lauheit. Was kann ich dafür? Glaubt mir, meine Gnädigste", fuhr er immer erregter fort, „ich suche jemand, dem ich mein Lebtag gehören könnte, dem ich Treue halten möchte. Fände ich ein solches Herz, eine solche Frau, ich opferte mich ihr ganz."

„Das zu glauben fällt mir schwer", flüsterte Anna. „Und noch schwerer, anzunehmen, es gäbe eine solche lebende Vollkommenheit, die Eurer Majestät würdig wäre."

„Glaubt mir doch", bat August, „daß ich sie hier gegenwärtig in Euch sehe."

„Am nächsten Morgen würde ich, leider, anders aussehen, und nach einigen Tagen wäre der Reiz der Neuheit dahin. Nein, nicht einmal die Großmut Eurer Königlichen Hoheit ist imstande, mir den Kopf zu verwirren; ich fühle mich Euer unwürdig."

„Ihr seid entzückend", August seufzte, nach ihrer Hand langend.

Anna wollte sie ihm entziehen, aber der Anstand verbot es ihr. Der König faßte die weiße Hand, liebkoste und küßte sie lange. Entflammt zwar, mußte Anna sie aller Etikette zum Trotz schließlich doch befreien, damit nicht jemand aus dem Salon die Vertraulichkeit erspähte.

August erhob sich.

„Ich kann mich von Euch nicht losreißen", sagte er. „Sicher werde ich meinen Leidenschaften, die offensichtlich keinerlei Eindruck auf Euch machen, meine königliche Macht zu Hilfe aufbieten müssen. Wagt um Gottes willen nicht, die Stadt zu verlassen, ich stecke Euch in den Kerker. Was Hoym anbelangt, ihm kann nur Eure Fürsprache sein Los erleichtern. Heute hätte ich Lust ..."

Er beendete den Satz nicht.

Anna dachte gar nicht daran, sich für ihn zu verwenden.

August war höchst erregt. Die Unterhaltung hätte sich wer weiß wie lange hingezogen. Aber Frau Reuß hatte aus unerfindlichen Gründen das Abendessen vorzeitig decken lassen und kam nun, den König zu Tisch bitten. Er bot Frau Hoym den Arm.

Es war eher nur ein Dessert, auf italienische Art aus Süßigkeiten, Obst und Wein bestehend. Zuerst hob der König sein Glas auf das Wohl der Gemahlin des Ministers. Fürstenberg beobachtete ihn aufmerksam.

„Die Teschen hat ausgespielt", raunte er der Vitzthum ins Ohr.

„Und mein Bruder ebenfalls! Ich sehe es deutlich", gab die hüb-

sche Dame zurück. „Wenn meine Schwägerin nur vernünftig wäre!"

„Daß sie es nur nicht zu sehr wäre!" sagte Fürstenberg. „Schaut, wie kühl und selbstbewußt sie sich gibt. Augenscheinlich hat es der König bei aller Verführungskunst nicht geschafft, ihr den Kopf zu verdrehen, obwohl er selbst bereits völlig vernarrt zu sein scheint."

Nach diesem Imbiß, von dem jeder aufstand, wann es ihm beliebte, zerstreuten sich die Damen wieder, und August bemühte sich geschickt, die Hoym zurückzuhalten. Sie blieb ohne Sträuben, war fröhlich und ausgelassen. Aber sowohl Fürstenberg als auch der König waren sich bewußt, daß sie sich ganz in der Gewalt hatte und der eben errungene glanzvolle Sieg sie keineswegs berauschte. Zum erstenmal in seinem Leben traf August auf eine Frau, die seiner Liebe nicht so schnell erlag wie andere und nicht einmal den Anschein erweckte, von ihr Gebrauch machen zu wollen.

Das wurmte ihn sehr. Die Geistesgegenwart und Eiseskälte dieser Frau begannen ihn zu ärgern, zugleich aber schürten sie die entfachte Liebesglut. Ursprünglich hatte er mit Frau Hoym lediglich für ein paar Tage ein galantes Verhältnis zu knüpfen beabsichtigt, das unter dem Siegel der Verschwiegenheit nicht einmal die Fürstin Teschen aus dem Herzen verdrängt hätte. Jetzt dämmerte es ihm, daß es ihn mit dieser reizenden Dame wesentlich teurer zu stehen kommen würde als vorausgesehen.

Anna lachte, scherzte, war sehr heiter. Offenbar legte sie es darauf an, den König mit allen gebotenen Mitteln zu umgarnen. Dabei verhielt sie sich ihm gegenüber immer verwegener, unnahbarer. Anstatt wie sonst mit seinem zeushaften Glück geradewegs aufs Ziel zu steuern, sah sich König August weiter von ihm entfernt. Gegen Ende der Unterhaltung, als er zudringlicher wurde und seine Gefühle offener ins Feld führte, bettelte er um einen bescheidenen Winkel im Herzen der schönen Frau. Anna aber, schon völlig vertraut mit ihm, antwortete mit Nachdruck:

„Allergnädigster Herr, verzeiht, aber Ihr zwingt mich zu einem unbequemen Geständnis. Ich gehöre zu jenen unglückseligen schwachen Geschöpfen, denen der Stolz ihre ganze Stärke bedeutet. Wenn Ihr glaubt, ich könnte, von einem Glanz geblendet, dessen Macht ich anerkenne, vergessen, was ich mir selbst schulde, ich ließe mich vom Augenblickswahn überrumpeln und sein Blendwerk raubte mir die Sicht in die Zukunft – dann irrt Ihr. Anna Hoym wird niemals jemandes, auch nicht des Königs Geliebte auf Zeit sein. Mein Herz bringt sich ganz, für immer dar oder ... nie."

Nach diesen Worten sprang sie vom Tisch auf und begab sich in den Salon.

Bald darauf stahl sich der König zusammen mit Fürstenberg aus der Wohnung der Gräfin Reuß fort, die ihm zur Treppe hinterherlief. Frohsinn und Hoffnung waren aus Augusts Gesicht gewichen, er war betroffen und verstimmt. Die Gräfin Reuß sah ihm an, in welcher Verfassung er sich von der Hoym verabschiedet hatte, und ließ unermeßliches Bedauern erkennen; im Grunde aber war sie Anna gar nicht gram. Je schwieriger sich ihr Verhältnis zum König anbahnte, um so dauerhafter versprach es zu werden. Kurze Liebeleien, die eine Fürstin Teschen nicht aus dem Sattel werfen könnten, wären in keiner Weise nach ihrem Geschmack. Durch Anna erhoffte auch sie einen sicheren Stand zu gewinnen.

„Liebe Gräfin", flüsterte der König, sich zum Ausgang wendend, „versuche, die Statue zu erweichen. Sie ist schön wie die Venus, gewiß, ihr Herz aber ist aus Marmor."

Ehe Frau Reuß antworten konnte, schritt der König die Treppe hinab.

Sein Gespräch mit dem vertrauten Spießgesellen Fürstenberg schlug schon andere Töne an.

„Die Frau ist entzückend, aber entsetzlich zugleich, eiskalt", sagte der König.

„Zeit tut not, Majestät. Frauen haben unterschiedliche Gemüter und Temperamente. Was ist sonderbar daran, daß sie sich ziert?"

„Sich ziert! Sie sagt ausdrücklich, sie verlange ewige Treue!"

„Jede Liebe glaubt anfangs, ewig währen zu müssen, und jeder wird geschworen, sie werde es."

„Mit dieser wird es nicht leicht sein", wandte August ein. „Die Teschen war bedeutend willfähriger."

„Zwischen den beiden besteht kein Vergleich."

„Leider, das ist wahr. Die Teschen kann ihr nicht das Wasser reichen. Schickt Hoym den Befehl, er soll sich hüten zurückzukommen."

„Aber was wird er dort machen?" Der Fürst lachte.

„Mag er machen, was er will. Er soll sich mit dem Adel herumstreiten, ihm die Frauen abspenstig machen", unterbrach der König. „Vor allem aber möge er möglichst viel Geld eintreiben, denn mir ahnt, daß meine neue Liebe viel kosten wird. Solch ein Brillant muß in Gold gefaßt sein."

„Wie denn, Majestät, schon verliebt?"

„Wahnsinnig. Fürstchen, tu, was du willst, Anna muß mir gehören!"

„Und Ursula?"

„Heirate sie!"

„Danke."

„Verheirate sie, mit wem du denkst. Mach, was dir gefällt. Die Sache ist vorbei!"

„Schon, Allergnädigster Herr?“ fragte der Fürst mit schlecht verhehlter Freude.

„Ich mache Schluß, habe Schluß gemacht. Hoym werde ich vergolden, dich, sie.“

„Woher aber werden wir soviel Gold nehmen?“

„Dazu hat Hoym einen Kopf“, sagte der König. „Schreib ihm, er soll sich persönlich um die Akzise kümmern, er soll fahnden, prüfen, umherfahren, Vermögen einziehen, Hauptsache, er kommt nicht wieder.“

„Bis er nicht mehr weiß, wozu!“ sagte der Fürst leise.

„Selbstverständlich.“

Der König atmete tief ein. Sie betraten den Palast, und August begab sich schnurstracks ins Schlafgemach, bedrückt und nachdenklich. So hatte ihn der letzte Feldzug nicht mitgenommen wie der Mißerfolg dieses Abends.

VII

Auf diese Weise nahm am Hofe Augusts II. eine der Frauenherrschaften ihren Anfang, die länger währen sollte als andere.

Die ganze Stadt und der Hof verfolgten mit wachem Interesse den Verlauf der Affäre, deren Ende leicht vorauszusehen war. Es kam jedoch nicht so schnell, wie die Leute aus anderen Fällen folgerten. Hoym wurde über ständig zu ihm ausgeschickte Kuriere immer länger ferngehalten und bekam keine Rückkehrgenehmigung.

Täglich neue Kuppelmanöver schmiedeten die Gräfin Reuß, Frau Vitzthum und Fürstenberg, den König der schönen Anna näherzubringen; von Tag zu Tag wuchsen bei Frau Hoym Keckheit und Vertraulichkeit ihm gegenüber, aber August kam seit jenem Abend bei der Gräfin Reuß weder einen Schritt weiter noch bekam er etwas anderes zu hören, als sie ihm damals offenbart hatte. Anna Hoym steckte keinen Pflock zurück, und ihre Hartnäckigkeit, Nüchternheit und Selbstbeherrschung begannen schließlich alle zu beunruhigen. Man befürchtete, der König könnte sich gekränkt fühlen, sich abwenden, sein Verdruß ausgenutzt werden, ihm ein anderes Wahlobjekt zu präsentieren. Frau Hoym erklärte, sooft man sie ausforschte, gelassen, sie könne wohl Gattin sein, niemals aber wolle sie Geliebte werden. Wenn sie schon nicht die Ehe forderte, der die Königin Christine Eberhardine im Wege stand, so doch ein feierliches Gelöbnis, daß der König sie heiraten würde, sobald er verwitwen sollte.

Diese Bedingung nahm sich wahrlich seltsam und ungewöhnlich

aus, zu anderen Zeiten, an einem anderen Hof, unter weniger verkommenen Menschen wäre sie undenkbar gewesen. König August allerdings reagierte, als ihm Fürstenberg das brühwarm zutrug, mit keinem Wort.

„Ich gestehe", sagte er einige Stunden danach, „ich habe diese endlose Brautschau über; einmal muß Schluß sein damit!"

„Schluß machen?" fragte der Fürst.

„Werden sehen", antwortete der König lakonisch.

Mehr entlockte ihm selbst sein engster Vertrauter nicht. Am selben Tage ließ König August aus dem Schatz hunderttausend Goldtaler ins Kabinett schaffen. Der Sack war gewaltig, und zwei Leute hatten, obwohl kräftig und breitschultrig, schwer zu wuchten. Als er auf den Fußboden gestellt wurde, streckte der König die Hand nach ihm aus, faßte in die Stricke und hob ihn ohne Schwierigkeiten hoch.

Fürstenberg wagte nicht nach der Bestimmung dieser gewaltigen Summe zu fragen, denn der König war barsch und brummig. Am Vortage hatte sich August mit der Hoym in der Fasanerie getroffen, wohin sie ihre Freundinnen auf dem Spazierweg gebracht hatten. Er plauderte mit ihr, lustwandelte, und als er abfuhr, behauptete die Vitzthum, in seiner Miene – wiewohl verhalten – grimmigen Zorn wie nie zuvor bemerkt zu haben.

Allen war es klar, daß entscheidende Ereignisse ihre Schatten vorauswarfen. Der König war schweigsam, fuhr fast täglich die Fürstin Teschen besuchen, die in Tränen schwamm, sooft ihr über die Hoym berichtet wurde, und sie trocknete, sobald sich August meldete.

Einige Wochen dauerte diese Ungewißheit, eine Zeit, die den Hofleuten unermeßlich lang erschien. Sie waren sich nicht schlüssig, vor wem sie katzbuckeln, wohin sie ihre Schmeicheleien und Machenschaften kehren sollten. Schließlich wurde Hoym die Heimkehr nicht nur erlaubt, sondern befohlen, denn am Staatssäkkel war seine Abwesenheit empfindlich zu spüren, und er verstand ihn am besten zu füllen.

Just an dem Tage, als man den Minister erwartete, ließ sich der König mit jenen hunderttausend Talern abends in das Hoymsche Palais fahren.

Es dämmerte, und der Tag war ohnehin herbstlich und neblig. Die Gräfin Hoym, allein zu Hause, lief nachdenklich in ihrem Salon umher, recht anspruchslos gekleidet. Da sie außer Damenbesuchen niemand empfing, erschrak sie, als sie auf der Treppe männliche Stimmen vernahm, und noch mehr, als unversehens der König eintrat.

Sofort schloß sich die Tür hinter ihm wieder. Fassungslos über sein Erscheinen, das nichts Gutes verhieß, wich die beherzte Frau einige Schritte zurück. Auf dem Tisch lag seit den ersten Tagen ihres Dresdner Aufenthalts eine geladene Pistole; von ihr trennte sie sich nicht.

Sie wurde von allen verlacht, die bei ihr die Waffe sahen. Als sie den König gewahrte, riß die Hoym die Pistole an sich und schob sie unter das Tuch, in das sie sich gehüllt hatte. Obwohl diese Bewegung rasch war und scheinbar unbemerkt blieb, entging sie dem König nicht.

„Ihr braucht keinen Schutz, Madame!" sagte er. „Und der, den Ihr Euch ausgesucht habt, taugt zu nichts ..."

Anna starrte ihn an und fand keine Worte.

„Hört zu, Gnädigste", fuhr August fort und warf den Sack Gold mit solchem Schwung hin, daß er aufplatzte und die Dukaten klirrend über den Fußboden rollten. „Ich kann Euch mit Gold überhäufen, mit Würden und Titeln."

Dabei zog er zwei Hufeisen hervor, brach sie in den Händen auseinander und schleuderte die Stückchen auf den Goldhaufen. „Ich kann aber das", fügte er hinzu, „was sich mir widersetzt, zermalmen wie dieses Eisen. Ihr habt die Wahl zwischen Gold und Eisen, zwischen Frieden, ja Liebe – und Krieg."

Anna blickte gleichgültig auf den Haufen Gold und das zerbrochene Eisen hinab.

„Allergnädigster Herr", sagte sie nach einer Weile, „ich fürchte weder den Tod, noch mag ich Gold. Ihr könnt mich zermalmen wie diese Hufeisen, meinen Willen brecht Ihr nicht. Auch Gold wird ihn nicht lähmen. Warum denn bringt Ihr nicht das eine, was mich erweichen und besiegen kann, Euer Herz?"

August stürzte zu ihr.

„Du hast es längst", rief er.

„Ich sehe es nicht und fühle es nicht", sprach die Hoym gedehnt. „Das Herz zeigt sich in Taten. Ein liebendes Herz kann nicht danach trachten, zu entehren, worin es sich verliebt hat. Ich verschweige es Euch nicht, mein König, ich liebe Euch. Ich vermochte dieser Liebe nicht zu widerstehen; aber besudeln werde ich sie nicht."

Der König fiel erregt auf die Knie vor ihr, Anna floh auf die andere Seite des Salons.

„Hört mir zu, König!"

„Befiehl!"

„Anna Hoym wird nicht eher Euer sein, als sie sich Eurer Liebe würdig fühlt."

„Also Bedingungen? Sprich, welche Bedingungen stellst du?"

„Ein schriftliches Eheversprechen."

Als August das hörte, senkte er den Kopf, verzog die Stirn.

„Anna", sagte er dann, „das ist eine für dich selbst gefährliche Bedingung, glaube mir."

„Von ihr rücke ich nicht ab, für sie gebe ich das Leben. Nein, ich kann nicht anders, meine Ehre verlangt es. In Leid und Freud werde ich Eure Frau sein oder ... Ihr rührt mich nicht an, weil ich mir mit einem Schuß das Leben nehme."

Der König wich einen Schritt zurück.

„Also gut", sagte er, „wenn du es willst, sollst du es haben."

Anna jubelte.

„Alles übrige ist ein Pappenstiel", sagte sie in einem Ton, darin Glück mitschwang. „Ich muß mich von Hoym scheiden lassen."

„Morgen lasse ich die Scheidung im Konsistorium ausstellen", beeilte sich der König zu sagen. „Was wäre noch?"

„Meinerseits habe ich nichts mehr", sagte Anna, vor dem König niedersinkend, mit gebrochener Stimme. „Mir genügt dies."

„Aber nicht dem König, mir", ergänzte August und riß Anna in die Arme; sie befreite sich daraus.

„Majestät", schrie sie. „Ich vertraue deinem königlichen Wort, aber bevor ich mich berühren lasse, müssen die Ketten fallen, die mich fesseln, muß die Scheidung verkündet, dein Gelöbnis unterzeichnet sein. Ich bin Hoyms Frau, habe ihm Treue geschworen und halte sie."

August küßte ihr wortlos die Hand.

„Tu mit mir, was du willst. Ich bin dein Sklave, du bist meine Gebieterin. Heute kommt Hoym zurück, trenne dich von ihm. Morgen werde ich befehlen, das Palais für dich einzurichten. Hunderttausend Taler jährlich und meine beiden Königreiche liegen dir zu Füßen und mit ihnen ich."

Anna küßte ihn, der vor ihr kniete, zärtlich auf die Stirn und trat zurück.

„Bis morgen!"

„Soll ich gehen?" fragte August.

„Bis morgen!"

Sie gab ihm die Hand. Der König erhob sich gehorsam mit einem Handkuß und wandte sich seufzend zur Tür.

Auf dem Parkett blieb der Haufen Gold zurück.

In dieser Nacht kehrte Hoym heim, rannte zum Schlafgemach seiner Frau und fand es verschlossen. Das Personal bestellte ihm, die Herrin schlafe, sei krank und habe sie zu wecken untersagt.

Auf der gegen seinen Willen und unnütz hingezögerten Reise beunruhigte sich der Graf von Tag zu Tag mehr um seine Frau. Er hatte zwar seine Beobachter, die ihn auf dem laufenden hielten über jeden ihrer Schritte, jede Bewegung, aber den Berichten über Besuche und Spazierfahrten, an denen fast immer seine Schwester, Frau Vitzthum, teilnahm, konnte er nichts allzu Lasterhaftes entnehmen. Dennoch spürte er, daß die eingefädelte Intrige sich zu einem Knäuel verwob und verdichtete, sein Eheleben immer schlimmer bedrohend. An wen sollte er sich halten, bei wem sich beschweren? Obenan stand der König, und ihn fürchtete Hoym wie den Leibhaftigen, weil er ihn besser kannte als andere. Die scheinbare Liebenswürdigkeit, Güte und Milde konnten ihn nicht beirren. Hatte er doch das Schicksal seines Gönners Beichling stets vor Augen. Die beste Gewähr war ihm der Charakter seiner Frau, ihr Selbstbewußtsein und Ehrgefühl.

Bei seiner Ankunft in Dresden wußte er nicht mehr, als ihm seine diensteifrigen Spione hinterbracht hatten. In der Stadt selbst glaubte er von den Hofleuten nicht viel zu erfahren. Die Stunde war vorgerückt; obwohl der König im Schloß zechte und schmauste, verlockte es Hoym kaum, sich noch dahin zu begeben. Also fuhr er nach Hause, und als er die Tür seiner Frau verriegelt fand, legte er sich zur Ruhe nach den Reisestrapazen.

Am nächsten Morgen belagerten ihn die Akzisebeamten. Der König befahl ihn ins Schloß, so daß er, ohne Anna zu sehen, fortgehen mußte. Schier überschwenglich und freundlich empfing ihn der König. Ja, er drückte ihn an sich, was nichts Gutes bedeuten konnte, schalt ihn sogar, sich so lange auf Reisen amüsiert zu haben, obwohl er selbst dafür gesorgt hatte, daß Hoyms Abwesenheit hingeschleppt wurde. Er gab vor, nichts von allem gewußt zu haben.

Hoym sah dem König erstaunt in die Augen; sie waren stumm.

„Du hast Feinde am Hof, das ist offenkundig", sprach August leise und stupste ihn in die Seite. „Man wollte dich mir entfremden, aber sei nicht bange, in mir hast du zugleich einen Freund, der mächtiger ist als sie und der nicht zuläßt, daß man dich kränkt."

Hoym bedankte sich für diese hohe Gnade des Herrn. Im Gespräch über Akzise und Staatsschatz beklagte sich der König über Geldmangel.

„Lieber Hoym, unter allen Umständen mußt du mir Geld besorgen, ich brauch unheimlich viel."

Es war gegen Mittag, als Hoym von der Audienz, die ihm etliche harte Nüsse zu knacken aufgab, nach Hause kam. Kaum war die Tür zum Kabinett hinter ihm zugefallen, da flog die Portiere zum Saal auseinander, und Anna trat ein, schwarzgekleidet, von Schönheit strahlend, unbefangen und ausgeglichen. Sie drehte hinter sich den Schlüssel im Schloß um.

Hoym eilte ihr entgegen, sie begrüßte ihn frostig und mit Abstand.

„Ich habe Euch erwartet, Graf", sagte sie mit gelöster Stimme, „und komme Euch danken für alles, was Ihr mir geschenkt habt, und will Euch versichern, daß ich es ewig in Erinnerung behalte. Zugleich muß ich Euch gestehen, daß unsere Ehe, nicht auf gegenseitige Sympathie gestützt, weder Euch noch mir die Gewähr des Glücks bietend, ihrem Ende zustrebt. Etliche Jahre harter Prüfungen erlauben auch keine besseren Voraussagen für die Zukunft. Wir müssen uns trennen, Graf. Ihr kennt mich darin, daß ich freimütig bin und gern offen handle. Seine Majestät hat mir die Ehre erwiesen und seine Zuneigung zu mir bekannt. Er ist dessen würdig, daß ich sie erwidere. Ich liebe ihn und habe mich entschlossen, ihm zu folgen. Aber ich kann und will Euch nicht betrügen, ich komme die Scheidung fordern, die Eurem Namen den guten Ruf bewahrt. Wir können nicht anders verfahren. Wenn Ihr die Scheidung freiwillig annehmt, könnt Ihr meines Wohlwollens gewiß sein. Dann werde ich mich auch bemühen, Euch in allem zu unterstützen. Solltet Ihr mich aber hindern und Euch widersetzen, dann wird es zwar an meinem Entschluß nichts ändern, Euch aber zwingen, meine Dankbarkeit aus dem Gedächtnis zu streichen und lediglich daran zu denken, daß Ihr meinem Glück im Wege steht."

Hoym, der vom ersten Wort dieser nüchternen Rede seiner Frau alles begriff, sprang zurück wie vom Blitz getroffen. Auf alles war er gefaßt gewesen, daß die Dinge aber schon jetzt so weit gediehen wären, hätte er beileibe nicht vermutet. Sein bleiches Gesicht bezog sich mit geradezu bläulicher Röte, das Blut stockte in den Adern. Er versuchte einigemal den Wortschwall zu unterbrechen und loszupoltern, aber Anna hielt ihn mit stechendem Blick im Zaum, bis sie schloß. Hoym empörte der Inhalt ihrer Worte und vor allem die Kälte, mit der sie sprach, mit den Schnüren ihres Kleides spielend, an den Ärmelspitzen nestelnd, das Taschentuch zwischen den Fingern knitternd. Als die Gräfin zu sprechen aufhörte, brachte Hoym, in dem unbezähmbarer Zorn wütete, kein Wort hervor.

Schließlich brüllte er unbeherrscht los, die Faust erhoben:

„Dafür, meine Gnädigste, daß ich dich aus dem Modernest herausgeholt habe, dankst du mir so? Die Natter habe ich geweckt in dir. Du verläßt den Gatten und das traute Heim, um dich auf Gnade und Ungnade dem größten Leichtfuß der Welt auszuliefern."

Anna ließ ihn nicht ausreden.

„Genug, Graf, ich weiß schon, was du sagen wirst, ich weiß aber auch, was ich tue. Die Sorge um mein Los überlaß mir. Mein Entschluß ist unwiderruflich. Um eines nur bitte ich dich, nämlich dich zu entscheiden, ob du die Scheidung freiwillig annimmst oder nicht! Sollen wir einander freund oder feind sein? So oder anders?"

Hoym war der Verführungssüchtigste, Wollüstigste von allen an diesem Hofe, wo sich Lotterleben Galanterie nannte; sein Verhältnis zur eigenen Frau konnte lockerer nicht sein, seine Liebe war erkaltet. In diesem Moment jedoch, bei dem Gedanken, sie verlieren zu müssen, wühlten ihn Wehleid, Eifersucht und Wut bis knapp an die Grenze des Wahnsinns auf.

Wie gewöhnlich, wenn er aufbrauste, begann er an Kleidung und Perücke zu zerren, durchs Kabinett zu hasten, Stühle zu zertrümmern und auf Tischen zu trommeln. Er rang die Hände, hielt vor dem Fenster ein, geistesabwesend auf die Straße starrend, dann wieder stürzte er drohend zur Gräfin, die ihn furchtlos, mit verächtlichem Lächeln betrachtete; er setzte zum Reden an und stockte, um erneut durchs Zimmer zu rasen. Einem vollends Verrückten glich er, der nicht mehr weiß, was er tut. Stöße von Papieren riß er zu Boden und stampfte drauf herum, kippte den Tisch um. Dieses ganze Toben beeindruckte sie nicht im mindesten. Geradezu höhnisch ihn musternd, trat Anna ein Stück zurück und wartete. Als sie keine Antwort erhielt, sagte sie schließlich in ruhigem Ton:

„Ich sehe, daß du dich nicht so schnell entscheiden kannst, was du wählen solltest, Frieden oder Krieg. Also räume ich dir Bedenkzeit ein. Nur möchte ich dir zu bedenken geben, daß der Krieg gegen mich und den König immerhin gefährlich sein kann; du hast zu wählen: entweder Karriere oder Fall."

Und sie ging hinaus, ohne eine Antwort abzuwarten.

Hoym rannte noch immer umher und fetzte sich das Gewand vom Leib, setzte sich, stand auf, war der Verzweiflung nahe. So wäre es wohl wer weiß wie lange weitergegangen, hätte ihn nicht Vitzthum, eben eingetroffen, aus dieser Raserei gerissen.

„Was ist los mit dir, Hoym?" rief er. „Was ist passiert?"

„Was passiert ist? Ach, ihr wißt das bestimmt besser als ich, verehrte Freunde, welch eine nette Überraschung ihr mir da beschert habt. Anna verläßt mich. Der König braucht auch sie noch. Weshalb hat sie mich denn geheiratet? Wozu hat sie mir die wenigen Jahre Glück geschenkt, um mich nun schändlich abzuschütteln, vor allen Leuten bloßzustellen und dem Gelächter preiszugeben?"

Vitzthum ließ ihn zur Ruhe kommen.

„Hör zu, Hoym", sagte er, „ich begreife nur zu gut, daß es dir um die schöne Anna leid sein kann, aber nie hast du ihr Herz besessen, und selber hast du dermaßen über die Stränge gehauen, daß ich bezweifle, du hättest sie gar zu sehr vergöttert. Das ist Sache deiner Eigenliebe. Nicht um die Ehre geht es, denn deine Frau verläßt dich. Sprechen wir vernünftig, ich komme mit einer Empfehlung des Königs."

Hoym krauste die Stirn.

„Was geruhen Seine Majestät zu befehlen?" fragte er ironisch.

„Er verlangt, daß du in die Scheidung einwilligst, wofür er dir seine Gnade und seinen Dank verspricht", sagte Vitzthum. „Anderenfalls, mein lieber Hoym, muß ich dir, so leid es mir tut, bestellen, setztest du dich höchst gefährlichen Konsequenzen aus. Du hast die Wahl. Dich mit dem König anzulegen ist wohl ausgeschlossen. Die geringste Unannehmlichkeit, die du der Gräfin zufügst, wird als Majestätsbeleidigung ausgelegt."

„Aber wozu denn braucht ihr meine Zustimmung?" fuhr Hoym auf. „Der König kann ja ohne sie handeln, wie es ihm beliebt. Ihm, nicht mir, wird das Konsistorium gehorchen. Ich spiele hier keine Rolle. Er nimmt mir das Wertvollste, was ich hatte, mag er es haben; er sollte aber nicht fordern, daß ich mich dafür auch noch bedanke."

Vitzthum lächelte.

„Das ist ein Gnadenbeweis des Königs, daß er deine Zustimmung erbittet dazu, was er auch ohne sie haben kann. Du solltest darin seinen Willen sehen, dich in deinem Amt zu behalten."

„Weil er mich braucht!" knurrte Hoym.

Vitzthum ließ sich auf dem Sofa nieder.

„Lieber Graf, überleg es dir", sagte er. „Wenn ich gegangen bin, ist es zu spät."

Wieder irrte Hoym durchs Zimmer, warf um, was im Wege stand; dann brach er in Gelächter aus, ein gequältes Lachen voller Erbitterung, und sank auf einen Sessel.

„Hoym, der König harrt deiner Antwort", mahnte Vitzthum.

„Wie sie ausfällt, darüber konnte es doch von vornherein keinen Zweifel geben", erwiderte der Minister. „Purer Hohn ist es, jemand, dem man die Kleider geraubt hat, mit der Keule über seinem Kopf fuchtelnd zu fragen, ob es erlaubt sei, sie zu behalten. Also selbstverständlich, lieber Schwager, überbringe dem allergnädigsten Herrn meine Antwort, daß ich mich zu tiefstem Dank verpflichtet fühle, wenn er sich herabläßt, mich von der Bürde dieses Frauenzimmers zu befreien, daß ich mich mit allem einverstanden erkläre, daß ich froh, glücklich bin und ihm die Hand küsse. Ist es doch eine außerordentliche Ehre, Seiner Majestät einen angebissenen Apfel zu opfern, haha."

„Du solltest ein Glas kaltes Wasser trinken!" flüsterte Vitzthum und griff nach dem Hut.

Mitfühlend gab er Hoym die Hand.

„Glaub mir", sagte er leise, „du kommst dank deiner Frau noch günstiger davon als andere. Ich werde dem König ausrichten, daß du einverstanden bist. Du wirst dein Gemüt abkühlen und den Schmerz vergessen."

Offenbar erinnerte sich Vitzthum bei diesen Worten seiner eigenen Affäre mit Hoyms Schwester, die sich eine Zeitlang der Gunst Seiner Majestät erfreut hatte.

Auf Hoyms Antwort hatte der König persönlich im Schloß gewartet; ungeduldig geworden, ließ er sich in das Hoymsche Palais tragen und betrat Annas Zimmer.

Vitzthum wollte sich eben ins Schloß begeben, als man ihm meldete, daß der König nebenan weile. Aus der Miene seines Günstlings erkannte August sofort, daß sich Hoym nicht sperrte. Die schöne Anna eilte dem Parlamentär entgegen.

„Wart Ihr, Graf, erfolgreicher als ich?"

„Erfolgreicher als Ihr kann niemand sein", entgegnete Vitzthum, sich verneigend. „Aber beharrlicher war ich. Ich habe Hoym sich austoben lassen, und er willigt in alles ein."

Freude glomm in Annas schwarzen Augen auf, am liebsten hätte sie Vitzthum umarmt.

„Oh, bringt Ihr mir also Freiheit und Glück!" rief sie. „Wie kann ich das nur wettmachen?"

Auf einem kleinen Tisch stand ein Kästchen, sie nahm es und gab es Vitzthum. Der König sprang herbei, um es zu sehen, riß es ihm aus der Hand. In der Kassette lag ein Miniaturbildnis von Anna, vor einigen Jahren gemalt.

„Oh!" rief der König. „Entschuldige, das ist zuviel für dich, Vitzthum. Mit königlichem Recht beschlagnahme ich es und halte dich mit zwanzigtausend Talern schadlos. Dieses Bild darf und wird außer mir niemand besitzen."

Anna küßte den König.

Am nächsten Tag gingen beide, der Graf Hoym und seine Gattin, ins Konsistorium zur Scheidung. Die königliche Weisung beschleunigte die Urteilsverkündung. Drei Tage danach wurde das Urteil auf allen Plätzen und an allen öffentlichen Gebäuden ausgehängt, wie es Anna verlangt hatte.

Denselben Tag noch zog die Gräfin aus dem Palais ihres Mannes in ein nahe dem Schloß hergerichtetes Haus; binnen weniger Stunden waren Schloß und Annas neues Heim durch eine angebaute überdachte Galerie miteinander verbunden.

Diese Nachricht verbreitete sich in Windeseile über die ganze Stadt. Frau Hoym legte zugleich den Gattennamen ab und hieß nun vom Besitztum ihrer Familie her Frau von Cosel. August versprach ihr, beim Kaiser Joseph einen Grafentitel zu erwirken und statt des Hauses, das sie einstweilen bewohnte, in einigen Monaten einen Traumpalast aus Tausendundeiner Nacht zu erbauen.

Seit langem schon hatte keine Geliebte des Königs Verstand, Herz und Leidenschaft so in ihren Bann geschlagen. Ganze Tage brachte er bei ihr zu, ward nicht gesehen und vergaß die Welt um sich.

Gleich in erster Stunde erfuhr alles die Fürstin Teschen, die der König bis zuletzt mit ausgesuchtem Feingefühl und Takt behandelt hatte. Die Scheidung der Hoym, ihr Umzug in Schloßnähe ließen nicht den geringsten Zweifel offen, daß die Herrschaft der Fürstin zu Ende war. Der König stellte seine Besuche bei ihr ein, aber die Fürstin Teschen blieb weiterhin frei in ihren Entscheidungen, und nichts sonst deutete darauf hin, daß sie in Ungnade gefallen sei, als daß sie des Anblicks Seiner Majestät und aller Zukunftshoffnung entledigt war.

August mußte sie zumindest mit Rücksicht auf den Kardinal Radziejowski schonen. Auf ihn übte sie ziemlichen Einfluß aus, der den Interessen des Königs abträglich werden konnte. Trotz der Zuträger, die Vitzthum auf königliches Geheiß rund um das Fürstinnenpalais angesetzt hatte, war über ihre Absichten nichts zu erkunden. Man versuchte über die Glasenapp, ihre sie auf den Tod hassende Schwester, das Geheimnis zu entlocken; in ihrem Groll könnte es ihr vielleicht entschlüpfen. Aber die Fürstin Teschen schwieg und vergoß Tränen. Niemand ahnte, ob sie in Dresden zu bleiben, sich in Hoyerswerda niederzulassen oder nach Polen zurückzukehren gedachte. In ihrem Haus waren keinerlei Reisevorbereitungen zu bemerken. Das Leben lief in seinem gewohnten Rhythmus, lediglich die Hofhaltung, vordem glanzvoll und beliebt, schrumpfte zusehends. Wer der Fürstin die Treue hielt, wurde der Spionage verdächtigt, also umgab sie eine verschwiegene Runde, und die Abende dämmerten traurig dahin.

Allein der Fürst Ludwig von Württemberg verweilte jetzt öfter und länger bei ihr. Die Hofintrigen, vorübergehend auf den Sturz der Fürstin Teschen und das Avencement der Gräfin Cosel gerichtet, nahmen nach deren Sieg einen anderen Kurs.

Fürstenberg, den der König zur Anbahnung dieser Beziehungen benutzt hatte, mußte seinen Platz für Vitzthum räumen, der die Rolle des ergebenen Vermittlers spielte. Zwei feindliche Parteien begannen sich immer offener herauszubilden inmitten des angeblich so einträchtigen Hofes Augusts II. Der gute König war um nichts in der Welt mehr besorgt, als zu verhüten, daß die Leute um ihn zusammenhielten. Davor hatte er Angst, und so gut er irgend konnte, heizte er jeden Streit unter ihnen an. Die einen bedachte er mit Privilegien und besonderen Aufmerksamkeiten, den anderen gab er zu verstehen, daß sie in jenen ihre ärgsten Gegner hätten. So hetzte er alle gegen alle. Der Anblick vergrämter und maskenhaft scheel einander abschätzender Mienen behagte ihm und wiegte ihn in Sicherheit. So beschwerte sich einer über den anderen, und ihm wurden Vertrauensbrüche, Veruntreuungen von allen Seiten hinterbracht. Die ganze Strategie des Königs beruhte darauf, gegenseitige Abneigung zu schüren, jede wie immer geartete Harmonie zu verhindern.

Vitzthum, der in Sachen der Gräfin Cosel vermittelte, stammte aus einer thüringischen Familie, die schon seit eh und je in sächsischen Diensten stand. Der Großfalkner Graf Friedrich Vitzthum von Eckstädt war damals keine dreißig Jahre alt. Er kam als Page zu August, und von Jugend auf verband beide enge Freundschaft. Sie unternahmen jene Reisen durch Europa, auf denen sie so viel aufregende Abenteuer erlebten. Nach dem Fall des Großkanzlers Beichling im Jahre 1703 bekam Vitzthum die Würde des Großfalkners zugeschanzt, ein Hofamt, das ein Bruder des Kanzlers bekleidet hatte, bis er auf Königstein eingekerkert wurde.

Vitzthum zog der König allen anderen vor, vielleicht deswegen, weil er von ihm nichts zu befürchten hatte. Er war bei Gott kein Genie, nicht einmal sehr betriebsam, sondern zuvorkommend, umgänglich, fügsam, unterwürfig, im übrigen ein mit allen Wassern gewaschener Höfling und gut aussehender Mann. Insbesondere in den ritterlichen Disziplinen, die der König so sehr mochte, tat sich Vitzthum hervor. Er galt als sattelfester Reiter, treffsicherer Schütze, gewichster Schürzenjäger und leidenschaftlicher Spieler, der, wäre es ihm gestattet, Tag und Nacht dieser Manie frönte. Auch ein keineswegs boshafter Witz und Frohsinn waren ihm eigen. Bekanntlich trachtete der sächsische Adel sich dem König umsichtig und verbissen zu widersetzen, wo es sich um seine Vorrechte handelte. Vitzthum engagierte sich am Hofe als geheimer und schlauer Fürsprecher dieser Kreise. Die Vertraulichkeit, die ihm der König gestattete, vor allem bei Braten und Wein, gab ihm Gelegenheit, manchmal ein Wort zu sagen, das als Ulk aufgefaßt wurde, in Wirklichkeit aber schmerzliche und bittere Wahrheiten enthielt. Außer der Wahrnehmung von Adelsinteressen mischte sich Vitzthum in keine Staatsangelegenheiten ein, hielt sich von Intrigen fern, besaß kaum Ehrgeiz und stand dem König wie ein Freund ergeben zur Seite.

Neben und hinter Vitzthum schaltete Hoyms Schwester, seine Frau, eine der rührigsten Intrigantinnen am Hofe, wo das schwache Geschlecht entweder in höherem Maße als das starke oder zumindest gleichrangig das Regiment führte. Frau Vitzthum war damals noch sehr jung und hübsch, von schlankem Wuchs wie die meisten Sächsinnen aus aristokratischen Familien. Ihre Augen waren himmelblau, ihre Haut frisch; sie hatte eine leichte Stupsnase und neigte oft zu übermütiger Heiterkeit, deren Lachausbrüche man an ihrer kindlich-kreischenden Tonlage von weitem zu unterscheiden wußte. Sie spielte mit dem Hof wie mit der Puppe, spionierte mit Raffinement, spitzte die Ohren, verbreitete Gerüchte, stellte Fallen, dirigierte die Leute, stachelte Leidenschaften an, säte Zwietracht, erhitzte die Gemüter und glättete sie wieder, aber bei alldem hielt sie Haus, Mann, Wirtschaft und Geschäft vortrefflich in der Hand, und ohne sie wäre Schmalhans oft Küchenmeister gewesen. Am Spiel konnte sie sich ebenso begeistern wie ihr

Mann, aber sie bewahrte Nerven und zwang das Glück, sie häufte Reichtümer und spornte den Gatten an, für den sie doppelten Ehrgeiz aufbringen mußte, denn ihm fehlte er völlig.

Eigentlich gehörten die Vitzthums nicht zu den mächtigsten Günstlingen des Königs, über die alle Staatsgeschäfte abgewickelt wurden. Sie standen ein bißchen abseits und scheinbar tiefer als Flemming, Fürstenberg, Pflug und andere, nichtsdestoweniger waren sie in alle geheimsten Geheimnisse eingeweiht, übten Einfluß auf das Urteil des Königs über Menschen und konnten Widersachern durchaus gefährlich werden.

Vitzthum wirkte als willenloses Werkzeug seiner Frau. Beim Herrschaftsantritt der Gräfin Cosel knüpften sie auch zu ihr Kontakte, um womöglich an ihren Abneigungen und Freundschaften teilzuhaben und ihr sowohl die einen als auch die anderen suggerieren zu können.

Einige Tage nach der Übersiedlung der Cosel in das Haus am Schloß spürte aber der ganze Hof, daß die neue Königin nicht so willfährig, tränenselig und ohnmachtsanfällig sein würde wie die Fürstin Teschen, neues Leben griff um sich. Die stolze und schöne Dame meldete sich als Zweitgemahlin des Königs an und gebärdete sich schon als Königin.

August selbst war nur anfangs ihr gehorsamster Verehrer. In dem schmucken Köpfchen der Frau, die der Zufall auf den Thron gesetzt hatte, verwandelte sich das Glück in Rausch.

Der Winter versprach der turbulenteste Karneval seit Menschengedenken zu werden.

VIII

Am damaligen Hofe Augusts II. mangelte es nicht an spaßigen und originellen Figuren, deren einzige Aufgabe darin bestand, den König zu zerstreuen und jede Langeweile vom allergnädigsten Herrn fernzuhalten.

Jeden Morgen ritt durch den damals als Altstadt bezeichneten und heute gerade als Neustadt bekannten Teil Dresdens in drolligster Aufmachung der allen Bewohnern, vom Gassenbuben bis zum Minister, wohlvertraute herrschaftliche Possenreißer Joseph Fröhlich, der den Titel eines Großmeisters der Hofnarretei Seiner Majestät führte. August hatte ihm zu Ehren einst in guter Laune sogar eine Denkmünze prägen lassen mit der Inschrift: Semper Fröhlich nunquam Traurig. Pflichtgemäß steigerte sich Fröhlich in solchen Humor, daß er alle aufheiterte und selber von früh bis spät lachte.

Schon wenn er in seiner Amtsrobe aus dem „Narrenhaus“ an

der Brücke zum Dienst eilte, vermochte sein Erscheinen den Mißmutigsten umzustimmen. Fröhlich war klein, rundlich, pausbäckig, trug eine Art Hanswurstfrack, deren er von königlichen Gnaden neunundneunzig in allen Farben besaß. Auf seinem Haupt saß ein riesiger Dreispitz mit Feder, auf dem Rücken schleppte er ein klobiges silbernes Gefäß in Form eines Kammerherrenschlüssels, das wahrlich als ideales Trinkhorn dienen konnte, denn es wog immerhin sechzig Unzen. Es war ein Geschenk des Königs, und sooft Fröhlich zu Nachtgelagen geladen war, mußte er daraus trinken.

Mit seinen Narreteien allein hätte er vielleicht die abwechslungslechzende Gesellschaft auf die Dauer gelangweilt, wäre ihm nicht aus wohlerwogenen künstlerischen Gründen ein Widerpart beigeordnet worden in der Person eines gewissen Kammerkuriers Baron Schmiedel, der sich auf Melancholie spezialisierte. Schmiedel und Fröhlich lagen sich unentwegt in den Haaren, und ihre Wortgefechte amüsierten August und seinen Hof. Wenn den beiden der Stoff ausging, ihre Mienen und Kräfte erlahmten, sprangen Narren niederen Ranges ein, der sogenannte Saumagen und Leppert aus Leipzig. Zählen wir noch Cojanus, zwölf Paar Zwerge mit den berühmten Hante und Tramm an der Spitze, Mohren, Albinos auf, und wir erfassen bei weitem nicht den ganzen Stab, der dem herrschaftlichen Vergnügen zu Gebote stand. Auch der Witzbold Kyan war im Grunde zu nichts anderem berufen, und wir haben bei jener Zecherei am Anfang gesehen, wie der König ihn schätzte.

Fröhlichs Schalk paarte sich mit Besonnenheit und Herzensgüte. Mit der Zeit legte er sich, bescheiden lebend, einen Spargroschen an und bedauerte im stillen jene, die sich über ihn lauthals lustig machten.

Frühmorgens begab sich Fröhlich in seiner Jacke und seinem Hut zum Schloß, und oft zu sehr später Stunde kehrte er zu seiner Wirtschafterin heim, die ihn versorgte.

An die Tür des Narrenhauses klopfte selten jemand, denn auch der Hausherr war nur zu Gast darin. Um so mehr verwunderte sich Fräulein Lotte, Fröhlichs Haushälterin, als an einem Herbsttage, in aller Herrgottsfrühe, die Sonne war noch nicht aufgegangen, pochend Einlaß begehrt wurde.

Der Hofnarr stutzte. Er war nicht angezogen, das Pferd nicht gesattelt, und er nahm an, der König hätte durch irgendeinen kuriosen Einfall bis zum Morgengrauen gezecht und nun nach ihm geschickt. Lotte vermutete dasselbe, als sie durch die Scheibe die königlichen Farben erspähte. Vor der Schwelle stand ein stattlicher junger Mann.

Nachdem sie ihn vom Scheitel bis zur Sohle in Augenschein genommen hatte, fragte Lotte, was er wünsche.

„Ich möchte gern ein paar Worte mit Herrn Fröhlich wechseln", sagte der Ankömmling.
„Im Auftrage des Königs?"
Darauf kam keine Antwort.
Da sich oft die verschiedensten Geheimbotschaften kreuzten, wagte Lotte nicht, den Zutritt zu verweigern, und ließ den Unbekannten hinauf, wo Fröhlich vor dem Spiegel seine Amtsrobe anlegte.
Ihm schien die Sache sonderbar. War es ein Gast oder ein Bote? Er wandte sich zu dem ungebetenen Eindringling um, fiel sofort in seine Rolle und begrüßte ihn unter schwungvollen Kratzfüßen als Exzellenz. Nichts konnte einer Exzellenz weniger ähneln als dieser arme Schlucker, der bleich, abgemagert, jung zwar, den Hut knüllend in der Tür stand.
„Womit kann ich Euer Exzellenz dienen?" fragte Fröhlich in tiefer Verbeugung.
„Ach, Herr Fröhlich", bat der Fremde, „verspottet nicht einen Elenden. Eher seid Ihr für mich Exzellenz als ich für Euch."
„Na, na", sagte Fröhlich. „Ich für Euch? Schickt Euch der König?"
„Nein, ich komme von selbst und bitte, Euch unter vier Augen sprechen zu dürfen."
„Eine Audienz also? Oho", Fröhlich blähte sich auf. „Donnerwetter! Ich bin doch nicht etwa über Nacht, ohne selber davon zu wissen, Minister geworden? An unserem Hofe ist ja alles möglich. Die Minister haben sich mordsmäßig in der Wolle, daß sie durchaus purzeln könnten, und dann kämen wir beide zu diesen Würden. Ich möchte mir beizeiten das Finanz- und Akziseministerium ausbitten."
Nicht einmal bei diesen Worten des Hausherrn huschte über das Gesicht des Besuchers ein Lächeln; er stand mürrisch und schweigend.
„Ein Wort unter vier Augen? Mit mir? Einverstanden. Im ganzen Haus ist niemand außer Lotte, die das Frühstück richtet, und dem Hausknecht, der das Pferd striegelt."
Fröhlich setzte sich auf einen Stuhl, machte es sich bequem und gab sich die Pose eines Würdenträgers, der einen Klienten empfängt.
Der Gast trat näher.
„Herr Fröhlich", sagte er, „Ihr werdet erstaunt sein, wenn Ihr erfahrt, daß ich in einer sehr ernsten Angelegenheit zu Euch komme."
„Da habt Ihr Euch aber in der Tür geirrt und solltet Euer Glück woanders versuchen."
„Nein", widersprach der Unbekannte, „keineswegs. Ich begegne

Euch täglich am Hofe, Euren Zügen entnehme ich, daß Ihr ein guter Mensch seid und ein mitleidiges Herz habt."

„Mein Lieber, sicher wollt Ihr Geld leihen", unterbrach Fröhlich händefuchtelnd. „Aber ich muß Euch enttäuschen, daraus wird nichts. Ich kann mit allem dienen, mit Ratschlägen, Witzen, Katzbuckeln, was immer nur gewünscht wird, aber mit Geld? Nun, ich habe keines. Der König ist blank, wie könnt Ihr verlangen, daß ich Geld habe?"

„Nicht im Traum fiele es mir ein, Euch darum zu ersuchen."

„Na", sagte Fröhlich seufzend, „was denn sonst, zum Teufel, wollt Ihr von mir? Daß ich Euch irgendwelche Kunststücke lehre? Zum Beispiel, wie man aus einem Ei hundertfünfzig Ellen Seidenband zaubert?"

„Auch das nicht!"

„Sucht Ihr Protektion bei mir?" drang Fröhlich weiter in ihn.

„Das könnte sein", antwortete der andere schüchtern, „wenn man sie sonst bei niemand findet."

„Da geht Ihr selbst zum Narren!" Der Alte lachte. „Aber Schmiedel als Baron und Kammerkurier hätte Euch da eher nützen können. An der Farbe sehe ich, daß Ihr am Hofe seid, Euer Akzent aber ist fremd. Das hat nichts zu sagen, denn Sachsen wird man hier bald mit der Laterne suchen müssen. Wer seid Ihr eigentlich?"

„Ich bin Pole, Raimund Zaklika ist mein Name."

„Ein Pole, ein Schlachtschitz also, versteht sich!" sagte Fröhlich. „Setzt Euch, ich habe Hochachtung vor dem Adel, und da ich Bürger bin, werde ich stehen."

„Macht keine Späße, Herr Fröhlich."

„Ich kann nicht anders. An der eigenen Zunge müßte ich erstikken, wollte ich nicht Spaß treiben. Aber die Zeit drängt, sprecht, verehrter Pole, was Euch bedrückt. Seid Ihr krank? Ich bin kein Arzt."

Eine ganze Weile brachte Zaklika keine Antwort zustande, offenbar reizte ihn Fröhlichs Witzelei.

„Gestattet, daß ich ein paar Worte zu meiner Person verliere."

„Ein paar? Gut denn."

„Ich bin durch Zufall an diesen Hof geraten. Ihr habt bestimmt schon von mir gehört. Zu meinem Verhängnis fügte es sich, daß ich Hufeisen breche, Pokale zermalme und Pferden Köpfe abschlage wie Seine Majestät. Dafür muß ich nun am Hofe kleben."

„Ich weiß, ich entsinne mich", Fröhlich grinste. „Beneiden kann ich Euch darum nicht, mein lieber Herr ... Wie war doch gleich der Name?"

„Zaklika."

„Lieber Herr Unglück", beendete Fröhlich. „Wer aber war nur so ... einfältig zu raten, Ihr möget Euch mit dem König messen?

Man muß schon sehr naiv sein, um sich eine solch traurige Rolle aufzuhalsen."

„Seitdem ich am Hofe bin, ist mir das Leben verekelt. Die Leute meiden mich, einen Freund habe ich nicht, noch stehe ich in jemandes Obhut ..."

„Aber bedenkt, mich zum Beschützer oder Freund wählen zu wollen ist ein ebenso unglücklicher Einfall, wie Hufeisen zu brechen! Herrgott, könnte ich Hufeisen brechen, rührte ich keinen Strohhalm an aus Angst, Neid heraufzubeschwören. Da habt Ihr Euch eine schöne Suppe eingebrockt ..."

„Es ist halt passiert", sagte Zaklika. „Ich habe hier niemand."

„Und überdies seid Ihr Pole, gerade hier, wo es heutzutage verpönt ist, Polen überhaupt nur zu erwähnen. Ich möchte in Eurer Haut nicht stecken."

„Ebendeshalb komme ich, weil es mir unbehaglich darin ist. Ich dachte, wenigstens Fröhlich könnte Erbarmen mit mir haben."

Dem alten Spaßvogel traten die Augen aus den Höhlen, sein Gesicht verzog sich und wurde plötzlich ernst und traurig. Er verschränkte die Arme über der Brust und trat auf Zaklika zu, faßte ihn an der Hand, befühlte seinen Puls, als wäre er Arzt.

„Ich habe den Verdacht, lieber Unglücksrabe, Euch hat sich der Kopf verwirrt", sagte er leise.

„Das kann schon sein", erwiderte Zaklika lächelnd.

Fröhlichs Gesicht hellte sich wie aus Gewohnheit wieder auf.

„Worum geht es Euch?" fragte er.

„Darum, daß Seine Majestät der König mich aus seinen Diensten entlassen möge."

„Nichts dürfte einfacher sein", sprach Fröhlich. „Begeht irgendeine Dummheit, man wird auf dem Neumarkt ein Gerüst aufstellen, und Ihr werdet baumeln. Das ist eine wirksame Methode."

„Dazu ist immer noch Zeit."

„Was gedächtet Ihr zu tun, wenn man Euch entließe? Wollt Ihr in Euer Land ziehen, Euch mit Bären herumschlagen?"

„Nein, ich bleibe hier."

„Hat's Euch eine Dresdnerin angetan?"

Zaklika errötete bis unter die Haarwurzeln.

„Nein", entgegnete er, „ich kann Fecht- und Reitunterricht erteilen, ich könnte mich anmustern lassen."

„Leidet Ihr denn Hunger am Hofe?"

„Nein, ich habe an allem genug."

„Zahlt man Euch zuwenig?"

„Nein, durchaus nicht."

„Und inwiefern geht es Euch schlecht?"

Zaklika wurde verlegen.

„Ich habe nichts zu tun, bin überflüssig."

„Herr Unglück, ich verstehe Euch, Ihr wollt etwas Unnatürliches, Ihr habt Euer Essen und Eure Ruhe und sucht Elend.“

„Vielleicht“, gab Zaklika barsch zurück. „Aber alles bekommt man einmal satt.“

„Besonders wenn es einem gut geht und man keine Arbeit hat“, ergänzte Fröhlich. „Jedoch sehe ich bei alldem nicht, wie ich Euch helfen könnte.“

„Sehr leicht. Ich stehe oft am Schloßtor. Durch irgendeine schnoddrige Bemerkung könntet Ihr die Aufmerksamkeit auf mich lenken, und wenn der König gerade seine gute Stunde hat, fällt ihm manches ein.“

„Und wenn es ihm einfiele, Euch hängen zu lassen?“ fragte der Hofnarr.

„Ihr würdet mich retten.“

Fröhlich schritt durchs Zimmer, setzte seinen Dreispitz mit Feder auf und steckte die Hände in die Taschen.

„Donnerkiel!“ rief er aus. „Zum erstenmal fange ich an zu begreifen, daß ich hier eine Macht darstelle. Man bettelt um meine Fürsprache. Ihr, mein Herr, habt mir die Augen geöffnet. Aus lauter Dankbarkeit möchte ich etwas für Euch tun. Wer weiß, es wird gemunkelt, Kyan werde Kommandant auf Königstein. Ich könnte wenigstens Hofprediger oder Konsistorialrat sein. Ich bin im Begriff, Ambitionen zu hegen.“

Und lachend sank Fröhlich in den Sessel. Mitleidig sah er Zaklika an.

„Verkehrte Welt! Donnerwetter, ein polnischer Edelmann begibt sich unter den Schutz eines Hofnarren, aber die Schweden, die sich von Heringen nähren, schlagen die Schweinefleisch fressenden Sachsen!“

Er klatschte in die Hände, worauf Lotte mit einem Teller Weinsuppe erschien.

Fröhlich bedeutete Zaklika schelmisch zu schweigen und verbeugte sich vor ihm wie ein Minister, wenn er die Audienz beschließt. Mit einem Blick verabschiedete er ihn. Zaklika stakte enttäuscht die Treppe hinab.

Wahrlich, eine wunderliche Idee hatte er da gehabt, unter den Schutz dieses Possenreißers zu fliehen, aber Ausweglosigkeit und Verzweiflung trieben ihn dazu. Der arme Junge war seiner Hofkomparsenrolle todmüde. Ihm schwebte vor, wäre er frei, Besseres zu leisten. Die Lage der Gräfin Hoym, die sich auf einmal in Frau von Cosel verwandelt hatte, lockte ihn von seinen Laubegaster Ausflügen in die Stadt zurück. Sein Traum war es, und davon konnte ihn nichts abschrecken, als Hofangestellter im Hause dieser Frau Beschäftigung zu finden, in deren schwarze Augen zu blicken ihm höchste Wonne bedeutete.

Solche groteske Liebe, wie sie Zaklika im Herzen speicherte, ist selten. Nichts wünschte er sich, als seine Gottheit zu schauen. Nie hätte er sich ähnliches Glück träumen lassen. Ihre Schildwache, ihr Behüter und Beschützer wollte er sein. Vermutend, daß sie Gegner haben mußte, ängstigte er sich um sie, brannte darauf, ihr Vertrauen zu erwerben und sich ganz, und wenn es das Leben galt, in ihren Dienst zu stellen, sich ihr zu opfern. Der Junge war ein eigenartiger Kerl, hatte, scheinbar gefügig, einen unnachgiebigen, stahlharten Willen. Er lachte über sich selbst wegen der Liebe zu der Frau, die sich als Königin huldigen ließ, aber sein Gefühl vermochte er nicht zu ersticken. Die glückseligen Zeiten in Laubegast, als er sie aus seinem Versteck mit den Augen verfolgen und ihre Gedanken enträtseln konnte, schienen ihm jetzt paradiesisch. In Dresden bot sich ihm wenig Gelegenheit, das entzückende Antlitz zu sehen. Nur manchmal erblickte er sie für Sekunden, wenn sie mit dem König ausritt, in den Wagen stieg oder von einer Ausfahrt zurückkehrte, im Theater saß, falls es ihm gelang, sich irgendwo zwischen die Hofleute einzuschmuggeln. Das genügte ihm nicht. Irgendwann zu ihrem Haus zu gehören war sein fester Entschluß, seine heißeste und einzige Sehnsucht. Um es zu erreichen, scheute er weder den Bittgang zum Witzbold Fröhlich noch weit schlimmere Demütigungen.

Eigentlich war die Liebe des armen Tropfes zu jener hehren Schönheit gar nicht so abwegig. Viel sonderbarer hätte es anmuten müssen, daß die Cosel, kaum daß sie ihn ein paarmal von weitem gesehen hatte, sich wiederholt fragte, was aus diesem Laubegaster Wunderling wohl geworden sei. Hin und wieder suchte sie ihn mit den Augen in der Menge. Ihrerseits war es nur Mitleid, aber auch das zählt bei begnadeten Geschöpfen, die das Leben in vollen Zügen genießen, zu den außergewöhnlichsten Empfindungen.

Die Cosel war nicht allzu zart besaitet, sie war leidenschaftlich, energisch, hoffärtig, ihr Herz ließ sich schwerlich von Mitgefühl erweichen. Und gerade dieser schamhafte Frechdachs, der bis an den Hals ins Wasser tauchte, um einen Blick auf sie zu erhaschen, kam ihr wieder in den Sinn. Das schmeichelte natürlich ihrer Anmut, und sie lächelte bei dieser Erinnerung, von der sie niemand auch nur ein Wörtchen verriet.

Wer glaubte, der verliebte August II. hätte für die schöne Cosel auf die nächtliche Zecherei mit seinen Kumpanen verzichtet, irrte. Aus zahlreichen Rücksichten und Absichten waren sie ihm notwendig und Gewohnheit zugleich. Unter den betrunkenen Hofleuten zündete das königliche Wort oft angestautes Pulver, was zur Regierungskunst gehörte, und geschickte Vernehmungen entlockten den seligen Brüdern Äußerungen, zu denen sie sich in nüchternem Zustand niemals erkühnt hätten. Wie er aus Hoym das Bild seiner Frau gepreßt hatte, so förderte der König manch eine verschwiegene Sünde zutage.

An diesem Abend war wieder einmal Trubel im Schloß. August befand sich in bester Stimmung, er spann sich aus, wie er sein neues Götzenbild mit olympischer Pracht, Verschwendung und Sinnenfreude umgeben könnte. Gewichtigere Dinge wurden am Tage erledigt, am Abend wurde geschlemmt.

Hoym, nach wie vor im Finanzministerium und um fünfzigtausend Taler reicher, mit denen der gute König ihm die Tränen über den Verlust seiner Frau trocknete, nahm wieder an jedem nächtlichen Gelage teil. Er war nicht zu missen, denn für alles und vor allem wurde Geld gebraucht, und er allein war imstande, es zu liefern.

Die mannigfachen Methoden, das verarmte Land auszusaugen, erschöpften sich allmählich; sein Hirn arbeitete fieberhaft, außergewöhnliche Einnahmequellen zu erschließen. Es wurde versteuert, was noch nie etwas gekostet hatte; der König prämierte großzügig, wer ihm, mit welchen Mitteln auch immer, zu Geld verhalf. Aber selbst die allergenialste Idee stumpft mit der Zeit ab, wenn sie gar zu oft strapaziert wird, also bedurfte es gewaltsamer und riskanter Maßnahmen.

Der Sturz des Großkanzlers, zu dem auch politische Motive beigetragen hatten, war hauptsächlich durch das Gerücht zustande gekommen, er habe unermeßliche Reichtümer zusammengerafft. Man machte dem König den Mund wäßrig, er könne Millionen erben. Indessen kam nichts heraus als das Palais, das die Fürstin Teschen erhielt, einige Dörfer und eine halbe Million Taler, die Beichling einst dem König geliehen hatte und die ihm nunmehr nicht erstattet zu werden brauchten. In den Rest der anderthalb Millionen des Kanzlers teilten sich seine Gegner, Fürstenberg, Pflug, wahrscheinlich auch Flemming. Der König, der viel erhofft hatte, ging leer aus.

Ein anderer Behelf, dem König märchenhafte Summen zu beschaffen, wie sie seiner Phantasie einigermaßen gerecht würden, war ein Hirngespinst, das damals zur allgemeinen Krankheit wurde: der Glaube an die Alchimie, an die Geheimkunst, Gold zu machen. August litt an dieser Epidemie ebenso wie andere Regierende. Nicht im geringsten wurde an der Existenz einer wundertätigen Tinktur gezweifelt, der die Kraft eigen sei, alle Erze in Gold umzumünzen.

Kanzler Beichling hatte nicht minder als andere Träumer dem Wahn gefrönt, Gold aus der Retorte gewinnen zu können, und er wie viele nährten in August II. die Gewißheit, einen Menschen zu finden, der ihm in einem Töpfchen die für sein Wohlergehen so unentbehrlichen Millionen zusammenbraute.

Am Hofe kam es zeitweilig zu alchimistischen Psychosen, da über nichts anderes gesprochen wurde als über jene Tinktur und die Goldherstellung. Der Kanzler verfügte über eine alchimistische Werkstatt, eine andere besaß Fürstenberg, die der König persönlich zu besuchen pflegte. Weitere Fanatiker des großen Schöpfungsaktes legten sich entsprechende Laboratorien zu. Es wurde über verschiedene glückliche Gelehrte gemunkelt, die angeblich die erzverwandelnde Tinktur besaßen.

Fest steht, daß Beichling nicht gestürzt worden wäre – schließlich verstand er es, für den König Geld aufzutreiben –, hätte nicht Fürstenberg vor August geprahlt, er kenne jemand, der für ihn Gold machen würde, und zwar bedeutend mehr, als der Kanzler aus dem Land zu quetschen vermochte.

Dieser Weise, auf den Fürstenberg baute, war ein einfacher Apotheker aus Berlin. Seine Herkunft ist recht schleierhaft, seine spätere Geschichte beweist, daß er gar kein Gold zaubern konnte, obwohl er es sehr gern und ausgiebig zu vergeuden verstand. Einige Jahre zuvor hatte Johann Friedrich Böttger, ein Sachse aus Schleiz, sich in Berlin mit der Erzeugung jener Tinktur befaßt oder, wie andere behaupten, sie sich fertig von einem Gauner namens Laskarys, Archimandrit eines griechischen Klosters in Mytilene, schicken lassen. Der preußische König Friedrich I. hätte den unersetzbaren Goldmacher gern für sich behalten und natürlich in einen Käfig gesperrt, um das Geheimnis für sich allein zu bewahren. Aber Böttger setzte sich nach Sachsen ab, die Preußen forderten seine Auslieferung. Da jedoch auch König August Geld benötigte, wurde der hoch getaxte Mann eingefangen und nach Dresden gebracht.

Fürstenberg arbeitete höchstpersönlich mit ihm an der Tinktur und dem großen Werk, und der König rechnete jeden Tag damit, daß sich aus dem Tiegel Gold ergieße.

Böttger wurde gehätschelt, mit Versprechungen und Ehrungen überhäuft, aber in Gewahrsam gehalten. Jahre vergingen, Beichlings Tinkturen wurden angesichts der neuen Hoffnung bedeutungslos, aber irgendwie wollte auch dieser Schmelzprozeß nicht gelingen. Dem König wurden Quecksilber und diverse andere Ingredienzien zur Goldgewinnung nach Warschau gesandt mit dem Rezept, Gebet, Frömmigkeit und Seelenreinheit müßten zum Ziel führen. König August beichtete, brütete über dem Tiegel und schaffte es nicht. Zum Glück kippte ein Hund das von Böttger nach Warschau expedierte Quecksilber um, man verwendete anderes, konnte den Mißerfolg der Kreatur zuschreiben und brauchte den Schuldigen nicht unter Menschen zu suchen. Böttger hockte ängstlich und entmutigt bei Fürstenberg im Schloß, später auf der Festung Königstein, wo er beinahe dem Wahnsinn verfiel, und schließlich wieder in der Residenz, mit allem Komfort ausgestattet; Gold jedoch brachte er nicht hervor. Die ganze Geschichte des erfolglosen Alchimisten kennzeichnet die Epoche. Der unter Aufsicht stehende Hexenmeister, die Tinktur, der Schmelztiegel, in dem Gold für Krieg und Maskeraden gerinnen sollte, der König, der nach der Beichte mit Fürstenberg die Tinktur beschwor und sich anschließend bei der Fürstin Teschen von seinen Anstrengungen erholte, all das sind charakteristische Merkmale jener Zeit.

Böttger korrespondierte mit dem König, und der König schwärmte für ihn. Der Alchimist gab in seiner Haft Bälle, Diners und kostete den König in drei Jahren vierzigtausend Taler.

Als die Cosel nach der Fürstin Teschen den Thron bestieg, fand sie den berühmten Goldmacher wieder im Schloß, in der Terrassenbastei inmitten eines Gartens, mit der endgültigen Formulierung der Wunderregeln beschäftigt. Die Erwartung war groß, niemand zweifelte, daß sich das Geheimnis Böttgers endlich offenbarte. Sensationell muteten seine Bedingungen an: Er verlangte, daß seine Entdeckung nicht für schlechte Zwecke benutzt werde, weder für sündhafte Absichten noch zu verwerflicher Vergeudung, weder für unnütze und ungerechte Kriege noch für ähnliche schändliche Unternehmen; er verkündete, wer das Arkanum besitze, dürfe keinem öffentlichen Frevler, der die Ehe bricht oder unschuldiges Blut vergießt, dienen.

Anscheinend wollte der Apotheker nicht das Goldmachen vor Mißbrauch schützen, sondern seine eigene Haut retten für den Fall, daß seine Künste versagten.

An dem Tage, als Zaklika sich unter Fröhlichs Schutz geflüchtet hatte, wurde der Hofnarr zur Unterhaltung der Abendgesellschaft zugelassen. Ihm lag es am Herzen, dem Jüngling zu helfen, der Vertrauen in ihn setzte. Er zerbrach sich den Kopf darüber, wie er es anstellen sollte, fand aber keine Lösung. Für sich wußte er stets etwas herauszuschlagen, für andere hatte er sich bisher nicht verwendet, und er fühlte, daß ihm dazu Erfahrung fehlte. Der König empfing bei Frau Cosel Fürstenberg, Vitzthum und einige sonstige abendliche Zecher. Die Frauen Reuß, Vitzthum und Hülchen machten der neuen Herrin den Hof.

Nach dem Abendessen mußte Fröhlich seine Mätzchen machen, wofür er schallendes Gelächter erntete. Unter anderem imitierte er den Alchimisten, der Gold zaubern sollte, und brachte in einem Tiegel ein Häufchen Kehricht. Darüber lachte König August nicht, setzte vielmehr eine sauertöpfische Miene auf. Die Cosel hatte schon etwas über Böttger vernommen, sie erkundigte sich bei August leise nach Einzelheiten. Der König bekannte sich zu seiner heimlichen Schwäche nur ungern, obwohl sie ihn damals mit den gelehrtesten Männern des Jahrhunderts verband.

„Fröhlich darf sich“, flüsterte der König, „selbst über mich lustig machen, also auch über eine solch wichtige Sache wie das Geheimnis der Goldherstellung. Beinahe wäre uns Böttger entschlüpft, der es unbestreitbar besitzt, aber nicht preisgeben will. Ihm war es gelungen, auf kaiserliches Gebiet zu fliehen, und wir konnten ihn gerade noch von dort zurückholen. Er wird begreifen lernen, daß man gehorchen muß. Wir halten ihn unter strenger Bewachung.“

„Allergnädigster Herr“, sagte Fröhlich, „solange nicht ein Hüne neben ihm steht, der ihn jederzeit packen könnte und den er fürchten müßte, gibt es keine Gewähr, daß er nicht entwischt. Eure Majestät, Ihr selbst wäret für ihn der beste Wächter, oder es müßte jemand sein, der die gleichen Herkuleskräfte besitzt, aber einen solchen gibt es nicht in der Welt.“

„Du irrst, Fröhlich“, sagte August, „es war oder ist an meinem Hofe jemand, der mir an Körperkraft kaum nachsteht.“

„Nie habe ich von einem solchen gehört.“

So wurde August an Zaklika erinnert, den er völlig aus den Augen verloren hatte. Am nächsten Morgen ließ er ihn rufen.

Der arme Raimund nutzte die Gelegenheit, den König um die Entlassung zu bitten, August schüttelte den Kopf.

„Ich gebe dich nicht frei, ich brauche dich“, sprach er. „Ich hüte einen Schatz, den ich deiner Kraft und Zuverlässigkeit anvertrauen will. Du wirst an den Hof von Frau Cosel gehen und über ihre Sicherheit wachen, wirst sie auf Reisen, Spaziergängen begleiten und aufpassen, koste es auch dein Leben, daß ihr kein Haar gekrümmt wird.“

Zaklika traute den eigenen Ohren nicht, errötete, schwieg und verbeugte sich, ohne noch etwas zu fragen.

Das Schicksal meinte es besser mit ihm als Fröhlich.

Die Cosel wunderte sich sehr, als sie ihn unter den Leuten ihres Hofes gewahrte. Zorn stieg in ihr auf; als sie aber erfuhr, daß der König ihn ihr zugeteilt hatte, ebbte er schnell ab. Der König würde es ihr am Abend schon erklären, warum er ihr Zaklika geschickt hatte. Der schönen Dame lag ihr Laubegaster Abenteuer auf der Zunge, aber sie verriet es dem König nicht ..., und Zaklika blieb auf seinem Platz.

Als Fröhlich ihn wenige Tage danach sah, entschuldigte er sich bei ihm, daß es ihm nicht gelungen war, ihn aus den königlichen Diensten freizubekommen.

„Gott bewahre, Herr Fröhlich!“ rief Zaklika. „Ich bleibe, wo ich bin, und Ihr macht Euch bitte keine Sorgen um mich.“

IX

Wer hätte wohl inmitten all der Ausschweifungen und Intrigengewebe jenes Drama erahnen können, in dem August II. eine überaus unglückliche und traurige Rolle spielte!

Es waren die Jahre der Schwedenfeldzüge gegen Polen, die Siegesjahre Karls XII., als der König nach verlorenen Schlachten auf wankendem Thron in Liebesabenteuern Trost suchen mußte. In dieser bedrückenden Lage schöpfte August aus den schwarzen Augen der Gräfin, die eben von Kaiser Joseph I. den Titel bekommen hatte, neue Zuversicht, verschleuderte Hunderttausende beim Bau eines Palais für seine Geliebte, während es für das Heer an allen Ecken und Enden fehlte. Unter Orgien, in Saus und Braus brachen zwei Staaten zusammen, deren Ruinen jedoch weder die Herkulesgestalt des Königs niederzubeugen noch seinen Lebenshunger zu vergällen vermochten. Sachsen darbte, um Polen festzuhalten, aber der Verlust war von Tag zu Tag unvermeidlicher. Zwischen zwei Schlachten wurden Bälle und andere Lustbarkeiten veranstaltet, und der König kehrte nach Dresden heim, um darin die Mahnung an seine Niederlagen und Demütigungen zu betäuben.

Bei Tanzmusik wurden Geheimkurieren, Spionen und Intriganten Weisungen erteilt, die sich vergeblich mühten, für August Verbündete zu werben. Die übermenschliche Kraft des sächsischen Herkules erwies sich nicht so sehr in gebogenen Eisenstäben und gebrochenen Hufeisen als vielmehr darin, daß er allen auf ihn niederprasselnden Mißerfolgen, Widerwärtigkeiten, Schmeicheleien, flatterhaften Liebeleien und dem Chaos, das ihn bedrohte, gewachsen blieb. Vom Schlachtfeld weg schlüpfte er bei der Cosel unter, von der Cosel flüchtete er sich ins Kabinett, wo sich Geheimdepeschen kreuzten, abends fanden Bälle statt und nachts wurde gefeiert. Um einem solchen Lebenswandel lange Jahre ohne Entspannung geistig und körperlich standzuhalten, dazu gehörten zweifellos eine außergewöhnliche Energie, so wie sie August innewohnte.

Mit heiterer Miene trat er vor die erstaunten Massen, und die schlimmste Schlappe grub nicht die winzigste Runzel in seine Stirn.

Die Herrschaft der schönen Cosel, nur für kurze Dauer vorgesehen, richtete sich auf lange Sicht ein. Das schriftliche Eheversprechen des Königs in der Hand, betrachtete sich die Gräfin als seine zweite rechtmäßige Gemahlin. Dem entsprach auch ihr Auftreten. Nirgends wich sie von Augusts Seite, stets war sie bereit, auf Reisen zu gehen oder in den Krieg zu ziehen. Vor keiner Gefahr schreckte sie zurück. Sehr schnell hatte sie Augusts Charakter erkannt und das Ränkespiel ringsum durchschaut. Mit Besonnenheit und unerschütterlichem Frohsinn erquickte sie ihn, nahm ihn an die Leine und gewann von Tag zu Tag mehr Macht.

Binnen kurzem sahen alle ein, daß gegen die Cosel niemand aufkam und ein Aufbegehren undenkbar war. Sobald der leichtsinnige König für einen Moment sie zu vergessen und in der Ferne zu erkalten schien, wußte die Cosel das Wiedersehen zu beschleunigen und ihn in wenigen Stunden an sich zu ketten. Ihre Anmut wurde durch ihre Glückseligkeit vervielfacht. Vergebens lauerten eifersüchtige Frauen auf eine Veränderung an ihr, auf Unlust und Welkerscheinungen. Als wäre ihr unsterbliche Jugend beschert, blühte sie immer schöner.

Im folgenden Jahr befahl der König, für die Gräfin unmittelbar neben dem Schloß ein Palais zu erbauen. Es wurde ein Schmuckstück, ein Meisterwerk und bekam den Namen Palais der vier Jahreszeiten. Für jede Jahreszeit wurden besondere Gemächer bestimmt: die kühlen für den Sommer, die warmen und sonnigen für den Winter. Die ersteren strotzten von Marmor, die letzteren von Teppichen; Möbel und Wände leuchteten von Gold, chinesischen Lacken, Seiden, Spitzen; kurzum, alles, was es damals an Auserlesenstem und Wertvollstem in Europa gab, war dort zu finden. Das Heer wartete auf Sold, das Palais war herrlich ...

Mit einem rauschenden Ball wurde es eingeweiht, und die Cosel, brillantenbehängt, siegesbewußt, strahlend wie eine Göttin, reichte zum Zeichen des Dankes ihre weiße Hand ihm, den sie insgeheim ihren Gatten nannte. August, der sich seine Seitensprünge nie versagte, war in die Cosel wirklich verliebt. Ihre Augen sprühten Feuer, und die Ausländer, denen sie sich auf dem Gipfel ihres Ruhmes und ihrer Größe vorstellte, waren begeistert von ihr.

Mit ungeahnter Gewandtheit weitete sie ihre Herrschaft aus, verwöhnte Freunde, knüpfte Beziehungen. Dennoch entging sie nicht den Gefahren der Abneigung, des Neids, der Angst bei jenen, die ihrer Allgewalt zu mißtrauen ein Recht hatten. Noch war die Uhr des Widerstandes nicht abgelaufen gegen sie, die man aus Furcht vor der Fürstin Teschen auf den Thron gehoben hatte.

Jeder Tag schloß mit einem Triumph. Vergebens begann die Geistlichkeit, angewidert von dieser öffentlichen Bindung des Königs, aufgeputscht von einigen Hofleuten, von den Kanzeln herab gegen die reizende Bathseba zu wettern. Gerber, ein zu jener Zeit berühmter Prediger, schilderte sie dem Volke so naturgetreu, daß sich Gemurmel durchs Kirchenschiff schwang, aus dem deutlich ihr Name zu hören war.

Den ganzen Tag über wurde in der Stadt von nichts anderem geredet als von der Cosel-Bathseba. Abends unterrichtete man die königliche Mätresse von der pfäffischen Attacke. August kam frohgelaunt zu ihr und fand sie in Tränen aufgelöst.

„Was ist dir, meine reizende Göttin?“ rief er.
„Gerechtigkeit, König!“ begann sie schluchzend. „Du sagst, du hättest mich lieb ... Gehörte dein Herz mir, würdest du mich Unglückliche beschützen. Öffentlich geschmäht werde ich.“
„Was ist geschehen?“ fragte der König beunruhigt.
„Ich verlange, daß Gerber bestraft wird. Es muß ein Exempel statuiert werden gegen die Frechheit, die vor nichts, nicht einmal vor der Krone, haltmacht.“
Sie warf sich auf die Knie.
„Gerber hat mich von der Kanzel als Bathseba bezeichnet.“
Der König lächelte.
„Ich will sie nicht sein, ich bin nicht wie sie! Ich bin deine richtige Frau, du mein Herr!“ rief Anna, ihn umarmend. „Bestrafe ihn, statuiere ein Exempel!“
Diesmal ging ihre Wehklage August nicht zu Herzen.
„Der Kaplan hat eine Stunde in der Woche zur Verfügung“, sagte er, „in der ihm alles zu sagen erlaubt ist. Ich kann gegen ihn nichts unternehmen. Hätte er, von der Kanzel abgetreten, auch nur ein Wort fallenlassen, würde er bestraft. Aber dort – dort beschützt ihn der Ort.“
Gerber ließ sich nicht bezähmen, wiederholte jedoch die Geschichte von Bathseba nicht mehr.
Trotz der ärgsten Niederlage jener Jahre entfaltete sich die königliche Liebe. Der ungehobelte Karl XII. mit seinem kurzgeschorenen Kopf, in seinen plumpen Kniestiefeln, dieser rauhbeinige und unbarmherzige Soldat wagte es, dank einer Ungerechtigkeit des Schicksals den schmucken König in Seidenspitze und Samt zu schikanieren, der unter vergoldeten Waffen gegen ihn focht. Legenden wurden um ihn gewoben, August hörte nur zu und schwieg. Die gewaltsam zuhauf getriebenen Sachsenheere ließen sich zusammenschlagen und stoben in alle Winde davon. Ungeachtet der Flemming, Przebendowski und Dabski verblaßte in Polen der Glanz des prächtigsten Königs von Europa, der zähneknirschend darüber sann, wie er mit heiler Haut dem tückischen Spiel entkäme. Seine ehemalige Geliebte, Gräfin Königsmarck, in geheimer Mission entsandt, kam unverrichteterdinge wieder. Karl XII. wollte weder mit ihr noch mit sonst jemand verhandeln.
Immer mehr verließ August II. das Glück. Böttger brachte kein Gold zustande. Hoym schaffte es nicht heran, und die Cosel brauchte Millionen. Die Menschen flüchteten in die Berge und entzogen sich dem Wehrdienst. Und die Gerber keiften von der Kanzel gegen Menschenraub und Gewalt. Der untertänigste Adel der Welt ließ sich nicht ausnehmen. Oft mußte der arme König Trübsal blasen. Aber das hielt nicht lange an. Die Cosel lächelte, und sofort entwölkte sich sein Antlitz.

Am Abend tanzten vier Erdteile Quadrillen im Palais der vier Jahreszeiten. August stellte gemeinsam mit der Cosel Asien dar. Die ehemaligen Freundinnen der schönen Dame, die durch sie ans Ruder zu kommen gehofft hatten, machten sich ihr sehr schnell verdächtig, bald verhaßt. Hülchen, die Gräfin Reuß, selbst die Vitzthum erlebten eine Abfuhr. Anna Cosel wollte keine Verbündeten, sie brauchte sie nicht, sie fühlte sich stark, stärker als alle anderen.

Angst bemächtigte sich des Hofes.

Vitzthum allein erfreute sich weiterhin der Gunst des Herrn und der Gunst der Herrin, er, der sich nicht mit Politik befaßte, sich in keine Ämter drängte und den König wie seinen leiblichen Bruder liebte.

Die Jahre vergingen wie im Fluge, voller Abenteuer und Affären, unaufhaltsam. Die Entwicklung, auf deren Wende man immerfort setzte und die der ständigen Verfolgung der allerglänzendsten Monarchen eigentlich hätte überdrüssig werden müssen, gönnte ihm keine Ruhe. Der Schwede feierte Siege, stürmte vorwärts, bedrängte ihn und drohte den Thron zu stürzen. August wehrte sich, litt und vergnügte sich, die Unbilden des Schicksals in Wein und Übermut ertränkend.

Jagden, Gesellschaften, Maskenbälle, Theaterabende – alles verwischte schließlich die Nachricht vom schwedischen Marsch auf Sachsen. Karl XII. trieb seinen Gegner bis in seine Ausgangsstellung zurück. Heilloser Wirrwarr entstand.

Nach der Niederlage bei Frauenstadt tauchten lose Gruppen versprengter. Flüchtlinge auf, sie wurden eingefangen, gehängt oder erschossen für ihre Befehlsverweigerung. Überall zog Unordnung ein. Am ersten September betraten die Schweden sächsischen Boden. August befahl der Bevölkerung, sich mit Hab und Gut ins Gebirge zu retten, nach Schlesien und Böhmen zu fliehen, aber es war schon zu spät. Karl XII. fiel mit zwanzigtausend Mann ein und sicherte Unantastbarkeit von Leben und Vermögen zu. Widerstand war aussichtslos, die feindlichen Truppen mußten versorgt werden. Die Schweden verbreiteten sich über das ganze Land, die Reste von Augusts Heer nahmen vor den Verfolgern Reißaus in die Würzburger Gegend. Dresden, das von Zinzendorf verteidigt wurde, die Festungen Königstein und Sonnenstein hatten sächsische Besatzungen und versuchten sich zu halten.

Zusammen mit Karl traf der neue Polenkönig Stanislaw Leszczynski in Sachsen ein. Aus Dresden floh, was Beine hatte. Die Königin ging zu ihrer Familie nach Bayreuth, ihre Mutter mit dem Enkel nach Magdeburg und später nach Dänemark. Leipzig war aus Angst vor Plünderung völlig entvölkert und verwandelte sich in eine tote Stadt. Alle Waren wurden verfrachtet, und allein ihr Transport kostete Säcke von Gold. Erst Karls XII. Patronat öffnete der Sankt-Michaels-Messe die Tore.

Karl XII. berief die sächsischen Landstände nach Leipzig, um von ihnen Kontributionen zu erpressen. Die Adelsleute wollten davon nichts wissen und erklärten dem Schwedenkönig, sie seien außer der Pflicht, sich und ein Pferd für den Feldzug zu stellen, von allen weiteren Lasten befreit.

„Und wo seid ihr denn mit euren edlen Rossen gewesen, als ich anrückte?“ fragte sie Karl. „Hätte der Adel seiner Pflicht genügt, wäre ich nicht hier. Wenn es am Hofe zu schwelgen gilt, fehlt kein einziger Edelmann, wenn aber fürs Vaterland gekämpft wird, sitzen sie zu Hause. Nur von euch, meine Herren, fordere ich Kontributionen. Woher ihr die Summe aufbringt, interessiert mich nicht. Alle anderen sind frei davon.“

Nach dem endgültigen Verzicht auf die polnische Krone zugunsten Leszczynskis wurde im Jahr 1706 das Altranstädter Abkommen geschlossen. Zur selben Zeit aber tobte in Polen der Krieg weiter, und August bekannte sich nicht zu dem, was er unterzeichnet hatte. Er behauptete, die zu Verhandlungen abgesandten Imhoff und Pfingsten hätten ihre Vollmachten überschritten, und um seine Ehre zu retten, warf er sie kurzerhand ins Gefängnis.

In Wirklichkeit konnte August nicht umhin, Frieden zu schließen, wollte er wenigstens das Äußerste vermeiden, mochte er es noch so leugnen. Die ganze Welt verurteilte ihn, der Sturz war grausam, aber die Auslieferung Patkuls riß ihm die letzte Maske vom Gesicht. Er selber spürte, daß er die Scharte kaum noch auswetzen konnte, und zwang die Erinnerung an diesen schmählichen Selbsterhaltungsakt nieder.

Entgegen ihrem Versprechen, Sachsen nach dem Friedensvertrag zu verlassen, blieben die Schweden ein ganzes Jahr im Land. Der triumphierende Karl XII. empfing hier Vertreter aller deutschen Länder und Englands. August, der anfangs auf dem Kriegsschauplatz in Polen weilte, schöpfte nach dem Sieg bei Kalisch neue Zuversicht, daß sich das Los wenden möchte, und versammelte erneut den Adel um sich, bald aber mußte er Warschau und Krakau verlassen und sich nach Sachsen trollen.

Anna Cosel hatte den König bei Schlachten und in Lagern trotz der Feldzugsstrapazen begleitet. Nun traf sie vor ihm in Dresden ein, so hatte es der König gewollt. Sie beschwor ihn, ihr zu erlauben, sich als Mann zu verkleiden und an seiner Seite zu kämpfen. Darauf erwiderte August höflich, er wolle von den beiden ihm teuersten Dingen, der Krone und der Gräfin Cosel, zumindest eines behalten und in Sicherheit wissen.

Zaklika, der nicht einen Schritt von seiner Herrin wich, befahl der König, sie nach Dresden zu bringen. Raimund gönnte sich weder Schlaf noch Nahrung, handelte er doch mit dem Feuereifer eines Verliebten eher nach eigener Eingebung als auf Befehl. Die Cosel schenkte ihm nur selten einen Blick. Krank und verdrossen reiste sie in die Hauptstadt zurück. Aber kaum angelangt, nahm sie die Regierungsgeschäfte in ihre zierlichen Hände und begann, stark durch die königliche Liebe, zu herrschen, als wäre sie Königin, unbekümmert um Fürstenberg, den Statthalter, und alle, denen der König ein Staatsamt anvertraut hatte. Das vermehrte den Kreis ihrer Gegner.

Bei allem Kriegsgetümmel, in allen blutigen Szenen blieb August, was er war: Die Liebe nahm stets in seinem Leben den wichtigsten Platz ein, er verlor Königreiche, aber nahm Herzen im Sturm.

Die Herrschaft der Gräfin Cosel schillerte von Episoden, die sich bei Waffengeklirr abspielten. Noch währte die Leidenschaft des Königs zu ihr, aber sooft er sich von ihr entfernte, fiel er in sein Lotterleben zurück. Elend, besiegt, heischte er mehr als je zuvor nach Abwechslung, und die Höflinge, denen die Cosel gefährlich war, hießen gut, was ihn ihr gegenüber abkühlen konnte.

Fürstenberg, durch sie an die Wand gedrängt, die Gräfin Reuß und die ganze Clique ihrer Widersacher suchten nach Mitteln, die Cosel zu entmachten und zu entthronen. Anna baute zu sehr auf ihre Reize und Vorzüge, um sich das sonderlich zu Herzen zu nehmen. Wer es ihr zutrug, begegnete ungläubigem Lächeln.

Ihre Bindung zum König wurde um so fester, als zwei Töchter zur Welt kamen. Selbstbewußt meinte die Dame, eine ihresgleichen fände August nie und nimmer. Sie allein sei imstande, alle seine Freuden zu teilen und weder vor Schüssen, waghalsigen Ritten noch vor Zeltlagern zurückzuschrecken.

Und dennoch hatte das Herz sie während ihres Warschauer Aufenthaltes nicht ohne Grund gewarnt, betrogen zu werden. Der König war, unter Vorwänden ihr fernbleibend, mit der Tochter einer französischen Geschäftsfrau ein Verhältnis eingegangen, in deren Laden die Offiziere Wein trinken kamen. Als sie davon erfuhr, drohte ihm Anna mit der Pistole. Der König lachte dazu, küßte ihr die Hand und erwirkte Vergebung. Und er mochte sie trotz dieser Seitensprünge wahrhaftig, von allen Mätressen war sie ihm die liebste; sie allein wußte ihn immer wieder aufzurichten; mit ihr allein war er glücklich.

Als sie, beunruhigt um den König, nach Dresden zurückkehrte, in den Schwarm ihrer Anbeter, an denen es ihr nie mangelte, obwohl sie sich erbarmungslos lustig über sie machte, da tröstete sie sich damit, durch ihre Ansprüche Fürstenberg in Harnisch zu bringen. Der Krieg, die Verwüstung des Landes, der Verlust der Krone änderten nichts an ihrer Hofhaltung, erlegten ihr keinerlei Ein-

schränkung auf. Die Gräfin wurde königlich umhegt, Böttger, der noch immer im Begriff war, Gold zu finden, gehätschelt. Fürstenberg fuhr unter Gardegeleit spazieren, italienische Sänger und Kapellen verschlangen Tausende, und derweil besetzte Karl XII. Sachsen, erlitt Patkul den Märtyrertod.

August spielte mit heiterer Miene den Halbgott. Als er mit seiner Schande den Vertrag besiegelt hatte, kam er nach Dresden heim. Kaum waren die Karossen im Schloßhof ausgerollt, begab er sich ins Palais der Gräfin Cosel.

An der Tür ihres Appartements traf er den getreuen Zaklika auf die Sessellehne gestützt, in tiefes Grübeln versunken. Als er den König erblickte, sprang Raimund auf und hielt August zurück. „Allergnädigster Herr, die Gräfin ist krank, der Arzt rechnet jeden Moment mit der Niederkunft."

Der König stieß ihn zurück und trat ein. In den Räumen herrschte unheimliche Stille. An der Tür zum Schlafgemach hörte August ein Kind plärren.

Die Cosel, bleich wie Marmor, erschöpft von den Wehen, brachte kein Wort über die Lippen, streckte die Hand aus und wies auf das Kind, das ein altes Mütterchen auf dem Arm hielt. August nahm es, gab ihm einen Kuß und erkannte es als sein eigenes an. Dann trat er ans Bett, setzte sich und vergrub das Gesicht in die Hände.

„Anna", sagte er, „die Welt wird sich von mir abwenden, und du wirst mich nicht lieben. Das Glück hat deinen August verlassen, ich bin geschlagen, besiegt, habe alles verloren."

„Einen Unglücklichen, und wäre er an Ketten geschmiedet, werde ich um so mehr lieben", antwortete Anna schluchzend.

„Ja, ich brauche diesen Trost", sagte der König mürrisch; „der Feind verfolgt mich bis hierher, die Verbündeten können nichts ausrichten. Vor dem Sieger verneigt sich schmachvoll alle Welt, er herrscht hier, nicht ich ... Ich bin der bejammernswerteste aller Monarchen."

Über solchem Wehklagen verrann die erste Stunde seit der Heimkehr. Der König fühlte sich krank, er verlangte nach Ruhe, die von überall herbeieilenden Heerführer und Beamten konnten sie ihm nicht geben. Im Gang zum Palais der vier Jahreszeiten fand er sie versammelt: Flemming, Statthalter Fürstenberg, Pflug, Hoym und die ganze Schar, entmutigt durch die Schläge, die auf Sachsen niedergeprasselt waren. Er wurde von ihnen umringt, und alle tasteten sein Gesicht nach Zeichen von Leid und Kummer ab. Aber der König wirkte nur ein wenig müde und abgeplagt; weder seine Haltung noch sein Blick verrieten das Unheil, das ihm widerfahren war. Selbstsucht überwucherte alles in ihm; solange er unversehrt blieb, empfand er keinen Schmerz und keine Scham.

Am 15. Dezember 1706 war August in Dresden angekommen, einen Tag darauf verschwand er wieder. Zusammen mit Pflug und einem Lakaien ritt er nach Leipzig. Und am dritten Tag begab er sich zu Karl XII., gewiß, mit strahlender Miene und angestammter Würde dem unerbittlichen Schweden vorteilhaftere Friedensbedingungen abzuluchsen.

Als Karl XII. erfuhr, daß der sächsische König auf dem Wege zu ihm war, wollte er sich zuvorkommend zeigen und ritt ihm entgegen. Unterwegs verfehlten sich die beiden. August wurde, als er in Günthersdorf ankam, wo Graf Piper ihn empfing, gemeldet, der schwedische König sei in Altranstädt nicht anzutreffen.

Eigenartig müssen Hof und Lager des bärbeißigen, barhäuptigen Karls XII. dem geschniegelten August vorgekommen sein.

Auf der Treppe begegneten sich die beiden Monarchen. Nie haben zwei gegensätzlichere Charaktere sich deutlicher in der äußeren Erscheinung kundgetan. Karl XII. machte den Eindruck eines Puritaners, der Sachse sah aus wie ein Höfling Ludwigs XIV.

Mit ausgesuchter Höflichkeit begrüßten sich die erbitterten Feinde. Schon an der Tür hoben die Zeremonien an, wer zuerst eintreten sollte, beide dienerten lange voreinander, bis Karl XII. dem Besiegten den Vortritt aufnötigte. Gefühlvolle Umarmungen und Ehrenbezeigungen folgten und danach ein Gespräch in der Fensternische, das ohne Zeugen eine geschlagene Stunde währte und von dem August II. bleich und erschöpft wiederkam.

Dieser mit Karl XII. zugebrachte Tag lastete auf dem weiteren Leben des Königs, ihn erwähnte er nie mehr. Am nächsten Morgen kehrte er nach Leipzig zurück, wo ihm Karl XII. gemäß der Etikette einen kurzen Gegenbesuch abstattete. Am Vertrag allerdings änderte sich nichts.

Das neue Jahr ließ sich für den König schwer an; die schwedische Anwesenheit auf sächsischem Territorium behagte ihm gar nicht, allzugern hätte er ihr ein Ende gesetzt und würde es die höchsten Opfer kosten. Zwischen Altranstädt, Moritzburg und Leipzig pendelnd, um die Ratifikation des Vertrages zu erwirken, bestand August Wochen tiefster Demütigung.

Der sächsische König in goldgesticktem Gewand à la française, unter einer aufs peinlichste zurechtgemachten Allongeperücke, mit Kleinodien besät, und Karl XII. mit seinem kurzgeschorenen Schädel, in dunkelblauer Uniform mit Stahlknöpfen, in kniehohen Stiefeln und elchlederner Hose, erwiesen bei ihren Zusammenkünften einander die gebührende Reverenz, aber zu einem Meinungsaustausch über Politik und Geschäfte ließ es Karl XII. nicht kommen. Das erledigten Piper und Cedernhiölm. Der schwedische König erzählte dem sächsischen unter anderem, seit fast sechs Jahren habe er seine Stiefel nicht ausgezogen, weil es die Zeit nicht erlaubte. August quittierte es mit einem Lächeln.

Einladungen zu Gastmählern nach Leipzig schlug Karl XII. stets aus. Obwohl ihm die spartanische Suppe nicht schmeckte, mußte August indessen wiederholt wohl oder übel an der wortkargen Tafelrunde des Schweden teilnehmen, die sich trotz des allgemeinen Schweigens immerhin über eine Stunde ausdehnte.

Nach Unterzeichnung des Friedensabkommens sahen sich die beiden Könige monatelang nicht. Sachsen zu verlassen, gedachte Karl XII. aber keineswegs. August II. soll schließlich, sooft er dem Schweden in Leipzig begegnete, verdrossen so getan haben, als bemerke er ihn nicht.

Der arme König hatte ohnehin den Kopf voll, ganz abgesehen von der feindlichen Besatzung. Er mußte auf Jagd gehen und lieben und höfische Intrigen spinnen, um sein Elend zu vergessen.

Am Glanz seines Hofes änderte sich nichts. Karl XII. inspizierte seine Soldaten. August veranstaltete Bälle. Lediglich der unausstehliche Fürstenberg, damals sein Dresdner Stellvertreter, störte ihn in seiner Beschaulichkeit und trübte seine verführerischen Träume.

An Augusts Hof, zusammengesetzt aus Ausländern und Deutschen verschiedener Regionen, um den Einfluß des sächsischen Adels einzudämmen, nahm sich Fürstenberg recht fremd aus. Er kam aus den kaiserlichen Landen, war katholisch und sehr diensteifrig, stach durchaus nicht durch Charakter und überragende Fähigkeiten hervor, besaß aber Mut, Humor und Beredsamkeit, dabei war er witzig und verstand es, dem König die größten Ungereimtheiten aufzuschwatzen. Fürstenberg spielte die Rolle eines Magnaten und Aristokraten und gefiel sich am meisten darin, seinen Gegnern insgeheim hart zuzusetzen und immer neue Hinterhalte zu legen. Der Gräfin Reuß diente er als willfähriges Instrument. Ihr Haus und Bekanntenkreis wiederum standen Fürstenberg jederzeit offen. Dem Fürsten fiel es gar nicht auf, daß er, bestimmt, den sächsischen Adel niederzuhalten, selber in dessen Fänge geriet. Über die Gräfin Reuß hatten ihn die Friesen eingefangen und vor ihren Wagen gespannt.

Nach ihrem Umzug löste Anna Cosel schleunigst die Bande zur Vitzthum, zu Frau Reuß und deren Anhang. Sie glaubte sie nicht gebrauchen zu können und wollte auch nicht zum Schein ihr Werkzeug sein. Der Abbruch der Beziehungen und die Abkühlung des gegenseitigen Verhältnisses gaben das Fanal zum unterirdischen Krieg.

Während der Abwesenheit des Königs wurde jeder Schritt Annas beschnüffelt, jedes ihrer Worte weitergegeben, jede Handlung gedeutet, um später beim König gegen sie in die Waagschale geworfen werden zu können. Noch hatte die Stunde der Aktion nicht geschlagen. Fürstenberg wartete und hielt die anderen zurück. Die Heimkehr des Königs gereichte der Cosel zum Vorteil.

Zur Zeit hütete sie noch das Bett und wollte immerfort August in ihrer Nähe haben. Da wurde eines Morgens dem König gemeldet, dringende Depeschen aus Warschau seien eingetroffen. Er wollte sich empfehlen, die Cosel bat, Minister Bose mit den Neuigkeiten in ihr Schlafgemach vorzulassen. Daran gab es nichts Außergewöhnliches, ihrem despotischen Willen, mit Nachdruck vorgetragen, beugte sich der König. Bose wurde hereinbefohlen.

Von den drei an Augusts Hof bekannten gleichnamigen hohen Beamten war dieser unter überschwenglichen zeremoniellen und devoten Bücklingen eintretende Bose der älteste und dem Ruf nach der klügste. Er erwies Seiner Majestät die gebührende Ehre, krümmte seinen Rücken so tief, daß der König nur die Perücke zu sehen bekam, die wahrlich nicht zu den üppigsten zählte. Mit der gleichen Huldigung bedachte er die schöne Kranke, die, ganz unter Kissen und Spitzen begraben, wie eine Rose im Schnee aussah.

Unter dem Arm trug Bose Akten. Leise flüsterte er dem König zu:

„Wichtig, aus Warschau."

Beide traten an das einzige Fenster, das leicht angelehnt war, während vor allen anderen dicke Gardinen hingen. Die Cosel ließ sie nicht aus den Augen. Sie hatte das Wort Warschau vernommen und musterte aus der Ferne das Gesicht des Königs, um seinen Mienen abzulesen, was er in den Papieren fand. Bose reichte ihm katzbuckelnd mit zwei aus den gestärkten Manschetten hervorlugenden mageren, knochigen Fingern Brief um Brief, einer wie der andere gewichtig mit schweren Siegeln versehen. Anna lag reglos im Bett und hielt den Kopf auf den Arm gestützt.

Da wisperte Bose etwas vor sich hin und schob dem König ein Schreiben zu, nichtamtlich klein und verdächtig. August riß es auf, überflog den Text, lächelte und errötete; unwillkürlich irrte sein Blick zur Cosel. Sie setzte sich aufrecht.

„Was ist das für ein Brief?" fragte sie.

„In Staatsfragen, was denn sonst!" sagte der König.

„Zeig ihn mir bitte", rief die Kranke.

„Nicht nötig", entgegnete der König weiterlesend.

Das Gesicht der Cosel verfärbte sich. Der Anwesenheit des würdevollen Greises nicht achtend, der wie vom Blitz gerührt zurückwich und sich die Augen bedeckte, sprang Anna im Hemd aus dem Bett und zerrte August das Schreiben aus der Hand. Der König schaute verwirrt zum Hofrat, der demutsvoll die Augen senkte und nicht wußte, was er mit sich anfangen sollte.

Die Cosel las begierig den Brief und zerriß ihn, als ihr Zorn überwallte, in tausend Stücke. Ihre Ahnung hatte sie nicht betrogen, der Brief stammte von Henriette Duval, die der König in Warschau kennengelernt hatte. Sie berichtete August von der Geburt einer Tochter, die später jene berühmte Gräfin Orzelska sein sollte. Die Mutter schloß mit der Frage, was er mit dem Kinde zu tun befehle.

„Mag sie es ins Wasser schmeißen, ertränken“, schrie die Cosel, „so wie ich sie ersäufen würde, wenn ich könnte.“

Der König lachte, Anna fing zu weinen an. Bose sah, wie ungelegen er hier kam, und zog sich unter neuerlichen Verbeugungen zurück.

„Um Gottes willen, Cosel, beruhige dich!“ beschwor der König die Kranke.

„Wie? Du, dem ich alles geopfert habe, dessen Frau ich bin, ja, Frau, Gattin, die dich allein liebt, du wagst mich zu hintergehen, zu verraten?“

Es war nicht Annas erster Eifersuchtsanfall, sie tobte bei jedem Fehltritt des Königs und ließ August keine Ruhe, bis er sie kniefällig um Verzeihung anflehte und Besserung versprach.

Diesmal war es schwer, Nachsicht bei ihr zu erwirken, August küßte ihr vergebens die Hände.

„Was soll ich tun, was verlangst du?“ rief er.

„Wenn du auch nur mit einem Wort der Unwürdigen antwortest, wenn du ein einziges Lebenszeichen gibst und dir die geringste Sorge anmerken läßt“, schrie ihn die Cosel an, „nehme ich die Post, fahre nach Warschau, bringe Mutter und Tochter um, das schwöre ich dir.“

Der König mußte geloben, sich nicht zu melden und die Opfer seiner Gelüste zu vergessen und ihrem Schicksal zu überlassen.

So endete die Szene schließlich, über die Bose kein Sterbenswörtchen verlor, denn niemand fürchtete es mehr als er, sich bei der allmächtigen Herrscherin grundlos unbeliebt zu machen. Seine Politik erschöpfte sich darin, auf leisen Sohlen solche Wege zu wandeln, auf denen ihn niemand zu ertappen und zu überführen vermochte. Viele hielten ihn für einen harmlosen Alten, er sprach wenig und tat so, als wüßte er von nichts.

X

Von diesem morgendlichen Ereignis hätte gewiß keine Menschenseele jemals erfahren, aber am Abend berief der König die traute Runde seiner Kumpane in den kleinen Speisesalon, um in ihrem Kreis seine schlechte Laune zu zerstreuen und die Erinnerung an den Schweden hinunterzuspülen. Nach dem zweiten oder dritten Pokal, Weingläser waren ja verpönt, lachte der König auf. Zu Fürstenberg gewandt, sagte er:

„Jammerschade, daß nicht du statt des alten Bose mit den Briefen aus Polen gekommen bist. Vielleicht hättest du dich mit der Cosel ausgesöhnt angesichts ihres Aufzuges, in dem sie sich dem Alten vorstellte."

„Was kann schon gewesen sein?" fragte der Fürst. „Die Gräfin steht doch nicht auf aus dem Bett."

„Im Hemd ist sie aufgesprungen, um mir wegen des Schreibens der armen Henriette die fürchterlichste Szene zu machen. Sie ist eifersüchtig wie keine andere, und ich wollte mich gar nicht wundern, wenn sie in einem Ausbruch dieser Leidenschaft ihr vor langer Zeit gegebenes Wort einlösen und schießen würde. Die Pistole liegt immer griffbereit bei ihr."

Fürstenberg schaute sich vorsichtig um, ob kein Zuträger da war. Er überzeugte sich, daß alle Anwesenden die Cosel haßten.

„Wenn die Gräfin Cosel", sprach er, zweideutig lächelnd, „so eifersüchtig um das Herz Eurer Königlichen Hoheit buhlt, was niemand verwundert, sollte sie wenigstens nicht selbst Anlaß geben zu Verdächtigungen und Mißtrauen."

Der König hob langsam den Kopf, krauste die Stirn, blies die Wangen auf und sagte gelassen:

„Mein lieber Fürstenberg, wer so etwas behauptet, sollte seine Worte gut abwägen und sich die Folgen ausrechnen. Darüber, was du gesagt hast, kann man nicht hinweggehen, du solltest dich entschuldigen."

Der Fürst blickte in die Runde.

„Wenn mir dieses Wort schon entschlüpft ist, muß ich es selbstverständlich begründen. Allerdings habe ich nicht allein, wir alle hier haben das Verhalten der Gräfin während Eurer Abwesenheit beobachtet, Sire. Fragt bitte, wie sich die Gräfin amüsiert hat. Der Hof war belagert, voller Gäste, und der ältere Graf Lecherenne hat das Palais so gut wie nie verlassen. Hin und wieder wurde er mit seinem Bruder zusammen, manchmal auch ohne ihn gesehen, wie er sich um Mitternacht fortstahl ... Tag für Tag zum Mittagsmahl, tagtäglich zum Abendessen."

Die Grafen Lecherenne, von denen der ältere sehr gut aussah, ein Mann von vornehmer Gestalt, gebildet und gewitzt, und der jüngere ihm kaum nachstand, Malteserritter und für den geistlichen Stand bestimmt, versuchten seit einigen Monaten ihr Glück am Dresdner Hofe. Als sie merkten, wer ihnen hold war, verbanden sie sich besonders eng mit der Gräfin Cosel, und auf ihre Protektion ernannte der König sie zu Kammerherren. Offenbar erhofften sie weitere Avancements und blieben in der sächsischen Residenz. Der Hof befürchtete in ihnen schon gefährliche Rivalen, zumal sich der König gern mit Ausländern umgab. Deshalb strich Fürstenberg diesen Verdacht heraus, um der Cosel eins auszuwischen und zugleich den älteren Lecherenne auszubooten, dessen Fähigkeiten ihn ziemlich hoch hinaufspielen könnten.

König August hörte Fürstenberg mit scheinbarer Gleichgültigkeit zu. Aber der Fürst wie alle Anwesenden, die wußten, wie ihr hoher Gönner seine Regungen zu zähmen vermochte, und gewohnt, sie aus jeder kleinsten Zuckung zu erraten, spürten, daß der Pfeil getroffen hatte.

„Was erzählst du mir da, Fürstenberg?" August empörte sich. „Neid spricht aus dir. Die Cosel mag dich nicht. Wolltest du etwa, daß sie sich in ihren vier Wänden langweilte? Sie hat Ablenkung gebraucht, Lecherenne ist ein ausgezeichneter Gesellschafter."

„Erlauchtester Herr", erwiderte der Statthalter mit gespielter Einfalt, „was ich gesagt habe, ist mir förmlich hervorgesprudelt. Ich hatte gar nicht beabsichtigt, Euer Majestät davon zu berichten; genieße ich die Gnade Eurer Königlichen Hoheit, lege ich auf die Gunst der Gräfin weniger Wert. Dennoch wäre es mir als ergebenem Diener unangenehm, solch beständige, solch heiße, solch unermeßliche Liebe mit Undank belohnt zu sehen."

Augusts Züge verdüsterten sich. Die Pokale standen gefüllt, das Gespräch stockte, der König erhob sich.

Nach der Wirkung, die das alles bei August erzielt hatte, schien Fürstenberg das Spiel verloren. Sooft sich der König einer seiner Mätressen entledigen wollte, zeigte er sich verbunden für jeden geschickten Vorwand, der ihm geboten wurde. Er schickte da sogar seine Höflinge vor, um Grund zu Ärger und Bruch zu finden. Sein Zorn bewies, daß ihm die Cosel keineswegs gleichgültig war.

An diesem Tag stand die Gräfin zum erstenmal auf.

Um das abendliche Gelage nicht weiter auszudehnen, verabschiedete August mit einer knappen Kopfbewegung seine Gäste und verschwand in seinem Kabinett. Fürstenberg und die übrigen Hofleute blieben verblüfft zurück. Das Fürstchen sprach sich Mut zu, rang sich ein Lächeln ab und wollte sich die Angst um die Folgen nicht eingestehen.

Als die Unterhaltung an der Tafel voll im Gange war, gab es einen Lauscher wider Willen.

Anna benutzte Zaklika, von seiner Treue und Ergebenheit überzeugt, gewöhnlich zu Botengängen, wenn sie es als nötig erachtete, dem König persönlich etwas mitzuteilen. Der Einsamkeit überdrüssig, hatte sie eben einen Brief an August verfaßt und schickte Zaklika los, als sich die königliche Saufrunde einfand. Dem König sein Vergnügen zu stören war verboten; die Bediensteten hatten jedoch die Weisung, Raimund Zutritt zu gewähren. Unbemerkt betrat er den Raum und verhielt hinter der riesigen Kredenz, um die Gelegenheit, sich dem König zu nähern, abzuwarten. Gerade erzählte Fürstenberg von den beiden Lecherenne.

Die Gefahr, die seiner Meinung nach Anna drohte, ließ ihn umkehren. Ohne dem König den Brief auszuhändigen, rannte Zaklika zurück ins Palais und klopfte an die Tür des Schlafgemachs der Gräfin. Anna Cosel kannte ihn gut, er war der einzige Diener, dem sie zuweilen aus Dankbarkeit freundlich zulächelte. Kaum war er eingetreten, las sie seinem bleichen Gesicht ab, daß etwas Schlimmes geschehen sein mußte.

„Sprich!“ rief sie, ihm entgegeneilend. „Der König, ist dem König etwas zugestoßen?“

„Nein!“ sagte Zaklika. „Vielleicht habe ich Schuld auf mich geladen, weil ich wiederkomme. Aber das, was ich gehört habe, glaube ich Euch zu berichten verpflichtet zu sein.“

Dann wiederholte er beflissen, mit zitternder Stimme, Fürstenbergs Anklage. Die Cosel hörte ihm errötend, bestürzt, beleidigt zu. Schweigend nahm sie den Brief aus seiner Hand, nickte kurz und entließ ihn. Ihr Herz hämmerte nervös. Ohne selbst zu wissen weshalb, lief sie aus dem Zimmer, durchquerte das Kabinett neben dem Saal und verharrte in dem öden Raum, der auch an diesem Abend beleuchtet war, obwohl niemand empfangen werden sollte.

Porträts und Bilder aus dem Leben Augusts II. hingen an den Wänden, eins stellte die Königskrönung dar. Mit tränenden Augen betrachtete die Cosel das Gemälde, als hallende Schritte ihr Augusts Nahen verkündeten. Er schritt forsch aus, suchte sie überall. Als er erschien, war er blaß, unruhig und verärgert.

Die Cosel erhob sich und trat, als gewahrte sie ihn nicht, näher an das Bild.

„Ach“, machte sich August bemerkbar, und aus seiner Stimme klang gedämpfter Groll, „was sehe ich, geruhen Gnädigste mein Konterfei zu bewundern? Das dürfte wohl ein Irrtum sein. Ich kann mir nicht einbilden, dieser Ehre noch würdig zu sein.“

„Es wäre doch wohl lächerlich“, erwiderte die Cosel ziemlich gelassen, „wolltet Ihr, mein Allergnädigster Herr, der weiß, was Euch über alle erhebt, annehmen, es könnte nach Euch jemand anders meine Blicke auf sich lenken. Selbst die schändlichste der Frauen wäre zu so etwas außerstande. Wie könnt Ihr, Königliche Hoheit, mich dessen verdächtigen?“

„Ja“, unterbrach der König heiser, „bislang habe ich es mir eingebildet, geglaubt, gedacht, aber der Schein trügt, und weibliche Grillen sind meist unerforschlich.“ Diese Worte des Königs, sein Zorn bereiteten Anna Freude; sie spürte Eifersucht darin, die von Anhänglichkeit zeugte. Dennoch spielte sie die Beleidigte.

„Ich begreife Euch nicht“, sprach sie. „Was bedeuten diese geheimnisvollen Reden? Ich glaube, keinen Anlaß dazu gegeben zu haben. Geruht offener zu sprechen, damit sich wenigstens herausstellt, wessen ich mich rechtfertigen muß.“

„Rechtfertigen, rechtfertigen", fiel ihr der König so ungehalten ins Wort, daß die Cosel erschrak; „es gibt Dinge, von denen man sich nicht reinwaschen kann. Ihr, meine Gnädigste, wolltet sie vor mir geheimhalten, ich besitze jedoch Beweise."

„Beweise? Gegen mich?" Die Cosel rang die Hände. „August!" rief sie. „Das ist ein Alptraum, du siehst Gespenster. Sprich, ich verstehe dich nicht! Ich bin unschuldig."

Sie umarmte den König. Beinahe hätte er sie von sich gestoßen, aber sie packte ihn am Rock, riß verzweifelt seine Hand an sich und schluchzte.

„Erbarme dich meiner, sprich! Laß mich doch endlich wissen, wofür ich leiden soll. Welcher unverschämte Schuft hat sich erdreistet, mich so gemein zu verleumden?"

Nicht so schnell gelang es Anna, den Groll des Königs, der nach Weingenuß zu rasen pflegte, zu beschwichtigen. Schließlich erweichten ihn doch ihre Tränen.

„Erkläre mir, mein Königlicher Gebieter, was dein Mißfallen verursacht hat", flehte sie. „Du siehst, wie es mich aufwühlt. Ich werde wahnsinnig vor Schmerz. Sag es mir, bekenne es: Liebst du mich etwa nicht mehr? Suchst du einen Vorwand, mich zu verstoßen? Oh, früher war deine Liebe imstande, mir selbst Fehler zu verzeihen, heute schweift dein Herz irgendwo fernab ..."

August hatte sich inzwischen gefaßt.

„Gut denn", sagte er, „du willst es erfahren, ich werde es dir sagen. Ich komme vom Schloß, wo ich mich mit Fürstenberg unterhalten habe."

„Aha, mit ihm, da verwundert mich nichts. Er ist mein Feind!" unterbrach die Cosel.

„Fürstenberg hat mir erzählt, dein Umgang mit Lecherenne habe in der ganzen Stadt Ärgernis erregt."

„Mit Lecherenne!" wiederholte sie lachend und achselzuckend.

„Lecherenne hat sich", sagte der König, „nicht einmal Mühe gegeben, seine Gefühle für Euch zu verbergen. Ihr habt den Verliebten während meiner Abwesenheit täglich empfangen, ganze Abende hat er bei Euch zugebracht, man hat ihn gesehen ..."

Die Cosel setzte eine ernste Miene auf, die Miene einer tiefgekränkten Frau.

„So ist es", sprach sie. „Alles ist wahr. Lecherenne ist in mich verliebt, ich aber habe ihn ausgelacht und verlache ihn heute noch. Er hat mich mit seinen Liebesbeteuerungen ergötzt, ich habe ihnen gelauscht und mich lustig gemacht darüber. Habe ich mich damit schwer versündigt? Das glaube ich nicht. Ich habe nichts vertuscht, weil ich nichts zu vertuschen hatte. Denkst du denn, mein König, es genüge, mich zu lieben, um von mir geliebt zu werden? Furchtbar, schrecklich ist das!" Händeringend fuhr sie fort: „Also kann so einer wie dieser Fürstenberg mit einem einzigen boshaften Wort dein Vertrauen zu mir erschüttern, wegwischen, den Glauben an das Herz einer Cosel…"

Und sie warf sich in Weinkrämpfen aufs Sofa. Der König war schon zerknirscht, er kniete vor ihr nieder und küßte ihr die Hände.

„Cosel, verzeih mir!" rief er aus. „Ich wäre nicht eifersüchtig, liebte ich dich nicht. Fürstenberg kenne ich, gewiß, er ist die giftigste Schlange, die ich mir am Hofe gezüchtet habe. Vergib mir! Ich möchte nicht, daß man meine Anna auch nur zu verdächtigen wagte, daß sie auch nur den geringsten Anlaß zu Verleumdungen gäbe."

Anna weinte.

„Mein König", seufzte sie, „wenn du Verleumder vor den Thron läßt, merke dir das, werden sie nicht bei mir haltmachen; ihr Schandmaul wird bald auch deine geheiligte Person begeifern, denn ihnen ist nichts heilig."

„Beruhige dich, beruhige dich nur", tröstete der König, „ich verspreche dir, schwöre, nicht zuzulassen, daß sich jemand ein Wort gegen dich zu sagen erfrecht."

So endete die Szene mit Zärtlichkeiten und feierlichen beiderseitigen Versicherungen. Die Cosel mußte geloben, sich Fürstenberg gegenüber nicht anmerken zu lassen, daß sie den Namen ihres Anklägers wüßte.

Dank Zaklikas Wachsamkeit hatte die Cosel den Sieg davongetragen.

Völlig besänftigt kehrte der König ins Schloß zurück, am nächsten Tag mied er Fürstenberg, wo nur möglich. Lecherenne ließ er durch den Hofmarschall befehlen, unverzüglich den Dienst zu quittieren und Dresden zu verlassen.

Dieser Befehl traf den jungen Grafen so unverhofft, daß er nicht gleich wußte, ob er ihn für bare Münze nehmen sollte. Der Stadtkommandant wiederholte die Anordnung und räumte ihm eine vierundzwanzigstündige Frist ein. Bekümmert, ratlos begab sich Lecherenne ins Palais der Gräfin. Zaklika meldete ihn seiner Herrin. Sie erschrak.

„Sagt ihm", flüsterte sie, „daß ich niemand empfangen kann, den der König nicht vor sein Angesicht läßt. Bekundet ihm", dabei dämpfte sie ihre Stimme noch mehr, „daß es mir wirklich leid tut, ihn abreisen zu sehen."

Bei diesen Worten zog sie einen Ring vom Finger, den ihr der König unlängst geschenkt hatte.

„Gebt ihm diesen Ring von mir", sagte sie mit brechender Stimme und wandte sich ab.

Zaklika erblaßte.

„Frau Gräfin“, wagte er scheu und leise einzuwenden, „entschuldigt gnädigst, aber das ist der Ring des Königs.“

Anna Cosel, nicht duldend, daß ihr jemand widersprach, fuhr herum, blitzte ihn drohend an, runzelte die Stirn und stampfte mit dem Fuß auf.

„Ich frage Euch nicht um Rat, sondern befehle Euch, also handelt demgemäß!“

Zaklika entfernte sich betroffen, vor der Tür verhielt er ein Weilchen.

Vor einigen Jahren hatte er für seine außergewöhnliche Körperkraft von einem am Hofe weilenden tschechischen Grafen einen Ring mit ähnlichem Edelstein erhalten. Irgendeine Vorahnung hieß ihn die beiden Ringe vertauschen. Den einen brachte er zu Lecherenne, und den von der Gräfin verbarg er an seiner Brust.

Vier Tage danach betrat der König, als die Cosel sich eben ankleidete, ihr Boudoir. Gewöhnlich trug Anna jenen Ring am Finger; das Auge des mißtrauischen Liebhabers gewahrte, daß er verschwunden war.

„Wo ist mein Ring mit dem Smaragd?“ fragte er.

Die Cosel begann ihn geschäftig zu suchen, in ihrem Zimmer, auf dem Frisiertisch, in allen Ecken.

Das Gesicht des Königs wechselte die Farbe.

„Wo ist er geblieben?“ wiederholte August.

Anna erkundigte sich bei der Zofe.

„Ich habe ihn seit vier Tagen nicht an Eurem Finger gesehen, Gnädigste“, flüsterte die Zofe.

August überschlug, daß seit Lecherennes Abreise, von dessen Besuch an Annas Tür er wußte, gerade vier Tage verstrichen waren.

„Sucht ihn nicht vergeblich“, warf er hämisch ein. „Vielleicht könnte ich Euch verraten, wo er hingeraten ist.“

Das nahm der Cosel nun doch die Sicherheit. Der König tobte innerlich und verbat sich alle Ausflüchte. Die Zofen ergriffen, um nicht Zeugen des Auftritts zu werden, die Flucht. Durch das ganze Palais hallte die Stimme des Herrn. Alle duckten sich vor Angst. Schon wollte die Cosel in Ohnmacht fallen, Tränen rannen ihr die Wangen hinab, als an die Tür gepocht wurde. Ehe sie sich dessen recht bewußt ward, sah Anna Zaklikas bleiches und sorgenvolles Gesicht.

„Frau Gräfin geruhen zu verzeihen, daß ich eintrete“, sagte er. „Die Zofen haben mich wissen lassen, Ihr suchet ergebnislos einen Ring. Ich habe ihn vor einer Stunde vor Eurem Ankleidezimmer gefunden und nur die Zeit abgewartet, daß ich ihn Euch geben könnte.“

Der König schaute auf und schwieg.

Ohne einen Blick zu Zaklika, ohne ein Wort an August steckte sie den Ring an den Finger, sah ihren Liebhaber scheel an und ging hinüber ins Nebenzimmer.

Das genügte vollauf, den König auszusöhnen und zu bewegen, bei der verletzten Herrin, die nicht leicht verzieh, kniefällig Abbitte zu leisten.

Den ganzen Tag blieb der König bei ihr im Palais, so daß sie nicht einmal Zaklika herbeirufen konnte, um von ihm Rechenschaft für seine Handlungsweise zu fordern.

August wollte seine Heftigkeit, seine Verdächtigung und sein Mißtrauen wettmachen, er fühlte sich gedemütigt und schuldig zugleich. Seine Beteuerungen nahm die Cosel kühl entgegen, sie weinte ein wenig, erwiderte seine Schmeicheleien kaum, zeigte nur zurückhaltende Ergebung, die August zur Verzweiflung trieb. Gegen Abend erst ließ sich die reizende Dame zur Absolution herab, und der Friede zog wieder ein.

Dieser Vorfall befestigte in August den Glauben in sie und vermehrte ihre Macht.

Kurz nach Mitternacht mußte der König zu einer Beratung mit seinen Ministern. Sie hatten bereits gewartet. Karl XII. saß ihnen mit seinen schier unerfüllbaren Forderungen schwer im Nacken. Seine Respektlosigkeit August gegenüber, sein Widerwille gegen diesen braven Helden empörten alle gleichermaßen, sie fühlten sich von ihm brüskiert. Dieser ungestüme Jüngling, kaum mehr als einige zwanzig Jahre alt, kam ihnen vor wie ein Attila, der tempelschänderisch die Herrlichkeit dieses Lebens voller Prunk und Pracht zerstörte.

Kaum war der König hinausgegangen, da sprang die Cosel vom Sessel auf. Der an ihrem Finger funkelnde Smaragd rief ihr Zaklika in Erinnerung. Anna schellte, ein Zwerg eilte herbei, ihr standen wie der eigentlichen Königin solch kleine Wichte zu Gebote, sie hieß ihn Zaklika holen.

Wie gewöhnlich saß Raimund im Vorzimmer, ein zerschlissenes Buch lesend, auf Wacht. Beim Anblick des Zwerges dachte er, die Stunde des Gerichts habe geschlagen. Er hatte die Cosel zwar gerettet, aber eigenmächtig. Daß ihm das als Anmaßung ausgelegt würde, war ihm klar, und ein Schauer durchrieselte ihn. Seine Tat beglückte ihn, aber er wähnte sich schuldig. Schlotternd und schüchtern trat er über die Schwelle. Die Cosel wandelte im Saal auf und ab, die schwarzen Haare über den Schultern gelöst, schön wie eine Göttin, erhaben wie eine allmächtige Herrscherin. Als sie Zaklika sah, verzog sie den Mund und stellte sich unheildrohend vor ihn.

„Wer hat dir meine Befehle zu ändern erlaubt? Hinter meinem Rücken Gehorsam verweigern? Für mich einspringen, worum dich niemand gebeten hat? Was soll diese Keckheit?“

Zaklika verharrte lange schweigend, mit gesenktem Kopf. Endlich hob er den Blick.

„Ich gestehe meine Schuld ein", sprach er ruhig, „ja, ich habe gefehlt. Ihr erinnert Euch, Gnädigste, an Laubegast und die Andacht, mit der ich von weitem Eure Augen geschaut habe. Möge dieses verwegene und unaussprechliche Gefühl, bis auf den heutigen Tag bewahrt, für mich sprechen. Ich wollte Euch retten, meine Gebieterin!"

„Ich brauche niemandes Hilfe, um gerettet zu werden!" rief die Cosel streng. „Von meinem Diener verlange ich Gehorsam und sonst nichts. Ich will nicht, daß er Verstand zeigt, und für Gefühle von Dienstleuten habe ich nur Hohn. Das beleidigt mich."

Zaklika sah zu Boden.

„Hätte ich ein Wort dem König gesagt, säßest du morgen auf Königstein oder hingest auf dem Anger. Woher willst du wissen, was mich schlimmer peinigt: daß Lecherenne den Ring nicht bekommen hat oder daß du mich aus einer Augenblicksverlegenheit befreit hast, wie du annimmst?"

„Lecherenne hat einen Ring erhalten", sagte Zaklika, an dem diese unbarmherzigen Vorwürfe abglitten wie Wogen am Felsen.

„Welchen Ring?" fragte die Cosel.

„Einen ganz und gar ähnlichen. Ich hatte ihn für eine Kraftprobe von dem böhmischen Magnaten Sternberg im vergangenen Jahr geschenkt bekommen. Ahnend, daß der König nach Eurem Ring fragen könnte, habe ich meinen gegeben."

Die Cosel hielt verwundert inne und schaute zu Raimund auf, dessen Haupt noch immer reumütig auf der Brust lag.

„Ach, da hast du dir ja eine Belohnung verdient", sagte sie verlegen.

„Nein, nur Vergebung", entgegnete Zaklika. „Eine Belohnung nehme ich nicht."

Und er wich bis zur Tür zurück. Lange betrachtete ihn die Cosel, wie er an der Wand Halt suchte. Welch seltsamer Wandel vollzog sich in ihrem Innern! Mitleid brach auf, aber ihr Hochmut erstickte es im Keim.

Schweigend trat sie auf Zaklika zu und gab ihm den für Lecherenne bestimmten Ring. Raimund erwachte wie aus einem Traum, als er ihn vor sich sah.

„Nein, Gnädigste", sagte er, „ich kann ihn nicht annehmen. Er würde mich stets daran gemahnen, daß Ihr zu mir über die Maßen grausam gewesen seid."

In dem Moment verschwand der Ring, und die weiße Hand näherte sich Zaklikas Lippen, der sie, auf die Knie gesunken, leidenschaftlich küßte. Dann rannte er wie von Sinnen aus dem Zimmer der Cosel, die erstaunt zurückblieb.

„So lieben arme Leute", sie seufzte. „Könige lieben anders."

Ungeachtet dieser Geschehnisse dauerte die schwedische Besetzung Sachsens an. Karl XII. ließ sich von seinen Forderungen durch nichts abbringen. Gegen August II. war er erbarmungslos und spöttisch, gegen den Adel streng, gegen das Land hart; seine Soldaten raubten das Volk aus und preßten mit Gewalt Rekruten. Was sollte man schon anfangen mit einem Mann, der, eingeladen zu Jagd und Geselligkeit, seine Hofleute beorderte und selber Zwangsrekrutierte musterte? Auf keinem Ball, keinem Konzert, keiner Maskerade ließ er sich blicken. Der Friedensvertrag war geschlossen, Patkul ausgeliefert, aber Karl XII. saß und saß im sächsischen Land.

So viel Demütigung, so viele Opfer strapazierten die Geduld übers Maß des Erträglichen. Der Leichtsinn des Schweden, der mit zwanzig oder dreißig Reitern durch das eroberte Land schweifte, ohne sonst die geringsten Vorsichtsmaßnahmen zu treffen, forderte die Militärs heraus.

Eines Morgens ersuchte Graf Schulenburg den König um Audienz, als gerade der Ministerrat tagte. Der alte Haudegen wurde hinzugezogen, aber sagen wollte er nichts, ihm ging es um ein Gespräch unter vier Augen. Flemming, Fürstenberg und die anderen empfahlen sich, und der König blieb mit dem Grafen allein.

„Was gibt es, General?" fragte August. „Bringst du etwa die erfreuliche Nachricht, daß die Schweden abziehen?"

Er lächelte säuerlich.

„Nein, Erlauchter Herr", antwortete Schulenburg nach kurzer Überlegung. „Aber es gäbe vielleicht ein Mittel, sie loszuwerden."

„Ich gestehe, keines zu wissen, es sei denn, der liebe Gott stellte seine Heerscharen unter dein Kommando."

„Mir scheint", fiel ihm Schulenburg ins Wort, „mit etwas verzweifeltem Mut kämen wir ohne Erzengel aus. Die über ganz Sachsen verstreuten Schweden zählen einige zwanzigtausend, ein Häuflein nur, das ein einziger Wagehals gefährlich macht. Diesen Recken einfangen, und alles übrige wird ein leichtes sein."

„Was redest du da? Einfangen? Mitten im Frieden? Jemand, der keinerlei Argwohn hegt, der uns vertraut?"

„Das erst ermöglicht unsere gerechte Rache", sprach Schulenburg. „Mit Offizieren unserer berittenen Truppe, an der Thüringer Grenze versteckt, habe ich sein Quartier ausfindig gemacht. Es ist schwach befestigt. Ich könnte ihn nachts überfallen und entführen. Dann verschleppe ich ihn nach Königstein, mögen sie die Festung belagern, dort bezwingen sie mich nicht. Übrigens wird mir das königliche Haupt für Sicherheit bürgen, und er unterschreibt dann einen Vertrag, wie wir ihn diktieren."

August hörte aufmerksam zu.

„Und wenn es dir mißlingt?"

„Dann mißlingt es mir, nicht Euch, Sire", meinte der General. „Ich will das Land und Europa erlösen von diesem jugendlichen Räuber, der es mit Feuer und Schwert verheert."

„General", brummte der König, „ich glaube, du träumst. Keinesfalls erlaube ich, die ritterlichen Bräuche zu brechen und den Feind auf diese hinterhältige, abgefeimte Weise zu überfallen. Ich kann es nicht", ergänzte er, sich ereifernd. „Ich hasse ihn, ich könnte ihn erwürgen, geriete er mir in die Finger, aber ihn bei finsterer Nacht zu fangen, zu überfallen, solange er mir vertraut, nein, nie und nimmer! Das ist nichts für August den Starken, mein lieber General!"

Schulenburg sah ihn störrisch an.

„Ist man denn mit Euch, mein König, jederzeit ritterlich verfahren?" fragte er.

„Lümmel wie dieser Jüngling mögen tun, was ihnen beliebt. Das sind ungehobelte Barbaren, aber August, den das Volk den Starken nennt und die Monarchen den Herrlichen, läßt sich zu solch schäbigem Tun nicht herab."

Der alte Heerführer zwirbelte den Schnurrbart.

„Wenn sich aber ein disziplinloser Soldat dazu herabließe?" fragte er.

„Ich müßte den Feind beschützen und ihn persönlich befreien!" rief August. „Darüber gibt es keinen Zweifel."

„Das ist überaus ritterlich und hochherzig", sagte Schulenburg fast ironisch, „aber ..."

Er brach ab und verbeugte sich tief.

Der König faßte ihn am Arm.

„Mein lieber General, ich bitte dich, gib diesen Gedanken auf und sprich darüber mit niemand. Nein, ich will keinen Sieg um solchen Preis."

Schulenburg schaute auf, als wollte er fragen, ob Patkuls Auslieferung, Imhoffs und Pfingstens Verhaftung edlere Taten gewesen seien als dieser Schritt, vor dem es August grauste. Der König hatte den stummen Vorwurf wahrscheinlich begriffen oder zumindest erraten, was das Schweigen bedeutete, denn sein Gesicht rötete sich.

Schulenburg sah betrübt drein.

„Durch irgendeinen Verzweiflungsakt müssen wir uns retten", brummte er. „Für gewöhnliche Mittel ist es zu spät. Es geht um Leben oder Tod. Wir haben nichts einzubüßen. Die eine Krone, die Millionen gekostet hat, ist verloren, die andere zerbrochen, nur kümmerliche Reste sind geblieben. Was soll nur werden?"

August schritt mit einem Lächeln auf den Lippen durch den Raum.

„Weißt du, was sein wird?" fragte er. „Dieser ungebärdige Jüngling wird weitergehen. Die wenigen Siege haben ihm irrsinnigen, überschäumenden, leichtfertigen Mut eingeflößt. Er wird seine Kräfte überschätzen und an einem verrückten Vorhaben zerschellen. Wozu sollen wir uns besudeln? Nur um zu beschleunigen, was unabwendbar, unvermeidlich eintritt? Weshalb nicht geduldig die Unbill ertragen, um bald Nutznießer dessen zu sein, was ein anderer vollbringt? Karl XII. ist vom Ruhm berauscht, ganz Europa bebt vor ihm. Diesen Rausch schüren, aufbauschen müssen wir, bis er sich selbst irgendwo an einer Mauer den Schädel einrennt."

„Und Sachsen währenddessen ..., Königliche Hoheit?"

„Ach, das Volk überdauert es! Bestimmt!" rief August. „Mein Lieber, das Volk ist wie Gras, das Vieh zertrampelt es, und im Jahr darauf schießt es in desto satterem Grün empor."

„Immerhin sind es Menschen!" sagte Schulenburg.

„Pöbel!" unterbrach der König. „Wer kalkuliert schon mit der Masse!"

Der General verabschiedete sich, aber noch an der Schwelle hielt ihn der König zurück.

„Hast du mit jemand darüber gesprochen?" fragte er.

„Meine Offiziere haben es mir angeraten", antwortete Schulenburg im Flüsterton. „Ich weiß, daß Flemming den Gedanken lebhaft teilt und wie ich meint, daß gegen den verruchten Eroberer alle Mittel recht sind."

„Also sind alle eingeweiht?" wiederholte der König aufgeregt.

„Durch mich niemand", entgegnete der General ernst. „Von anderen vielleicht."

„Veranlasse, daß sie schweigen! Um Gottes willen! Daß es mir ja niemand ausplaudert!"

Der General verneigte sich abermals, der König sank nachdenklich in den Sessel.

Nach Patkuls Auslieferung mutete dieses Feingefühl zumindest kurios an.

XI

Karls XII. unverschämtes Treiben in Sachsen beschwor nicht nur bei Schulenburg den Gedanken herauf, ihn gefangenzunehmen und die Schmach des Landes zu rächen. Außer Flemming nährte die Gräfin Cosel die gleiche Absicht, unerschrocken, gierig, rachsüchtig, wie sie war, und konspirierte gegen den Okkupanten. Ihr ganzer Hofstaat arbeitete in aller Stille und zu strengem Schweigen verpflichtet an ihrem Plan. Sie hatte durch Offiziere, die ungesehen Karls XII. Quartier auskundschafteten und seine Streifzüge im Konvoi einiger weniger Reiter verfolgten, die Idee als erste Schulenburg eingeflüstert. Dem König gegenüber erwähnte sie darüber kein Sterbenswörtchen, von vornherein im klaren, daß er das kühne Unterfangen nicht billigte. Diese unerbittliche Frau faßte ihre Vorsätze konsequenter als die anderen Verschwörer; sie verlangte, Karl XII. nicht nur gefangenzunehmen, sondern auch auf der Stelle zu töten. Dabei verstieg sie sich in wahren Feuereifer und fand keine Ruhe.

Sooft sie jedoch auch nur von weitem und sozusagen ganz beiläufig beim König auf den Busch klopfte, seine Meinung dazu auszuforschen gedachte, wechselte August das Thema. Also galt es, die Angelegenheit ohne ihn zu forcieren. So wurde auch der ihr widerwärtige, aber immerhin listenreiche Flemming geworben und gewonnen. Schulenburg unterstützte sie tatkräftig und bot ihr seine Kavallerie zur Ausführung des Anschlages an.

Die Cosel ging von der Erwägung aus, daß August, sobald die Aktion erledigt wäre, sich wohl empören, zugleich aber den Vorteil daraus ziehen würde, und niemand in Europa fiele es ein, sich des schwedischen Abenteurers anzunehmen. Höchst vertraulich wurde alles behandelt, überlegt und beschlossen. Schließlich erhielt Schulenburg den Auftrag, beim König vorzustoßen. Als er aus dem Kabinett wiederkam, sprach er mit niemand darüber, aber seiner Miene war leicht abzulesen, daß das Projekt verworfen worden war. Die Kunde verbreitete sich umgehend.

Allein die Cosel ließ sich nicht im geringsten entmutigen, sie spürte in sich die Kraft, selbst dem König die Stirn zu bieten und mit ihm um die Sache zu streiten.

August kannte vor ihr keine Geheimnisse und erzählte ihr am selben Abend von seinem Gespräch mit Schulenburg. Die Gräfin sprang vom Stuhl auf und fuhr ihn an:

„Was, du hast den Vorschlag nicht akzeptiert? Du willst es nicht einmal versuchen, deinen Verlust diesem Banditen heimzuzahlen?“

„Es wird sich schon jemand finden, der mich rächt“, sagte der König. „Davon bin ich unerschütterlich überzeugt. Reden wir nicht darüber!“

Aus dem Stirnrunzeln folgerte Anna, daß es nicht an der Zeit war, sich zu streiten, also spann sie die Unterhaltung in anderer Richtung. Hofklatsch schien ihr am geeignetsten.

Seit langem lag sie dem König in den Ohren, sie bei Gelegenheit in die Werkstatt des Alchimisten mitzunehmen. Böttger hauste damals in der Eckbastion des Schlosses, von der aus die Elbe und ihre weiten waldbedeckten Ufer zu sehen waren. Etliche Jahre schon wurde dieser Häftling trotz Unfreiheit mit allen erdenklichen Rücksichten bedacht, die halt jemand gebühren, von dem man sich viel Gold erhofft.

Fürstenberg hielt den König immer wieder mit Versprechungen hin, das Ziel sei so gut wie erreicht. Selber experimentierte er mit dem Häftling zusammen, sei es in seiner eigenen chemischen Küche im Palais, sei es auf der Terrasse. Böttger verfügte dort über eine bequeme, ja geradezu komfortable Wohnung, einen Garten voller Blumen und exotischer Bäume mit einem Tisch aus purem Silber, an dem er zahlreiche Gäste bewirtete; und zur Abwechslung durfte er die vielen schattigen Gänge der langen Galerie zu Spaziergängen benutzen, die das Schloß und die Zitadelle säumte und dem König ebenfalls zu seinen geheimen Ausflügen diente. Nachdem er sich mit seinem Schicksal abgefunden und eingesehen hatte, daß er den Wachen nicht entwischen konnte, gönnte sich Böttger ein geruhsames Leben und führte Fürstenberg eher an der Nase herum, als daß er ernsthaft an Gold dachte. Er hatte sich alle Formeln angeeignet, alle Bücher durchgelesen, alle Rezepte versucht – alles vergebens!

Die Kunde von der Allgewalt der Cosel drang bis zu Böttger, und so schickte er ihr, um sich ihre Gunst zu sichern, tagein, tagaus einen Strauß seiner schönsten Blumen.

Die Gräfin begehrte ihn zu sehen, der König vertröstete sie und zögerte es hinaus. An diesem Tag ließ sie nicht locker, gab sich so liebenswürdig, war so schön, daß August ihr den Arm reichte und sagte:

„Komm, wir gehen zu Böttger."

Es war gerade niemand in der Nähe, der dem Häftling den Besuch hätte melden können. Durchs Fenster erblickte der König Fröhlich in seinem Dreispitz, wie er sich gegen die Hofschranzen wehrte, die ihn stichelten. Rundum schallte lautes Gelächter.

August winkte den Narren herbei.

„Das ist der richtige Herold eines solchen Besuches!" rief er. „Ich schicke ihn voraus, daß mein Schwarzkünstler sich ordentlich anzuziehen Zeit finde und wir ihn nicht in allzu lottriger Gesellschaft antreffen."

Böttger, für dessen gute Laune stets gesorgt war, empfing selbst Damenbesuche.

Auf der Schwelle erschien Fröhlich.

„Für heute, aber nur bis abends, ernenne ich dich zum Kammerherrn", der König lachte. „Damit du nicht sagen kannst, du plagtest dich umsonst mit deinem schweren Schlüssel ab. Geh und kündige Böttger an, daß ihn die Göttin Diana zusammen mit mir besuchen kommt."

„Mit Mars, Apollo und Herkules!" ergänzte die Cosel erfreut.

„Der ganze Olymp also", sagte Fröhlich, sich verbeugend. „Wo wird er dort nur Platz finden?"

Fröhlich stelzte gravitätisch davon, mit seinem Stock sich den Weg bahnend, und begab sich den dunklen Gang entlang zur Eckbastion.

Eben an diesem Tage tollte eine lustige Gesellschaft an der Tafel des Alchimisten. Es kreisten Gläser und Witze. Fürstenberg, Böttgers großer Gönner, der berühmte Amateuralchimist Tschirnhausen, der Sekretär und Aufseher Nehmitz befanden sich unter den Gästen.

Der in dicke Festungsmauern geschlagene runde Raum, der ein ganzes Geschoß einnahm und dem Häftling als Empfangssalon diente, war geschmackvoll eingerichtet. Die Wände bedeckte geblümte persische Seidentapete, belebten Spiegel in großer Zahl, in Goldrahmen gefaßt, schmückten lackierte und vergoldete Möbel. Eine kleine Treppe in dem dicken Mauerwerk, zu der eine Geheimtür führte, verband diese Stätte der Lustbarkeit mit dem Laboratorium unten und eine andere mit dem Schlafgemach darüber.

Von seinen Gästen unterschied sich Böttger vorteilhaft durch seine gute Figur, sein fröhliches Gesicht, woraus leichte Auffassungsgabe und unbeschwerter Humor leuchteten. Sorgfältig gekleidet, erweckte er eher den Eindruck eines wohlhabenden Edelmannes zu Besuch als eines berühmten eingekerkerten, über Retorten ausgedörrten Trägers großer Geheimnisse. Weder Schicksalsschläge noch die Anstrengung eines rastlosen Forschers waren ihm anzumerken. Beim Wein galt er als jovialster aller Zechbrüder, in der Konversation als der geistreichste Possenreißer. In diesem Augenblick prostete ihm die Gästeschar zu, und der Goldmacher wollte ihr Bescheid tun, als der königliche Bote in seinem Hut und zur Feier des Tages mit purpurrotem Frack in der Tür auftauchte.

„Ach, Fröhlich, Fröhlich!“ riefen die Zecher durcheinander. „Was machst du denn hier?“

„Verzeiht, ich bin heute nicht der gewöhnliche Fröhlich, wie es den Herrschaften offenbar scheinen mag. Seiner Königlichen Majestät hat es gefallen, mich für vierundzwanzig Stunden zum Kammerherrn auszuwählen und in Ausübung dieses Amtes mit der Botschaft zu entsenden, daß die Göttin Diana gemeinsam mit Herkules Herrn Böttger mit ihrem Besuch zu beehren sich herablassen will. Dixi.“

Er stieß den Stock auf den Fußboden, alle schnellten von den Sitzen. Böttger beeilte sich mit Nehmitz und dem herbeigerufenen Aufwärter, schleunigst den Tisch abzuräumen. Die Fenster wurden aufgerissen, der Hausherr ließ Blumen holen. Tschirnhausen, der sich im Haushalt trefflich auskannte, öffnete die kleine Tür und schwang sich in die Werkstatt hinab, um sich vor dem König zu verstecken. Andere verschwanden in die Seitengänge; nur Böttger, Nehmitz und Fürstenberg blieben zurück.

Hastig wurden die Möbel zurechtgerückt, die Dielen mit Blumen bestreut; einen Strauß blühender Orangenzweige nahm Böttger in die Hand und stellte sich vor die Tür.

Das Erscheinen der Gräfin Cosel im strahlenden Glanz ihrer Schönheit erhellte den Raum, an dessen Eingang der Häftling auf die Knie sank.

„Gottheiten empfängt man auf Knien", sagte er, „und bringt ihnen nur Weihrauch und Blumen dar."

Die abendliche Dämmerung wurde durch hereingebrachtes Licht verdrängt.

Mit einem Lächeln nahm die Cosel das Bukett aus der Hand des Hausherrn entgegen, bedankte sich höflich, schaute sich um, verwundert, daß hier keine Spur von seiner Arbeit zu sehen war.

Der König, hinter der Gräfin eingetreten, klärte sie leise darüber auf.

„Aber ich möchte gerade dort sein, wo man im Schweiße seines Angesichts, mit einem Gebet auf den Lippen arbeitet und das große Geheimnis entschleiert."

„Herrin", ließ sich Böttger vernehmen, „das ist eine schreckliche Höhle, ihre Ausdünstungen sind ungesund, der Anblick so düster, daß diese Hölle zu betreten einer Gottheit nicht ziemt."

„Aber weiblicher Neugier!" Die Cosel seufzte und sah August an.

Der König gab den Blick Fürstenberg weiter, der zuckte unschlüssig mit den Schultern.

„Ihr seid, Frau Gräfin, so finstere und enge Stufen nicht gewöhnt", fügte er hinzu.

Ungeachtet der Einwände drehte sich die Cosel zu Böttger um. „Gottheiten befehlen, führt uns und geht voraus."

Auf diese Worte wandte er sich zur Tür, drückte auf einen bronzenen Knopf an der gegenüberliegenden Wand, öffnete so den verborgenen Eingang und stand mit einem Leuchter in der Hand davor.

August widersetzte sich nicht und schwieg. Also betraten sie allesamt die schmalen und unbequemen Stufen und stiegen hinab zur Werkstatt. Sie lag hinter einem Eisentor verschlossen. Böttger öffnete. Da zeigte sich eine geräumige Halle mit schwerem rußgeschwärztem Gewölbe, wie einem alten Gemälde nachgebaut. An den klobigen Säulen duckten sich Öfen, auf denen erkaltete Retorten und Tiegel herumstanden; verschiedenes Werkzeug von seltsamen Formen, eine Unmenge Flaschen und Gefäße hingen an den Wänden. Auf mehreren Tischen häuften sich alte Bücher mit Kupferbeschlägen, Pergamentrollen, beschriebene Blätter und mannigfaltige Geräte.

All dem zusammen haftete etwas Mysteriöses, Unfaßbares an, und die Gräfin schauderte davor, sie schmiegte sich an den König.

Böttger hob die Laterne und verharrte in Schweigen. August sah sich ehrfürchtig um an diesem Arbeitsplatz hochgespannter Hoffnungen, der allen seinen Träumen Kraft geben sollte, sich zu erfüllen. Als sie so ihre Blicke im Raum schweifen ließen und der König ein paar Schritte zum Tisch hin trat, fiel ihm ein Gegenstand ins Auge, der unter den Papiermassen hervorlugte. Es war eine jaspisfarbene Tasse, die dem großen Porzellankenner und -liebhaber, dem allergnädigsten Herrn, der Menschen gegen japanische Vasen eintauschte, orientalischen Ursprungs schien.

„Böttger", rief er aus, „was ist das? Japanisches Porzellan, aber artfremde Formen! Woher hast du das? Das ist doch eine Rarität!"

„Das ist eine Spielerei, Hoheit", entgegnete der Hausherr, sich tief verneigend. „Ich habe aus mitgebrachtem Ton etwas wie Porzellan zu machen versucht."

Der König ergriff gierig das ihm gereichte Gefäß von prächtiger Farbe und betrachtete es schweigend, wog es in der Hand und prüfte es im Widerschein.

„Wie? Du behauptest, es selbst gefertigt zu haben? Du?"

Böttger bückte sich und förderte vom Fußboden einige ähnliche Scherben zutage, dann langte er hinter den Papierstoß und übergab der Cosel und dem König zwei kleine Schüsseln.

„Aber das ist doch das herrlichste Porzellan der Welt!" Der König jauchzte.

Böttger schwieg.

„Du bist ein Entdecker, du hast das Geheimnis gelüftet!" schloß August. „Ehe du Gold machst, stelle mir um Gottes willen Porzellan her! Für ein Service mit meinem Wappen habe ich in China fünfzigtausend Taler gezahlt. Der Preuße hat mich übers Ohr balbiert und für Vasen eine Kompanie meiner besten Leute genommen; dabei kannst du Porzellan zaubern und machst den Mund nicht auf."

„Das war ein Versuch, Erlauchtester Herr!"

„Der dir bestens gelungen ist! Das erste Service wird Böttger für Diana brennen und es ihr zu Füßen legen."

Als sie sahen, wie sich der König für Böttgers Produkt begeisterte, traten alle heran, um es zu begutachten. Aber außer der Cosel und August geriet niemand in Begeisterungsrufe. Fürstenberg dachte im stillen, Böttger vernachlässige über seiner Porzellanbastelei die Tinktur.

Der König ergötzte sich an dem Porzellan. Wer weiß, ob ihn die Nachricht über den Abzug der Schweden aus Sachsen in bessere Stimmung versetzt hätte. Er nahm die Tasse mit, gab sie der Cosel in Obhut, versicherte Böttger seiner tiefsten Zufriedenheit und wandte sich zum Gehen. Um dem König und der Cosel die unbequemen Stufen zu ersparen, öffnete der Gastgeber eine Tür, die den Blick auf seinen Garten freigab, und der König schritt, von einem Lakaien geleitet, zu den ins Schloß führenden dunklen Gängen.

Es war ein denkwürdiger Tag in der sächsischen Geschichte, der in Böttgers zufälliger, lange Zeit unter Androhung der Todesstrafe geheimgehaltener Entdeckung tatsächlich dem Staatshaushalt eine Goldgrube erschloß.

Kurze Zeit darauf erschütterte eine weit dramatischere Szene ganz Dresden. Während Schulenburg nach seinem ersten Gespräch mit dem König den Plan an eine Gefangennahme Karls XII. aufgegeben hatte, ließen die entschieden beherztere Cosel und Flemming nicht ab davon. Die Unverfrorenheit des Schwedenkönigs offenbarte tagtäglich von neuem, wie einfach der kühne Gedanke zu verwirklichen war. Lediglich an Leuten und Maßnahmen gebrach es.

Inzwischen streifte Karl XII., auf Glück und Mut vertrauend, seelenruhig durch das feindliche Land; ja, es hatte fast den Anschein, als wüßte er von jenen Gelüsten und spottete ihrer. Wem wohl hätte es in den Sinn kommen können, daß er sich der Höhle des Löwen zu nähern und gar in Dresden zu erscheinen wagte!

Am ersten September, am selben Tage, als er das Abkommen mit dem Kaiser über die Freiheiten der schlesischen Protestanten unterzeichnet hatte, brach Karl XII. von Altranstädt auf, seinen Truppen folgend, die schon seit dem fünfzehnten August unter Rhenskiölds Befehl auf Schlesien, nach Polen und weiter nordwärts marschierten. Das Gros seines Heeres hatte Sachsen bereits verlassen, einige Regimenter nur waren bei Leipzig geblieben. In der Meißener Gegend, bei Oberau, schlug Karl am sechsten September sein Hauptquartier auf.

Eines schönen Herbsttages ritt er morgens spazieren, seine Begleiter zeigten ihm von einem Hügel Dresdens aus dem Nebel tauchende Kirchtürme.

Karl XII. schwieg lange, gedankenverloren ausschauend, um sich schließlich an das Häufchen seiner Begleiter zu wenden.

„So nahe also sind wir schon; eigentlich müßten wir hinreiten ...“

Zwischen drei und vier Uhr nachmittags war es, als der ungebetene Gast vor Dresdens Toren anlangte. Karl XII. meldete sich dem diensthabenden Offizier als Herold des Schwedenkönigs. Zusammen mit seinem Gefolge wurde er zur Hauptwache geführt. Flemming, zufällig zur selben Zeit dort, erkannte ihn entsetzt.

Die Idee, mit der er sich seit langem trug, schien jetzt ihre Vollendung zu fordern. Karl XII. spielte sich dem Feind von selbst in die Hände. Im ersten Moment verlor Flemming fast den Kopf, wußte sich aber zu bezähmen und erbot sich, nach dem König befragt, ihn zu ihm zu bringen.

Um diese Stunde vertrieb sich August II. im Zeughaus mit seinen verschiedenen Kunststücken und Kraftproben die Zeit. Wie stets leistete ihm die Gräfin Cosel Gesellschaft. Fröhliches Gelächter hallte von den Gewölben des Gebäudes wider, als an der Tür geklopft wurde.

Der König rief:

„Eintreten!"

Er blickte zum Eingang und erstarrte, als er Karl XII. gewahrte. Flemming, dem Schweden auf den Fersen, gab dem König und der Cosel verzweifelte Zeichen, nicht mehr erwartend als einen kleinen Wink, um die Mannen herbeizurufen und den leichtsinnigen Gast in Ketten zu legen.

August stand immer noch wie versteinert da, als Karl XII. ihn frohgemut grüßte:

„Guten Tag, Bruder!"

Die Cosel konnte nicht an sich halten, ihr Gesicht verfärbte sich, sie wisperte August zu:

„Die Stunde der göttlichen Fügung ist gekommen; wenn er unversehrt hier hinausgeht, bist du schuld."

Karl XII. schien die Worte gehört zu haben, seine Miene wurde hart und fragend. August fuhr die Gräfin unwirsch an:

„Ich bitte dich, befehle dir: Laß uns allein."

Die Gräfin setzte in der ihr eigenen Unduldsamkeit zum Sprechen an, aber der König wiederholte mit Nachdruck und stirnrunzelnd:

„Geh!"

Mit einem wutentbrannten Blick auf Karl XII. gab die Cosel nach, der Schwedenkönig verharrte gelassen auf der Stelle und betrachtete die Waffensammlung. Sie, außer sich und ratlos, stieß im Vorbeigehen Flemming an, der zwar auch zornig mit den Augen funkelte, aber, ebenso verblüfft, mit den Schultern zuckte. Augusts Mimik gebot den beiden Schweigen. Gefaßt empfing der König seinen Gast.

„Wir haben viel von Eurer Kraft gehört", sagte Karl XII. ein wenig spöttisch. „Gern hätte ich eine Probe der Wunder gesehen, die Ihr so leicht vollführt."

Auf dem Fußboden lag eisernes Gerät, August hob es auf.

„Reicht mir die Hand", sagte er lächelnd, „fürchtet nicht, daß ich sie verletze."

Karl hielt seine Hand wortlos hin, August bog das Eisen und umwickelte dem König die Faust damit. Beide sahen sich in die Augen. Das Eisen wand sich willfährig wie ein Faden. In dem Moment, als er es zu einem Knoten verband, sprengte August die Fessel mit einem Ruck, lächelte und warf das zerbrochene Eisenband weg.

Schweigend hatte Karl dem Kunststück zugeschaut, dann wandelte er mit seinem Begleiter durch das Zeughaus, wo es an Waffen und Rüstungen nicht mangelte.

„Eisen besitzt Ihr genug", bemerkte der Schwede lakonisch. „Es ist nur schade, daß Euch die Leute dazu fehlen."

Vom Waffensaal, der im Bereich der Festung unweit von Böttgers Bastei lag, gingen die beiden Könige zusammen zum Schloß hinüber. Karl XII. wünschte die nach Dresden zurückgekehrte Familie seines Gegners zu besuchen.

Unterdessen hatte sich die Kunde, daß Karl XII. mit wenigen Reitern in Dresden angekommen sei, in Windeseile verbreitet. Sein Name erregte die Gemüter. Besonders die Protestanten drängte es, ihn zu sehen, eingedenk dessen, was er für ihre Glaubensgenossen in Schlesien getan hatte. Der Hof, Flemming, alle, die mit Augusts II. Schicksal verquickt und verstrickt waren, empörten sich über die Vermessenheit des Waghalsigen, der den Besiegten verhöhnte, indem er schutzlos in seinen Horst kam. Flemming und die Cosel gerieten in Eifer und sannen auf Rache. Er ließ insgeheim die Wachmannschaften zusammenrufen, um den Frechling, und sei es gegen Augusts Willen, einzufangen; sie packte die Pistole und drohte auf die Straße zu gehen, um ihm eine Kugel durch den Schädel zu jagen.

Die Aufregung war groß, schon auf dem Wege zum Schloß sichtbar, als August mit Karl dorthin ritt. Allein der König bewahrte seinen gleichmütigen, offenen und freundlichen Gesichtsausdruck, der alle zu Ruhe und Besonnenheit zu gemahnen schien. Von weitem spürte er Attentatsatmosphäre, die auch Karl XII. nicht entgehen konnte. Aber der Schwede verlor nicht für eine Minute seinen Gleichmut.

In keiner Weise trachtete er seine Visite abzukürzen. Und da auch August daran gelegen war, ihn aufzuhalten, vielleicht um seine Courage und Geduld auf die Probe zu stellen, zog sich der Besuch hin. Karl machte der Königin seine Aufwartung, begehrte, den jungen Kurfürsten in die Arme zu schließen. Eine Erfrischung schlug er jedoch aus.

Währenddessen sollte Flemming seine Leute mobilisieren, auf ihre Posten verteilen. Und für den Fall, daß August dem Feind nicht in Dresden aufzulauern erlaubte, schickte er auf eigene Verantwortung einen Reitertrupp aus, der ihn auf der Straße nach Meißen überwältigen sollte.

Als Karl XII. noch bei der Königin weilte, gelang es Flemming, den König herauszubitten.

„Erlauchtester Herr", beschwor er ihn, „jetzt ist die einzige Chance, Euch für alle Demütigungen zu rächen. Karl XII. befindet sich in Eurer Hand."

„Auf meine Redlichkeit vertrauend!“ fuhr ihn August an. „Also wird ihm kein Haar gekrümmt.“

„Das wäre unverzeihlich, Sire“, entgegnete Flemming, „sich so großmütig zu zeigen einem Manne gegenüber, der Euch solche Schläge zugefügt hat. Ich werde ihn gegen Euren Willen fangen, selbst wenn ich den Kopf dabei riskiere.“

„Um deinen Kopf geht es mir nicht“, sagte August gelassen, „sondern um etwas mehr als ihn, um meine königliche Ehre. Untersteh dich ja nicht, etwas zu unternehmen.“

„Auf eigene Faust?“

„Du hast keine eigene Faust, wo meine ist!“ herrschte ihn August an.

„Da bleibt mir nichts anderes übrig, als den Degen zu brechen, mit dem ich Euch nicht mehr dienen kann.“

Bei diesen Worten griff der General nach der Scheide, aber der König hielt ihn zurück.

„Flemming, vergiß nicht, daß ich vor dir stehe, daß es sich um meine Angelegenheit handelt und daß hier niemand ein Recht hat zu befehlen außer mir!“

Grimmig wandte er sich ab.

„Majestät“, sagte Flemming, „Ihr werdet auch die zweite Krone verlieren, wenn Ihr so handelt ...“

Dann schlich er davon. Der König kehrte, als sei nichts geschehen, zu seiner Gemahlin zurück und fand den Gast noch immer bei ihr. Karl XII. würdigte ihn keines Blickes, obwohl ihm durchaus einleuchten mußte, daß man vor der Tür über ihn getuschelt hatte.

Während sich dies im Schloß zutrug, wollte die Cosel unbedingt eine Stelle ausmachen, von der aus sie auf Karl XII. schießen könnte. Zaklika versuchte sie zu beschwichtigen, vor allem mit dem Hinweis, das Volk sehe in Karl den mächtigen Schirmherrn der Protestanten und könne zu dessen Schutz rebellieren.

Und so war die Stimmung unter der Mehrheit des Volkes auch wirklich, das sich auf der Straße zusammenrottete. Also mußte August II. wohl oder übel jeder Gewaltanwendung abschwören, wollte er den Sturm der Massen abwenden.

August ließ sein Pferd satteln, um seinem Feind das Geleit zu geben. Die von Menschen wimmelnden Straßen, die Fenster voller Neugieriger verliehen der Stadt einen unheimlichen Anblick. Tiefes, gespanntes Schweigen umgab die Vorbeireitenden, es schien, als hielte die Menge den Atem an, um wenigstens einen Wortfetzen der beiden Monarchen zu erhaschen, aber es gab kein Gespräch. Aller Augen hafteten an Karl, der ruhig daherritt, ohne die geringste Spur Nervosität zu verraten, neben ihm August, trübsinnig und nachdenklich, aber majestätisch.

Auf Straßen, durch die sie sich kaum hindurchzwängen konnten, gelangten sie zum Stadttor nach Meißen. Der König hatte befohlen, dem Schweden zu Ehren auf den Wällen drei Batterien abzufeuern. Beim ersten Geschützdonner wandte sich Karl XII. dankend zu August, der Sachsenkönig legte nachlässig die Hand an die Hutkrempe und lächelte. An der Stadtmauer und als die beiden Könige Dresdens Grenze überschritten, wiederholte sich die Salve. Karl XII. wollte sich von seinem Gastgeber hier verabschieden, aber August kannte Flemming und seine Pappenheimer allzu gut und befürchtete, daß sie auf der nächsten Wegstrecke ihren Anschlag aus dem Hinterhalt versuchen würden. Die einzige Möglichkeit, den Schweden vor dem Überfall und zugleich seine eigene Ehre zu retten, sah er in dem Entschluß, ihn so lange zu begleiten, bis keine Gefahr mehr drohte.

Also ritt der König schweigend neben seinem Gast her – bis eine halbe Meile vor Neudorf. Hier trennten sie sich händeschüttelnd. Karl XII. setzte in forschem Trab seine Reise fort. August verharrte eine Weile nachdenklich, blickte vor sich hin und erwog, ob er, der Stimme seines Gewissens folgend, richtig gehandelt hatte.

Er stand noch immer auf dem Wege mitten im Gestrüpp, das hinter dem Dorf von gerodeten Wäldern geblieben war, als Flemming angesprengt kam, außer sich, mit fiebrigen Augen.

„Wenn Ihr glaubt, Sire“, rief er ungehalten, „Europa werde Eure Großmut bewundern, dann befindet Ihr Euch im Irrtum. Und ebenso täuscht Ihr Euch, wenn Ihr meint, Europa damit besänftigen zu können, daß Ihr für Patkuls Verhaftung Karl habt ungeschoren ziehen lassen ... Höhnen wird der Pöbel über diese Heldentat ... In seinen eigenen Kot hätte man das blutrünstige Bürschlein stoßen müssen ...“

„Schweig, Flemming!“ schrie ihn der König an und machte sich allein auf den Heimweg.

Am Tor zum Palais der vier Jahreszeiten saß er ab. Hier erwartete ihn schon die Cosel, wütender noch als Flemming, tränenüberströmt, der Verzweiflung nahe.

„Komm mir nicht zu nahe!“ kreischte sie. „Du hast einen groben Fehler begangen, hast meinen Rat in den Wind geschlagen. Ich will dich nicht sehen. Einige zwanzig Millionen aus dem Staatsschatz, etliche tausend Menschen, den Tod deiner Offiziere, deine eigene Schande – alles konntest du ihm heimzahlen, aber du hast es nicht gewollt, nicht gekonnt, Angst gehabt hast du! Ich, ein schwaches Weib, ich hätte es ihm an deiner Stelle anders vergolten!“

Der König warf sich aufs Sofa und ließ die Gräfin toben. Mit keinem Wort antwortete er; erst als sie erschöpft und schluchzend in einen Sessel sank, sagte er frostig:

„Ich wollte mir die Hände nicht beschmutzen, mag sich für mich rächen, wer will."

Am nächsten Tag allerdings, als er sah, wie ihm alle seine übermäßige Zurückhaltung verübelten, berief er den Kriegsrat ein. Das Gremium erklärte mit Flemming übereinstimmend, hätte man einen Mann, der mit seinen Ansprüchen so oft das Völkerrecht verletzte, einmal in der Gewalt, müsse man ihn in den Kerker werfen und ihm andere Friedensbedingungen abnötigen – solche, wie er sie dem gedemütigten Sachsenkönig erbarmungslos aufgebürdet habe.

Der König äußerte sich nicht.

Es wird gemunkelt, der schwedische Gesandte habe später in Wien, von dieser Beratung informiert, verächtlich gesagt: „Ich denke, man hat dort tags darauf beraten, was tags zuvor hätte geschehen müssen."

XII

Noch hatte der schwedische König Sachsen nicht verlassen, da eröffnete August, offenbar Trost suchend nach all den tragischen Mißgeschicken, in größtem Prunk den Reigen ausschweifender Geselligkeiten. Zeit hatte er dazu wahrhaftig in Fülle, aber Geld mußte mit allen Mitteln herangeschafft werden.

Die Cosel lebte im Rausch ihrer Macht und herrschte despotisch über König und Reich. Alle Wünsche und Versuche, ihr das Ruder zu entreißen, scheiterten an Augusts Leidenschaft für sie. Überallhin begleitete sie ihn, schwatzte ihm immer neue Arten des Zeitvertreibs auf und ließ den König, da sie ihn gut kannte, keinen Tag zur Ruhe kommen, damit nicht Langeweile und Überdruß sich seiner bemächtigten. Sie spielte im Glanz ihrer verjüngten Schönheit die Königin, vergöttert von Ausländern, hochangesehen bei allen, die sie zu Gesicht bekamen.

Bald nach Karls XII. Abzug, nach den zahllosen Bällen und anderen Festen richtete August ein prachtvolles Turnier des Vogelschießens aus. Dazu lud er Ausländer, Diplomaten, abenteuernde Adlige aus aller Welt ein. Neben ihm in seiner goldenen Rüstung brillierte sie, eine Amazone auf schneeweißem Roß, im elegantesten Kostüm, durch erstaunliche Reitkünste, geschmeidige Fechtmanier und seltenes Geschick im Ringstechen. Damit begeisterte sie den König, der anwesende Lord Peterborough fand für seine Entzückung keine Worte. Sobald sie auf dem Festplatz erschien, begrüßten sie Mörserschüsse, der König benahm sich wie ihr erster Hofkavalier, die Elite des Adels, Magnaten, Würdenträger scharwenzelten um sie. Sie war die Königin der Lustbarkeit, sie führte Regie. Wie sollte sie da nicht überzeugt sein, daß ihre Macht kein Ende kannte!

Sooft der biedere und ihr treu ergebene Haxthausen oder der wortkarge Zaklika, der zudem unter Sprechverbot stand, sich mitunter räusperten und sie zu Vorsicht vor der Zukunft mahnten oder an die Unbeständigkeit des Königs erinnerten, krauste sie nur empört die Stirn und erwiderte:

„Ich bin seine Frau; seine Geliebte könnte er im Stich lassen, seine Gemahlin – das wird er nicht wagen. Schließlich weiß er, was ihn dann erwartet: Ich schieße ihn nieder und nehme mir selbst das Leben."

Schützenkönig wurde diesmal der englische Gesandte M. Robinson. Den Preis erhielt er aus der Hand der anmutigen Cosel. Der Sieg wurde mit einem großen Gelage gefeiert.

So endete dieses unglückliche Jahr unter pausenlosem Trubel. Anna Cosel entwarf die Programme, der König setzte sie ins Werk. Die Neider der Gräfin hüteten sich, eine Lippe zu riskieren, und kuschten, obwohl der Fiskus arm war wie eine Kirchenmaus, obwohl das Land unter der Last von Hoyms Einfällen ächzte.

Selbstverständlich begleitete die Cosel den König nunmehr auch zur Leipziger Ostermesse. Diese Messen liebte August II. über alles, hier warf er den königlichen Aufputz ab, tauchte in der Menge unter, biederte sich dem Volk an, war auf billigste Zerstreuung aus und schlenderte tagelang mit der Pfeife im Mund in den Straßen umher, oft in Gesellschaften, die sich mit der königlichen Würde wenig vertrugen. Der Hof verkehrte dann bei einem gewissen Apfel, im „Gasthaus zum Apfel", wie man zu sagen pflegte, weil das Haus des Kaufherrn ein goldener Apfel als Wappen zierte. Hier wurde Tag und Nacht geschlemmt. Zufallsgäste und Schauspielerinnen von Wanderbühnen machten das Treiben nur noch bunter.

Anna hatte zu tun, um ihren Herrn von gar zu wilden Eskapaden in diesem Tollhaus abzuhalten; zu zügeln vermochte sie ihn nicht. Selbst als Karl XII. noch im Lande war und die Messe, da sie hunderttausend Taler abwarf, unter sein Patronat genommen hatte, ließ es sich August nicht nehmen, mit von der Partie zu sein. Aus aller Herren Ländern strömten Abenteurer und leichte Frauenzimmer herbei zu diesem Karneval … Und der König lief nun einmal jeder Zerstreuung nach und suchte sie, wo immer er sie fand.

Am zwölften Mai wurde in Dresden Augusts Namenstag begangen. Dazu trafen Fürst Eberhard Ludwig von Württemberg und irgendein Hohenzoller ein. Der Wein floß in Strömen, Wettschießen gab es, Reitturniere und ausgedehnte Jagden. Und an allem nahm unermüdlich die Cosel teil.

Im früheren slawisch-lausitzer Gebiet liegt am Fuße eines Berges, den man einst Stolpy nannte, was zu deutsch Säulen heißt, eine uralte Siedlung. Durch wundersames Spiel der Natur mit ungeheurer Kraft aus dem Schoß der Erde herausgestemmt, ragen hier schwarze Basaltpfeiler auf, wie von Geisterhand geformt, zu mächtigen Kristallen geschliffen. Auf den Felsen, die selbst Eisen schwerlich überdauern dürfte, erhob sich vor Jahrhunderten eine Burg, den zu ihren Füßen ausgebreiteten Wohnsitz beherrschend und beschützend. Vom Gipfel des Berges, aus dessen Innerem jene schwarzen Säulen hervorstreben, reicht der Blick über die weite Landschaft ringsum: Im Süden sind die waldbedeckten Erhebungen der Lausitz und böhmischen Gebirgszüge zu sehen, im Westen schimmert das sächsische Erzgebirge herüber, in greifbarer Nähe recken sich wie kolossale stumpfe Pyramiden die Burgfelsen, auf denen sich Sonnenstein, Dittersbach, Ohorn ducken, und schließlich im Osten wölbt sich der Hochwald, in dessen Fluchtlinie böhmische Dörfer aus der Ferne winken.

Das alte Stolpener Schloß, das Meißner Bischöfe befestigt und ausgebaut hatten, stand noch, stattlich, daß es geradezu traurig anmutete mit seinen spitzen, von häufigen Blitzeinschlägen heimgesuchten Türmen, mit seinen wuchtigen Rundmauern und Bastionen auf dem Basaltsockel. An das Schloß grenzte ein Tiergarten, in den nahen Wäldern tummelte sich Wild in freier Bahn.

August II. unternahm, wenn ihn die Eintönigkeit in der Residenz anödete, gern Ausflüge in die Umgebung.

Eines schönen Julitages standen die Pferde, bevor die Sommerhitze zu glühen begann, gesattelt vor dem Schloß. Am Vorabend hatte jemand im Gespräch dem König von jenem märchenhaften, gleichsam aus Eisenpfeilern gefügten Berg geschwärmt, auf dem das Stolpener Schloß thronte. Der König war erpicht, ihn mit eigenen Augen zu sehen.

Noch bedeckte Tau Bäume und Gräser, und die Sonne stieg gemach aus dem Bodendunst auf, als die Pferde schon auf dem Innenhof wieherten und zahlreiches Dienstpersonal emsig die letzten Reisevorbereitungen traf. August wollte sich eben aufs Pferd schwingen, da kam Zaklika, von der Cosel beauftragt, angerannt und fragte, wo Seine Majestät sich hinzubegeben gedächten.

„Sag deiner Herrin, daß ich nach Stolpen reite“, antwortete der König. „Wenn sie will, soll sie mich einholen; warten kann ich der Hitze wegen nicht, und ehe sie sich angezogen hat, vergeht noch geraume Zeit.“

Die Gräfin war gerade aufgestanden und stellte empört fest, daß man sie von dem Ausritt nicht verständigt hatte. Als Zaklika ihr die Antwort brachte und sie im selben Moment den König aufsitzen sah, war sie zutiefst beleidigt. Sie befahl, auf der Stelle die Pferde aus dem Stall zu holen.

Haxthausen und etliche junge Hofleute wurden herbeizitiert, alles mußte in einer halben Stunde bereitstehen. Sie beschloß, dem König zu beweisen, daß sie für ihre Toilette nicht viel Zeit brauchte, um schön zu sein. Ehe er vor Stolpen anlangte, wollte sie ihn eingeholt haben. Und tatsächlich fanden sich alle eingeladenen Reisegefährten binnen einer halben Stunde mit ihren Pferden ein. Annas langmähniger weißer Araber mit seinem scharlachroten, samtbeschlagenen und goldgefaßten Sattel schnaubte und tänzelte. Die Dame trat vor die Tür. Auf dem Kopf trug sie ein blaues Hütchen, mit einer weißen und einer blauen Feder geziert, am Leib einen knielangen Kaftan der gleichen Farbe, über und über mit Gold bestickt, und ein weiter weißer Taftrock mit glitzerndem Saum vollendete das Kostüm. Sie bestieg ihr Pferd, das sich bei ihrem Kommen, wie gewohnt, auf die Hinterhand gesetzt hatte, nun am ganzen Körper zitternd aufsprang und zur Eile drängte. Mit einem holden Lächeln begrüßte die anmutige Königin ihre Begleiter.

„Meine Herren!“ rief sie aus, mit einer kleinen Peitsche fuchtelnd, deren Griff von Edelsteinen funkelte. „Seine Majestät der König haben mich zum Wettstreit herausgefordert. Eine halbe Stunde ist verstrichen seit seinem Aufbruch. Und wenn die Pferde krepieren und ich mir das Genick breche, wir werden ihm nachsetzen. Wer mich mag, mir nach!“

Mit diesen Worten riß die verwegene Amazone das Pferd zum Tor herum, faßte die Zügel kurz, legte die Stirn in Falten und jagte auf die Straße hinaus. Besorgt sprengten Zaklika links und ihr Stallmeister rechts zu ihr heran, um bei Gefahr ihr Pferd an der Kandare zu nehmen und die kühne Reiterin vor dem Sturz zu bewahren. Die übrigen folgten, der weiße Araber ritt sofort in Karriere, die Brücke erdröhnte unter den Hufen, sie rasten durch die Altstadt, rechtsab führte der Weg zu den Wäldern nach Stolpen. Zum Glück war die Chaussee breit und sandig, der Tag früh und frisch, die Pferde ausgeruht und stark. Schweigend preschte die Kavalkade der Gräfin staubumwölkt, wie vom Wind getrieben dahin, der Araber vornweg; die Cosel schien mit feurig lodernden Augen, glühenden Wangen, halbgeöffneten Lippen die wilde Jagd noch zu forcieren.

Sie hetzten über Hügel und durch Wälder, über Wiesen und einsame, hier und da von Holperpfaden durchschnittene Felder. Das Land war hier dazumal wenig besiedelt, nur einzelne sorbische Dörfer mit ihren Holzkaten unter steilen Dächern in Kirschgärten huschten an ihnen vorbei. Zuweilen zog unterwegs ein Landmann die Mütze vor der märchenhaften Erscheinung, und ehe er, nach dem König befragt, sich zu antworten besann, waren die Reiter in dem Sandwirbel verschwunden.

Die Pferde schäumten, nach einer Stunde der wilden Jagd beschwor der Stallmeister die Gräfin zu rasten. Sie wollte nichts davon wissen, schließlich verlangsamte sie doch das Tempo und hielt am Tor eines baufälligen Anwesens. Alle ritten heran, die Pferde keuchten und dampften. Vor dem Hof stand ein fahlgelbes, ausgemergeltes Weib, in ein Tuch gehüllt, auf einen Krückstock gestützt. Mit einer Gleichgültigkeit, als wäre sie ein Wesen fremder Welten, warf sie einen Blick auf die Ankömmlinge und wandte sich ab.

Nur für Sekunden traf dieser Blick die Augen der Cosel, aber das genügte, um die Gräfin schaudern zu machen.

Man fragte die Frau, ob sie das königliche Gefolge gesehen hätte, sie schüttelte den Kopf.

„Weiß ich denn, wer der König und was königlich ist?“ rief sie fauchend. „Wir haben keine Könige, unsere sind tot.“

Sie sprach langsam, teilnahmslos, gebrochen, mit fremdartigem Akzent.

Aus der Hütte trat ein Mann in mittleren Jahren, langhaarig, einen dunkelblauen Kittel an, in kurzen Hosen und Socken. Untertänig lüftete er den Hut und hieß die Gäste in sächsischem Deutsch willkommen.

Er berichtete, der König sei vor etwa drei viertel Stunden tatsächlich vorbeigeritten, habe dabei das Pferd dermaßen angetrieben, daß er kaum einzuholen wäre, es sei denn, er legte eine Rast ein, bis Stolpen allerdings sei das keineswegs nötig.

Die Cosel gab die Hoffnung auf, ihn noch zu erreichen, erkundigte sich dennoch nach einem kürzeren Weg, und wenn er noch so schlecht sei. Es gab aber keinen, rechter Hand waren die Täler von Bruchmoor unterbrochen und mit dichtem Gestrüpp bewachsen, die Pferde kämen da nicht durch. Da saß die Cosel ab und gönnte allen eine Verschnaufpause. Die Glut prasselte, der Deutsche schenkte Bier aus. Diesmal schmeckte das säuerliche dörfliche Getränk selbst ihnen köstlich.

„Was ist das für eine Frau?“ fragte die Cosel den Gastgeber, auf die Bettlerin zeigend, die noch immer auf ihren Stock gestützt am Tor stand und sich nicht im geringsten für die große Dame zu interessieren schien.

Der Deutsche hob verächtlich die Schultern und sagte:

„Das ist eine Slawin, eine Sorbin! Ich werde sie hier nicht los. Sie behauptet, der Hof habe einst ihrem Vater gehört. Irgendwo hier in der Nähe haust sie in einer Erdhöhle, die sie sich wohl mit den Händen gescharrt hat, dort am Fuße des Berges. Wer weiß, wovon sie lebt! Den ganzen Tag kriecht sie nur über die Äcker und murmelt etwas vor sich hin; bestimmt irgendwelche teuflischen Beschwörungen, zweifellos ist sie eine Hexe! Ich habe ihr eine Abfindung angeboten, damit sie weiterzieht, aber sie rührt sich nicht vom Fleck. Sie sagt, es sei ihrer Ahnen Erde, hier müsse sie sterben und ihre Gebeine lassen. Manche Nacht, wenn der Sturm heult, singt sie, und uns läuft es kalt über den Rücken, wenn wir ihre Stimme hören. Und mit Gewalt", fügte er leise hinzu, „kann man sie nicht wegtreiben; sie vermag viel, zwingt den Satan, ihr zu dienen."

Nach einer Weile ergänzte er noch:

„Und sie kann auch weissagen, und was sie prophezeit, tritt immer ein."

Neugierig geworden, drehte sich die Cosel zu der Frau um und machte ein paar Schritte auf sie zu. Sie allein fand den Mut dazu, die übrige Gesellschaft hatte sich bei Erwähnung der Hexerei verflüchtigt und beobachtete in Grüppchen aus der Ferne.

„Wie heißt sie?" fragte die Gräfin den Deutschen.

Der Hausherr zögerte, dann flüsterte er leise, daß man ihn kaum verstehen konnte:

„Mlawa."

Obwohl die Cosel seine gedämpfte Stimme nur mit Mühe vernommen hatte, bewegte sich die Alte, als hätte sie ihren Namen gehört. Stolz reckte sie den Kopf, warf ruckartig das lange Haar zurück, das ihr wirr ins Gesicht hing, und schien mit ihren schwarzen Augen entrüstet den Ruchlosen zu suchen, der ihren Namen auszusprechen sich erdreistete.

Ohne die betroffenen Mienen ihrer Begleiter zu beachten, trat die Cosel vor die Alte. Beider Augen verfingen sich für einen Moment ineinander.

„Wer bist du?" fragte Anna schließlich. „Ich habe Mitleid mit deinen grauen Haaren, die der Schmutz und dein Elend entstellen. Sag mir, warum bist du so arm wie ..."

Mlawa sah sie höhnisch an.

„Ich bin nicht arm", sagte sie stolz. „Ich trage die Erinnerung schöner Jahre in mir. Ich bin hier noch das, was meine Sippe einst gewesen ist: Königin."

„Du Königin?" Die Cosel lachte laut heraus.

„Ja, ich hätte sie sein können; in mir fließt Blut der einstigen Herren dieser Erde. Wenn du auch heute Königin bist, kannst du morgen ebenso elend sein wie ich heute. In dieser Welt ist alles möglich ..."

„Von welchen Königen welcher Erde sprichst du?" fragte die Cosel beeindruckt.

Die Alte hob die Hand und wies ringsum auf die Gegend.

„All das war unser, alles, bis ihr gekommen seid, uns von unserem Besitz verdrängt und uns die Haut gegerbt habt wie dem Vieh. Denn wir waren arglos und haben von Brot, Salz und Gesang gelebt, ihr aber seid mit Feuer und Schwert gekommen und mit grausamem Spott. Und dann habt ihr euch niedergelassen, der Deut-

schen Stamm hat sich vermehrt und uns aus unserer Heimat vertrieben. Das ist meine Erde!" wiederholte sie sinnend. „Und wenn ich hier nicht leben kann, sterben muß ich hier. Von hier wird meine Seele den Weg zu den Ahnen finden."

„Kannst du weissagen?" fragte die Cosel nach einer Weile.

„Es kommt darauf an, wem und wann", erwiderte Mlawa.

„Und mir?"

Die Greisin betrachtete sie lange.

„Was hättest du davon?" sagte sie. „Wer sich so hoch erhoben hat, kann nur tief fallen. Frage also nicht."

Anna erblaßte, aber gezwungen lächelnd wollte sie ihren Mut beweisen, obwohl ihr die Lippen bebten und Tränen in die Augen stiegen.

„Was prophezeist du mir? Ich habe vor nichts Angst", sprach sie. „Ich kann dem Glück ins Angesicht schauen wie der Sonne, ich halte aber auch dem Unheil stand."

„Und wenn die Finsternis lange währte, sehr lange ...?"

„Ewig wird sie nicht sein", entgegnete die Cosel.

„Wer kann das wissen? Wer?" raunte Mlawa und streckte den Arm aus. „Zeig mir deine Hand."

Die Gräfin wich erschrocken zurück. Sie fürchtete, die Alte könnte sie berühren. Immerhin glaubte man damals an Zauberei.

„Hab keine Angst, meine Schöne", redete ihr Mlawa begütigend zu. „Ich werde deine zarten weißen Finger nicht besudeln, nur mit den Augen will ich sie abtasten."

Beherzt streifte die Cosel einen Handschuh ab, und eine feingliedrige, wie in Elfenbein gemeißelte Hand blitzte ringbesät vor den Augen der Alten auf. Gierig heftete sie ihren Blick darauf.

„Hübsche Hand, würdig, von Königen liebkost zu werden, aber mein Kind, schreckliche Zeichen stehen in ihr geschrieben! Diese Hand hat mehr als einen ins Gesicht getroffen, dessen Blicke gar zu kühn waren, nicht wahr?"

Anna errötete, Mlawa wiegte nachdenklich den Kopf.

„Was hast du mir zu sagen?" bat die Gräfin ausweichend.

„Du reitest deinem Schicksal entgegen. Wer kann schon seiner Bestimmung entgehen? Hat jemals wer den Abgrund vorausgesehen? Nach langem Glück erwartet dich längere, o ja, längere Buße: Gefangenschaft, trostlose Tage, schlaflose Nächte, ungezählte Tränen. Du wirst mit Kindern kinderlos sein, neben dem Gatten Witwe, du wirst Königin sein und Sklavin zugleich, wirst frei sein und der Freiheit beraubt ... Ach, frage nicht!"

Bleich war die Cosel, aber noch zwang sie sich zu lächeln. Ihr Mund verzog sich.

„Was habe ich dir zuleid getan", sagte sie, „daß du mich so zu schrecken suchst?"

„Du tust mir leid“, widersprach Mlawa. „Wozu begehrst du auch Einblick in meine Seele? Wermut nur gedeiht in ihr, aus meinen Worten quillt Bitternis. Ich habe Erbarmen mit dir, du Arme.“ Und die Alte senkte den Kopf. „Ach was, Tausende auf dieser Erde haben gelitten, geschmachtet und den Tod gefunden ohne Grab, die Winde haben ihre Asche verweht. Wie du, so haben ganze Scharen in lang währender Gefangenschaft gedarbt: meine Väter, meine Großväter, unsere Urahnen, Könige; ich bin nun die letzte. Der Deutsche hat mich aus meinem Haus geworfen.“

Wortlos nahm die Cosel ein Goldstück und wollte es der Alten in die Hand drücken, die aber fuhr zurück.

„Ich nehme es nicht“, wehrte sie ab. „Ich will kein Almosen; eure Schulden werdet ihr einst auf andere Weise begleichen; sie werden da oben gezählt.“ Sie hob beschwörend den Finger, drehte sich um und humpelte, in ihr Tuch gehüllt, hinaus auf die Wiese.

Annas Kavaliere hatten das ganze Gespräch von weitem verfolgt, ihren Mut bewundernd. Auch der Gastgeber horchte, ohne mehr zu erhaschen als leises Gemurmel. Niemand wagte die Cosel zu fragen, warum sie so blaß war, weshalb sie, in tiefes Grübeln versunken, dem Pferd in die Mähne griff, sich hinaufschwang, die Zügel locker ließ.

Sie ritten weiter, aber weder im Galopp noch im Trab. Die Pferde prusteten. In der Ferne tauchten spitze, schlanke Türme auf. Der Stallmeister meldete leise:

„Stolpen.“

Nach fast einstündigem Ritt erreichten sie den Fuß der Burg. Gegenüber der Palisade aus schwarzem Basalt stand der ganze Konvoi des Königs und wartete auf die Gräfin.

August kam ihr mit finsterer Miene entgegen.

„Mindestens eine Stunde habe ich gewartet“, sagte er.

„Und ich habe eine halbe Stunde mit einem Bettelweib vertrödelt, von dem ich mir weissagen ließ.“

Der König sah sie verwundert an.

„Und was hat sie dir prophezeit?“ fragte er.

Anna blickte zu ihm auf, und Tränen schossen ihr aus den Augen. Das mutete so sonderbar an, daß August erschrak. Mit mildem Lächeln und Zartgefühl bemühte er sich, ihr die gewohnte Fröhlichkeit wiederzugeben.

„Was für ein herrliches altes Schloß die Meißner Bischöfe doch gehabt haben!“ rief er, auf die Burgwälle weisend.

„Scheußlich! Grauenvoll!“ fiel sie ihm ins Wort. „Ich begreife nicht, wie der König zum Vergnügen hierherreiten konnte, wo Schrecken und Erinnerung an Folter und Kriege spuken.“

„Weil, meine Liebe“, schlichtete August, „deine entzückenden Augen auch die düstere Umgebung für mich strahlen machen. Mit dir ist mir überall wohl.“

Er bot ihr den Arm, die Cosel hängte sich ein, noch grübelnd und verstimmt. So gingen sie zusammen um das altertümliche Schloß, die Gräfin schweigend, der König gut gelaunt. Wer mag ergründen, worüber er sich freute! Vielleicht dachte er, wenn ihm auf Sonnenstein und Königstein der Platz für seine Gefangenen zu eng würde, könnte er hier einige unterbringen; und er wünschte deshalb nach einer Umrundung das Innere zu betreten. Die Cosel hielt ihn zurück.

Sie stand an der Schwelle und betrachtete die schwarzen Türme und Mauern. Der König setzte seinen Gang fort. Er besah sich den Donatusturm, warf einen Blick in die Räume, die früher als Folterkammern dienten, nahm den von Bischof Johannes VI. erbauten Johannisturm in Augenschein; der ihn begleitende Schließer zeigte ihm weitere Folterkammern, das unterirdische „Mönchsloch", in dem Ordensleute ihre Strafen verbüßten, den Kerker „Richtergehorsam", das „Johannisloch" und das Burgverlies, in das die Verurteilten auf einer Leiter hinabklettern mußten. Alle diese Gelasse befanden sich in gutem Zustand, waren aber ungenutzt. August besichtigte sie mit gespannter Aufmerksamkeit, als suchte er Spuren von Menschen und Torturen. Schließlich musterte er noch die Festungsmauern und schritt langsam zurück zum Ausgang.

Anna fand er dort, wo er sie zurückgelassen hatte; in besorgniserregender Versunkenheit irrten ihre Blicke immer wieder entsetzt über die Burgtürme.

„Das Ziel des heutigen Ausflugs ist nicht gerade erhebend", sagte sie mit befremdender Stimme. „Vergnüglich kann man ihn wirklich nicht nennen. Obwohl ich das Burginnere nicht gesehen habe, macht das alles einen bedrückenden Eindruck auf mich. Mir ist, als hörte ich das Ächzen der Menschen, die hier gelitten haben."

August lächelte.

„Das ist nicht ohne Schuld geschehen", sagte er ungerührt. „Man kann nicht mit allen Mitleid empfinden. Woher aber nimmst du, meine reizende Gräfin, diese finsteren Gedanken? Laß uns dem Schloß den Rücken kehren und in den Tierpark gehen. Ich habe dort unter einem Zelt auftafeln lassen. Man wird Wild zusammentreiben, du wirst dich ergötzen, und wir werden wie sonst deiner Gewandtheit Beifall zollen."

Wie der König befohlen hatte, geschah es auch. Am Eingang zum Gehege, unter einem prächtigen türkischen Zelt, dem noch die Erinnerung an die Schlacht bei Wien anhaftete, standen Tische. Die Cosel nahm als erste Platz. Vom Zenit prallte Sonnenglut herab, die Luft war stickig, und die Hitze machte selbst der sonst so ausgelassenen Kumpanei schwer zu schaffen. Es kam keine rechte Stimmung auf. Kyan, mit dem König hergeritten, brütete elegisch, lustlos über seinem Becher, zeigte keine Anstalten, seinen immer paraten Witz zum besten zu geben. August mochte in seiner Umgebung solche Grabesstille nicht, also wurde die Tafel bald aufgehoben, das Geschirr abgedeckt, und die Jagdmeister schafften Flinten herbei, mit denen sich die ganze Gesellschaft in die Tiefe des Tierparks aufmachte.

Die Cosel hielt sich an der Seite des Königs, blieb aber weiterhin ernst. Den Grund dazu suchte man in der Prophezeiung jener schwachsinnigen Greisin, die sie sich selber eingehandelt hatte. Und wahrhaftig klangen ihr die Worte der armen Mlawa noch in den Ohren, die ihr eine schreckliche Zukunft voraussagten, und obwohl im Moment nichts auf der Welt darauf deutete, vermochte sich Anna des Trübsinns nicht zu erwehren. Dafür gab sich August um so ausgelassener und schwärmte wie zum Trotz von Stolpens Herrlichkeit und von der Stärke der Festung, die an Sachsens Grenze für seinen Schutz sorgen könnte.

Gegen Abend, nachdem schon einige Rehe und Wildschweine erlegt worden waren, bestieg der König sein Pferd, die Cosel ritt neben ihm. Als sie den Berghang verlassen hatten und die letzten Häuser des Marktfleckens hinter ihnen lagen, türmte sich im Westen eine schwarze Wolkenwand auf; man flüchtete vor ihr in die Burg zurück. In dem Städtchen gab es keine Stätte, die königlichen Gästen Obdach gewähren könnte. Also mußte, obwohl das Schloß seit Jahrhunderten keine Menschenseele beherbergt hatte, die eingerostete Tür zur Rundkammer im Johannisturm geöffnet werden. Das Dienstpersonal begnügte sich mit dem Donatustor und den kahlen Burgmauern, um notdürftig dem Regen zu entrinnen. August und die Gräfin schlüpften in die altertümlich gewölbte Kammer. Einige Holztische, Bänke und eine eichene Tafel stellten das ganze Mobiliar des ungemütlichen, kerkerähnlichen Raumes dar. Als Anna dessen gewahr wurde, erschauerte sie und schmiegte sich an den König.

„Mein Herr“, sie seufzte, „wie gruslig, wie schaurig es hier ist! Ein Todeshauch zieht durch diese Leere.“

„Hätte ich geahnt, daß wir hier Unterkunft suchen müßten, hätte ich wenigstens ein Zimmer ausstatten lassen. Aber was willst du denn, niemand hat hier gewohnt außer Mönchen und Häftlingen und ihren Aufsehern. Es kann also kein Vergnügungsort sein, die Wände riechen nach Moder.“

Wie um den Eindruck des Augenblicks aufs Gemüt der Frau zu steigern, die sich vielleicht das erstemal im Leben richtig ängstigte, brach ein Hagelsturm los, trommelte gegen die bleigefaßten Fenster, polterte wie Steinschlag auf die Dächer, und Blitze zuckten in rascher Folge. Krachend und mit entsetzlich grellem Schein schlug ein Blitz in den Donatusturm, Anna kreischte auf, der König stand seelenruhig. Feuer fing der Turm nicht, nur dichter Regen klatschte auf ihn nieder.

Eine halbe Stunde wetterten Sturm und Platzregen über der Burg, einigemal grollte der Donner noch in der Nähe, dann spannte sich am westlichen Horizont ein heller gelber Himmelsstreif, und die ganze dunkle Wolkenlast wälzte sich nach Osten hinüber. Der Regen ebbte gleichsam in lautlosen Taufall ab, und hinter den ausgefransten Wolkenrändern brach die Sonne mit hellen Strahlen hervor.

Die Cosel atmete erleichtert auf.

„Laß uns heimreiten, mein Gebieter", rief sie, „ich bekomme hier keine Luft."

Bald saßen sie auf den Pferden und eilten, gelabt und vom Gewitter erfrischt, stadtwärts. Als sie an der Hütte, vor der am Morgen Mlawa gestanden hatte, vorbeikamen, schaute sich die Cosel nach der Greisin um, aber sie war nicht da. Sie lauerte abseits vom Wege, den König zu erspähen, warf einen flüchtigen Blick auf die Gräfin und lächelte ihr mitleidig zu wie einer alten Bekannten. August gab dem Pferd die Sporen und sah voller Abscheu weg.

So versuchte König August II., der Krone beraubt, die ihn so viel gekostet hatte, sich mit immer neuen Extravaganzen die Zeit zu vertreiben. Karl XII. haßte er, die Widerwärtigkeiten des Schicksals verfluchte er, aber nichts lag ihm schwerer im Magen als die undankbaren Polen. Ihnen schrieb er alle seine Schlappen zu, und wer von ihnen insgeheim mit ihm paktierte, ihn für alle Fälle noch besuchte, bekam von ihm all jenen Groll zu spüren, den er gegen das ganze Land hegte. Der König und Kraftprotz, der Heldenruhm begehrte, der sich in Rüstung und Rittergestalt sehen ließ, konnte nicht verschmerzen, daß ihn ein unansehnlicher Jüngling besiegt hatte und in seinem Land schaltete und waltete.

Ihm tat es dringend not, den Makel auf seinem Namen durch Großtaten zu tilgen; so bot er sich dem Kaiser an und zog freiwillig mit einer Handvoll Soldaten nach Flandern gegen die Franzosen. Unter strengstem Inkognito drängte er sich in den Stab des Prinzen Eugen, um unter allen Umständen seine Tapferkeit an den Mann zu bringen und Beifall zu heimsen. Absichtlich setzte er sich höchsten Gefahren aus, so daß ihn Prinz Eugen und der Herzog von Marlborough zur Räson rufen mußten, sein kostbares Leben nicht sinnlos zu opfern.

„Im Krieg", meinte der König, „muß man ein wenig Kalvinist sein und an die Vorbestimmung glauben."

Böswillige behaupteten ja, August sei trotz der soeben angenommenen katholischen Konfession Atheist gewesen. Loen schrieb: „Es wird gesagt, August habe die Religion gewechselt; ich möchte es gern glauben, hätte er jemals eine gehabt." Gewiß ist, daß er kurz nach Übertritt zum Katholizismus seinem gewaltigen Lieblingshund, offenbar dem, der Böttgers wertvolles Quecksilberfläschchen zerbrochen hatte, aus Ulk einen Rosenkranz um den Hals legte ...

Lange hielt er es an der Front nicht aus, die ihn zerstreuen sollte. Als er sah, daß sich die Belagerung von Lille hinziehen würde, bekam der König Heimweh nach Dresden und Sehnsucht ... nach Anna.

Er fuhr, ebenfalls strikt inkognito, unter dem Namen eines Grafen von Torgau nach Brüssel, wo er nichts Eiligeres zu tun hatte, als die Tänzerin Duparc ins verrufene Restaurant „Zum Füllhorn" einzuladen und mit ihr zu soupieren. Vier Damen von der Oper, der König, Vitzthum, Bauditz und Graf W. vergnügten sich da bis zum Morgengrauen. Beim Abschied nahm August der Tänzerin Duparc das Versprechen ab, nach Dresden zu kommen. Offenbar hatte er die Gräfin ganz vergessen, das Leben war ja auch gar zu schwer.

XIII

Während Augusts Abwesenheit hatten sich sein Statthalter Fürstenberg und Graf Flemming verschworen, das Joch der Cosel abzuschütteln. Erteilte sie ihnen doch Befehle, als wäre sie die Königin, sprang mit ihnen um wie eine hochgeborene Dame, die auf ihre Macht vertraut, vergeudete Geld wie ein Kind, das dessen Wert nicht kennt. Die Gewalt, die sie über den König hatte, flößte allen Angst ein, und das Lager ihrer Gegner wuchs mit jedem Tag.

Keine der königlichen Mätressen hatte jemals über solche Befugnisse verfügt, so viel Selbstbewußtsein besessen und den unsteten August so lange am Gängelband zu führen vermocht. Konnte man noch die wunderlichen feudalen Einfälle hinnehmen, aber sich völlig der ständig zunehmenden Anmaßung zu beugen, das wurde mit der Zeit denn doch gemeingefährlich. Fieberhaft sehnte der ganze Hof den Sturz der Cosel und einen beliebigen Ersatz für sie herbei. Die Gräfin erahnte das Ränkespiel eher, als sie es erkannte, aber sie kümmerte sich nicht darum. Sooft ihr Zaklika zutrug, was er am Hofe erlauschte, lachte die Cosel geringschätzig.

Allmählich verbündeten, verdichteten sich die Kräfte der Widersacher, fanden nur noch nicht den rechten Schneid, offen den Krieg zu erklären. Sie warteten auf bestimmte Symptome beim König, die Überdruß erkennen ließen und anzeigten, daß der Kampf beginnen könne und Aussicht auf Erfolg böte. Auf der einen Seite standen überaus geschickte und mit allen Wassern gewaschene Leute, in der höfischen Intrige von jung auf geübt, durch raffinierte und verdorbene Frauen angestachelt, auf der anderen die

Cosel, hochmütig, anmaßend, edel, ihrer Macht und Reize bewußt, vertrauend auf ihre Stellung als Gattin, auf die Bindung, die ihre Kinder darstellten, und bei ihr einige unbedeutende Freunde sowie eine Reihe doppelzüngiger Figuren, die sich mit beiden Lagern gut stellten und des Übergewichts des einen harrten, um dessen Partei zu ergreifen. Ein langwieriger Krieg zeichnete sich ab, aber Annas Gegenspieler faßten sich bei aller Hartnäckigkeit in Geduld und sahen im Charakter des Königs die Gewähr für ihren Sieg.

Schließlich konnte es nicht ausbleiben, daß sich die Cosel unbeliebt machte mit ihren Phantastereien, ihrer unersättlichen Prunksucht, mit ihrer königlichen Hoffart. Bislang fand der König all das amüsant, aber ein Übermaß konnte das Zünglein an der Waage jeden Moment nach der anderen Seite ausschlagen lassen. Alles von Rang und Namen gruppierte sich unleugbar um das feindliche Banner.

Fürstenberg, Graf Flemming, Gräfin Reuß, Jungfer Hülchen, die Vitzthum, sie alle zählten jetzt zu Anna Cosels verbissenen Gegnern. Die unausstehliche Glasenapp schlich ins Haus der Gräfin allein zu dem Zweck, sie auszuhorchen und ihre Geheimnisse hinauszutragen. Augusts Abwesenheit während seines Flandernabenteuers nutzend, kam man überein, der Statthalter und Flemming sollten, jeder für sich, durch Berichte über Annas Aufwand und Luxus sie Stück für Stück dem König entfremden.

Ihre Ansprüche schilderten sie in solchen grellen Farben, daß August verärgert eine gewisse Beschränkung aufzuerlegen befahl. Das griff Fürstenberg auf und widersetzte sich wiederholt den Anordnungen der allmächtigen Dame. Wäre nicht ihr kränklicher Zustand gewesen, der ein Zusammentreffen mit ihm ausschloß, hätte sie ihn, wie angedroht, öffentlich geohrfeigt. Wer ihren Charakter kannte, war überzeugt, daß sie ihr Wort gehalten hätte. Auch Flemming zog durch eine unbedachte Äußerung ihren Groll auf sich. Aber beide, Fürstenberg und er, trösteten sich, durch Bauditz' Brief in die Einladung der Duparc nach Dresden eingeweiht, mit der begründeten Aussicht, daß die Herrschaft der Favoritin sich neigte und es an der Zeit war, entschlossen gegen sie aufzutreten.

Mittlerweile kehrte der König aus dem Feldzug nach Dresden zurück. Fürstenberg keines Blickes würdigend, begab er sich unverzüglich ins Palais der vier Jahreszeiten, wo er Anna, eben genesen, schöner denn je, liebevoll und verweint antraf.

„Ach, mein Herr!" rief sie aus und schlang ihm die Arme um den Hals, „schon immer habe ich mich nach deiner Heimkehr gesehnt, selbst wenn du nur für Stunden fort warst, aber noch nie habe ich so geschmachtet wie jetzt. Erlöse mich von der Verfolgung! Bin ich denn noch Herrin deines Herzens, oder hast du mich aus ihm verbannt, daß der Pöbel mich quälen darf?"

„Wer?“ fragte der König.

„Deine besten Freunde und nächsten Vertrauten, dieser häßliche Trunkenbold Flemming, dieser verrückte, scheinheilige Fürstenberg haben mich dem Gespött ausgesetzt. Sie haben sich verbündet, um mich, krank wie ich war, durch Kummer ins Jenseits zu befördern. Rette mich, Herr, oder sag, ob du schon das Urteil verhängt hast.“

Nach der langen Trennung gewann die Cosel mit ihrer unvergleichlichen Anmut die frühere Macht über den König wieder, August suchte sie zu beruhigen:

„Fürstenberg und Flemming werde ich die Ohren langziehen. Ich glaube aber, du hast es dir in deiner Krankheit zu sehr zu Herzen genommen, was vielleicht gar nicht bös gemeint war.“

„Nicht bös gemeint? Aber die beiden sind meine ärgsten Feinde wie alle hier. Von lauter Gegnern bin ich umgeben. In ihrem Neid möchten sie mich am liebsten aus deinem Herzen reißen.“

Anna schluchzte, der König mochte Tränen nicht und bemühte sich, sie zu besänftigen.

Als er sich einige Tage später ins Schloß begab, war er ihrem Einfluß ganz erlegen und antwortete Fürstenberg beim ersten Wort der Anklage mürrisch, er solle schleunigst zur Gräfin Abbitte leisten gehen. Fürstenberg schwieg.

„Sowohl du als auch Flemming habt schuld; ich dulde keinen Streit und kein Gezänk in meiner Nähe. Morgen seid ihr bei ihr, ich werde euch aussöhnen.“

Flemming, der dem König manchmal zu widersprechen wagte, entgegnete: „Das wäre, Allergnädigster Herr, eine gar zu große Demütigung für mich.“

„Da nützt alles nichts, du mußt es über dich ergehen lassen“, sagte der König. „Sonst könnte ich dich nicht länger am Hofe behalten, bei der nächsten Gelegenheit käme es zum Bruch. Die Gräfin verzeiht nicht so leicht, und ich mache mir nichts aus Szenen.“

Vergebens empörte sich der General und fluchte im Innern. Ein Blick zu Fürstenberg genügte ... Noch hatte die Stunde nicht geschlagen, man mußte sich dem Befehl des Königs beugen.

Am nächsten Morgen ließ der König beide ins Palais der vier Jahreszeiten rufen. Die Cosel war puterrot vor Wut und unnahbar, als August persönlich die Minister hereinführte.

„Ich denke“, begann er, „es kann nur ein Mißverständnis sein, daß die Gräfin sich über ungebührliche Behandlung beklagt. Gern möchte ich die Erinnerung daran wegwischen. Die Gräfin wird es vergessen, die Herren werden es ihr, als Kavaliere das schöne Geschlecht achtend, nicht ankreiden, daß ihr in ihrem Leid ein Wörtchen entschlüpft ist. Ich bitte, daß beide Seiten es aus dem Gedächtnis streichen.“

Bei diesen Worten des Königs maßen sich die beiden Parteien mit scheelem Blick. Annas Augen waren voller Grimm und Entrüstung, Fürstenberg voller Haß und Flemming voller beißendem Hohn. Dennoch verbeugten sich beide sehr höflich, und ihr Murmeln klang wie ein Kompliment.

Niemand von den Anwesenden bildete sich ein, ehrliche Eintracht erzielt zu haben, alle wußten, daß es nur ein Waffenstillstand von kurzer Dauer war und das Scharmützel bei der nächsten Gelegenheit erneut ausbrechen würde. Nach diesem amtlichen Vergleich, dessen Heuchelei wohl selbst der König empfand, zogen sich Fürstenberg und der General, kaum daß sie einige belanglose und unbewegte Phrasen gestammelt hatten, zurück. Der König blieb bei der Cosel. Fünf Jahre schon währte seine zumindest nach außen hin beständige Liebe zu der holden Gräfin, und man rechnete seit geraumer Zeit mit Übersättigung und Abkehr – aber vergeblich. Die Gräfin Reuß und die Vitzthum, Anwärterinnen auf den Thron, suchten auf Annas Stirn emsig nach einem Fältchen, mühten sich, irgendeinen Makel an ihrer Schönheit zu erspähen; es half alles nichts, die Cosel war eines jener wundersamen, mit geradezu unsterblicher Jugendlichkeit gesegneten Geschöpfe, deren Wangen kein Schmerz etwas anhaben kann. Die Seitensprünge des Königs, oberflächlich und kurzlebig, vermochten ihn zu zerstreuen, aber nicht die Zuneigung aufzuwiegen zu der Frau, die ein edles Wesen und gebildeten Geist ins Treffen führte, kurzum alles, was sie vor Tausenden anderer auszeichnete. Mit der Gräfin Cosel konnte sich August bei aller Eitelkeit getrost sehen lassen, sich brüsten, aller anderen mußte er sich schämen. Keine von denen, die Anna vorausgegangen waren, kam ihr an Schönheit und Verstand gleich. Mochte man sich noch so abplagen, etwas gegen sie zu entdecken, was wenigstens als Anlaß zur Verleumdung dienen könnte, es fruchtete nichts. Alle Boshaftigkeit prallte an ihr ab, denn ihr Lebenswandel barg keine Geheimnisse. Lediglich die Verschwendungssucht und ihr Dünkel, Frau des Königs und Königin zu sein, konnten sie schuldig machen.

Bald nach diesem Vorfall fanden ihre Widersacher ein neues Mittel, sie mit dem König zu entzweien. Die Einladung der Tänzerin Duparc nach Dresden bot eine Handhabe dazu. Sie kannten Annas Eifersucht und wußten, wie oft August die schlimmsten Vorwürfe und Drohungen von ihr einstecken mußte wegen seiner Eskapaden.

Als der König Fräulein Duparc nach Dresden verpflichtete, hatte er sich nicht zu erkennen gegeben. In der Hauptstadt angekommen, lief sie umher und suchte den Grafen von Torgau, den es nicht gab. Ihre Tante arbeitete am Theater und stellte sie dem Kammerherrn Murdachs, Direktor der Königlichen Schauspiele, vor, der über alles informiert war. Die Tante wunderte sich sehr, als der Kammerherr ihre Nichte mit höchster Zuvorkommenheit empfing, ihr alle erdenklichen Forderungen zu erfüllen sich erbot und den Wunsch äußerte, sie möge im Ballett der Fürstin Elida auftreten, das soeben für die Feierlichkeiten anläßlich der Rückkehr des Königs probte. All das war angeblich von jenem Grafen von Torgau arrangiert worden, in dem die Duparc und ihre Tante schon den König zu vermuten begannen. Diese Vermutung vertieften noch die anonymen Geschenke, die ihnen überreicht wurden.

Am ganzen Hof sprach sich sofort herum, daß die Duparc, als sie den König im Theater sah und in ihm den Grafen von Torgau erkannte, aus Freude in Ohnmacht fiel, daß der König den Schauspieler Beltour sie pflegen ließ, daß die Cosel empört war über Augusts große Besorgtheit um die Gesundheit dieser Abenteurerin.

„Mir scheint, Allergnädigster Herr", sagte sie beleidigt, „daß es zuviel der Gnade war, sich so um ein hergelaufenes Frauenzimmer zu kümmern, das solche Aufmerksamkeit bestimmt nicht verdient."

August schmollte und erwiderte trocken:

„Gewiß, man könnte mir manchmal allzuviel Güte vorwerfen gegenüber Personen, die sie mißbraucht haben, ich denke aber, die Duparc wird bescheidener sein."

Dieser Auftritt spielte sich in der Loge ab. Anna hemmte weder ihre heftigen Gesten, noch dämpfte sie die Stimme; sie warf sich in den Sessel und keifte:

„Eure Königliche Hoheit haben eine besondere Vorliebe für Straßendirnen."

Befürchtend, diese Worte könnten sich zu einem öffentlichen Skandal auswachsen, zu dem nicht viel gehörte, stand der König auf und wechselte in die Loge der Königin über, bei der ihr Bruder, Markgraf von Brandenburg-Bayreuth, Platz genommen hatte.

Eine Weile saß die Gräfin, den Blicken der Hofgesellschaft und hämischem Spott ausgeliefert, mit gesenktem Haupt da, dann rief sie, ihr sei übel, hieß die Sänfte kommen und sich nach Hause tragen. Diesmal ging der König, der sich seine Launen von niemand nehmen ließ, weder zu ihr, noch erkundigte er sich nach ihrem Befinden.

In Tränen aufgelöst, verzweifelt, verdrossen brachte die Cosel den ganzen Abend zu. Gäste konnte sie nach dem Vorfall kaum erwarten; da schneite zu später Nachtstunde ohne viel Federlesen die Baronin Glasenapp herein. Den Gegnern der Gräfin schien es opportun, die schon Erbitterte zu weiteren Eifersuchtsausbrüchen aufzuputschen, die dem König offensichtlich im Moment nicht ins Konzept paßten, und so den Zwist zu beschleunigen.

Natürlich konnte sich die Duparc mit Anna nicht messen, noch hätte sie sich jemals träumen lassen, solchen Glücks teilhaftig zu werden; es ging ausschließlich darum, die Cosel aus dem Sattel zu heben oder wenigstens ihre Vorrangstellung ins Wanken zu bringen. Damit wurde die Glasenapp betraut. Also schlüpfte sie ins Zimmer, tat überaus mitfühlend, stürzte, als sie Anna weinend auf dem Sofa liegen sah, plappernd zu ihr:

„Du glaubst ja gar nicht, wie sich mir das Herz verkrampft angesichts deines Mißgeschicks! Ich weiß alles, ich habe es gesehen. Empörend ..., ungeheuerlich. Aber das ist nicht alles, bei weitem nicht! Der König hintergeht dich ... Unmittelbar nach deinem Weggang beauftragte er Herrn Murdachs, ihm das Abendessen zu bestellen und dazu die Duparc und drei weitere Schauspielerinnen einzuladen. Das weiß ich aus zuverlässiger Quelle. Nach der Vorstellung begab er sich zum Kammerherrn, die Duparc sank vor ihm auf die Knie. Der König hatte die beste Laune, und sicher ist er jetzt noch dort, nachdem die drei anderen Theatermädchen, jede mit einem Rock und hundert Talern, abgezogen sind."

Anna nahm den Klatsch zur Kenntnis und versuchte die aufdringliche Glasenapp hinauszudrängen.

„Das verwundert mich nicht im geringsten", antwortete sie; „glaube um Gottes willen nicht, ich sei eifersüchtig. Ich habe viel erlebt, die aufgewärmte Liebe zur Fürstin Teschen, die zu Henriette Duval und zu manch anderer; ich weine über die Erniedrigung des Königs, der sich selbst mehr schadet als mir."

Dann erhob sich die Cosel und wischte die Tränen aus den Augen. Der Besuch der heuchlerischen Freundin, ihr Übereifer ließen die Gräfin die hinterhältige Intrige wittern und bewirkten das Gegenteil; sie beruhigten sie scheinbar. Vergebens suchte die Glasenapp sie in Zorn zu bringen. Im Herzen loderte er, trat aber nicht auf die Lippen; die Cosel wußte sich zu bezähmen.

„Meine liebe Gräfin", sagte sie abschließend, „ich bin zu erhaben, als daß mich ein Fehltritt des Königs verletzen könnte. Das ist nicht der erste und wohl kaum der letzte. Wir Frauen sollten uns daran gewöhnen. Ich schäme mich für den König, glaube aber nicht, es könnte mir sein Herz rauben."

Tags darauf war der König wieder nüchterner. Anna besuchte er zwar nicht wie üblich am Morgen; er fürchtete ihre Heftigkeit und schickte Vitzthum auf Kundschaft. Vitzthum hatte sich bisher aus allem Ränkespiel gegen Anna herausgehalten, beide kamen gut aus miteinander. Er kam also, wie von sich aus, nach ihrem Wohlbefinden sehen und fand sie, ihr älteres Töchterchen auf dem Schloß, traurig, aber gefaßt. Das Ereignis vom Vortage erwähnte sie mit keinem Wort. Auch er wagte nicht an die empfindliche Stelle zu rühren und fragte höflich, wie sie sich fühle.

„Ich bin gesund, wie Ihr seht", antwortete die Cosel, hilflos lächelnd. „Sieht man mir etwas an? Sagt, Graf!"
„Ihr seid immer schön, Gräfin!"
„Und Ihr stets gut und nett."
Sie plauderten über belanglose Dinge. Als Vitzthum sah, daß sie nicht auf den König und die Duparc zu sprechen käme, blieb er noch eine Weile und überbrachte anschließend die Kunde, die Gräfin unerwartet gelassen angetroffen zu haben.
Aus der Ferne beobachtete die ganze gegnerische Front mit höchster Spannung, ob der König sich der Cosel nähern würde, nachdem er sie einen Tag zuvor seinen Ärger hatte so deutlich spüren lassen. Gegen Abend machte sich August auf den Weg. Diese Kunde schlug ein, und die Gesichter wurden lang. Noch setzte man ein wenig auf Annas Jähzorn.
Indessen bewahrten sowohl sie als auch August beim Wiedersehen zuviel Besonnenheit, als daß es hätte zum endgültigen Bruch kommen können. Dem König lag nichts daran, Anna zu verstoßen, und obwohl die leidenschaftliche Liebe zu ihr längst abgekühlt war in seinem unsteten Herzen, hielt ihn die Gewöhnung fest. Zur Duparc konnte er sich nicht bekennen. Die Cosel fühlte sich als Gattin, war Mutter und nahm sich vor, nach dem Vorbild der Königin die Tollheiten des Mannes zu ertragen.
„Du hast mir gestern im Theater eine unangenehme Szene bereitet", fing der König an. „Ich mag solche öffentlichen Zänkereien nicht, die mir und dir nicht anstehen."
„Gnädiger Herr, meine Liebe zu Euch ..."
„... möge vernünftig sein", unterbrach August.
„Liebe hat die Eigenart, nicht vernünftig sein zu können", ergänzte die Cosel. „Ich fordere der Liebe meines Gebieters ebenso Unwahrscheinliches ab: daß sie Bestand habe."
„Und ich verlange von Euch, die lächerliche Eifersucht abzulegen."
„Gebt keinen Anlaß dazu, mein Herr", flüsterte die Gräfin.
Der König zuckte die Schultern und fuhr sie barsch an:
„Kindisch."
Anna enthielt sich jeder Aufregung, sie war sicher, daß ihr nichts drohte.
Das Verhältnis zum König änderte sich in nichts, es büßte höchstens etwas an Herzlichkeit ein; Galanterie, ein bißchen zeremoniell, verdrängte die Liebe.
Am nächsten Tag kam die Glasenapp berichten, daß die Duparc sich immerzu mit dem König treffe, daß er sie mit Präsenten überschütte. Die Gräfin nahm es frostig auf.
Die Hofgesellschaft, Gräfin Reuß und Fürstenberg, die einen anderen Verlauf der Dinge erhofft hatten, begriffen, daß die Cosel

auf Kosten ihrer Gefühle sich selbst überwand, indem sie jede Wallung im Keim erstickte, und entschlossen war, sich zu halten. Das fuhr den Widerstreitern in die Glieder. Nicht die Cosel, wie sie sie kannten, schien auf einmal so gefährlich, sondern die neue, die sich im Zaum hielt und der nicht leicht beizukommen war.

Die dramatische Affäre mit Fräulein Duparc, ihre Ohnmacht hinter den Kulissen, ihr Kniefall vor dem König, das Abendessen bei Murdachs, diese ganze Karnevalsgeschichte, aus der man etwas Großartiges zu schmieden getrachtet hatte, erwies sich als Bumerang. Der König, über Annas Eifersucht im ersten Moment aufgebracht, erblickte darin bald einen Beweis ihrer feurigen Zuneigung. Das schmeichelte ihm. Sie stritten sich fast täglich wegen der Duparc, aber jeder Zank schmolz in Zärtlichkeiten.

Anfangs gestand August keine Schuld ein.

„Meine teure Gräfin", sprach er schmunzelnd, „du spinnst dir Chimären zurecht, nur um dich zu martern. Warum eigentlich redest du dir ein, ich liebte eine andere? Welche Beweise hast du dafür? Bin ich denn weniger aufmerksam, artig, folgsam als früher? Gehe ich nicht auf alle deine Wünsche ein? Hast du mich jemals gefühllos gefunden? Darf ich etwa keine Frau ansehen, ein paar Worte mit ihr wechseln, ohne sogleich in den Verdacht zu geraten, in sie verliebt zu sein? Ich vertusche nichts, rede offen: Liebte ich dich nicht über alle Maßen, verließe ich dich wegen dieser ewigen Eifersüchteleien."

Die Cosel antwortete halb im Scherz:

„Ich weiß, daß ich dich mit meinen Vorwürfen belästige, aber ich muß immer ein waches Auge haben auf die Liebeleien meines Herrn. Übrigens scheint mir mein Mißtrauen und Bangen nichts zu nützen, ich werde ebenso betrogen wie Tausende, die eifersüchtig sind wie ich."

Der König grinste, in der Rolle solch eines Jupiters gefiel er sich, er entschuldigte sich scheinbar reumütig und tat immer süßer.

Die Duparc vermochte ihn nicht lange zu fesseln. Sie war eine Frau, in die sich ein derart verkommener und verwilderter Mann wie der König wohl vernarren konnte, aber nur vorübergehend. Ihr albernes Benehmen und der Umgang ihrer Theaterfreundinnen stachen gar zu sehr von vornehmer Gesellschaft ab. Binnen kurzer Zeit gewann die Cosel ihren ursprünglichen Einfluß nicht nur wieder, sondern befestigte und vergrößerte ihn noch zum Schrecken derer, die schon auf ihren Untergang gelauert hatten.

Den besten Beweis, daß die Gräfin im Herzen ihres königlichen Geliebten keine Einbuße erlitten hatte, lieferte im nächsten Jahr der Besuch des dänischen Königs Friedrich IV., als er aus Italien heimreiste und unterwegs seine Tante, Königin Eberhardine, begrüßen wollte. August, der jede solche Gelegenheit wahrnahm,

Geld für Feierlichkeiten und Vergnügungen zu verschwenden, daß Europa über ihn staune, beschloß, seinen ehrbaren Neffen mit grenzenlosem Pomp zu empfangen.

Höchstpersönlich entwarf er das Programm großartiger Feste, mit denen er ihn überraschen wollte; der ehemaligen Untertanin des dänischen Königs, der Gräfin Cosel, dachte er dabei die erste Rolle zu. Noch jetzt war sie die Bezauberndste von allen; selbst ihre Feinde konnten ihr den Glanz nicht absprechen, mit dem sie jedermann in ihren Bann schlug. Besonders bei solchen Anlässen, da es in Gestalt von Göttinnen, Zauberinnen, Königinnen aufzutreten galt, spielte sie mit ihrem Charme, ihrem Gang, ihrer Grazie jede andere Frau an die Wand. Der König schien gleichsam von allem Frevel reingewaschen, wenn er ein solch himmlisches Wesen anbeten durfte.

Sobald die Botschaft vom Ankunftstag Friedrichs IV. in Dresden eintraf, wurde der Plan für die ganze Dauer seines Aufenthalts ausgearbeitet. Am ersten Abend wurden der junge Kurfürst, der Statthalter Fürstenberg, Graf Flemming und Pflug zum Willkommensgruß ausgesandt mit einer Schar von Kammerherren, Pagen, Hofleuten, Militärs und Musik.

Nur einen Teil des Tages mußte die Cosel im Hause bleiben, um der Königin angesichts des Neffen keine peinliche Verlegenheit zu bereiten. Der König ritt dem hohen Gast mit prachtvollem Gefolge zwei Meilen entgegen und geleitete ihn unter Kanonensalven, zwischen dichtem Spalier, bei Marschklängen und bunter Illumination in die Stadt. Goldfunkelnde Garden präsentierten vor dem Schloß, an der Freitreppe warteten die Königin und ihr Sohn, um den lieben Verwandten in ihre Mitte zu nehmen und in den Palast zu führen. August folgte ihnen.

In den weiten Räumen des Schlosses harrten die Hofdamen, die Königin stellte sie der Reihe nach vor. Aber dieser ganze offizielle Empfang dauerte nicht lange. Der Dänenkönig ließ sich nach einer kurzen Unterhaltung mit der Tante und ihrer Familie von seinem sächsischen Kollegen unter den Arm nehmen und in das Appartement bringen, das für ihn vorgesehen war. Hier verweilten sie einige Minuten und begaben sich dann durch den überdachten Gang, der das Schloß mit Annas Palais verband, zu ihr.

Die festliche Abendtafel mit dem ganzen Zeremoniell des Hofes Augusts II., in allen schwelgerischen Bräuchen Ludwig XIV. nachgeahmt, war im großen Schloßsaal gedeckt. Der ganze Hofstaat, Truchsessen, Mundschenken, Kämmerer, Pagen, allesamt in Gala, taten Tischdienst.

Der Dänenkönig saß zwischen August II. und der Königin, und den ersten Toast akkompagnierte Geschützdonner von den Wällen. Auf der Galerie spielten Orchester, in den Sälen überboten einander an Fülle und Pracht Blumenarrangements, goldener Zierat, Gemälde, Kristalle, kurzum, alles prangte in solcher Üppigkeit, wie sie in keiner europäischen Residenz denkbar war.

Um die lange Tafel, deren Service, pures Gold und von Edelsteinen strotzend, ein wahres Kunstwerk war, rankten sich wie ein Bukett die schönsten Damen des sächsischen Hofes, die schönste von allen Anna Cosel, mit Diamanten besät. Gürtel, Halskette, Kopfgeschmeide, Armbänder funkelten von diesen Tautropfen, und sie sah aus wie ein überirdisches Wesen.

Ihre Schönheit betörte den Dänenkönig; zuvorkommend und in der Annahme, den Gastgeber damit zu erfreuen, wollte er nicht dulden, daß sie stand, und er bat, ihr zu gestatten, Platz zu nehmen. Auf Augusts Wink wurde der Gräfin ein Hocker zugeschoben, was bei den übrigen Damen, da sie stehen mußten, Entrüstung und Neid hervorrief.

Der Aufenthalt des dänischen Monarchen währte vierzig Tage, aber Augusts Erfindungsgabe reichte aus, sie mit den mannigfaltigsten, seinem Raffinement gemäßen Genüssen zu füllen. Niemand verstand sich besser darauf, Lustbarkeiten abwechslungsreich zu gestalten, Überraschungen auszulösen, mit kuriosen Einfällen zu begeistern, und dies war vielleicht das einzige unleugbare Talent, das seine Zeitgenossen und Nachfahren ihm bescheinigten.

Die Hofgesellschaften waren gleichermaßen kostspielig und erlesen; lange wurden sie später nachgeahmt, aber niemand erreichte darin den sächsischen König. Dresdens Karnevalstrubel, der oft in den Schloßhöfen oder auf dem Markt der Altstadt veranstaltet wurde, zog Hofleute und Adlige an, die sich auf eigene Kosten aufs beste ausstaffieren mußten, indem sie Trachten aus aller Herren Ländern zur Schau trugen.

Auch fanden die verschiedensten Halaliturniere statt, wie Treibjagden auf Hirsche, Wildschweinhatzen in den Tiergehegen bei Dresden, Hasenpirsch, Fasanen- und Rebhuhnschießen im Großen Garten, Bärenfang in den Schloßhöfen, Fuchsjagd in den Gärten um die königliche Residenz. Am meisten liebte August II. Wildschweintreiben.

Ritterspiele, Ringstechen, „Karussells“, Wettrennen und Scheibenschießen bei Fackelschein auf eigens dafür eingerichteten Schießständen im Zwinger oder auf dem Markt wandelten das Weidwerk auf ihre Art ab. Jeder Treffer auf die Scheibe zündete eine Rakete und ließ sie in den Himmel zischen. Preise wurden verteilt, häufig recht lohnende, manchmal wieder lächerlich geringe, wie zum Beispiel Fuchsschwänze für schlechte Schützen. Ausfahrten auf Schlitten der wunderlichsten Formen gehörten ebenfalls zu den begehrten Belustigungen.

Ein Vergnügen, das sich nachher an vermögenden Höfen in Po-

len bis Ende des achtzehnten Jahrhunderts erhielt, war der „Rummel“ oder Jahrmarkt. Schöne Frauen verkleideten sich in Kellnerinnen, Marketenderinnen, Krämerinnen, bedienten die Gäste und boten diverse Waren feil, Männer zogen als Bauern und Zigeuner umher. Diese Jahrmärkte wurden meist in der Nacht bei buntfarbiger Beleuchtung abgehalten, und in so mancher Bude spielte man Marionettentheater.

Sobald der König den Jahrmarkt ankündigte und es zu tauen begann, mußten Tausende von Bauernwagen Schnee anfahren.

Natürlich zeichneten sich auch die Maskenbälle im Schloßsaal, im Zwinger, auf dem Markt durch außergewöhnlichen Glanz aus. Den Saal erhellten sieben gewaltige Kristallkronleuchter, worin bis zu fünftausend Wachskerzen brannten. Daneben im Audienzsaal wurden für die geladenen Gäste achtzehn gigantische Tafeln aufgestellt, gedeckt mit pikanten Speisen und köstlichen Getränken. Zu den Maskeraden hatte Zutritt, wer anständig gekleidet war und seinen Namen am Eingang nannte.

Manchmal, wenn die Stimmung Wogen schlug, zogen die Maskierten in die Stadt, überfielen friedvolle Häuser und erschreckten die Bürger, aber die Narrenfreiheit erlaubte nicht, ihnen die Tür vor der Nase zuzuschlagen. Wenn jeder, bis hinunter zum Kutscher und Diener, Masken trug, wer sollte da herausbekommen, ob nicht etwa der König selbst unter ihnen war!

Französisches Theater, italienische Oper, Ballett, Konzerte, die unermeßliche Summen verschlangen, halfen die Zeit vertreiben. Manche Sänger, Musiker rafften bedeutende Gagen, und die Aufführungen erleichterten den königlichen Staatsschatz jährlich um mehr als achtzigtausend Taler.

Militärbälle, Paraden, Manöver, Kriegsspiele dienten nicht minder der Abwechslung. In der Umgebung wurden Heerlager aufgeschlagen, und statt in der Residenz tollte man im flachen Land. Jeder Tag hatte sein besonderes Fest, erforderte anderes Zubehör und neue Uniformen, aber das störte den König nicht im geringsten. Wem eine Rolle zugewiesen war, mußte sich ihr gemäß ausrüsten – Jupitertage, Marsspiele, Dianafeste, Hermesmesse.

Solange der Dänenkönig in Dresden weilte, mußte die ganze Palette der Feierlichkeiten Revue passieren. König August wollte ihm einen Begriff vermitteln von seiner Großzügigkeit und seinem Reichtum. Für die Gräfin Cosel war das die Zeit ihrer glänzendsten Triumphe. Beide Könige trugen ihre Farben, ihr Namenszug erstrahlte in Feuerwerken, wand sich durch grüne Girlanden. Sie verteilte die Preise, führte die Damen beim Ringstechen an; selber geübt darin, zielte sie sicher, und so mancher Schuß brachte ihr Applaus ein. Überglücklich jubelte sie, und der König konnte sich mit ihr großtun. Geschickt las sie ihm seine Wünsche von den Augen ab, suggerierte ihm ihre Gedanken, befeuerte ihn bei den verrücktesten Ideen. Von allen Schauspielen am glänzendsten war der Zug der Götter und Göttinnen, wie er schon einmal im Jahre 1695 aufmarschiert war, nur daß er diesmal noch verschwenderischer und unvergleichlich prunkvoller inszeniert wurde. Der dänische König nahm als Jupiter daran teil, August spielte Apollo, die Gräfin Cosel stellte Diana dar, umgeben von einer Suite der reizendsten Nymphen. Hinter ihr fuhr ein goldener Triumphwagen mit dem Orchester. Sogar die Königin brachte es nicht übers Herz, den ihr gebührenden Platz einer Priesterin in Vestas Tempel zu verschmähen.

August konnte damals tatsächlich noch den Apollo mimen, so gut hielt er sich, so frisch war sein Antlitz, so spurlos hatten sich die kaum überstandenen Unbilden in seinen statuenhaften Zügen verloren.

Alle waren erschöpft, die Vergnügungen gingen über die Kräfte. Nur die Cosel ließ sich nichts anmerken, und August fühlte sich in seinem Element. Keinen Augenblick wich die schöne Gräfin von seiner Seite, nicht ein einziges Mal zog sie sich zurück, um Atem zu schöpfen, lächelnd stand sie neben dem König und genoß den Weihrauch, von dem sich der armen Frau der Kopf verwirren konnte. Ihr zu Ehren wurde ein Damenturnier im Ringstechen anberaumt, das sie zu erneutem Sieg trug. An diesem Tage hefteten sich beide Könige ihr Wappen an, der Dänenkönig geleitete sie am Arm, August schritt ihr zur Rechten, der Hofkämmerer zur Linken. Von der Loge herab sah die Königin zu.

XIV

Beim Ringstechen bewies die Cosel überdurchschnittliche Geschicklichkeit und Verwegenheit, sowohl in der Reitkunst als auch in den ihrem Geschlecht so ungemäßen Übungen. Die vielen ausgesuchten Gäste verfolgten das Schauspiel bei herrlichem, mildem Wetter.

In den Logen und auf den Galerien rings um den Hof, auf dem der Wettkampf stattfand, drängten sich Tausende neugieriger Gesichter und Gestalten in hochmondäner Kleidung. Die schöne Amazone mit glühenden Wangen hatte, flink, gewandt und erfahren, außergewöhnliches Glück. Das Publikum klatschte, die beiden Könige hielten Preise bereit. Niemand beachtete die mürrischen Mienen der übrigen Hofleute, die neidvollen Blicke der Damen, das Geraune hinter den Fächern, die bedrückende Stille der Masse, die ihre Empfindungen unterdrückte.

Hinten, eingekeilt zwischen dem königlichen Gefolge und der Beamtenschaft, die an der Lustbarkeit keinen aktiven Anteil nahmen, stand Zaklika, Annas treuergebener Diener, der vielleicht als einziger ihre Abenteuer und Grillen mit unverbrüchlicher Anhänglichkeit vergalt. Der Dienst bei ihr war keineswegs leicht oder gar angenehm, aber Raimund stand eher in Diensten seines eigenen Herzens als der Gräfin. Er war verliebt und vermochte die unbändige Leidenschaft trotz der Launen, der Hoffart, der Gleichgültigkeit seiner Herrin nicht zu ersticken; sie hatte ihn so durchdrungen, daß er mit ihr lebte, daß sie in ihm wirkte wie eine Seuche. Zaklika kannte keinen anderen Sinn seines Daseins mehr als diese Liebe ohne Zukunft.

Auch er war stolz auf seine Anna Cosel, obwohl diese wiederholten Siege ihn instinktiv beunruhigten. Solch maßloses Glück flößte ihm Angst ein, wußte er doch, daß man weder auf Augusts Herz noch sein Mitgefühl, geschweige seine Dankbarkeit bauen konnte, sobald ihn eine neue Begierde übermannte.

Im Schatten der Mauer, um Zaklika herum, standen Augusts ältere Höflinge. Aus ihrer Gruppe schallte kein Zuruf, kein Händeklatschen, nichts, was auf Verehrung der schönen Turnierkönigin deutete. Einige Raimund persönlich unbekannte Personen befanden sich darunter; einer von ihnen war, zwar sorgfältig rasiert, schon alt und grau, ein anderer schien Ausländer zu sein; sie unterhielten sich leise, doch wider Willen erlauschte Zaklika manches Wort.

„Schön ist sie ja, diese Geliebte eures Königs", flüsterte der Ausländer, „ein richtiger königlicher Leckerbissen. Es scheint fast, der Allergnädigste müßte für sie auf seine Kapriolen verzichten?"

Der Alte lächelte schalkhaft.

„Wenn ich mir das so ansehe", sprach er, „erinnere ich mich vergangener Zeiten und denke, was ich wohl noch erleben werde; denn das dicke Ende kommt noch, mein lieber Kammerherr. Ich fürchte, bei diesen Triumphen wird es nicht bleiben. So manches habe ich mitgemacht, ich habe die anmutige Aurora auf dem Gipfel ihres Ruhmes gesehen, die hübsche Esterle, die reizende Spiegel und die nette Fürstin Teschen. Von allen hält sich diese zwar erstaunlich lange in der Balance, daß sie aber den König für alle Ewigkeit fesseln sollte, daran glaube ich nicht."

„Mir hat man allerdings erzählt, der König habe ihr die Ehe versprochen", flüsterte der Ausländer.

„Ich möchte meinen, auch die Fürstin Teschen hat sich solchen Illusionen hingegeben, ebenso Aurora, aber unserer verehrten Königin wird der Herrgott ein langes Leben bescheren, und die hübsche Amazone wird das Los der anderen teilen."

„Gewiß nicht sehr bald?" Der Fremde lachte.

„Wer weiß!“ widersprach der Greis. „Schaut Euch die Reihe der noch frischen, jungfräulichen Gesichter an, auf deren Wangen der Neid brennt. Mit wenigen Ausnahmen haben diese Damen alle ihre königlichen Tage gehabt. Und seht Ihr da unten in der Ecke die Schar französischer Schauspielerinnen und Tänzerinnen? Dort steht die Duparc, zur Zeit Mitinhaberin des Herzens unseres Serenissimus neben der Amazone, obwohl sie nichts aufweist, als daß sie hundertmal häßlicher und verkommener ist. Wer kann verbürgen, daß er sich morgen aus dem Gewühl nicht noch etwas ... Abstruseres herausgreift?“

Auch die übrigen Leute vom Hofe starben nicht an Herzdrükken.

„Immer zu!“ sagte einer von Fürstenbergs Freunden und Zuträgern. „Mag sie nur noch höher hinaufstreben, um so schneller kommt sie zu Fall. Sie versteigt sich in Hochmut, dem König wird sie mit ihrem Getue immer lästiger. Man könnte schon fast den Tag vorausbestimmen, wann sie strauchelt.“

„Ja, sehr richtig“, fügte ein anderer hinzu. „Und es wird gewiß kein stiller Abschied sein wie bei den anderen; sie trägt eine geladene Pistole bei sich und ein Papier mit der Unterschrift des Königs. Sie geht unweigerlich zugrunde, weil sie sich wehren wird.“

„Allerdings prophezeien wir das schon seit drei Jahren, und unsere Orakel haben sich bis heute nicht erfüllt.“

Etwas weiter weg war Baron Kyan zu sehen, in Gedanken versunken. Der alte Witzbold horchte und wollte nichts gehört haben. Jemand fragte ihn nach seiner Meinung.

„Ich bin kein Astronom, lieber Herr“, sagte er. „Und ich kann nicht errechnen, wann die Sterne aufgehen und erblassen, ich weiß nur, daß es auch Fixsterne gibt.“

In einer der Logen saßen Gräfin Reuß und die Vitzthum, Jungfer Hülchen und dahinter die Glasenapp, allesamt verstimmt und einsilbig. Da räusperte sich die Reuß und sagte zur Vitzthum:

„Wir sind selber schuld daran, der König bekommt seit Jahren nichts anderes zu sehen als alte, bekannte Gesichter. Wir haben es nicht verstanden, ihm etwas Neues zu besorgen.“

„Ich kann dieses Frauenzimmer nicht leiden“, unterbrach die Vitzthum, „muß aber zugeben, daß für sie Ersatz zu finden schwerfallen dürfte.“

Gräfin Reuß lachte verächtlich.

„Du kennst weder die menschliche Seele noch den Charakter unseres Königs“, sprach sie gelassen. „Nach der blonden Teschen mußte ihm Eure Schwägerin imponieren, nach ihren schwarzen Zöpfen wird er wieder helles Haar begehren, und weil die da die Göttin hervorkehrt, wird er sich in ein Bauernmädchen oder so ein schwadronierendes Marktweib wie die Duparc vergaffen.“

„Ach, eigentlich verwundert es mich nicht, daß unser König seine Ketten abzuschütteln scheut ... Seht da, wie der dänische König ihr den Hof macht!“

„Und wie sie von oben herab reagiert, mit welch olympischem Blick! Wäre mir nicht zum Heulen zumute, ich könnte laut lachen über das verrückte Weib“, zischte Hülchen.

„Millionen kostet die Perle unser Land.“

Solche und ähnliche Gespräche waren fast überall zu hören, aber die Ohren des Königs konnte das Getuschel nicht erreichen. Und obwohl August die Empfindungen der Anwesenden vielleicht sogar erahnte, konnte es für ihn schließlich nichts Drolligeres geben als den Anblick dieser verhaltenen Mißgunst.

Nach dem Turnier und dem Scheibenschießen, nach einem üppigen Abendessen, das bereits Abschiedsmahl war, da der dänische König am nächsten Tag nach Berlin aufbrechen und August ihn begleiten wollte, erloschen die Lichter, und die Cosel kehrte, noch wettkampfmäßig gekleidet, in ihr Palais heim. Ihr Gesicht brannte von Siegeseifer, zugleich aber von Fieber und Müdigkeit. Erschöpft, zerschlagen streifte sie ihren Schmuck ab und ließ sich aufs Sofa fallen, um endlich zu verschnaufen.

Im Palais war es still, ab und zu nur tappten in den Vorzimmern gedämpfte Schritte. Diese plötzliche Ruhe nach dem Lärm, dem Geschrei und der Musik kam ihr merkwürdig vor. Sie fühlte sich körperlich und seelisch gleichermaßen abgespannt. Unbegründet, unverhofft überkam sie tiefes Leid. Mitten im Siegesrausch hatte sie einigemal Flemmings höhnischer Blick getroffen und bis ins Innerste erschreckt. Etwas wie stumme Drohung hatte darin geflakkert, die nur sie begreifen konnte. Der Ausdruck seiner Augen erregte Zorn und Furcht in ihr. Vergebens suchte sie durch die Erinnerung an den König und all die Ehrenbezeigungen, die sie an diesem Tage so reichlich empfangen hatte, die düsteren Gedanken zu verscheuchen. Die schwarze Wolke wollte nicht weichen und lastete schwer auf ihrem Gemüt. Tränen traten ihr in die Augen ... So stiehlt sich in die höchste Glückseligkeit häufig böse Vorahnung.

Stumm, starr, den Blick auf die Wand gerichtet, an der das Porträt des Königs hing, saß sie lange Zeit. August noch am selben Tag zu sehen, wagte sie nicht zu hoffen, mußte er doch früh beizeiten mit seinem Gast auf Reisen gehen. In Berlin erwarteten ihn wiederum Feierlichkeiten, frische Gesichter, neue Menschen.

Auf dem Korridor, dessen Treppe sich mit der Galerie zum Schloß verband, hallten Schritte wider, es konnte niemand anders sein als August. Anna sprang auf und stürzte zum Spiegel, um das in Unordnung geratene Haar zu glätten. Ihr üppiges schwarzes Haar gehorchte dem ungeübten Griff nicht, und als der König auf der Schwelle erschien, bändigte es die Cosel in der Hand, während sie mit der anderen den Rock festhielt.

Auf den ersten Blick sah die Gräfin, daß August in dem Zustand zu ihr kam, in dem sie ihm selten begegnete und den sie nicht ausstehen konnte.

Der festliche Abschied vom Neffen, den zwei Hofleute anschließend höchst ehrerbietig zu Bett brachten, war bei riesigen Pokalen gefeiert worden. Wiewohl einiges gewöhnt, ging der König daraus angeschlagen hervor. Er bewegte sich zwar ohne Unterstützung des Kammerherrn, der ihn nur bis zur Tür schaffte, und gab sich alle Mühe, Gleichgewicht zu halten, aber in Annas Gemach beeilte er sich schleunigst, eine Sitzgelegenheit zu ertasten. Sein Gesicht leuchtete dunkelrot, die Augen blinzelten hinter schweren Lidern, die Zunge lallte.

„Ich wollte dir auf Wiedersehen sagen, Anna", sprach er. „Mein Gott, hast du heute Erfolge gefeiert, wie selten eine Frau! Bedanke dich doch wenigstens!"

Und der König lachte.

Die Cosel sah ihn traurig an.

„Ach, mein Herr", sie seufzte, „muß ich dir nicht für jeden anderen Tag ebenso dankbar sein? Hättest du aber die neidischen Blicke gesehen, die mich verfolgten, die verkniffenen Lippen, wäre es dir klar, warum ich mißmutig nach Hause gegangen bin."

Noch immer schmunzelte August.

„Das ist die Tragikomödie des Lebens", warf er hin. „Ich habe meinen Karl XII. gehabt, du hast deinen Flemming. Jeder hat etwas, was ihm weh tut, und das Leben, dieses Leben … Komm, laß den Kummer!"

„Ich kann nicht", wehrte Anna ab.

„Für mich!" drängte August.

Die Cosel musterte ihn, und auf die Lippen zauberten eher Zwang und Überlegung als Gefühl ein rosiges Lächeln.

„Könnte ich immer nur dich ansehen, hätte ich dich ständig an meiner Seite", sprach sie, sich behutsam zu ihm setzend, „wäre ich das Lachen und der Frohsinn selbst. Am liebsten möchte ich dich nicht einen Schritt von mir lassen, dich in meine Arme geschmiedet festhalten. Leider reißt du dich selbst los, schwirrst in die weite Welt, und wer weiß, wie du wiederkommst!"

„Hauptsache, nicht so besoffen wie heute", warf August lachend ein. „Ich liebe Wein, seine Gewalt über mich aber hasse ich."

„Und wann wirst du wiederkommen?" fragte die Cosel.

„Frage die Astrologen, ich weiß es nicht. Wir fahren nach Berlin, das eine freut mich, daß nämlich die brandenburgischen Feste sehr mager ausfallen werden gegen die Dresdner. Friedrich wird uns mit Soldaten unterhalten und an der Tafel aushungern. Ich fahre hin, um meine Überlegenheit zu genießen, deren ich von vornherein gewiß bin."

„Aber komme nur treu und rechtschaffen wieder!" flehte sie ihn an, in diesem einen Gedanken befangen.

„Aus Berlin?" August lachte auf. „Dort droht mir keine Gefahr, ebensowenig wie dir. Das ist der tugendsamste und langweiligste Hof, den es gibt."

„Aber die Dessau?" wandte die Cosel flüsternd ein.

Der König wiegte den Kopf.

„Gewiß, sie war sehr schön, aber wäre sie katholisch, müßte sie ins Kloster gehen. Aufs Kokettieren verstand sie sich überhaupt nicht, und beleidigt war sie beim kleinsten Wort. Nein, so was mag ich nicht."

August versuchte aufzustehen, dabei streifte er mit der Hand die Stirn so unbedacht, daß sich die geschniegelte Perücke verschob. Anna setzte sie wieder zurecht, er beugte sich über ihre Hände und bedeckte sie mit Küssen.

„Ich fahre, meine Cosel", sprach er, „und habe eine Bitte an dich. Ich habe mich mit Flemming ausgesöhnt, schließt auch ihr Frieden, hört auf, euch gegenseitig zu befehden."

Anna verzog die Stirn.

„Sag das bitte Flemming, mein Gebieter, nicht mir. Er schneidet mich, ist mein unnachgiebiger Feind. Die Gräfin Cosel, Augusts Frau..."

Bei diesen Worten grinste der König, seine Augen blitzten wild. „Die Gräfin Cosel", beendete Anna hochmütig den Satz, „sollte nicht, kann nicht vor einem Flemming zu Kreuze kriechen noch ihn fürchten, geschweige gar ihm nachgeben."

„Ich dulde aber diese Plänkeleien nicht!"

„Befiehl Flemming, die Waffen zu strecken, mich, die Mutter deiner Kinder, zu achten; das wird die beste Art sein, Frieden zu wahren."

Nach dieser Beschwörung, auf die der König nichts mehr antwortete, verabschiedeten sie sich wortlos. Anna schlang ihm die Arme um den Hals, er stützte sich auf einen Sessel, um nicht den Halt zu verlieren. Dann gab ihm die Cosel die Hand, wenige Schritte nur trennten sie vom Ausgang, und hinter der Schwelle warteten die Kammerherren. Mit verdrossener Miene schloß der König die Tür hinter sich.

Wer könnte erraten, was sich damals in den verborgenen Tiefen der Herrscherseele abgespielt haben mag? Ob er sich wirklich Eintracht am Hofe wünschte, oder lag ihm mehr an Streit und Hader?

Am selben Abend bestellte er Flemming zu sich.

„Die Cosel beklagt sich über dich, Alter", sagte August gereizt. „Du solltest nachgeben, manches überhören und ebensoviel verzeihen. Du kennst doch die Frau ... Ich ertrage ja auch einiges von ihr ..."

„Erlauchtester Herr!" antwortete Flemming, der mit dem König wieder auf vertraulichem Fuß stand. „Das ist etwas ganz anderes. Für diese Kränkungen entschädigt Frau Cosel Eure Majestät mit ihrer Liebe."

„Meine Liebe zählt bei dir also nicht?" fragte der König.

Flemming verneigte sich tief.

„Eure Königliche Hoheit wissen", sagte er, „daß ich im Rechnen schwach bin; ich ziehe es vor, mich Zahlen fernzuhalten."

„Vertrag dich wenigstens mit der Gräfin!" wiederholte August.

„Das ist nicht so einfach, Allergnädigster Herr. Ihr Höfling sein kann ich nicht, ihr zu schmeicheln, zu heucheln, fühle ich mich außerstande, und Bücklinge machen, das fällt mir schwer, weil ich einen alten Rücken habe."

August lachte.

„Das ist wahr", sagte er. „Sie kann dich nicht leiden und meint, du seist einem Affen ähnlich. Ich finde das nicht."

Flemming hob den Kopf, aus seinen Augen schossen Funken, er brummte etwas und schwieg.

Hätte der König sich vorgenommen, die beiden bis in alle Ewigkeit gegeneinander zu verhetzen, er hätte es geschickter nicht anstellen können.

Graf Jakob Heinrich Flemming konnte sich rühmen, sich am längsten und stärksten die Gunst des Königs August II. bewahrt zu haben.

Es hieß allgemein, der König verdanke Flemming die polnische Krone. Eine seiner nächsten Cousinen, Tochter des Feldmarschalls Flemming, hatte sich im Jahre 1684 nach Polen verheiratet, und zwar mit dem Schatzmeister des Cholmer Burgvogts Przebendowski. Über sie knüpfte der General seine ersten Beziehungen in Polen. Flemming war für seine Zeit hochgebildet und ein noch besserer Diplomat als Soldat, obwohl er die militärische Laufbahn eingeschlagen hatte. Durchtrieben und gerissen wie alle damaligen berühmten Diplomaten, schwor er in der Politik auf Machiavellis Prinzip, das alle Mittel heiligte, wenn sie nur zum Ziel führten.

An Augusts Hof trachtete Flemming, schon damals uneingeschränkten Einfluß und Gewalt über den König erträumend, alle vermeintlichen und potentiellen Rivalen taktisch klug auszubooten. Im Wege stand ihm Hoym, an dessen Ruin er im stillen arbeitete; Annas Einfluß fürchtete er und entschloß sich, sie rigoros durch irgend jemand zu ersetzen; gefährlich schien ihm auch Schulenburg, und auf ihn hatte er es schon längst abgesehen.

Flemming hatte Leute an der Hand, durch die er seine Widersacher zu ersetzen gedachte. Seine Kreaturen, die ihm ihre Ämter verdanken sollten und auf die verwaisten Stellen lauerten, Watzdorf, Manteuffel, Wackerbarth und andere, warteten bereitwillig und dienten ihm beflissen. Dünkelhaft und selbstbewußt vertrat Flemming vor seinen Anhängern seine Auffassung. Sein Grundsatz lautete: Die Umgebung formt den Menschen, jedermann ist zu allem fähig, wenn sich ihm nur die entsprechende Gelegenheit zur Bewährung bietet. Ich bin der beste Beweis dafür. Anfangs eignete ich mich ausschließlich für die militärische Karriere und nährte keinen anderen Wunsch, als eines Tages ein Regiment zu bekommen, und dennoch erreichte ich, daß ich Erster Minister und Feldmarschall bin (er wurde es erst im Jahre 1711), obwohl ich nie einem Kollegium angehört habe. Ich herrsche, darf ich behaupten, über Polen und Sachsen, ohne die Verfassung beider Länder zu kennen. Trotzdem entledige ich mich meiner Obliegenheiten in Ehren.

Diese Überheblichkeit und seine Entschlossenheit waren Flemmings Haupteigenschaften und durchsetzten seinen ganzen Charakter. Erst spät kam man dahinter, daß seinen soldatischen Talenten Erfahrung fehlte und daß von ministeriellen Fähigkeiten keine Rede sein konnte. Nach außen hin war er ein Mann von vitalem Temperament, unternehmungslustig, heiter, ein Lebemann, dessen Benehmen etwas Landsknechtisches anhaftete, der frei heraus, kurz und bündig zu befehlen gewohnt war. Leicht geriet er in Wut, andererseits machte er sich mit spritzigem Humor beliebt. Drei Jahre nur älter als der König, war er ihm ergebener Freund, Kumpan auf Gelagen und enger Vertrauter. Zuweilen passierte es ihm nach durchzechter Nacht, daß er August gegenüber den Rahmen erlaubter Vertraulichkeit durchbrach, aber stets wußte er seinen Fauxpas gutzumachen.

Flemming lebte fürstlich, hielt sich zahlreiches Dienstpersonal und hundert Pferde im Stall. Seine Vorzimmer wimmelten von Ministern, Würdenträgern, Ausländern – wie beim König. Er sprach fließend französisch, polnisch, lateinisch, verstand zu arbeiten, ohne aufs Vergnügen zu verzichten; er konnte trinken und dabei nüchtern bleiben, für eine Viertelstunde im Sessel einnicken und erholt aufstehen. Damit war er an diesem Hofe zu hohem Ansehen prädestiniert, wo alle nur der Lust und Intrige huldigten. Er war willensstark und bei aller Behendigkeit doch recht phlegmatisch und selbstbeherrscht.

Stattlich sah er nicht gerade aus: klein, untersetzt, beleibt, mit gedunsenem gerötetem Gesicht, aber klaren Zügen. Entgegen der Sitte seiner Epoche trug er keine Perücke, sondern lange Haare, in die er Locken wickelte.

Geld ging er gierig nach, handelte mit Gütern und stopfte sich die eigenen Taschen, scheute sich durchaus nicht, bei größeren

Geschäften beachtliche Bestechungssummen einzuheimsen, bis der König einmal erfuhr, daß er fünfzigtausend Taler genommen hatte, und ihm eröffnete:

„Hör zu, Flemming, was du genommen hast, ist für dich doch zuviel; die Hälfte mußt du mir abtreten."

Und so geschah es.

Feindschaft mit einem Mann, der sich so in der Gewalt hatte, bedeutete für eine leidenschaftliche Frau wie die Cosel wahrlich höchstes Wagnis, zumal hinter Flemming eine ganze Armee stand und, was die Sache noch verschlimmerte, die große Schar giftiger Neiderinnen wie Frau Przebendowska, Cousine des Generals und Ministers, die Clique um die Gräfin Reuß, die verhärmte Glasenapp, die Vitzthum und Hoym und selbst jene Damen, die zwar Verbundenheit heuchelten, aber nichts sehnlicher herbeiwünschten, als die Cosel gedemütigt zu sehen.

Annas lange glückliche Jahre erregten Ärgernis, das noch dadurch gesteigert wurde, daß man nichts vorbringen konnte, was sie in den Augen des Königs herabsetzte. An diesem verlotterten Hofe, an dem Liebeleien so leicht geschlossen wie gelöst wurden, gelang es niemand, sie einer Schuld zu überführen, obwohl sie dauernd von Bewunderern und Anbetern umringt war. Selbst die rührigsten Spione vermochten nichts zu entdecken, noch fanden routinierte Verleumder den geringsten Ansatzpunkt. Zu Recht durfte die Cosel sich etwas einbilden, denn sie übertraf die sie umgebende weibliche Sippschaft wahrhaftig an Charakterstärke und Lauterkeit ihres Handelns. Wie sie früher ihren Mann nicht betrügen wollte und vom König das schriftliche Gelöbnis der Ehe forderte, so ließ sie sich später keinen Treuebruch zuschulden kommen, obwohl sie in einem fort hintergangen wurde. Daß sie bei jeder Gelegenheit betonte, sich als Gattin des Königs anzusehen, ging den anderen Damen auf die Nerven.

Je länger sie sich vergebens mühten, um so unerbittlicher und boshafter wüteten sie. Sie hetzten Flemming auf, und an seine Seite drängten sie Fürstenberg und sogar den Mann, den die Cosel als ihren Freund betrachtete, den sie überhaupt nicht fürchtete, dem sie voll vertraute, Vitzthum. Ihn dirigierte seine Frau, und mehr aus Leichtfertigkeit und Bequemlichkeit als aus Arglist landete er im Lager von Annas Gegnern.

Der Plan stand fest. Zu finden war lediglich noch eine Schönheit, die am Geschick ihrer Vorläuferinnen keinen Anstoß nähme und sich bereit erklärte, vorübergehend den beschämenden, schmachvollen Platz an Augusts II. Seite zu besetzen. Den König kannte man zur Genüge, um zu wissen, daß er seiner Gefallsucht erliegen würde, nur mußte man dem recht träge Gewordenen den halben Weg ersparen und ein hübsches Frauchen aufspüren, das seiner Eitelkeit von sich aus kokett entgegenkäme.

XV

Während sich König August mit dem Gleichmut eines Fatalisten amüsierte, zog Karl XII. ebenfalls seinem vorbestimmten Schicksal entgegen. Mit einer Handvoll Leute stürzte er sich mitten im fremden Land auf eine ihm unbekannte Macht und drang mit Löwenmut und jugendlicher Unbekümmertheit in die Breiten bei Poltawa.

Diese Schlacht entschied über das Los vieler Länder und Menschen. August kehrte von seinem Berliner Besuch heim und freute sich, von jenem Hof ungeschoren geblieben zu sein, der auf Prunk keinen Wert legte. Da überbrachte ihm ein durch die Fürstin Teschen aus Polen gesandter Kurier die frische Kunde von der Niederlage Karls XII. Im ersten Moment schien der König versteinert, hatte er doch feierlich der polnischen Krone abgeschworen, und sein Wort, ganz Europa gegeben, wollte er halten. Wie gerufen kam in diesem Augenblick des Schwankens Flemming herbei.

„Majestät“, rief er, „unter Gewalt erzwungene Abkommen sind nicht verbindlich; wir müssen uns Polen wiederholen! Leszczynski ist nicht König, Ihr werdet Tausende Arme zum Schutze Eurer Rechte finden. Ihr braucht nur zu erscheinen, um zu siegen.“

Die Krone war für den Kurfürsten verlockend. Mit ihrer Wiedereroberung eröffnete sich die Möglichkeit einer Erbmonarchie, für die er zwar einige Provinzen preisgeben müßte, um den neidischen Nachbarn die Mäuler zu stopfen. Selbst wenn von Polen nur ein Teil übrigbliebe und sich mit Sachsen liierte, käme noch ein großes Reich zustande. Also galt es, unter allen Umständen die Krone zurückzugewinnen und so das Wahlkönigtum in eine Erbmonarchie zu verwandeln.

August pflichtete Flemming bei, daß Friedensschluß, Verträge, Verzicht auf die Krone keine Rechtskraft besäßen und daß das Gebot der Stunde nur heißen könne, das Heer in Marsch zu setzen und nach Polen aufzubrechen. Flemming und seine polnischen Gönner, einstige Parteigänger der Sachsen, sollten ihm helfen; zweifellos gelänge das Unternehmen.

Aus Polen kamen auf Einladung Dönhoff, Marschall der Sandomirer Konföderation, und der Kujawer Bischof Szaniawski angereist. Mit seinem Neffen Friedrich hatte August bereits in Dresden Übereinkunft gegen den Schweden erzielt. Der brandenburgische Friedrich hatte auch nichts gegen ein Bündnis mit dem sächsischen König einzuwenden; zu diesem Zweck war ja Friedrich August der Starke zu ihm gefahren. So entstand die Liga, die später eine Medaille mit den verschlungenen Händen der drei Friedrichs verewigte.

August blieb wenig Zeit für Liebesaffären, als es um die Rückgewinnung der Krone ging. Kaum hatte er die Nachricht von der Schlacht bei Poltawa erhalten, die er sofort in Druck gab, eilte er geschwind wieder zu seinem preußischen Verbündeten, um die Situation zu beraten.

Bei seiner Stippvisite in Dresden konnte er der Cosel gerade guten Tag und auf Wiedersehen sagen. Dabei standen die Dinge hier schlimmer denn je. Flemming fühlte sich durch die Ereignisse bestärkt. Wiederholt brachte ihm die Gräfin während Augusts Abwesenheit ihre Forderungen vor, er aber ließ nur antworten, er denke nicht daran, sie zu erfüllen, und habe Wichtigeres zu tun. Einen groben Brief von ihr zerriß und zertrat er vor den Augen des Überbringers und ließ ihr bestellen, daß er ihre Anklagen und Drohungen nicht fürchte. Das waren schmerzliche Brüskierungen, die Anna nicht ohne weiteres hinnehmen konnte. Zwei oder drei Tage später, als Flemming zu Pferde ihr in der Schloßstraße begegnete und anhalten mußte, lehnte sich die Cosel aus dem Wagen hinaus und schrie ihn, die Gelegenheit nutzend, an:

„Ihr solltet Euch merken, wer Ihr seid, General, und wer ich bin! Ihr seid Diener des Königs, der Befehle auszuführen hat, ich bin hier Herrscherin. Wenn Ihr unbedingt Krieg mit mir wollt, könnt Ihr ihn gern haben, das verspreche ich Euch."

Flemming lachte, hob mit gespielter Höflichkeit die Hand an den Hut und sagte:

„Krieg gegen Frauen führe ich nicht. Ich tue nur, was das Heil meines Herrn von mir verlangt. Katzbuckeln und mich von Weiberlaunen quälen lassen, das kann ich nicht."

Zum Fenster der Kutsche heraus polterten Worte hemmungsloser Wut. Flemming achtete nicht darauf, spornte sein Pferd und ritt weiter, ohne die Gräfin zu beachten. Die ihn begleitenden Soldaten beschimpften Annas Laune. Schon zog Zaklika den Degen, und wahrscheinlich wäre Blut geflossen, hätte nicht ein Beherzter vom königlichen Gefolge eingegriffen und die Streithähne auseinandergetrieben.

Der offene Krieg begann. Anna wartete ungeduldig auf den König.

August kam am frühen Morgen an. Offenbar hatte er schon unterwegs von dem Vorfall erfahren. Als nämlich Flemming mit seinen Akten bei ihm eintrat, sagte er:

„Daß Ihr als alter Soldat und Diplomat mit einer einzelnen Frau nicht im guten auskommen könnt!"

„Entschuldigt, Allergnädigster Herr", entgegnete der General. „Ich lebe mit vielen in bestem Einvernehmen, doch mit Personen, die sich als Göttinnen und Königinnen ausgeben, kann ich es wirklich nicht. Diese Frau ruiniert das Land mit ihren skurrilen Launen. Und Verdienste wird sie niemals anerkennen!"

„Aber diese Frau liebe ich und verlange Achtung vor ihr."
„Niemand hat ihr etwas zuleide getan; sie ist mit allen umgesprungen, als wären sie der letzte Dreck."
Der König schwieg. Flemming ergänzte in vertraulicherem Ton: „Sie verschlingt Sachsen und Polen und wird noch hungrig bleiben – bei ihrer unersättlichen Verschwendungssucht und Gier. Wenn Ihr mit ihr nicht fertig werdet, Königliche Hoheit, haben wir, die den Thron umgeben, die Pflicht und Schuldigkeit, Euch von den Fesseln zu befreien."
August dachte anders. Nach kurzer Beratung begab er sich zur Cosel. Sie erwartete ihn, aber mit Vorwürfen, was August absolut nicht leiden konnte.
Schon an der Tür überfiel sie ihn mit den Worten:
„Rette mich, mein König, mein Geliebter! Flemming behandelt mich wie die verwerflichste aller Frauen, beleidigt mich öffentlich, zerfetzt und zertrampelt meine Briefe, die ich ihm schreibe, erklärt, mich vertreiben zu wollen, macht mich zum Gespött! Wähle, König, einer von uns beiden muß abtreten, entweder ich oder er."
August drückte sie lächelnd an sich.
„Beruhige dich, Gräfin, du nimmst die Dinge zu tragisch. Flemming brauche ich gerade jetzt, ich muß ihn schonen."
„Und ich?" fragte die Cosel.
„Du weißt doch, daß ich ohne dich nicht leben kann; aber wenn du mich liebst, mußt du auch etwas auf dich nehmen – für mich."
„Alles außer der Schande!" rief Anna.
„Du mußt dich mit Flemming aussöhnen."
„Niemals!"
„Er wird dich um Verzeihung bitten."
„Ich verlange es nicht, ich will diesen Menschen nicht sehen."
August faßte sie an der Hand.
„Meine liebe Cosel", sprach er eisig, „heute willst du Flemming los sein, morgen vielleicht Fürstenberg, und wenn ich die beiden weggejagt habe, Pflug und Vitzthum. Mit niemand kommst du aus."
„Weil niemand am Hofe außer dir, Allergnädigster Herr, mir wohlgesinnt ist, alle sind mir feind."
Sie fing zu weinen an. Der König schellte und ließ ihrem Protest zum Trotz General Flemming rufen. Eine ganze Weile verstrich unter Schweigen und Schmollen. Bis der General kam, raste die Cosel zornig durch den Saal. Beim Eintreten verneigte er sich nicht vor ihr, sondern wandte sich sofort an den König.
Den Rücken zu ihm gekehrt, innerlich tobend, konnte sie kaum an sich halten.
„Wenn du mich gern hast, mein lieber Flemming", begann August, „dann weißt du, wie ich in meinem Hause Streit hasse; entschuldige dich bei der Gräfin, und gebt euch die Hand."

„Nie und nimmer!“ schrie die Cosel. „Einem nichtswürdigen Höfling, der sich erkühnt, eine wehrlose Frau zu schmähen? Niemals!“

„Seid nicht bange, Gnädigste“, sagte Flemming, „ich habe auch nicht die Absicht, Euch meine Soldatenhand aufzudrängen. Lügen kann ich nicht, abbitten will ich nicht.“

Der König sprang verärgert auf. „Du wirst es für mich tun, General.“

„Selbst für Euch nicht, Allergnädigster Herr. Wenn Ihr so wollt, quittiere ich den Dienst.“

„Ihr seid unverschämt, gemein!“ keifte die Cosel ungehalten. „Die Gunst unserer Majestät hat Euch übermütig gemacht, aber von Dresden ist es Gott sei Dank nicht weit nach Königstein.“

„Cosel, um Gottes willen!“ fiel August ein.

„Erlaub mir, ebenfalls ehrlich zu sein, mein König; auch ich kann nicht lügen und sage ihm ins Gesicht, was ich von ihm halte. Er hat mir den Krieg erklärt, ich nehme ihn an.“

„Mit Euch kämpfen? Ich denke nicht daran“, sagte Flemming. „Ich habe Besseres zu tun. Meine Liebe zum König allerdings verpflichtet mich, Euch den Krieg zu erklären, denn Ihr verwüstet das Land, und wenn Eure Ansprüche beschnitten würden, hätten wir Mittel, die Armee auszurüsten, die Krone zu erobern.“

„Du vergißt dich, Flemming“, warnte der König, der das ganze Wortgefecht ohne sonderliches Mißfallen verfolgte, obzwar er so tat, als wollte er schlichten.

„Verschwindet aus meinem Hause!“ kreischte die Cosel, mit dem Fuß aufstampfend.

„Das ist nicht Euer Haus, und es gibt hier nicht einen Gegenstand, der Euch gehört. Es ist das Palais des Königs, meines Gebieters, und ich werde ohne seinen Befehl nicht gehen“, erwiderte Flemming.

Anna schluchzte.

„Siehst du es, hörst du es, mein König? So tief bin ich gesunken, daß mich vor deinen Augen jeder beliebige Lakai und Knecht besudeln darf, und du stehst stumm daneben, gleichgültig, außerstande, mich in Schutz zu nehmen, zu rächen.“

Sie rang die Hände.

Der König trat gelassen zu Flemming und redete auf ihn ein: „Ich bitte dich, versöhnt euch, lieber General. Das ist unerträglich. Beide seid ihr mir teuer, unentbehrlich. Soll ich denn unter eurem Jähzorn leiden?“

„Ihr braucht weder darauf zu hören noch zu achten, Majestät. Überlaßt die Angelegenheit uns allein, das Schicksal wird sie bald von selbst entscheiden.“

Nachdem sie alles, was sie nur konnte, hinausgezetert hatte, warf sich die Cosel bebend aufs Sofa. Der König sah sich außerstande, den grollenden und wütenden Flemming zu besänftigen, noch die Gift und Galle speiende Gräfin zu beruhigen, gab dem General die Hand und geleitete ihn zur Tür.

Ehe er den Raum verließ, sah Flemming noch einmal voller Rachsucht auf die Gräfin, und ihr Blick versprach ihm nicht weniger Haß. August durchmaß grübelnd den Saal, offenbar jedoch mit wichtigeren Gedanken beschäftigt und über die Szene bereits erhaben.

Anna beobachtete ihn, und ihre Augen glommen tadelnd.

„So weit bin ich nun, mein König“, beschwerte sie sich, „daß deine Dienstleute mich vor dir begeifern können. Das also ist mein Los. Flemming kommt und verhöhnt die Frau, die du auserwählt hast, der du schwörst, daß du sie liebst. In Wirklichkeit bedeute ich weniger als er.“

„Meine liebe Gräfin“, antwortete der König ruhig, „alles, was du sagst, beweist nur, daß du keine Ahnung von meiner Lage hast. Flemming brauche ich gegenwärtig in Polen wie meine rechte Hand. Ihn gegen mich aufbringen hieße auf die Krone verzichten. Das kannst du von mir nicht verlangen, und als König werde ich es nicht zulassen. Du hast dich doch überzeugen können, daß ich dir weder die höchste Ehrerbietung versage noch Liebe, noch Opfer, aber alles hat seine Grenzen. Bevor ich Geliebter der Cosel geworden bin, war ich König.“

Rasend, wie von der Tarantel gestochen, fuhr sie den König an: „Geliebter? Was? Schließlich habe ich dein schriftliches Versprechen. Ich bin nicht Geliebte, ich bin deine zweite Frau!“

August verzog das Gesicht.

„Um so mehr solltest du meine Interessen, meine Krone und meine Ehre hochhalten!“

Wieder flossen Tränen. August blickte auf die Uhr.

„Ich bin nicht Herr meiner Zeit“, sagte er. „Tausende Dinge lasten auf mir, demnächst muß ich nach Polen reisen. Beruhige dich, meine liebe Gräfin, Flemming braust auf, aber er liebt mich und tut, was ich befehle.“

Stirnrunzelnd, schweigend reichte sie August die Hand.

Der König entfernte sich.

Bald nach der Affäre wurde für die Polenreise gerüstet. Die Gräfin, die den König sonst überallhin begleitete, konnte diesmal wegen ihres schwächlichen Zustandes nicht mitfahren. Der Gefahr, die ihr von dort drohte, war sie sich wohl bewußt. In Warschau konnte der König die Fürstin Teschen wiedersehen. An eine Wiederaufnahme der einstigen Beziehungen war zwar zuallerletzt zu denken, denn eine solche Aussöhnung gab es in Augusts Leben nicht, aber schon das ärgerte sie. Stärker allerdings peinigte sie die

Angst, ihre Widersacher könnten dem König andere Frauen zuführen.

Der König nahm Flemming mit nach Warschau, als wollte er der Gräfin Streit und Hader ersparen. Wer weiß, ob sie ihn nicht lieber als Verfolger in Dresden gesehen hätte als in der Eigenschaft des unermüdlichen Aufwieglers an der Seite des Königs? Aber es gab keine Möglichkeit, es zu verhindern.

Bis zur Stunde des Abschieds gab sich August aufmerksam und versicherte ihr, daß er Fürstenberg einschärfen werde, sich ja höchst rücksichtsvoll gegen sie zu verhalten. Um ihren Mißmut zu dämpfen, schmeichelte er ihr lächelnd, sie dürfe sich getrost als Siegerin fühlen, denn entgegen Flemmings Willen, der ihm Wakkerbarth aufschwatzen wollte, ja trotz seines Sträubens habe er auf ihre Fürbitte hin dem Baron Löwendahl, ihrem Verwandten, das Hofmarschallamt übertragen. Und eben das verdroß und erboste Flemming.

Die ganze der Cosel feindlich gesinnte Sippschaft frohlockte, als sie erfuhr, daß Flemming den König begleitete und die Gräfin zu Hause blieb. Jetzt mußten sich die Dinge wandeln, Flemmings einflußreiches Ränkespiel, Frau Przebendowskas Bemühungen fruchten und die Cosel entmachten.

Baron Löwendahl, der das Avancement seiner Cousine verdankte, versprach durchaus nicht, sich dafür erkenntlich zu zeigen. Ihm ging es darum, sich am Hofe zu halten und die Gelegenheit am Schopfe zu packen. Er spürte, daß die Cosel an Einfluß verlor, und schlug sich schleunigst auf die Seite jener, die ihn selbst zu fördern versprachen. Annas Sturz war schon besiegelt, als sie noch nicht einmal ahnte noch wahrhaben wollte, der König könne entgegen den feierlichen Verpflichtungen sie nach so vielen gemeinsamen Jahren sitzenlassen wie die anderen.

Als der wohlwollende Baron Haxthausen, einer der wenigen, die sie mochten und ihr Treue bewahrten, die Beispiele der Aurora Königsmarck und der Fürstin Teschen an ihr Revue passieren ließ, deren Kinder ebenfalls als rechtmäßig anerkannt wurden, ohne daß es den Bruch mit ihren Müttern verhindern konnte, verbot sie ihm das Wort.

„Die Teschen und die Königsmarck waren Mätressen des Königs, ich habe von ihm den Heiratseid, ich bin seine Frau.“

Noch vor Augusts Abreise nach Warschau begriff die Gräfin, daß ihr ehemals zahlreicher Anhang das Palais der vier Jahreszeiten zu meiden anfing. Die verschiedensten Ausreden wurden benützt, niemand wagte seinen Rückzug öffentlich, aber alle traten ihn an.

Allein die gehässige Glasenapp, die Gerüchte hinaustrug, jedes Wort verdrehte und ihm einen Sinn unterlegte, den es nicht hatte, kam öfter zu Besuch. Ihr tückisches Wesen war bekannt, und man warnte die Gräfin:

„Ich kenne sie", reagierte Anna darauf, „ich weiß, wie sie ist, wie kann sie mir aber schaden? Was spioniert sie denn aus bei mir? Ich scheue weder Zuträger noch Verleumdung, ich verberge nichts, brauche nichts zu verheimlichen."

Zärtlicher, liebenswürdiger, aufmerksamer war August vielleicht zeitlebens nicht gewesen als beim Abschied. Den ganzen Tag brachten sie gemeinsam zu. Daß sie nicht mitfahren konnte, stimmte sie traurig, ihr Groll und Jähzorn hatten sich verflüchtigt. Eher machte sie den Eindruck einer schwachen Frau, die das Herz durch Erinnerungen zu Mitleid zu bewegen trachtet.

Bei August verrechnete sie sich damit. Ihn reizten nur Lebenslust, Humor, Keckheit, Lachen, Eifersucht, Verwegenheit – kurzum alles, was auf die Sinne wirkte. Gefühl ging ihm ab, er simulierte es manchmal, besaß es aber nie. Nach den intimsten Plaudereien mit Damen, an denen Vitzthum hin und wieder teilnahm, machte er sich zusammen mit ihm über seine Komplimente und Schmeicheltaktik in zynischster Weise lustig.

Ihn weich stimmen zu wollen war die beste Art, ihn abzustoßen und anzuwidern. Anna empfand schreckliche Furcht, streichelte Augusts Hände, küßte sie, begoß sie mit Tränen und flehte ihn an, sie nicht zu vergessen.

August tröstete sie mit ausgesuchten Floskeln.

Es war das Ende des mehrjährigen Rausches, der bei beiden verflogen war. Im Herzen der Frau glommen noch Zuneigung, Dankbarkeit, Erinnerung, den König beherrschte Überdruß. Statt ihren Kummer zu teilen, drückte er sich davor. Tränen machten ihn nervös, Leid ödete ihn an, Vorhaltungen bereiteten ihm Qualen.

Anna konnte nicht mehr fröhlich und ungezwungen sein wie früher, als sie noch mit ihm ausritt, Hirsche jagte, der Beute den Fangstoß versetzte und auf Scheiben schoß.

Ihr Äußeres hatte nicht gelitten; nach wie vor besaß sie Glanz, der die Zeiten überdauerte, den keine Sorge beeinträchtigte, den Tränen nicht verwischten, aber weder ihr betörender Blick noch ihr liebliches Lächeln hatten mehr Macht über August. Dic Augen hatten ihre Zauberkraft eingebüßt, das Lächeln seinen Charme; die Geliebte wurde wieder zur gewöhnlichen Frau, denn der Reiz der Neuheit und der Überraschung war vorbei.

Zu sehr auch nahmen August politische Dinge in Anspruch, die Wiedereroberung der Krone, die Gewinnung von Anhängern, die Festigung der Bündnisse, die Sicherung des Thrones, als daß er in Mußestunden an anderes als billige Zerstreuung hätte denken können.

Die Abschiedsstunde kam, die Cosel schluchzte, der König tröstete, verwies auf die Fürstenberg gegebenen Anordnungen, schwor unverbrüchliche Treue und verschwand.

Noch nie war sich die Gräfin so verlassen vorgekommen wie jetzt, noch nie hatte sie die Einsamkeit so unheimlich empfunden. Alles verödete nach Augusts Aufbruch, der Palast, früher von Scharen umlagert, die Empfangsräume, sonst wimmelnd von Besuchern, die Abende, zu denen man sich fieberhaft gedrängt hatte. Die Cosel stand allein.

Vormittags wurde sie von der böswilligen und schnatternden Glasenapp heimgesucht, zum Mittagsmahl kam der todernste Haxthausen. Am hellichten Tag lungerten vor der Schwelle Bettler, die von Annas Einfluß gehört hatten, aber nichts von dessen Wanken.

Nach außen fehlte es an nichts, dennoch roch es nach Verwesung. Die ersten Tage brachte jeder Bote Post vom König und nahm ihre Briefe an ihn mit. Woher sollte die Gräfin wissen, daß ihre Sendungen, bevor sie das Schloß verließen, in Fürstenbergs Kanzlei geöffnet und an Flemmings Anschrift weitergeschickt wurden, damit er sie sortieren konnte? Der König war zu sehr beschäftigt, um sich nach ihnen zu erkundigen.

Von den zahlreichen Freunden war einer geblieben, aber er trug Rock und Titel eines Dieners. Es war Raimund Zaklika, der mit ihr alle Geschicke durchlebt und durchlitten hatte.

Zaklika konnte sich nicht anmaßen, seine Gefühle zu äußern, doch die Cosel verstand ihn und wußte, daß sie sich auf ihn verlassen konnte. Hieße sie ihn Flemming umbringen, kaltblütig würde er den Auftrag erfüllen und bestiege klaglos das Schafott. In seinen Augen war sie noch immer derselbe funkelnde Stern, den er dereinst zwischen den Zweigen der alten Linden in Laubegast hatte leuchten sehen. Ja, sie gewann für ihn sogar an Schönheit, und sein ganzes Glück bestand darin, daß er sie ein paarmal am Tage sehen durfte.

So trostlos und trübsinnig war es in Dresden, während der König frohgemut und voller Zuversicht nach Warschau eilte. Flemming fuhr mit ihm, die Schatzmeistersgattin Przebendowska eilte voraus.

Es war kein Geheimnis, daß man in Warschau für den König eine neue Dame aufspüren wollte. Von ihr wurde nicht viel verlangt, weder jene gefährliche Anmut der Cosel, denn das hätte nur eine zu lange und beständige Bindung zur Folge, noch zuviel Geist, denn der König begnügte sich mit Frohsinn und Flatterhaftigkeit, die ihn aufzuheitern vermochten, noch gar Herz, denn auf diesem Ton spielte der König nur die Ouvertüre. Es genügte vollauf etwas Jugend, viel Keckheit, Koketterie, die verlockte, ein adliger Name und etwas Bildung.

Mit diesen Instruktionen hatte sich die Frau des Schatzmeisters nach Polen begeben, und in Warschau fand sie eine reiche Auswahl. Herzliche Freundschaft verband Flemmings Cousine mit der Frau des Marschalls Bielinski, deren zwei Töchter – eine mit dem litauischen Großkämmerer Dönhoff, die andere mit dem Hetman Pociejow verheiratet – sich durch genug Schönheit und Leichtfertigkeit auszeichneten, um unter den Kandidatinnen zu bestehen.

Gleich am ersten Tag stattete die Przebendowska ihrer Freundin einen Besuch ab, die Bielinska hieß sie begierig willkommen. Ihr Einfluß auf Flemming war sattsam bekannt ebenso wie Flemmings Gewalt über den König.

Zu der vertraulichen Beratung hätte sie niemand finden können, der geeigneter, verständiger und bereitwilliger gewesen wäre als die Marschallsfrau.

„Ich komme mit schweren Sorgen beladen, meine Liebe", eröffnete sie ihr; „ich denke, du wirst mir deine Unterstützung nicht versagen."

„Gern", sagte die Marschallin.

„Wir haben unsere liebe Not mit dem König", flüsterte die Przebendowska. „Er hat sich verliebt und ist einer Frau auf den Leim gekrochen, die ihn schon seit Jahren kommandiert."

„Wem erzählst du das? Ich kenne die Cosel!" unterbrach die Bielinska. „Warum ist der König auch nicht bei der Teschen geblieben!"

„Weil er keiner lange treu bleiben kann. Die Cosel müssen wir loswerden und ihm an ihrer Stelle eine andere geben. Der König ist ihrer überdrüssig."

Die Marschallin dachte angestrengt nach.

„Leicht zu finden", antwortete sie dann. „Aber es gilt umsichtig zu sein, daß er sich nicht aufs neue verstrickt."

Frau Przebendowska blieb zum Mittagessen. Beide Töchter der Marschallin kamen dazu, eine wie die andere jung und hübsch. Die Pociejowa war klein, zierlich und schwächlich, aber aus ihren Augen flammte es. Ihre Schwester, auch nicht gerade groß, beweglich, spielte die Melancholische, obwohl ihr die Unbeschwertheit auf der Stirn geschrieben stand und der geheuchelte Ernst ihren leichten Charakter, die Lebensgier und Genußsucht nur schlecht verdeckte.

Von den beiden Damen erzählte man sich schon damals insgeheim Geschichten, die in Polen nur angesichts der greifbaren Vorbilder unter Augusts Regime denkbar schienen.

Frau Przebendowska plauderte über belanglose Dinge, ohne die beiden Schwestern aus den Augen zu lassen. Neugierig wurde sie über den König ausgefragt, Frau Pociejowa entsann sich eines Grafen Friesen, die Cosel kam zur Sprache. Nach dem Essen sprengten die jungen Damen mit einigen Kavalieren davon zu einem Ausritt, beide galten als versessene Pferdeliebhaberinnen.

Der Przebendowska war die prekäre Finanzlage der Marschallin kein Geheimnis, was Wunder, daß sie daran anknüpfte. Beide seufzten, die Marschallin faßte die Freundin vertraulich an die Hand und sprach auf sie ein:

„Hast du meine Töchter gesehen? Maria ist frisch und schön, hat ein gutes Herz ... Zutraulich, unkompliziert ... Wie gefällt dir ihr Gesicht?"

„Ein niedliches Schmollmündchen hat sie", sagte die Przebendowska.

„Die Hetmansfrau steht ihr nicht nach, aber sie ist wie Quecksilber. Äußerlich zart, scheinbar schwach, in Wirklichkeit ein Kosak."

Während die Schatzmeisterin über etwas nachdachte, fügte die Marschallin mit gedämpfter Stimme hinzu:

„Wir sind doch seit Kindheit befreundet, meine Teuerste! Wenn schon jemand das Glück haben darf, des Königs Geliebte zu sein, warum sollte man ihm Mariechen nicht wenigstens zeigen?"

„Ich hätte nicht gedacht, du könntest es dir wünschen."

„Weshalb nicht? Dönhoff ist ein Tolpatsch und nicht der Jüngste, sie ist nicht glücklich mit ihm. Wenn er den König nicht zum Rivalen haben möchte, mag er sich scheiden lassen."

„Wird sie denn wollen?"

„Ich werde sie schon mürbe machen", antwortete die besorgte Mutter. „Das wäre ein wahrer Segen für uns. Wirtschaftlich stehen wir vor dem Ruin. Gott behüte meinen Mann, sonst bricht alles zusammen."

Frau Przebendowska behielt sich die Entscheidung vor.

„Wir werden sehen ... Maria sagen wir nichts, bevor gewiß ist, daß sie dem König gefällt. Die Cosel war stürmisch und eifersüchtig, nach ihr braucht er ein mildes, frohes, anhängliches Geschöpf."

„Er fände nichts Passenderes als meine Maria; dafür verbürge ich mich."

Nach langem Geplausch und Pläneschmieden verabschiedeten sich die Freundinnen in bestem Einvernehmen, die Marschallin geleitete die Schatzmeisterin zum Wagen.

Einige Tage später trafen der König und Flemming ein. Da die Przebendowska im selben Haus wohnte, konnte sie am selben Abend ihre Entdeckung an den Mann bringen. Der General verzog ein wenig den Mund, hatte er doch von verschiedenen Ausschweifungen gehört; mußte das aber unbedingt ein Hinderungsgrund sein?

„Es genügte, sie dem König geschickt zu präsentieren", sagte er,

„ein bißchen zu locken; er ist müde, ihn bezirzt, wer es will. Damit ihn also keine andere kriegt, müssen wir sie anpreisen."

Die Przebendowska schilderte ihm den flatterhaften Charakter ihrer Kandidatin.

„Ist sie bereit?" fragte Flemming.

„Sollte sie es nicht sein, habe ich ihre Mutter als Verbündete", antwortete die Cousine leise.

Am nächsten Tag wünschte der General Frau Dönhoff persönlich kennenzulernen, bevor eine Entscheidung fiel. Frau Przebendowska brachte ihn abends zur Marschallin, der Besuch zog sich lange hin. Die Pociejowa und die Dönhoff sangen. Maria mit schwermütigem und traurigem Gesichtsausdruck wie eine zu Tode betrübte Maid, der Trost bitter not tut. Das behagte Flemming gar nicht, das war ja dem König gerade zuwider.

Doch nach einigen Tagen der Suche mußten sie auf die Dönhoff zurückkommen; sie schien ihnen weniger gefährlich als die anderen. Durch Erfahrungen klug, fürchtete Flemming am meisten Ehrgeiz und Herrschsucht, und die Dönhoff war abgefeimt, gefallsüchtig, aber weder eifersüchtig noch auf Macht erpicht; sie wollte leben.

Es kam auf einen Versuch an.

Zuerst jedoch mußte sich Flemming mit Vitzthum beraten, der als Anna Cosels Freund galt, obwohl unterm Einfluß seiner Frau schon recht distanziert. Flemming hatte in Staatsfragen viel zu sagen; wo es sich um Frauen und Vergnügen handelte, spielte Vitzthum die erste Geige. Darin verstand er sich mit dem König ausgezeichnet. Ohne Vitzthums Hilfe war also nichts zu machen.

Der General steuerte ohne Umschweife aufs Ziel.

„Die Cosel hat uns allen hart zugesetzt, der König kann sie nicht mehr ausstehen; wir müssen ihm eine andere Frau beschaffen."

„Wie Ihr meint", sagte Vitzthum, sich verneigend. „Ihr wißt, daß ich mich da nicht einmische; weder empfehle ich ihm seine Geliebten, noch rate ich ihm ab. Ich mag den Kopf nicht in die Schlinge stecken, laßt mich in Ruhe damit."

„Nein, das geht nicht, Ihr müßt mit uns an einem Strang ziehen!" beschwor ihn Flemming.

Auch die hinzugeeilte Przebendowska drang in ihn, aber es nützte nichts.

„Das ist nicht meine Sache", sagte er brüsk. „Ich werde Euch nicht behindern, aber auch nicht unterstützen. Das ist mein Standpunkt, und davon rücke ich nicht ab. Intrigen habe ich nie gesponnen, und heute bin ich zu alt dafür."

„Du sympathisierst mit der Cosel", warf ihm die Przebendowska vor.

„Ich bin weder ihr Freund noch ihr Feind", entgegnete Vitzthum schmunzelnd, „ich bin neutral und bleibe es."

Vergebens redete Flemming auf ihn ein, schmeichelte, suchte seine Skrupel zu zerstreuen. Vitzthum ließ sich nicht erweichen und empfahl sich.

Die Schatzmeisterin meinte auch ohne ihn auszukommen. Tags danach sprach sie den König an; er sah sie gern. Sie setzte ihre freundlichste Miene auf und sagte scherzhaft:

„Offensichtlich ist die Reihe an Polen, Allergnädigster Herr."

„Wieso, liebe Schatzmeisterin?"

„Nach der Lubomirska die Cosel, nach der Cosel käme die Wahl auf jemand in Warschau."

„Ich will aber Anna treu bleiben."

„In Dresden", antwortete die Przebendowska, „aber in Warschau? Sie ist doch nicht hier."

Der König schmunzelte.

„Habt Ihr Euch wenigstens im Theater unsere Damen angesehen, Majestät?" fragte sie.

„Nicht speziell."

„Also erlaube ich mir, Euer königliches Augenmerk auf eine junge Dame zu lenken. Eine hübschere, nettere, bessere gibt es hier wirklich nicht, ein niedliches Mündchen und jung und zarte Händchen."

„Wer ist es denn?" fragte der König.

„Ein Dönhoff, geborene Bielinska", flüsterte die Schatzmeisterin, „Schwester der Hetmanin Pociejowa."

„Ich wüßte nicht, sie je gesehen zu haben", sagte August. „Aber als großer Verehrer von Jugend und Anmut verspreche ich Euch, mich bei der nächsten Gelegenheit zu beeilen, das so reizende Geschöpf kennenzulernen, wie Ihr es mir malt."

„Sie verdient es, Eure Majestät werden sich überzeugen", sagte die Schatzmeisterin schon im Gehen. Aber sie drehte sich noch einmal um und fügte hinzu: „Wenn Ihr mich morgen durch Eure Anwesenheit bei einem bescheidenen Abendessen beehren wolltet, Majestät, vielleicht könnte ich sie Euch dann vorstellen."

König August schaute auf, und anscheinend hatte die Schatzmeisterin den Blick nicht bemerkt, mit dem er sie bedachte, sonst wäre sie bis hinter die Ohren errötet, so viel Spott lag darin, der besagte, daß alles schon bekannt war und sie offener reden konnte.

Nachmittags schickte die Marschallin Bielinska nach ihrer Tochter und schloß sich mit ihr und der Schatzmeisterin auf einige Stunden ein. Als sie auseinandergingen, war die Dönhoff sehr aufgeregt vor Freude und Furcht. Sie schwirrte durchs Zimmer, wisperte mit ihrer Mutter, zappelte herum, hatte offenbar den Kopf verloren. Frau Marschallin mußte sie zur Vernunft rufen. Maria war gewöhnt, in intimen Kreisen zu verkehren und den Ton anzugeben, stets gewiß, daß sie Beifall fand. Diesmal erschreckten sie die großangelegten Vorbereitungen zu ihrem Glück, das ihr noch unbegreiflich schien. Sie widersetzte sich dem mütterlichen Willen keineswegs, aber die viele Mühe, die damit verbunden war, behagte ihr nicht; der Wildfang liebte nun einmal keine Umstände.

Flemming und die Przebendowska führten als Geschwister einen gemeinsamen Haushalt. Der General trat in Polen fast noch großspuriger auf als in Dresden; er hatte einen ganzen Hofstaat mit, und galt es den König zu bewirten, wußte er seinen Glanz gebührend hervorzukehren.

Das bescheidene Abendessen erwies sich als prachtvoller Ball. Schon beim Betreten des Hauses wurde der König von einer Schar schöner Frauen umschwärmt, in deren Mitte aufgetakelt und verschüchtert, daher weniger schön als sonst, Frau Dönhoff saß. Die Schatzmeisterin hatte alles so angeordnet, daß der König unweigerlich auf Maria stoßen und mit ihr eine zwanglose Plauderei anfangen mußte. In der Auswertung allerdings wurde vermerkt, der König habe durchaus nicht zu erkennen gegeben, daß ihm an der Grazie sehr gelegen sei.

Nach dem Mahl spielte Musik, und der Tanz begann. Der König forderte die noch verwirrte Dönhoff auf, sie tanzte steif, verfehlte den Rhythmus und geriet, entsetzt darüber, völlig durcheinander. Kurzum, der Eindruck, den sie machte, entsprach überhaupt nicht dem, was die Przebendowska versprochen hatte.

Nachts fuhr der König zusammen mit Vitzthum ins Schloß zurück.

„Hast du gesehen“, sagte er zu ihm, „man will mich verführen; solange sie mir nichts anderes vorsetzen als die Dönhoff, können sie sich noch so abplagen, die Gräfin Cosel hat nichts zu befürchten.“

Vitzthum hatte blendende Laune.

„Ach, Allergnädigster Herr“, entgegnete er, „wahrscheinlich geht es gar nicht um Ersatz für die Gräfin. Sie bleibt in Dresden. Frau Dönhoff ist in Warschau. Ihr habt zwei Staaten, Majestät, und zwei Hofhaltungen: in Dresden und hier. Es geziemt sich, schon wegen der Vollkommenheit, auch zwei Frauen zu besitzen. Die Polen, habe ich mir sagen lassen, beklagen sich ohnehin, daß ihnen durch die Cosel Unrecht geschieht; sie möchten, daß Ihr hier jemand auserwählt. Beanspruchte eine Polin das ganze Herz, würden sich die Sachsen beschweren. Also müßt Ihr Euer Herz zweiteilen und ein halbes Jahr in Sachsen lieben, ein halbes in Polen, auf daß beide Länder zufriedengestellt wären.“

Der König prustete heraus.

„Mach dich nur lustig“, sagte er. „Du hast gut reden, aber ich, ich bekomme durch jeden Boten meine Gardinenpredigten ab, hier wiederum will man mich locken, und ich weiß keinen Rat, wohin mit mir.“

„Mögen sie keifen", sprach Vitzthum, „der König muß nur das tun, was ihm beliebt."

Dazu bedurfte es bei August keiner großen Überredungsgabe. Die Marschallin ließ es an Initiative nicht missen, nachdem sich ihr Aussichten eröffneten, sich des Königs zu bemächtigen. Gleich am folgenden Abend lud sie den König zu einem geselligen Beisammensein in trautem Kreis ein. Frau Dönhoff sang mit ihrer Schwester zum Zymbal, und amüsant spielten sie die Szene aus Attis und Sangarda.

Maria schöpfte Mut und befolgte den Ratschlag der Schatzmeisterin, den König ein wenig aus der Reserve zu locken. Ihre Arie singend, ließ sie ihn nicht aus den Augen, als richtete sie die schmalzigen Worte des Liedes ausschließlich an ihn. Dem König tat es wohl, er war ergriffen, trat zu ihr und geizte nicht mit Artigkeiten, die Maria Dönhoff nur mit schmachtenden Blicken erwiderte. Ihre hilfsbereite Mutter und die zungenfertigere Schwester sprachen für sie und entschuldigten ihre Zurückhaltung; es schien fast, als sollte der König für alle drei Feuer fangen, so aufdringlich wurde er in die Zange genommen. Es ging nicht prüde zu, Frau Bielinska leitete das Gespräch auf verfängliche Themen, dem König gefiel es, und allmählich begann er sich an Marias Augen zu gewöhnen, die seinen Blicken nicht mehr auswichen. August verliebte sich auf seine Weise. Frau Przebendowska, ständig leidend, konnte sich nach vollbrachter Tat getrost Ruhe gönnen.

Der König empfing einen Brief nach dem anderen von der Cosel, der sorgsam jede Kleinigkeit zugetragen wurde. Sie schrieb voller Bitterkeit und Tadel, auf den er anfangs lebhaft, später immer seltener mit Liebenswürdigkeiten und heuchlerischen Beteuerungen antwortete. Daraus konnte sie schließen, daß es Illusion bedeutete, dem Herzen des Königs zu vertrauen. Noch baute sie auf seine Versprechungen, Schwüre, auf sein Wort. Auch diese Rechnung ging nicht auf.

In Gesprächen mit Vitzthum zeigte der König Ungeduld, den Wunsch, sich von den Fesseln der Gräfin Cosel zu befreien, nur Angst hielt ihn zurück.

Flemming ahnte es.

Eines Abends lachte er auf, als der König seufzte.

„Mich reizt es, Eurer Majestät etwas aus der Geschichte zu erzählen, zuweilen dient das der Gegenwart", sagte er.

„Zum Beispiel?" fragte August.

„In jenen Zeiten", begann Flemming, „verliebte sich der Kurfürst von Sachsen, noch ehe er die schöne Aurora kennenlernte, in Schönigs Tochter, die prächtige Rechenberg. Bald fiel sie ihm zur Last, er mußte sie abschütteln. Da bat der sächsische Kurfürst den Kanzler Beichling um einen Freundschaftsdienst. Beichling begann eine Liebschaft mit der Rechenberg, und sie ließ den König aus den Krallen."

„Du möchtest die gleiche Methode der Gräfin Cosel gegenüber anwenden?" fragte der König verblüfft. „Ich zweifle, daß es gelänge."

„Warum es nicht wenigstens versuchen?"

„Wen willst du denn mit ihr beglücken?" erkundigte sich August, neugierig geworden.

„Die Wahl überließe ich der Findigkeit Eurer Königlichen Hoheit", sagte Flemming.

Durch das Zimmer wandelnd, schwieg der König und grinste höhnisch.

„Das ist nicht ganz einfach; die Cosel hat wenig Bekannte, die sich ihr auch nur zu nähern wagten. Baron Löwendahl könnte man nehmen, der als Verwandter und Günstling leichter Zutritt bekommt. Könnte ich ihr Untreue vorwerfen, besäße ich für die Trennung einen triftigen Grund."

„Ich werde Löwendahl zu gewinnen versuchen", flüsterte der General. „Gewiß, er verdankt ihr vieles, aber mehr noch schuldet er dem König. Er wird darauf achten, daß der Sturz der Gräfin nicht ihn mit in den Abgrund reißt."

„Er tut, was man ihm befiehlt."

Ein Schreiben ging nach Dresden ab, darin wurde Löwendahl empfohlen, die Gräfin Cosel zu kompromittieren. Man ließ ihn wissen, daß er sich auf diese Weise um eine Person Verdienste erwerben könne, die sich dafür erkenntlich zu zeigen vermöge.

Zweiter Teil

I

Während der König in Warschau aus Langerweile und auf Anraten der Przebendowska mit Maria Dönhoff flirtete, die unter dem Diktat ihrer bei weitem raffinierteren Mutter Komödie spielte, hörte sich die Cosel, kaum von ihrer Krankheit genesen, täglich entsetzter die Berichte an, mit denen man sie aus Warschau überschüttete. Flemming sorgte dafür, daß sie alles, aber auch alles erfuhr. Da der König aber ihre Eifersucht und ihren Jähzorn fürchtete, wurde sie von Spionen umzingelt, die jeden Schritt, jeden Gedanken und jedes Wort überwachen sollten.

Gern wollte August sie loswerden, Lärm und Aufsehen allerdings vermeiden. Manchmal tat ihm die schöne Cosel leid, aber er war zu schwach, zu unbeständig, um sich gegen die abgefeimte Intrige zu stemmen. Frische Gesichter erreichten bei ihm alles, Neuheit lockte ihn, zum hundertstenmal fing eine der Liebeleien an, die allesamt das gleiche Ende fanden, für ihn Gelächter und Gähnen, für die anderen Tränen.

Das Beispiel der Königsmarck, Teschen, Spiegel, Esterle, die sich abfanden und Tröster suchten, beruhigte sein Gewissen einigermaßen, obwohl er selbst den großen Unterschied zwischen all denen und der Cosel nicht verkannte. Jeder konnte er eine Schwäche nachsagen, ihr keine. Aber Anna drohte, ihn zu töten und hinterdrein sich selbst das Leben zu nehmen, und das war beileibe keine leere Redensart, es wollte ernst genommen sein.

Also wurde in Dresden angeordnet, die Gräfin streng zu beobachten, daß ihr nicht etwa einfiele, nach Warschau zu kommen. Flemming kannte des Königs empfindliche Stelle – hatte er sie doch selber ausgenutzt, als er ehemals, in Ungnade gefallen, zu ihm kam und die früheren Würden wiedererhielt. Annas Erscheinen, ihr Charme, ihr Einfluß auf den König konnten alles umstoßen und zunichte machen.

Dem Großmarschall Löwendahl wurde ein Wink gegeben, sein Glück zu versuchen. Die Cosel besaß Juwelen, Güter und Häuser, war noch jung und schön, und schließlich ging es ja nur darum, ihr Treuebruch nachzuweisen.

Eines Morgens fand ihr Freund Haxthausen sie in Tränen aufgelöst und wütend. Sie kam ihm händeringend entgegen.

„Stellt Euch vor“, rief sie, „dieser Nichtsnutz, dieser Halunke von Löwendahl, der mir alles verdankt, hat sich eben erdreistet, mir einen Heiratsantrag zu machen. Ich habe ihn runtergeputzt wie einen Lumpen, ihm gedroht, an den König zu schreiben; er kann von Glück sagen, saß er keine Ohrfeige gekriegt hat.“

Haxthausen konnte sie kaum beruhigen, sie bebte vor Entrüstung und Grimm.

„Vor einigen Monaten hätte er es nicht gewagt, aber jetzt ...", klagte sie.

Löwendahls Ansinnen gab der Gräfin gleichsam das Signal, daß ihre Stunde abgelaufen war. Über die Dönhoff wußte sie bereits Bescheid; übrigens nicht nur sie, alle kannten diese Warschauer Familie aus zahlreichen merkwürdigen und anrüchigen Abenteuern.

„Die königlichen Briefe haben sich ziemlich verändert", fuhr sie fort. „Wißt Ihr etwas über die Dönhoff?"

„Man munkelt über sie."

„In welchen Morast hat man ihn nur gezogen!" jammerte sie und schwieg.

Flemming, Drahtzieher der ganzen Affäre, kehrte nach Dresden zurück. Der König hatte ihn beauftragt, die Gräfin langsam abzuschieben, aber möglichst behutsam mit Rücksicht auf ihre Sensibilität. Seine Ankunft erschreckte die Cosel anfangs; ein paar Tage später, als sie sich überzeugen konnte, daß er in völlig gewandelter Stimmung kam und neuen Zwischenfällen aus dem Wege ging, beruhigte sie sich.

Das Traumpalais der vier Jahreszeiten sah der König für andere Zwecke vor, und die Gräfin sollte es räumen, möglichst freiwillig. Der harmlose Haxthausen wurde losgeschickt und entledigte sich seiner traurigen und unangenehmen Mission äußerst umsichtig.

Zu seinem Staunen erwiderte die Cosel:

„Der König hat es mir gegeben, also kann er es mir wieder wegnehmen. Außerdem halten diese Räume zu sehr die Erinnerung an bessere Zeiten in mir wach, als daß ich mich hier wohl fühlen könnte; ich ziehe gern aus."

Sofort wurde gepackt, ein Haus an der Moritzstraße gemietet, und wenige Tage später siedelte die Gräfin in die neue Wohnung um.

Hier war es nun schon ganz und gar trostlos, auch der letzte Glücksbuhler und Gunstfechter verließ sie. Die Nachricht von Annas Paradiesvertreibung erfüllte ihre Widersacherinnen mit Genugtuung. Das war das untrügliche Zeichen ihres unaufhaltsamen Falles. Dennoch wollte die Cosel daran nicht glauben und wiederholte vor ihren wenigen verbliebenen Getreuen, sie sei die Frau des Königs und er könne sie nicht im Stich lassen. Noch im Jahre 1705 hatte ihr August, verliebt in sie, das malerische Dorf Pillnitz an der Elbe geschenkt.

Hier verfügte sie über ein Haus und einen Garten am Flußufer, wo sie hin und wieder in der Sommerhitze ein paar Tage verbrachte.

Die Lage war anheimelnd, rundum Wald, auf der nördlichen Seite Hügel, und am Fuße des Schlößchens floß die Elbe vorbei, in deren Mitte eine mit dichtem Gebüsch bewachsene Insel aus dem Wasser hervorlugte wie ein grünes Beet, wie ein überquellender Blumenkorb. Aber der Weg von Pillnitz nach Dresden war beschwerlich, und die Umgebung bot keine Zerstreuung. Der König konnte es nicht mehr erwarten und schrieb Flemming, er wolle seiner Dönhoff Dresden und dessen Sehenswürdigkeiten zeigen und wünsche es weder sich noch der Cosel, daß sie ihnen über den Weg liefe. Natürlich werde er auch seine neue Geliebte vor Annas Heftigkeit zu schützen wissen. Es galt, die Cosel zu bewegen, daß sie sich so lange nach Pillnitz zurückzog.

Zu diesen heiklen Aufträgen wurde gewöhnlich Haxthausen benutzt, Flemming schob sie auf ihn ab, um häßliche Auftritte zu vermeiden. Man lud den Freund des Hauses ein, und der General wies ihm das Schreiben des Königs vor, das die Gräfin aus Dresden zu locken befahl.

„Habt Erbarmen", sagte er, „helft mir. Der König will nach Dresden kommen; er kann es nicht, solange die Cosel hier ist. Die Dönhoff liegt ihm in den Ohren, sie könnte des Lebens nicht sicher sein, wenn ihre Rivalin am Ort bliebe. Selbst dem König hat die Gräfin schon oft mit der Pistole gedroht, so daß auch er sie gern anderswo sähe. Wie Ihr wißt, mag er nicht Menschen begegnen, die er enttäuscht oder beleidigt hat. Ich weiß, daß die Cosel mich für ihren Feind hält, ich bin es nie gewesen", fügte Flemming hinzu. „Sie hat mich eine Zeitlang gekränkt, das ist längst vergessen. In ihrer jetzigen Lage möchte ich sie weder verletzen noch zulassen, daß sie Dummheiten macht. Geht zu ihr, überzeugt sie, möge sie gutwillig Dresden verlassen, damit ich es mir erspare, ihr einen Ausweisungsbefehl ins Haus zu schicken, der die Sache nur verschlimmern müßte."

Haxthausen hörte sich Flemmings salbungsvolle Ergüsse an und empfahl sich.

Anna hatte gute Laune. Haxthausen fing mit Witzeleien an.

„Ich weiß nicht, Gnädigste", sprach er, „ich wundere mich über den schlechten Geschmack des Königs, der doch bisher als Mensch von exquisitem Kennerblick gegolten hat. Frau Dönhoff kenne ich zwar nicht, aber den Schilderungen nach, glaube ich, wird dieser Spuk schnell vergehen. Mitunter bekommt man nach Kuchen Appetit auf schimmliges, körniges Brot, aber nach einigen Bissen kehrt man zum Kuchen zurück. So bin ich mir sicher, daß Ihr Euren früheren Platz wieder einnehmen werdet, sofern Ihr den König nicht verärgert und gegen Euch aufbringt."

Anna vermutete, daß er im Auftrag kam.

„Überbringt Ihr mir wieder einen Wunsch des Königs, schön in Samt der Schmeichelei eingewickelt?"

Haxthausen schaute betrübt drein und nickte zum Zeichen, daß es sich so verhielt.

„Sprecht also."

„Ich war bei Flemming", berichtete er, „er zeigte mir die königliche Weisung, daß Ihr, wenn er mit der Dönhoff nach Dresden kommt, nach Pillnitz geht. Ich denke ja, es wird auch für Euch persönlich angenehmer sein als ..."

Sie weinte.

„Ach, es ist so schwer, so schwer", flüsterte sie. „Ich weiß, daß Ihr es gut meint mit mir, daß Eure Worte kein Falsch kennen, aber rundum muß ich überall und von allen Verrat gewärtigen. Ihr könnt Euch nur nicht vorstellen, was mich das kosten wird."

Sie schritt durchs Zimmer, ohne wie früher aufzubrausen, verbarg ihre tränennassen Augen vor dem Gast und schluchzte nur leise.

„Habt Ihr den Befehl des Königs gesehen? Hat man sich ihn nicht zusammengereimt?"

„Mein Ehrenwort, ich habe ihn gesehen."

Sie errötete, der Groll kehrte wieder.

„Sie täuschen sich", rief sie. „Sie fordern mich heraus, bis sie mich zur Raserei bringen, bis sie grausame, tobende Rache auslösen! Ist ihnen denn klar, wozu ich imstande bin, wenn ich wütend werde? Bilden sie sich ein, ich würde sie schonen, ihn, diesen Mann, der glaubt, die Krone gebe ihm das Recht, Gefühle zu verhöhnen, Menschen zu zerstampfen?"

Haxthausen ließ den Redeschwall schweigend über sich ergehen.

„Und das alles", fuhr sie fort, „bricht über mich herein wegen einer Dönhoff, deren Kavaliere in aller Munde sind, weil sie keine Scham kennt. Wahrlich eine würdige Mätresse des Königs! Erniedrigen, entehren will man ihn, deshalb gab man ihm ein solches Flittchen. Oh, diese Bande!"

Und wieder fing sie an zu wimmern.

„Hätte ich das je ahnen können? Wie sollte ich ihm mißtrauen, nachdem er mir geschworen hatte, zärtlich zu mir war? Ich besaß sein Herz, er schenkte mir, was ihm am kostbarsten war, bekannte sich vor aller Welt zu mir. Die vielen Jahre Glückseligkeit", redete sie, von Weinkrämpfen geschüttelt, „haben seine Sinne eingelullt, ich habe vertraut, war mir der Zukunft gewiß. Drei Wiegen verbanden uns miteinander, er liebte seine Kinder, gab ihnen seinen Namen, schämte sich nicht seiner Zuneigung zu mir! Ich habe ihn geliebt, nicht das geringste kann er mir nachsagen. Treu war ich ihm, niemand sah ich an, mein Herz schlug aus Angst um ihn. Mein Leben, meine Gewohnheiten, alles habe ich seinen Ansprüchen untergeordnet, wie eine Sklavin habe ich ihm gedient. Und heute, heute, nach diesen Jahren soll ich ihn verlieren, allein, einsam bleiben, schutzlos, ohne Abschiedswort, ohne das bescheidenste

Zeichen des Mitgefühls? Oh, dieser Mensch hat kein Herz! Herz?" Sie lachte laut. „Nie hat er eins besessen. Ein verhätscheltes Glückskind, das mit allem spielt, mit menschlichen Wesen, mit Empfindungen; was anderen heilig ist, dient ihm zum Spaß. Aber wer wird jemals behaupten können, diesen Menschen durchschaut zu haben? Gestern engelsgut, heute zynisch und brutal wie der Teufel. Im Kuß birgt er Haß, mit seinem Lächeln verdeckt er Rachgier. Von seiner Zunge fließen honigsüße Worte, das Opfer zu betäuben. Die Welt glaubt er erschaffen für seine Füße, als bequemes Lager für seine müden Glieder."

Ihre Augen gleißten. Haxthausen hörte zu und wagte sie nicht zu unterbrechen, ergriffen von ihrer bitteren Anklage. Eine halbe Stunde währten die leidenschaftlichen Ausbrüche in allen Tonarten. Schließlich fiel Anna Cosel ermattet in sich zusammen und schwieg.

„Wen könnte schon Euer Unwille wundernehmen!" Haxthausen sprach ihr Mut zu. „Er ist natürlich und zeugt von Herz. Ihr dürft mir glauben, gern wäre ich mit anderer Kunde zu Euch gekommen, aber was läßt sich dagegen tun? Im Moment gibt es nichts Vernünftigeres als Geduld und Besonnenheit, damit Ihr Euch den Rückweg nicht verbaut. Ihr kennt das wetterwendische Gemüt des Königs am besten, niemand hat jemals so lange und beständig Einfluß auf ihn geübt wie Ihr, Gnädigste. Ihr könnt ihn zurückerobern. Das heißt für Euch, heute an morgen zu denken und Euch für ihn zu erhalten."

„Redet mir nur zu, mein Guter, mein Freund!" sagte die Cosel gerührt.

„Erlaubt mir ein offenes Wort!" sagte Haxthausen.

„Sprecht."

„Flemming hat sich in seiner Haltung zu Euch wenn nicht grundlegend verändert, so zumindest gebessert; er ist rücksichtsvoller, milder gestimmt denn je zuvor. Ihr solltet ihn bei dieser Stimmung halten. Wer weiß, am Hofe wandelt sich alle naselang etwas, vielleicht könnt Ihr Euch ihm nützlich erweisen. Wenn Ihr Zurückhaltung übt, wird der König vielleicht aus Rührung dankbar sein. Man hat ihn immerzu mit Euren Drohungen, mit Pistolen, Rache und Groll erschreckt, Eure Neider haben sie ihm dauernd wiedergekäut. Der König fing an sich zu fürchten, und die Dönhoff getraut sich nicht nach Dresden zu kommen vor Angst ums nackte Leben. Solange der König annimmt, Ihr seid erzürnt, wird er sich Euch nicht nähern. Am klügsten ist es daher, sich gefaßt zu zeigen. Nehmt Euch an der Gräfin Königsmarck ein Beispiel", suchte er sie zu bereden, „sie hat es mit ihrer Gelassenheit verstanden, freundschaftliche Beziehungen zum König und zur Fürstin Teschen aufrechtzuerhalten. Man gestattete ihr, in Dresden zu bleiben, sich mit ihm zu treffen, wohingegen die Esterle sich mit ihrer Widerspenstigkeit den Zutritt zum Hofe versperrt hat."

„Wie könnt Ihr mir solche Vorbilder empfehlen? Esterle, die Königsmarck, das waren Mätressen des Königs, ich bin seine Frau! Wagt nicht, mich mit ihnen zu vergleichen!"

Sie schrie wutentbrannt, Haxthausen schwieg.

„Eigentlich habt Ihr ja recht, ich will ihn nicht ärgern, will lieb und gehorsam sein. Morgen fahre ich ab."

Schon wollte sich der Mittler freudig verabschieden, um die gute Mär zu überbringen, da lärmte die Cosel von neuem los:

„Sie werden es nicht wagen, mich zu zwingen, nicht einmal der König. Nein, das kann nicht sein, niemals!"

Haxthausen versuchte sie zu beschwichtigen, und es gelang ihm auch. Aber kaum hatte er sie von der Notwendigkeit überzeugt, sich zu fügen, als sie sich schon wieder sträubte und erregte. Drei- oder viermal wechselte sie ihre Meinung, schließlich sagte sie zu dem kampfesmüden Haxthausen:

„Ich fahre nicht, ich bleibe. Mögen sie Gewalt anwenden, wenn sie den Mut haben."

„Überlegt es Euch, um Gottes willen, ich flehe Euch an. Was soll ich denn Flemming melden?"

„Sagt ihm, daß ich nicht fahren will."

Es war nichts zu machen, der Baron begab sich zum General mit der unerquicklichen Kunde und berichtete über den Verlauf seiner Unterredung. Flemming bedauerte, auf gütliche Art nichts erreichen zu können; Gewalt wollte er offensichtlich nicht brauchen. Nach reiflicher Überlegung bat er Haxthausen, sie nochmals zu besuchen.

Der Baron hatte eine ledige Schwester, Emilia, die bei ihm wohnte, ein ernstes und gutmütiges Wesen, er nahm sie mit. Beide boten einige Stunden lang ihre ganze Überredungskunst auf, um die Cosel zu überzeugen, daß sie sich nichts vergebe und ihr Widerstand nur Schaden stifte.

Anna sah es ein und gab nach, um sich unvermittelt wieder über den seelenlosen Despotismus zu entrüsten. Dreimal gab sie ihnen ihr Wort, freiwillig zu fahren, dreimal widerrief sie es. Anscheinend wog sie alle Eventualitäten ab, mit dem Ergebnis, daß sie nicht eindeutig bestimmen konnte, was für sie vorteilhafter wäre.

Als Flemming erfuhr, daß sie definitiv abgelehnt hatte, räumte er ihr eine zweitägige Bedenkfrist ein. Am dritten Tag fuhr er selbst zu ihr. Sie trat ihm in schwarzer Kleidung entgegen, verweint, aber selbstbewußt. Flemming benahm sich ganz nach höfischer Etikette und kaltblütig wie ein erfahrener Diplomat.

„Ihr drängt mich, gnädige Frau, in die mißlichste Lage der Welt", sprach er nüchtern. „Weil ich wußte, daß Ihr mich zu Euren Gegnern zählt, habe ich versucht, Euch Unannehmlichkeiten zu ersparen. Ich hielt den Befehl des Königs einige Tage zurück und bringe ihn Euch persönlich. Solltet Ihr Euch nicht fügen, werde ich zu meinem Bedauern gezwungen sein, ihn wie auch immer zu vollstrecken. Es ist der Befehl meines Herrn. Der König ist unterwegs hierher und möchte Euch nicht in Dresden wissen."

Am Fenster stehend, sah die Cosel eine berittene Abteilung, die sich vor ihrer Wohnung postiert und die Straße abgesperrt hatte. Ihre Augen blitzten, aber sie beherrschte sich und überflog den Brief.

„Ich reise sofort", erklärte sie schließlich, sich leicht verneigend. „Ihr könnt auf mein Wort vertrauen."

Flemming steckte das Schreiben ein, verbeugte sich und verließ den Raum. Seine Eskorte folgte ihm.

Eine Stunde später fuhr die Gräfin Cosel nach Pillnitz. Alles das geschah, ehe der König aus Warschau abreiste. Obwohl verdorben und gefühllos, wollte er mit der Cosel doch nicht ohne gewisse Rücksichten brechen, die sich nach mehrjährigem Zusammenleben gehörten. Es beunruhigte ihn, daß er keinen Grund zur Trennung hatte, daß die ganze Schuld ihn treffen würde, wenn er keine Verfehlung auf ihrer Seite fände.

Nachdem es Löwendahl mit seinen Liebesanträgen so hanebüchen ergangen war, wurden Watzdorf und der liebedienerische, behäbige van Tinen ins Feuer geschickt, den der König zu allem möglichen benutzte, aber nicht leiden konnte.

Watzdorf, dem König nicht weniger zuwider, von ihm als Bauer aus Mansfeld gefoppt, war ein Grobian. Am Hofe hatte er nicht viel zu bestellen, aber Flemming nahm ihn in Schutz und unter Protektion.

Eines Tages, als sie ihn am allerwenigsten erwarten konnte, erschien er in Pillnitz. Die einzige Entschuldigung dafür, daß er sich unflätig gebärdete und polternd ins Haus fiel, war Trunkenheit. Selbst die Fahrt von Dresden hierher hatte seinem Zustand nicht abgeholfen.

Er sollte mit der Gräfin Cosel verhandeln, also bildete er sich ein, ihr Geschick in der Hand zu halten und sich demzufolge einiges herausnehmen zu können.

Gleich als er eintrat, erkannte ihn die Gräfin als Bauern aus Mansfeld wieder.

„Meine liebe Dame", rief er lachend von der Schwelle, „Seine Majestät der König haben mich gesandt, seid daher freundlich zu mir. Ich bringe Euch eine vortreffliche Botschaft. Der König, der Euch auch nichts zu geben brauchte, sich auf keinen Handel einlassen müßte, wünscht als gnädiger Herr eine Trennung in gegenseitigem Einvernehmen, im guten. Hört Ihr?"

„Ich höre, Herr Graf, aber begreife nicht“, sagte die Cosel hochmütig.

„Ach, wie schön Ihr doch seid!“ flüsterte Watzdorf, trat näher, nahm ihre Hand, besann sich und gedachte sie auf die Wange zu küssen.

Ehe er aber dazu kam, wich die Cosel einen Schritt zurück und versetzte ihm nach ihrer Art mit der zierlichen Hand eine schallende Ohrfeige.

Watzdorf stand eine Weile verblüfft.

„So ist das?“ fragte er.

„Ja, so“, antwortete die Cosel und wies ihm die Tür.

„Der König hätte wissen müssen, daß er einen solchen Flegel zu mir nicht als Schlichter schicken dürfte.“

Watzdorf strich sich nur übers Gesicht und schwieg, legte den Hut ab und blieb.

„Vergessen wir das“, sagte er, „ich bin nicht nachtragend, und eine Ohrfeige von solcher Hand schändet nicht. Gewiß ...“

Der Bauer aus Mansfeld blieb sogar zum Mittagessen und strengte sich an, seinen Auftrag zu erfüllen, wenn auch äußerst tölpelhaft; er versprach der Gräfin das Blaue vom Himmel herunter und warb um ihre Liebe.

Sie lachte ihn aus, und er stahl sich schließlich fort wie ein begossener Pudel.

Anna wollte sich beim König brieflich über Watzdorf und Löwendahl beschweren, es wurde ihr abgeraten. Immerhin befaßte sich Watzdorf mit Finanzgeschäften, lieferte Geld; eine Fehde gegen ihn war nicht aussichtsvoll.

Dann wurde van Tinen losgehetzt, von dem man bei Hofe tuschelte, er sei unrettbar in sie verliebt. Die Gräfin mochte ihn ganz gern, aber van Tinen erlaubte sich aus Sympathie zu ihr und aus Eifersucht gegen den König zu viel. Er hatte ihn mit Ratschlägen so belästigt, daß ihn August eines Abends beinahe ins Jenseits beförderte.

Vitzthum, der das Temperament des Königs und seine Meinung über die einzelnen Höflinge aus erster Hand kannte, traf van Tinen damals vor dem Zimmer, wo der Allergnädigste zechte, und warnte ihn einzutreten.

„Der König mag dich nicht, komm ihm nicht unter die Augen.“

Van Tinen hörte nicht auf den freundschaftlichen Rat und trat ein. August machte ein saures Gesicht. Forsch begann van Tinen zu plaudern, der König wandte sich schweigend ab. Er wechselte auf die andere Seite und kroch sozusagen direkt unter den Arm des Riesen, der ihn von oben herab anstierte. Als die Anwesenden das bemerkten, wollten sie den Unbedachten am liebsten fortzerren, der das Unheil geradezu herausforderte.

Der König sagte eine Zeitlang kein Wort, schnaufte nur schwer und ließ das lästige Gerede über sich ergehen. Endlich wollte er etwas sagen, van Tinen unterbrach ihn, dem König verschlug es die Sprache. Nach einer Weile setzte er erneut an, und wieder fiel ihm der andere ins Wort. Da fuhr der König zu ihm herum, van Tinen wich zurück. So schob August den Frechdachs vor sich her, Schritt für Schritt, bis in den äußersten Winkel des Kabinetts. In dem Moment, als van Tinen leichenblaß mit dem Rücken die Wand berührte, packte ihn der König am Kragen, warf ihn zu Boden und trampelte auf ihm herum, bis ihn Dienstleute auflasen und bewußtlos zu Bett brachten. Um ein Haar hätte er seine Dummheit mit dem Leben bezahlt.

Da der König mit diesen Männern partout nichts erreichte, was die Cosel belastet hätte, entsann er sich des Gerüchts, sie hätte ein heimliches Verhältnis mit dem Bruder Lecherennes, der außer Landes gegangen war. Man schickte nach ihm, trug ihm an, die Schuldlose anzuschwärzen, aber auch das erwies sich als Schlag ins Wasser. Eine Anklage mußte unbedingt zurechtgezimmert werden, bevor der König in Dresden eintraf, um sie als Gefallene zu Recht quälen zu können.

Eines Tages wurde in Dresden ruchbar, daß die Cosel aus Pillnitz verschwunden war. Sie befand sich auf dem Wege nach Warschau. Hals über Kopf wurden mit der Armeepost Briefe losgeschickt, um die Marschallin zu informieren. Der Familienrat trat zusammen, der Schrecken war groß. Annas Ankunft in Warschau konnte die ganze kunstvoll eingefädelte Komödie in ein tragisches Drama verkehren.

August hatte sich den Damen mit Haut und Haar ausgeliefert. Eine neue Rolle wurde für ihn ausgedacht.

Zur Stunde, da der König gewöhnlich Frau Dönhoff besuchte, saß die verführerische Sirene schwarz gekleidet, mit aufgelöstem Haar auf dem Bett, am Taschentuch nestelnd, irr die Wand anstarrend. Mutter und Schwester fanden die Pose schön und effektvoll. Als der König erschien, bemerkte sie ihn in ihrer Verzweiflung nicht.

„Was fehlt dir denn, meine Liebe?“ fragte der König besorgt.

Die Dönhoff täuschte Weinkrämpfe vor, wischte sich die trockenen Augen, spielte die Szene mit hohem Talent. August küßte ihr mitleidig die Hände und erkundigte sich nach der Ursache der Tränen.

„Ich bin vom Tode bedroht, Allergnädigster Herr“, sprach die Dönhoff pathetisch. „Das überlebe ich nicht. Zu sterben fiele mir leicht, könnte ich die Gewißheit ins Grab nehmen, daß mir Euer Herz geblieben ist. Doch nein, leider will man mir mit meinem Leben zugleich Euer Herz entreißen. Frau von Cosel ist unterwegs,

sie kommt nach Warschau, vielleicht ist sie auch schon da und mein Untergang besiegelt. Oder kommt Ihr etwa nur, um mich aufzufordern, der glücklichen Rivalin Platz zu machen?"

„Was träumst du da zusammen?" unterbrach der König verwundert. „Woher nimmst du das alles? Könnte ich dir denn treulos werden? Nein, meine Liebe, uns verbinden unzerreißbare Bande, dein Charakter voller Güte, deine Liebe zu mir sind Garantie genug, daß dir die Cosel keinen Schaden zufügt."

„Ach, mein Herr, gebe es Gott, daß wahr sei, was du sagst", fuhr Maria fort. „Mögest du mir mit ebenso aufrichtiger Liebe danken, wie ich sie für dich empfinde. Sterben, das heißt für mich nichts, aber dich verlieren, das ginge über meine Kräfte. Eher könnte ich aufs Leben verzichten als auf das Glück, das du mir schenkst. Wenn du mich zu lieben aufhörst, nimm dieses Leben, ich will es nicht mehr."

„Aber, aber, meine teure Gräfin", begütigte der König, „es wäre doch abscheulich von mir, ein solches Bekenntnis, solch liebe Worte aus deinem Munde mit Undank zu vergelten."

„Ich danke dir, daß du mich so zuversichtlich stimmst", sprach sie weiter. „Dennoch kann ich mich nicht beruhigen, Angst plagt mich. Diese widerliche Rivalin naht, du wirst sie sehen, sie reißt die Macht erneut an sich über das Herz meines Gebieters, die sie so lange zu bewahren verstanden hat."

„Warum marterst du dich?" unterbrach August ein wenig ungehalten. „Wie soll ich dich besänftigen? Mag die Cosel nur kommen, du wirst über sie triumphieren."

„Nein, nein", schrie Maria, „sollte die Cosel herkommen, reise ich aus Warschau ab. Sie könnte sich auf mich stürzen, sich zur gräßlichsten Gewalttat hinreißen lassen."

Die Mutter stand während des Gesprächs an der Tür, bereit, aufs vereinbarte Zeichen hin einzutreten. Maria hüstelte, die Tür ging auf, sie trat ein, als wüßte sie nicht, daß der König da war.

„Sehr erfreut, Euch zu sehen, meine Gnädigste", sagte der König und erhob sich. „Kommt und helft mir, Eure Tochter zu beruhigen. Sie kränkt mich mit ungehörigen Verdächtigungen."

„Worum handelt es sich denn, Majestät?" fragte die heuchlerische Mama und fügte gleich lebhaft hinzu: „Verdächtigungen und Eifersucht sind Beweise der Zuneigung. Das sollte Euch nicht beleidigen, Allergnädigster Herr."

„Hört zu, meine Teuerste."

Der König erzählte alles. Die Marschallin hörte zu, schaute einmal zur Tochter hinüber, einmal auf den König, ihre Miene verriet Unbehagen.

„Verzeiht, Majestät", sagte sie dann, „ich wundere mich über meine Tochter gar nicht. Aller Welt sind die Drohungen der Gräfin Cosel bekannt, alle kennen ihr jähzorniges Wesen. Hat sie doch selbst Euch zu drohen gewagt."

„Worum geht es also?" fiel ihr August ins Wort. „Zu Eurer Beruhigung werde ich auf der Stelle verfügen, Frau Cosel unterwegs aufzuhalten und zurück nach Dresden zu schaffen."

Da jubelte die Marschallin dankbar.

„Du kannst dich glücklich schätzen, liebes Mariechen, daß du einen solchen um dein Wohl besorgten Beschützer hast." Nach kurzer Überlegung setzte sie hinzu:

„Ich erlaube mir noch zu bemerken, daß Frau Cosel, durch die Gunst Eurer Königlichen Majestät dreist geworden, nicht jedermann so leicht gehorchen wird. Es müßte jemand ausgesandt werden, jemand, der es verstände ..."

„Bestimmt, wen Ihr wollt", rief der König, der Szene allmählich überdrüssig.

Dankesworte überschütteten ihn für so viel Güte und Sorge. Den Mann für die Expedition hielt die Marschallin längst parat. Es war der Franzose Montargon, mit dem Fürsten Polignac nach Polen gekommen, der sich hier bei den Bielinskis aufhielt und bereits zum Kammerherrn Seiner Majestät aufgestiegen war. Über seine Beziehungen zu diesem Haus gingen allerlei Gerüchte um.

Montargon war in einer halben Stunde reisefertig und erwartete die Befehle des Königs. August ordnete an, die Gräfin Cosel unter allen Umständen zur Umkehr zu bewegen.

„Und sollte sie sich Euren Befehlen widersetzen, Majestät, was habe ich in einem solchen Falle zu tun?" fragte der Franzose.

Der König dachte nach. Sichtlich fiel ihm schwer, wozu er sich genötigt sah.

„Ich gebe Euch zur Unterstützung La Haye mit, Oberstleutnant meiner Kavalleriegarde, und sechs Gardisten. Ich denke, das dürfte ausreichen."

Unverzüglich wurde Herr La Haye zitiert und erhielt aus dem Munde des Königs persönlich strikte Anweisungen. In derselben Nacht zog der Trupp zu Felde gegen eine einzelne Frau und sprengte die Straße entlang, die von Warschau nach Dresden, der sächsischen Residenz, führte.

II

Fest entschlossen, den König zu sehen und ihre Verteidigung zu führen, machte sich die Gräfin mit einem kleinen Gefolge hastig auf den Weg, damit die Kunde von der Abreise ihr nicht vorauseilte. Der verläßliche, ihr willenlos ergebene Zaklika begleitete sie.

Unaussprechlich litt er unter dem Mißgeschick seiner Herrin, aber es entsprach seiner Art, um so hartnäckiger zu schweigen, je schlimmer die Qualen waren. Bleich, abgemagert, angegriffen ritt er neben dem Wagen her und führte wortkarg und verdrossen Befehle aus.

Vor dem Aufbruch aus Dresden ließ ihn die Cosel ins Kabinett rufen.

„Alle haben mich im Stich gelassen", sagte sie. „Ich habe niemand, auf den ich in jeder Lage rechnen könnte."

Sie betrachtete ihn. Zaklika stand mürrisch.

„Wollt auch Ihr von mir gehen?" fragte sie bekümmert.

„Ich? Niemals!" antwortete er knapp.

„Mir scheint, daß ich auf Euren edlen Charakter und Eure Opferbereitschaft bauen darf."

„Immerdar", sagte Zaklika feierlich, wie zum Schwur zwei Finger erhoben.

„Ich will Euch mein Wertvollstes anvertrauen", fuhr die Cosel mit gesenkter Stimme fort. „Versichert mir, daß Ihr das, was ich Euch zur Aufbewahrung gebe, erst mit Eurem Leben verliert, daß Ihr es Euch nicht mit Gewalt entwinden laßt, daß Ihr meinen Schatz, meine Ehre hüten werdet wie ..."

„Wie eine Reliquie", ergänzte er. „Seid unbesorgt."

„Und keine lebende Seele darf davon wissen, was ich in Eure Hände lege."

„Soll ich schwören?"

„Ich vertraue auf Euer Wort. Ihr müßt Euch aber bewußt sein, was Ihr beschützt. Ich sagte es schon, Ihr werdet die Ehre der Gräfin Cosel in Obhut haben. Als der König mich von meinem Gatten trennte, erhielt ich von ihm schriftlich und gesiegelt sein Versprechen, daß er mich nach dem Tode seiner Frau heiraten wird, daß ich in die Rechte seiner Gemahlin eintrete. Niemals hätte ich sonst in dieses Dasein eingewilligt. Jetzt versucht der König seine Schande zu verdecken. Mag man mich überfallen, mich foltern, ich werde den Mund nicht öffnen und verraten, wo ich das Schreiben versteckt habe. Sollte ich es einmauern? Sie könnten mich vertreiben. Eingraben? Bei mir tragen? Da bin ich mir nicht sicher."

Die Gräfin öffnete eine Ebenholzschatulle, mit Silber und Elfenbein ausgelegt, aus dem Kästchen nahm sie eine Golddose und daraus eine zugeschnürte kleine Rolle.

„Du wirst mich nicht ausliefern", sprach sie, ihm in die Augen schauend, streckte die Hand aus, er griff nach der Rolle und ließ sie in seinem Wams verschwinden.

Dann sagte er gedämpft:

„Nur zusammen mit meinem Leben ..."

Anna verschloß die Kassette.

„Ich weiß nicht, was uns unterwegs zustoßen wird; wir müssen aufs Schlimmste gefaßt sein. Hier ist Geld, du wirst es brauchen."

Sie gab ihm einen Beutel Gold.

Wenige Stunden darauf trat die Gräfin mit geladenen Pistolen die Reise an.

Bis Widawa, einem Städtchen an der schlesischen Grenze, verlief alles zügig und ohne Zwischenfall. Dort wurde gerastet. Anna war müde, stieg in dem einzigen Gasthaus ab und ließ sich ein karges Mittagessen bereiten. Unweit davon waren zehn Pferde angebunden, offenbar zu einer Militäreinheit gehörend, die nach Sachsen ritt. Zaklika bezog vor dem Haus Posten. Da erschienen Montargon und La Haye und baten ihn, sie der Gräfin zu melden, sie wollten ihr, die zufällige Begegnung nutzend, ihre Aufwartung machen.

Montargon war ihr unbekannt, und sie wunderte sich sehr, als ihr Zaklika den Besuch ankündigte, hatte sie sich doch längst daran gewöhnt, von allen gemieden zu sein. Eine Gefahr kam ihr nicht in den Sinn, sie ließ bitten.

La Haye war zuvorkommend und geschmeidig, wußte sich zu benehmen. Anna hatte trotz der Unruhe und des Kummers ihre Gefühle zu unterdrücken gelernt und versuchte gelassen und sogar heiter zu erscheinen. Sie empfing die beiden Offiziere höflich, ja nett, und lud sie, da Mittagszeit war, zu ihrem bescheidenen Reisemahl ein. Während des Essens entspann sich lockere Konversation, gegen Ende begann Montargon, seinen Auftrag im Kopf, über Warschau zu erzählen.

„Mir scheint", sagte er, „daß Ihr den Weg umsonst gemacht habt, Madame. Soviel ich weiß, ist der König sehr beschäftigt, es könnte ihn verärgern, wenn Ihr kämt. Vielleicht halst Ihr Euch nur Unannehmlichkeiten auf."

Anna krauste die Stirn, schob den Stuhl zurück.

„Wie? Ihr wollt mir Verhaltungsmaßregeln erteilen? Ihr, mein Herr, wollt den König und meine Lage besser kennen als ich und mir vorschreiben, was ich tun soll?"

Montargon wurde unsicher.

„Entschuldigt", stotterte er.

„Das verzeihe ich Euch nicht", entgegnete die Cosel. „Es ist ungehörig und dumm. Verschont mich gefälligst mit Euren Ratschlägen, die ich nicht nötig habe."

Montargon erblaßte und verzog den Mund.

„Gewiß, von mir benötigt Ihr wahrhaftig keinen Rat, und Ihr brauchtet auf mich nicht zu hören; wenn ich aber von Seiner Majestät beauftragt bin ..."

„Vom König?" rief die Cosel.

„Ja, von ihm."

„Selbst da fühle ich mich nicht zu unbedingtem Gehorsam verpflichtet“, sagte die Gräfin. „Meine Feinde haben sich seiner bemächtigt, er hat getan, was er nicht hätte tun sollen und was er schon selber bereut. Der König konnte einen Augenblick Schwäche zeigen, ich bin überzeugt, er wird nur dankbar sein, wenn ich mich seinen Anordnungen nicht füge. Das ist meine Sache.“

So aalglatt er war, fühlte sich Montargon doch beleidigt durch den Ton, in dem ihn diese Frau abkanzelte, und er erwiderte ebenso freundlich wie arrogant:

„Ich wäre Euch sehr verbunden, Frau Gräfin, wolltet Ihr mir den Gebrauch, den äußerst peinlichen Gebrauch der Gewalt schenken.“

„Was?“ schrie die Cosel. „Ihr wollt Euch erdreisten, handgreiflich zu werden?“

„Ich habe strikten Befehl des Königs, Euch nach Dresden zurückzubringen“, sagte Montargon, „und ich sehe mich verpflichtet, ihm zu gehorchen.“

Die Gräfin tobte innerlich. Sie hatte gehört, daß der Kammerherr Sohn eines Dorfschreibers war, und fuhr ihn an:

„Geht mir aus den Augen, Ihr elender Schreiberling, fort mit Euch!“ Sie riß die Pistole hoch. „Oder ich knall Euch um.“

Auf der Schwelle duckte sich Zaklika sprungbereit.

Montargon wußte, mit wem er zu tun hatte und daß die Gräfin ihr Wort hielt; er gab Fersengeld, ohne noch ein Wort zu riskieren. La Haye jedoch, der bisher geschwiegen hatte, blieb.

Die Art, wie sein Kamerad aus den Lumpen geschüttelt wurde, war ihm eine Lehre. Äußerst behutsam fing er an:

„Botschafter werden weder geköpft noch angetastet. Beruhigt Euch, Gräfin, wir haben keine Schuld, daß man uns einen solch heiklen Auftrag erteilte. Aber es sind Befehle des Königs, begreift bitte! Befehle aus dem eigenen Mund des allergnädigsten Herrn, da gibt es für einen Soldaten keinen Ausweg, er muß sie ausführen.“

„Habt Ihr den König gesehen?“ fragte die Cosel ruhig.

„Ja, von ihm persönlich bekam ich die Weisung. Ich beschwöre Euch, Gräfin, wollt Ihr schon nicht Euch retten, so verschont wenigstens mich.“

Der sanfte Ton begütigte die Gräfin ein wenig, sie sank auf den Stuhl.

„Sorgt Euch nicht, Gräfin, wie mir scheint, gibt es zu alldem nichts Gefährliches für Euch.“

„Und diese Dönhoff?“

„Ach, vorübergehende Tändelei!“ rief La Haye. „So etwas wie damals mit der Duval, die er heute so gründlich aus dem Gedächtnis gelöscht hat, daß ich kaum glaube, er besinnt sich noch auf ihren Namen. Frau Dönhoff ist verheiratet, ihr Mann wohnt auf dem Dorf und weiß nichts davon. Nichts deutet darauf hin, daß sie jemals nach Dresden kommt. Der König aber muß zurückkehren. Ihr werdet ihn wiedersehen und den alten Einfluß auf ihn erlangen."

Immer entspannter begann Anna ihn nach allem möglichen auszufragen. La Haye malte ihr die ganze Geschichte in so rosigen Farben, daß sie an Bedeutung verlor. Nach einem viertelstündigen Gespräch streckte die Gräfin vor dem inständigen Zureden die Waffen. La Haye hatte gesiegt, der Wagen fuhr vor, sie kehrte nach Pillnitz zurück.

Montargon ließ sich nicht mehr blicken, schickte jedoch auf der Stelle einen Kurier mit der freudigen Nachricht zur Marschallin los. Argwöhnend, die Cosel könnte unterwegs ihren Entschluß ändern, folgten er und La Haye mit einem Trupp Soldaten ihr unbemerkt bis vor Bautzen. Von da aus konnten sie getrost nach Warschau zurückreisen und sich den Dank der Damen holen.

Montargon, der seit langem keine geladene Pistole aus solcher Nähe gesehen hatte, träumte noch oft von ihr und gelobte, sich kein zweites Mal auf ein solches Abenteuer einzulassen.

Mittlerweile trat Frau Dönhoff immer offener am Arm des Königs auf, und auch seine häufigen Besuche bei ihr machten Aufsehen.

Wenn sich das Eindringen fremder Bräuche damals in Polen auch schon spüren ließ und obwohl das nicht der erste Skandal dieser Art war, so nahmen viele Leute doch Anstoß daran und murrten. Immerhin setzte sich hier eine verheiratete Frau in Abwesenheit des Mannes über die guten Sitten hinweg, und das empörte. Hinzu kam, daß die Mutter Komplizin und Helfershelferin, die Schwester Augenzeugin war, was die Schmach verdoppelte. Nicht genug, sie brüsteten sich noch mit ihrer Erniedrigung, statt sich zu schämen.

Dönhoff, den königliche Empfehlungen und ausgekochte List fernab in der Provinz hielten, begann seine Verwandtschaft zu bedrängen, die Frau zurückzuholen. Er schickte immer vorwurfsvollere Briefe, immer nachdrücklichere Aufforderungen, immer bösere Verwünschungen. Aber was half es, um Ausflüchte war man nicht verlegen, und die Schwiegermutter kam angerauscht, die immer Rat wußte.

„Belästige uns doch nicht mit deinen naiven Forderungen nach Rückkehr! Daraus wird nichts", eröffnete sie ihm unverblümt. „Wir werden das Glück nicht deiner Grillen wegen aufs Spiel setzen. Der König ist in unserer Hand, er hat sich in Maria verliebt. Willst du verlangen, daß ich sie aus lächerlicher Prüderie hierherbringe und unsere Interessen opfere?"

Dönhoff war ein bißchen altbacken in seinen Moralbegriffen.

„Hör zu", fuhr die Marschallin fort, „du hast die Wahl: Entweder du schweigst, läßt den Dingen ihren Lauf und nutzt die Gunst des Monarchen aus, was deinen Geschäften fürwahr nicht schaden könnte, oder du willigst in die Scheidung ein. Der Nuntius Grimani ist uns gewogen und setzt sie in Rom mit Leichtigkeit durch."

„Meine Frau mit dem allergnädigsten Herrn zu teilen, habe ich keine Lust", widersprach Dönhoff. „Offen gestanden, verspreche ich mir auch kaum Vorteile von ihm, denn gar zu viele konkurrieren mit deiner werten Tochter. Bleibt mir doch um Gottes willen mit der königlichen Gunst und Freigebigkeit vom Leibe; befreit mich von Maria, ich werde ihr noch dankbar dafür sein. Nur tut es bald."

Die Marschallin war verblüfft, daß ihr Schwiegersohn so leicht zustimmte und so resolut die königliche Gunst verschmähte. Sie verhandelte mit ihm noch kurz über die Einzelheiten, ließ sich sein Einverständnis schriftlich bestätigen und kehrte nach Warschau zurück.

Grimani schrieb nach Rom, Clemens XI. verfügte die Scheidung.

Inzwischen verstarb Marschall Bielinski, der lange gekränkelt hatte und dessen Tod niemand überraschte. Er hinterließ riesige Schulden, hypothekenbelastete Güter, verworrene Finanzmanipulationen, und alles Hoffen auf neuen Familienaufschwung ruhte bei Maria Dönhoff, die auch recht großzügig die königliche Kasse beanspruchte. Zuerst wurde Herrn Bielinski eine der glanzvollsten Beisetzungen zuteil, die Warschau in diesem Jahrhundert je erlebt hatte. Dann verstand man Augusts II. Mitgefühl für die armen Waisen zu erregen, und reichlicher Segen ergoß sich über die Familie. Zeitgenössische Chronisten berichten, die Dönhoff allein hätte die ständigen Beihilfen und Schuldtilgungen nicht zuwege gebracht, wären nicht Klugheit, Erfahrung und Vorsorge der Mutter gewesen, die ihre Tochter vor jeder Unbesonnenheit bewahrte und über das Glück der Familie wachte. Unentwegt kam die Marschallin mit Anliegen, sie brachte sie sehr geschickt, liebenswürdig und einnehmend vor. Stets fand sie einwandfreie Begründungen der so unaufschiebbaren Bedürfnisse, sie traf das Gemüt des Königs so zielsicher, daß er geradezu mit Wonne spendierte, obwohl die Sachsen ihn dafür verfluchten.

Das Begräbnis des Marschalls war so prachtvoll, daß es der Trauer überhob. Der König mußte sich vergnügen, niemand wagte seine Freudenfeste zu schmälern oder durch Kummer zu trüben. Also verging nicht viel Zeit, und Töchter, Sohn und Gattin des Marschalls erschienen wieder zu Bällen und Gesellschaften, die der König regelmäßig veranstaltete.

So recht ging ihm das in Warschau nicht von der Hand. Man mußte viel Zubehör aus Dresden heranschaffen, und es fehlte ihm hier jene Armee von Lakaien und Dienstleuten, die in Dresden jeden leisen Wink verstanden, ihm die Gedanken vom Auge lasen, immer neue Kunststückchen und Narreteien ersannen. Polens Hauptstadt war arm, was Luxus und äußeren Pomp betraf. Der König wollte seiner Dame zeigen, was er sich leisten konnte, sie verblüffen und begeistern.

Die geplante Reise nach Dresden konnte nicht unternommen werden, bevor sich die Dönhoff vergewisserte, daß die Nebenbuhlerin ihre Wege nicht kreuzen würde. Maria tat, als lebte sie ständig in Angst, umgab sich mit Wachen, bat um Schutz vor angeblichen Überfällen. Wahrscheinlich handelte sie auf Empfehlungen von Annas Widersachern, die verhindern wollten, daß die Gräfin beim König wieder in Gnaden aufgenommen würde und sich dann für die ihr zugefügten Schmähungen an ihnen rächte. Deshalb ermunterten sie Maria Dönhoff, die gefährliche Cosel deutlich an die Wand zu malen. Der König wollte sie gern schonen und hatte sie ja nach dem Bruch mit den anderen Mätressen immer liebevoll behandelt, also schien geboten, ihn zu immer neuen und härteren Schikanen anzufeuern. Sie mußte endgültig stürzen, und zwar so, daß sie sich nie mehr erheben könnte.

Nicht ohne Grund befürchtete Flemming eine Begegnung zwischen ihr und dem König, wußte er doch, daß sie alles daransetzen würde, und war überzeugt, daß August sich erweichen ließe. Man wiegelte die Dönhoff auf, die sich noch weigerte, eine Frau, zumal eine unglückliche, zu verfolgen. Aber Flemming und Fürstenberg schreckten sie unentwegt damit, daß die Gräfin in Pillnitz nicht weiter als ein paar Meilen von Dresden entfernt sei, daß sie sich mit dem König treffen könnte, daß dann sie selbst, Maria Dönhoff, samt ihrer ganzen Familie vom Thron verbannt werde.

Nach Flemmings Plan sollte einerseits Maria Dönhoff den König zwingen, Anna aus der Umgebung zu verjagen, andererseits wollte er selber August auf der Seele knien, indem er ihm sein schriftliches Eheversprechen vorhielt und ihn ermahnte, das Dokument, mit dem die Cosel prahlte, ihr zu entwinden, und sei es gegen Bezahlung, damit es den König nicht kompromittierte. August pflichtete dem bei. Nachdem er nun einmal die Verfolgung eröffnet, Wut und Rachgier entfesselt hatte, mußte er aufs Ganze gehen und der Unglückseligen sämtliche Verteidigungs- und Rechtfertigungsmittel nehmen.

Sie kam in Pillnitz nicht zur Ruhe. Wieder tauchte Watzdorf bei ihr auf. Sosehr sie sich auch vor ihm ekelte, mußte sie ihn empfangen, überzeugt, daß er sie mit Wissen und auf Willen des Königs besuchte. Diesmal benahm er sich wesentlich korrekter.

„Ich meine es gut mit Euch“, sagte er gleich bei der Begrüßung. „Der beste Beweis dafür ist, daß ich komme, um zu einer Aussöhnung und Vereinbarung zu verhelfen. Wir werden alle zusammen auf den König einwirken, daß es für Euch möglichst vorteilhaft ausgeht ..., aber ...“

„Aber was?“ fragte die Cosel, ihn scharf musternd.

„Aber Eurerseits bedarf es etwas Mäßigung“, sagte Watzdorf.

„Nein, mein Herr“, entgegnete sie, „ich war Königin, Herrscherin, vergöttert, bin Mutter dreier vom König gezeugter Kinder. Ich habe ihm keinen Anlaß zu Verdächtigungen und Eifersucht geliefert, die boshafteste Nachrede hat sich die Zähne an mir ausgebissen. Wenn ich mir etwas vorwerfen muß, dann ist es die überschwengliche Liebe zu ihm. Nach so vielen gemeinsamen Jahren, acht sind es, nach eben geleisteten Schwüren und erwiesener Gunst raubt mir auf einmal die allergemeinste Intrige nicht sein Herz, sondern nur seine Leidenschaft. Man befiehlt mir, auf die Liebe zu verzichten, ich schweige. Man vertreibt mich aus dem mir geschenkten Palais, ich gehe. Man verweist mich der Stadt, ich ziehe nach Pillnitz. Ich will den König wiedersehen, man zwingt mich zur Umkehr. Trotz alledem verschreit man mich als hoffärtig, rachsüchtig, gefährlich, fürchtet meinen Jähzorn. Man sagt mir nach, ich sei zu einem Anschlag auf das Leben des Königs fähig.“

„So ist es, all das sagt man, gewiß“, bescheinigte Watzdorf lächelnd. „Aber Ihr könntet es Lügen strafen und in aller Stille Schluß machen wie die Teschen und Aurora.“

Anna wurde puterrot und keifte los:

„Die Teschen und Aurora waren Mätressen, ich habe ein Eheversprechen, ich war und bin seine Frau.“

Watzdorf brach in lautes Gelächter aus.

„Ach, liebe Cosel, das ist altes Gewäsch. Wißt Ihr, was Leidenschaft aus einem Menschen machen kann? Sie ist despotisch, der Mensch ist unter ihr nicht Herr seiner selbst, weiß nicht, was er tut. August II., unser allergnädigster Herr, hat unter Zwang das Altranstädter Abkommen unterzeichnet und erklärt es für nichtig. So hat er vielleicht auch sein Ehegelöbnis unterschrieben, aber Bedeutung mißt er ihm nicht bei.“

Nur schwer konnte sie ihre Empörung bezähmen.

„Ja, ein König braucht auf feierlichste Worte, Eide und Versprechungen keinen Wert zu legen“, rief sie, „aber ich halte ihn für einen ehrlichen Menschen, der weiß, was er tut, und nicht sich selbst und andere betrügt. Mir ist sein Wort heilig und gültig.“

Sie wanderte im Zimmer auf und ab. Endlich getraute sich Watzdorf damit heraus, weshalb er gekommen war.

„Sagt mir ganz offen, meine Gnädigste“, sagte er, „welche Forderungen stellt Ihr? Der König erweist Euch Dankbarkeit und guten

Willen. Er ist zu manchem bereit, aber Ihr solltet nicht Unmögliches verlangen und Gefühlsduseleien einen Sinn unterlegen, den sie nie hatten. Gebt das königliche Papierchen her!"

Die Cosel drehte sich zu ihm um.

„Deswegen seid Ihr gekommen?" fragte sie.

„Ich gestehe, ja."

„Fahrt heim", schrie ihn die Gräfin wütend an. „Solange ich lebe, werde ich es niemand aushändigen. Es ist der einzige Schutz meiner Ehre, und die ist mir mehr wert als das Leben. Glaubt Ihr denn, ich hätte mich für alle Schätze und Paläste, für den Glanz seiner Gunst August hingegeben, ohne dieses Gelöbnis zu erhalten?"

„Das ist doch lachhaft", sagte Watzdorf. „Das müßt Ihr selber zugeben; die Königin lebte und lebt. Wem steht es an, so über die Zukunft zu verfügen? Solche Versprechen sind vor dem Recht, den Menschen, der Welt null und nichtig."

„Und wozu wollt ihr es mir wegnehmen?" fragte die Cosel. „Weil ihr euch schämt, daß der König mich Schwache, Unerfahrene, Verführte hintergangen hat. Ihr ängstigt euch, dieser Leichtsinn und Betrug könnte ihn brandmarken, wie er es verdient."

„Ich dulde keinen Tadel am König", widersprach Watzdorf.

„Dann geht, wo Ihr hergekommen seid", unterbrach ihn Anna und wandte sich zum Ausgang.

Der Mittler stand vom Stuhl auf und hielt sie zurück.

„Bedenkt, wohin das führt! Ihr zwingt den König zum Äußersten, zu beispielloser Grausamkeit. Er kann zur Gewalt greifen. So ein Versteck findet Ihr doch nicht, daß er an das Schriftstück nicht herankäme."

„Mag er es versuchen!"

„Das wäre das Letzte, furchtbar", schloß Watzdorf. „Gerade das möchten alle, die Euch wohlwollen, gern verhindern; ich will Euch davor bewahren. Wenn Ihr Gewaltanwendung provoziert, dann bleibt Euch kein Hoffnungsschimmer mehr. Bei gutem Willen aber bekämt Ihr ..."

Anna ließ ihn nicht ausreden.

„Ihr wollt, daß ich meine Ehre zum Verkauf stelle und ihren Wert in Geld ummünze? Ich sage Euch, der Königsschatz hat nicht soviel, um einer Frau meines Schlages die Ehre zu bezahlen. Für alle Reichtümer der Erde gebe ich sie nicht hin." Hochmütig und mit Nachdruck sagte sie das. „Ich will, daß die Welt erfährt, wie schamlos ich überlistet worden bin, welch abscheulichen Spaß man sich mit mir geleistet hat." Sie schluchzte.

Watzdorf schwieg, knöpfte langsam seinen Rock auf, kramte in einem Papierbündel nach einem Brief des Königs mit den Vollmachten, die er mitgebracht hatte. Wortlos reichte er sie der Gräfin.

Sie warf einen flüchtigen, verächtlichen Blick darauf.
„Wenn das, was er einst für mich unterschrieb und beeidete, kein Gewicht besitzt", sprach sie, die Papiere beiseite schiebend, „welches Gewicht soll ich dann diesem Schreiben und dieser Unterschrift beimessen? Morgen schon kann es der König zurückziehen."
Sichtlich verdutzt, steckte Watzdorf das Schreiben wieder ein.
„Frau Gräfin", sprach er leise, „Eure Haltung erregt Mitleid in mir. Ob Ihr es glaubt oder nicht, ich kann nicht mehr für Euch tun. Um Himmels willen, überlegt, worauf Ihr Euch da einlaßt. Ich könnte mich zu keinem Sterbenswörtchen gegen den König erkühnen. Er ist der beste, edelste Mensch, er muß aber in seiner Person die königliche Würde wahren, für die er vor Monarchen und Völkern die Verantwortung trägt. Wo es um Staatsinteressen geht, gibt es keine Mittel, die nicht eingesetzt werden dürfen. Erinnert Euch an das Los so vieler. Es ist gefährlich, dem König die Stirn zu bieten, wenn ihn die Leidenschaft übermannt."
„Ich kenne ihn besser als Ihr", warf die Cosel ein.
„Unser König kann gutmütig sein, aber auch gefährlich", sagte Watzdorf.
„Ich weiß das!" unterstrich Anna.
„Ich beschwöre Euch!"
„Spart Euch Zeit und Mühe, es ist zwecklos", sprach die Cosel gefaßt. „Mit Drohungen könnt Ihr bei mir weniger erreichen denn mit Zureden; ich würde mich schämen, wenn ich klein beigäbe."
Watzdorf versuchte nochmals, die Gräfin umzustimmen. Sie sah ihn lange abschätzend an, dann verließ sie das Zimmer. Ihm blieb nichts übrig, als nach Dresden zurückzufahren und über seinen zweiten mißglückten Anlauf Bericht zu erstatten.

III

Es gibt Menschen, die sich gern an fremdem Leid weiden und ihre Schadenfreude daran haben.
Das Mißgeschick, das der Cosel widerfuhr, weckte bei ihren Gegnern Rachegelüste. Gewiß hatte sie manchmal ihren Hochmut an ihnen ausgelassen, aber an diesem Hofe voller Schiebungen und Tücke fiel es schwer, jemandes Freund zu sein.
Zu den Aufdringlichen, die sich nicht abweisen ließen, gehörte die Baronin Glasenapp. Schon einmal mußte die Cosel ihr das Haus verbieten, als sie sich überzeugte, daß sie Freundschaft heuchelnd Klatsch hinaustrug. Lange Zeit blieb sie auch fern, und jetzt, da die Cosel ausgespielt hatte und nicht einmal Menschen

mit einem Rest von Gewissen zu ihr hielten, war es um so unwahrscheinlicher, daß sie kam.

Dennoch wurde der Gräfin eines Tages ihr Besuch gemeldet. Anna schwankte, ob sie ihr Einlaß gewähren sollte. Sie wollte sich nicht dem Gespött aussetzen und nicht den gleisnerischen Mitleidsbeteuerungen.

Die Glasenapp lief, über die ausgedehnte Wartezeit keineswegs ungehalten, kurzerhand um das Haus herum, dessen Parterre die Gräfin bewohnte, schlich von Fenster zu Fenster und guckte. So überraschte sie die Cosel tatsächlich, die in ihr Kabinett geflüchtet war, lehnte sich ins offene Fenster und bestand darauf, daß ihr die Tür geöffnet würde.

„Ach, versteck dich nicht, meine liebe Gräfin", züngelte sie. „Ich weiß, daß du meinem Wohlwollen nicht traust, aber ich trage es dir nicht nach, weil du mir leid tust. Laß mir endlich öffnen. Ich bringe Neuigkeiten aus der Stadt, sonst will ich nichts außer einem Händedruck."

Verärgert und abgespannt empfing Anna die Baronin, die sich in einen Sessel setzte und vor einem Spiegel die unterwegs zerzauste Frisur ordnete.

„Ich wollte dir beweisen, daß ich doch ein Herz habe, obwohl mir die Dresdner Schufte jede Empfindung absprechen", begann sie. „Es gibt keine Verleumdung, die nicht auf mich gemünzt wäre. Glaub mir, ich beneide dich noch um deine Einsamkeit, denn am Hofe zu leben, zudem an einem solchen, das treibt zum Irrsinn."

Eine Weile hielt sie inne, setzte sich bequemer, schaute sich um. „Doch hier in Pillnitz ist es still, angenehm, schön, und es ginge dir gar nicht übel, wollte man dich wenigstens hier in Ruhe lassen. Ich bezweifle es, ehrlich gesagt. Diese verrückte Dönhoff ist imstande, dich auch von hier zu verjagen."

Die Cosel lächelte.

„Nun haben wir diese Dame in Dresden", plapperte die Glasenapp weiter, „und weil sie Angst hat, du könntest sie mit der Pistole erschießen, beschatten sie Oberstleutnant Chatira und sechs Kavalleriegardisten auf Schritt und Tritt. Ich vermute, gegen diese Garde hätte sie auch nichts einzuwenden, wenn sie nicht um ihr Leben bangte. Man hat sie bei Fürstenberg untergebracht, bis man ihr ein Palais erbaut, aber ehe der Bau fertig ist, wird ihre Herrschaft zu Ende sein."

„Sie haben doch ein Palais von mir", warf die Cosel ein.

„Ach, das ist schon für den Kurfürsten bestimmt", erklärte die Glasenapp, die über alles Bescheid wußte.

„Chatira ist Hofmarschall, Minister, Hausfreund in einem, wahrscheinlich auch Garderobier bei der Dönhoff. Flemming gibt nette Abende für den König und seine Geliebte, nie geht es nüchtern ab.

Man spricht, einmal habe er dort, schon ordentlich beschwipst, der Dönhoff das Kinn gestreichelt und sie mit einem Beinamen bedacht, der ihr gebührt. Sie hat ihm das auch nicht übelgenommen. Übrigens ist sie, wie ich erfuhr, so gutherzig, daß sie bereit wäre, sich in den König zu teilen, nur nicht mit einer so ungestümen Frau wie dir, liebe Cosel, die keine Teilhaberschaft duldet und ihn ganz für sich haben will."

Vornübergeneigt sah sich die Glasenapp lauernd um und legte den Zeigefinger an die Lippen.

„Unser König ist im Begriff, sich zu ändern", flüsterte sie; „wir haben ihn als vortrefflichen Herrn gekannt, er wird bösartig und grausam."

Die Gräfin blickte auf.

„Zu mir ist er's schon."

„Oh, das ist verständlich, große Liebe endet nie anders", fuhr die Baronin fort. „Hast du schon von Jablonowski gehört?"

„Ich höre von nichts, weil ich niemand zu Gesicht bekomme", antwortete die Cosel.

„Du weißt doch, wieviel der König dem Hetman zu verdanken hat und wieviel dem russischen Woiwoden, der den Hetman für den König warb. Und weißt du auch, wo der ruthenische Woiwode heute sitzt?"

Die Cosel schüttelte den Kopf.

„Der Fürst-Woiwode sitzt in Beichlings Zelle auf Königstein. Man holte ihn aus Warschau, aus derselben Wohnung heraus, in der er seinen Vater für unsere Sache gewonnen hat, und zwar gerade als sich der Tag jährte, an dem sie dem Kurfürsten zur Begrüßung an die Grenze entgegengeritten waren."

„Gibt es so was!" rief die Cosel.

„Auch ich hätte bis unlängst vielleicht so gefragt, aber heute sage ich nur, daß alles möglich ist."

„Was hat denn der Woiwode verbrochen?"

„Es wird behauptet, er sei da auf irgendeinem Kongreß dieser polnischen Glatzköpfe, gerade als der König mit der Dönhoff anbändelte, öffentlich gegen ihn aufgetreten und habe ihm vorgeworfen, er raube ihnen die Frauen, lebe vor aller Welt mit Konkubinen zusammen, verderbe das Land, und das alles zusammen sei ein Staatsverbrechen. Staatsverbrechen!" Die Glasenapp lachte und klatschte in die Hände. „Ach, dieser Jablonowski! Angeblich soll er sich auf diese Weise bei Leszczynski angebiedert haben, der ihnen wenigstens die Weiber läßt. Dem König ist am meisten in die Nase gefahren, daß er ihm die Dönhoff streitig machen wollte. So wurde Jablonowski überwacht, man wühlte seine Korrespondenz durch, verhörte einen Schreiber, fand im Hause irgendwelche Papiere, und der König verbannte ihn kurzerhand ohne Prozeß nach Königstein."

Anna hörte es sich scheinbar interesselos an.

„Geht dir ein Licht auf, meine Liebe? Wenn man schon mit Fürsten und Woiwoden so wenig Federlesen macht, um wieviel weniger dann mit anderen! Was stellen wir armen Schlucker schon dar, wenn es gilt, uns loszuwerden!"

Dieser Bericht der Glasenapp brachte die Gräfin Cosel in innere Erregung, wenn sie es sich auch nicht anmerken ließ. Der ruthenische Woiwode auf Königstein, ohne Gerichtsurteil für die polnische Sache in Sachsen eingekerkert, das war tatsächlich etwas Neues und gab zu denken.

Von diesem ernsten Gegenstand schwenkte die Glasenapp schnell zu heiteren Dingen über.

„Bei uns folgt ein großes Fest dem anderen", erzählte sie. „Der König ist immer da, während die Dönhoff nirgends zu sehen ist – so denken die Leute –, weil sie sich vor der Königin nicht zu entschleiern wagt. Wie die Teschen maskiert sie sich und verkleidet sich zusammen mit ihrer Schwester als Fledermaus. Deshalb wohl haben wir so viele Masken- und Kostümbälle. Der König muß dann mit ihr im Séparée sitzen. Bei einem Abendessen forderte Kyan neulich statt zum Prosit zu einer katholischen Andacht für den allergnädigsten Herrn auf, damit der liebe Gott ihn von der polnischen Knechtschaft erlöse."

Die Cosel lächelte traurig.

„Am nächsten Tag griff jemand den Einfall des Witzboldes auf und schlug am Georgentor und am Kircheingang eine Einladung aller Gläubigen zu solch einem Gottesdienst an. Der König hat angeblich gelacht, aber nach dem Täter wird gefahndet. Ich glaube kaum, daß man ihn findet."

So plauderte die Frau Baronin unermüdlich bis zum Mittagessen, zu dem sie sich selbst einlud. Danach wünschte sie den Garten und die Lindenalleen zu besichtigen. Hier, wo sie völlig unter sich waren, raunte sie Anna ins Ohr:

„Ihr betrachtet mich als böses Weib, das nur Zwietracht sät und sich über jeden Schabernack diebisch freut. Ich leugne nicht, daß ich an Leuten, die mich nicht wenig schikaniert haben, gern mein Mütchen kühle. Ebenso gern helfe ich und biete meine Dienste an, wenn mir jemand Güte erwiesen hat, und Ihr habt es, Gräfin. Ihr tut mir leid. Am Hofe werden Vorkehrungen getroffen gegen Euch für den Fall, daß Ihr das bewußte Dokument nicht herausrücken wolltet."

„Dokument? Welches Dokument?" fragte die Cosel scheinbar gleichmütig.

„Ihr wißt schon, worum es sich handelt. Watzdorf war doch deswegen bei Euch. Man sagt, solltet Ihr es nicht freiwillig hergeben, müßte Gewalt nachhelfen."

„Vielen Dank für die Warnung“, sagte die Cosel. „Aber ich war und bin auf alles gefaßt. Jenes Dokument, wie Ihr es bezeichnet, können sie mir nicht nehmen, weil ich es nicht besitze; es befindet sich in guten und zuverlässigen Händen. Ich habe auch mit dieser Unverschämtheit gerechnet und es an sicherem Ort hinterlegt.“

Die Glasenapp sah sie lange an, offenbar wollte sie ihren Augen ablesen, ob sie die Wahrheit sprach. Aber die Cosel konnte undurchschaubar sein. Sie verschanzte sich hinter Würde und Gelassenheit, obwohl Auflehnung und Zorn in ihr rumorten. Nichts konnte sie darüber hinwegtäuschen, daß die Glasenapp nur deshalb mit gehässigem Klatsch angefangen hatte, um Vertrauen zu erwecken; daß man sie losgeschickt hatte, um etwas zu erfahren – daß sie Watzdorfs oder Flemmings Spionin war. Sie hätten keinen Schlimmeren auf den Weg bringen können, keinen, der weniger Vertrauen erwecken konnte. Das Unternehmen scheiterte, die Cosel hörte sich die Offenbarungen und Warnungen seelenruhig an und ließ die Zuträgerin mit leeren Händen nach Dresden zurückfahren.

Kaum hatte sich die Kutsche der Baronin entfernt, rief die Gräfin Zaklika zu sich.

Befürchtend, im eigenen Haus belauscht zu werden, ging sie mit ihm hinaus in den Vorhof und führte das Gespräch, wie wenn sie Haus- und Gartenarbeiten verteilte.

Zaklika erriet ihre Gedanken.

„Wir werden hier beobachtet, nicht wahr?“ sagte sie zu ihm.

„In der ganzen Umgebung, selbst im Haus könnte ich mich für niemand verbürgen“, antwortete der getreue Diener.

„Kann man sie hinters Licht führen?“ fragte sie.

„Vor allem scheint es Gottlieb zu sein, der auf seinen Einkaufsfahrten in die Stadt Berichte übermittelt. Er ist aber nicht sehr klug, und man könnte ihn leicht betrunken machen oder noch einfacher täuschen.“

„Was sagt Ihr da? Gottlieb?“ Die Gräfin wunderte sich.

„Ja, er, der sich Euch mit seiner Ergebenheit am aufdringlichsten anbiedert. Er möchte gern, daß man ihm nicht mißtraue.“

„Seid Ihr in der Stadt sehr bekannt?“ fragte Anna leise.

„Ach, viele haben mich längst vergessen, und für die anderen brauche ich mich nur ein bißchen zu tarnen.“

„Und hättet Ihr jemand, der Euch informieren könnte?“

„Wenn nötig, finde ich jemand.“

„Für mich gibt es hier keine Sicherheit mehr“, sagte sie; „ich muß fliehen. Aber wie? Der einzige, zu dem ich Vertrauen habe, seid Ihr. Sagt, wie.“

„Schwierig“, murmelte er. „Wenn es aber sein muß ...“

„Ich muß mitnehmen, was ich an Wertsachen besitze, was mein

Vermögen ausmacht. Wir müssen Edelsteine, Geld fortschaffen, denn was hier bleibt, ist ihre leichte Beute."

Zaklika entgegnete mit keinem Wort auf die vertrauliche Mitteilung, wischte sich die Stirn, zwirbelte den Bart, senkte den Blick.

„Sprecht, gnädige Frau", sagt er, als er sah, daß die Cosel wartete.

„Garantiert Ihr, daß ich vor der Fahndung über die Grenze entkomme?"

„Was in unserer Kraft steht, werden wir tun." Es war zu sehen, daß er sich sorgte und mit gewissen Bedenken hinterm Berg hielt.

„Wir hätten es längst tun sollen", sagte er stockend, ungewohnt, lange Reden zu führen. „Aber darüber, was versäumt worden ist, lohnt es nicht, zu deuteln. Wir müssen jetzt in Angriff nehmen, was zu unternehmen ist."

Er knackte mit den Fingern, der arme Kerl, runzelte die Stirn, trat von einem Fuß auf den anderen. Anna betrachtete ihn furchtsam und neugierig. Nach den vielen verzärtelten Leuten, die sie gewöhnt war und auf die sie sich in keiner Situation verlassen konnte, verwunderte und erfreute sie dieser energische, kraftvolle, wortkarge Mann. Sie spürte in ihm den wahren Menschen.

Raimund grübelte. Nach einer Weile sagte er:

„Ich werde nachts in die Stadt fahren. Hier zu Hause sieht man mich ohnehin selten. Laßt mich nicht rufen, bis ich selber komme. Die Leute werden denken, ich hätte mich eingeschlossen wie schon öfter. Ich habe einen Kahn an der Insel unter Sträuchern versteckt. Damit lasse ich mich elbabwärts treiben. Für den Rückweg stromauf brauche ich mehr Zeit, aber das ist nicht schlimm. Was ich bei Hofe erfahre, wird sich herausstellen. Wir müssen auch alles übrige durchdenken; die Flucht ist keine Lappalie."

Hastig stieß er die abgehackten Sätze hervor.

In dem Moment bemerkte die Cosel, wie sich Gottlieb unweit von ihnen zu schaffen machte; er könnte aus dem längeren Gespräch Lunte riechen. Sie winkte ihn zu sich.

Sofort sprang er herbei.

„Ich meinte, man könnte es sich hier in Pillnitz ganz gemütlich einrichten, nicht wahr, Gottlieb. Ich möchte gern einen Garten haben, viel Blumen; denn wahrscheinlich werde ich dieses Fleckchen Erde nicht so schnell verlassen. Wenn Ihr wieder einmal in der Stadt seid, besorgt mir einen Gärtner. Der Pole, dem ich es auftragen wollte, gibt an, niemand zu kennen."

Gottlieb sah die Herrin und den Polen nacheinander an, als wollte er erraten, ob das stimmte. Er verbeugte sich und versicherte murmelnd, für seine teuerste Gebieterin werde er alles tun.

Damit endete die Beratung, die Gräfin ging ins Haus. Gottlieb hielt Zaklika noch zurück, um ihn auszuhorchen. Natürlich hatte er keinen Erfolg damit.

Gegen Abend verschwand der Pole, wie man ihn hier nannte. Die Spitzel schöpften Verdacht, rüttelten an der Tür und fanden sie von innen zugeriegelt. Zaklikas Schlafkammer lag zu ebener Erde auf den Garten hinaus; sie schlichen sich ans Fenster und sahen auf dem Bett den langen Laban in seiner Alltagskluft ausgestreckt, das Gesicht zur Wand gedreht. Also war er zu Hause, und sie ließen ihn getrost schlafen.

Allmählich breitete sich finstere Nacht übers Land, lediglich im Westen flackerte auf den Elbwassern rötlicher Widerschein. Zaklika löste sein Boot vorsichtig vom Pfahl, duckte sich hinein, stieß vom Ufer ab und schwamm davon. Der Strom trug ihn geschwind nach Dresden. Um diese Zeit war kaum ein Fahrzeug auf der Elbe anzutreffen, man mußte den Fluß nur gut kennen, um nicht auf Sandbänke und in Wirbel zu geraten. Als er noch beschäftigungslos in der Umgebung herumgeschlendert war, hatte er zur Genüge Gelegenheit zum Schwimmen und Segeln, so daß ihm noch oberhalb Pillnitz, ja bis Pirna alle gefährlichen Stellen der Elbe geläufig waren. Daher konnte ihn die tiefschwarze Nacht nicht schrekken, und nach wenigen Stunden erspähte er vor sich die Lichter der an den Ufern verstreuten Vorstädte, bald darauf über dem Schloß gleichsam einen Feuerschein; dort wurde bei festlicher Illumination gefeiert.

Als er noch in Dresden bei der Cosel diente, hatte Zaklika viele Leute kennengelernt. Ihn zog es mehr zu den im Schatten des Lebens Stehenden als zu jenen, die in den Vorzimmern des Hofes herumscharwenzelten, ihr falsches Spiel trieben und mit Ämtern liebäugelten. Bekannte und Freunde besaß er eine ganze Reihe; als er so dahinglitt, wog er ab, an wen er sich am besten wenden sollte.

Am Hof, der unablässig Geld benötigte, wo schönen Frauen Brillanten scheffelweise zugeschanzt wurden, gehörte der Münz- und Wertsachenhandel zur Tagesordnung.

Der König stand mit beachtlichen Summen bei den Oppenheimern in Wien, bei Liebmann in Berlin in der Kreide; in Dresden gewährten ihm zwei Juden Kredit, beide stadtbekannt, von denen der eine sogar ein gewisse Rolle in der Gesellschaft spielte und ein großes Haus führte. Es waren die berüchtigten Bankiers Berendt Lehmann und Jonas Meyer.

Meyer war zu Augusts Regierungsantritt aus Hamburg übergesiedelt, überzeugt, daß er bei dessen nimmersattem Geldhunger allerhand zu tun bekäme. Er gründete Dresdens erste Wechselstube und Bank, für die ihm der König die sogenannte Alte Post, das damalige Judenhaus, zur Verfügung stellte. Der Bankier machte einen Palast daraus, legte einen Park an, stattete im ersten Stockwerk einige Säle antik aus und gab für seine Klienten hin und wieder Bälle und Empfänge. Ihn unterschied kaum etwas von

Finanzmagnaten der heutigen Zeit; er trug französische Mode, behängte sich mit kostbarem Schmuck und genoß, selber häßlich, so manches Schäferstündchen, sooft man ihn einem Geschäft geneigt machen wollte.

Sein Kollege Berendt Lehmann galt als Mensch völlig entgegengesetzten Schlages. Aus Polen stammend, bewahrte er sich die den dortigen Juden eigenen Züge. Er war rührig, bescheiden, zurückhaltend, unansehnlich, geschäftstüchtig, verleugnete weder Herkunft noch Glauben und verschmähte jeden Ehrgeiz, in Schichten aufzusteigen, von denen er wußte, wie teuer der Erwerb ihrer Bürgerrechte zu stehen kam.

Einigemal hatte die Cosel Zaklika in verschiedenen Angelegenheiten zu ihm geschickt. Auf Wunsch kam Lehmann auch zu ihr ins Haus, sie wickelten miteinander beachtliche Transaktionen ab. Der Jude, durch seine Tätigkeit trefflicher Menschenkenner, erriet Annas aufrichtigen Charakter, schenkte ihr Vertrauen und Hochachtung. Und da seine Verwandtschaft irgendwo im Krakauer Gebiet ansässig war, er selbst seine jungen Jahre dort verlebt hatte und Zaklika ebenso von diesem Winkel schwärmte, plauderte er gern mit ihm. Spaßeshalber bediente sich der Bankier dann seiner ehemaligen Landessprache. Zuweilen setzte er einen Becher Wein vor, und die Unterhaltung spann sich über Stunden fort. So lernten sich beide näher kennen und wurden Freunde.

Zaklika wußte, daß Lehmann der Cosel auch nach ihrem Fall seine Wertschätzung und Verbundenheit nicht entzog.

Im Unterschied zu Meyer, der den König verherrlichte, vor allen einflußreichen Ministern zu Kreuze kroch, sie für ihre Taten einschließlich der höfischen Entartung rühmte, preßte Lehmann aus den Höflingen zwar auch Geld heraus, verachtete und verabscheute sie aber zutiefst. Die Verderbtheit und Falschheit, die hierzulande als Maxime und Recht galten, ekelten ihn an. Selbstverständlich konnte und wollte er seinem Widerwillen nicht Luft machen, aber in seinem Gesicht stand geschrieben, was er von diesen Leuten hielt. Mit Vergnügen zog er ihnen das Fell über die Ohren, redlichen Menschen hingegen griff er sogar uneigennützig unter die Arme. Aus vertraulichen Gesprächen wußte Zaklika, daß er sich auf Lehmann verlassen, zumindest aber Rat bei ihm holen durfte.

Nachdem er das Boot unterhalb der Brücke an der gewohnten Anlegestelle bei einem Sorben, von denen dazumal noch viele in den Vororten wohnten, festgezurrt hatte, ging Zaklika, bis unter die Augen in seinen Mantel gehüllt und den Hut tief in die Stirn gestülpt, zu Fuß stadteinwärts. Unbehelligt passierte er das Stadttor, es war schon spät, die Straßen waren noch belebt, im Schloß wurde getanzt. Von weitem flimmerten über dem Hesperidengarten des Zwingers Lichterketten. Der König gab zu Ehren der Dönhoff einen Maskenball bei Fackelschein. In den Straßen spazierten Menschenmassen in alle Richtungen, hie und da zwängte sich eine Sänfte oder eine Kutsche durch das Gewimmel. Überall wogte ausgelassenes Treiben, von guten Zeiten kündend.

Wohlweislich mied Zaklika die Schloßnähe, benutzte vertraute Gassen, tastete sich im Schatten der kaum beleuchteten Häuser voran und erreichte unbemerkt das Judenhaus an der Pirnaischen Straße.

Lehmann besaß hier eine abgeschlossene einfache Hinterhauswohnung. Um diese Stunde würde er ihn bestimmt allein antreffen, selbst die Dienerschaft dürfte nicht mehr dasein; ihm lag sehr daran, ungesehen und unerkannt zu bleiben.

Tatsächlich, alles, was Beine hatte, war zum Zwinger geeilt, wo sich unter freiem Himmel, zwischen üppigen Orangenbäumen mit südländischem Schwung die Paare drehten und eitel Trubel herrschte. Nur die alte Köchin öffnete Zaklika die Tür und meldete ihn Lehmann, der ihm in den Flur entgegenkam und ihn in sein Arbeitszimmer führte. Schweigend drückten sie sich die Hände.

Lehmann sah trotz seines vorgerückten Alters gut aus mit seinem graumelierten Haar, seinem sympathischen, faltenlosen und ausgeglichenen Gesicht östlichen Typs, das Lebensweisheit und Gelassenheit verriet. Seine dunklen Augen blickten verständig drein. Aber trotz ihrer Kühle ließen sie spüren, daß sie durchaus nicht gegen Herzenswärme immun waren.

Nach der Begrüßung sah sich Zaklika verstört um, der Gastgeber bemerkte es und sagte:

„Bei mir seid Ihr außer Gefahr, niemand kennt Euch hier, und da es nicht nötig ist, soll Euch auch keiner sehen."

„Das wäre mir sehr recht."

Für einige Minuten ging Lehmann hinaus; als er wiederkam, schob er Raimund einen Stuhl zu und setzte sich an den Tisch.

„Was gibt es?" fragte er.

„Schlecht steht es mit uns", antwortete Zaklika. „Schlimmer kann es fast nicht mehr werden. Man hat uns aus dem Palais hinausgeworfen, aus dem provisorischen Heim in Dresden, und nun geht es darum, uns auch noch aus Pillnitz zu vertreiben, wenn uns nicht gar noch Ärgeres bevorsteht. Meine bedauernswerte Herrin wird von der Rache gemeiner Menschen verfolgt, sie muß gerettet werden."

„Gewiß, gewiß", bestätigte Lehmann und rückte das schwarze Käppchen zurecht, das er nach alter Sitte trug. „Aber Ihr dürft daran nicht zugrunde gehen."

„Ich denke, beides läßt sich in Einklang bringen", sagte Raimund.

„Ja, schon, nur vernünftig und besonnen vorgehen."
„Frau Cosel muß fliehen."
„Wohin?" fragte der Jude, skeptisch lächelnd. „Doch wohl nach Übersee. Hier liefern die Herren, um einander kleine Gefälligkeiten zu erweisen, Flüchtlinge aus."
„Um uns wird man sich nicht kümmern."
Lehmann wiegte den Kopf.
„Die Gräfin muß ihr gesamtes Hab und Gut mitnehmen", sprach Zaklika weiter. „Denn was zurückbleibt, rauben die gierigen Nachfolger, genauso wie sie das Palais mitsamt dem Mobiliar an sich gerissen haben."
Der Bankier stimmte zu.
„Ob es aber nicht gefährlich ist, sich auf der Flucht zu sehr zu belasten? Und wenn wir dem Feind in die Hände fallen?"
„Glaubt mir", sagte Lehmann, „gern möchte ich der Gräfin aus dem Schlamassel helfen. Ich kenne ihre Geschichte, ihren Charakter. Sie war die einzige Perle in diesem Saustall. Ich verdanke ihr alles, ich habe ein Herz und weiß ehrliche Menschen zu schätzen. Bedenkt aber, lieber Herr Zaklika: Mich, meine Kinder und nächsten Angehörigen für sie zu opfern, habe ich kein Recht."
„Aber weder ich, und sollten mich die grausamsten Foltern treffen, noch die Gräfin werden Euch je verraten, und niemand sonst außer Gott weiß von Eurer guten Tat."
Lehmann gab ihm die Hand.
„Einverstanden", sagte er. „Daß Euch ja niemand hier ertappt, denn auch mir spioniert man nach."
„Seid nicht bange", beruhigte ihn Zaklika.
„Was Ihr mir übergebt, werde ich Euch zustellen, wohin Ihr wünscht", schloß Lehmann. „Abgemacht!"
Ein nochmaliger Händedruck bekräftigte den Entschluß. Lehmann holte aus dem Schrank eine Flasche Wein und zwei Gläser, schenkte ein und setzte sich wieder.
„Ich danke Euch", sagte Zaklika. „Bald werde ich zurück sein; ich muß noch allerhand auskundschaften, so manches vorbereiten, und die Zeit ist knapp."
„Was wollt Ihr denn noch auskundschaften?" fragte der Bankier brummig. „Bei uns ist es doch immer dasselbe: Wer dem König um den Bart geht, mit ihm zecht und sich verlustiert, steht in Gnaden. Von früh bis spät amüsieren wir uns, und was uns daran hindert, schaffen wir aus dem Wege nach Königstein oder sonstwohin. Hauptsache, es stört uns nicht mehr. Mitgefühl oder gar Herzenswärme haben hier nichts zu suchen, denn es gibt keine roheren Menschen als geile Wüstlinge. Einer gräbt dem anderen die Grube, einer stellt dem anderen das Bein, und der König nutzt alle miteinander aus. Mag es sein, wie es will: Es ist, wie es gestern war

und morgen sein wird, bis eines Tages der Sturm alles mit einem Hauch hinwegfegt."

„Ist der König verliebt?" fragte Zaklika.

„Er verliebt? Kann denn ein solcher Mann jemand lieben außer sich selbst? Als er seine Religion gegen Euren Glauben vertauschte, hat jemand gesagt, er könne gar nichts vertauscht haben, weil er nie so etwas besaß. Genauso verhält es sich mit der Liebe, die er niemals empfunden hat."

„Aber die Dönhoff?"

„Ach, die!" rief Lehmann verächtlich. „Was soll es schon sein? Sie rafft Geld und Schätze. Der König soll bereits überlegen, mit wem er sie verheiratet, sobald sie ihm über wird. Ihre Schwester, die Hetmansgattin, verkuppeln sie mit Friesen, und sie nimmt vielleicht Haxthausen oder den Franzosen Besenval; beide liegen schon in der Nachhut."

Lehmann hob die Schultern.

„Was wollt Ihr hier noch erfahren? Hier werden Menschen gewechselt, nicht Sachen."

Eine Zeitlang unterhielten sie sich leise. Dann nahm der Bankier den Schlüssel, begleitete Zaklika zur Gartenpforte, ließ ihn hinaus und übergab ihm den Schlüssel. Zaklika verabschiedete sich. Sicher, in der Menschenmenge ungefährdet zum Zwinger gelangen zu können, wollte er sich ein bißchen umsehen.

Schon war er in der Schloßstraße, in der es von Maskierten aller Art wimmelte, als ihm jemand auf die Schulter klopfte. Er wandte sich erstaunt um, hinter ihm stand schmunzelnd Fröhlich, sein alter Bekannter. An diesem Tage hatte er weder seine Amtsrobe abgelegt noch sein Lächeln, das zu seinen Obliegenheiten gehörte.

„Wie habt Ihr mich erkannt?" fragte Zaklika.

„Außer dem König und Euch hat hier niemand so breite Schultern", antwortete Fröhlich. „Was aber macht Ihr hier? Ich habe gehört, Ihr dienet bei dieser ... dieser, die da gestrauchelt ist. Und nun?"

Zaklika sagte schnell, um sich nicht zu verhaspeln:

„Dort gab's nichts mehr zu tun. Ich bin gegangen."

„Versteht sich", sagte Fröhlich. „Alles gut und schön, aber das eigene Rückgrat muß man am besten behüten. Haha, rette sich, wer kann! Da seid Ihr also in den Dienst des Königs zurückgekehrt. Vielleicht seid Ihr schon bei der Dönhoff angestellt?"

„Noch nicht", entgegnete Raimund. „Wie gefällt sie Euch?"

„Mir? Sie erscheint mir wie jene kleinen schwarzen Dinger, die hüpfen und beißen und sich leicht knacken, aber schwer fangen lassen."

Und er lachte laut heraus, hielt sich aber gleich wie erschrocken den Mund zu.

„Die erste Fledermaus, die Ihr auf dem Ball zu sehen bekommt, ist sie: hübsches Spielzeug, aber teuer."

Sie unterhielten sich noch, als ein maskierter Spanier vorüberkam und einige Schritte entfernt innehielt, um sie zu belauschen, zu beobachten. Zaklika wollte sich aus dem Staube machen, aber der Maskenträger drängte sich heran, schaute Zaklika unter den Hut und faßte ihn am Arm. Fröhlich verschwand. Unter der schwarzen Maske hervor fragte eine verstellte Stimme:

„Was tut Ihr hier?"

Zaklika fand keine bessere Antwort, als er sie Fröhlich gegeben hatte.

„Ich suche Arbeit."

„Ach nein, da habt Ihr's bei Eurer Herrin satt gekriegt?"

„Sie ist nicht mehr Herrin und braucht keine Diener."

Sie standen eben in einem der Schloßtore, die zur Straße führten. Der Spanier zog Zaklika unter den Bogen, den einige blakende Lichter fahl erhellten.

„Und welcherart Dienst schwebt Euch vor?"

„Ich bin Schlachtschitz, also habe ich Recht auf Adelsdienste, auf eine Tätigkeit, bei der man den Degen trägt."

Der Spanier murmelte etwas vor sich hin.

„Und die Cosel? Wo ist sie?"

„Bestimmt in Pillnitz, ich weiß es nicht."

„Kommt mit mir."

„Wohin?"

„Fragt nicht; Ihr habt doch nicht etwa Angst?"

Zaklika folgte.

Unterwegs bemerkte er, daß ihn der Fremde zu Flemming führte. Ungeachtet des Maskenballs im Zwinger war Flemming zu Hause, wo munter gezecht wurde. Maskierte kamen und gingen, einige, die lieber am Becher saßen, hockten in tiefen Sesseln. Flemming rechnete sogar mit einer Stippvisite des Königs.

Lärm drang aus dem Raum, in dem sich die Gäste vergnügten. Der Spanier trat ein, tuschelte mit Flemming, der General kam zur Tür heraus, forderte Zaklika auf zu folgen und nahm ihn mit in sein Arbeitszimmer. Hier war es still, auf dem Tisch häuften sich Papiere, ein junger Mann schrieb emsig. Flemming zog Zaklika in den äußersten Winkel, der Spanier wich ihm nicht von der Seite.

„Wann habt Ihr den Dienst bei Frau Cosel aufgegeben?" fragte Flemming.

„Vor einigen Tagen."

„Was hat sie dazu gemeint?"

„Sie wolle sich in Pillnitz häuslich einrichten."

„Und gedenkt da zu bleiben?"

„Ich glaube schon."

Flemming und der Spanier sahen sich an und schüttelten den Kopf.
„Wie seid Ihr von ihr gegangen?"
Zaklika merkte, daß sie Vertrauen schöpften, und beschloß, die Chance zu nutzen und wichtige Informationen herauszuschlagen.
„Ich wurde auf die Straße gesetzt", sagte er, „weil jetzt wenig Personal gebraucht wird."
„Und kennt Ihr Pillnitz, seine Einwohner und Wegeverhältnisse gut?"
„Ausgezeichnet."
„Und würdet Ihr eine andere Arbeit annehmen?"
„Warum nicht?"
„Selbst wenn sie", ergänzte Flemming, „selbst wenn sie erforderte, daß Ihr gegen Eure ehemalige Herrin handelt?"
„Ich habe weder eine Herrin noch einen Herrn außer Seiner Königlichen Majestät", erwiderte Zaklika. „Immerhin bin ich polnischer Edelmann."
Flemming klopfte ihm auf die Schulter und lachte schallend.
„Kommt in zwei Tagen zu mir, verstanden!" sagte er leise.
„Ja."
Flemming wollte ihm etwas in die Hand drücken, Raimund übersah es und empfahl sich.
Zaklika wurde sich bewußt, daß er zwei Tage ohne Gefahr gewonnen hatte. Und in zwei Tagen ließ sich manches regeln, war die Rettung möglich.
Auf der Straße mummte er sich noch sorgfältiger in den Mantel, suchte einige Stellen auf, beriet sich mit Vertrauten, klopfte in der Vorstadt bei einer Hütte an; so verging die halbe Nacht, er sprang in seinen Kahn, legte sich mit ganzer Kraft in die Riemen und kehrte endlich nach Pillnitz zurück.

IV

Unter anderen Neuigkeiten, die Zaklika mitgebracht hatte, war auch die, daß am nächsten Tag schon wieder ein venezianischer Maskenball stattfinden sollte, und zwar auf dem Altmarkt. Kein Tag verging ohne Konzert, Oper, Ballett, Tanz und Empfänge, ohne irgendeine Darbietung. Da Frau Dönhoff, die Hetmansgattin Pociejowa und beider Mutter, die Marschallin Bielinska, eine wie die andere Musik liebten und selber gern italienische Arien sangen, nahm sie die Oper meistens bis zum späten Abend in Anspruch. Die aus Italien verpflichteten Musiker, Sänger, Komponisten waren so ausgewählt, daß Dresdens kostspieliges Theater vielleicht zu den hervorragendsten Bühnen Europas zählte. Lotti schrieb die Musik, Tartini spielte die Konzerte, Santa Stella trat als Primadonna auf, Durastanti nannte sich die Fürstin der Soprane; auch Senesino und Berselli wurden gegen feudale Gagen geholt. Aldrovandini malte die Dekoration, Bach dirigierte die Orchester. Der gleichen großzügigen Pflege erfreute sich das Ballett, später die französische Komödie.

An Abwechslung fehlte es wahrlich nicht. Der König bewegte sich auf den Bällen maskiert und kostümiert; er liebte Überraschungseffekte und nahm ihre mißlichen Begleitumstände in Kauf, wenn ihn der Spaß reizte.

Der venezianische Maskenball sah auch einen Jahrmarkt vor. Die Dönhoff, die Marschallin und die Hetmansgattin sollten Marketenderinnen mimen. Ein königlicher Erlaß lud die ganze Bevölkerung ein. Schon in der Nacht begannen die Vorbereitungen, und es kostete damals keinen Pfifferling, die Menschen aus den umliegenden Dörfern zu Tausenden zusammenzutreiben und aus ihrer dringendsten Arbeit zu reißen, wenn es dem allergnädigsten Herrn einfiel; alles hatte seine höchste Bestimmung darin, ihm zu dienen.

Gegen Morgen in Pillnitz angekommen, band Zaklika sein Boot an der alten Stelle fest und fand das ganze Haus noch in tiefem Schlaf. Ungesehen stahl er sich in seine Kammer und wartete ungeduldig, daß seine Herrin aufwachte. Es war keine Zeit zu verlieren. Kaum hatten sich die Fenster geöffnet, ging er zweimal vor ihnen auf und ab, um die Gräfin ins Freie zu rufen, denn bei einem Gespräch im Zimmer mochten die Wände Ohren haben. Anna sah ihn, eilte hinaus und ans Elbufer.

Zaklika berichtete eingehend über alles, insbesondere über seine Unterredung mit Lehmann. Er versuchte der Gräfin klarzumachen, daß es unmöglich und gefährlich sei, Wertsachen und Geld mitzunehmen, und erbot sich, alles am hellichten Tage, wenn es am wenigsten auffiel, getarnt als Bedarf für Annas Kinder, nach Dresden zu bringen und beizeiten wiederzukommen. An den schweren Koffern und Schatullen hätten eigentlich mehrere Leute zu schleppen gehabt, aber Zaklikas übermenschliche Kraft schaffte das allein.

Die Gräfin stimmte zu. Zaklika hatte Pferde gemietet, die in der Dämmerung am Waldrand in der Nähe des Elbufers für sie bereitstehen sollten. Zu Hause wollte er es so einrichten, daß man möglichst spät hinter ihre Absichten kam. Wechselgespanne an den einzelnen Stationen waren bestellt, und es bestand Hoffnung, daß die Cosel, bevor die Nachricht von der Flucht nach Dresden drang, preußisches Hoheitsgebiet erreichte, wo sie, wie sie sich einredete, niemand mehr zu verfolgen gedächte.

Die sehr umsichtig und insgeheim getroffenen Maßnahmen schienen zu gewährleisten, daß die Gräfin entkam. Zaklika freute sich schon, da erklärte die Cosel, sie wolle bei der Fahrt durch Dresden am Festplatz aussteigen.

„Das ist ausgeschlossen!" rief er entsetzt. „Das hieße sich freiwillig zum Fraß hinwerfen. Ihr werdet erkannt, und dann..."

Die Cosel schüttelte den Kopf.

„Ich will es, und so wird es geschehen", sagte sie. „Ihr kennt mich und wißt, daß ich einen eisernen Willen habe, daß ich halsstarrig bin, daß ich an meinen Entschlüssen festhalte. Ich muß ihn sehen und sie. Das ist keine Laune, das ist unausweichlich, dringendes Heilmittel. Ich will sie sehen, um die Sehnsucht zu verlieren und statt dessen Ekel zu bekommen vor diesem Mann, den ich geliebt habe und liebe."

„Aber Ihr setzt Euer Leben aufs Spiel."

„Ich weiß wohl, was ich damit riskiere", fiel ihm die Cosel ins Wort. „Sie können mich ergreifen und nach Königstein bringen oder auf irgendeine andere Festung; mögen sie mich erschlagen, aber ich muß hin. Zum Schutze des nackten Lebens werde ich meine Waffe bei mir haben, alles andere überlaßt mir!"

Zaklika schwieg.

Die Gräfin lief schnell ins Haus, um ihn gleich nach Dresden loszuschicken mit allem, was sie an Wertsachen besaß. Er ließ Gottlieb den Jagdwagen anspannen, der Geschenke und Kleidung für die Kinder nach Dresden fahren sollte. Zum Glück kam kein Argwohn auf. Für die Fuhre wählte er einen Knecht aus, der die Stadt nicht kannte und kaum redselig war. Außerdem wollte ihn Zaklika unterwegs zur Sicherheit unter Alkohol setzen. Das Gepäck verstaute er unter Kleidern und Wäschestücken, so daß nichts zu sehen war. Dann kletterte er auf den Wagen und befahl zu fahren, ohne die Pferde zu schonen.

Das Unternehmen gelang, der Junge betrank sich, bevor sie die Stadt erreichten; weder die Straße noch das Haus hätte er bezeichnen können, wo sie ihre Fracht hinbrachten. An der Gartenpforte, die Lehmann selbst öffnete, luden sie alles ab. Dann schloß der Bankier die Tür, und Zaklika trug es unbeobachtet in die Wohnung. Keine lebende Seele wurde ihn gewahr. Ein kurzer kräftiger Händedruck, und schon schwang er sich auf den Wagen. Der Kutscher schlief im Heu, Zaklika nahm die Zügel, knallte mit der Peitsche, und zurück ging es nach Pillnitz.

Währenddessen nahm die Cosel Abschied von ihrer beschaulichen Einsiedelei, bündelte Papiere, verbrannte Briefe, bei allem streng darauf bedacht, daß niemand vom Dienstpersonal etwas Außergewöhnliches dahinter witterte und sie vorzeitig verriet. Zur gewohnten Stunde wurde der Mittagstisch gedeckt. Da erschienen unerwartete Gäste, Graf Friesen und Lagnasco aus Dresden, offenbar um zu schnüffeln, was hier draußen vor sich ging.

Die Gräfin beherrschte sich in solchem Maße, daß sie die ungebetenen Gäste mit geradezu freudiger Miene empfing. Keinesfalls durfte sie sich anmerken lassen, wie es in ihrem Innern aussah. Sie gab vor, das Kriegsbeil begraben zu haben, sich Haus und Garten zu widmen, höchstens Wert auf ihre gemütliche Einöde zu legen und sich im Grunde wenig dafür zu interessieren, was in der Hauptstadt passierte. Dabei spickte sie ihre Rede mit Klagen gegen den König ebenso wie mit Gefühlsäußerungen für ihn, sie so wirklichkeitsgetreu spielend, daß die Ankömmlinge alles für bare Münze nahmen.

Der Graf Friesen hatte ein Anliegen, er bat sie, ihm eine hohe Summe zu leihen. Die Cosel mochte ihn gern, er hatte ihr wiederholt freundschaftliche Dienste erwiesen, aber lächelnd lehnte sie ab.

„Mein Lieber", sagte sie, „ich bin ärmer, als Euch scheinen mag. Der König fordert seine Geschenke gewöhnlich zurück; ich kann jeden Moment den Rest einbüßen. Verzeiht, aber ich kann nicht helfen."

Friesen strich die Segel.

Die Gäste erzählten vom letzten Ball, vom König, von Frau Dönhoff, von Hofaffären und Prophezeiungen und gerieten so ins Schwatzen, daß es Abend wurde, ehe sie sich von der Hausherrin verabschiedeten. Auf einmal hatten sie es eilig, um sich pflichtgemäß zur Maskerade einzufinden, denn der König erkannte da keinerlei Entschuldigung an.

Es begann zu dämmern, die Gräfin jammerte vor ihren Leuten über Kopfschmerzen, die augenscheinlich von den Strapazen der Konversation herrührten, und erklärte, sie werde sich früher als sonst zur Ruhe begeben. Geräuschloses Verhalten war geboten, Zaklika sorgte dafür, und die Gräfin verschloß sich in ihrem Zimmer.

In dickem Mantel, Pistolen am Gurt, patrouillierte Raimund ums Haus. Als es dunkler wurde, klopfte er an die kleine Tür, die in den Garten führte. Eine schwarz verschleierte Gestalt erschien, erfaßte Zaklikas Hand und verschwand hinüber zur Elbe. Hier wartete der Kahn und stieß lautlos ab, ohne ein Ruder zu bewegen, es ging stromabwärts. Dichtes Schilf und Wasserweiden schützten sie selbst am Tage vor Sicht, und jetzt gab es niemand, der sie hätte erspähen können. Nach einer Viertelstunde stiegen sie an einer freien Stelle aus und fanden unweit vom Ufer, wie vereinbart, eine einfache Kutsche mit vier Pferden. In jenen Zeiten höfischer Liebesgeschichten nahm es niemand wunder, wenn eine Frau bei Nacht entfloh.

Zaklika half der Cosel in den Wagen, sie zeigte nicht die geringste Aufregung, er selber setzte sich zum Kutscher, und so fuhren sie nach Dresden. Für die Gräfin war am Elbufer Quartier bestellt, wo sie absteigen und später ein anderes Gespann bekommen sollte, um die Nachtfahrt in schnellerem Tempo fortzusetzen.

Die wenigen Meilen bis Dresden waren rasch zurückgelegt. Nochmals versuchte Zaklika die Gräfin von dem gewagten Abstecher zum Markt abzubringen. Sie reagierte mit einer flüchtigen Handbewegung. Zaklika verkleidete sich in einen Domino, setzte eine Maske auf und begleitete sie. Die Kutsche ließen sie an der Brücke stehen und gingen zu Fuß weiter.

An diesem Tag erreichte der Rummel seinen Höhepunkt. Die Dresdner Bevölkerung verzehrte die Brosamen vom Tisch der Reichen, und allerorts tosten Lärm und Heiterkeit. In der Schloßstraße strahlten die Häuser in festlicher Beleuchtung, wimmelte es von Wagen, Menschen, Pferden und Sänften, so daß kaum durchzukommen war.

Dieses Getümmel, Gelächter und Gejohle, das die Cosel nie recht gemocht hatte und in letzter Zeit nicht mehr gewohnt war, stieß sie ab. Als versagten ihr die Kräfte, lehnte sie sich manchmal an eine Mauer und konnte keinen Schritt tun, dann wieder eilte sie geschwind weiter, gleichsam von einem Gedanken oder einer Gefühlsregung aufgeschreckt. Raimund wachte darüber, daß ihr niemand zu nahe kam.

Zur Stunde hatte gerade der größte Ansturm auf den Festplatz eingesetzt. Auf der Rathausgalerie schmetterte ein Orchester in exotischen Kostümen Fanfaren, unten tummelten sich Masken in den sonderbarsten Verkleidungen. Rings um den Markt reihten sich Schaubühnen und Verkaufsstände, Bänke und Tische, alles mit Blumen und Girlanden geschmückt. Damen in orientalischen Kostümen boten Scherzartikel, Getränke und Leckereien feil. Überall wurde gekreischt und lauthals gelacht, besonders an den imposanteren Buden, die auch den meisten Zuspruch buchten. Die Illumination der umliegenden Gebäude warf grellen, farbenfreudigen Widerschein auf die kunterbunte Masse.

Inmitten des Gewühls spielten Harlekine und Pulcinelle improvisierte Sketche. Davor drängten sich Zuschauer, klatschten Beifall, und ihr Gelächter über die derben Späße schallte zuweilen über den ganzen Markt, die Musik übertönend. Gesang, Glockengeläut, Gedudel, Gebrüll der Marktschreier, Gejauchze, das alles mischte sich zu solchem Tohuwabohu, daß es in den Ohren dröhnte. Fröhlichkeit wurde es genannt, in Wirklichkeit war es ein Hexensabbat. Das Auge schmerzte nicht minder vom Anblick des Durcheinanders mit seinem wogenden Meer von Köpfen, fuchtelnden Armen, hüpfenden vermummten und flitterbehängten Gestalten.

Hin und wieder hob sich für Sekunden eine geschmackvolle Figur oder ein besonders scheußliches Gespenst heraus, aber sofort schwappte der brodelnde Brei der Tausende darüber und sog sie in sein anonymes Gewirr herab. Von den Balkons und Fenstern schauten aufgeputzte Frauen hinab, an den Rändern starrten graue, ausgemergelte, abgestumpfte Armeleutegesichter, herbeigelockt, aus den Tiefen des Elends dem Mummenschanz zuzusehen.

Von Zeit zu Zeit zischte aus den Fenstern eine Rakete hervor, aus anderen rieselten Zuckerplätzchen herab, nicht selten auch Kieselsteinchen.

Anna Cosel blieb am Ende der Schloßstraße stehen, als fehlte ihr Mut weiterzugehen. Zaklika nutzte ihr Zögern und raunte ihr zu:

„Laßt uns umkehren!"

Statt einer Antwort hastete sie weiter. Einige Schritte von ihr stand ein venezianischer Edelmann. Über seiner schwarzen Maske saß ein Hut mit schwarzer Feder, seine Samtrobe zierte eine Goldkette. Beide Arme in die Hüften gestemmt, nahm er sich so malerisch, so erhaben aus, daß er wie ein Künstlermodell wirkte.

Hübsche Masken umringten ihn, zwei davon in fast gleichen Kostümen.

Auf den ersten Blick erkannte die Cosel den König in ihm, den Herkules, dem keiner im Lande gleichkam. Sie zauderte einen Augenblick, dann faßte sie sich ein Herz und trat auf ihn zu. Trotz des hochgeschlossenen schwarzen Kleides und des dichten Schleiers konnte sie ein geübtes Auge leicht identifizieren. Ihre majestätische Anmut, ihre graziöse Haltung, ihre edle Figur waren noch immer unverwechselbar. Der König sah sie an und wollte seinen Augen nicht trauen.

Ohne ihn anzusprechen, ging die Cosel vor ihm auf und ab. August näherte sich ihr, es schien, als wollte er sie festhalten, aber er unterließ es, offenbar einen Auftritt befürchtend. Anna fixierte ihn herausfordernd. Da entschloß sich der König.

Der ganze Hof sprach damals französisch. Anna verstellte ihre Stimme, die unwillkürlich vibrierte.

„Ehrenwort, schöne Maske", rief er aus, „ich bilde mir ein, hier alle zu kennen, und dennoch ..."

„Mich nicht."

„Und Ihr wißt, wer ich bin?"

„Ich kenne Euch."

„Wer bin ich?"

Ihre Stimme stockte, dann plötzlich riß sich das Wort los und prallte dem Manne geradewegs ins Ohr.

„Ein Henker."

Der König erschrak. „Ein böser Witz."

„Die traurige Wahrheit."

August sah sie scharf an und sagte:
„Wenn Ihr mich kennt und wagt, mich so zu beschimpfen, dann möchte ich fast meinen, auch Euch zu kennen. Trotzdem, nein, das kann nicht sein."
„Ihr kennt mich nicht", sagte die Cosel lachend.
„Tatsächlich, nein. Ihr könnt nicht die sein, an die ich denke; sie hätte sich nicht erkühnt, ohne Erlaubnis herzukommen."
„Eine Frau?" fragte die Gräfin. „Eine Frau hätte nicht den Mut? Eine Frau hätte um Erlaubnis gefragt?"
Sie lachte. Der König zitterte, als wäre ihm das Gelächter in die Glieder gefahren, und griff nach ihrer Hand. Sie entwand sie ihm.
„Ihr haltet mich zum Narren, schöne Maske", sagte er.
„Ich kenne Euch doch nicht", antwortete die Cosel. „Einst habe ich jemand gekannt, der Euch ähnelte, aber er hatte ein königliches Herz, war edelmütig und von Charakter, ein Held. Ihr jedoch ..."
Wie gewöhnlich, wenn er sich ärgerte, schoß dem König das Blut ins Gesicht.
„Das dürfte wohl die Grenzen der Karnevalsfreiheit überschreiten!" fauchte er.
„Die Freiheit hat keine Grenzen."
„Gut, dann sagt alles", lenkte der König ein. „Wer bin ich?"
„Ihr?" Die Cosel überlegte kurz, dann sagte sie: „Wenn Ihr kein Henker seid, dann seid Ihr ein Spielball in der Hand von Henkersknechten."
„Cosel", schrie August außer sich und faßte sie am Arm.
„Nein, nein!" rief die Cosel, riß sich los und lachte hämisch. „Wie könnte sie denn hier sein und so gelassen ihrem Totenschmaus zusehen? Ich habe sie einmal gesehen, ich kenne die Frau, deren Namen Ihr ausgesprochen habt. Zwischen mir und ihr gibt es nichts Gemeinsames. Die andere haben Schurken gemeuchelt und begraben, ich lebe."
Der König hörte sich das schweigend und verwirrt an. Plötzlich näherte sich Anna seinem Ohr und flüsterte ihm höhnisch lachend ein paar Worte zu; ehe sich August versah, war sie verschwunden.
Er stürzte ihr nach, aber die flinke Cosel mischte sich unter die Menge und ließ sich neben Zaklika, der sie beschirmte, zu den Buden treiben. Hier nahm sie schnell ihren schwarzen Mantel ab und warf sich ihn, das rote Futter nach außen, wieder über die Schultern. So konnte sie unerkannt den Markt vor der anderen Seite erreichen.
Zaklika bemühte sich vergeblich, sie zurückzuhalten. Sie wußte aus früheren Jahren gut Bescheid in solchen Maskeraden und deren Gepflogenheiten und rannte schnurstracks dahin, wo sie die Dönhoff anzutreffen hoffte. In den drei Buden gegenüber dem

Rathaus, die mittlere war auf neapolitanische Art von Zitruskränzen gesäumt, saßen Frau Pociejowa, der Graf Friesen mit einer Gitarre Gesellschaft leistete, die Marschallin Bielinska, als Venezianerin verkleidet, neben ihr Montargon als Wachposten, und die Dönhoff in neapolitanischem Kleid, das von oben bis unten mit Edelsteinen besetzt war.

Die Dönhoff war eine kleine, noch sehr junge Frau mit verlebtem Gesicht, dessen natürliche Farben Rouge und Puder übertünchten. Ihrer melancholischen Miene gelang es nur bedingt, ihre Lotterhaftigkeit und Genußsucht zu verbergen. Um ihren Kramladen lungerten Jugendliche, unter ihnen der französische Botschafter Besenval, der die Dame mit Witzen zu unterdrücktem Kichern brachte.

Anna Cosel wählte einen Standort, von dem aus sie ihre Nachfolgerin ungehindert beobachten konnte. Aus ihrer Maske sprühten gleichermaßen verächtliche wie haßerfüllte Blicke. Als spürte sie es körperlich, erschauerte die Dönhoff und wandte sich betroffen in die Richtung.

Die Cosel streckte ihre schmale Hand nach einem Glas Limonade aus, womit die Dönhoff ihre Gäste bewirtete.

„Erquickt eine schmachtende Frau, schöne Wirtin", sagte die Cosel in rührseligem Ton. „Ich bettle nicht um Almosen, da ich weiß, daß Ihr Euch alles bezahlen laßt."

Sie zeigte ihr ein Goldstück zwischen den Fingern. Die Dönhoff reichte ihr das Glas mit zitternder Hand, als ahnte sie ein Verhängnis.

„Auf ein Wort noch", fuhr die Cosel fort und rückte näher heran. „Schaut mich an."

Bei diesen Worten hob sie die Maske leicht an, so daß nur die Dönhoff für einen Moment ihr Gesicht sehen konnte.

„Betrachtet mich genau, prägt Euch diese Züge gut ein. Es ist das Antlitz Eurer Feindin, deren Verwünschung dich schamlose Kokotte bis ans Totenbett verfolgen wird. Seht nur her, ich bin es, die du fürchtest, die du in den Kerker werfen wolltest, der du das Herz des Königs geraubt hast, die dich Tag und Nacht verflucht. Merke dir, daß deiner ein schlimmeres Los harrt. Ich trete makellos ab, verraten, schuldlos, du wirst beschmutzt und beschimpft von dannen ziehen, ehrlos wie die Niederste der Erniedrigten. Ich wollte dich ansehen und dir das sagen, und sollte ich mit dem Leben dafür bezahlen, es dir offen ins Gesicht schleudern: Du bist gemein und niederträchtig."

Entsetzt sank die Dönhoff zur Seite, verlor die Besinnung. Um die Bude entstand Tumult, der König eilte herbei. Anna Cosel entschlüpfte und suchte mit Zaklika das Weite.

In einer kleinen Seitengasse erst verschnauften sie und hörten hinter sich das Stimmengewirr der aufgescheuchten Meute, Schreie und Kommandos. Zaklika griff nach der Pistole, die er unter dem Mantel barg, die Cosel stürmte weiter. Der Lärm verlor sich mehr und mehr, ebbte zu monotonem Gemurmel und Rauschen ab. Durch die größeren Nachbarstraßen jagten berittene Patrouillen. Aber Raimund kannte jeden kleinsten Winkel der Residenz und geleitete die Gräfin ungefährdet zum Stadttor.

Kurz davor jedoch erfuhren sie zu ihrem Schrecken von einem Befehl des Königs, alle Tore zu schließen und keine Frau hinauszulassen. So manche Dame saß fest und mußte bis zum nächsten Morgen warten. Zaklika wollte sich vergewissern, ob das Verbot etwa auch die Männer betraf.

„Nein", antwortete eine resolute Frau lachend. „Dem König hat's offensichtlich an Tänzerinnen gefehlt, nun wollen sie uns mit Gewalt die Nacht über hierbehalten."

Bisher war alles einigermaßen glimpflich verlaufen. Die Cosel hatte ihren Mantel wieder mit der schwarzen Farbe nach außen gewendet und tastete sich im Häuserschatten vorwärts. In dieser Kleidung entwischen zu wollen, daran war nicht mehr zu denken. Dazu war sie allzu bekannt, und jeder Offizier konnte in ihren Zügen und ihrer Gestalt die Gesuchte vermuten. Zaklika erschien jeder Lidschlag eine halbe Ewigkeit. Er zog die Gräfin hinter sich her zu Lehmann. Im Schloß dauerte das Vergnügen an, also mußte bei ihm das Haus leer sein. Der alte Bankier saß auch wirklich allein bei seiner Familie, als Zaklika mit der Cosel eintrat und für sie unverzüglich irgendeinen Männeranzug erbat.

Lehmann nahm, was ihm gerade zwischen die Finger geriet, einen schwarzen Mantel und einen Dreispitz nicht gerade neuester Mode. Die Gräfin zog sauer lächelnd die Sachen über. Mit allen guten Wünschen ließ Lehmann die beiden Ausreißer zur Hintertür hinaus.

Am Stadttor, das sie von weitem sahen, machten sich im Laternenschein Soldaten breit, einige Offiziere sprangen von den Pferden und schritten die Straße ab.

Zaklika faßte die Cosel am Arm, sie hüllte das Gesicht in den aufgestülpten Kragen. Als sie an den Soldaten vorbeigingen, guckten sich einige nach ihnen um, aber niemand vertrat ihnen den Weg.

Die Offiziere unterhielten sich und lachten laut; einzelne Gesprächsfetzen waren deutlich zu verstehen:

„Was soll das wieder bedeuten? Hat jemand einen Brillanten gestohlen?"

„Ach, die Cosel suchen sie, die den König angeblich öffentlich auf dem Markt beleidigt hat."

„Die Cosel? Die gibt es doch gar nicht mehr."

„Paß nur auf, die kommt wieder, deshalb haben sie solche Angst vor ihr."

„Als die Teschen stürzte, kümmerte sich niemand um sie; die da herrscht noch, schon bei ihrem bloßen Namen schlottern ihnen die Knie."

Die anderen kicherten.

Anna Cosel und Zaklika passierten unbehelligt die Postenkette, den dunklen Torbogen, und als sie die Zugbrücke hinter sich ließen, atmete die Gräfin erlöst auf; sie war frei.

Eine Stunde später holperte ihr Wagen im Schutze der dunklen Nacht munter dahin – auf Preußen zu. Nur Raimund Zaklika auf dem Kutschbock horchte, den Finger am Abzug seiner Pistole, ob nicht die Häscher folgten.

V

Im ersten Viertel des achtzehnten Jahrhunderts war Berlin kaum mehr als ein schwacher Schattenriß der Metropole, die es unlängst geworden ist. Eben um diese Zeit begann es sich aufzublähen, noch jung, doch schon dem Wesen nach eine Stadt der Kasernen, des Militärs, der klösterlichen Ruhe und Ordnung. Hier entstand nichts, wie es wollte, sondern wie es die Obrigkeit befahl. Wachstum, Verschönerung und Handel waren von vornherein eingegrenzt und abgezirkelt.

Nichts konnte im Vergleich zu Dresden trostloser anmuten als die Hauptstadt an der Spree. In den Straßen gab es mehr Soldaten als Volk, Trommeln rasselten, und Querpfeifen gellten lauter als Glockengeläut, und Kasernen waren zahlreicher als Kirchen. Längs der Hauptstraßen reihten sich schnurgerade Häuserzeilen, nicht weil es so schön war, sondern weil es so sein mußte.

Dennoch hatte Berlin schon fünf Stadtviertel und Vororte, weitflächig und öd. Hier und dort ragten zwischen kleinen Katen und Häuschen Paläste der Königsfamilie empor in gekünsteltem von überallher zusammengeborgtem Protz. So prangte in Spandau das Monbijou der Königin, in Stralau das Belvedere des Monarchen.

Alles war neu wie der Staat selbst, die ältesten Gebäude zählten ihr Alter nach Jahrzehnten. Etliche Statuen spukten in der Wüste, ein paar geräumige Plätze warteten auf Leben. Am Molkenmarkt stand Friedrich I., ursprünglich fürs Zeughaus bestimmt.

Eine Spreebrücke war bereits gemauert und hieß die „neue", und statt Heinrichs IV. pflanzte man Kurfürst Friedrich Wilhelm darauf. Den Königspalast begann man Anfang des Jahrhunderts zu bauen, er stellte mit seinem Prunk alle anderen Bauwerke in den Schatten. Schlüter behängte ihn dermaßen mit Kränzen und Ranken, daß die Mauern dahinter verschwanden; da zwei andere Baumeister nach ihm das Vorhaben vollendeten, jeder nach seinem Geschmack, gebaren drei Geschmäcker Geschmackloses.

Berlin trug schon damals Keime all dessen in sich, was eine Großstadt kennzeichnet, nur an Einwohnern fehlte es noch. Theater, Gemäldegalerie, Bibliothek, Museen, alles wurde Hals über Kopf gegründet, gefüllt, allerdings opferte man hier nicht wie in Dresden das Heer dem Porzellan, sondern kaufte für Gold Soldaten. Und das, was Berlin wirklich sein Gepräge verlieh und worin seine und des Königreiches Zukunft lag, war die mit technischer Perfektion ausgebildete Truppe, verläßlich wie in Uhrwerk, geschlossen wie ein Mann.

Hier lag jenes berüchtigte Grenadierbataillon der Langen Kerls, rekrutiert aus aller Herren Ländern, das Modell dessen, was man aus Menschen machen kann und zu welcher Präzision ein Militärmechanismus fähig ist. Diese Riesengrenadiere erhielten reichlich Sold, obwohl bei anderen Dingen jeder Groschen zweimal umgedreht wurde. Manche von ihnen besaßen Eigenheime und trieben außer dem Exerzierdienst Handel. Der stattlichste von ihnen, der Norweger Jonas, den man verwachsen und krumm geholt hatte, bekam erst hier einen geraden Rücken und wurde ein idealer Soldat.

Neben Dresden nahm sich Berlin aus wie das Kloster neben dem Theater.

Als die verstaubte und verschlammte Kutsche der Cosel glücklich in die Straßen dieser Metropole einbog und die Gräfin die sandigen Alleen, die gleichsam ausgestorbenen Häuser betrachtete, wollte es ihr das Herz abdrücken. Andererseits versprach sie sich Sicherheit, Frieden, Obhut. Hier wollte sie abwarten, ob ihr Schicksal sich nicht doch noch zum Guten wandte.

Ein vorausgeschickter Bote hatte an einer der Hauptstraßen eine Wohnung gemietet, die ihr nach den Palästen ihrer Vergangenheit armselig erschien, obwohl sie nur unbehaglich, kalt und leer war. Aber schließlich war es für sie nur eine vorübergehende Herberge.

Am anderen Morgen bezog Zaklika seinen Posten und besorgte alles Lebensnotwendige. Die Cosel richtete sich in einem sonnenlosen Raum ein, um ungestört über ihr Mißgeschick brüten zu können. So begann ein neues Dasein: traurige, lange und einförmige Tage.

In Berlin durfte sich niemand inkognito aufhalten. Am dritten Tag wurde der Gräfin Marschall Wartensleben, Berlins Statthalter, gemeldet, und Oberst Natzmer, Chef der Gendarmerie, ritt auffallend oft und wachen Auges an ihrem Haus vorbei.

Dabei benahmen sich alle ausnehmend höflich.

Auf offiziösen Kreisen wurde bekannt, daß man die Ankunft

der Gräfin, insbesondere die Überweisung beachtlicher Summen an den Bankier Liebmann, äußerst freundlich aufnahm. Von Dresden her schien trotz der engen Beziehungen der drei Friedriche keine Gefahr zu drohen, und die Cosel brauchte nicht zu befürchten, daß sie hier jemand verfolgte.

Erst in dieser dumpfen Einsamkeit, mitten in dieser stummen Stadt, die mit den Hühnern schlafen ging, wurde sie sich der ganzen Schwere ihres Mißgeschicks recht bewußt.

Verbittert hockte sie tagelang reglos, sprach kein Wort, starrte mit ihren schwarzen Augen die Wände an, mit allen Sinnen vergangene Zeiten heraufbeschwörend. Ihr Herz quälte sich mit der Frage ab, ob es so leichtfalle, mit der Liebe Schluß zu machen, zu vergessen, empfangenes Glück so schnell mit Undank zu vergelten. Der Charakter des Königs kam ihr vor wie ein ungeheuerliches Rätsel. Sie dachte an seine Zärtlichkeiten zurück, an die vielen Beweise der Zuneigung, an ihre jüngsten Triumphe und seine Schwüre und konnte die Trennung nicht begreifen.

Nicht den König gab sie auf, sie zweifelte am Menschen. Ein ganzer Mann, wie ihn der Herrgott erschaffen, schien ihr purer Hohn. Sie verstand das Leben nicht mehr, wußte die feierlichen Gelöbnisse nirgendwo einzuordnen, die Lästerung heiliger Dinge, den Spott über Vergangenes zu fassen. Die Welt war ein Buch mit sieben Siegeln. Ihr Leben erforschend, suchte sie nach eigener Schuld und konnte, da sie nun selber litt, keine Sünde finden, die der Sühne entspräche.

Bald ließ sie sich die Bibel bringen.

Eines Nachmittags betrat Zaklika ihr Zimmer. Sonst kam er nur, wenn er gerufen wurde oder etwas Dringendes bestellen mußte. An der Schwelle blieb er mit hängenden Schultern stehen, die Cosel blickte auf und fragte:

„Was gibt's, Zaklika? Etwas Unangenehmes?"

„Wo soll es in dieser Welt schon Angenehmes geben?" sagte er. „Spione umlauern das Haus. Ich wollte Euch nur bitten, sich in acht zu nehmen vor ihnen. Früher oder später wird jemand hier auftauchen und seine Sympathien beteuern, glaubt nur, ich täusche mich nicht. Seht Euch vor."

Die Gräfin hob die Brauen.

„Ihr müßtet mich eigentlich kennen", wies sie ihn zurecht. „Ich kann nicht lügen. Selbst ihm und seiner Mätresse habe ich meine Meinung ins Gesicht geschleudert, ich werde auch den Mut finden, es jedermann zu wiederholen, der es hören will."

„Wozu sie reizen und ihre Rache herausfordern?" nahm sich Zaklika heraus hinzuzufügen, obwohl sie mit einem Wink zu verstehen gegeben hatte, daß das Gespräch beendet war. „Sie werden doch lügen."

Die Cosel sagte nichts mehr, zwei bittere Tränen rollten die Wange hinab. Zaklika ging.

Drei Tage danach bat ein junger, gutgewachsener Mann, vorgelassen zu werden. Es war van Tinen.

Anna Cosel kannte ihn, schon einmal war er zu ihr abgesandt worden, um zu schlichten. Ebenso wie Watzdorf hatte er es mit unangebrachten Liebeserklärungen versucht; damals mußte sie die heuchlerischen Beteuerungen gelassen hinnehmen, obwohl all diese Gauner sie nur anwiderten.

Van Tinen wurde empfangen.

Er eröffnete ihr gleich eingangs, sich sehr verwundert zu haben, als er, zufällig in Berlin weilend, von ihrem Hiersein erfuhr, von dem er zuvor nichts gewußt hätte.

Die Gräfin blickte ihm verächtlich in die Augen.

„Wo wart Ihr denn, als ich Sachsen verließ?"

„Ich?" Van Tinen tat erstaunt. „In Dresden, sogar an dem Abend, als Ihr die arme Dönhoff fast um den Verstand gebracht haben sollt. Nachdem die Wogen wieder geglättet waren, fühlte ich mich nicht veranlaßt, nachzuforschen, wohin Ihr Euch begeben hattet."

„Ich freue mich sehr", sagte die Cosel, „daß Ihr mich vergessen konntet; mehr wünsche ich mir gegenwärtig nicht."

„Und ich denke", tastete sich van Tinen weiter, „auch die anderen wären gern versichert, daß Ihr das Euch zugefügte Leid ebenfalls aus dem Gedächtnis gestrichen habt."

Nach einer kurzen Pause flüsterte er: „Ich könnte Euch viel Interessantes erzählen."

Das deutete sehr auf den Versuch hin, sich bei der Cosel lieb Kind zu machen.

„Ich bin nicht neugierig", sagte die Gräfin resigniert. „Denkt Ihr, mich könnte heute noch irgend etwas interessieren? Früher habe ich an die Aufrichtigkeit des Überschwangs geglaubt, habe gedacht, er käme vom Herzen. Jetzt weiß ich, daß ihn Eitelkeit und Mutwille erzeugen."

„Wir amüsieren uns vortrefflich", sagte van Tinen verständnislos. „Für Euch, die Ihr bei so vielen Festlichkeiten ungekrönte Königin wart, ist das nichts Neues, immerhin ..."

Offenkundig erwartete er eine Aufforderung fortzufahren, aber die Cosel schwieg. Van Tinen erzählte lachend drauflos.

„Das Gelände ist Euch bekannt, denn Ihr habt ja einst in Laubegast ..."

„... glücklich gelebt", schloß sie.

„Flemming hat in der Senke zwischen Laubegast und Pillnitz für den König und die Dönhoff eine Lustbarkeit veranstaltet."

„Was Ihr nicht sagt!"

„Zuerst marschierten sechs Regimenter auf", schilderte er. „Die gesamte Leibgarde des Königs war aufgeboten. Auf den Anhöhen gingen Geschütze in Stellung, und die Truppen schwärmten aus, so daß sie dem Hofstaat das Schauspiel einer richtigen Schlacht lieferten. Alles lief wie am Schnürchen. Die aufgeteilten Regimenter gingen feuernd zum Angriff vor, und obwohl außer einigen Niedergerittenen und unter den Hufen Zertretenen niemand zu Schaden kam, hätten wir in unserer Entfernung schwören können, daß grausiges Gemetzel und Blutvergießen im Gange war. Der König verfolgte die Darbietung, rechts die Dönhoff, links die Hetmansfrau Pociejowa, beide wie Amazonen hoch zu Roß. Um ihn herum drängte sich die ganze Hofgesellschaft auf rassigen Rappen. Ein Teil der Damen genoß den Spaß von ihren bequemen Wagen aus."

Die Cosel lächelte verächtlich.

„Also leisten ihm jetzt zwei Frauen Gesellschaft", sagte sie. „Ein offensichtlicher Fortschritt. Und die Reserve schon in Bereitschaft. Wahrhaftig, das nennt man großartig und königlich!"

Van Tinen senkte die Stimme.

„Dabei sind die beiden in keiner Weise eifersüchtig aufeinander, auch nicht auf andere", plauderte er. „Ich will aber zu meinem Stimmungsbericht zurückkehren. In der Nähe standen großartige Zelte, in einem speiste der König mit der Dönhoff, ihrer Schwester, ihrer Mutter und den Vornehmsten seiner Suite zu Mittag."

„Wart Ihr auch dabei?" fragte Anna höhnisch.

Van Tinen errötete.

„Nein, ich war im anderen Zelt, habe aber alles gut beobachtet. Zu Tisch spielten Kapellen auf, zum Toast donnerten Kanonen, und so begleiteten Artilleriesalven und Hörner das ausgelassene Jubelgeschrei."

„Entzückend", sagte die Gräfin. „Und das war alles?"

„Nein, damit fing es erst richtig an. Nach der Mahlzeit ging es lustig zu. Die Tische wurden nicht abgeräumt. Flemming wollte die Soldaten mit den Resten abfüttern, aber das Brot ging zur Neige. Da wurde in jeden Kanten ein Gulden gesteckt, und über tausend waren es. Auf Sturmalarm stürzten sich die Soldaten in Gefechtsordnung verwegen über die Schüsseln; die zuerst dran waren, wurden von der zweiten Welle überrollt, und die zweite von der dritten. Gottvoll war der Anblick, wir sind vor Lachen geplatzt. Das dauerte an, bis alles vertilgt war und zum Rückzug geblasen wurde.

Der König ruhte währenddessen mit den Damen auf einem Hügel. Als der Abend hereinbrach, legte man das Königszelt mit Teppichen aus, das Orchester nahm Platz, und der Tanz begann. Flemming animierte die ganze Zeit mit dem Glas in der Hand Gast für Gast, küßte, prostete, schenkte ein und betrank sich als erster.

Auch der König schien bei bester Laune, hielt sich aber im Zaum, so daß es niemand merkte. Nur tat mir der diensthabende Kammerherr Seiner Majestät leid. Offenbar hatte er etwas zuviel getrunken. Er schwankte mit seinem Tablett durch die Reihen und wäre, hätte ihn jemand auch nur mit dem Finger berührt, unweigerlich umgekippt. Nie habe ich Flemming in solcher Verfassung gesehen."

„Kein Wunder", sagte die Cosel, „er hat seinen Triumph und meinen Fall gefeiert."

„Schließlich machte der König Anstalten zu gehen", van Tinen ließ sich nicht unterbrechen, „Flemming fiel ihm in seiner Trunkenheit um den Hals, ungeachtet der vielen Zuschauer, und brabbelte laut, daß es alle hören konnten:

‚Brüderchen, liebes Brüderchen, ich sage dir die Freundschaft auf, wenn du gehst.'

Frau Dönhoff, stets an der Seite des Königs, versuchte Flemming zur Räson zu bringen, ohne Erfolg. Er war so sternhagelblau, daß er nur seinesgleichen um sich wähnte. Als die Dönhoff ihn am Arm packte, drückte er sie an sich; sie gefiel ihm, und er sagte es ihr auch deutlich. Sie kreischte beleidigt und ungehalten auf, um im nächsten Augenblick in hemmungsloses Gelächter auszubrechen.

Endlich rissen sich der König und die Dönhoff los und schwangen sich auf die Pferde. Zum Glück heftete sich ihnen ein Page an die Fersen, sonst wäre unser Allergnädigster heruntergefallen. Man wollte ihn unbedingt in den Wagen setzen, er lehnte empört ab. Den Stallmeister, der sich ein bißchen forsch um ihn bemühte, stieß er von sich, und die Dönhoff fuhr er an:

‚Laßt mich doch in Ruhe, ich kenne mein Pferd, kümmert Euch nicht um mich!'

Dann fiel er in Galopp, und die Kavalleriegarde, der Hofstaat und alles, was Beine hatte, jagte hinter ihm drein. Die Gräfin rutschte aus dem Sattel, aber Kavaliere fingen sie auf. Das ernüchterte sie, und obwohl sie verwegen reiten kann, stieg sie in die Kutsche um."

„Man hätte sie ruhig das Genick brechen lassen sollen", warf die Cosel ein.

„Am drolligsten war Flemming", fuhr van Tinen fort. „Nach Aufbruch der Damen und des Königs legte er sich noch einmal ordentlich ins Zeug. Er hatte Lust zu tanzen, griff sich die dagebliebenen Dienstmädchen eine nach der anderen heraus und hüpfte mit ihnen bis zum Morgengrauen."

„Mit dem König ist er nicht das erstemal so umgesprungen", sprach die Gräfin. „Der König selbst hat mir erzählt, wie er nach solchen Albernheiten am nächsten Morgen aufs Schloß gekommen ist und sich entschuldigt hat: ‚Ich höre, daß Flemming sich gestern ein wenig vorbeibenommen hat, aber Ihr nehmt ihm das doch nicht übel, Allergnädigster Herr.' Noch lacht der König über solche respektlosen Streiche und verzeiht. Wer kann aber garantieren, daß Flemming nicht eines Tages auf Königstein landet, wenn seine Freunde ihm einen ähnlichen Bärendienst leisten wie er mir. Der König ist fromm wie ein Lamm", ergänzte sie, spöttisch lächelnd, „nicht wahr, mein Herr! Wißt Ihr auch, warum? Weil er sich durch Ärger sein Vergnügen verderben würde. Sobald er einen Menschen satt bekommt, gibt er einen Wink, und schon verschwindet er aus seinem Gesichtsfeld. Und damit endet die Komödie."

Die Cosel schritt nervös durchs Zimmer, van Tinen schwieg betroffen.

„Ich wundere mich nicht über Eure Verbitterung", sagte er schließlich, „dennoch scheint mir ..."

„Ja, Ihr habt recht", unterbrach sie. „Wenn auch ich kein Herz, kein Gefühl hätte, über das Unrecht nicht klagte, sondern um dessen Wiedergutmachung feilschte, könnte ich anders reden. Ich könnte sagen, August sei gütig und nicht er trage Schuld, sondern die Umstände. Die erste Runzel auf meiner Stirn, abgeschoben nach so vielen gemeinsamen Jahren, sein Groll und sein Aufbrausen, das alles ist natürlich ganz unbegründet: Eigentlich hätte ich mit der Duval lachen müssen, mich freuen, als die Duparc ankam, und die nicht viel bessere Dönhoff zur Freundin wählen. Ist es nicht so, lieber Kammerherr? Ich habe mir die guten Beispiele nicht zu eigen gemacht, die mir Frau Haugwitz, Aurora, Esterle und die Teschen gaben, als sie miteinander Arm in Arm auf der Leipziger Messe in solch herzlichem Einvernehmen lustwandelten."

Sie lächelte krampfhaft.

„Offenbar war ich nicht geschaffen für so vornehme Gesellschaft", sprach sie weiter; „ich fand mich nicht zurecht, verstand die Menschen, die Welt nicht. Meine eigene Schuld! Ich habe geglaubt, in der menschlichen Brust schlüge ein Herz, in der Seele wohnte Gewissen und Könige hielten Wort. All das waren meine Illusionen, meine Frevel und Schandtaten. Deshalb ist es so: Während die anderen im Glück schwelgen, welke ich dahin vor Demütigung, Sehnsucht und Scham."

Van Tinen, unwillkürlich beeindruckt, sah beschämt und mitleidig auf. „Meine Herrin!" sagte er.

„Unterbrecht mich nicht, hört zu! Ich habe Verständnis für Euch. Euch allen geht es mehr um Karriere als ums Menschsein. Wiederholt ihnen, was ich Euch gesagt habe; sie sollen die Tiefen meiner Seele kennen und erfahren, daß auch die letzten Bindungen zwischen ihnen und mir zerrissen sind. Und wenn Ihr Euch beliebt machen wollt, dann fügt hinzu, daß Ihr von mir, aus Anna Cosels Munde, vernommen habt, sie werde dem König, wie sie es ihm ehedem versprochen hat, seine Treulosigkeit und seinen Meineid mit dem Tode heimzahlen. Ich wiederhole es heute mit Nachdruck. In einem Jahr, in zwei, in zehn, sobald ich August begegne, jage ich ihm eine Kugel durch den Kopf. Die Pistole trage ich bei mir, ich werde sie erst wegwerfen, wenn das für ihn bestimmte Geschoß den Lauf verlassen hat. Sagt ihnen auch das, Herr van Tinen."

Van Tinen erschrak.

„Das heißt in Wirklichkeit, Frau Gräfin", rief er, „einen ehrlichen Menschen zu Verrat zwingen. Ihr schätzt mich falsch ein; doch vor allem stehe ich in Diensten des Polenkönigs, bin sein Kammerherr, habe ihm Treue geschworen. Was ich von Euch gehört habe, kann ich nicht umhin zu übermitteln. Ich muß. Ihr werdet es selber anderen weitersagen, damit prahlen, daß Ihr mir diese Drohung offen hingeworfen habt. Das zu bekennen ist kein Kriechertum, sondern einfach Pflicht."

„Verwehre ich es Euch denn?" fragte die Cosel. „Ich bitte Euch darum. Es handelt sich ja um nichts Neues. August entsinnt sich bestimmt."

„Aber das wird Euren Widersachern Wasser auf die Mühle sein, an denen es Euch wahrhaft nicht mangelt, sie zu erneuten Komplotten reizen gegen Euch, ihnen noch eine Handhabe geben zu Eurer Vernichtung."

„Haben sie nicht schon Handhaben genug? Eine mehr oder weniger, was macht's! Lüge, schnöde Verleumdung, Verrat, alles ist ihnen recht und billig. Selbst wenn ich reumütig wäre, entginge ich da der Verfolgung? Die Spitzbuben wittern in mir ein Wesen, das ihre Infamie nicht hinnimmt. Meine Redlichkeit gemahnt sie ewig an ihre Gemeinheit. Wie könnten sie auch einer Frau vergeben, die sich nicht so erniedrigen und besudeln läßt wie sie!"

Hysterisches Lachen begleitete ihre Worte, van Tinen fühlte sich wie am Marterpfahl.

„Seht Ihr", sagte sie dann, „ich bin geblieben, wie ich war, als mir noch die Sonne schien. Die Unbill hat mich nicht verändert, mir nur das blutende Herz geöffnet, sonst nichts."

Einmal schillerten ihre schönen Augen während des Gesprächs im Tau der Tränen, dann wiederum funkelten sie vom Feuer, das in ihnen lohte. Van Tinen betrachtete sie, zuletzt ganz seine Rolle vergessend, wie eine Schauspielerin aus antiken griechischen Tragödien. Er ließ sich von ihrer Beredsamkeit und dem Wohlklang ihrer Stimme überwältigen.

Als sie schwieg, konnte der Kammerherr eine Zeitlang den Blick von ihr nicht lösen und schien innerlich mit sich zu ringen.

„Mit nichts hättet Ihr mich tiefer demütigen können als mit diesem Bekenntnis", sagte er schließlich. „Ihr habt mich auf die Probe gestellt. Wozu sollte ich das verheimlichen? Ich bin königlicher Lakai; wenn ich aus Berlin zurückkomme, wird man mich ausfragen. Mit Lügen zu antworten vermag ich nicht, dazu ist die Angelegenheit zu schwerwiegend. Meine Worte werden aufgegriffen, und ich werde unter Gewissensbissen leiden, daß ich Eurem Mißgeschick Vorschub geleistet habe."

In diesem Moment war van Tinen ehrlich.

„Niemand in der Welt kann mein Unglück verschlimmern", wandte die Cosel ein. „Glaubt Ihr, ich beklagte den Verlust der Paläste, des Ansehens und der Gunst? Nein, mir tut es weh, daß ich auf keine Menschenseele mehr bauen kann, daß ich überall Gemeinheit sehe, daß ich mich vor mir selbst ekle und mein Selbstvertrauen eingebüßt habe. Gebt mir sein Herz wieder, und ich verzichte auf alles in der Welt! Ich habe ihn geliebt, mein ganzes Leben bedeutete er mir. Er war mir Held und Gott zugleich auf Erden. Aus dem Helden wurde ein Gaukler, die Gottheit wälzt sich in der Gosse ... Was bleibt mir noch in diesem schmutzigen und widerlichen Dasein!"

Der Kammerherr wollte sie beschwichtigen, sie weinte.

„Ach, meine herrlichen Träume, meine unschuldigen Wünsche, wohin hat es euch verweht!?"

„Beruhigt Euch doch", flehte er, selber immer aufgewühlter und ratloser. „Ihr glaubt ja gar nicht, wie ich es verabscheue, Anlaß zu Eurer Verstimmung gegeben zu haben, durch mein Kommen ..."

„Ihr seid an nichts schuld", lenkte sie ein. „Ich habe Euch nur meine Wunden gezeigt, die ich seit langem trage und die jeder Tag von neuem aufreißt. Wenn sie Euch fragen werden, schont die verkommene Cosel nicht!"

Van Tinen konnte nicht länger an sich halten, Mitleid übermannte ihn.

„Ich beschwöre Euch, flieht von hier", rief er. „Mehr kann ich nicht sagen."

„Was?" fragte die Cosel. „Bin ich etwa auch hier bedroht? Sollte König Friedrich von Preußen eine Frau ebenso der Folter ausliefern wie der Polenkönig den Patkul? Er dürfte sich wohl erinnern, daß man ihm Böttger verweigerte, als er ihn forderte."

Van Tinen äußerte nichts darauf; die aufeinandergepreßten Lippen zeugten davon, daß er nicht mehr sagen durfte.

„Wohin fliehen?" sprach sie zu sich selbst. „Die Erde schrumpft. Fernab zu leben, wäre ich außerstande, mein Herz sehnt sich noch immer dorthin zurück ... Mögen sie mit mir tun, was sie wollen. Das Leben ist ohnehin verpfuscht, die Kinder haben sie mir genommen; ich besitze nichts außer der Galle, die mich nährt."

Um die Szene zu beenden, die er nicht vorausgesehen hatte, nahm der Kammerherr seinen Hut.

„Ihr tut mir aufrichtig leid“, sagte er, „aber wie es scheint, wird Euch, solange Ihr in dieser Verfassung bleibt, niemand in aller Welt erlösen noch auch nur auf Euer Los Einfluß nehmen können – keiner von Euren Freunden.“

Das brachte sie zum Lachen.

„Meine Freunde? Zählt sie mir auf, lieber Herr“, sagte sie spöttisch.

„Ihr habt ihrer mehr, als Ihr denkt“, bekräftigte der Gast, „mich zuvorderst.“

„Gewiß, Euch zuvorderst“, sagte sie. „Solche wie Euch könnte ich etliche nennen, mindestens drei oder vier, die mich arme Witwe zu trösten sich erboten haben, um sich mit mir in die reiche Beute zu teilen, von der bald nichts mehr übrigbleiben wird. Solche Freunde gewiß!“

Er fand keine Erwiderung, verbeugte sich leicht und ging, die schwarzen Augen der Gräfin im Nacken spürend, langsam hinaus.

VI

Wie eh und je verkörperte am Dresdner Hofe die Kurzweil das Ziel allen Strebens. Die ernsten Seiten des Lebens lieferten lediglich Anlaß und Gelegenheit, Stoff und Fundament dazu.

Der König kam allmählich in die Jahre, und ein alter Mann läßt sich, nach all dem Genuß saturiert, nicht so leicht unterhalten wie die Jugend, die selbst dem, was traurig sein sollte, Heiterkeit abgewinnt. Später verdüstert sich jedes Spiel, wird nüchtern und leer. Was der Jüngling als prallen Weizen ansieht, entpuppt sich dem Greis als kümmerliche Spreu.

Immer schwerer fiel es, August zu zerstreuen. In seinen früheren Liebeleien regte sich wenigstens zuweilen das Herz, in den späteren ergötzten sich nur die Sinne. Eitle französische Galanterie hüllte es unter seidene, goldbestickte Schleier.

Immer ausgefallenere Formen nahmen die ununterbrochenen Belustigungen an, aber der König gähnte danach und fand alles abgeschmackt, kraftlos, fad und bar jeden Dufts. Ihn ärgerte, was auch immer die Behaglichkeit seiner harmlosen Amüsements störte, was ihm den Spaß verdarb, wenn Doggen einem verzweifelten Bären den Garaus machten oder ein Hirsch sich in den letzten Zügen qualvoll wälzte.

An diese Lieblingsfreuden gewöhnte er, überzeugt von ihrem ritterlichen Wert, beizeiten auch seinen minderjährigen Sohn. Der

Anblick von Blut würzte andere Darbietungen und verlieh dem Arrangement aus Frauengelächter, Ballettsprüngen und ohrenschmeichelnder italienischer Musik den entsprechenden Kontrast. Bevor er sich weichen Melodien hingab, ließ er sich vom Todesgebrüll gehetzter Kreatur einstimmen.

Annas Gegner mühten sich emsig um den König. Er mied die Erinnerung an sie, gab zu verstehen, daß er nichts von ihr hören wolle, aber erwehren konnte er sich ihrer Hartnäckigkeit nicht. Man tarnte sich auf allerlei Weise, meistens mit der Sorge um den Monarchen, um seine Sicherheit, um seine heilige Ruhe. Dabei wurde die unselige Frau in den makabersten Farben gemalt: In der Ferne, frei, über gewaltige Mittel verfügend, da sie ja bekanntlich horrende Summen mitgenommen habe, könnte sie äußerst gefährlich werden.

Flemming, Löwendahl, Watzdorf, Lagnasco, Vitzthum schickten, ohne den König zu fragen, Kundschafter aus und schmiedeten Pläne, sie zu entführen und, nebenbei zum eigenen Nutzen, jene Schätze wie in Beichlings Fall an sich zu reißen.

Die einen trieb Rachsucht, die anderen Raffgier. Solange die Cosel herrschte, hatte sie niemand von ihnen geschädigt, im Gegenteil, die meisten verdankten ihr Karriere und Unabhängigkeit. Für den ehemaligen Kanzler Beichling hatte sie erwirkt, daß er an seinem Lebensabend auf dem Lande seinen Phantastereien, Projekten und alchimistischen Neigungen nachgehen durfte. Löwendahl erlangte durch sie die Gunst des Königs. Von den Strebern ohne Zahl blieb nicht ein einziger ihr Parteigänger. Haxthausen allein wagte, entgegen Flemmings Warnungen ihr bis zuletzt die Treue zu wahren; auch Friesen hatte ihr die Verweigerung der Anleihe nicht übelgenommen und verhielt sich neutral. Alle übrigen fanden keine Rast, bis sie endgültig erledigt war, wiewohl die Zeit das Haßgefühl längst hätte abgekühlt haben müssen.

Also wurde dem König immerzu eingeheizt.

Als van Tinen aus Berlin zurückkam, rang er noch mit sich. Ihm war es leid um sie, und er ließ sich nicht sogleich am Hofe blicken, bis ihn Löwendahl aufspürte und zu sich beorderte.

„Wie hast du sie angetroffen?“ fragte er ihn unvermittelt. „Sprich. Uns scheint, daß der König bis heute eine Schwäche für sie hat. Das ist nicht gut. Uns geht es unter der Dönhoff und Pociejowa bei weitem besser. Die beiden mischen sich in die Regierungsgeschäfte nicht ein, noch protegieren sie jemand, geschweige daß sie zu herrschen versuchen. Den König kosten sie zwar allerhand, und er selbst gibt zu, daß nicht einmal die Cosel solche Ansprüche gestellt hat; trotzdem fühlen wir uns jetzt wohler. Was macht die Cosel? Hegt sie noch Hoffnungen auf Rückkehr? Faselt sie noch immer von dem Heiratsversprechen? Droht sie mit dem Kopfschuß?“

Van Tinen antwortete mißmutig: „Sie ist unglücklich.“

„Unglücklich! Ist selber schuld. Die besten Partien haben sich ihr eröffnet, treuergebene Verbündete. Den Verstand hat sie verloren und hält sich wegen dieses Ehegelöbnisses noch immer für die Königsgemahlin, ja für die Königin. Stimmt's?"

„Es scheint so, denn in nichts hat sie sich verändert", gab van Tinen kleinlaut zu.

„Drück dich klarer aus, beschreibe, was du gesehen hast", drängte Löwendahl.

„Ich gestehe, daß mich alles, was ich gesehen und gehört habe, zutiefst erschütterte. Sie ist verbissen, vergrämt, unnachgiebig, aber trotz ihrem Mißgeschick erhaben, eine wunderbare Frau."

„Um so schlimmer", folgerte Löwendahl lachend. „Aber häßlich geworden ist sie doch wohl?"

„Häßlich geworden?" sagte van Tinen kopfschüttelnd. „Schöner denn je, keine Spur von Harm, Tränen oder Schmerz im Marmorgesicht! Ohne daß ihre Frische schwand, sind die acht Jahre ihres Lebens vergangen; keine Falte in der Stirn, strahlt sie von Jugend."

„Desto schlimmer", wiederholte Löwendahl. „Der König könnte sie zu Gesicht bekommen und sie nach der vorzeitig verwelkten Dönhoff wieder Eindruck auf ihn machen."

„Zweifellos", unterstrich van Tinen, „denn sie beeindruckt jedermann."

„Hast du mit ihr gesprochen?"

„Ja. Nun, eigentlich hat sie mir ihr Herz ausgeschüttet mitsamt der Galle."

So ließ sich der Kammerherr nach und nach alles aus der Nase ziehen, was dem Marschall notwendig erschien, um es aufgebauscht der Dönhoff zuzutragen.

Obwohl verkommen und leichtsinnig, gehässig, feig und triebhaft aufs eigene Wohl bedacht, war Maria Dönhoff wiederum nicht so verworfen, daß sie die verstoßene Frau, der sie sowieso schon genug Leid zugefügt hatte, des letzten blassen Schimmers Freiheit berauben wollte. Das unentwegte Drängen und Bangemachen wurde ihr zuwider. Vielleicht hätte sie sich zur Wehr gesetzt, wäre nicht Frau Bielinska gewesen, die sie nötigte, sich mit allen gut zu stellen und den Favoriten des Königs nicht zu widersprechen, um möglichst lange das Zepter zu führen.

Löwendahl sprach am selben Tag bei ihr vor; er wählte die Zeit, da sie mit ihrer Schwester allein war. Mit Schmeicheleien, die beide gern mochten, beginnend, steuerte er schlau, sozusagen beiläufig auf einen Vergleich der Gegenwart mit der Vergangenheit zu, plauderte viel über die Cosel und schloß mit der Bemerkung, Neuigkeiten über sie zu haben.

„Was ist mit ihr?"

„Sie sitzt in Berlin unter Obhut des Preußenkönigs und mißbraucht ihre Freiheit, gegen uns, den König, den Hof und alles, was hier war und ist, aufs unverschämteste zu hetzen. Finsterster Undank, aber wir sind's ja gewohnt von ihr. Übrigens wäre alles nicht so schlimm, wenn sie nicht immerfort wiederholte, daß sie den König bei nächster Gelegenheit erschießen wolle."

Die Dönhoff sprang kreischend auf und bedeckte sich die Augen. Frau Pociejowa zuckte nur mit den Schultern.

„Wen kann das schon erschrecken", sagte sie; „das ist platte Wichtigtuerei."

„So könnte es scheinen, wenn wir die Gräfin nicht kennen würden", widersprach Löwendahl, „besonders ich, der ich sogar die Ehre habe, mit ihr verwandt zu sein. Das ist eine Frau, die kein Wort nur so dahinsagt."

„Glücklicherweise ist es aussichtslos, daß sie jemals mit dem König zusammentrifft", ergänzte die Hetmansgattin.

„Wie, meint Ihr, sie wird auf Gelegenheit warten und sie nicht suchen? Ebenso wie sie damals zum Maskenball gekommen ist, kann sie sich vermummt nach Dresden einschleichen und dem König irgendwo in einer Gasse auflauern."

„Ja, natürlich", rief die Dönhoff aufgeregt. „Ich ahne Gefahr, der König ist leichtfertig, diese Frau muß man ... Ich weiß nicht, etwas muß mit ihr geschehen."

Löwendahl verbeugte sich.

„Wer seinen Willen nicht bezähmen kann, dem muß man ihn brechen, Ihr versteht mich."

Beide Frauen schwiegen, von dem Gedanken befangen, was der Cosel bevorstand, könnte später auf Maria zurückfallen. Marschall Löwendahl erriet es und erklärte:

„Unser allergnädigster Herr war zu Personen, die er, wenn auch kurz, geliebt hat, niemals grausam. Davon zeugen die Damen, denen Ihr hier begegnet seid. Es gibt aber Fälle ..."

Zu dieser Beratung gesellte sich die Ausgekochteste von ihnen, Marias Mutter, hinzu. Trotz ihres mehr als reifen Alters ging sie immer sehr auffällig gekleidet, beguckte sich in allen Spiegeln, nestelte fortwährend an ihrer Frisur, streckte ihre ringbespickte weiße Rechte gern von weitem zum Handkuß entgegen. Sie begrüßte Löwendahl höflich und mit komplizenhaftem Lächeln, warf einen kurzen Blick auf die Töchter und mischte sich aufs erste Stichwort ins Gespräch ein.

Maria weihte sie in die Befürchtungen ein, die der Freund des Hauses mitgebracht hatte. Wo immer es um ihre Töchter ging, gab es für die Marschallin keine Skrupel, sonst im allgemeinen empfindsam, war sie in diesem Punkt brutal und unerbittlich. Die Töchter bedeuteten hier ihr ganzes Vermögen, ihre Zukunft; wenn die bedroht waren, geriet sie in Raserei.

Sie hörte sich alles an und fauchte los:

„Auf dieses führwahr verrückte Frauenzimmer werden ganz besondere Rücksichten genommen. Der König ist zu gutmütig. Sie provoziert, verhöhnt ihn, durch eigene Schuld wird sie sich den Ruin bereiten. Einmal muß es ein Ende haben!"

Maria sollte den König warnen. Nach reiflicher Überlegung aber kam die Marschallin zum Schluß, daß sie sich dazu nicht eignete. Also wurde bestimmt, daß Maria nur den Spähtrupp übernehmen und die Mutter den eigentlichen Sturmangriff vortragen sollte.

Löwendahl empfahl sich, seinen Racheplan in guten Händen wissend.

Abends fand im Hesperidenpark ein Ball statt. So hieß damals der Hof des Zwingers, dessen Bau soeben in königlicher Pracht abgeschlossen wurde. Es war der erste Bauteil eines riesigen Königspalastes, der sich ihm anschließen sollte. Der Garten war nach zeitgenössischer Art angelegt mit buchsbaumgesäumten Blumenrabatten, Springbrunnen, Grotten und zahllosen mythologischen Figuren. Bei Dunkelheit vollendeten verstreute Lampen und farbige Laternen seine Pracht. Zu Gruppen gesetzte Bäume bildeten Orangenhaine mit Sitzgelegenheiten, worin lustwandelnde Paare im Schatten und sichtgeschützt ausruhen konnten. Auf den Galerien rund um den Zwinger spielte Musik, und die Melodien klangen, von sanfter Abendluft getragen, weithin. Mitten im Garten stand ein Zelt, ganz in buntes Licht getaucht, und diente als provisorischer Saal, in dem nach dem Abendessen getanzt wurde.

Der König erschien in silberdurchwirkter Seide und weißen Spitzen, sah jung aus und wollte sich anscheinend die noch jüngeren Jahre seiner ersten Europareisen ins Gedächtnis zurückrufen. Die Dönhoff trug ebenfalls ein weißes Gewand mit Hellblau, das ihr recht hübsch zu Gesicht stand. In gezwungener Fröhlichkeit und mit banalen Späßchen begrüßte sie den König, den jedermann bei Strafe der Ungnade zu unterhalten verpflichtet war. Ein Teil des Abends verlief so bei Schnurren und gegenseitigem Necken, wozu die Hetmansfrau nach Kräften beitrug.

Die beiden Schwestern lebten in bester Eintracht, und obwohl die eine auf die andere eifersüchtig zu sein allen Grund hatte, war ihnen nie auch der leiseste Anflug solcher Empfindungen anzumerken. Frau Pociejowa, klein, zierlich, noch schlanker als ihre Schwester, war widerstandsfähiger als Maria. Polen wie Sachsen bewunderten in jenen Tagen ihren berühmten Ritt, den sie zusammen mit Friesen von Warschau bis Danzig und zurück in so kurzer Zeit bewältigte, daß sie jeden Postillon beschämte. Sie sekundierte der Dönhoff beim Gespräch mit dem König, sooft es Pausen zu überbrücken oder vorteilhafte Andeutungen einzuflechten galt.

Vor allem aber bemühte sie sich auf mütterliches Geheiß, die Cosel anzuschwärzen. August reagierte abgespannt und mürrisch.

Daraufhin stichelte sie ihn, daß er früher, zu Zeiten der Gräfin, sich aufgekratzter gezeigt hätte und vielleicht ihr nachtrauere. Galant, aber betont antwortete der König, er wüßte in Gesellschaft solch netter und schöner Damen nichts zu bereuen und an nichts zurückzudenken. Als ihr die Marschallin aus dem Hinterhalt zu Hilfe kam, lamentierten sie mit vereinter Kraft über die unheildrohende Gräfin.

Dem König wollte das offenkundig nicht behagen, er senkte den Kopf und sagte kein Wort. So verstrich eine Weile, beide Frauen erschraken, bis er schließlich das Schweigen brach und ungehalten äußerte: „Liebe Gräfin, sorgt Euch nicht um mich, über mich wachen unzählige bestellte Beschützer und lassen nicht zu, daß mir Leid widerführe. Ich spreche nicht gern darüber, kommt, wir wollen tanzen."

So scheiterte die Absicht, August im Sturm zu nehmen. Nach dem Abendessen wiederholten Flemming und Löwendahl beim Weinglas, was die Damen im Hesperidenpark so linkisch versucht hatten. Jetzt hörte der König ungezwungener und bereitwilliger zu, obgleich sich die Olympierstirn zuweilen runzelte.

„Paß auf, Löwendahl", sagte er spöttisch, „du gibst mir zwar einen handfesten Beweis deiner Verbundenheit, indem du mich vor der Cosel warnst, die ja deine Cousine ist und der du verdankst, was ich aus dir gemacht habe. Ich müßte dir verpflichtet sein, und dennoch sage ich dir offen ins Gesicht, daß du mir immer wunderlicher vorkommst. Die Sorge um meine Sicherheit überlaßt gefälligst mir!"

Löwendahl schwieg betroffen. Er bewerkstelligte es zwar, daß van Tinen am selben Abend über Berlin berichtete, aber auch ihm hörte der König mit halbem Ohr zu, weil er ihn nicht mochte.

Der großangelegte konzentrische Angriff verpuffte. Die Intriganten merkten, daß sie andere Wege beschreiten mußten.

Obwohl die Cosel in Berlin zurückgezogen leben wollte, verbreitete sich der Ruf ihrer Anmut und der Ruch ihrer Abenteuer zu sehr, wurde sie zu interessant, nicht zuletzt durch ihren Scharfsinn, als daß man nicht bald ihre Bekanntschaft suchte.

Zum größten Teil kannte sie Friedrichs Hofleute von wiederholten Besuchen in Dresden. Die täglichen einförmigen Militärparaden langweilten Beamte und Offiziere nicht minder als die Soireen beim König oder bei seiner Gemahlin, so daß jeder nach Abwechslung lechzte.

Der König selbst hielt sich mehr in Potsdam oder Wusterhausen auf als in der Hauptstadt, versäumte keine Wachablösung um zehn Uhr, empfing anschließend Minister oder ging spazieren und gab nachmittags Audienzen für Militärs und Ausländer; dann nahm er mit der Königin und der Familie einen bescheidenen Imbiß, arbeitete in seinem Kabinett und ließ sich bis zum Abend nicht mehr sehen.

Zur Abendgesellschaft fanden sich neben der Königin einige Damen ein, etliche Offiziere, manchmal auch ein geladener Gast; es wurde geraucht und Pikett, L'hombre oder Tricktrack gespielt. So verging die Zeit in trautem, aber ebenso stumpfsinnigem Kreis, und um elf war Schluß.

In Abwesenheit des Königs empfing die Königin allabendlich um sieben, hin und wieder lud sie jemand zum Essen ein.

Nichts wich von diesem Rhythmus ab, höchstens mal ein Abend in der Stadt bei einem der Würdenträger.

Mit dem rauschenden Leben in Dresden war es nicht zu vergleichen, über das man hierzulande insgeheim lachte, besonders über Augusts Ritter- und Kriegsspiele, die niemand ernst nahm. Das sächsische Heer, von Goldborten und Federbüschen strotzend, konnte sich mit dem preußischen nicht messen in seinen grobleinenen blauen Uniformen, von denen sich lediglich die roten Husarenjacken und die Tressen abhoben; selbst die Offiziere trugen keinerlei Flitter. Statt pompöser Standarten wehte in Preußen überall die gleiche schlichte Fahne mit dem Adler, über dem allerdings der stolze Spruch „Nec soli cedit“ (Auch der Sonne weicht er nicht) leuchtete, der damals vermessen erscheinen mochte, sich aber später als treffend erwies.

Es gab in der Welt keine zwei Charaktere, die weniger zueinander paßten oder mehr Recht auf gegenseitigen Abscheu besäßen als der preußische Friedrich und der polnische Friedrich August. Seitdem Fräulein von Pannewitz dem Preußenkönig ein unkeusches Gelüst mit einer Ohrfeige belohnt hatte, soll er nie mehr eine fremde Frau angesehen haben und war ein wahrer Mustergatte. Seine Familie hielt er in strenger Zucht, lebte sparsam, von seinem Tisch erhob man sich gewöhnlich nicht nur nüchtern, sondern hungrig.

Die Ordnung in Staat, Familie und Armee artete in Pedanterie, Härte und Schonungslosigkeit aus, die Sitten waren spartanisch, alles wickelte sich nach Reglement von oben ab. Der Adel versuchte sich zwar gegen die Steuerabgaben zu wehren, aber Friedrich ließ ihn von vornherein wissen, daß seine Macht, unbiegsam wie Eisen, nicht zu brechen war.

Vor den Mahlzeiten wurde gebetet, die Tafel war bürgerlich, und an Hofbälle dachte niemand. Man speiste von Tongeschirr; nur wenn Ausländer zu Tisch kamen, wurde mit schwerem Silberservice gedeckt, das am nächsten Tag wieder in den Truhen verschwand.

Der König hatte auch seine Launen, die sich allerdings von Augusts Hirngespinsten grundsätzlich unterschieden. Sobald die Königin die Tafel aufhob, versammelten sich nach dem kargen Abendessen die Vertrauten zum Tabakskollegium, wo der König Pfeifen verteilen ließ. Beim Rauchen war manches gestattet, vor allem aber, irgendeinen Prügelknaben aufs Korn zu nehmen. Ein Opfer fand sich immer. In der Mitte des Raumes stand ein einfacher Tisch, an dem Minister, Generale in Galauniform und zuweilen fremde Gäste saßen. Jeder bekam eine holländische Pfeife, ob er rauchen wollte oder nicht, und einen Humpen Ducksteiner Bier. Darin erschöpfte sich die Bewirtung, für teure Weine gedachte sich der König nicht zu ruinieren. Mit Bier und Tabak die Sinne zu benebeln war für Friedrich der Inbegriff der Lust, Gelehrte, Aristokraten und Beamte zu verspotten das höchste Vergnügen. Zuweilen überschritten die Bierspäße das Maß, wenn in Wusterhausen aufgereizte Tollköpfe mit Gläsern um sich warfen, aber immer blieb es ohne schlimme Folgen; viele genasen, selten erlitt jemand den Tod.

An hohen Feiertagen fanden im Tabakskollegium Dispute statt, meistens mit dem Thema, Gelehrte seien Dummköpfe. Dann stand Morgenstern auf einem Katheder, in blauem Seidenrock mit roten Aufschlägen und Kaninchenfellbesatz, in roter Weste, unter einer Perücke, die fast bis an die Knie reichte, und mit einem Fuchsschwanz an der Hüfte statt eines Degens. Eine Stunde lang begründete er seine Thesen, und der König ergötzte sich daran.

Das waren die einzigen Hofvergnügen. In Dresden machte man sich über Berlin lustig, in Berlin verschrie man Dresden als Höllenvorhof, weil der polnische Friedrich Atheist, der preußische hingegen sehr fromm war.

Als einmal ein dazu bestimmter Kammerdiener pflichtgemäß das Tischgebet vorlas, änderte er eine Stelle so: „... möge der Herrgott Euch segnen“; das gefiel dem König gar nicht, und er polterte los: „Lies, wie es geschrieben steht, du Hundsfott! Vor Gottes Antlitz bin ich ein ebensolcher Hundsfott wie du.“

Bei der Biederkeit im Tabakskollegium, bei den mageren Hofdiners, deren Speisenkarte uns die eigene Tochter des Königs überliefert hat, sehnte sich so mancher Höfling nach anderer Gesellschaft, geistvollerem Humor und anregenderer Unterhaltung. Anna Cosels Bekannte begannen sie zu besuchen. Die einsame Frau öffnete ihnen ihr Haus, und an den Abenden fanden sich einige Hofleute bei ihr ein, in aller Stille, zurückhaltend, denn in Berlin war Aufsehen verpönt.

König Friedrich, bestimmt informiert, denn er wußte über alles Bescheid, was in seiner Residenz geschah, sagte kein Wort dazu. Das ermutigte auch einige jüngere Hofkavaliere und Truppenoffiziere, der Gräfin ihre Aufwartung zu machen. Gewöhnlich kamen sie vor dem Abendessen, und da sie ohnehin nicht vor ein Uhr nachts einschlafen konnte, plauschte man bis nach Mitternacht. Dann öffneten sich leise die Türen, und die Gäste stahlen sich heim. Die Cosel sah keinen Grund, dem Preußenkönig, unter dessen Schutz sie sich gestellt hatte, allzu große Liebe für August zuzutrauen; gar zu weit klaffte der Gegensatz ihrer Eigenschaften und Lebensarten. Also enthielt man sich auch nicht, über Dresden zu schwatzen, wozu sie der Haß geradezu drängte.

Gerüchte kamen ins Gespräch, die aus Sachsen hierher anflatterten, und Anna ließ ihrem Widerwillen gegen August freien Lauf. Nicht selten drangen pikante Anekdoten hinaus, von den Jungen den Alten weitergereicht bis ins Kollegium, wo man sie in Tabaksdunst und beim schalen Biergeruch dem König zutrug. Friedrich lächelte dabei, manchmal befremdet, und schien über Anna Cosels Unbedachtsamkeit zu staunen; immerhin zeigte er dabei zum Schein Hochachtung vor seinem erlauchten Nachbarn.

Eines Abends, als die jüngeren Stammgäste bei ihr zusammensaßen, erschien unerwartet ein greiser General, Mitglied des Tabakskollegiums, in ihrer Runde. Das dämpfte die Lust zu freimütiger Aussprache, die Cosel jedoch ließ sich in ihren Anklagen gegen August nicht zügeln. Der alte General hörte kopfwiegend zu und wollte seinen Ohren nicht trauen. Bis Mitternacht blieb er sitzen, und als die anderen gingen, saß er noch immer da. Die Gräfin wunderte sich, der Alte, bislang wortkarg, trat zu ihr und sagte ehrfurchtsvoll und heiser:

„Gestattet eine bescheidene Bemerkung, liebe Gräfin. Bei Euch unterhält man sich sehr angenehm, aber trotz verschlossener Türen und Fenster dringt vieles nach außen. Wie leicht kann es ein Windhauch an die Elbe wehen, und unser allerwertester Nachbar nimmt es unserem König übel, daß hier in seiner Umgebung solche Dinge über einen guten Verbündeten geredet werden. Seine Majestät könnte es peinlich finden."

Die Miene der Cosel verfinsterte sich.

„Wie?" fragte sie. „Darf man bei euch im eigenen Heim, zwischen vier Wänden, nicht reden, was man will?"

„Reden schon", entgegnete der General, „aber danach könnte man eine Reise antreten, zu der man keine Lust verspürt."

„Meint Ihr etwa mich?"

„Liebe Gräfin", sprach der General seufzend weiter, „selbst Euch könnte das blühen. Bei uns herrscht in allem militärische Disziplin, das Land ist nun einmal so und sein System. Und ich möchte Euch raten, Tricktrack oder Pikett zu spielen, das ist amüsant und harmlos."

Anna ließ den Kopf hängen.

„Ihr meint, ich sagte das als alter Brummbär, der Gespenster sieht. Nein, glaubt mir, vielleicht hat es mir jemand zugeraunt, Euch einen Wink zu geben."

Damit ging der General von dannen, die Gräfin warf sich aufs Sofa und lachte höhnisch. Die Warnung schlug sie in den Wind, und als ihre Gäste bald darauf wiederkamen, sprach sie frei von der Leber, laut und ungehemmt, als wollte sie die Härte herausfordern, mit der sie rechnete.

Eines Morgens stand Berlins Generalgouverneur Wartensleben vor ihrer Tür. Nach höflicher Verbeugung fragte er sie lächelnd, seinen Schnurrbart zwirbelnd:

„Stimmt es, daß Ihr Euren Aufenthaltsort verändern wollt, Gräfin, und Euch in einem ruhigeren Winkel niederlassen, in Halle?"

„Ich? In Halle?" fiel die Cosel ihm entsetzt ins Wort. „Was soll ich denn in Halle?"

„Ja, seht, gnädige Frau, die Luft dort ist sehr gesund, die Gegend herrlich, die Ruhe erquicklich. Es dürfte kaum etwas Schöneres geben, als in Halle zu leben."

Die Cosel wußte nicht, was sie sagen sollte, sie hörte zu und erblaßte bei jedem Lobesvers auf Halle mehr.

„Aber ich habe nie im Leben daran gedacht, nach Halle zu gehen."

„Sonderbar", antwortete Wartensleben. „Jemand hat es dem allergnädigsten Herrn gesagt, und er hat befohlen, Euch allen erdenklichen Schutz angedeihen zu lassen. Und Ordres des Königs sind unwiderruflich, also ist es das beste, nach Halle zu fahren."

Sprachlos starrte die Cosel vor sich hin, Tränen traten ihr in die Augen; schließlich rief sie händeringend:

„Das ist also Befehl! Erneute Verbannung! Wofür?"

„Der König glaubt, daß es Euch dort besser gefallen wird. Ihr wißt, hier in Berlins Straßen hallt das Echo so stark wider. Jedes Wort trägt es weit und breit; dort, in Halle, horcht niemand, und Ihr werdet Euch freier fühlen." Er erhob sich. „Ihr braucht nicht gleich morgen abzureisen, es hat Zeit bis übermorgen früh", schloß er.

„Das Wetter ist schön, fahrt gemächlich und genießt es. Da die Wege nicht immer gefahrlos sind, gibt Euch Seine Majestät eine Eskorte bei, die Euch an Ort und Stelle begleiten wird. Das ist sehr großherzig von ihm, dafür solltet Ihr ihm danken."

General Wartensleben verneigte sich tief und empfahl sich der verdutzten Gräfin.

Der Hieb, der sie hier ereilte, mußte aus Dresden kommen, daran zweifelte sie keinen Augenblick. Sie sollte sich ihrem Schicksal ergeben, mundtot die Waffen strecken. Ihr ungebrochener Stolz lehnte sich auf, und jeder Schlag steigerte ihre Energie.

Noch am selben Tag ließ sie ihre Sachen packen und in die Wagen verstauen. Zaklika traf wieder mit düsterer Miene alle Vorbereitungen, ohne ein Wort zu riskieren.

Als der Wagen vorfuhr, liefen Neugierige herbei und gafften die schwarzgekleidete Frau an, die erhobenen Hauptes aus der Tür trat.

VII

In einer engen Gasse der Stadt Halle, einem unansehnlichen Bürgerhaus, lenkte seit einiger Zeit eine Frau vom ersten Stockwerk herab die Aufmerksamkeit der Passanten auf sich. Ganze Tage hockte sie am Fenster und starrte in den Himmel. Niemand kannte sie; sie saß geistesabwesend, ihre Gedanken schweiften fernab in der Vergangenheit oder in der Zukunft. Nur selten, wenn sich gar zu viele versammelten und die Jugend ihre Vermutungen laut kundtat, ging sie ängstlich vom Fenster weg.

Die Tür des Hauses war immer verschlossen, die Bewohnerin hatte keine Bekannte, und niemand besuchte sie. Der Diener holte aus der benachbarten Garküche das Essen. Manchmal klopfte ein junger, vornehm gekleideter Mann an, bettelte um Einlaß, wurde für Minuten empfangen und verließ dann niedergedrückt das Haus. Studenten hielten ihn für den Liebhaber der fremden Schönheit, er machte aber nicht den Eindruck.

Über nichts anderes wurde in Halle lebhafter gestritten als über dieses mysteriöse Wesen. So entzückend war die Frau in ihrer tiefen Trauer, so geheimnisumwittert die große Dame in der elenden Behausung.

Der Hauseigentümer, vorsichtig befragt, die Wirtin, von den Nachbarinnen bedrängt, die Diener selbst, die man zu bestechen suchte, alle schwiegen wie das Grab. Sie schauten sich nur ängstlich um und murmelten achselzuckend vor sich hin, sie wüßten nichts, als daß es eine weither gereiste, kranke, fremde Dame sei.

Außer diesen Wißbegierigen schlenderte zuweilen ein Fremder die Straße auf und ab und guckte zu den Fenstern hinauf. Er sah aus wie ein zufällig hierher verschlagener Soldat, der eben erst die Uniform abgelegt hatte. An manchem Abend kauerten an einer Mauer auf der gegenüberliegenden Straßenseite Soldaten, als wollten sie in dem schmalen Gäßchen ausruhen, scheinbar ganz zufällig, obwohl sie es dort bestimmt nicht besonders bequem fanden.

Die eben überstandene Reise hatte Anna Cosel innerlich gelähmt, gebrochen, mit panischer Angst erfüllt, ihr den letzten Hoffnungsschimmer und Unternehmungsgeist genommen. Sie war traurig, völlig verzweifelt und niedergeschlagen. Zu lange wurde sie von der Rache verfolgt, die kein Erbarmen kannte und, ungestillt, zu allem bereit war, selbst zum Mord.

Aus Berlin hätte die Gräfin, anfangs noch frei, sich durch Flucht retten können, in Halle war sie schon Gefangene. Zaklika, der sie bis hierher nicht im Stich gelassen hatte, meldete einen Tag nach der Ankunft, daß alle Hausausgänge bewacht wären; er genoß noch eine gewisse Freizügigkeit, sie konnte keinen Schritt mehr allein tun. Am Sonntag wollte sie in die Kirche gehen; sie merkte, wie man sie beschattete, und kehrte um. Der Hauswirt und seine Frau waren dienstbeflissen und höflich, aber ihnen zu trauen war ausgeschlossen; schließlich hatten die preußischen Behörden gerade ihr Haus als Gewahrsam gewählt und sich versichert, daß die Insassin nicht ausbrechen konnte. Er hatte ein Fuchsgesicht und schielte, sie schlich stumm und bleich umher, jedem Gespräch ausweichend. Zaklika versuchte sich ihnen zu nähern, sie prallten zurück wie vor einem Aussätzigen.

Am dritten Tag sagte sich Kammerherr van Tinen an. Die Cosel ließ ihn widerstrebend und entrüstet vor. Überaus zurückhaltend, scheu und unschlüssig, als wüßte er nicht, wie er beginnen sollte, trat er ein.

„Sagt, was Euch zu mir führt“, forderte ihn die Cosel ohne Umschweife auf. „Ich bin mir gewiß, daß es nicht Mitleid ist, sondern jemandes Auftrag.“

„Ihr irrt, Gräfin“, erwiderte van Tinen. „Sowohl das eine als auch das andere ist es. Lieber bin ich gekommen, als daß jemand anders abgesandt worden wäre, der auf Euer Mißgeschick weniger Rücksicht nähme.“

„Ihr braucht keine Rücksicht zu nehmen, sprecht offen. Ich leide viel, gewiß, aber mache mich hart und bin auf alles gefaßt.“

„Wenn Ihr nur zu dem einen bereit wäret“, beschwor er sie, „zu etwas Resignation, etwas Sanftmut. Alles ließe sich noch einrenken. Wer weiß?“

„Was verlangt Ihr von mir?“

Van Tinen seufzte.

„Ich komme im Auftrage des Königs; er will von Euch das Schreiben wieder, das er Euch einst gegeben hat, ... das Versprechen.“

„Und er bildet sich ein, ich gebe es ihm, um von der Gattin zu einer ordinären Bajadere herabzusinken, die er jederzeit fallenlassen könnte, sobald er von ihr genug hat ... Mein lieber Herr van Tinen, wenn Ihr nur deswegen kommt, fahrt heim und berichtet, daß die Cosel nie und nimmer ihre Ehre preisgeben wird.“

„Versündigt Euch nicht, Gräfin. Mit Eurem Widerstand könntet Ihr das schlimmste Unheil heraufbeschwören, mit der Herausgabe des Papierchens hingegen die Freiheit – alles wiedergewinnen.“

„Augusts Herz?“ fragte Anna flüsternd. „Nein, nein, ich glaube nicht daran, es gibt keines in der brillantenbesäten, goldgegürteten, wie Diamant und Metall gefühllosen Brust. Nichts gewinne ich, weil ich das Wertvollste für alle Ewigkeit verloren habe. Ich habe kein Vertrauen zu ihm und den Menschen mehr.“

Sie wiederholte nur, was sie immerzu redete. Van Tinen gab den Versuch auf, saß einige Stunden, vermochte ihr jedoch nichts abzuringen. Aus Mitleid blieb er ein paar Tage in Halle, um ihr Bedenkzeit zu lassen. Täglich sprach er vor, ihre Mühsal wirklich teilend. Immer wieder fragte er sie, bat, flehte sie an, doch sie reagierte nur mit wachsendem Gleichmut.

„Das Schreiben rücke ich nicht heraus; es enthält meine Ehre, es schützt meine Person und meine Kinder, die man mir geraubt hat. Lieber sterbe ich, als daß er es von mir bekommt.“

Schon am zweiten Tag nach van Tinens erstem Besuch bat die Gräfin Zaklika zu sich; wie vom Kreuz genommen trat er vor sie, ein Skelett, fahlgelb, mit faltiger Haut, gräßlich anzusehen und verstockt. Wenn er aufblickte, konnte man entsetzt fliehen vor ihm wie vor einem Ungeheuer; Leid war in ihm zu spüren, das nur den geringsten Anlaß braucht, in Tobsucht umzuschlagen.

In diesem Hause ein längeres Gespräch zu führen war gefährlich, es konnte gleich als Verschwörung gedeutet werden. Raimund tat also geschäftig, lief hin und her, machte sich am Hausrat zu schaffen, trug etwas hinaus, brachte etwas herein, und dazwischen flocht sich folgender Dialog:

„Ich bin schon gefangengenommen, nicht wahr?“ fragte die Cosel bangend.

„Wir werden ringsherum überwacht!“

„Du auch?“

„Bisher nicht.“

„Du mußt mich verlassen, um frei zu bleiben.“

Zaklika erschrak.

„Ich? Ich soll Euch im Stich lassen? Und was soll mit mir geschehen? Wohin soll ich gehen? Was stelle ich mit meinem Leben an? Das hieße die Flinte ins Korn werfen, es wäre mein Tod.“

„Nein“, widersprach die Cosel. „Das hier ist nicht das Ende meiner Gefangenschaft, es ist der Beginn. Du mußt frei bleiben, um mich zu befreien.“

Raimund begriff nichts.

„Sprecht, ich verstehe Euch nicht.“

„Du wirst wissen, wo man mich hinbringt, und Wege finden, mich herauszuholen. Ich habe Vertrauen zu dir. Einige Tausend sind mir geblieben, die Lehmann sichergestellt hat; ich gebe dir einen Brief an ihn, damit er das Geld dir aushändigt.“

„Wozu brauche ich das?“ fragte Zaklika empört.

„Nicht für dich, für mich brauchst du es."
Sie sah ihn an, er senkte den Blick.
„Geh jetzt, frage sie, ob sie dich fortlassen. Sag ihnen, du willst nicht mehr bei mir dienen, damit sie dir glauben. Tu was du willst. An deiner Brust trägst du einen Schatz; bewahre ihn, ich vertraue ihn dir an. Verstehst du mich, Zaklika?"
Sie gab ihm die Hand.
„Du bist der einzige, in dem eine menschliche Seele wohnt. Sei nicht der letzte, der mich verrät."
Wieder entrüstete sich Raimund, und seine Augen blitzten so wild, daß die Cosel zurückwich.
„Ich?" sagte er zitternd. „Lieber sterbe ich."
„Geh also, verhalte dich so, daß kein Verdacht auf dich fällt! Du mußt ihrem Zugriff entwischen."
Raimund Zaklika ging. Erst am nächsten Abend kam er wieder, brachte einen neuen Diener mit und kündigte seine Dienste auf. Die Cosel herrschte ihn keifend an, denn vor der Tür horchten der Hauswirt und seine Frau.
Die Entlassung wurde auf den nächsten Morgen vertagt, Zaklika ging in die Stadt. Seine Anhänglichkeit lehrte ihn, was ihm am wenigsten lag: List und Verschlagenheit. Er begab sich zur Behörde, bat um Rat und Unterstützung, trug seinen Wunsch fortzugehen vor, verwies dabei auf seine polnische Schlachtschitzenherkunft und erklärte, daß niemand ihn festzuhalten das Recht habe.
Der preußische Beamte lachte; er wußte, wieviel polnische Adlige, an der Grenze eingefangen, unter preußischen Gewehren standen, sagte aber Zaklika nichts davon. Wäre der Bittsteller nicht blaß und abgemagert gewesen, hätte er ihm vielleicht den Dienst bei den Langen Kerls angetragen; so eine Hopfenstange aufzupäppeln konnte jedoch arg teuer werden.
Man ließ ihn laufen, und Raimund kaufte sich auf dem Markt ein Pferd. Noch einmal ging er zur Cosel; diesmal belauschte sie niemand, wußten doch alle, daß er seine Herrin im Unfrieden verließ.
„Fahr nach Dresden", sagte die Gräfin. „Verkünde überall, daß du mir den Stuhl vor die Tür gesetzt hast, und warte ab. Du wirst erfahren, was mit mir geschieht. Wenn ich frei bin, komme zu mir; sollte ich im Kerker landen, rette mich. Falls du in Verdacht gerätst und gefangengenommen wirst, zerreiß das Papier, das du bei dir trägst, und schluck es hinunter, gib es ja niemand! Vernichte es nicht, solange du auch nur einen Funken Zuversicht behältst, dich und meinen Schatz retten zu können. In äußerster Gefahr", fügte sie stirnrunzelnd hinzu, „vernichte es, mag es vergehen, wie ich umkomme. Aber sie sollen es nicht wissen; möge es wie das Damoklesschwert über ihnen schweben, damit sie unaufhörlich vor seiner Entdeckung zittern ..."

Der Atem ging ihr aus. Sie gab Zaklika die Hand, er fiel auf die Knie, weinte und brachte kein Wort hervor.

„Es gibt noch Menschen auf Erden – und Herzen!“ rief die Cosel händeringend.

Zaklika torkelte wie benommen und geistesabwesend zur Haustür hinaus.

Als van Tinen am nächsten Tag wiederkam, fand er sie ruhiger, gelassener. Ihm schien, als habe sie es sich überlegt und wolle das Dokument hergeben, sich erleichtern, aber bald begriff er seinen Irrtum. Die Cosel sagte:

„Wie leid Ihr mir tut, mein Herr van Tinen! Mit dem König verderbt Ihr es, mein tugendsamer Cousin Löwendahl wird Euch nicht in die Arme schließen, Flemming nicht anstoßen auf den Erfolg, und die tausend Taler bekommt Ihr auch nicht ..., nur weil ich so störrisch bin, so unvernünftig, so verrückt! Nicht wahr, so ist es?“

„Also sind alle meine Bemühungen fruchtlos?“

„Ja, lieber Herr van Tinen“, sagte die Cosel, während sie einen Ring vom Finger zog. „Leider, mein glückloser Götterbote. Ich möchte gern, daß Ihr wenigstens meinen guten Willen in Erinnerung behaltet, nehmt diesen Ring. Er hat mit seinem Smaragd besseren Stunden meines Lebens geleuchtet, heute ist er wertlos für mich. Andenken zu sein, hat er aufgehört, nur brennen kann er noch wie eine offene Wunde. Nehmt ihn, bitte.“

Van Tinen nahm ihn schweigend. Noch einmal setzte er an, sie zu überreden. Die Cosel lachte nur auf.

„Spart Euch die Mühe und mir den Verdruß. Ich weiß, was Ihr mir vorhalten könnt, aber alle Worte prallen an mir ab. Laßt's genug sein, möge die Vorbestimmung sich erfüllen!“

Unmittelbar vor seiner Abreise kam er mit bedrückter Miene ein letztes Mal, ohne jedoch in sie zu dringen.

Anna Cosel wunderte sich.

„Es tut mir leid um Euch, Gräfin“, sagte er, „von ganzem Herzen leid; ich kann nicht vorhersehen, welches Schicksal Euer harrt, aber ...“

„Ich weiß, daß es immer ein trauriges bleiben wird, aber das kann an meinem Entschluß nichts ändern. Das vom König gegebene Versprechen werde ich niemals für gegenstandslos erklären. Ob er es hätte geben dürfen oder nicht, aufheben kann er es nicht! Ein Wort des Königs! Einer Frau gegeben! Er – und betrügen? Ich kann das nicht glauben. Nein, so ein Flemming oder dieser heimtückische Löwendahl wird es ohne Wissen des Königs mißbrauchen wollen, um es ihm vor die Füße zu legen und sich Hehlerlohn zahlen zu lassen. Der König kann es von mir nicht verlangen. Das ist nicht sein Wille!“

Sie wandte sich ab und ging.

Van Tinen reiste am selben Tag ab. Seltsame Empfindungen begleiteten ihn. Als er zum erstenmal geschickt wurde, entledigte er sich seiner Pflicht kaltblütig und mit diplomatischer Nonchalance. Allmählich beeindruckten ihn die Standhaftigkeit dieser Frau, ihr Mut, ihre Charakterfestigkeit immer mehr, bis er zu schwanken begann, sich seiner Rolle schämte, Mitleid empfand und sich gedemütigt fühlte. Er kehrte zurück und grollte eher denen, die ihn entsandt hatten, als der Unglücklichen, die ihn mit unerschütterlicher Beherztheit in Verteidigung ihrer Ehre abblitzen ließ.

In Dresden angekommen, fand van Tinen Zeit auszuruhen. Der Hof bereitete sich auf eine große Feierlichkeit vor, die am nächsten Tag in Moritzburg stattfinden sollte. Er wurde nicht gerufen, weil alle den Kopf voll hatten. Selber spürte er kein Verlangen, über seine Reise so eilig zu berichten. Im Gegenteil, er freute sich, daß auf diese Weise Anna Cosels Zukunft wenigstens vorerst ungewiß blieb, die er schlimmer einschätzte als ihr gegenwärtiges Los.

Moritzburg war erst kürzlich mitten in den Wäldern bei Dresden an einem herrlichen See als Jagdschloß erbaut worden. Prachtvoll nahm es sich mit seinen Türmchen aus zwischen den Lichtungen und dichten Baumbeständen. Die ganze Hofgesellschaft, eine Menge Ausländer und alle Fremden, die gerade in Dresden weilten, wurden eingeladen zu einem vergnügten Völkertreffen aller vier Erdteile, neben der Dönhoff und der Pociejowa auch aus der Serie ehemaliger Königsliebchen die Fürstin Teschen, die Gräfin Königsmarck – ein einziges Serail.

Den Festplatz bildete ein eigens aufgeschütteter Wall am Ufer, auf dem eilends Säle und durch Galerien verbundene Gemächer entstanden, mit Zweigen und Girlanden überreich geschmückt. Auf dem See sollten Wasserspiele ausgetragen werden, Regatten aus Venedig eingeführter Gondeln und holländischer Kähne. In der Umgebung lieferte zusammengetriebenes Wild den Jägern ihren Spaß, und man hetzte und schoß es sogar auf dem See.

So viel Menschen fanden sich ein, daß all die Schloßgemächer, Sonderbauten, am See aufgeschlagenen Zelte, zwei Reihen provisorisch aufgestellter Baracken nicht ausreichten, sie zu beherbergen. Selbst die Gefährte mußten zur Übernachtung herhalten. Trotzdem kampierten Hunderte unter freiem Himmel, und am anderen Morgen wurden, da sich nicht jeder nüchtern zur Ruhe gelegt hatte, Perücken, Degen und Schuhe in Büschen und Sträuchern gesucht.

Van Tinen hatte sich schließlich doch aufgerafft und unter die Leute gemischt, irrte von Bude zu Bude und konnte sich an dem ganzen wilden Trubel nicht recht erwärmen.

Der König als Gastgeber begeisterte sich am ungewöhnlichen

Anblick seines überdimensionalen Gelages. Noch nie war er zu seinen abgedankten Mätressen höflicher und galanter gewesen. Sobald er mit der Fürstin Teschen plauderte, kochte die Dönhoff vor Eifersucht über, und wenn er der Königsmarck den Hof machte, mußte sie von ihr höhnische Seitenblicke einstecken.

Dennoch ließ es sich August nicht nehmen, sich ganz seinem Werk, der Illumination, der Großartigkeit seines Festes zu widmen. Nicht eher gönnte er sich Ruhe, als bis das Programm nach Mitternacht ausklang und er mit seinen Kumpanen an der Weintafel Platz nahm. Hier ließ man den Zungen wieder freien Lauf, und Flemming, Vitzthum, Friesen durften ungeniert reden, sogar über die Damen, denen August kurz zuvor höchste Ehren erwiesen hatte. Alle Hofintrigen und Skandalhistörchen wurden aufgetischt, über die der König besser Bescheid wußte als die anderen.

„Mir scheint, als hätte ich heute diesen Stutzer van Tinen hier gesehen", sagte der König ironisch.

„Er ist von Halle zurück", berichtete Marschall Löwendahl säuerlich und sah den König unsicher an. August stand auf und zog ihn mit in einen Winkel.

„Van Tinen war bei der Cosel? Was hat er gebracht?"

„Was gewöhnlich alle von ihr bringen", knurrte Löwendahl. „Niemand tut sie so leid wie mir, aber bei dieser Halsstarrigkeit gibt es keinen Ausweg."

„Man hätte ihr als Entgelt für das Schreiben die Freiheit zusichern sollen und was sie sonst noch wünscht."

„Sie sagt, daß sie es für nichts herausgibt."

August setzte eine böse Miene auf.

„Einmal muß das doch ein Ende haben", fügte Löwendahl hinzu.

„Ja, morgen geht ein Brief ab an Seine Majestät den König von Preußen mit der Bitte, die Gräfin auszuliefern", befahl der König. „Was dann geschehen soll, werden wir sehen."

„Und wohin befehlt Ihr sie mittlerweile zu schaffen, Allergnädigster Herr?"

„Soll sie vorläufig ins Nossener Schloß, dort wird sie vielleicht zur Vernunft kommen. Ich kann nicht dulden, daß man mir auf so unverschämte Weise den Krieg erklärt. Schluß damit! Die Dönhoff liegt mir dauernd in den Ohren, auf Schritt und Tritt muß ich es mir anhören. Ich will endlich meine Ruhe haben!"

Diese Worte des Königs, in Ungeduld und unter Einfluß des Alkohols geäußert, wurden sofort aufgegriffen und tags darauf ausgenutzt: Flemming erinnerte August an sie. In einem Schreiben an den Preußenkönig wurde die Auslieferung der Gräfin gefordert und als Grund angegeben, daß sie August nicht nur verleumde, sondern sogar eine Verschwörung gegen ihn anzettele; ihre öffentlichen Drohungen deuteten darauf hin.

Ein Kurier überbrachte den Antrag nach Berlin. König Friedrich zögerte keinen Augenblick, ließ Leutnant Ducharmoi vom Regiment des Fürsten von Anhalt-Dessau kommen: „Ihr begebt Euch nach Halle. Dort findet Ihr die Gräfin Cosel. Nehmt sie in Gewahrsam und schafft sie an die sächsische Grenze. Dort übergebt Ihr sie einem Offizier, der Euch quittiert."

Ducharmoi, jung und militärische Disziplin gewöhnt, brach unverzüglich nach Halle auf, obwohl ihm seine Rolle äußerst peinlich erschien. Am frühen Morgen angekommen, beeilte er sich nicht sonderlich mit der Gefangennahme. Er ging ein paarmal unter den Fenstern der Cosel auf und ab, um sich zu vergewissern, ob sie noch nicht entkommen war, und sah sie; um so geneigter zeigte er sich, möglichst rücksichtsvoll zu verfahren. Gegen Mittag betrat er das Haus, in dem die Gräfin wohnte, und ließ sich bei ihr melden.

Sie gewärtigte zwar ein solches Ende, der Anblick des Offiziers machte sie doch erblassen. Ducharmoi verbeugte sich elegant und erklärte, der König habe ihm befohlen, sie an die Grenze zu geleiten und den sächsischen Behörden zu übergeben. Die Cosel erstarrte.

„Welche Ungerechtigkeit! Was für Barbarei!" rief sie und fing an zu weinen.

Dann sagte sie kein Wort mehr.

Man ließ anspannen, die Sachen wurden gepackt. Ducharmoi bot ihr den Arm, sie ging willenlos, sah weder rechts noch links, stieg in den Wagen. Die Pferde zogen an, der preußische Reitertrupp sprengte mit dem Leutnant an der Spitze vornweg. Während der ganzen Fahrt bis an die Grenze gab sie kein Lebenszeichen von sich. Endlich hielt die Kavalkade, die Gräfin erschauerte; durchs Fenster erblickte sie die bekannten sächsischen Uniformen und den Trupp, dem sie ausgehändigt werden sollte. Sie rief Leutnant Ducharmoi zu sich.

Fieberhaft begann sie in ihren Taschen zu kramen und holte hervor, was sie an Kostbarem bei sich hatte, förderte eine goldene Schatulle und eine zierliche Uhr zutage, gab beides dem Offizier.

„Nehmt das zur Erinnerung."

Ducharmoi sträubte sich.

„Ich bitte Euch, nehmt es", redete sie auf ihn ein. „Das soll den gemeinen Sachsen nicht zur Beute fallen."

Sie schüttete den Geldbeutel aus und bestimmte den Inhalt für die preußischen Soldaten. Dann lehnte sie sich wieder in die Wagenpolster, zog die Vorhänge zu und fragte nicht einmal, wohin man sie zu schaffen und was man mit ihr anzustellen gedachte.

Von dem früheren Dienstpersonal wurde der Gräfin niemand belassen. Fremde Frauen, unbekannte Gesichter umgaben sie. Sie wurde zwar verhältnismäßig schonend behandelt und entbehrte nichts, was sie zum Leben unbedingt brauchte; doch seit dem Moment, als sie den sächsischen Soldaten ausgeliefert worden war, konnte nichts mehr die Gefangenschaft vertuschen, auf Schritt und Tritt war sie zu spüren.

Eine Nacht verbrachte sie in Leipzig. Am Morgen trat ein Beamter in Perücke, mit Degen, stiller Vollstrecker höherer Befehle, in ihr Zimmer und teilte ihr mit, daß er vom König beauftragt sei, ihr Reisegepäck zu durchsuchen.

Geringschätzig sah sie ihn an und schwieg. Ihre Schmuckkästchen, Papiere, Kostbarkeiten wurden beschlagnahmt und versiegelt, die Koffer durchstöbert, die Kleidung durchwühlt; man suchte, was niemand finden konnte. Diese entwürdigende Visitation dauerte einige Stunden, übrig blieb lediglich, was sie am Leibe hatte.

Als der Beamte gehen wollte, warf sie ihm eine Handvoll Münzen und einige Ringe ins Gesicht und wandte sich ab, wortlos wie zuvor. Dann aber, abwechselnd von Weinkrämpfen und Wutanfällen geschüttelt, taumelte sie zwischen Bewußtlosigkeit und hemmungsloser Raserei.

Kaum hatte sie sich einigermaßen beruhigt, setzte sich der Wagen wieder in Bewegung. Wohin? Niemand verriet es.

Der berittene Trupp nahm das Gefährt in die Mitte. Bis abends währte die schnelle Fahrt. Am vom Sonnenuntergang durchglühten Horizont hoben sich Burgmauern und Türme ab, der Wagen fuhr durch ein dunkles Tor auf einen Hof.

Anna Cosel blickte auf, der Ort war ihr unbekannt.

Das Schloß schien leer und seit geraumer Zeit verlassen. Ein paar Leute warteten am Eingang. Bedienstete mußten Anna die engen Stufen zum ersten Stockwerk hinaufführen.

In einigen Räumen ließen sich gewisse Vorbereitungen auf den Empfang der Gräfin erkennen. Es waren alte Zimmer mit schmalen Fenstern, riesigen Kaminen, dicken Mauern, kahlen, schmucklosen Wänden, kaum möbliert. Ihr schien es ganz und gar wie ein Kerker.

Die Cosel warf sich zermürbt aufs Bett.

In schrecklichen Alpträumen verrann die Nacht. Der Morgen dämmerte, im Osten rötete sich der bewölkte Himmel, das Dienstpersonal schlief noch, nur im Korridor tappten die Wächter. Anna stand auf, trat ans Fenster, das in einer tiefen Nische frühes Tageslicht durch die bleigefaßten Scheiben einließ.

Der Ausblick vermochte sie an nichts zu erinnern, was sie jemals gesehen hatte. Vor ihr erstreckte sich die Ebene weithin bis zu bläulichen Wäldern am Horizont. Dazwischen ragte hie und da eine Baumgruppe auf, leuchteten Dächer, und aus der grünen Fläche stieg in Säulen Rauch menschlicher Siedlungen empor. Still und öd war es ringsum.

Das Schloß erhob sich auf einer Anhöhe, die steil zu einem Dorf abfiel. Unten verlief eine Straße, gesäumt von zwerghaften Weiden, von niemand befahren; nur eine brüllende Viehherde mit hängenden Köpfen und ihr zerlumpter Hüter trotteten daher.

Aus dem Schlafzimmer ging die Cosel in ein geräumiges Gelaß nebenan.

In der Mitte stand ein Eichentisch, an den Seiten zwei Bänke und etliche Schemel, von der Wand blickten zwei alte, verstaubte Porträts grimmig herab.

Über dem Kamin hing, in Stein gemeißelt, ein Wappen, von dem nur ein Schild und Helme übriggeblieben waren.

Hinter dieser Kemenate mit gewölbter Decke lag noch eine runde Turmkammer mit dem Blick in die entgegengesetzte Richtung.

Von hier aus boten sich dem Auge Wälder, Berge und Dörfer, wiederum eine fremde Landschaft, in der sich auf Hügeln ein paar mittelalterliche Raubritterburgen reckten.

In der Rundkammer fand sie einen leeren Wandschrank, auf einem Brett lag eine zerfledderte Bibel, einst von jemand achtlos liegengelassen, mittlerweile von Mäusen zernagt und mit einer dikken Staubschicht bedeckt.

Die Cosel griff danach, aber das Buch entglitt ihren Fingern, lose Blätter flatterten auf den Fußboden.

Eine Eisentür, sorgfältig verriegelt, führte wohl irgendwo auf die Burgzinnen hinaus, wo keine menschliche Stimme zu vernehmen war.

Es tagte, Schwalben schwirrten um die Fenster und huschten in ihre Nester. Anna ging zurück in ihren Schlafraum. Die Frauen waren inzwischen aufgewacht und erkundigten sich nach den Wünschen ihrer neuen Herrin. Sie schickte sie fort. Den Hunger stillte sie mit einer dünnen warmen Suppe, ohne zu wissen, was sie schluckte. Dann setzte sie sich ans Fenster, in dessen Nische eine Steinbank einlud, in die Welt hinauszugucken, wenn es da auch nichts gab als Brachacker und stellenweise etwas Grün.

Sie beobachtete die Chaussee.

Wagen holperten daher, Bauersleute zogen auf die Felder, Staub wirbelte hoch und wälzte sich in dicken Schwaden hinter ihnen her.

Langsam schlichen die Stunden dahin. Der Mittagstisch wurde

gedeckt, eine der Frauen wünschte ihr guten Appetit. Anna besah sich ihre Häftlingskost und brach in Tränen aus.

Anders waren die Gastmähler gewesen, als sie noch Könige bei sich empfing, die, betört von ihren dunklen Augen, um ihre Gunst warben. Zwar funkelten die Augen noch im gleichen Feuer, ihr Glück jedoch war längst zu einer höhnischen Chimäre zerstoben. Wieder ging die Cosel zum Fenster und schaute auf die Straße hinab; sie wollte es sich selbst nicht eingestehen, daß sie jemand zu erspähen hoffte, doch glaubte sie fest, daß Zaklika sie suchte.

Aber an diesem und dem folgenden Tage bekam sie niemand zu Gesicht außer Herden, Hirten und Ackerwagen; niemand hob den Blick zum Schloß. Sie wanderte von Fenster zu Fenster. Gegen Abend sammelte ein armseliger Knabe Kräuter unterhalb des Walles. Sie warf ihm eine Münze zu, lehnte sich hinaus und fragte ihn leise, wie das Schloß hieße. Das Kind war verdutzt und fand nicht gleich Antwort. Nach einer Weile erst sagte es scheu: „Nossen" und lief davon.

Den Namen hatte sie einigemal irgendwo gehört und wußte, daß sie sich in der Umgebung von Dresden und Meißen befand. Sie, die Beichling, seine Brüder und Mitschuldigen befreit, Böttger sein Los erleichtert hatte, schmachtete nun unter schwererem Joch als sie. Und niemand in der Welt gab es, der sie erlösen wollte oder könnte – außer Zaklika, aber was sollte er schon ausrichten gegen die Mauern, die Wachen, den König?

Als sie am dritten Nachmittag in Gedanken versunken am Fenster saß, erblickte sie auf dem Wege einen Reiter, der sich aus der Dresdner Richtung langsam auf den Burghügel zu bewegte.

Mit schlaffen Zügeln zottelte das Pferd vor sich hin, der Reiter betrachtete interessiert die Gegend, sah zum Schloß hinauf, es schien, als verlangsamte er den Gang absichtlich und suchte etwas. Auf seinen Schultern flatterte ein abgetragener grauer Umhang, sein Gesicht war fahl und mager, seine Züge erinnerten an den getreuen Diener Zaklika; die Gräfin erbebte und gab mit einem weißen Taschentuch Zeichen.

Der Reitersmann nahm ein ähnliches Tuch, wischte sich die Stirn damit und gab so kund, daß er sie bemerkt hatte. Wahrhaftig, es war Raimund. Nach der Figur, der Haltung konnte man ihn von weitem erkennen. Ihr Herz schlug schneller, wenigstens dieser eine dachte an sie, konnte sie vielleicht befreien.

Zaklika ritt langsam vorbei, besah sich Burg und Schloß sehr genau und entschwand hinter dem Hügel.

Einige Tage hatte er sich noch in Halle aufgehalten und die Lage beobachtet. Er wollte die Spur seiner Herrin aufnehmen und wartete ihre Abreise ab. Schließlich aber legten ihm die Preußen nachdrücklich nahe, die Stadt zu verlassen. Verkleidet brach er nach reiflicher Überlegung nach Dresden auf. Hier begab er sich sofort zu Lehmann.

Der Bankier begrüßte ihn sichtlich verwirrt. Kreideweiß im Gesicht, verschloß er sämtliche Türen und fragte, ob ihn jemand gesehen habe. Erst als er sicher war, daß sein Gast in Dresden mit niemand gesprochen, sondern zum Schein seine Stellung bei der Cosel aufgegeben hatte, atmete Lehmann erleichtert auf, fand aber noch nicht gleich die Sprache wieder. Und als er dann zu reden anfing, schien ihn seine eigene Stimme zu schrecken.

„Ihr wißt nicht", erzählte er, „wer das alles bewerkstelligt hat, es ist auch schwer zu erraten. Daß es so kommen mußte, war abzusehen; daß es aber so schlimm würde, konnte niemand ahnen. Der König tobt, sein Groll ist erbarmungslos und gefährlich. Wenn er sich mal ärgert, geht es schnell vorüber; wenn er beleidigt ist, verbeißt er sich und wird unerbittlich. Die Gräfin ist verloren."

Zaklika hörte nur zu.

„Ja, die Cosel ist verloren", fuhr Lehmann fort. „Sobald der König jemand einmal etwas zuleide getan hat, verfolgt er ihn und läßt ihn nicht mehr vor sein Auge treten. Sie hat die Herausgabe seines Versprechens verweigert; das wird er ihr niemals verzeihen. Alles wurde ihr weggenommen. Löwendahl erhielt den Auftrag, nach ihrem gesamten Vermögen, ihren Wertsachen, ihrem Geld, nach allem zu fahnden, was sie jemals besessen hat. Pillnitz zog der Fiskus ein, andere Besitztümer ebenfalls. Der König hat persönlich angeordnet, alles listenmäßig zu erfassen, um es, wie er sagt, ihren Kindern zu erhalten und ihr die Mittel zu Rache und Flucht zu entwinden."

Lehmann trat näher.

„Auch bei mir hat man alles konfisziert. Der König hatte die Leute geschickt, ihm konnte ich mich nicht widersetzen, die Bücher wiesen es aus."

„Wie? Alles? Doch wohl nicht die Summe, die mich die Gräfin bei Euch abzuheben beauftragt hat!"

Dabei zog er aus dem Ärmelfutter einen Brief hervor.

Der Bankier nahm ihn mit zitternder Hand.

„Und seid Ihr Euch im klaren, was uns beiden widerführe, hätte man das Schreiben und die Summe entdeckt? Ich ginge nach Königstein, und meine Kinder kämen an den Bettelstab. Flemming, Löwendahl und die anderen hätten gern einen Blick in meine Eisentruhe geworfen."

„Also seid Ihr auch diesen Betrag los?" fragte Zaklika verzweifelt.

Lehmann betrachtete ihn lange, offenbar mit sich ringend.

„Hört zu", sagte er schließlich. „Schwört mir vor Eurem Heiligsten, daß Ihr mich, und gelte es das Leben, nicht verraten werdet."

Aus der Schublade seines Schreibsekretärs holte Lehmann ein brillantenbesetztes Kruzifix hervor, das ihm die Fürstin Teschen zur Aufbewahrung gegeben hatte.

„Schwört darauf!“ rief er.

Zaklika nahm das Kreuz, hob zwei Finger und sagte kühl:

„Ich schwöre.“

Dann legte er es in die Schublade zurück und fügte hinzu:

„Mir brauchtet Ihr keinen Eid abzunehmen, mein Ehrenwort hätte genügt. Zaklika hat noch niemand verraten und wird es nie tun.“

Mürrisch verzog er die Brauen.

Lehmann sah ihn an, bleich bis hinab zu den Lippen, die sich ängstlich verzerrten.

„Wenn man Euch aber erwischt und das Geld findet?“

„Erstens darf ich eigenes Geld besitzen, sogar mehr als dies hier, und zweitens hätte es mir die Gräfin schenken können.“

„Nein, was sie gehabt hat, ist beschlagnahmt, auch Geschenke von ihr, ausnahmslos alles, was jemals ihr gehört hat.“

„Ich habe nie etwas mein eigen genannt, bei mir wird man nichts suchen. Gebt Ihr mir das Geld?“

Lehmann zögerte noch immer.

„Ich kann durch Euch ins Verderben stürzen, ich und meine Kinder, aber ich will mein Gewissen nicht mit dem Vorwurf beladen, jemand in seinem Unglück Hilfe verweigert zu haben. Es gibt nur einen Gott, und vor ihm sind alle Mühseligen und Beladenen gleich.“

Er schloß die Eisentruhe auf, nahm ein Säckchen heraus und zählte Geld auf den Tisch. Zaklika atmete auf und wischte sich den Schweiß aus der Stirn. Seine ausgedörrten Lippen lechzten, er fand eine Karaffe Wasser und trank sie leer. Dann setzte er sich ans Tischende, stützte die Ellbogen auf und schlief erschöpft ein.

Als sich Lehmann, ins Zählen vertieft, nach ihm umdrehte und ihn schlummern sah, verstand er erst richtig, was dieser schweigsame Mensch durchlitten haben mochte.

Auf Zehenspitzen tastete sich der Jude zu einem Stuhl, setzte sich und wartete ungeduldig, daß Zaklika aufwachte. Ihm lag sehr daran, daß er bald verschwinde, denn bei allem Mitgefühl ängstigte er sich, ihn noch länger in seinem Hause zu wissen.

Raimund, vor Müdigkeit zwar eingenickt, aber innerlich rastlos geblieben, wachte auf und sprang erschrocken vom Stuhl. Beschämt rieb er sich die Augen, warf einen Blick auf die abgezählten Münzen, strich sie in eine Geldkatze, worin er seine eigenen Ersparnisse hatte, und band sie unter dem Mantel fest.

Lehmann wartete schweigend. Als Zaklika nach der Mütze griff, legte ihm der Bankier die Hand auf die Schulter.

„Gott allein weiß, ob wir uns jemals wiedersehen werden“, sprach er. „Ihr tut mir aufrichtig leid, aber wie sollte ich Euch von einem edlen Vorhaben zurückhalten! Ihr habt gesehen, daß ich mich fürchtete, haltet mich nicht für einen schlechten Menschen. Ich habe Kinder, und für sie lebe ich. Schlagt mir beim Abschied eines nicht aus, aber hört vorher gut zu. Für die Gräfin habe ich längere Zeit ansehnliche Summen verwaltet; in unseren Händen vermehrt sich das Geld. Wir sind quitt miteinander, ich zahle auf Heller und Pfennig alles aus; angesichts solchen Mißgeschicks muß man anders rechnen. Nehmt noch dies für Euch oder für sie und gehabt Euch wohl!“

Er brachte einen Beutel zum Vorschein, den er unter dem Rock versteckt hatte. Fast gewaltsam drückte er ihn Zaklika in die Hand und sagte:

„Ihr wart nicht bei mir, kennt mich nicht, und ich kenne Euch nicht.“

„Es ist für sie“, entgegnete Zaklika und gab ihm die Hand.

„Geht zum Garten hinaus.“

Zu sehr fürchtete Raimund, in der Stadt gesehen zu werden, als daß er nicht erwogen hätte, wie er sich verhalten sollte. In einem Vorstadtviertel am Elbufer hatte er das Pferd eingestellt. Dort standen vereinzelt Hütten von Sorben, die früher in ganz Dresden wohnten und heute kaum hier und dort zu finden sind. Damals, als Zaklika noch am Hofe lebte und nichts zu tun hatte, bummelte er oft durch die Außenbezirke, und da fiel ihm eine Sprache auf, die seiner eigenen ähnelte. Lange hörte er den hiesigen Sorben zu, wenn sie sich unterhielten, und kam ihnen über seine Muttersprache leicht näher. Ein Fischer, den er zuallererst kennenlernte, hieß Hawlik und führte ihn in seine ärmliche Behausung. Bald verband sie innige Freundschaft, die lange währte.

Hawlik war auch katholisch, Zaklika stand bei seinem Kind Pate, sie tranken Brüderschaft, und der polnische Edelmann gewann die einfachen Leute lieb. Die Familie lebte in rechtem Elend. Einst hatte sie einen Streifen Land besessen, aber das Glück war ihnen nicht sonderlich hold. Aus jedem Mißerfolg schlug ein Deutscher Kapital. So verkauften sie Stück für Stück ihr Eigentum, bis nur noch ein kümmerlicher Rest blieb.

Hawliks Grundstück lag am Flußufer und zog sich über den Garten bis hinauf auf den Wall. Nur wenig von der Sandfläche war ertragfähig; so ging Hawlik auch kaum dem Ackerbau nach, sondern zog es vor, Reusen zu legen und angeln zu gehen. Manchmal ging es mit dem Fischfang recht gut, aber das Dasein blieb hart, und man schlug sich recht und schlecht durch.

Zaklika besuchte sie oft, versaß so manchen Abend bei ihnen. Hin und wieder erzählte der Sorbe von früheren, besseren Zeiten.

„Alles hier ringsum hat uns gehört“, sprach er wehmütig. „Auf verschiedene Weise hat man uns vom Heimatboden verdrängt. Heutzutage trauen wir uns kaum noch unsere Muttersprache zu sprechen; bald wird es uns nicht mehr geben, höchstens auf dem Friedhof. Man muß bleiben, wozu einen der liebe Gott erschaffen hat, oder sterben. In den Städten werden wir zu keiner Zunft zugelassen; überall schubst man uns Sorben herum. Unsere Zahl schrumpft; wir sehen unseren Untergang vor Augen, es gibt keine Rettung. Vielleicht hat uns der Herrgott zu erbenlosem Tod verdammt.“

Waren sie zum Singen aufgelegt, wagten sie ihre alten sorbischen Lieder nicht anzustimmen, es sei denn nachts oder ganz leise, und ihre Kinder lernten es insgeheim.

Sooft sich Zaklika vor der Stadt verbergen mußte, schlüpfte er bei Hawliks unter. Für das Pferd stand ein kleiner Stall zur Verfügung, für ihn selbst ein Lager im Dachstübchen, eine Schüssel Grütze und ein Glas Bier zum Abendbrot, vor allem aber ein offenes Herz und hilfsbereite Hände.

Auch diesmal nahmen sie ihn gern auf. Und sie fragten nie, was er trieb, noch, was er begehrte. Nur nach seinem Wohlergehen erkundigten sie sich stets, auch wenn sie an seinem Gesicht ablesen konnten, daß es nicht zum besten um ihn bestellt war.

In der Nacht plagten Raimund schwere Gedanken; er wurde nicht schlüssig, ob er sich hier sehen lassen durfte, und argwöhnte verraten, festgehalten oder gar verhaftet werden zu können. Frühmorgens vermummte er sich daher sorgfältig und begab sich zu der Brücke am Narrenhaus, in der Hoffnung, von Meister Fröhlich am ehesten etwas zu erfahren. Zu dieser Stunde ging oder ritt der Hofnarr täglich ins Schloß zum Dienst, der mit dem Frühstück begann. Wahrscheinlich begegnete er ihm also gegen neun Uhr an der Brücke. Um ganz sicher zu gehen und ihn nicht zu verfehlen, ließ sich Zaklika auf den Stufen vor Fröhlichs Haus nieder. Fast pünktlich trat der alte Possenreißer mit seinem Dreispitz und dem silbernen Schlüssel vor die Tür, sah, daß vor seinem Heim jemand kauerte, rüttelte ihn und schimpfte:

„Aber mein Herr, Ihr haltet mein Haus wohl für eine Kneipe? Wie heißt Ihr?“

Zaklika drehte sich um, Fröhlich erkannte ihn.

„Was ist denn Euch passiert, Herr Unglück?“ rief er bestürzt. „Ihr seht aus, als hättet Ihr geheiratet.“

„Ich kehre von einer weiten Reise zurück.“

„Ihr seid katholisch, nicht wahr! Also kommt Ihr aus dem Fegefeuer heim?“

„In der Welt habe ich mich herumgetrieben“, erwiderte Zaklika. „Was gibt's Neues bei Euch hier?“

„Was es Neues gibt? Ihr verlangt, daß ich Euch erzähle, was auf keine Kuhhaut geht, Ihr Witzbold? Fragt lieber, was hier nicht geschieht.“ Er faßte sich an den Kopf.

„Wißt Ihr nicht zufällig, wie es um meine ehemalige Herrin steht?“ fragte Zaklika.

„Nicht einmal, wer Eure frühere Herrin war.“

„Gräfin Cosel.“

Fröhlich sah sich verstohlen um und legte den Finger an die Lippen.

„Pst! Um Gottes willen! Wer nimmt schon diesen Namen in den Mund! Vor dem König darf man ihn nicht einmal erwähnen. Es gibt nichts mehr zu lachen, und Ihr wißt, daß ich vom Lachen lebe, und bestimmt werde ich vor Lachen auch sterben.“

„Aber sagt mir wenigstens, was ihr zugestoßen ist.“

„Wißt Ihr denn nichts? Wo habt Ihr nur gesteckt?“

„Weit fort ...“

„Ich denke, daß man auch in der Ferne davon spricht. Die Frau, bei der unser Gebieter acht Jahre in Gefangenschaft war, ist jetzt seine Gefangene. Und ihre Gefangenschaft wird länger dauern, als ihre Herrschaft gewährt hat.“

„Und wo ist sie?“ fragte Zaklika.

„Angeblich sitzt sie irgendwo im Schloß von Nossen, aber für sie wird man bestimmt etwas Vornehmeres errichten“, Fröhlich lachte gewohnheitsgemäß, aber traurig. „Nein, nein, ich möchte kein Weib sein. Zugegeben, auch Mann zu sein ist nicht sehr vergnüglich. Und die italienischen Sänger, die neutralen Geschlechts sind, behaupten, daß es auch ihnen nicht besonders gefällt auf dieser Welt“, plapperte Fröhlich in einem fort. „Hätte ich zu wählen, möchte ich gern ein ... Esel sein. Eselsfleisch wird nicht gegessen, seine Haut ist dick und schützt vor Stockschlägen; wenn Meister Langohr seine Arien singt, reißen alle aus, und er hat seine Ruhe. Hinzu kommt, daß er kein Feinschmecker ist und sich von alten Besen nähren kann. Gibt es ein glücklicheres Geschöpf?“

„Nossen! Nossen!“ wiederholte Zaklika, Fröhlich längst nicht mehr beachtend.

„Ich rede vom Esel und Ihr von Nossen! Was kümmert's Euch, lassen wir die bitteren Dinge. Lebt wohl!“ Sein amtliches Lächeln um die Mundwinkel, zog Fröhlich von dannen. Zaklika blieb zurück. Von Hawliks mußte leicht zu erfahren sein, wo das Schloß lag und wie man hinkam. Und am selben Tag noch ritt er an der Elbe entlang den gewiesenen Weg, ohne sich noch irgendwo blikken zu lassen.

Er freute sich, daß die Cosel ihn sofort erkannte, wovon das weiße Tuch kündete, und fühlte, daß er ihr Trost brachte.

Sein Pferd ließ er in der Gastwirtschaft, und da in der Schankstube Leute saßen, gab sich Zaklika als Händler aus und fragte nach Fellen. So machte er es sich in der Herberge Zum Goldenen Hufeisen bequem, kaufte zum Schein Ware auf und fand Zeit, das Schloß gründlich auszukundschaften.

Es war altes Gemäuer, die Wachmannschaft bestand aus einigen Männern. Niemand erhielt Zutritt, aber sehr streng waren die Posten nicht. Die Fenster der Gräfin lagen hoch über der Erde, und niemand kam auf den Gedanken, man könne daraus fliehen; deshalb stellte Zaklika auch keine besonderen Vorsichtsmaßnahmen fest, und die Soldaten schmauchten ihre Pfeife auf dem Hof und dem Gang vor der Tür der Cosel. An der Hinterfront des Schlosses gewährten die Fenster kaum Einblick, da der Hügel jedoch kahl und von allen Seiten überschaubar war, konnte man von der Chaussee her hineinsehen.

Um einen Vorwand für längeren Aufenthalt zu haben, fing Raimund in der zweiten Nacht zu stöhnen an, klagte über einen heftigen Gichtanfall und tat ganz untröstlich, daß er hier vielleicht bis zur Genesung herumlungern müsse, statt seine dringenden Geschäfte zu erledigen. Der Wirt vom Goldenen Hufeisen schien sich daran nicht zu stören, daß er den Gast und sein Pferd zu versorgen hatte. Er meinte, Vorsicht gebiete, sich gut auszukurieren und das Bett so lange zu hüten, bis die Glieder nicht mehr schmerzten, wozu er Bärenfett wärmstens empfahl.

Beim Abendessen ließ sich ein Plausch mit Herrn Wuisch, dem Wirt, gut an. Zaklika konnte längst gut genug sächseln, um nicht als Fremder zu gelten. Der Wirt erzählte brühwarm, man habe ins Schloß eine Frau gebracht, die es auf das Leben des Königs abgesehen habe. Von ihm erfuhr Raimund auch, wieviel Soldaten dort stationiert und welche Vorkehrungen getroffen waren, die Gefangene zu bewachen: zwei Frauen, eine betagte Hofmeisterin und eine Zofe, ein Koch und ein Hausknecht bildeten zur Zeit den ganzen Hofstaat der Dame, die früher goldbetreßte Meuten umschwärmt hatten.

Legenden wurden um die Eingekerkerte gewoben.

Zaklika blieb unbehelligt einen weiteren Tag, und da er dem Wirt auch ein paar Taler für Häute bezahlte, ging er um die Mittagszeit ziemlich selbstsicher das Schloß und die Umgebung besichtigen.

Von der einen Seite, auf der Wälder grünten und die Chaussee sich schlängelte, konnte er sich, durch Gebüsch und Gestrüpp gedeckt, dicht an den Wall heranschleichen. Ob hier allerdings ein Fenster der Gräfin erreichbar sei, wußte er nicht und mußte es den weiteren Erkundungen überlassen.

Abends nahm er die zweite Portion Bärenschmalz, legte sich hin und sann, wie er dem Herbergsvater Sand in die Augen streuen und seine Bleibe verlängern könnte.

IX

Früh, als Zaklika bei Warmbier im Gastzimmer saß, traten lärmend drei Soldaten von der Schloßwache ein und bestellten sich ebenfalls den beliebten Hopfentrank. Raimund erkannte sie auf den ersten Blick als Angehörige der Hofwache wieder, einer von ihnen musterte ihn aufmerksam und rief:

„Hallo, wir kennen uns doch irgendwoher?"

„Gewiß", antwortete Zaklika, „ich habe lange bei Hofe gedient, bis ich zum Handel umgesattelt bin, weil ich das höfische Brot satt hatte. Manchmal habe ich Euch auf der Ehrenwache beim allergnädigsten Herrn gesehen."

„Ach, Ihr seid der Mann, der Hufeisen bricht!" Der Soldat freute sich.

„Das war einmal, lang ist's her, daß ich selbst einen Ochsen an den Hörnern packte und in die Knie zwang. Jetzt weiß ich nicht, ob ich mit einem Schafbock fertig würde."

Der Soldat verneigte sich lächelnd. Zaklika ließ ihm ein Bier vorsetzen, und die Kumpanei war perfekt.

„Na ja, das haben wir für unsere Sünden", sagte der Soldat; „auf Posten nach Nossen hat man uns abgeschoben. Wozu? Auf Weiberröcke aufpassen. Langweilig, zum Kotzen! Hätten sie der Gräfin wenigstens ein paar schmucke, pralle Dinger beigegeben, aber die Hofmeisterin ist fünfzig, die Zofe vierzig. Selbst in dieser Einöde kriegt man keine Lust, mit den beiden anzubandeln."

„Und wie lange sollt ihr hier hocken?"

„Wer weiß das? Man wird schon vom vielen Schlafen fett, zu tun gibt's nichts; ewig mit dem Rücken an der Mauer und schnarchen ..."

„Karten spielen könnt ihr doch?" fragte Zaklika.

„Mit wem? Um was? Wir haben verflucht wenig Moneten, und da lohnt's nicht." Er gähnte, und die Bierbekanntschaft versprach Vorteile.

Als die Soldaten zur Wachablösung aufbrachen, erbot sich Zaklika, sie zu begleiten, und ging immer weiter und weiter mit, bis ans Tor, in den Hof und stand unversehens auf dem Gang.

Die anderen Wachleute sielten sich auf Stroh und wunderten sich keineswegs über den Ankömmling; im Gegenteil, sie freuten sich. Er ließ sich nieder zum Plaudern und möbelte die Stumpfsinnigen auf. Auf einmal fanden sich Karten, er verlor einige Taler und machte sich um so beliebter. Als er sich verabschiedete, ritt ihn der Teufel, unbedingt das Schloß aus nächster Nähe in Augenschein zu nehmen. Ungehindert bewegte er sich unter den Zinnen, ohne daß jemand ein Wort dagegen einwandte. Der Offizier war in der Stadt und brachte der Fleischerstochter ein Gitarrenständchen.

Zu mehr allerdings durfte sich Raimund an diesem Abend nicht versteigen.

Weiterhin kränkelnd, Felle handelnd, herumbummelnd, bemühte er sich, in das Schloß zu gelangen. Er wurde nicht verdächtigt, aber die Schwierigkeiten, die allein aus der Lage erwuchsen, wollten nicht unterschätzt werden.

Der Schloßflügel, in dem die Gräfin saß, stieß an einen anderen, wo der Wachoffizier und ein greiser Schloßverwalter mit seiner Familie wohnten. Über die Soldaten gelang es Zaklika, den Kustos, einen besorgten, geizigen und geldgierigen Schwächling, kennenzulernen. Er hielt ihn frei und bekam bald heraus, daß die eiserne Basteipforte, deren Schlüssel er verwahrte, zu einem großen Saal führte, der als Aktenarchiv diente und später das Kreisgericht sowie andere Ämter aufnehmen sollte. Zaklika heuchelte großes Interesse für alte Baudenkmäler und äußerte den Wunsch, das Schloß zu besichtigen. Da verstummte der alte Aufseher.

Tags darauf kamen sie auf die Gräfin zu sprechen, und der Pole versuchte ihn für sie einzunehmen.

„Der Gräfin sind viele Verehrer am Hofe treu geblieben", sagte Zaklika, „und es gibt Leute, die voraussagen, daß sie eines Tages wieder zur Macht gelangen wird. Ich würde mich nicht wundern, Herr Herzog, wenn jemand von ihnen hier erschiene und Euch einen schönen Batzen in die Hand drückte, damit Ihr ihm ein Gespräch mit der Gräfin ermöglicht."

Er sah den Alten an, der sich schnurrend den Bart strich.

„Was würdet Ihr in solchem Fall tun?" fragte Zaklika.

„Das wäre eine teuflische Versuchung; ich würde es mit Luther halten und dem Teufel das Tintenfaß an den Schädel schmeißen."

Aber er grinste.

„Und wenn man Euch dreißig Taler auf den Tisch legte?" lockte Raimund weiter.

„Und ich ginge für dreißig Taler an den Galgen", Herzog lachte. „Bei großen Herren mag es klappen, wenn sie so etwas machen, aber uns arme Schlucker zerrt man auf den Markt und in die Schlinge."

„Ach, so eine schlimme Sünderin ist die Gräfin ja auch wieder nicht, und so schwer wöge die Schuld nicht, wenn man ihr zwei Worte mit einem Freund zu wechseln erlaubte... Na ja, man redet halt so daher; allerdings kann ich mir vorstellen, daß so ein Freund auch fünfzig opfern würde."

Herzog machte große Augen, spitzte die Lippen und streichelte sich den Bart. Seine Miene verriet, wie ihm die fünfzig Taler im Kopf herumgingen.

„Solltet Ihr einen solchen Freund der Gräfin kennen, der fünfzig Taler auf den Tisch legen könnte, da bestellt ihm von mir, daß er kommen kann. Wir werden sehen."

Zaklika schaute sich um und sagte:
„Ihr habt ihn vor Euch."
„Das hab ich mir gleich gedacht."
„Zu befürchten braucht Ihr nichts, die Soldaten kennen mich, und wir verstehen uns gut. Ihr führt mich in den Saal, wenn die Frauen nicht bei der Gräfin sind. Wir klopfen an die Tür, das Gespräch wird ganz kurz sein."
„Wären nicht die Weibsbilder", knurrte Herzog, „da wär's ein Pappenstiel. Leider wechseln sie sich ab, und eine sitzt immer dort herum."
„Mag Eure Frau die beiden einladen."
„Ach, die sollte von nichts wissen."
„Natürlich nicht", lenkte Zaklika ein, „aber sie kann sie doch einladen, ohne den Grund zu wissen. Laßt Euch etwas einfallen."
Die Beratungen dauerten lange. Herzog zeigte sich beschlagen und überaus brauchbar in solchen Dingen, Hauptsache, es stimmte zwischen Daumen und Zeigefinger. Außerdem glaubte er nicht, daß die unglückliche Frau so eine wichtige Staatsgefangene sein sollte.
Eines Tages, als die Gräfin in ihrem Schlafzimmer auf und ab ging, vernahm sie erst verhaltenes, dann immer heftigeres Klopfen an der eisernen Basteitür. Hämmernden Herzens lief sie hin und pochte von ihrer Seite dagegen. Sofort sprang das Schloß auf, die Tür öffnete sich, Zaklika stand vor ihr.
„Ich habe nur so viel Zeit, Euch zu melden, daß ich hier bin und in der Umgebung bleibe. Ich werde aufpassen; was sich ermöglichen läßt, werde ich tun."
„Den Fluchtweg ebnen", bettelte die Cosel lebhaft. „Ich komme um in dieser Luft. Versucht alles, zahlt, tut, was Ihr könnt."
„Bisher scheint es ausgeschlossen, zumindest braucht es Zeit", sagte Raimund. „Verlaßt Euch auf mich, ich werde alles Menschenmögliche unternehmen. Laßt von dem Fenster, das nach hinten hinausgeht, einen grauen Faden herab, denn ein zweites Gespräch ist unwahrscheinlich. Ich hefte einen Zettel dran und verständige Euch über meine Absichten."
Herzog drängte zur Eile. Zaklika schob ihm ein Säckchen zu und raunte:
„Ihr müßt eine Dienerin bestechen. Ich bin in der Gastwirtschaft Zum Goldenen Hufeisen."
Die Tür fiel hinter ihm ins Schloß, die Frauen könnten kommen. Aber es hatte genügt, die Gräfin aufzurichten; fromm dankte sie der Vorsehung, daß Zaklika, ihr Diener, auf den sie vom Gipfel ihrer königlichen Höhe kaum herabzuschauen geruht hatte, sie doch nicht verriet.
Herzog nahm die fünfzig Taler freudig in Empfang. Der leichte

Verdienst steigerte seine Habsucht. Er sagte sich, die melkende Kuh müßte hergeben, was sie nur konnte. Also lief nun nicht mehr Zaklika ihm, sondern er dem Polen nach.

Raimund brütete schon über dem Entführungsprojekt und hielt es durchaus für realisierbar, mochte es auch gewaltige Vorbereitungen kosten.

Allzugern führte ihn Herzog im Schloß herum und zeigte ihm den ganzen Gebäudekomplex. Einst war es eine Festung gewesen, von den Zinnen, Wehrgängen und Durchlässen hatten sich Stollen erhalten, durch die man ins Schloß oder auch wieder hinauskriechen konnte. Einer führte direkt zur Chaussee, und obwohl der frühere Eingang von Ruinen versperrt war, ließ er sich leicht freiräumen.

Aber es genügte nicht, dem Schloß zu entrinnen, es mußten Mittel und Wege zu schneller Flucht an die Grenze und dann ein Schlupfwinkel gefunden werden, den August nicht entdeckte; beim damaligen Stand seiner Beziehungen zum preußischen und zum kaiserlichen Hof durfte er auch wenig Beihilfe erhoffen. Zaklika meinte, wenn es gelänge, nach Schlesien zu entkommen und sich nach Polen durchzuschlagen, fände er dort das sicherste Asyl. Obwohl er seit langem keine Verbindungen mehr zu seinem Land unterhielt, hatte er doch Bekannte, Verwandte und Freunde und wußte, daß der Sachse neben Parteigängern auch mit zahlreichen Gegnern rechnen mußte.

Pferde und Leute anzuheuern und alles zur Flucht Notwendige zu beschaffen war in Sachsen nicht einfach, wo der Hof über Spione verfügte und alles und jeden scharf überwachte.

Am nächsten Morgen band Zaklika einen Zettel an den Faden und gab zu wissen, daß er abreise, um Maßnahmen zur Befreiung der Gräfin zu treffen. Mit Herzog besprach er sich unter vier Augen, ohne ihn in Einzelheiten einzuweihen. Er stellte ihm nicht fünfzig, sondern gar tausend Taler in Aussicht, wenn es zur Verwirklichung käme.

„Mit tausend Talern könntet Ihr stillschweigend irgendwo an den Rhein auswandern, Eure Familie vorausschicken und es Euch in eigener Klause gemütlich machen wie der liebe Gott auf der Ofenbank."

Der Alte antwortete nicht, schüttelte nur den Kopf.

Zum Abschied gab Zaklika den Soldaten ein paar Biere aus, sagte ihnen mit der Zusicherung, bald in Fellgeschäften wiederzukommen, adieu und ritt nach Dresden davon. Das Geld, das Lehmann ihm ausgezahlt hatte, konnte normalerweise für längere Zeit ausreichen, für die Flucht jedoch nicht. Wenn er nur nach Polen durchkäme, überlegte er, fände er schon einen Ausweg.

Anna Cosel wartete nach seiner Abreise fieberhaft auf neue

Nachrichten. Täglich zog sie den Faden auf und war enttäuscht. Sie hatte keine Ahnung von den Schwierigkeiten und bildete sich ein: Ich habe diesem Mann ausdrücklich erklärt, was ich will, warum befreit er mich nicht auf der Stelle?

Mittlerweile suchte sie eine der Dienerinnen auf ihre Seite zu ziehen. Beide waren mürrisch und unzugänglich, nur die jüngere zeigte wenigstens ein bißchen Mitgefühl und hatte mildere Gesichtszüge. Mit ihr konnte sie ab und zu einige Worte wechseln. Die Cosel duzte sie, wie sie es von früher Untergebenen gegenüber gewöhnt war, nur einen freundlicheren Ton schlug sie an. Sie mußte vor Magdalena ihre Kollegin schlechtmachen und Haß zwischen beiden schüren, um zum Ziel zu gelangen. Gelegentliche Geldgeschenke fruchteten besser, dennoch verfloß ein ganzer Monat, ehe sie sich ihres Wohlwollens versichern konnte.

Zaklika hatte es schwer in Dresden; man kannte ihn zu gut, und die Suche nach einem Gespann konnte leicht Verdacht auf ihn lenken. Er mußte seine ganze Schlauheit aufbieten, um alles zu bewerkstelligen, was not tat. Über seinen sorbischen Freund gelang es ihm, in Bautzen Bekanntschaften zu schließen und sein Hauptquartier aufzuschlagen. Auf diese Weise verschwand er dem Hof aus den Augen, angeblich um einem polnischen Herrn, der demnächst aus Königstein entlassen werden sollte, Mittel für die Heimreise zu besorgen.

Die Zeit verging, der Herbst zog ein und der Winter, wo die Flucht erschwert, die Wege schlechter, die Fährte leichter zu entdecken war. Zaklika ritt nach Nossen, um bei der Gräfin Aufschub bis zum nächsten Frühjahr zu erbitten. Herzog ließ sich Schweigegeld zahlen, öffnete ihm die Geheimtür, und Magdalena, ins Komplott eingeweiht, stand auf Horchposten. So konnte er sich mit der Cosel eingehender beraten, und sie kamen überein, daß die Flucht zu einem günstigeren Zeitpunkt erfolgen sollte. Beide zweifelten nicht daran, daß Herzog, den das Geld lockte, sie erleichtern würde.

Der Winter zog sich lange hin und war grimmig kalt. Unterfangen solcher Art geben, wenn sie sich endlos hinauszögern, den Helfershelfern unnütz Gelegenheit zu Grübeleien und Wankelmut. Leicht angeheitert, plauderte Herzog vor seiner Frau etwas aus, den Rest reimte sie sich selbst zusammen. Durchtrieben, wie sie war, meinte sie: Wer sich schon zu Verrat hergebe, solle keine Skrupel haben und den höchstmöglichen Nutzen dabei herausschlagen. Sie hielt es für richtig, die Aufdeckung der Fluchtpläne vorzutäuschen, um zu weiteren Summen zu kommen, und gleichzeitig Zaklika und die Gräfin zu überführen, um nicht Stellung und Gnade zu verlieren. Das schien um so vorteilhafter, als sie dann nirgendwohin umzuziehen brauchten.

Herzog schmunzelte diebisch, äußerte sich aber nicht dazu; die Idee seiner ehrenwerten Frau gefiel ihm. Nur galt es das Frühjahr abzuwarten.

Die Cosel schöpfte neue Hoffnung auf Befreiung und nahm sich vor, beiden Dienerinnen ein schönes Weihnachtsgeschenk zu machen. Zaklika wollte das Fest unter seinen sorbischen Freunden irgendwo zwischen Bautzen und Dresden feiern.

Magdalenas fühlte sich die Gräfin so sicher, daß sie ihr unwillkürlich manches auf die Nase band und sie sogar bat, bei ihr zu bleiben, wenn sich im Frühjahr ihr Dasein wandle. Der Zofe gab das zu denken und machte sie bange; sie rang mit sich. Scheinbar um ihre Verwandten in Dresden zu besuchen, nahm sie einige Tage Urlaub. Ihre Schwester diente bei der Dönhoff; sie fuhr zu ihr. Beide beratschlagten und faßten den Entschluß, über alles der Frau Marschallin Bielinska zu berichten, einer entsprechenden Belohnung gewiß.

Die Bestürzung der Damen bei der Kunde, die Cosel wolle fliehen, war verständlich. Sofort wurde Löwendahl herbeigeholt. Seine erste Tat bestand in der Verhaftung der beiden Dienerinnen.

Am selben Tage setzte sich ein Trupp Soldaten zur Ablösung der Wache nach Nossen in Marsch, die Posten wurden verdoppelt, der Schloßverwalter verhaftet und in Ketten nach Dresden gebracht.

Nachts streiften auch unter Annas Fenstern Patrouillen. Als sie aufwachte, fand sie im Vorraum einen fremden Offizier, der mit einem Beamten ihre Papiere und Habseligkeiten durchstöbern, Wohnung, Türen und Schlösser überprüfen sollte.

Beim Anblick solcher Willkür geriet sie in Zorn, aber was konnte sie gegen Gewalt ausrichten! Sie wagte nicht einmal Fragen zu stellen, um Zaklika nicht zu gefährden. Zum Glück kannte ihn niemand beim Namen; er hatte ihn wohlweislich geändert, und nur mittels Personenbeschreibung zu fahnden war zu schwierig.

Zaklikas Zettel, den die Gräfin einst vom Faden genommen hatte, vernichtete sie schnell, bevor man ihn entdeckte; es gab keinerlei Beweise ihrer Fluchtabsichten außer der Aussage des Dienstmädchens.

Ihr war das Leben in Nossen seit diesem Tage hundertmal unerträglicher als zuvor. Neues Personal wurde geschickt, das, aufgehetzt, die Gräfin mit kalter Härte behandelte. Sie reagierte mit stummer Würde.

Als der Beamte fort war, trat der Offizier zur Gräfin und sagte: „Ihr erinnert Euch gewiß des Pagen, Frau Gräfin, den Ihr manchmal in besseren Zeiten beim König gesehen habt. Ich erfülle eine traurige und leidige Pflicht und habe sie nur deswegen nicht abgeschlagen, weil ich Euch das Leid ein wenig mildern möchte. Verschlimmert nicht Euer Los selbst."

Die Cosel sah ihn durchdringend an.

„Ihr wollt mir Güte erweisen", flüsterte sie, „dann sagt mir, was aufgedeckt worden ist. Wer hat es hinterbracht und wie?"

„Einzelheiten weiß ich nicht", antwortete der Offizier. „Die Befehle hat der König gegeben über Marschall Löwendahl. Das gesamte Dienstpersonal mußte ausgewechselt werden, der Aufseher sitzt in Untersuchungshaft."

„Wer noch?"

„Meines Wissens außer dem Dienstmädchen niemand. Ich werde jeden Tag kommen und muß vor Zeugen brutal auftreten; wo ich es kann, will ich Euch gern helfen."

Er verbeugte sich und ging.

Einige Tage verstrichen in Furcht und Ungewißheit. Zaklika hatte in Dresden gerüchteweise von der Aufdeckung der Fluchtabsichten erfahren und wartete ab, ob man nach ihm fahndete. Ihm war klar, daß er sich um Nossen nicht sehen lassen durfte; zugleich aber hielt er es für zweckmäßig, der Gräfin anzuzeigen, daß er frei war und sie weiterhin auf ihn rechnen konnte.

Im Schutze der Nacht schlich er sich, als Bettler verkleidet, ins Schloß. Tagsüber beobachtete er aus dem Gestrüpp hervor die Fenster und stellte fest, daß der Faden nicht herabhing und ein Soldat auf Posten stand. Der Gräfin sich zu erkennen zu geben war also schwierig, und er zerbrach sich vergebens den Kopf, wie er es anstellen sollte.

Bei Kälte und Schnee in der Gegend umherstreifend, begegnete er am nächsten Tag einem hausierenden Händler, der in den Dörfern und Städtchen seinen Kleinkram feilbot. Zaklika kannte ihn von Dresden her, wo er für seine sorbischen Bekannten hin und wieder Geschenke bei ihm gekauft hatte. Als er ihn anhielt, erinnerte sich auch der Alte.

„In Nossen könnt Ihr, Herr Treue", sprach ihn Zaklika an, „gute Geschäfte machen, im Schloß sitzt die Gräfin Cosel. Wenn sie auch eingesperrt ist, hat sie doch allerhand Dienstpersonal und will ihren Leuten bestimmt etwas zu Weihnachten schenken. Seht nur zu, daß Ihr hinkommt, sie wird Euch schon Wägelchen und Tragkorb erleichtern."

Der Händler rieb sich die Hände.

„Ich danke Euch für den guten Hinweis. Mir wäre das weiß Gott nicht eingefallen."

„Sie ist jetzt eine bedauernswerte Frau", fuhr Zaklika fort. „Aber die Reste ihres Vermögens machen immer noch mehr aus als Eure Herrlichkeiten ... Hört zu, lieber Herr Treue, sobald Ihr zu ihr kommt, bringt ihr ihren ehemaligen Diener ins Gedächtnis. Ich habe einst bei ihr gedient."

„Wie soll ich denn das sagen?"

„Sagt nur, ihr getreuer Diener, der Hufeisen gebrochen hat, lebt und schweift durch Gottes Natur ... Und wohin wollt Ihr später fahren, von Nossen aus?", fragte Raimund beim Abschied.

„Von Nossen aus wahrscheinlich zurück nach Dresden, die Feiertage muß ich zu Hause bei Frau und Kindern sein", sagte Treue, sich am Kopf kratzend.

„Dann auf Wiedersehen irgendwo auf der Landstraße! Ich handle mit Fellen, da können wir schon wieder einmal aufeinanderstoßen."

Wie alle Hausierer, wußte sich Treue Rat, wenn es um Gewinn ging. Kaum in der Stadt, ruhte er kurz aus und machte sich auf den Weg zum Schloß. Die Soldaten wollten ihn verscheuchen, aber er kreischte dermaßen, daß der Offizier kam. Mit ihm wurde er schnell einig, der Wachhabende ließ die Gräfin fragen, ob sie etwas kaufen wolle. Zur Abwechslung und um ein neues Gesicht zu sehen, empfing sie den Buckelreisenden.

Bescheiden war Treues Angebot und mitnichten für herrschaftliche Augen bestimmt, aber in der Einsamkeit, erst recht in der Gefangenschaft konnte alles ablenken. Mit spitzen Fingern betastete die Cosel geringschätzig die billigen Waren; Treue paßte einen Moment ab, wo niemand im Zimmer war, und sagte leise:

„Ich soll Euch bestellen, daß Euer getreuer Diener, der Hufeisen gebrochen hat, lebt und durch Gottes Natur schweift."

Treue wunderte sich sehr, als er im Antlitz der Gräfin einen Freudenstrahl gewahrte, der darüber huschte und es erhellte.

„Wer hat dir das gesagt?"

„Er selbst, gnädige Frau, er selbst", antwortete er. „Ich habe ihn hier in der Nähe getroffen, offenbar auf Jagd."

Nun kaufte die Cosel, was ihr in die Hände geriet. Treue sperrte den Mund auf, wie sein Handel florierte. Dann ließ sie sich noch einmal die Worte wiederholen, die ihre Sorge um Zaklika minderten, und Treue durfte gehen. Überglücklich trollte er sich aus dem Schloß, in der Herberge erging es ihm auch nicht übel, so daß er über Nacht blieb. Tags darauf trat er den Heimweg an, eine Meile hinter Nossen stieß er wieder auf Zaklika. Sie begrüßten sich wie gute Freunde.

„Wie war's?" fragte Raimund. „Habt Ihr es bestellt?"

„Natürlich", sagte Treue, „und die Gräfin war sichtlich erfreut über die Nachricht. Ich habe ein tolles Geschäft gemacht im Schloß und in der Stadt. Vergelt's Euch Gott."

Zaklika wollte ihm sagen, daß er auch ein gutes Werk getan habe, aber er schwieg lieber.

Inzwischen wurden in Dresden die Häftlinge vernommen. Herzog war zu klug, sich zu einer Schuld zu bekennen, obwohl man ihn hätte auf die Folter spannen und martern können, bis sich seine Zunge löste. Aber er kam ungeschoren davon, man ließ ihn laufen; nur die Stelle war er los. Die beiden Frauen durften auch gehen, allerdings mit leeren Händen und blauen Flecken am Leibe. Die Warnung blieb.

König August wachte jetzt persönlich über Annas Los. Er kannte sie, und ihm war sie nicht geheuer. Bei der ersten Kunde über die geplante Flucht befahl er, die bei weitem festere Burg Stolpen für Annas Haft herzurichten, denselben Ort, den die allbeneidete Cosel vor Jahren zusammen mit ihm besucht, wo sie sich im Tierzwinger vergnügt hatte, als sie unterwegs die greise Mlawa traf und die ersten Schauer ihres künftigen Schicksals erfuhr.

Sofort wurden Anordnungen nach Stolpen übermittelt, den Johannisturm zu säubern und als Wohnung vorzubereiten. August war beleidigt; der ungebrochene Sinn dieser Frau schmälerte seine Macht, dieses Weib erkühnte sich, die Erfüllung seines Wortes zu fordern und ihm Vertrauensbruch vorzuwerfen. Das grenzte an Unverschämtheit, die ein Herrscher wie er unter keinen Umständen ungestraft lassen konnte.

Zwei Tage vor Weihnachten fuhr ein Gespann aus Dresden vor, brachte wieder neue Wachmannschaft und den Befehl des Königs, die Cosel nach Stolpen zu überführen. Der abgelöste Offizier zögerte, Anna die Weisung mitzuteilen, die ihr Schlimmeres verhieß, als sie je auszustehen hatte.

Auf den ersten Lärm hin sprang die Cosel von ihrer andächtigen Zwiesprache mit der Bibel auf und stürzte zur Tür. Noch immer gab es Augenblicke stiller Hoffnung, Augusts Herz könnte sich erweichen lassen und ihr, vielleicht eben jetzt zur Feier von Christi Geburt, die Freiheit schenken. Aufgeregt stand sie an der Schwelle, als der Beamte mit tiefer Verbeugung eintrat. Das Erscheinen eines Federfuchsers erschreckte sie stets; er hielt ein Schreiben in der einen, die Brille in der anderen Hand.

„Was wollt Ihr?“ fuhr sie ihn an.

„Auf Befehl Seiner Majestät des Königs“, sprach der Beamte heiser, „sollt Ihr Euch unverzüglich nach Stolpen begeben, das zu Eurem weiteren Aufenthalt vorgesehen ist.“

Die Gräfin schrie auf, schlug die Hände vors Gesicht und warf sich gegen die Wand, als wollte sie sich den Schädel einrennen. Ihre Frauen eilten herbei, doch mit einem Ruck schüttelte Anna sie ab, brüllend wie von Sinnen.

Mit Gewalt mußte die Gräfin in den Wagen gestoßen werden; nach durchtobter, durchweinter, durchschwiegener Fahrt stand sie am 25. Dezember 1716 vor dem Johannisturm.

Das alte Stolpener Schloß war dazumal eine halbe Ruine. Wiederholt hatten Blitzschläge seine Turmspitze beschädigt, die alten Bauten in Brand gesetzt; notdürftig restauriert, faßte es gerade eine kleine Besatzung. Die ehemaligen Wohnstätten der Bischöfe waren teils wiederhergestellt, teils völlig verfallen. Der Schloßverwalter Johann Friedrich von Wehlen hauste in der unwirtlichen Bastei. Für die gefangene Geliebte Augusts II. stand der Johannisturm bereit. Schon zu Zeiten der Bischöfe als Gefängnis benutzt, bestand es aus mehreren Stockwerken mit je einem überwölbten Raum, die alle noch von ihrem einstigen Zwecke kündende Namen trugen.

Die ehemalige Herrin des Palais der vier Jahreszeiten mußte mit zwei Kammern vorliebnehmen. Das untere Geschoß – Burgverlies und schon seit undenklichen Zeiten verschüttet – war unbewohnbar, die zwei oberen, das Johannisgefängnis und den Richtergehorsam, hatte man ihr zugedacht, das eine als Küche und für das Personal, das andere als ihr Schlaf- und Wohngemach. Als sie sich auszusteigen sträubte, zerrte man sie aus dem Wagen und hinauf in ihr sechseckiges, enges Zimmer, worin ein Sonnenstrahl durch die schmalen Fenster geisterte. Anna schaute sich in ihrer neuen Wohnung flüchtig um und fing wieder an zu toben, daß man sie festhalten mußte und die Umstehenden, obwohl so ausgewählt, daß ihre Gleichgültigkeit jeder Bestechung trotzte, sich nicht ganz des Mitleids zu erwehren vermochten.

Selbst Wehlen, ein alter Landsknecht, ein Holzklotz in Menschengestalt, verlor den Kopf. Ihm widerstrebte es, das Urteil an einer Frau zu vollstrecken, deren Unbill über ihre Kräfte ging. Diesen ersten Tag des Festes, das mit Freuden und Familienfeiern am trauten Herd begangen wird, verdarben ihm die Verzweiflungsszenen gründlich. Auch die Soldaten, die unterhalb der Mauern ihre Runden zogen, blickten bei jedem Schrei scheu hinauf, als wähnten sie ein Opfer mittelalterlicher Torturen über sich.

Die Nacht verging unter Tobsuchtsanfällen, der folgende Tag unter Weinkrämpfen, dann trat Ruhe ein, die Cosel lag starr wie gelähmt auf ihrem Bett. Das Personal tuschelte, sie werde es nicht überstehen.

Am dritten Tag stand die Gräfin auf, verlangte Papier, um dem König zu schreiben. Darauf war man gefaßt, ihre Briefe sollten an Löwendahl befördert und sofort vernichtet werden, ohne daß sie jemand zu öffnen wagte. August hatte sich streng dagegen verwahrt, durch verzweifelte Gefühlsergüsse behelligt zu werden, und ließ sie gar nicht an sich heran. Wer weiß, vielleicht hätten sie ihn doch zermürbt und Schamröte auf die königliche Stirn getrieben.

Die Gefangene durfte ungehindert schreiben, und jeder Brief, der ins Feuer flog, erneuerte ihre Zuversicht. Sie rechnete damit, daß vielleicht einer doch den König erreichte.

Als die anfänglichen Aufwallungen verebbten, betrachtete sie ihre Umgebung näher und erinnerte sich von ihrem ersten Besuch der Festung aller scheußlichen Einzelheiten. Von den Fenstern hinab sah sie die zinnenbewehrten Umfassungsmauern, den waldbedeckten Hügel, in der Ferne die bläulichen kahlen Höhen und das wie menschenleere Land.

Hier saß sie nun in der Abgeschiedenheit, gequält von Erinnerungen, unter Aufsicht einer sturen Soldateska, dem Unmut der Diener ausgeliefert.

Beim geringsten Verschulden dieses Hofstaates dröhnte Wehlens rauhe Stimme; er kannte keine Nachsicht, wenn es um seine Befehle ging.

Aus Dresden wurde ihm unerbittliche Strenge zur Pflicht gemacht und volle Verantwortung übertragen, die damals durchaus den Tod einbegriff. Die solche Instruktionen erteilten, empfahlen zwar Zuvorkommenheit gegen die Frau, aber gegen den Häftling eine Wachsamkeit, die jede Illusion zu entkommen zerstörte. Ohnehin war eine Flucht unmöglich. Die Burg umgaben rundum Mauern, der Johannisturm ragte hoch darüber, und Fenster reihte sich an Fenster, daß die Wachposten die Insassin jederzeit im Auge behielten. Außerdem mußten zwei mit Eisentoren verschlossene Höfe überquert werden, ehe man zum Fuß des Turmes gelangte. Vor den Toren patrouillierten Posten, an den Mauern standen Soldaten. Die Burg selbst, auf der Höhe gelegen, setzte jeden Ankömmling der Sicht aus, sobald er das unten liegende Städtchen verließ.

Außer dem Festungskommandanten, etlichen hierhin verbannten Offizieren, einer Handvoll Soldaten und den wenigen Bediensteten der Gräfin gab es hier niemand. Um die Burg zu verlassen und unter die Zivilbevölkerung zu gehen, brauchte man besondere Erlaubnis. Die Tore wurden zeitig geschlossen.

Eine gewisse Bedeutung besaß die Burg als Festung noch; sie lag an der böhmischen Grenze, schützte die sächsischen Randgebiete, da aber seit langem kein Krieg mehr aus dieser Richtung drohte, wurde sie allmählich aufgegeben. Königstein und Sonnenstein, zu jenen Zeiten als uneinnehmbare Festen erachtet, nahmen Stolpen seine einstige Rolle. Bis zu Annas Einlieferung war die Burg auch wenig bewacht. Erst durch diese Staatsgefangene, die Königin spielte und sich weigerte, des Herrschers Eid herauszurükken, gewann die verlassene Burg wieder Beachtung.

Der alte Wehlen hatte die Cosel vorher nie zu Gesicht bekommen und aus der Trennung vom König auf eine verlebte und häßliche Frau geschlossen. Als er sie zum erstenmal sah, war er verblüfft. Sie stand damals im sechsunddreißigsten Lebensjahr, und noch machten sich keine Spuren ihrer tragischen Abenteuer an ihr bemerkbar. Hinzu kam, daß sie wie zum Hohn auf ihre wirkliche Lage auftrat wie eine Herrscherin, kommandierte und sich um so hoffärtiger benahm, je hoffnungsloser die Situation wurde. Hatte sie solche Verbrechen begangen, daß man sie ewig einsperren, ihr sogar die Kinder wegnehmen durfte mit der Begründung, sie könnte ihnen gegen ihren Vater Haß einimpfen, wie sie ihn selber nährte?

Bei der überstürzten Beschlagnahme ihrer ganzen Habe in Nossen hatte jemand auch die losen Blätter ihrer Bibel zusammengescharrt. Sie kamen mit nach Stolpen, die Gräfin las in dem Buch, das so viel menschliches Leid barg, und wünschte sich bald eine vollständige Heilige Schrift. Der Kommandant meldete nach Dresden, ihrem Antrag wurde stattgegeben. Seitdem lag die Bibel stets auf ihrem Tisch, und die Cosel fand darin wenn nicht Trost, so doch zumindest Vergessen. Sie lernte daraus, was das Leben seit Jahrtausenden war: lange Pein, die erst der Tod beschließt.

Das Frühjahr kam, die Jahreszeit, in der alles lustig und jung zu neuem Leben sprießt. In den Bäumen unter ihren Fenstern haschten sich hurtige Vögel. Schwalben kehrten in ihre alten Turmnester heim, um sie zu erneuern, die Bäume begannen zu grünen und ihre Blätter in der Sonne zu entfalten. Sogar um das düstere Schloß herum regte sich die Natur, über Felder zogen Pflüge und freie Menschen zuhauf, sie allein war einsam.

Wenn sie so am Fenster stehend eine entfernte Gestalt beobachtete und sich vorzustellen suchte, wer das wohl sei, sann sie stundenlang geistesabwesend vor sich hin, ohne zu bemerken, wie sie mancher Wachposten ebenso gedankenverloren musterte und sich fragte, was wohl eine solche Schönheit so Abscheuliches begangen haben mochte, daß man sie der Freiheit beraubte. Auch der alte Wehlen guckte bei seinen Inspektionen, die Pfeife im Mund, vom Wall zu ihr hinauf und spürte, wie sich sein Herz zusammenzog und die Hochachtung vor seinem allergnädigsten Gebieter Friedrich August Schaden litt. Schmale Treppen und in ihrer Kammer zehn Schritte hin, zehn Schritte zurück, das war ihr ganzes Reich. Und dazu die ewig stickige Luft unter dem Gewölbe, das die Sonne nie zu erwärmen vermochte, die Briefe, die keine Antwort fanden, eine Bibel und Tränen ... Wehlen schluckte.

Am Fuße des Johannisturmes lag ein Erdstreifen, eingezwängt zwischen dem Burgwall und der Turmmauer, nicht breiter als ein Menschengrab. Wermut, Stiefmütterchen und rosarote Nelken wuchsen darauf. An den Mauern wanden sich Grashalme und vom Wind herangewehte namenlose kümmerliche Blumengewächse

empor. Wehlen überlegte. Wenn sie doch wenigstens so ein Gärtchen hätte! Aber auch dazu bedurfte es der Genehmigung, weil ja die aufrührerische Frau da Trost oder Linderung finden und übermütig werden könnte. Also entschloß sich der Alte, ein Beet für sich anzulegen, denn schon der Anblick der Blumen würde sie freuen.

Die Cosel sah, wie es umgegraben wurde. Im ersten Moment kam ihr der Gedanke, es sei ihre letzte Ruhestätte. Erst als im Frühjahr die Blütenpracht aufging, lächelte sie wieder. Es schien ihr, wenn sie statt zwischen Steinquadern auf blanker Erde sitzen und auf dem Rasen liegen dürfte, könne sie wieder aufleben. Aber darum bitten wollte sie nicht.

Der alte Wehlen ließ ihr bestellen, das Gärtchen gehöre ihr. An Flucht war nicht zu denken, drei Schritt entfernt patrouillierten zwei Posten.

Eines Morgens stieg die Cosel ungehindert die Stufen hinab, um ihr Gärtchen in Augenschein zu nehmen. Die Luft benahm ihr den Atem, die Sonne schien angenehm warm, das Licht blendete. Eine Zeitlang brauchte sie, an die Mauer gelehnt, um zu sich zu kommen. Seither galt ihr der Winkel als einzige Erholung; sie verbrachte ganze Tage unten, pflegte die Blumen, die sie sich besorgen ließ. Es waren nicht viele, sie kannte jeden Halm und jedes Blatt und hegte sie mit schier mütterlicher Hingabe.

So vergingen Frühling und Sommer ohne Veränderung in völliger Stille. Auf ihre Briefe erhielt sie keine Antwort, ihre früheren Bekannten ließen nichts von sich hören. Von ihrem Riesenvermögen, konfisziert für die Kinder, geraubt durch gierige Hände, wurden ihr dreitausend Taler ausgezahlt, die sie für ihre Bedürfnisse ausgeben durfte, allerdings auf vorherigen Antrag beim Festungskommandanten. Vorgelassen wurden nur unverdächtige Personen, Händler und Hausierer, und auch sie mußten sich vorher gründlicher Durchsuchung unterziehen, um ja nichts einzuschmuggeln. Sehnsüchtig wartete sie auf Zaklika, aber Monate vergingen, ihre Blumen welkten – kein Lebenszeichen von ihm. Im Spätherbst kam ein Jude und bot ihr Waren zum Kauf an. Als sie allein waren, schaute er sich scheu um und flüsterte: „Der Mann, der Hufeisen brechen kann, lebt und wird sich bald melden." Das genügte, um sie aufzurichten. Mehr wußte der Überbringer dieser frohen Botschaft auch nicht.

Zaklika hatte sich inzwischen keine Ruhe gegönnt. Nach Scheitern seiner Fluchtvorbereitungen in Nossen mußte er von vorn beginnen. Daß die Cosel nach Stolpen gebracht worden war, wußte er, daraus machte niemand ein Hehl. Der Bevölkerung sagte man, die Gräfin habe schon in Berlin ein Attentat auf den König geplant und gebe sich größenwahnsinnig als Königin aus.

Am Dresdner Hof tat sich einiges. Flemming, Manteuffel, Friesen, Lagnasco, Vitzthum, die Maria Dönhoff lanciert hatten, zogen sich immer mehr zurück von ihr. Lediglich Watzdorf, der glaubte, mit ihrer Hilfe Flemming aus dem Sattel zu heben, dienerte vor ihr und schlug beim König stattliche Summen heraus, die Maria verschleuderte, manchmal an einem Abend zehntausend Taler für einen Ball. Sie selbst traute der königlichen Liebe nicht mehr ganz und sah sich bereits nach Besenval und dem jungen Lubomirski um, der sie anzubeten schien.

Augusts herzloses und berechnendes Verfahren mit seinen einstigen Günstlingen war vielen eine Warnung, sich beizeiten Rückversicherung zu suchen und das höfische Abenteuer, das sie über Nacht verarmt und elend machen konnte, zu liquidieren. So versteigerte Hoym seine Besitztümer in Sachsen, verschob das Geld, quittierte den Hofdienst und setzte sich nach Schlesien ab. Auch Marschall Schulenburg fühlte sich unsicher und siedelte nach Wien über.

Mit der Dönhoff endete die Herrschaft der einflußreichen Mätressen am Königshof. Die Hauptdarstellerinnen jener Dramen und Intrigen, die Augusts Leben ausgefüllt hatten, alterten und starben weg, er selber verlor immer mehr Geschmack und Lust an dem verwirrenden Spiel. Nur die Leipziger Messe vermochte ihn nach alter Gewohnheit noch zeitweilig aufzumuntern.

Zaklika überlegte lange, was er anstellen und welchen Weg er beschreiten sollte, um sich in die Nähe der Gräfin zu bringen. Stolpen kannte er so gut wie gar nicht, also begab er sich auf Erkundung. Im Städtchen konnte er sich getrost länger aufhalten; Durchreisende beachtete niemand. Hier erfuhr er, wie es auf der Burg zuging, wer sie befehligte und daß der Zugang sehr schwierig war. Er besah sich die Höhe von allen Seiten, fand aber keine Möglichkeit hinaufzukommen. So ritt er nach Dresden zurück, entschlossen, sich öffentlich sehen zu lassen und eine völlig neuartige Lösung zu suchen. Bekannte aus alten Zeiten hatte er viele, Freunde nicht. Zur Zeit reisten täglich polnische Herren an, und er hoffte, durch ihren Einfluß etwas zu erreichen. Vielleicht sollte er wieder in den Militärdienst eintreten und sich auf diese Weise in die Stolpener Festungsbesatzung einschleichen, dachte er. Der Vorsatz schien nicht einfach, aber Zaklikas grenzenlose Aufopferungsbereitschaft mußte es schaffen, zumal der Name seiner alteingesessenen Familie bei den polnischen Herren eine gute Empfehlung darstellte.

Sein Wiederauftauchen am Hofe wurde mit Verwunderung registriert. Alle wußten, daß er bei der Cosel gedient hatte, niemand fragte, wie es ihm nach ihrem Sturz ergangen war. Er erzählte einfach, bei seinen Verwandten in Polen gewesen zu sein.

Der Besuch Szaniawskis, des Bischofs von Kujawien, den er als Knabe gekannt hatte, gab ihm Gelegenheit, sich um eine Hauptmannsstelle in der sächsischen Armee zu bewerben. Als der König davon hörte, runzelte er die Stirn und befahl ihn zu sich. Einige Jahre hatte er ihn nicht zu Gesicht bekommen und fand ihn sehr verändert. Mißtrauisch musterte er ihn, aber Zaklikas offenes Auftreten zerstreute die Bedenken, und als er erklärte, die Gräfin aus eigenem Entschluß im Stich gelassen zu haben, gab er dem Antrag statt. Nun ging es nur noch um den Kauf der Uniform. Raimund hatte einige Ersparnisse und wurde mit einem Deutschen schnell handelseinig.

Der Offiziersdienst war in vieler Hinsicht lästig, für Leute, die Abwechslung liebten, jedoch recht angenehm. Das Heer, das in Polen die Konföderalisten jagte, diente hier mehr zu Paraden und Schaustellungen.

Manche Offiziere sahen ihre Regimente jahrelang nicht, im Winter lungerten sie in den Kasinos herum, und im Sommer fehlte jede Spur von ihnen. Offenbar brachten sie da zu Hause die Spieleinnahmen durch und markierten vor ihrer staunenden Frau den Helden. Mit der Disziplin haperte es im großen und ganzen, man vertrieb sich skrupellos in Saus und Braus die Zeit; der einfache Soldat, dem es am Notwendigsten mangelte, büßte dafür. Regimenter, für deren Aufstellung Gelder eingetrieben wurden, kamen nicht zustande, und die bestehenden wurden nicht aufgefüllt. Der ständige Wechsel im Kommandobestand ruinierte den Staatsschatz und bereicherte die Intendanturen und das Offizierskorps. Oft drängte sich der Abschaum des Adels zum Militär: Abenteurer, Zuhälter, Wucherer, Gauner, Spieler, und die Prozesse zwischen Offizieren rissen nicht ab. Die Generale schmarotzten auf Kosten der Soldaten, und die Gemeinen mußten, verzweifelt dem Vorbild ihrer Offiziere folgend, ihr tägliches Brot requirieren.

Markgraf Ludwig von Baden, unter dessen Oberbefehl das sächsische Kontingent für den Spanischen Erbfolgekrieg im Jahre 1703 stand, wußte weder aus noch ein. Oft traf er seine Untergebenen während des Marsches, wenn Eile not tat, in Schlafröcken an. Die Geschichte des Obersten Görtz und seines Rückzuges aus Polen im Jahre 1704 legt ebenfalls beredtes Zeugnis von den chaotischen Zuständen in der sächsischen Armee ab. Als er wegen befehlswidriger Truppenführung und Unterschlagung aus der Heereskasse verhaftet werden sollte, manövrierte er sich so raffiniert heraus, daß nicht er, sondern die im Arrest landeten, die ihn angezeigt hatten.

Dieser Wirrwarr kam Zaklikas Absichten zustatten; mit Geld war hier alles zu erreichen ... Seiner neuen Umgebung ging nichts über fröhliche Kumpanei, leichten Verdienst und ausschweifende

Prasserei. Das Beispiel des Hofes machte Schule im Heer, das angesichts der Paraden für schöne Damen mit anschließendem Sturm auf Eßschüsseln zum Gaudium johlender Zechbrüder seinen Beruf nicht ernst nehmen konnte. Fand sich unter diesem Haufen jemand, der wirklich Soldat sein wollte und konnte, wurde er ausgelacht. Also fiel es Zaklika nicht schwer, sich den Aufstieg zur Stolpener Burg zu ebnen, wohin es niemand lockte.

Der alte Wehlen wurde ihm bei seinen Erkundigungen als gutmütiger und gemütlicher Mann geschildert, der gern Dame spielte und Pfeife rauchte; er schien für Zaklikas heikles Unternehmen wie geschaffen.

Die Cosel war überrascht, als sie nach Monaten von demselben jüdischen Händler erfuhr, daß der Mann, der Hufeisen brach, auf dem Wege zu ihr war.

XI

Wieder wurde es Frühling, und zum zweitenmal grünte ihr Beet, reckten die Blumen ihre Köpfchen der Sonne entgegen. Die Cosel öffnete das Fenster, der Tag wärmte die flirrende Luft, in der Ferne rauschte der Wald.

Wieder stieg sie täglich ins Gärtchen hinab, saß in der winzigen Laube, die man ihr errichtet hatte, und sah hinter der niedrigen Gartenmauer die Soldaten und Offiziere auf dem Burghof. Manch einer blieb stehen und betrachtete sie teilnahmsvoll, die jüngeren Offiziere vergafften sich zuweilen in ihre dunklen Augen.

Am häufigsten und am längsten schlenderte der junge Wehlen, ein Neffe des Kommandanten, dort auf und ab. Sein Onkel hielt ihn bei sich fest, um einen geduldigen Partner fürs tägliche Damespiel zu haben und ihn auf seine Militärlaufbahn vorzubereiten.

Heinrich von Wehlen machte sich aus dem Soldatenleben nicht viel, aber seine verwitwete Mutter, die von dem kinderlosen Festungskommandanten eine ansehnliche Erbschaft erhoffte, weil er ziemlich geizig und daher vermögend war, zwang den Sohn, sich seinem Willen unterzuordnen. Der Zwanzigjährige langweilte sich auf dem Stolpener Basaltfelsen maßlos; um so lebhafter begrüßte der verträumte Jüngling die Anwesenheit der schönen Gefangenen. Auf den ersten Blick fing er Feuer, und er konnte nicht begreifen, wie jemand ein solch göttliches Geschöpf in diese Mauern sperren und darin langsam dahinsiechen lassen konnte. Im ersten jugendlichen Überschwang schwor er sich, ihr das traurige Los zu erleichtern. Der alte Kommandant merkte nichts von der keimenden Leidenschaft seines Neffen; dazu war er zu nüchtern.

Heinrich verstand ihm manche Aufmerksamkeit für die Gräfin abzuschwatzen. Oft vertrat er ihn auch und war sozusagen selber Burgherr. Anna Cosel gönnte ihm zwar selten einen herablassenden Blick, wußte aber, daß sie auf ihn rechnen konnte.

Als sie eines Tages in ihrem Gärtchen saß, erblickte sie auf dem Burghof in einer Gruppe von Soldaten Zaklika. Sie erkannte ihn zuerst an der Stimme; die Uniform machte ihn fremd.

Er unterhielt sich mit dem jungen Wehlen ungeniert laut, nachdem er sich ihm als Nachfolger von Hauptmann Zittauer vorgestellt hatte, der dringend heimkehren mußte.

„Ich glaube", sagte er, „bei Euch auf den alten Mönchsruinen geht es nicht sehr lustig zu. Hätte ich geahnt, was das für ein ödes Felsennest ist..."

Heinrich von Wehlen schien anderer Meinung:

„Ach, wißt Ihr, wer Vergnügen sucht, für den ist Stolpen nicht das Richtige, aber die herrliche Natur genießen und geruhsam leben kann man hier schon, recht gut sogar."

Anna lauschte, abgewandt, damit man es nicht merkte, und war ganz aufgeregt.

„Solltet Ihr mich als Neuankömmling nicht mit der Gräfin Cosel bekannt machen?" fragte Zaklika. „Natürlich nur, wenn das nicht verboten ist..."

„Keineswegs. Gern", rief der junge Wehlen, dem diese Gelegenheit willkommen war.

Beide traten an die Gartenmauer, Wehlen grüßte freundlich: „Gestattet, daß ich Euch einen neuen Kameraden vorstelle, Hauptmann von Zaklika."

Scheinbar gleichgültig, mit einer leichten Kopfbewegung nur bedachte sie Raimund, der bleich und ergriffen ihr Gesicht betrachtete, das noch ebenso anmutig strahlte wie einst unter den Lindenbäumen in Laubegast.

„Ihr seid zu Gast hier?" fragte die Gräfin nach geraumer Weile, sich über die Blumen bückend.

„Ja, aber ich glaube, daß ich länger hier bleiben werde, weil sich kaum jemand finden wird, der mich ablöst."

„Gewiß, einen schrecklicheren Kerker hätte sich niemand ausdenken können", sagte die Cosel. „In dem finsteren Loch sieht man nichts von der Welt und vergißt sie, den ganzen Tag den weiten Horizont vor den Augen, Vögel, Berge, Wälder, Leben und zwischen alldem und mir eine unbezwingbare Mauer."

Die Offiziere sagten kein Wort.

„Was habt Ihr verbrochen, daß man Euch hierher verbannt hat?" fragte sie.

„Das Schicksal hat es gewollt", antwortete Zaklika. „Ich bin nicht mehr der Jüngste, und nirgends könnte ich mich wohler fühlen."

Sie verbeugten sich und gingen.

Wehlen faßte Zaklika unter den Arm und zog ihn mit in den dritten Burghof hinüber, wo er ein paar kleine Zimmer neben dem Onkel bewohnte; seinen neuen Kameraden wollte er in der Nähe unterbringen.

„Hauptmann Zaklika", sprach er unterwegs, „Ihr habt die Reichsgräfin Cosel bestimmt zum erstenmal im Leben gesehen. Was sagt Ihr zu ihrer königlichen Schönheit? Ist diese Frau nicht des Thrones würdig? Obwohl vom Hofe verstoßen, hat sie noch immer so viel Majestätisches an sich."

Er schwärmte mit solcher Begeisterung, daß sein Geheimnis offen zutage lag; vielleicht wollte er es auch gar nicht bewahren. Zaklika stützte sich auf den Tisch und blinzelte ihm zu: „Ich wundere mich nicht über Euch, Hauptmann Wehlen, aber aus Euren Worten, Eurem Eifer könnte jemand den Verdacht schöpfen, daß Ihr verliebt seid."

Wehlen legte die Hand auf die Brust und rief gefühlvoll:

„Wir sind beide Soldaten, ehrliche Leute, wozu sollte ich es leugnen! Ich habe den Kopf verloren, als ich sie sah; dessen schäme ich mich nicht. Es gibt keine zweite solche Frau auf Erden!"

„Was nützt Euch denn das?" Zaklika lächelte traurig. „Diese Frau, die Königin gewesen ist, sieht niemand mehr an. Zuviel hat sie gelitten, als daß sie noch Herz haben könnte, na, und schließlich ist sie gefangen in alle Ewigkeit."

„In alle Ewigkeit?" fiel ihm Wehlen ins Wort. „Was ist schon ewig in dieser Welt? Sie ist, glaub ich, noch jung."

Zaklika schmunzelte.

„Auch Ihr scheint noch jung zu sein."

Hauptmann Wehlen gab ihm freundschaftlich die Hand und raunte: „Ihr habt recht, ich bin jung, ja kindlich, aber dem Glanz dieser Augen widersteht wohl keiner. Habt Ihr meinen Onkel gesehen, seinen grauen Schnurrbart, sein verhutzeltes Gesicht, seine müden Augen? Und er betrachtet sie von weitem, als wärmte er sich in der Sonne, und seufzt, wenn er in seine Kammer muß, bis ihn das Damespiel ablenkt. Die Soldaten stieren sie manchmal an wie ein Gemälde; was soll da erst ein Rappelkopf wie ich!"

Wehlen ist mit seiner abgöttischen Verehrung Hilfe und Hindernis zugleich! dachte Zaklika.

Am selben Tage gingen beide das Schloß besichtigen, und es gab auch im Siebenspitzenturm, in den unterirdischen Galerien und Gängen allerhand zu sehen. Zaklika, nur auf sein Ziel bedacht, erwog auch hier Fluchtmöglichkeiten, und es gab offenkundig keine andere als den unterirdischen Weg vom Siebenspitzenturm zum Kapitelturm, von da aus in die Kapelle, aus der ein verborgener schmaler Gang nach außen zur Stadt hinabführte.

Zaklika tat so, als interessierte er sich für die altertümlichen gotischen Überreste sehr und wollte sie eingehend studieren. In seinem Kopf verwob sich indessen ein ganzer vielfaseriger Plan. Die Gräfin sollte sich nachts in Männerkleidung die Stufen hinabtasten und durch die Innenhöfe stehlen. Hier streiften keine Posten, man konnte im Schutz der Dunkelheit und der Mauern verhältnismäßig leicht die unterirdische Pforte erreichen. In der Stadt dürfte es nicht schwerfallen, ein paar Pferde zu bekommen, und die Grenze nach Österreich war nicht weit. Diese Gedanken schwirrten in seinem Hirn durcheinander, aber der junge Wehlen faßte sein Schweigen ganz anders auf.

„Nicht wahr", sagte er, „Euch erscheint das alles schrecklich und mächtig, unüberwindlich. Wenn man in die Tiefen steigt, erschauert man nicht nur von der kalten Luft, sondern auch bei dem Gedanken, daß es Menschen erbaut haben, um Menschen zu martern, daß sie sich wie Maulwürfe in die Erde gewühlt haben, um Laster und Verrat zu verbergen. Dennoch, glaubt nur, Hauptmann: Trotz diesen Mauern, die uns umgeben, trotz Türmen, Toren und Gräben, trotz Wachen ist hier hinauszukommen leichter, als es scheinen mag."

Zaklika schwieg.

Einige Tage danach fand er heraus, wie er in die Kammer der Gräfin gelangen konnte, ohne Verdacht zu wecken.

Die Gräfin streckte ihm wortlos die Hand zum Kuß entgegen. „Ihr habt mich lange warten lassen, sehr lange", beklagte sie sich.

„Es war nicht eher möglich", erwiderte Zaklika. „Wer das Ganze will wie ich, muß sich vorsehen. Nicht um mich ging es dabei noch um mein Leben, sondern darum, daß sich nach mir, wäre ich durch eigene Unvernunft umgekommen, vielleicht niemand mehr bereit fände."

Die Gräfin schien nachdenklich.

„Ihr habt recht", sagte sie dann. „Ihr müßt mir bis zuletzt erhalten bleiben. Zuerst soll's der Neffe des Kommandanten versuchen."

„Wie? Was soll er versuchen?" fragte Zaklika erregt.

„Wehlen ist in mich verliebt, vernarrt ... Er kennt die Burg am besten und ist zugleich ihr Herr. Mischt Euch in nichts ein, laßt ihm freies Spiel, helft ihm, ohne daß er es merkt, aber nehmt nicht teil daran. Verschließt die Augen. Ich versuche die Flucht mit ihm. Das ist mein Wille."

„Er ist aber unbesonnen und ein verrückter Junge", wandte Zaklika ein.

„Nur Verrückten gelingen verrückte Vorhaben", sagte die Cosel.

„Und wenn es mißlingt?"

„Was wäre schon dabei!" entgegnete sie kühl. „Können sie mich schlimmer behandeln als jetzt? Um den jungen Menschen täte es mir leid, ja, Ihr habt recht. Doch Ihr sollt in Reserve bleiben."

„Der Jüngling", sagte Raimund, sich vorsichtig zur Tür umblikkend, die er absichtlich nur angelehnt hatte, „der Jüngling wird vielleicht nicht den Mut aufbringen, selbständig zu handeln, und ich glaube auch nicht, daß er es überhaupt will."

„Überlaßt das mir! Ich werde es schon einfädeln. Es ist gut, daß ich Euch hier habe, aber meinen letzten Taler setze ich noch nicht."

Ein Geräusch auf der Treppe verbot ihnen weiterzusprechen. Hauptmann Zaklika ging, gekränkt, weil die Cosel seine Unterstützung verschmähte. Aber zu Gehorsam erzogen, beschloß er, sich in ihren Willen zu fügen.

Wehlen zog ihn bald darauf ins Vertrauen, allerdings nur im allgemeinen: für die Befreiung der geliebten Gräfin gäbe er sein Leben hin.

„Ihr werdet mich doch nicht verpfeifen!" flehte er Zaklika an.

„Nein, ich verrate Euch nicht, darauf könnt Ihr Euch verlassen. Ob Ihr Euch aber nicht fortwährend selber verratet?"

Zaklika merkte bald, wie Wehlen unter den verschiedensten Vorwänden immer öfter Gärtchen und Turm besuchte und rastlos umherlief. Wiederholt mußte Raimund beim Damespiel einspringen und mit dem Alten plaudern, was wahrlich nicht sehr kurzweilig war, denn ständig drehte es sich um die Geschichte sächsischer Familien, die Zaklika weder von Namen noch in ihren Verwandtschaften bekannt waren. Aus der Geschäftigkeit des jungen Wehlen, die noch zunahm, konnte er ersehen, daß die Flucht unmittelbar bevorstand.

Da er nicht eingeweiht war, konnte er sich nicht aufdrängen; als er aber einmal Heinrich allein begegnete, flüsterte er ihm zu:

„Um Gottes willen, Herr Hauptmann, ich weiß gar nicht, was Ihr im Sinn habt, aber ich fürchte, es könnten andere als ich gewisse außergewöhnliche Vorbereitungen ahnen; wozu sie dienen, sei dahingestellt."

Wehlen erschrak nicht wenig und ging mit Zaklika ein Stück abseits.

„Wieso?" fragte er. „Was habt Ihr gesehen? Was vermutet Ihr? Sprecht!"

„Ich vermute nichts, ich sehe es", antwortete Zaklika. „Ihr bereitet Euch auf einen Salto mortale vor."

„Ich verstehe nicht. Was soll denn so außergewöhnlich sein? Was erscheint Euch verdächtig? Meine ganze Schuld besteht darin, daß ich verliebt bin."

„Seht zu, daß Euch die Liebe nicht blind macht. Vergeßt nicht, daß andere sie wittern und ihr auf die Spur kommen könnten. Was mir ins Gesicht springt, kann auch anderen auffallen."

Wehlen wurde unsicher. Offenbar drängte die Cosel auf baldige Flucht. Als Zaklika wieder in den Turm zu ihr kam, rannte sie unruhig durchs Zimmer. Ihre Kleidung machte auf ihn einen sonderbaren Eindruck.

„Mischt Euch nicht ein, Zaklika", sagte sie barsch, „seid taub. Spielt mit dem alten Kommandanten, sooft und solange Ihr könnt. Falls es Alarm geben sollte, haltet ihn zurück."

„Was befehlt Ihr mir zu tun, falls die Flucht gelingt?" fragte Zaklika.

„Unverzüglich an eine bestimmte Stelle kommen."

Mehr war ihr nicht zu entlocken, sie wies ihm die Tür.

Mit beklemmenden Gefühlen ging Zaklika auf den Burghof und konnte sich nicht beruhigen. Er traf Heinrich von Wehlen, der immer wieder zum Himmel hinaufsah, ob die Sonne nicht bald unterginge.

Der alte Kommandant winkte Zaklika zu sich; nichts ahnend, wollte er mit ihm ein Bier trinken und bis in die Nacht Dame spielen. Gewöhnlich fand sie der Wachhabende noch darein versunken, wenn er die Tore verschloß und die Schlüssel brachte.

Der Abend war hell und heiter, und wie sonst an solchen schönen Abenden brach die Nacht kurz nach Sonnenuntergang rasch herein. Zaklika spielte so unachtsam, auf jeden geringsten Laut vom Burghof spannend, daß der Alte eine Partie nach der anderen gewann und ihn auslachte.

„Was ist heute los mit Euch, Hauptmann?"

„Kopfschmerzen."

Nach ein paar weiteren Spielen debattierten sie über mancherlei. Wehlen stopfte die Pfeife, draußen war es schon dunkel, Kerzen wurden angezündet. Heinrich war noch nicht da.

„Bestimmt ist er in die Stadt entwischt", sagte der Onkel. „Er langweilt sich hier. Und mir wäre das immer noch lieber", fügte er verhalten hinzu, „als daß er die eitle Dame im Turm anbetet, die sich wahrhaftig einbildet, Königin zu sein."

Zaklika lenkte das Gespräch auf ein anderes Gleis.

Auf der Burg war es still, die Torschlußstunde nahte. Ein alter Soldat trat ein, der eher wie ein Räuber aussah. Wahrscheinlich hatte er sich als Söldner durch alle deutschen, flandrischen und holländischen Armeen gedient, bis er schließlich bei der sächsischen gelandet war. Blaß und spöttisch grinsend stand er an der Schwelle. Sein Gesichtsausdruck erschreckte Zaklika.

Der Kommandant mochte ihn nicht sehr, da er aber Zucht unter den Leuten hielt, wollte er sich nicht von ihm trennen.

„Herr Kommandant", meldete der Soldat, Wurm hieß er, „ich muß Euch von einem besonderen Vorkommnis in Kenntnis setzen."

„Was denn, brennt's?" fragte Wehlen ungehalten.
„Nein, aber Euer Neffe flieht in diesem Moment mit der Gräfin Cosel von der Burg", antwortete Wurm schadenfroh.
Der alte Wehlen sprang vom Stuhl und rannte aus dem Zimmer.
„Keine Bange", Wurm lachte höhnisch hinterdrein, „ich habe längst darauf gelauert; ich habe gewußt, daß es so kommt."
„Was fällt dir ein, du unverschämter Halunke!"
„Ich erfülle meine Pflicht", erwiderte Wurm gelassen. „Zur Stunde halten Soldaten sie im Gang hinter der Kapelle fest; Hauptmann Heinrich, der mich wiederholt geohrfeigt hat, wenn ihm eine Laus über die Leber lief, ist den Kopf los."
Der Kommandant bebte, griff nach der Waffe, dann nach den Schlüsseln und wußte nicht, was er tun sollte. Angst um den Neffen brachte ihn von Sinnen.
„Hauptmann Zaklika, rettet mich, rettet ihn!" rief er außer sich.
„Es gibt keine Rettung", sagte der Wachtmeister. „Morgen wird es die ganze Stadt wissen und der König, der ganze Hof. Ich habe Zeugen. Der Streich ist mir gelungen. Gerächt habe ich mich, und solltet Ihr an mir Rache nehmen wollen, bitte, ich bin bereit."
Schon erhob sich aus den Tiefen des Siebenspitzenturms Lärm, Soldaten brachten die Festgenommenen, die Gräfin bleich und stumm, den jungen Wehlen gefesselt, damit er sich nicht das Leben nehmen konnte.
Die Cosel rannte die Turmstufen hinauf, Heinrich blieb stehen. Der Onkel trat bekümmert auf ihn zu, Zaklika sah ihn mitleidig an.
Wehlen mußte seinen Neffen auf der Stelle in Haft setzen lassen und nach Dresden berichten. Aber die Hand versagte dem alten Soldaten, er rief nach seinem Schreiber. Schluchzend diktierte er den Rapport, worin er Anklage gegen seinen Neffen erhob, dessen Jugend als mildernden Umstand zu berücksichtigen bat, seine Verdienste in die Waagschale warf, sich selbst der Blindheit zieh, zuletzt aber auch den Wachtmeister beschuldigte, der, statt das Unheil abzuwenden, um der Prämie willen gespitzelt hatte.
Die Wachposten am Turm wurden verdoppelt, die Nacht verging in Aufregung.
Der Kommandant stellte auch den Wachposten unter Arrest. Ein Kurier ritt nach Dresden ab. Die aufgehende Sonne fand die Burg Stolpen trostloser denn je, die Cosel schüttelten Fieberkrämpfe.
Gegen Mittag kam General von Boldt mit einigen Beamten aus Dresden angesprengt. Am Burgeingang übergab der alte Wehlen wortlos seinen Degen, aber Boldt wies ihn zurück. Auf Befehl des Königs wurden Hauptmann Heinrich von Wehlen und Wachtmeister Wurm vors Kriegsgericht gestellt.
Vor Sonnenuntergang sollte das Todesurteil vollstreckt sein. Al-

les Flehen und Schluchzen des Kommandanten, alle Gnadengesuche und Aufschubanträge wurden in den Wind geschlagen. Die Gräfin hörte die Schüsse; sie wußte, daß ein Mensch, der sie verehrte, seine Liebe mit dem Tode bezahlte.

Zaklika war erschüttert. Wehlen bat am selben Tag in einem Brief an den König um seine Entlassung, den Wachtmeister überführte man in Ketten zur Zwangsarbeit auf die Festung Königstein.

XII

Das war der erste Versuch, Anna Çosel aus der Stolpener Haft zu befreien. Sie beweinte den armen jungen Heißsporn, aber nicht minder sich selbst. Die Dienerinnen beauftragte sie, Heinrichs Grab ausfindig zu machen und alle Blumen von ihrem Beet darauf niederzulegen.

Alles änderte sich in Stolpen. Nach Wehlen übernahm Bierling das Kommando, brutaler und unfähiger als sein Vorgänger, ein gewalttätiger, selbstherrlicher Mann, mit allen Untugenden eines alten Söldners behaftet. Der Vorfall gab ihm Anlaß, von vornherein scharf durchzugreifen. Keinen Schritt aus dem Turm durfte die Cosel mehr tun, die alte Wache wurde abgelöst, Zaklika mußte zu seinem Regiment zurück.

Der neue Kommandant trank und lag nach der Schlüsselübergabe fast jeden Abend im Delirium. Raimund nutzte die Gelegenheit, sich vor seiner Abreise von der Gräfin zu verabschieden. Er fand sie halb irr.

„Wie, auch Ihr verlaßt mich?“ rief sie empört. „Aus Angst, wie?“

„Ich gehe nicht aus freien Stücken“, antwortete Zaklika behutsam. „Der Befehl zwingt mich, und ich füge mich, um Euch so besser nützen zu können.“

„Und ich soll ewig warten? Langsam zugrunde gehen?“

„Was Ihr verlangt, werde ich tun“, sagte Raimund. „Verfügt über mich.“

Nach kurzer Überlegung stand die Cosel auf und sagte leidenschaftslos: „Nein, so ist es richtig, so muß es sein. Geht, entscheidet selbst, was Ihr tun sollt. Ihr werdet es am besten wissen; mich hat der Verstand verlassen, der Herrgott, die Menschen ... Denkt aber daran, wenn auch Ihr mich fallenlaßt, werde ich Gott um Vergeltung bitten, Euch verfluchen.“

Das Gespräch durfte nicht lange dauern; das Personal konnte horchen und sich verpflichtet fühlen, es zu hinterbringen. Es war keine Zeit zu verlieren. Die Gräfin beschrieb ihm noch den Baum

in Pillnitz, unter dem sie vor ihrem Aufbruch für spätere Notfälle eine kleine Schatulle mit Juwelen vergraben hatte. Zaklika sollte sie ausgraben, die Wertsachen verkaufen und die Summe für die Gräfin bereithalten, wenn eine Flucht gelänge. Kaum hatte Zaklika die Instruktionen entgegengenommen, da mahnten ihn Geräusche auf der Treppe, schleunigst das Weite zu suchen.

Einige Jahre konnte der treue Diener nichts für sie tun, als hin und wieder ein Lebenszeichen zu geben. Die Strenge hätte in der Festung vielleicht mit der Zeit nachgelassen, wenn nicht ein neuer, dem ersten völlig ähnlicher Fluchtversuch vorgefallen und ebenso gescheitert wäre.

Diesmal war die Cosel vom Erfolg überzeugt und ließ Zaklika die Order übermitteln, an der vereinbarten Grenzstelle mit Gespann und Geld zu warten. Unter einem triftigen Vorwand gelang es ihm, nach Stolpen zu kommen und mit der Gräfin ein paar Worte zu wechseln.

Sie genoß wieder mehr Freiheiten und nutzte sie sogleich aus, um den Leutnant Helm zu gewinnen, der sich in sie verliebt hatte wie der junge Wehlen.

Diese Liebe war gefühlvoller als die erste, leidenschaftlicher und reifer. Zwei Jahre währte sie, ehe die Gräfin dem Mann, seinen Plänen und seinem Charakter auf den Grund sah und sich endlich entschloß, noch einmal ihr Glück zu probieren.

Leutnant Helm war nicht nur von Annas Schönheit betört, sondern vor allem von ihrem Geist, ihrer Plauderkunst, ihrer Bildung beeindruckt. Unentwegt die Bibel lesend, vertieft in die Apostelgeschichten und die Schriften des Alten Testaments, war sie etwas wie eine Prophetin geworden, und ihre Worte, ihre Kleidung, ihre Mimik, alles zeugte von ungewöhnlicher Denkart, der sich so viel Selbstbewußtsein, Glauben und unerschütterliche Seelenstärke beimischte, daß sie nicht nur einen einzelnen für sich einnehmen konnte.

Zaklika war entsetzt, als er sie so wiedersah; nach wie vor war sie schön, hatte aber härtere Gesichtszüge. Ihr einstiges Temperament war gesetztem Ernst gewichen, ihre Reden klangen salbungsvoll. Er traf sie über die Bibel gebeugt, in der Hand einen Bleistift. Sie musterte ihn und streckte dann die Hand zum Kuß aus. Dem alten Diener lief es kalt über den Rücken.

„Ihr seht, ich lebe“, sagte sie. „Der Herrgott hat mir das Leben verlängert, und nicht vergeblich. Ich weiß, daß ich alle überleben werde, die mich verfolgt haben, und daß ich ihnen eines Tages Verzeihung gewähre. Gott hat mein Leben verlängert, um meine Augen für die großen Wahrheiten zu öffnen, die anderen verschleiert bleiben. Ich brauche meine Freiheit, ich habe noch Großes vor.“

„Habt Ihr keine Angst, es könnte wieder ...?“

„Ich fürchte mich nie und vor niemand“, sie ließ ihn nicht ausreden. „Dieser Mensch gehört mir, ich beherrsche ihn, er tut, was ich sage. Ich besitze jetzt die Gabe, Verlauf und Ziel vorherzusehen. Weder er noch mein Schicksal werden mich enttäuschen.“

Tag und Ort ihres Eintreffens an der Grenze wurden besprochen. Er wagte weder nach dem Plan noch nach den Mitteln zu fragen. Innerlich bangte er um seine Herrin, befürchtete, daß ihre Absicht ihr Los verschlimmerte.

Sie entließ ihn mit einem Blick, majestätisch und gelassen.

Helm, den er traf, schien nicht weniger entflammt und fasziniert als der arme Heinrich von Wehlen, den seine Träume das Leben gekostet hatten.

Vorschriftsmäßig nahm Zaklika Urlaub, damit er den Offiziersrang nicht verlor, in dem er eine gewisse Sicherheit sah, und war mit Pferden und einem sorbischen Helfer zur rechten Zeit wie vereinbart an der Grenze.

In der Nacht sollte die Cosel hier eintreffen. Raimund wartete ungeduldig. Es dämmerte, niemand kam. Den ganzen nächsten Tag, die folgende Nacht und eine dritte rührte sich nichts. Am vierten Tag erzählten Kaufleute, die von Stolpen kamen, daß die Gräfin zusammen mit einem Offizier, der ihr zur Flucht verhelfen wollte, unmittelbar nach Verlassen der Burg ertappt worden war.

Mehr konnte er nicht erfahren. Er kehrte sofort zu seinem Standort zurück, um sich über den Vorgang zu vergewissern.

Leider bestätigten sich die Aussagen der Kaufleute. Zaklika ritt nach Stolpen. Auf die Burg brauchte er nicht zu gehen; in der Stadt wurde über nichts anderes gesprochen.

Helm hatte ein Jahr lang unter den Mauern einen schmalen Durchschlupf gegraben, der aus der Festung hinausführte. Der Hang war steil, Posten standen dort nicht, und er übte fleißig das Klettern. Den Ausgang verdeckte er von außen mit Gesteinsbrokken. Betrunkene Wächter, die Abwesenheit des Kommandanten, alles schien der Flucht Erfolg zu verheißen. In finsterer, regnerischer Nacht schlüpfte die Gräfin, als Mann verkleidet, unbemerkt aus dem Turm. Helm erwartete sie im dritten Burghof, aus dem sie der Geheimgang in die Freiheit führen sollte. Alles verlief glatt, die Steine wurden geräuschlos entfernt, die Gräfin kroch zuerst hinaus, Helm folgte. Trotz der Dunkelheit und wiederholtem Stolpern ließen sich beide an den Basaltfelsen hinab. Auf der Chaussee sollten unweit Reitpferde bereitstehen. Ehe sie aufsitzen konnten, ertönte auf der Burg Alarm.

Ein Dienstmädchen hatte zufällig die Schlafkammer der Cosel betreten, um nach ihrer Herrin zu sehen, die den ganzen Tag über im Fieberwahn gelegen hatte. Als sie das Fenster offen und das

Bett leer sah und glaubte, die Gräfin hätte sich in einem Anfall hinabgestürzt, fing sie an zu schreien. Sofort war alles auf den Beinen, der Kommandant, die Soldaten, die Bevölkerung der Stadt.

Bei näherer Durchsuchung der Burg wurde das Schlupfloch unter der Mauer entdeckt. Die Fahndung begann. Der Mann, der mit den Pferden warten sollte, trollte sich schleunigst nach Hause.

Anna Cosel und Helm wußten nicht, wo sie sich schnell verbergen sollten. Sie riet, über die Felder zum Gestrüpp zu fliehen. Aber der Kommandant, eingedenk der drohenden Todesstrafe, wenn die Verhaftete ihm entwischte, trieb alle Leute zusammen, ließ Fackeln anzünden, schickte Reiter aus auf Wege und Raine, und ehe der Morgen dämmerte, waren die Ausreißer gestellt. Die Gräfin und Helm trugen Pistolen bei sich, ein Soldat wurde verwundet, aber der Knall gab anderen die Orientierung, und nach aussichtslosem Widerstand mußten sie sich ihren Häschern ergeben.

Wie beim erstenmal wurde der Offizier vors Kriegsgericht gestellt. Helm hatte jedoch Verwandte bei Hofe. Man begab sich zum König und zur derzeitigen Auserkorenen, der Gräfin Orzelska, und bat um Hilfe und Gnade, vergebens.

Zum Tode durch Erschießen verurteilt, wurde Helm nach Dresden gebracht, wo solcherlei Exekutionen auf dem Neumarkt gegenüber der Hauptwache stattfanden.

Der Neumarkt war berüchtigt durch diese blutigen Szenen, zu denen sich zahlreiche Schaulustige einfanden, sogar vornehme Damen, die sich am Anblick der Geräderten, Geköpften und Gehenkten erregten. Diesmal sollte der junge Soldat nur erschossen werden, dennoch versammelten sich Hunderte; immerhin war die Geschichte des in die Cosel verliebten Jünglings, der dem Gerücht nach im Gefängnis ihre Kokarde geküßt hatte, um sich vor dem Tod für sein Idol zu stärken, pikant genug, zumal für exaltierte Frauen.

Gegen Mittag wurden die Trommeln gerührt, eine Gruppe Soldaten marschierte auf; Helm erschien scharf bewacht. Aller Augen wandten sich dem hübschen hellblonden Jüngling zu, der auf seinem letzten Gang Haltung bewahrte. Aus den Fenstern des Schloßflügels schauten piekfein frisierte Damen herab, elegante Kutschen fuhren so auf, daß das letzte Drama eines Menschenlebens gut zu verfolgen war.

Helm hatte gebeten, ihm die Augen nicht zu verbinden, und stellte sich an die Mauer. Die abkommandierten Soldaten luden durch, der Offizier, der den Schießbefehl geben sollte, stand still ... Das Opfer war bereit. Da kam vom Schloß ein Reiter galoppiert, der Adjutant des Königs, und brachte die Begnadigung.

Wer glaubt, der Gnadenakt hätte die Menge in Jubel versetzt, kennt die Menschen schlecht. Viele sahen sich betrogen, waren sie doch zu einem blutigen Schauspiel gekommen und mußten nun gehen, ohne daheim protzen zu können. Helm wurde in die Kaserne zurückgebracht, die Kutschen fuhren davon, das Gedränge verlor sich allmählich in den Straßen.

Auf der Stolpener Festung blieb alles beim alten bis auf die wieder verdoppelten Posten und andere Sicherheitsmaßnahmen. Ein neuer Kommandant kam, einige Pfeiler und schwächere Mauern wurden befestigt. Der Gräfin passierte nichts, selbst das bißchen Freiheit, das ihr einst eingeräumt worden war, wurde nicht geschmälert.

Sie büßte ohnehin genug in ihrem Gewissen, das ihr vorhielt, schon das zweite Opfer sinnlos verschuldet zu haben. Erst später erfuhr sie, daß der König Helm zu vergeben geruht hatte. Niemand bekam zu wissen, welches Los ihm weiter beschieden war.

Zu seinem Regiment zurückgekehrt, blieb Zaklika eine Zeitlang dort, ohne ein neues Risiko einzugehen. Er spürte, daß die Reihe nun an ihm war, und bereitete sich unverdrossen darauf vor, was er für seine Ehrenpflicht hielt.

Erfahrener als die beiden Vorgänger, letztlich auch durch ihre Beispiele, wollte er sichern, daß der nächste Fluchtversuch nicht fehlschlüge. Daß Wehlen sein Leben, Helm seine Karriere geopfert hatten für ihre Bereitschaft, die bedrückte, durch die Gefangenschaft fast wahnsinnige Frau zu retten, schreckte ihn keineswegs ab.

Während seines Dienstes in Stolpen und dessen Umgebung hatte er zur Genüge Gelegenheit gehabt, die Burg, alle ihre alten Bauten, die unterirdischen Gänge und sogar die nur wenigen Leuten bekannten Verliese auszukundschaften, so daß er hier besser Bescheid wußte als sonst jemand. Er zerbrach sich lediglich darüber den Kopf, ob es günstiger wäre, als Armeeangehöriger in der Burg die Flucht vorzubereiten oder sich als Entlassener im Städtchen einzumieten und von da aus die nötigen Schritte zu unternehmen.

Nach Helms Affäre schien es geraten, sich einige Zeit im Hintergrund zu halten, um keinen Verdacht auf sich zu lenken. Also ließ er durch einen erprobten Boten der Cosel mitteilen, daß er lebe und so bald wie möglich komme. Darüber vergingen einige Monate.

Unter der Stolpener Festungsbesatzung hatte er ein paar Kameraden und Bekannte; er besuchte sie. Auch sein Freund von Kaschau war dort, eine treue Seele, aber ein unverbesserlicher Saufbold, mit dem er gern über Polen plauderte, weil er an mehreren Feldzügen teilgenommen und die polnische Sprache einigermaßen gelernt hatte.

Der alte Soldat blies Trübsal auf der Burg. Kaum hatte er Zaklika am Burgtor erblickt, drückte er ihn an sich und schleppte ihn sofort zum Kommandanten, um ungehinderten Aufenthalt für seinen Freund zu erbitten.

Der Kommandant, beinverletzt, fast ständig bettlägerig, ließ sich oft von Kaschau vertreten und gewährte ihm alles, wenn er ihn nur in Ruhe ließ. Die beiden Freunde setzten sich in Kaschaus Wohnung zu gemütlichem Plausch bei einem Humpen Bier.

Worum sollte es sich schon drehen, wenn nicht um die Gefangene, derentwegen man immer Wache schieben mußte?

„Ach, ich will nicht darüber urteilen", begann Kaschau, „was andere tun, besonders Seine Majestät der König, aber was mich anbelangt, will mir die Grausamkeit gegen die Frau nicht in den Schädel. Was kann sie heute schon jemand antun? Höchstens so viel, daß sich noch einer wie dieser Helm in sie vernarrt."

„Hättet Ihr sie im Glanze ihres Ruhmes gesehen wie ich, als ich noch am Hofe war, da erst könntet Ihr diese Gefahr in ihrer ganzen Tragweite ermessen", antwortete Zaklika. „Denkt Ihr denn, der König fürchtete ihre Pistolen? Nein, nur ihre Augen und ihren Einfluß, den sie auf ihn hatte. Er weiß sehr gut, wenn sie eine Stunde mit ihm reden könnte, läge er ihr zu Füßen, um Vergebung stammelnd."

Kaschau lachte. „Ja, und kaum wäre er aus ihrem Zimmer, fiele er der Dieskau oder Osterhausen zu Füßen, der alte, mit Verlaub gesagt, Weiberheld."

„Ich würde sie mir auch gern ansehen", sagte Zaklika; „es ist immer etwas Erhebendes, vor so einer Frau zu stehen."

„Wer hindert dich denn? Tagsüber wirst du sie nicht entführen! Geh hin, verneig dich vor deiner einstigen Gottheit."

Mit dieser Erlaubnis ging Raimund zum Johannisturm, in dessen drittem Stockwerk Anna Cosels Kammer lag. Als er anklopfte, bekam er nicht gleich Antwort. Er öffnete die Tür einen Spalt und sah, was er zeitlebens nicht vergessen konnte.

Mitten im Zimmer stand ein Tisch, gehäuft voll Bücher und Papiere. Die Cosel stand, mit einer Hand darauf gestützt, die andere vor dem Mund, über einer riesigen aufgeschlagenen Bibel und starrte nachdenklich vor sich hin. Gekleidet war sie so wunderlich, daß Zaklika erschrak und sich fragte, ob sie noch normal sei. Ein weites schwarzes Kleid mit langen Ärmeln und einem Gürtel voll mysteriöser Zeichen hing an ihr, die schwarzen Haare verhüllte ein Tuch orientalischen Zuschnitts, und darin stak eine Pergamentrolle, mit hebräischen Buchstaben bekritzelt.

Sie hatte keine Ähnlichkeit mit jener Cosel, die den dänischen König in brillantenbesticktem Gewand empfangen hatte. Ihre Züge waren herb, ihre Stirn voller Falten, der kleine Mund wie in stetem Schweigen erstarrt.

Zaklika trat über die Schwelle, sie hörte die Schritte, nahm aber den Blick nicht von dem Folianten, verharrte reglos, in die Blätter vertieft. Nach einer Weile erst wandte sie sich wie zufällig um, sah Zaklika an, nahm die Hand von den Lippen, und Erstaunen zeichnete sich in ihrem Gesicht ab.

„Bist du ein Geist oder ein lebendes Wesen?“ fragte sie.

„Euer getreuer Diener, ich komme Befehle holen.“

„Gibt es also noch ergebene Diener, und ich Versklavte kann noch jemand befehlen?“

„Mir, solange ich lebe.“

„Wie seid Ihr hergekommen? Man läßt niemand mehr ein!“

Zaklika zeigte auf seine Uniform.

„Nach den beiden anderen bin ich an der Reihe. Ich werde mich bemühen, vernünftiger und vielleicht erfolgreicher zu sein.“

Die Cosel lächelte schmerzlich.

„O nein“, sagte sie. „Alles im Leben ist vorbestimmt, unausweichlich, niemand kann sich seinem Geschick entziehen.“

„Und warum sollte mir nicht bestimmt sein, Euch die Freiheit wiederzubringen?“

Sie schüttelte den Kopf.

„Weil ich auf andere Art frei sein werde“, entgegnete sie. „Früher war ich blind, jetzt sehe ich meine eigene Vorbestimmung taghell. Ich lese sie in diesem Buch. Gnade gibt es in der Welt nicht, es gibt nur eiserne, unvermeidliche Notwendigkeit. Ihr muß man sich beugen, sie verstehen und erlernen. Allein im Alten Testament steht die ganze Weisheit geschrieben.“

Diese unerwartete Wendung verblüffte Zaklika; er wußte nichts mehr zu sagen.

„Bleibt Ihr hier?“ fragte die Gräfin.

„Ich weiß es nicht. Soll ich bleiben? Sagt's mir, ich bin zu allem bereit.“

Die Cosel schlug einige Blätter im Buch um.

„Fragen wir dort, wo Wahrheit ist! Nein, wartet, nicht so!“

Sie schloß das Buch, hob den Blick und begann flüsternd zu beten, dann öffnete sie plötzlich den Band, blickte auf die rechte Seite, wo sie das zehnte Kapitel Josua fand, und las laut: „Und Josua sprach zu ihnen: ‚Fürchtet euch nicht und erschrecket nicht, seid getrost und unverzagt; denn also wird der Herr allen euren Feinden tun, wider die ihr streitet.‘“

Sie sann nach.

„Ja, ich begreife“, sagte sie dann, „ich werde mit Euch unverzagt sein, aber wir brauchen nichts zu unternehmen, als Gottes Stimme abzuwarten. Wie könnt Ihr nur hier bleiben?“

Dieses biblische Orakel verwirrte Zaklika.

„Ich werde mir Mühe geben“, sagte er nach längerer Pause. „Irgendwie wird es mir schon gelingen, ins Schloß oder in die Stadt zu kommen. Niemand hat etwas dagegen, daß ich hier wohne. Soll ich aber nun beim Militär bleiben oder nicht?“

„Werft ab dieses scheußliche Habit, dieses Sklavenkleid der Amalekiter“, rief die Cosel heftig. „Das sind lauter Heiden, Götzendiener und Sternanbeter.“

Raimund wußte nicht, wie er sich verhalten sollte.

„Ich brauche nicht viel Zeit“, sagte er, „um den Dienst zu quittieren, mein Hab und Gut einzupacken und nach Stolpen überzusiedeln. Kaschau, der hier bei der Festungsbesatzung etwas gilt, ist mein Freund; ich habe also einen guten Vorwand.“

„Kaschau?“ fragte die Gräfin. „Er ist genauso ein Diener der Ungerechtigkeit wie die anderen, ein Henkersknecht.“

Sie schloß die Bibel und wandelte im Zimmer auf und ab.

„Kommt also wieder“, sagte sie, „und bangt nicht um mich. Ich weiß, daß ich nicht gegen die Vorsehung kämpfen darf noch Euch zu diesem widersinnigen Kampf ermuntern. Eure Vorbestimmung hat der Herrgott entweder zur Strafe oder zur Belohnung mit meinem Schicksal verbunden, Ihr müßt mit mir leiden – und, wenn ich triumphiere, mit mir die Früchte des Sieges genießen.“

Es fiel schwer, die Gräfin von dieser Stimmung abzulenken. Die Cosel vergaß, von der Bibellektüre ergriffen, was sie umgab.

Zaklika sagte nur noch, daß er wiederkomme, und verabschiedete sich betrübt.

Am Hofbrunnen erwartete ihn Kaschau.

„Worüber hast du dich mit ihr unterhalten?“ fragte er.

„An der Tür habe ich gestanden; ich habe sie angesprochen, aber keine Antwort bekommen. Sie brütete über der Bibel und konnte ihr Gebet nicht unterbrechen. Ich komme noch einmal wieder.“

„Ich bezweifle, daß du sie dann anders antreffen wirst“, wandte Kaschau ein. „Sie sucht in den heiligen Büchern Trost oder Abwechslung. Das ist auch gut so. Hat sie sich verändert?“

„Gewiß“, antwortete Zaklika, um nicht zuzugeben, daß er sie in der Zwischenzeit mehrmals gesehen hatte. „Wie könnte es denn anders sein? Die Cosel als Königin – und die Cosel als Gefangene, das ist schon ein Unterschied. Dennoch ist sie bis heute eine große Dame geblieben.“

So beschlossen sie den Tag mit einem Spaziergang über die Wälle und um die Mauern, unterhielten sich über Krakau, wo Kaschau zweimal im Gefolge des Königs und im Krieg gewesen war. Als es Zeit war, die Tore zu schließen, wünschte Zaklika dem Freund gute Nacht und begab sich hinunter in seine Herberge. Der Gastwirt bediente ihn sehr aufmerksam und wollte noch plaudern, aber Raimund ging schlafen.

Am nächsten Morgen stellte er sich wieder bei Kaschau ein, der ihn gleich zum Frühstück einlud.

Die Cosel war in ihrem Gärtchen und winkte ihm zu. Diesmal war sie normal gekleidet, auch ihr Sprechen und ihre Stimmung unterschieden sich von gestern.

„Schaut“, sagte sie, „das sind jetzt meine Kinder. Meine eigenen hat man mir geraubt. Welche Gemeinheit, einer Mutter ihre Kinder zu nehmen! In den langen Stunden der Gefangenschaft denke ich nach, wie sie wohl gewachsen sein mögen. Ich würde sie bestimmt nicht wiedererkennen, und sie würden sich entsetzt von mir abwenden. Ich habe gebeten, sie wenigstens einmal sehen zu dürfen. Aber nein, es sind Kinder des Königs, nicht meine! Man sagte mir, daß ich sie niemals sehen werde. Drei sind es, die mir gehören, wie Kinder nur einer Mutter gehören können. Könnt Ihr das nachempfinden? Versteht Ihr, daß darüber das Herz bricht? Hätte Gott sie mir genommen, ich wüßte sie in seinem Schoß. Ihr irdischer Vater, mein Feind, steht zwischen mir und ihnen. Der barmherzige himmlische Vater hat mir Blumen geschenkt, die mich statt der Kinder anlächeln. Ach, könnte ich ihnen nur jedem ein Blümchen schicken! Nein, sie würden es angeekelt fortwerfen. Sie haben Angst vor ihrer Mutter, man wird ihnen einbleuen, daß ich nicht mehr lebe oder, noch schlimmer, daß ich verrückt bin, wahnsinnig.“

Selten erwähnte die Gräfin ihre Kinder, als fürchtete sie, sich ihrer zu erinnern.

„Geht“, sagte sie schließlich, „geht und kommt wieder. Ich habe mich von der Vorsehung beraten lassen, Ihr müßt wiederkommen und hier ausharren.“ Mit einer flüchtigen Handbewegung entließ sie ihn.

Er hatte auf der Festung nichts mehr zu tun, blieb noch eine Stunde mit Kaschau zusammen und ritt dann los. Die Cosel sah er nicht mehr an ihrem Blumenbeet, sie stand am oberen Fenster, gekleidet wie am Vortage, mit dem Buch in der Hand, gedankenverloren.

Zaklika kehrte in seine Oschatzer Garnison zurück und brachte seine Entlassung zu Ende. Rang und Uniform wurde er schnell los. Seine Siebensachen verstaute er in einigen Taschen. Eines Herbsttages traf er wieder in der Stolpener Herberge ein und erklärte dem Gastwirt, daß er sich in der Nähe ankaufen wolle.

Zu günstigem Preis erstand er ein kleines Anwesen mit Haus und Garten, einen Monat später zog er mit Kaschau ein.

XIII

Im Jahre 1727, drei Jahre nach dem mißglückten Fluchtversuch mit Helm, hatten Stadt und Festung Stolpen längst die damalige Aufregung vergessen und vegetierten im alten ländlichen Trott dahin.

In der Welt, am Königshof hatte sich vieles gewandelt. Die Gräfin Cosel war so gut wie gerächt, ohne es selber zu wissen. Ihre Widersacher traten von der politischen Bühne ab oder starben einer nach dem andern. Neue Frauen und Günstlinge traten an ihre Stelle.

August der Starke überstand den allgemeinen Zerfall, nach wie vor großzügig, verschwenderisch Zerstreuung suchend, ohne die rechte Befriedigung zu finden.

Maria Dönhoff versuchte, vielleicht das Schicksal der Cosel fürchtend, den König mit allen Mitteln an sich zu ketten. Als sie schließlich einsah, daß sie sich vergeblich bemühte, schaute sie sich nach einem Ehepartner um. Der König ließ sie gern gewähren, er vergnügte sich auf den Leipziger Messen und zog kurze Liebeleien Dauerbindungen vor. Für einige Zeit bezirzte ihn die hübsche, aber stupide Sofia Dieskau, Tochter eines Geheimrates aus Czeplin; bald verheiratete er sie mit seinem Hofmarschall von Loos. Dann verliebte er sich in Henriette Osterhausen, deren passive Gefügigkeit er jedoch schnell satt bekam.

Nach all diesen Liebschaften trat Anna Orzelska, Tochter der Henriette Duval, die Herrschaft an, die an den einstigen Glanz erinnerte.

Anna Orzelska ritt in goldbestickter Husarenuniform, den Orden des Weißen Adlers an der Brust, in Begleitung des Königs zu Heerschauen und auf Jagden. August schien sich neben ihr zu verjüngen. Eine neue Generation machte sich am Hofe breit. Graf Rutowski, Augusts leiblicher Sohn aus dem Verhältnis mit der Fürstin Fatima, glänzte im Widerschein seiner Halbschwester Orzelska.

Fürstenberg lebte nicht mehr, nachdem er die hohe Gunst seines Herrn nach und nach verloren hatte und allmählich in der Versenkung untergetaucht war. Seine Ministerkollegen hatten bald heraus, was ihm bevorstand, verdrängten ihn aus den Staatsgeschäften, und der König wandte sich von ihm ab. Zuletzt blieb ihm nichts anderes als Alchimie, Bigotterie und Jägerei. Nach dem Tode seiner Frau hatte er noch von Kardinalswürden geträumt, aber dazu kam es nicht mehr.

Der Einfluß der Clique um Gräfin Reuß und Hülchen war völlig lahmgelegt. Vitzthum fiel im Duell mit einem Marquis St. Gilles, nachdem er, vom König verstoßen, eine Zeitlang in der Schweiz zugebracht hatte.

Seine Witwe, Hoyms Schwester, war rührig wie zu Anna Cosels Zeiten. Sie heiratete Watzdorf und befehdete Flemming, ließ sich während des Schweizer Aufenthalts ihres ersten Mannes an der Ecke der Kreuzgasse ein Palais erbauen und raffte solche Reichtümer zusammen, daß sie bald als die vermögendste Frau Sachsens galt.

Flemming hielt sich noch, trieb schwungvoll Handel und wog seine Goldvorräte nach Fässern.

Löwendahl steuerte seinem Verderben zu, Watzdorf schließlich, jener Bauer aus Mansfeld, lavierte zwischen den Fronten und dankte es nur allerlei Finanzbeihilfen, daß er am Hofe bleiben durfte.

Der König dachte sich immer neue Belustigungen aus, zumal seit er die Orzelska zu seiner Geliebten erkoren hatte. Allerdings lechzte er neuerdings stärker noch als früher nach Kriegsruhm und stellte dementsprechend Militärschauspiele aufs Programm.

In diesem Jahr genoß er den schönen Frühling in Pillnitz. Das Heer kampierte in einem nahen Zeltlager, Geschützübungen standen auf der Tagesordnung. Insbesondere prüfte man die Durchschlagskraft der neuen Mörser, die in erster Linie für Festungsbelagerungen vorgesehen waren.

Graf Wackerbarth berichtete dem König über die Ergebnisse des Probeschießens auf Königstein. „Die Mörser haben die Felsen zu Staub zertrümmert. Dennoch möchte ich behaupten, daß sie an einem Ort, den ich gut kenne, nichts ausgerichtet hätten."

„Wo?" fragte August.

Wackerbarth erschrak nun doch, daß er davon angefangen hatte, und schwieg.

„Wo?" wiederholte der König.

„In Stolpen, an den dortigen Basaltfelsen, die hart wie Eisen sind."

„In Stolpen?" rief August, und sein Gesicht verdüsterte sich. „Ach, in Stolpen!"

Eine Weile verstummten beide, der König lief hin und her, unruhig, offenbar von einem Gedanken gefesselt, den er nicht abschütteln konnte oder wollte.

„In Stolpen!" wiederholte er noch einmal. „Wir sollten die Kartaunen dort an den Felsen ausprobieren."

Wackerbarth sah ihn scheu an, August aber rief, durch den Blick eher angespornt:

„Warum sollten wir nicht gegen Basaltfelsen zielen? Die Burg wird nicht gleich umkippen. Die paar Schuß..."

Wackerbarth sagte kein Wort mehr, wartete auf Befehle, immer noch hoffend, daß sie ausblieben. August reizte seine Zurückhaltung, er wollte sich über gewisse kindliche Bedenken erhaben zeigen, die man ihm unterstellen könnte.

„Schickt zwei Geschütze nach Stolpen“, befahl er. „Laßt die Stellungen gegenüber den Felsen ausheben. Morgen früh werde ich selbst an der Probe teilnehmen. Bevor es heiß wird“, fügte er hinzu, drehte sich um und ging.

Befehle des Königs duldeten keinen Aufschub, er erkannte keine Hinderungsgründe an. In der Nacht noch gingen Anweisungen und Kanonen nach Stolpen.

Zaklika schlief in seinem einsamen Häuschen. Gegen Mitternacht kam Bewegung in die Stadt, Pferde trappelten, Wagen rasselten, Soldaten schrien durcheinander. Er streckte den Kopf aus dem Fenster. Hatten etwa irgendwelche Feinde Sachsen überfallen? Als ein Offizier vorbeikam, fragte er ihn, was geschehen sei und wo es hinginge.

„Der König kommt morgen her“, rief der Offizier zurück, „das heißt, heute früh schon.“

„Der König? Nach Stolpen?“

„Ja, wenn Ihr Leute habt, schickt sie mit Schaufeln los. Bis morgen müssen Geschützstellungen ausgehoben sein. Es wird auf die Felsen geschossen.“

„Wohin?“ fragte Zaklika.

„Wo schon! Hier, auf die Burghöhe“, wiederholte der Offizier lachend. „Ist das so schwer zu begreifen?“

Zaklika zog sich schnell an. Noch konnte er es nicht glauben. Der König will die Burg beschießen, in der er seit so vielen Jahren sein Opfer im Kerker hält? Was wird die Gräfin dazu sagen? Die Haare sträubten sich ihm bei dem Gedanken. Er mußte zur Burg, es der Cosel mitteilen. Nein, das kann nicht sein; der König wird sich im letzten Moment besinnen!

Draußen fing es an, hell zu werden, als er losrannte. Auf der Burg herrschte Aufregung. Aus der Stadt und den Nachbardörfern trieben Soldaten Leute zum Schanzen heran, Kommandogebrüll, Jammerschreie, Flüche schallten ringsum, Reiter preschten vorbei – ein heilloses Durcheinander.

An der Stellung für die eine Batterie hatten die Arbeiten schon begonnen, und zwar bei Röhrpforta; die andere sollte bei Hanewald gebaut werden.

Das Burgtor fand Zaklika sperrangelweit offen. In den Höfen wurde gekehrt und aufgeräumt. Der Kommandant war schon ganz heiser, die Offiziere wußten nicht, wohin zuerst. Vor dem Johannisturm stand zitternd das Dienstpersonal der Cosel in den absonderlichsten Kleidern; aus dem Schlaf aufgeschreckt, hatten sie übergestreift, was sie gerade erwischen konnten. Und niemand sagte ihnen, was los war. Am Fenster zeigte sich die Gräfin; Zaklika eilte die Treppe hinauf.

„Der König“, rief er.

„Ach, der König kommt zu mir“, sie fuhr auf. „Ich verstehe ...“
„Nein, er kommt seine Geschütze an den Felsen hier ausprobieren.“
Sie lachte.
„Ach, du naiver Mensch“, sagte sie nachsichtig, „du glaubst das? Seit einer Woche träume ich von ihm. Mein Geist hat ihn angezogen. Er sucht nur einen Vorwand. Mich will er sehen. Er weiß, daß ich ihn liebe, daß ich ihm verzeihe. Er ist frei und will mich heiraten, wie er's versprochen hat. Man soll mich für die Trauung ankleiden wie zu höchster Feierlichkeit! Ich will schön aussehen, ihm jene Anna in Erinnerung zurückrufen, vor der er gekniet hat. Mein König, mein Gebieter ...“
Sie klatschte in die Hände.
Zaklika stand mit hängendem Kopf da, stumm, erstarrt.
„Ruf die Dienstleute“, fügte sie hinzu. „Lina soll kommen, die Gewänder aus den Koffern nehmen.“
Sie griff in das volle schwarze Haar, das auf die Schultern hinabwallte, und lief durchs enge Zimmer.
„Ruf meine Dienstleute, aber schnell“, befahl sie scharf. „Jeden Moment kann er erscheinen, und ich werde nicht fertig sein. Mein August kommt ...“
Zaklika hastete hinaus, scheuchte die Zimmermädchen auf, setzte sich auf die Treppe, außerstande, noch etwas zu tun.
Das hektische Treiben auf der Burg nahm kein Ende. Es tagte, man zählte die Minuten. Peitschen knallten, um die Arbeit zu beschleunigen. Die Schanzen wuchsen, aber auch die Sonne stieg immer höher. Ein herrlicher Maimorgen zog über Hügel und Täler herauf, aus denen leichter Nebel quoll.
Der Kommandant erfuhr entsetzt, daß aus Pillnitz gegen alle Sitte weder die königliche Küche noch entsprechende Getränke mitgebracht würden. Aber Seine Majestät mußten doch würdig empfangen werden. Was war schon da? Einige Stück Wild aus dem Gehege, ein paar Flaschen Wein, kein standesgemäßes Geschirr außer einem alten Becher mit dem Königswappen. Schüsseln, Teller, Platten und Bestecke würden so recht die Armut des Gastgebers enthüllen. Der Pfarrer lieh schnell noch ein Tafeltuch aus der Kirche, der Schankwirt lieferte einiges, vieles fehlte.
Die Mörser wurden in Stellung gebracht. Es war vier Uhr vorbei. August II. sollte vor Tagesanbruch dasein. Der Festungskommandant schickte einen Jungen auf die höchste Turmspitze, damit er meldete, sobald sich auf der Straße eine Staubwolke zeigte.
Die Artilleristen richteten die Geschütze genau auf die Basaltfelsen. Die ganze Spielerei erschien ihnen durchaus herrschaftlich, weil zu nichts nütze, aber der König sollte eben seinen Spaß haben.

Alles stand bereit, der Kommandant kontrollierte seine Truppe, da gab der Junge das Signal.

Sofort setzte sich ein langer Zug in Bewegung, an der Spitze der Bürgermeister, die Ratsherren, Fahnen, die verrosteten Schlüssel vom Weinkeller des Stadtoberhaupts auf Paradekissen. Im Glokkenturm wartete man auf das Zeichen, den allergnädigsten Herrn mit allen Glocken einzuläuten.

Die Staubwolke wuchs zusehends, vor ihr ein stattlicher Reiter in gestrecktem Galopp, ihm folgten Adjutanten, ein kleines Gefolge und ein paar geladene Gäste. In angemessener Entfernung jagte ein zweiter Trupp heran. Immer deutlicher ließ sich der blaue Rock des Königs mit dem Orden des Weißen Adlers erkennen.

Am Stadttor nickte er dem Bürgermeister und den bis zur Erde gebückten Ratsherren knapp zu und eilte schnurstracks auf die Burg. Vor dem Eingang präsentierte die Besatzung, Trommeln wurden gerührt, der Kommandant erstattete Meldung. Aber der König schien zerstreut, übel gelaunt und gönnte niemand ein Wort. Er riß das Pferd herum zur Batterie bei Röhrpforta, um nach einer kurzen Musterung der Stellung nach Hanewald unterhalb der Festung zu reiten. Vor ihr erhob sich das gewaltige Massiv der dunklen Säulen. Von hier aus waren die Zinnen, Mauern, Wälle der Burg und die Fenster des Johannisturms zu sehen, an einem von ihnen eine weiße Gestalt. Der König wagte nicht hinaufzublikken. Er hatte es eilig, gab ein Zeichen, die Artilleristen traten an die Geschütze, und eine Detonation erschütterte die Luft, von den nächsten Höhen widerhallend.

Ein feines Ohr hätte zugleich einen verzweifelten Schrei vernommen. Der König, Wackerbarth und seine anderen Begleiter konnten ihn nicht hören, sie beobachteten gespannt die Mörser und die Festung, deren Sockel man beschoß.

Der erste Schuß hatte in die Basaltmauer zwar ein Loch gerissen, aber die Kugel zersprang in Stücke. Eins brachte der Kommandant dem König. August schüttelte den Kopf. Der zweite Schuß wurde auf die Grundpfeiler gezielt, die Kugel splitterte wiederum, und vom Gestein bröckelte kaum etwas ab. Zum drittenmal gab der König Feuerbefehl und gleich darauf zum viertenmal. Der Erfolg war stets der gleiche, die Geschosse barsten, der Stein hielt stand. Lediglich Splitter wirbelten durch die Luft und fielen herab, ohne jemand in Mitleidenschaft zu ziehen, nur ein Pferd wurde am Bein verletzt. Beim dritten Schuß allerdings prallte ein Bruchstück der Kugel, etwa sechs Pfund schwer, über die Mauer und durchschlug Dach und Decke der Stadtmälzerei. Als der Kommandant das sah, beeilte er sich, den Schaden festzustellen und das Corpus delicti dem König zu zeigen, der daraufhin die Schießerei abbrach.

Seit der Nachricht von der Ankunft des Königs kam die Cosel

nicht mehr zur Ruhe. Sie ließ sich schnell und sorgfältig ankleiden, betrachtete sich lange im Spiegel.

„Nein, das kann nicht anders sein“, redete sie sich ein, „er kommt zu mir. Wie könnte er denn die Mauern beschießen, hinter denen ich gefangen sitze? Zum Vergnügen? Nein. Das ist das Ende meiner Sklaverei, der Beginn meines Sieges.“

Sie lief von Fenster zu Fenster. Von dem einen sah sie die Pillnitzer Chaussee, die nahende Staubwolke. Dann hörte sie das Geläut, den Trommelwirbel. Und sie wartete auf ihn, bildete sich ein, daß er jeden Augenblick zur Tür einträte, gnädig und voller Mitgefühl. Da erdröhnte der Geschützdonner, sie sank auf den Fußboden, um gleich wieder wie rasend aufzuspringen. Mit zitternden Händen nahm sie aus dem Schubfach ihres Tisches die Pistole und verbarg sie im weiten Ärmel ihres Kleides.

Bei jeder Salve schreckte sie auf und stieß irres Gelächter aus.

Nach dem vierten Schuß trat Stille ein. Die Cosel rührte sich nicht von der Stelle, in der rechten Hand hielt sie die Waffe. Schon hatte sie das Warten satt, da hörte sie Hufschlag unter dem Fenster. Sie lehnte sich heraus. Ja, er war es, allein. Sie schrie auf, er hob den Kopf, legte die Hand an die Hutkrempe, brachte das Pferd zum Stehen. Die Gräfin lehnte sich noch weiter hinaus, als wollte sie sich hinabstürzen.

„König, Herr, hab Erbarmen!“ schrie sie.

August antwortete nicht, die Cosel lächelte verächtlich. „Erbarmen erhoffen von dir, du Schlächterseele? Von dir, der sein Wort bricht und den straft, der dich daran gemahnt! Was ist ein Menschenleben für dich, was ein Herz! Die gefangene Cosel verflucht dich, ekelt sich vor dir, verflucht dich, dich und deine Sippe, dein Land, deinen Namen. Stirb!“

Sie riß die Pistole hervor und drückte ab.

Der Schuß knallte dumpf, und wildes Gelächter hallte aus dem Fenster. Der König erstarrte für eine Sekunde, als die Kugel an seinem Ohr vorbeipfiff und seinen Hut streifte; dann verbeugte er sich lächelnd und gab seinem Pferd die Sporen.

Ohne beim Kommandanten das Frühstück einzunehmen, ritt er verärgert nach Pillnitz zurück.

XIV

Als Zaklika, durch den Schuß erschreckt, ihr Zimmer betrat, fand er die Cosel ohnmächtig auf dem Boden. Neben ihr lag die rauchende Pistole. Er konnte sich denken, was geschehen war. Auch die Dienstleute eilten herbei, ihrer Herrin zu helfen.

Viele hatten den Schuß gehört, August sagte niemand etwas davon. Man hielt es für besser, nicht darüber zu reden. Die Gräfin erholte sich nur langsam und fügte sich in ihr Los. Sie wußte, daß sie jetzt nichts mehr zu erhoffen hatte.

Dennoch verzagte sie nicht. Ein Jahr später, als sie von Zaklika eine beachtliche Summe aus den verkauften Edelsteinen erhielt, versuchte sie, ohne sich mit ihm zu beraten, Leute aus ihrer nächsten Umgebung zu bestechen, um einen erneuten Fluchtversuch zu wagen.

Eines Tages im Spätherbst stieg sie leise die Turmtreppe hinab. Unten wollten ihr Kaufleute, die sich gegen guten Lohn dazu verpflichtet hatten, über die Gartenmauer helfen. Sie stellten sich aber sehr ungeschickt an. Schon war sie auf der anderen Seite, als die Posten die Bewegung um den Turm bemerkten und Alarm schlugen. Der Kommandant war sofort zur Stelle, und ehe sie sich von der Burg entfernen konnte, wurde sie ergriffen. Man führte sie in die Wohnung zurück und postierte wieder Wachen vor ihre Tür.

Trotzdem durfte sie weiterhin Besuche empfangen und sich später wieder in ihrem Gärtchen aufhalten.

Zaklika saß immer noch in Stolpen, ohne verdächtig zu erscheinen, weil er sich zurückhielt und mit dem letzten Fall nicht das geringste zu tun hatte. Die Cosel trug ihm mancherlei Besorgungen auf, forderte aber nie seine Unterstützung bei den Fluchtversuchen.

Nachrichten über glanzvolle, vielleicht die großartigsten Feste, die jemals in Dresden stattgefunden hatten, reizten die Gefangene aufs neue. Der Preußenkönig war mit seinem Sohn, dem späteren Friedrich II., vier Wochen lang am Hofe Augusts zu Gast.

Die Berichte über die verschiedenen Programme, die der König absichtlich so gestaltete wie zur Zeit ihrer Herrschaft, versetzten sie in Raserei. Das konnte sie ihm nicht verzeihen, und wieder kreisten alle Gedanken um ihre Befreiung. Zugleich sann sie auf Rache für all ihr Elend und seine Treulosigkeit.

Manchmal wollte sie schon Zaklika sagen, daß die Reihe nun an ihm sei. Auch er rechnete ständig damit und war auf alles gefaßt. Nach jedem mißglückten Fluchtversuch grübelte er, wie der nächste gelingen könne. Nichts beschäftigte ihn mehr als das, aber von sich aus wollte er sie keiner Gefahr aussetzen und wartete lieber.

Als ihr jüdische Händler einmal eine Zeitung aus Hamburg mitbrachten, in der die Belustigungen in Dresden anläßlich des preußischen Königsbesuches bis ins kleinste beschrieben waren, konnte sie nicht mehr an sich halten.

Zaklika war gerade bei ihr. Sie fragte ihn flüsternd:

„Habt Ihr noch Lust, Euer Leben für mich aufs Spiel zu setzen?"

„Immer", schwor er.

„Wißt Ihr auch, wie?"
„Ich werde einen Weg finden."
„Es tut mir leid um Euch; Ihr wart immer der Treueste. Aber ich muß hier heraus."
Raimund überlegte.
„Braucht Ihr viel Zeit?" fragte sie drängend.
„Ich kann es nicht genau bestimmen. Es muß so angefaßt werden, daß es um jeden Preis gelingt."
Seit langem hatte Zaklika verschiedene Pläne im Kopf, alle schienen ihm ausgezeichnet, hatten aber einen gemeinsamen schwachen Punkt.
Die bisherigen Versuche scheiterten, weil sie zu früh entdeckt wurden. Es galt, zu sichern, daß die Cosel über die Grenze entkam. Dazu mußten die Spuren verwischt und die Verfolger auf eine falsche Fährte gelockt werden.
Leider hatte Zaklika keinen Helfer außer einigen zuverlässigen, aber unerfahrenen sorbischen Bekannten. Er konnte wohl auf ihre Verschwiegenheit bauen, war aber ihrer Gewandtheit nicht ganz sicher.
Für den günstigsten Zeitpunkt hielt er den hellichten Tag, mit dem die Burgbesatzung am wenigsten rechnen mochte.
An den Toren wurden die Passanten nur oberflächlich kontrolliert; Hausierer hatten freien Zutritt zur Gräfin, auf Offiziere und Soldaten wurde überhaupt nicht geachtet. Also folgerte er, daß die Cosel an einem trüben, regnerischen Tage gegen Abend, in einen Militärmantel gehüllt und eine Soldatenmütze auf dem Kopf, getrost durchs Tor gehen könnte, ohne daß die Posten etwas merkten. Er selber wollte einige Schritte hinter ihr folgen. Einmal draußen, müßten sie sich im Gebüsch auf Reitpferde schwingen und im Schutze der Wälder, die unmittelbar an den Tierpark stießen, ins Gebirge fliehen. Die Pferde sollte Hawlik bereithalten.
Tagelang wog er alle Einzelheiten und Möglichkeiten sorgsam ab, ihm fiel nichts Besseres ein.
Er besuchte die Gräfin und erläuterte ihr den Plan. Sie billigte ihn.
„Gleich am ersten Regentag, keine Zeit verlieren!" rief sie begeistert. „Wir müssen es wagen. Ich bin entschlossen, mich zu wehren, und überzeugt, daß auch Ihr Euch nicht kampflos ergebt. Bewaffnet müssen wir sein."
„Ich hoffe, daß es dazu nicht kommt."
Die Cosel erwiderte nichts darauf.
Die nächsten Tage schien die Sonne. Zaklika kam täglich zur Cosel, die Vorbereitungen wurden getroffen. In der Gewißheit, daß er nach Stolpen nie wieder zurückkehren würde, verkaufte er sein Anwesen und machte alles zu Geld, was er hatte.

Schließlich bedeckte sich der Himmel und kündigte für einige Tage schlechtes Wetter an. Zaklika zog seinen Mantel an, ging zum Burgtor ein und aus, um die Soldaten daran zu gewöhnen, daß er auf Anrufe nicht antwortete.

Tags darauf regnete es vom frühen Morgen an. Als es gegen Abend zu dämmern begann, war alles bereit. Das Personal hatte von der Cosel Ausgang bekommen.

In den Soldatenmantel eingemummt, die Mütze tief ins Gesicht gezogen, schritt die Gräfin leicht nach vorn geneigt durchs erste Tor, niemand nahm Notiz von ihr. Am zweiten Tor blickte sie der Posten flüchtig an und ließ sie wortlos passieren.

Einige Minuten später folgte Zaklika, ähnlich gekleidet. Am ersten Tor ließ sich niemand sehen, am zweiten brummte die Wache: „Wie viele seid ihr eigentlich? Kaum ist einer durch, kommt der zweite."

Zaklika schlug den Kragen zurück.

„Ich kenn dich schon, zum Teufel, weiß aber, daß einer reingekommen ist und zwei hinausgehen", sagte der Soldat.

„Wieso denn zwei?"

„Ja! Ich bin nicht blind."

Zaklika wollte weitergehen, aber der Soldat hielt ihn zurück.

„Aber mich kennt doch hier jeder", sagte Raimund lachend. „Was wollt Ihr von mir?"

„Geh zum Kommandanten, mach's mit ihm aus. Ich lasse dich nicht hinaus."

Sie gerieten in Streit, es wurde laut, da kam der Wachtmeister. Zaklika beschwerte sich in aller Form. So was habe es noch nie gegeben! Man ließ ihn ziehen.

Bald war er im Dickicht des Wildparks verschwunden.

Der Soldat murrte.

„Du siehst ja Gespenster", sagte der Wachtmeister.

„Auf Wache muß ich zählen, wie viele kommen und wie viele gehen. Einer ist in so einem Mantel reingekommen und zwei sind gegangen. Der erste hatte ein Gesicht wie kein richtiger Soldat. Vielleicht war's die Cosel?" schloß er grinsend.

„Ach, geh, du spinnst", sagte der Wachtmeister, stutzte aber doch und ging hinüber zum Johannisturm. Hier erfuhr er vom Küchengehilfen, daß die Frauen mit Erlaubnis der Gräfin in die Stadt gegangen waren.

Er sprang die Stufen hinauf zum zweiten Stockwerk. Im Zimmer war es finster und leer. Auch in der dritten Etage fand er niemand. Im Gärtchen nachzusehen erübrigte sich bei dem Wetter. Bestürzt rannte er zum Kommandanten, der Kommandant trommelte seine Leute zusammen. Jeder Winkel wurde durchstöbert. Zeit verging, aber dann gab es keinen Zweifel mehr: die Gräfin war entflohen.

Der Kommandant teilte die Mannschaften in Gruppen ein, die Verfolgung begann.

Mittlerweile hetzte die Cosel zu der Stelle, wo die Pferde stehen sollten. In der Hast geriet sie vom Weg ab und verirrte sich. Zaklika erreichte den vereinbarten Ort, als sie noch nicht da war. Verzweifelt suchte er sie. Zu rufen wagte er nicht. Endlich fand er sie entmutigt an einen Baum gelehnt. Er riß sie mit zu den Pferden. Wieder einigermaßen gefaßt, sprang die Cosel in den Sattel. Zaklika griff eben in die Zügel, als die Häscher angekeucht kamen und sie umzingelten. Er rief ihr zu, sich zu retten, und zog selber den Degen. Ein paar Schüsse knallten, und Zaklika sank, in die Stirn getroffen, auf die Erde. Im selben Moment faßte ein Soldat das Pferd der Cosel, sie streckte ihn mit einem Pistolenschuß nieder. Aber ein zweiter und dritter sprang herbei, sie mußte kapitulieren.

Der Kommandant kam und sah die drei Toten.

„Zählt nach“, schrie er die Cosel an, „wer für Eure sinnlosen Ausflüge verbluten muß, Gräfin!“

Sie sagte nichts, sprang vom Pferde und trat zu Zaklika. Mit bleichen Lippen küßte sie ihn auf die Stirn; zugleich zog sie aus seinem Rock das königliche Eheversprechen und nahm es an sich.

XV

Man führte sie auf die Burg ab, sie schwieg in schweren Gedanken, die sie nicht so bald loswerden sollte. Tagelang brütete sie über der Bibel. Für Zaklika ließ sie auf ihre Kosten ein würdiges Begräbnis ausrichten.

„Mich wird niemand beerdigen“, sagte sie. „Nicht einmal meine Kinder, die mich nicht kennen. Ich bin ganz allein auf der Welt.“

Zu dieser Zeit war die Cosel schon neunundvierzig Jahre. Ihr Äußeres widerstand dem Alter und den Leiden. Sie war noch schön, ihre Gesichtszüge hatten die einstige Anmut bewahrt, aus den Augen war der Glanz nicht gewichen.

Seither mied sie ihr Gärtchen, vergrub sich in Büchern, las die Bibel, studierte Geheimlehren, ließ sich hebräische Literatur übersetzen. Sie schlug die Zeit tot, während sie ihren eigenen Tod vergebens herbeisehnte.

Es waren die letzten Herrschaftsjahre Augusts II., der nicht nachließ, seinem Vorbild Ludwig XIV. nachzueifern. Die glänzenden Bälle und der Pomp traten nun ein wenig zurück vor der Manie, Monumentalbauten und prunkvolle Häuser zu errichten.

Dresden, bislang vorwiegend aus Holz und unscheinbar, sollte auf sein Geheiß massive Steinhäuser erhalten. Zuerst entstand das Rathaus am Altmarkt. Flemming, Vitzthum, Wackerbarth, Sulkowski verpflichtete der König, Paläste zu bauen. Er selber kaufte Flemming das Japanische Palais ab. Gärten wurden angelegt, Kasernen und Denkmäler. Der prächtige Zwinger stand schon, vorerst ein Spielzeug eigener Art, aber nur als Hof für einen neuen Riesenpalast geplant. Die Orangenbäume, die heutzutage den Zwinger im Sommer zieren, besitzen ihre wunderliche Vorgeschichte. Im Jahre 1731 hatte der Monarch eine wissenschaftliche Expedition nach Afrika geschickt. Als Ballast wurden vierhundert Bäume im Schiffsraum verstaut, die zu Drechslerarbeiten verwendet werden sollten. Schließlich pflanzte man sie versuchsweise an, und der größte Teil gedieh.

In Dresdens Umgebung erhoben sich die Schlösser Moritzburg, Hubertusburg, die Sommerresidenz in Pillnitz.

Im selben Jahr ging mit großem Erfolg die Oper Cleofida o Alessandro nelle Indie über die Bühne; siebenmal trat darin die berühmte Sängerin Faustina auf, aber nach der siebenten Vorstellung hielt es ihr Mann für geraten, sie zu weiterer musikalischer Ausbildung nach Italien zu entführen.

Obwohl die Sachsen nicht viele Rechte besaßen und sie auch nicht zu fordern wagten – denn August erstickte alle Träume von Freiheiten, wie sie ihm in Polen zu schaffen machten –, erlaubte er dem sächsischen Landtag 1731, aus Gründen des Prestiges zusammenzutreten. Unter viel Pomp fand im September eine Sitzung statt, ruhig, diszipliniert, glatt und programmgemäß.

Im Herbst begab sich der König nach Polen. In Lowicz empfingen ihn zahlreiche Würdenträger und begleiteten ihn nach Wilanow, wo er Quartier bezog. Hier wurde das Hubertusfest gefeiert.

Ein Jahr darauf war ein bombastischer Karneval in Dresden vorgesehen; wieder fuhr August nach Polen, um zwölf Wisentpaare für den Tierpark in Kreiern zu beschaffen, die hier jedoch nach kurzer Zeit ohne Nachkommenschaft ausstarben.

Der erlauchteste Herr mochte keine Gerüchte über sich. So verfuhr man mit dem Major d'Argelles sehr exemplarisch, als er aus Paris Schmähschriften nach Warschau kolportierte. Er wurde degradiert, sein Degen zerbrochen, der Henker ohrfeigte ihn und stopfte ihm die respektlosen Broschüren in den Mund; dann verschwand er lebenslänglich in der Danziger Zitadelle.

In Dresden indessen grassierte das Baufieber weiter. Das Invalidenhaus nach Pariser Vorbild und zahllose andere Gebäude wuchsen aus der Erde.

Zum eigenen Trost besichtigte der König zusammen mit Friesen und Brühl seine Bauvorhaben, an denen zweitausend Arbeiter schafften, den sogenannten Pyramidenbau, das Japanische Palais, die Kaserne, eine Kirche und eine Festung.

Der König wurde alt, wenn er sich noch so sehr mühte, jung zu erscheinen. Seine Beinverletzung, die er sich im Jahre 1697 bei jenem Sturz vom Pferde zugezogen hatte, machte ihm zu schaffen. An den ärztlichen Rat, sich zu schonen, hielt er sich nicht. 1727 mußte ihm die Zehe abgenommen werden, und sein Chirurg Weiß, der die Operation vornahm, wiegte bedenklich den Kopf. Der Eingriff gelang zwar, aber August konnte sich nur mit Mühe auf den Beinen halten und mußte sich sogar hinsetzen, wenn er mit Damen plauderte. Im letzten Jahr vergnügte er sich noch auf seiner geliebten Messe in Leipzig, musterte mit Interesse neuerworbene Pferde, eröffnete feierlich den Dresdner Karneval und brach nach Warschau auf, um am Reichstag teilzunehmen, der zum sechzehnten Januar einberufen war.

Die Winterreise, eine Beinprellung beim Aussteigen aus dem Wagen verursachten einen Wundbrand, und drei Tage darauf war er tot.

Augusts einziger Sohn, der eine sonderbare Erziehung genossen hatte, schwankte zwischen Protestantentum und Katholizismus, um sich je nach Bedarf einer von beiden Konfessionen zuzuwenden. Einige Jahre lebte er außerhalb Sachsens und wurde erst auf der Heimreise durch den Jesuiten Salerno endgültig zum katholischen Glauben bekehrt. An Ludwigs XIV. Hof hielt man ihn für sehr bescheiden, schüchtern und vernünftig. Seine Entscheidung fürs katholische Bekenntnis, dem er später treu blieb, wurde erst im Jahre 1717 öffentlich mitgeteilt, sicherte aber die Heirat mit der österreichischen Prinzessin Maria Josepha. Nach siebenjähriger Abwesenheit kehrte der junge Kurfürst mit Gattin nach Dresden heim.

August III. unterschied sich in Haltung und Wesen von seinem Vater ganz und gar. Er war fromm, zurückhaltend, besaß wenig Energie, wobei er das Vergnügen, zumal die Jagd, durchaus nicht verschmähte. Man schätzte seine Besonnenheit und gesunde Auffassungsgabe, doch sein Widerwille gegen jedwede ernsthafte Beschäftigung war nicht zu übersehen.

Schon als August II. noch lebte, warf die Macht Brühls und Sulkowskis ihre Schatten voraus. Im letzteren sah man den künftigen allmächtigen Minister, was später allerdings Brühl werden sollte.

Als die Nachricht vom Tode Augusts II. aus Warschau in Sachsen eintraf, im ganzen Lande verbreitet wurde und das Ruder dem jungen Kurfürsten in die Hand gab, teilte es der damalige Stolpener Festungskommandant der Cosel persönlich mit.

Sie stand eine Weile stumm, dann warf sie sich verzweifelt auf die Erde.

Weder Gefangenschaft noch Ungerechtigkeit hatten in ihrem Herzen die Liebe zu löschen vermocht. Wieder war er ihr geliebter August, und alle Unbill war vergessen.

Fünf oder sechs Tage danach kam ein gewisser Hennicke aus Dresden, der später eine glänzende Karriere machte. Er ließ sich bei der Gräfin als Abgesandter des Kurfürsten melden. Wie gewöhnlich saß sie über Bücher gebeugt, als er eintrat.

Euer Exzellenz", sagte er, „der allergnädigste Herr schickt mich mit der freudigen Botschaft zu Euch, daß Ihr frei seid und Euch niederlassen dürft, wo es Euch beliebt."

Anna Cosel fuhr sich über die Stirn.

„Ich frei?" fragte sie ungläubig. „Was soll ich mit der Freiheit? Die Menschen sind mir fremd geworden und ich Ihnen ... Wohin soll ich ziehen? Ich besitze keinen Winkel, alles hat man mir genommen. Mit wem werde ich leben? Niemand kennt mich. Wollt Ihr mich der Lächerlichkeit preisgeben? Damit man auf die Gräfin Cosel, vor der man früher auf die Knie sank, mit dem Finger zeigt?"

Hennicke schwieg.

„O nein, niemals!" sprach sie weiter. „Ich will keine Freiheit, weiß nicht, wohin mit mir. Laßt mich bitte hier! An diese Mauern habe ich mich gewöhnt, bin mit ihnen verwachsen. Alle meine Tränen habe ich hierin vergossen, ich hielte es nirgendwo anders aus. Belaßt mir diesen Winkel; ich werde nicht mehr lange leben."

Hennicke versicherte, er wolle die Bitte der Gräfin dem König vortragen.

Sie durfte bleiben; immerhin war sie schon dreiundfünfzig Jahre und konnte nach all den Schicksalsschlägen ihre Erwartungen nicht mehr allzu hoch spannen.

Im Johannisturm richtete sie sich eine verhältnismäßig bequeme Wohnung ein; das anliegende Gärtchen bildete ihr geruhsames und beschauliches Glück. Ihre Hauptbeschäftigung blieb weiterhin die liebgewonnene Lektüre hebräischer und orientalischer Bücher, vorwiegend magischen Inhalts. Die jüdischen Bekannten, mit denen sie sich umgab, besorgten ihr, was sie brauchte. Dreitausend Taler Pension genügten für den Unterhalt, und es blieb ihr noch eine stattliche Summe, mit der sie Literatur erstand und die obszönen „Coselgulden" aufkaufte, die August II. nach einer Wette mit ihr hatte prägen lassen. Überdies sammelte sie Taler mit ihrem und des Königs Wappen, deren Prägung sie einst, als sie noch Gattinnenrechte zu haben glaubte, bei ihm durchgesetzt hatte. Allerdings existierten sie nur in geringer Zahl. Nach ihrem Tode wurden etliche davon in den Polstern ihres Sessels gefunden.

Hochmut und herrisches Auftreten gab sie auch jetzt nicht auf. Örtliche Beamte, den Geistlichen und andere duzte sie; Durchreisende, die Stolpen besuchten, ließ sie „ihrer Gnade versichern". Nach siebzehn Jahren Gefangenschaft zu Lebzeiten Augusts II. überdauerte die Gräfin die Regierungsjahre seines Sohnes und Brühls, beide Schlesischen Kriege und den ganzen Siebenjährigen Krieg.

Der erste Schuß, der in dem entscheidenden Gefecht um Sachsens Zukunft fiel, schlug an die Mauern der Stolpener Burg; der preußische General Warnery hatte ihn gegen die Festung abgefeuert. Friedrich II. zahlte der Gräfin den Krieg über regelmäßig ihre Pension, allerdings in der minderwertigen Währung, die er eingeführt hatte. Empört nagelte Anna Cosel solche weichen Taler an die Wand.

XVI

Während des Siebenjährigen Krieges, nach der Besetzung Dresdens durch die Österreicher, kam der Dragoneroberst Fürst von Ligne wiederholt nach Stolpen, um die Gräfin zu sehen. Bei seinem ersten Besuch erklärte sie ihm, sie habe sich alle Religionen kennenzulernen vorgenommen und darauf den jüdischen Glauben gewählt. Vorher sei sie protestantisch gewesen wie die Gräfin Königsmarck und der Marschall von Sachsen. Auch meinte sie, sie hätte schon zu Augusts II. Lebzeiten die Freiheit erlangen können, aber lieber sei sie in Stolpen geblieben, da sie keine Freunde gehabt und sich niemals hätte träumen lassen, so ein hohes Alter zu erreichen.

Zum Abschied schenkte sie dem Gast eine Bibel, die wie alle ihre Bücher über und über mit rotgeschriebenen Randbemerkungen versehen war, was sie keineswegs schöner machte. Dabei tat sie so feierlich, als trennte sie sich von ihrem wertvollsten Gut.

Damals war sie dreiundachtzig Jahre alt. Kurz darauf erhielt der Oberst von ihr einen kaum lesbaren und noch weniger verständlichen Brief voller mystischer und magischer Formeln.

Einen damals berühmten Orientalisten, den Superintendenten Bodenschatz, beauftragte sie, ein rabbinisches Buch zu übersetzen. Sie wies ihm dafür zwanzig Taler an, das Schreiben unterzeichnete sie mit Borromäus Lobgesang. Als Bodenschatz nach wenigen Tagen seine Übersetzung ablieferte, bekam er weitere sechs Dukaten als Entgelt. Später verdeutschte er ihr, für einen Louisdor je Bogen, noch andere Traktate. Natürlich wollte er endlich seinen Auftraggeber kennenlernen und erfuhr, daß seine Sendungen ein Bote in Schmiedefeld abhole, auch die Antworten dorthin bringe und daß nähere Erkundigungen nicht erwünscht seien.

Schließlich lud die Cosel Bodenschatz doch nach Dresden ein und bot ihm die Erstattung der Reisespesen an. Sie begrüßte ihn im Habit eines Erzpriesters des Alten Testaments.

Danach trafen sich beide öfters, die Gräfin empfing ihn stets sehr huldvoll und befragte ihn nach verschiedenen Deutungen des Talmuds, nach hebräischen und rabbinischen Schriften.

Über den Vater ihrer Nichte, den Präsidenten des Konsistoriums Graf Holzdorf, wollte sie Bodenschatz die Pfarrstelle in Stolpen vermitteln. Das schlug fehl, weil ihn sein Landesherr, Markgraf von Bayreuth, anforderte. Im übrigen hatte Bodenschatz Anstoß daran genommen, daß sich die Gräfin über den christlichen Glauben abfällig äußerte. Außerdem war seine Frau auf die Cosel eifersüchtig und ließ ihn nicht fort.

Am 31. März 1765 starb die Gräfin in ihrem fünfundachtzigsten Lebensjahr. Der Tod traf sie gefaßt, die Bestattung erfolgte in aller Stille.

Benito Wogatzki

Schwalbenjagd

Roman

2. Auflage · Mit Vignetten von Hartmut Lindemann
228 Seiten · Ganzleinen 9,– M

Er ist ein rechter Filou, dieser Kolke, beruflich beschäftigt mit der Rekonstruktion Altberliner Häuser. Probleme scheinen ihn nicht zu plagen – die Arbeit klappt, die Brigadeverpflichtungen werden wunschgemäß, wenn auch mit etwas Nachhilfe der Leitung, erfüllt, und – die Frauen sind ihm hold. Bis ihm eines Tages diese Anne über den Weg läuft, akademisch gebildet und damit – wie die Kollegen meinen – für Kolke diesmal eine Nummer zu groß. Wogegen der tolldreist einen Kasten Sekt wettet und die Geschichte ihren Lauf nimmt.
Diese kesse, freundliche Liebeserzählung ist ein rechtes Lesevergnügen ...

Schweriner Volkszeitung

Kolkes Schwalbenjagd führt ihn in bisher unbekannte Höhen, verlangt ihm also vollen Einsatz ab. Sein kämpferischer Geist kann sich austoben, und alles, was er sich je angeeignet hat, muß er nun wirkungsvoll zur Geltung bringen. Die Geschichte lebt von Situationskomik und treffender Formulierungskunst.

Berliner Zeitung

Kurt David

Rosamunde, aber nicht von Schubert

Erzählungen

2. Auflage · 168 Seiten · Ganzleinen 6,90 M

ROSAMUNDE? David denkt an die von Schubert, muß jedoch die andere, die flotte Polka, in Moll, in Dur, mal schnell, mal langsam, Stund um Stunde und immer wieder auf dem Akkordeon spielen. Warum einer an bestimmten Tagen auf seiner Trompete aus dem Fenster bläst ICH WEISS NICHT, WAS SOLL ES BEDEUTEN, DASS ICH SO TRAURIG BIN?, erfährt er spätestens, wenn die Trompete verstummt. Daß MOZARTS GRAB nicht in Karlovy Vary sein kann, weiß er zwar, überzeugt sich aber trotzdem davon.

„Kurt David ... stellt sechzehn Geschichten vor, die zeitlich von Kindheitserinnerungen über Schilderungen der Kriegs- und Nachkriegswirren bis hin zu Episoden und menschlichen Begegnungen in unseren Tagen reichen ... Geschichten, die zum Nachdenken anregen, die in uns nachschwingen, wenn das Buch schon beiseite gelegt ist."

Neue Zeit, Berlin

Verlag Neues Leben Berlin

Horst Beseler

Tule Hinrichs' Sofa

2. Auflage · 376 Seiten · Ganzleinen 9,70 M

Die Geschichte spielt irgendwo im Norden, in einem kleinen Ort an der Autobahn, die es vorher dort nicht gab. Hier leben Milli und Marcel, beide 16jährig und kurz vor dem Abschluß der Schule. Hier leben auch ihre Eltern und Lehrer Levenich ...
Sie schreien das, was sie zutiefst bewegt, nicht lauthals auf der Straße aus. Die Menschen, die Horst Beseler im Zueinander und mit ihren Problemen vorführt, sind stille Menschen, nicht duldend zwar, aber doch stark im Ertragen von Schmerz, Enttäuschung, Schicksal, manche schroff nach außen, verschlossen, andere lustig, leichtlebig auch, alle aber voller Leidenschaft und tüchtig im Leben ...
Milli und Marcel lieben sich nicht wie Kinder, sondern sind beschäftigt auch mit dem großen Erlebnis der Sexualität. Freundin Yvonne hat ihre wilde Geschichte mit einem rauhen Dumperfahrer, dann wird sie gleich zweimal enttäuscht. Uneins mit sich lebt Millis Mutter, die meint, ihr Leben sei verpfuscht ...
Levenich, nach dem Norden strafversetzter Lehrer und geschieden, ihn halten alle für kalt, aber er weiß in einem entscheidenden Augenblick zu handeln.

Sonntag, Berlin

Tilman Röhrig

In dreihundert Jahren vielleicht

144 Seiten · Pappband 5,20 M

Das Dorf Eggebusch im Oktober 1641. Seit dreiundzwanzig Jahren ist Krieg, und der fünfzehnjährige Jockel und die gleichaltrige Katharina kennen von Geburt an nichts anderes. Selten nur haben sie Zeit füreinander. Ihr Tag ist damit angefüllt, das Nötigste zum Überleben zu besorgen und vor herumstreunenden Soldatenhorden auf der Hut zu sein. Seit mehr als zwanzig Jahren haben sich die Frauen und ihre Töchter immer wieder vor der rohen Lust der Söldnerheere zu verstecken versucht. Auch Katharina muß ihre kleinen rötlichen Locken opfern. Die Eltern vermummen sie in alte Lumpen und beschmieren ihre hellen Wangen mit Ruß aus dem Kamin. Wenn einer von denen Katharina anrührt, schwört Jockel, „dem schneid ich die Kehle durch". Seine kaum eingestandene Liebe zu Katharina ist eine Hoffnung gegen die Not; eine Hoffnung, die auch dann Bestand hat, als plündernde Soldaten wieder einmal das Dorf verwüsten und die Pest wie ein drohender Schatten über Eggebusch liegt.

Yaşar Kemal

Die Disteln brennen

Roman

Aus dem Türkischen · 384 Seiten · Broschur 8,20 M

Die fruchtbare Erde von Anavarza trägt dreimal im Jahr Ernte. Und jeden Tag sprießt aus dieser schwarzen fetten Erde, diesem trächtigen frischen Boden eine neue Pflanze. Die Erde von Anavarza ist eigentlich keine Erde, sondern blankes Gold. Nur Ali Safa Bey weiß das. Früher gehörte ihm hier keine Handvoll Erde, heute jedoch nennt er ganze Güter sein eigen und hat noch immer nicht genug. Gegen einmal hellhörig gewordene Bauern, besonders gegen die aus dem Dorf Vayvay, zu kämpfen ist schwierig. Aber früher oder später werden auch diese sich seinem grausamen Terror beugen müssen.
Da klopft eines Tages ein abgerissener, ausgehungerter Fremdling an die Tür des alten Osman: Memed, der legendäre Räuber und Rebell, der im Dorf Unterschlupf sucht. Schlagartig ändert sich in Vayvay die Lage. Die Bauern wissen, daß ihnen nunmehr eine mächtige Kraft zur Seite steht, die stärker ist als Gewehre. Schritt für Schritt leisten sie dem übermächtigen Bey Widerstand. In Memed verkörpert sich für sie der Mythos vom schwachen David, der den mächtigen Goliath in die Knie zwingt.

Ruslan Kirejew

Ein Mann von Format

Roman

Aus dem Russischen von Charlotte Kossuth
252 Seiten · Ganzleinen 8,50 M

Wer ist eigentlich dieser Swetschkin? Ein Durchreißer im Konfektionsbetrieb? Er löste das Problem der Maschinen, und wenn früher die Greifer nicht mehr faßten, die Steppfüße brachen, die Räder sich nicht drehten, die Federn nicht federten, so bricht nun nichts mehr, und alles Nötige federt, aber trotzdem ist Swetschkin kein Mechaniker. Ja, er hat's geschafft, daß die Farben nicht „ineinanderfließen", aber er ist kein Chemiker. Er hat den uralten Konflikt mit dem Handel beigelegt, der in der Hochsaison verlangt, das Sortiment zu ändern, dieweil die Mode davongeeilt ist, aber er ist kein Warenkundler. Ist auch kein Kaufmann, obwohl nun im Betrieb kein Fetzen mehr verlorengeht. Ein Mann von Format – so preist ihn der Journalist Karmanow in einem Zeitungsartikel. Doch je näher er Swetschkin kennenlernt, desto verdächtiger wird ihm dessen Perfektion.